L'EREDITÀ DELL'ONNIOLOGO

LA SERIE DELL'ONNIOLOGO VOLUME 2

MICHELE AMITRANI

www.micheleamitrani.com

Prima Edizione Kindle 2022

ISBN (Versione eBook): 978-1-988770-46-8

ISBN (Versione Cartacea): 978-1-988770-42-0

Pubblicato da Michele Amitrani

Copertina creata da 100 Covers

Una versione precedente di questo lavoro è stata pubblicata nel 2015 con il titolo 'Pelargonium'

Questo libro è dedicato alle persone che non smettono mai di fare del proprio meglio, neppure quando il teatro è vuoto e non si sentono applausi.

PROLOGO

TIAGO SILVA ABREU Melo fissò il ciondolo a forma d'infinito che teneva sul palmo della mano. La linea orizzontale che increspava la sua fronte parlava di preoccupazione e d'incertezza, i suoi occhi color nocciola erano semichiusi e assediati da profonde ombre scure.

Sentì la porta alle sue spalle aprirsi, ma mantenne la sua attenzione sul ciondolo.

Qualcuno entrò, avanzò di qualche passo, si fermò e attese, mentre la porta si richiudeva automaticamente dietro di lui.

Tiago serrò la mascella e si passò una mano sul viso, quindi ripose il ciondolo nella custodia, che mise dentro al cassetto.

"Ancora impegnato ad interrogare fantasmi?" chiese il nuovo arrivato, in un tono difficile da decifrare, mentre con una mano indicava il ciondolo dentro al cassetto. "O ti ho solo preso in un brutto momento?" Una pausa, quindi proseguì, come se fosse importante aggiungere qualcos'altro. "Dopo così tanto tempo, stai ancora cercando di cogliere segnali che non esistono?"

"Mi piace pensare che quei segnali esistano, Max," fu la risposta di Tiago, "ma che purtroppo io non abbia mai saputo decifrarli."

Max sospirò. "La Cornucopia è una leggenda," affermò con un tono definitivo. "Cullare il suo ninnolo ornamentale non la renderà più reale."

"Quando qualcosa è difficile da trovare, non vuol dire sia leggendaria," ribatté Tiago, che congiunse le mani, poggiandole sullo stomaco.

Max scosse la testa. "Ti stai facendo del male da solo, e tu lo sai. Hai speso anni a seguire piste che non hanno portato a niente. *Niente*. Questa cosa deve finire. Adesso! Non costringermi a misure drastiche. Il progetto Patrono viene prima dei tuoi inutili voli d'immaginazione."

"E che cosa avresti intenzione di fare per fermarmi questa volta, vecchio amico mio?" chiese Tiago, guardando per la prima volta il suo interlocutore negli occhi e sorridendo. "Mi punterai in faccia una Colt Anaconda o minaccerai di farmi a pezzi con le tue mani?"

Nonostante il suo umore, Max non poté fare a meno di sorridere a sua volta a quella risposta. "Sei sempre stato un pappagallo testardo," disse, incrociando le braccia.

Tiago si sfregò le mani, quindi disse, "Se Wei aveva previsto qualcosa," disse, passandosi distrattamente una mano tra i capelli, "se aveva escogitato un modo per aiutarci, non riesco a pensare ad un momento migliore di questo. E fissare il suo ciondolo...mi fa credere che, in qualche modo, lui faccia ancora parte della nostra battaglia."

"E sentiamo," disse Max, alzando un sopracciglio, "Come ti aspetti che Wei ti mandi questo aiuto? Mhm? Dal cielo? Magari attaccato al becco di una stramaledettissima cicogna?"

"No," disse Tiago, allargando il suo già ampio sorriso. "Quello non sarebbe di certo il suo stile."

Max inspirò lentamente mentre il suo volto assumeva un'espressione seria. "Ci sono cose più urgenti che dovrebbero occupare la mente del Primo Omnibus. Non ho certo bisogno di ricordarti quale sia lo stato della Soglia di Tolleranza, ragazzo." L'uomo sottolineò la parola 'ragazzo' come se per lui le ciocche di cappelli grigi sulle tempie di Tiago non esistessero. "Stiamo perdendo questa guerra," proseguì, alzando leggermente il tono della voce, "e non sarà certo fissando oggetti inanimati che riusciremo a vincerla. Ora, se mi hai fatto venire fin qui solo per..."

Un rumore penetrante e ripetitivo, simile al suono di una sirena, lo interruppe all'improvviso.

I due fecero scattare le teste verso il soffitto. Le loro espressioni palesavano allarme e tensione.

Max avvicinò il polso alla bocca e chiese in tono urgente, "Situazione?"

"Abbiamo appena rilevato attività biomecca, signore," rispose immediatamente una voce femminile tramite il suo interlink. "Un gruppo di sette incursori ad Ovest della Zona Ecologica Sigma. Ancora nessun indizio sulle loro intenzioni."

"Falli intercettare dai Falchi di Jerome e dai a lui il comando della bonificazione," ordinò Max, mentre il suono dell'allarme continuava a ripetersi. "Il loro Quarzo è il più vicino alla zona. Sarò in sala comando fra pochi minuti."

Max interruppe il collegamento. Guardò Tiago con un'espressione indecifrabile su un volto che avrebbe potuto essere stato scolpito nella roccia. "Le loro incursioni si stanno facendo sempre più frequenti," disse, mentre gli voltava le spalle, dirigendosi verso la porta. "Sono più arditi che mai, e questo li rende più pericolosi."

"O più preoccupati," disse Tiago, soppesando le sue parole. "Qualsiasi cosa stiano cercando di fare, potrebbero credere di avere sempre meno tempo, il che ci darebbe un vantaggio."

Max si fermò vicino all'uscita e guardò Tiago per diversi secondi. Tiago si limitò a restituire lo sguardo.

"Non vieni?" chiese Max alla fine.

"Tra un minuto," rispose l'altro. "Devo finire qualcosa, prima."

Max scosse la testa e uscì dalla stanza senza aggiungere altro.

Quando la porta fu chiusa e Tiago di nuovo solo, riprese il ciondolo a forma d'infinito e continuò a fissarlo. Con il dito indice, sfiorò la frase incisa su di esso, quindi la lesse ad alta voce, *"Cambia il mondo intero."*

Un sorriso amaro apparve su un volto stanco e provato dal tempo.

"Ci sto provando, amico mio," disse, chiudendo gli occhi e stringendo entrambe le mani a pugni. "Ci sto provando."

PARTE I
LENA

1

STRANIERA

ULTRARAPIDO DRAGONFLY, ARIUL AIRLINES

Ariul

LENA MARUISHI SI svegliò di soprassalto, con la
sensazione di avere un gigantesco pitone avvinghiato
attorno alle gambe.

Dopo essersi massaggiata velocemente i polpacci intorpiditi, si
strofinò gli occhi e si lasciò sfuggire uno sbadiglio. Quando si guardò
attorno, una vampata di consapevolezza le ricordò d'un tratto lo
spazio confinato in cui si trovava.

L'interno dell'aereo era ben illuminato da una familiare luce
color quarzo che dava all'abitacolo un aspetto sicuro e rilassante.
Alcuni dei passeggeri stavano dormendo mentre altri impiegavano il
tempo in modi diversi.

Un rumore alla sua sinistra le ricordò improvvisamente del suo
vicino. Si girò verso di lui e lo studiò per quella che doveva essere la
centesima volta.

Suo malgrado, non riuscì a trattenere un sorriso.

Non poteva fare a meno di osservare l'uomo come se fosse un

rarissimo esemplare di animale esibito in uno zoo. Guardarlo le dava la stessa scarica di eccitazione, lo stesso senso di meraviglia, che le avrebbe suscitato guardare una creatura aliena che si muoveva e respirava davanti ai suoi occhi. Il solo fatto di averlo vicino, di poter studiare ogni suo particolare esotico, le faceva scorrere un brivido lungo la schiena. Era una tacita conferma di dove si trovasse e, cosa molto più importante, di dove fosse diretta.

L'uomo sembrava immerso in un sonno all'apparenza impenetrabile. La bocca spalancata rigurgitava bava e grugniti in egual misura. Lena agitò una mano di fronte allo sconosciuto, ma non accadde nulla. Smise di agitare la mano e se la premette sulla guancia, puntellando il gomito sul ginocchio mentre continuava a guardare l'uomo, affascinata dal lento ma costante alzarsi e abbassarsi del suo petto.

Il passeggero era uno spettacolo che non la annoiava mai. Aveva speso buona parte di quel viaggio osservandolo con stupore e curiosità, accompagnata dal sottofondo del suo interminabile russare.

Lo sguardo di Lena indugiò sui vestiti dell'estraneo, arrangiati in modo tale da formare diversi strati colorati che si sovrapponevano gli uni sugli altri, facendolo sembrare una strana varietà di bruco incredibilmente cresciuto.

Era la prima volta in vita sua che si trovava vicino ad un saemagene.

Lo sconosciuto si mosse impercettibilmente sul sedile, grugnì qualcosa d'incomprensibile, quindi ritornò a sbavare. *Incredibile*, pensò Lena. Quell'uomo non aveva fatto altro che dormire. Si era svegliato solo una volta per mangiare il suo pranzo per poi ritornare a ronfare.

La ragazza socchiuse gli occhi e serrò le labbra mentre ricordava il vicino intento a gustare il suo peculiare pasto.

Egli aveva immerso due dita nel ventre di un insetto che sembrava un enorme scarafaggio, gustandolo come se fosse una prelibatezza. Dopo aver terminato con stile la sua pietanza, succhiandone le interiora, era passato al prossimo insetto, ripetendo l'operazione.

"Signorina, ha finito con quello?"

La voce squillante la fece sobbalzare. Si girò di scatto verso il corridoio e vide il volto gentile e sorridente dell'hostess che stava indicando il vassoio con quello che rimaneva del suo pranzo.

"Ehm...certo," Lena si schiarì la gola e consegnò il vassoio all'hostess che lo prese e lo mise assieme agli altri.

"Potrebbe passarmi anche il suo?" chiese l'hostess, indicando il vassoio del suo vicino. L'uomo, sordo alla loro conversazione, continuava a grugnire indisturbato.

Lena guardò il vassoio. Era vuoto, eccetto che per un paio di larve bianco latte, qualche carota ricoperta di salsa piccante e i tre gusci svuotati degli enormi scarafaggi che erano stati la portata principale del suo pranzo.

Lena passò il vassoio all'hostess, che la ringraziò prima di dirigersi verso il passeggero successivo.

La ragazza si guardò attorno un paio di volte mentre si lasciava sfuggire un altro sbadiglio. Aveva dormito per circa un'ora ma a lei sembrava di aver appena chiuso le palpebre prima di svegliarsi di soprassalto. Non si sentiva affatto riposata, ma cercare di dormire nuovamente era impossibile, si rese conto. Poteva quasi sentire il fiume di adrenalina a stento repressa sotto un guscio di calma forzata.

Decise di evocare il piano di volo per vedere a che punto del tragitto fosse arrivata.

Con stupore, constatò che mancava poco più di un'ora all'atterraggio. Un senso di eccitazione palpabile le fece venire voglia di correre su e giù per la lunghezza dell'aereo. *Siamo davvero così vicini?* si chiese.

Guardò nuovamente il piano di volo. Non era difficile capire che cosa stesse provocando quell'ondata di nervosismo. La sua aspettativa non faceva che crescere mentre le lancette dell'orologio procedevano inesorabili.

Riluttante, spense con un rapido movimento della mano la proiezione con le informazioni sul piano di volo.

Prese il libro che aveva abbandonato sulla mensola prima di

addormentarsi, lo aprì e cercò di barattare nervosismo e preoccupazione con sensazioni più familiari e gestibili. Almeno per qualche altro minuto.

Fu a trenta minuti esatti dall'atterraggio, mentre l'aereo aveva cominciato la sua parabola discendente, che la voce del Capitano interruppe le attività dei passeggeri con il suo tono calmo e professionale.

Lena fece scattare la testa in avanti al suono della voce e per poco il libro non le cadde dalle mani.

"Buon pomeriggio," la voce era chiara, come se qualcuno le stesse parlando a pochi centimetri di distanza. "È il Capitano che vi parla. Sono le due e un quarto a Saemangeum City e la temperatura è di ventiquattro gradi Celsius. Dovremmo atterrare all'aeroporto di Gunsan fra trenta minuti."

Il messaggio fu ripetuto in coreano e in mandarino.

Lena guardò alla sua sinistra ma il suo compagno di viaggio non sembrava meno addormentato di prima. Considerò la possibilità di svegliarlo, per informarlo dell'imminente atterraggio, ma la voce del Capitano fu sostituita da quella familiare dell'assistente di volo e la ragazza prestò nuovamente attenzione.

"Signore e signori, mentre iniziamo la discesa, per favore rimanete seduti e lasciate che i sedili si dispongano automaticamente in modalità atterraggio per garantire la vostra salvaguardia."

Lena vide la cintura di sicurezza fuoriuscire silenziosamente da un lato del sedile, avvolgendo gentilmente i suoi fianchi. L'assistente di volo continuò il suo messaggio quando tutti i passeggeri furono seduti, con la cintura assicurata attorno alla vita.

"Vi ricordiamo, inoltre, che una volta entrati nello spazio aereo di Saemangeum City, i vostri apparecchi si collegheranno all'etere tramite una porta d'accesso controllata. Per ulteriori informazioni, potete consultare la normativa numero 4 emanata dal Direttorato in materia di salvaguardia informatica. Grazie per la vostra collaborazione."

Lena dimenticò il suo proposito di svegliare il vicino e lasciò che i suoi occhi s'immergessero nell'incredibile spettacolo fatto di nuvole, terra e mare che baluginava fuori dal finestrino. Una ragnatela di strade cominciò ad emergere mentre si avvicinavano lentamente ma inesorabilmente alla loro destinazione. Ora riusciva quasi a distinguere la metropoli che li attendeva qualche migliaio di metri più in basso. Da quell'altezza, sembrava un forziere incredibilmente vasto ripieno di centinaia di gioielli. Man mano che l'aereo perdeva quota, più particolari si rivelavano davanti ai suoi occhi. Ben presto fu impossibile trovare una zona che non fosse impreziosita da edifici color argento e platino.

L'aereo atterrò senza provocare nessun rumore degno di nota, senza nessun soprassalto o sussulto. Se non fosse stato per il panorama esterno, probabilmente non si sarebbe neppure accorta che l'aereo non si trovava più in aria.

Quando le cinture furono riposizionate all'interno dei sedili, i passeggeri seppero che la procedura di atterraggio era terminata.

Lena fu sorpresa di vedere il saemagene che l'aveva accompagnata per tutto il viaggio alzarsi improvvisamente dal sedile, massaggiarsi frettolosamente le gambe, prendere il proprio bagaglio e incamminarsi con i primi passeggeri verso l'uscita.

La ragazza lo guardò superare le persone che si stavano alzando dai propri sedili. Sbatté le palpebre, sorpresa. Non aveva mai visto nessuno svegliarsi in quel modo.

L'aereo intanto si stava svuotando rapidamente. La ragazza prese il suo zaino da sotto il sedile e s'incamminò verso l'uscita.

Quando finalmente mise piede fuori dall'aereo, il suo cervello registrò il fatto che si trovava in un altro luogo, sotto un altro cielo, dentro un nuovo mondo.

∞ ∞ ∞

Dopo aver passato il Servizio di Frontiera Coreano, Lena aveva chiesto indicazioni ad uno degli ufficiali. Questi le aveva detto di procedere verso un terminale blu e, una volta lì, di proseguire verso l'Area di Benvenuto dei Candidati, dove avrebbe trovato un attaché del Direttorato ad attenderla.

Mentre continuava a camminare, sentiva un uragano di pensieri vorticare nella sua testa. Era spaventata ed eccitata al tempo stesso. Dopotutto era a casa; la sua nuova, stranissima casa.

La ragazza era cresciuta ascoltando fiumi di notizie sull'incredibile Saemangeum City. La prima città a impatto zero costruita dal genere umano trovava sempre il modo di imporsi all'attenzione dell'opinione pubblica. Ovviamente aveva letto tutto ciò su cui aveva potuto mettere le mani riguardante quell'argomento, aveva assaporato immagini e studiato mappe, guardato video, documentari, sperimentato dozzine di proiezioni e simulazioni su quella che veniva apostrofata come la 'Città d'Acqua'.

In ogni caso, non aveva mai pensato che un giorno sarebbe arrivato anche il suo turno. La sua curiosità era stata poco più di un passatempo fine a sé stesso. Aveva sempre immaginato questo posto come una destinazione oltre la sua portata, esotica, strana perfino, come un iceberg sempiterno nel bel mezzo di un deserto. Un luogo fatto di storie favolose e incredibili, immagini aliene e usanze quasi incomprensibili, difficili da immaginare e ancor più difficili da capire veramente.

Si accorse di star sperimentando una strana sensazione, qualcosa che non aveva mai provato prima. Era come se stesse indossando un'altra pelle, vivendo la vita di un'altra persona, un'estranea che imparava a conoscere meglio passo dopo passo.

Arrivata a destinazione, sfiorò il quadrato giallo oro al lato della porta e il pannello di controllo le garantì immediatamente l'accesso all'Area di Benvenuto dei Candidati.

Una volta entrata, si guardò attorno. Si trovava dentro una stanza molto spaziosa, pulita e luminosa, piena di poltrone e tavoli di legno. Ricercate proiezioni da arredo producevano forme sinuose e colorate che si muovevano lentamente sulle pareti e sul soffitto. Le sembrava la lounge di un qualche costoso hotel di lusso. Eppure, ciò che sorprese Lena non fu l'arredamento sfarzoso della stanza.

Davanti a lei stavano in bella mostra una serie di display reticolari disposti in maniera peculiare. Sembravano quasi formare un gigantesco fiore. Su ogni sezione, brulicavano le riproduzioni tridimensionali di un'incredibile varietà di bicchieri, bottiglie, coppe e tazze contenenti le più disparate bevande. Una breve descrizione orbitava in bella vista a fianco di ognuna.

Dovevano essere in tutto svariate dozzine. Lena vide acqua fredda e calda, speziata e al limone, bibite gassate, diverse tipologie di tè e del liquido color perla che il display chiamava 'Acqua di Ariul'.

Quando guardò alla sua destra vide un'altra collezione di display. Ognuno di essi mostrava la fedele riproduzione di numerose pietanze.

Lo spettacolo le ricordò che quasi non toccava cibo da dodici ore. Prima che potesse decidere se quel ben di Dio potesse essere comprato, una voce alla sua destra la fece sobbalzare.

"Benvenuta a Saemangeum City, Lena. Oh, accidenti! Non volevo spaventarti!"

Una ragazza la stava salutando con una mano alzata. Aveva una carnagione olivastra, enormi occhi verde scuro e labbra sottili piegate in un sorriso.

"G-grazie," rispose Lena, il cuore in gola mentre si guardava attorno, come per accertarsi che non ci fossero altre persone nella stanza. Come aveva fatto a non accorgersi di lei? Poi il suo sguardo venne catturato ancora una volta dalle forme e dai colori che impreziosivano la stanza e Lena ebbe la sua risposta.

"Mi chiamo Diana Restrepo," disse la ragazza, esibendosi in un profondo inchino mentre alzava lentamente un braccio, come se stesse muovendo con grazia una gonna immaginaria. "Sarò il tuo attaché culturale per il resto del pomeriggio. Tradotto dal politichese, ti farò semplicemente da guida nelle prossime ore." Diana si avvicinò e tese la mano. Lena la strinse.

"Se hai domande," continuò Diana, "sentiti libera di chiedermi quello che ti passa per la testa. Sono a tua completa disposizione." Diana s'inchinò nuovamente, questa volta quasi toccando il pavimento con la fronte. Il gesto sembrava talmente naturale da risultare comico. Lena non riuscì a trattenere un sorriso.

Diana indicò quindi le due collezioni di display. "E no," continuò, mostrando una fila di denti bianchissimi, "il cibo non è solo in bella mostra. Può essere ordinato e costa soltanto l'energia spesa per mangiarlo. Per favore, serviti pure." Poi si girò verso la serie di display che mostravano le cibarie e si mise un dito sulle labbra. "Quanto a me," proseguì, "sto letteralmente morendo di fame. Penso che ordinerò un bel piatto di spaghetti e polpette, tanto per cominciare."

Diana si mosse con sicurezza verso l'oloproiettore e ordinò il suo cibo, quindi si rivolse verso Lena. "Allora? Cosa prendi?" chiese.

"Oh, non ne ho idea. C'è talmente tanto da scegliere..." Lena tornò a fissare le pietanze, poi guardò Diana. "Tutto questo è...voglio dire...Solo per noi?"

"Oh beh," rispose Diana, capendo dove l'altra volesse andare a parare. "Qui è dove accogliamo ogni anno i nuovi candidati. Tuttavia, questa stanza viene usata anche per raduni o catering di vario tipo. Ecco spiegato lo spazio e la varietà di cibo e bevande. Vieni, ti mostro come funziona." L'attaché la prese per mano e Lena si lasciò condurre.

"Lo sai che le cucine ci mettono meno di dieci minuti per preparare la maggior parte dei piatti? Ti rendi conto? Solo dieci minuti per decidere tra un ordine e l'altro come mandare all'aria la mia dieta!" Diana si esibì in un sorriso furbetto.

L'attaché sembrava quel tipo di persona che sprizza energia da tutti i pori. Non solo. Nonostante la giovane età, Diana appariva gentile, educata, franca e sicura al tempo stesso. Quel genere di persona che vede sempre il bicchiere mezzo pieno e che lascia immediatamente una buona impressione. Lena decise che la ragazza le piaceva.

"Allora, com'è stato il viaggio?" chiese Diana, invitandola a sedersi su una delle poltroncine mentre aspettavano che il cibo fosse pronto. L'attaché prese uno dei cuscini lì vicino e se lo strinse al petto. Ci appoggiò sopra il mento e attese che l'altra parlasse.

Lena pensò alla risposta mentre valutava la sua compagna. "Nessuna turbolenza, ritardi o problemi," rispose. "Il miglior viaggio della mia vita."

Diana annuì. "Hai volato con le Ariul Airlines, dopotutto," disse, come se non potesse essere altrimenti. "Un viaggio impeccabile è la loro filosofia. Sei stata fortunata. Il mio ultimo volo invece è stato un incubo. Un *incubo*. Ho volato con una piccola compagnia cinese per una serie di coincidenze che ti risparmio. Beh, comunque...un incubo! Ho vomitato tre volte, perso i miei orecchini preferiti e c'era questo tizio che non smetteva un attimo di parlarmi. Ti giuro. Non mi sarebbe dispiaciuto se fosse stato almeno decente, ma credimi, era la cosa più simile a un acquagundam che abbia mai visto in vita mia e..."

"Un acqua...cosa?" la interruppe Lena, scuotendo la testa, confusa.

Diana la guardò con uno strano sguardo, poi scoppiò a ridere. "Colpa mia," disse finalmente, agitando le mani come per scusarsi. "Intendevo peggio di un *ippopotamo*. E aveva metà del suo cervello, se vuoi tutta la verità."

In quel momento, il cibo fu trasportato automaticamente sul tavolo attorno al quale erano sedute.

Diana prese il piatto e glielo porse.

"Grazie," disse Lena, mentre Diana cominciava ad attaccare il suo piatto di spaghetti.

Continuarono a mangiare e a parlare per la successiva mezz'ora. Lena scoprì che in realtà Diana aveva sedici anni e che stava frequentando una scuola privata specializzata in Relazioni Internazionali da qualche parte nel centro della città. Lena non aveva idea di che cosa effettivamente significasse il titolo di cui Diana si fregiava, *attaché*, ma poco le importava. La giovane la faceva sentire decisamente a suo agio con i suoi modi semplici ma diretti.

Quando Lena iniziò a mangiare la sua macedonia, si era quasi completamente dimenticata di essere all'interno di un aeroporto, circondata da un ambiente estraneo, a pochi chilometri da una città aliena che doveva ancora decidere se la spaventasse o la eccitasse.

Diana si pulì la bocca e ruttò. "Scusa," disse, senza traccia d'imbarazzo sul volto. "Ruttare in pubblico è considerato un gesto di apprezzamento qui a Saemangeum," spiegò, mentre si puliva la bocca con un tovagliolo. "Quasi un obbligo, se si è invitati da uno degli abitanti a pranzo o a cena. Non farlo in molti casi equivarrebbe a gettare il cibo per terra e a calpestarlo di fronte a tutti."

"Ehm...cercherò di ricordarmelo, dovessi ricevere un invito ufficiale." Lena trattenne a stento un altro sorriso, indecisa se quello fosse un consiglio genuino o semplicemente un'altra battuta. Non era facile capire quando l'attaché stava dando un'informazione o quando stava semplicemente scherzando. Aveva la stessa identica espressione in entrambi i casi.

"Oh, sì! Il tour!" esclamò d'un tratto Diana, mentre prendeva un po' di macedonia dal piatto di Lena. "Prima di lasciarti nel tuo hotel faremo un breve giro turistico. Vedremo un po' di tutto, anche se non avremo tempo di vedere molte zone. La città avrà davvero senso solo quando ci vivrai dentro, certo, ma il tour sarà utile per darti almeno una vaga idea del ritratto completo."

Lena infilzò una fragola con la forchetta. Considerò con attenzione le sue prossime parole. "Vedremo anche..." si fermò, indecisa su come continuare. "Voglio dire, avremo anche la possibilità di vedere l'accademia?"

"Oh shì! Ci passheremo proprio shi fronshe," confermò Diana, mentre masticava un grosso pezzo di melone. Inghiottì il boccone prima di continuare. "Non preoccuparti, avrai la tua occasione di dargli un'occhiata prima di domani."

Quando fu chiaro che nessuna delle due poteva mangiare nient'altro, Lena seguì Diana verso l'uscita della stanza e, dopo aver superato un paio di corridoi deserti, entrarono in un ascensore che le portò a pochi passi dall'uscita dell'aeroporto.

Nel momento in cui le porte dell'edificio si aprirono, l'ambiente circostante salutò Lena con una folata di aria calda che scompigliò i suoi lunghi capelli color notte. La differenza di temperatura dall'aeroporto all'esterno era considerevole, ma non intollerabile.

"Oggi non fa particolarmente caldo, e l'umidità è decisamente inferiore a ieri, grazie al cielo," spiegò Diana mentre faceva strada, superando velocemente un gruppo di turisti americani che stavano scattando le prime, trepidanti foto della loro vacanza asiatica.

"Los Angeles ha una temperatura e un'umidità simili, se non sbaglio," continuò Diana, gesticolando con una mano. "Non dovresti avere problemi ad adattarti al clima. Aspettati caldo e umidità. *Molto* caldo e *molta* umidità, a dirtela tutta, specialmente in questa parte dell'anno. Alcuni attaché mi hanno detto di aver avuto problemi con altri candidati. Sung, un mio compagno di classe, mi parlava di un'islandese che..."

Lena seguì con poco interesse le disavventure del povero ragazzo dall'Islanda. Era troppo occupata a guardarsi attorno, a catturare più particolari possibili. Tenne il passo mentre seguiva la coda di cavallo della sua guida muoversi come un pendolo che non mancava un colpo.

"...E un hoveran ci sta aspettando da qualche parte qui intorno..." stava dicendo Diana, guardando a destra e a sinistra. L'attaché socchiuse gli occhi e si grattò la testa. "Dov'è quell'imbecille?" chiese, più a sé stessa che a qualcuno in particolare.

Si trovavano in uno spazio aperto molto ampio ma quasi completamente deserto. Sembrava un parcheggio, ma non c'era neppure una macchina, solo persone che le stavano sorpassando. Alcuni di loro si trascinavano dietro grosse valige, diretti verso l'entrata dell'aeroporto. Lena alzò la testa e notò una grossa sfera sospesa a una dozzina di metri dal suolo che proiettava una serie d'informazioni di carattere generale, come la data, '12 maggio 2039', la temperatura esterna, 'ventiquattro gradi Celsius', le previsioni meteo per il resto della settimana, e molto altro ancora. Altre informazioni sulla vicina Metromaglev, il sistema di trasporto pubblico di Saemangeum, erano proiettate in verde brillante e sembrava che la maggior parte delle persone lì attorno fossero dirette proprio in quella direzione.

"Ah! Eccolo lì!" esclamò Diana d'un tratto, indicando con entrambe le mani davanti a lei. "Vieni. Da questa parte."

Lena seguì il punto che le veniva indicato e vide che c'era un uomo che agitava le braccia. Quando furono a pochi metri di distanza, Lena studiò lo sconosciuto che le stava aspettando, un uomo che probabilmente aveva intorno ai trentacinque anni, basso e con un volto paffuto.

"Questo è Set," disse Diana presentando l'uomo con un rapido cenno della testa. "Ci farà da autista per il nostro giro turistico prima di lasciarti al tuo albergo."

Set salutò Lena con un sorriso di benvenuto. Un sorriso di benvenuto *molto* largo.

"Benvenuta a Saemangeum City," disse Set, passandosi una mano tra i capelli e valutandola da capo a piedi.

"Grazie. Piacere di conoscerti Set," disse Lena, allungando una mano. Set l'afferrò immediatamente e la sfiorò gentilmente con le sue labbra. Socchiuse gli occhi mentre schioccava il bacio.

Il gesto improvviso e inaspettato colse Lena di sorpresa.

Set tenne la mano tra le sue, come se avesse trovato un rarissimo tesoro e avesse paura che si volatilizzasse davanti ai suoi occhi. "No," disse l'uomo. "Il piacere è *mio*."

Diana sbuffò mentre incrociava le braccia.

L'autista si schiarì la gola, gonfiò il petto e alzò in tandem entrambe le sopracciglia. "Mi sembra giusto tu sappia che sono single e molto, *molto* ricco."

"Certo," disse Diana, avvicinandosi e liberando la mano di Lena, "e guidi hoveran per divertimento."

"Usted no me dijo que la niña era tan guapa," Set disse a Diana in castigliano, mentre guardava Lena con occhi luccicanti.

"Pulisciti la bava dalla bocca e smettila di comportarti come un perfetto idiota," tagliò corto Diana. "Pensavo avessimo deciso che avresti almeno tentato di fare l'adulto."

Set non sembrò far caso al commento di Diana mentre indicava con una mano il veicolo che aveva di fianco.

Lena riconobbe immediatamente l'hovercraft argenteo di forma rettangolare, lungo quasi quattro metri. Se ricordava correttamente, i saemageni chiamavano quel mezzo di trasporto 'hoveran'.

Dentro al veicolo c'erano quattro sedili reclinabili, uno per il pilota e il copilota, e un paio dietro per i passeggeri.

"Scusa," mormorò Diana quando furono tutti a bordo dell'hoveran e Set ebbe isolato le due parti del veicolo con uno schermo. "Set è una brava persona, ma a volte non ha alcun senso delle misure."

"A me è sembrato molto gentile," disse Lena, alzando le spalle. "Penso mi piaccia."

"Davvero?" Diana sgranò gli occhi. "Beh, fai in modo che lui non lo sappia *mai*."

Gli occhi di Lena incontrarono quelli di Diana ed entrambe risero.

I motori dell'hoveran si accesero senza provocare alcun rumore. L'unico indizio che il veicolo era stato energizzato era dato dal fatto che ora si trovavano in aria, stando alle lievi oscillazioni che stavano sperimentando.

Delusa, Lena si accorse ben presto che non poteva vedere il panorama esterno. I finestrini sembravano semplicemente non far parte del design del veicolo. Una semplice luce bianca illuminava l'interno altrimenti oscuro dell'abitacolo mentre la ragazza era vagamente conscia di un movimento lento e continuo che proiettava in avanti il veicolo. Era come se stessero pattinando sul ghiaccio ad occhi chiusi.

"Se non ti dispiace, terrò i finestrini oscurati per il momento," disse Diana, indicando gli sportelli ai loro lati. "Non c'è davvero niente d'interessante da vedere per ora e voglio mostrarti qualcosa sulla mappa."

"Certo, nessun problema," disse Lena, in qualche modo sollevata di sapere che il veicolo non era dopotutto una bara in movimento.

"Va bene," continuò Diana, toccando il display di fronte a loro ed evocando con un veloce gesto della mano una riproduzione tridimensionale di Saemangeum City e delle sue vicinanze. Lena aveva cercato di prepararsi il più possibile alla sua permanenza nella città, ma quando vide la mappa apparire davanti ai suoi occhi la sua espressione era allibita, quasi sconcertata.

La città che apparve di fronte a lei era una completa sconosciuta.

La mappa che Diana aveva evocato conteneva almeno il triplo delle informazioni a cui Lena era abituata. Mentre cercava di assorbire il più rapidamente possibile i molti particolari della proiezione, Lena realizzò che, nonostante le settimane spese a ricercare e studiare informazioni, non sapeva davvero nulla di quel posto.

"Saemangeum City si trova alle foci del fiume Dongjin e Mangyeong, sulla costa di Jeollabuk-do. Qui, a Sud dell'estuario del fiume Geum." Diana indicò il punto con un dito, quindi continuò. "Distretti confinanti includono Gunsan City, la Contea di Buan e Gimje City. Il progetto di riempire l'estuario iniziò quasi quaranta anni fa, nel 1991, ma fu rallentato da un gruppo di ambientalisti per diverso tempo."

"Sì," disse Lena, ansiosa di provare a sé stessa che tutte quelle ore di ricerca non erano state dopotutto invano. "Prima del 2006 questo posto era un importante habitat per molti uccelli migratori.

"Esatto," disse Diana. "Una volta riempito l'estuario, un'area di circa quattrocento chilometri quadrati venne aggiunta alla penisola coreana. Stiamo parlando di un bel po' di terra. Immagina cinque Manhattan messe assieme e avrai una vaga idea delle proporzioni. Ora quello spazio, come puoi vedere, è Saemangeum City stessa, o Ariul, come la chiamano alcuni."

"La Città d'Acqua," mormorò Lena, mentre studiava la mappa.

Diana annuì e gesticolò con una mano mentre mostrava chiaramente annoiata le varie informazioni storiche che stavano scorrendo davanti ai loro occhi. "E bla, bla, bla. Potrei ammazzarti di noia con la mia lezione di geografia, o farti addormentare con tutte queste chiacchiere storiche, ma sono sicura che sai già tutto quello che c'è da sapere al riguardo. Giusto? Bene! Quindi, perché non ci concentriamo semplicemente sulla roba interessante? Le cose che so tu non sai. O meglio, le cose che *credi* di sapere e che in realtà non sai affatto."

Diana si leccò le labbra e ruotò la proiezione con un veloce gesto della mano. Il suo controllo sulla mappa, notò Lena sempre più impressionata, era totale. L'attaché poteva ingrandire, rimpicciolire o muovere la mappa a piacimento, cambiare la prospettiva, la lucentezza, il formato, da 2-D a 3-D, oltre a sottolineare nomi di luoghi e molto, molto altro ancora. Lena si chiese che tipo di trigoy possedesse un livello di coordinazione tecno-motoria tanto elaborato.

Mise mentalmente la domanda in fila dietro al centinaio che la precedevano.

Diana intanto stava creando una sottile linea verde per mostrare a Lena il tour che aveva preparato per quel giorno.

"Ti daremo l'opportunità di vedere la Zona Industriale e i Quartieri di Ricerca e Sviluppo," disse l'attaché, mostrando le varie zone mentre parlava. "Ehi, non farti impressionare da questi nomi chilometrici! Con il tempo scoprirai che gli abitanti chiamano diverse parti della città che hanno nomi lunghi o complicati con un equivalente molto più facile da ricordare. Per questo motivo, ad esempio, la Zona Industriale è conosciuta come la *Fornace*, mentre i Quartieri di Ricerca e Sviluppo sono conosciuti come il *Laboratorio*. Comunque, superate queste zone, avremo la possibilità di vedere alcune Zone Agricole. Useremo poi il Ponte della Libellula e ci dirigeremo verso Sud. Non andremo oltre il Ponte della Farfalla. Sì, lo so," disse Diana, cogliendo l'espressione incuriosita di Lena. "I saemageni o ariulani, i locali, insomma, adorano gli insetti, in qualsiasi modo tu possa immaginare. Te ne accorgerai presto da sola."

Lena annuì. Il pranzo del suo compagno di viaggio oltre ad alcune superficiali notizie che Lena aveva racimolato nell'etere le avevano dato una vaga idea della predilezione degli ariulani per gli insetti.

Il suo sguardo si soffermò sulle informazioni di viaggio del tour che venivano elencate mano a mano che Diana produceva una nuova tappa del viaggio.

"Sei sicura che potremo vedere tutte queste cose?" chiese alla fine Lena, studiando attentamente il percorso designato e scuotendo leggermente la testa. Sembrava scettica. "Mi sembra un bel po' da vedere in un solo pomeriggio. Non credo avremo il tempo. Stai suggerendo di andare da una parte all'altra della città, dopotutto. O sbaglio?"

Diana controllò le informazioni di viaggio che Lena stava indicando. "No, siamo in tempo," disse l'attaché alla fine. "Dovremo riuscire a vedere tutto senza problemi."

Lena non sembrava convinta. Non s'intendeva certo di hoveran, ma sapeva più o meno cosa fossero, ovvero una particolare forma di hovercraft utilizzata per lo più da privati cittadini. Aveva letto da qualche parte che la velocità media di un hovercraft era intorno ai sessantacinque o ottanta chilometri all'ora e che solo in casi rari alcuni modelli potevano raggiungere una velocità di centotrenta chilometri orari.

Lena guardò la mappa e l'orario. I conti non tornavano.

"Qual è la nostra velocità attuale?" chiese Lena alla fine.

"Non altissima," rispose Diana, indicando la parte del tour nella quale si trovavano, "siamo in un'area urbana, dopotutto. Per ora, stiamo mantenendo la nostra velocità sui centocinquanta chilometri orari."

Lena sgranò gli occhi. "Quanto?"

"Centocinquanta chilometri orari," ripeté Diana guardando Lena. Poi notò l'espressione della ragazza. "Ehi, ti senti bene?"

"Voglio vedere," disse Lena d'un tratto, un largo sorriso si fece largo sul suo volto.

"Vedere cosa?" chiese Diana, evidentemente confusa, "Ti avevo detto che non c'è nulla d'interessante da vedere per il momento."

"Per favore, voglio soltanto dare un'occhiata fuori."

"Come desideri," disse Diana, allargando le braccia.

L'attaché mosse le dita di fronte al display e la semioscurità che circondava l'abitacolo scomparve velocemente, assorbita dai lati del veicolo come un liquido scuro succhiato da un'infinità di cannucce invisibili. Quando gli occhi di Lena si furono abituati alla luce esterna, il panorama le mozzò il fiato.

Realizzò d'un tratto che non stavano arrancando lentamente, come la stabilità quasi monotona dell'abitacolo le aveva suggerito fino a quel momento. No, stavano letteralmente scivolando sul mondo ad una velocità che non avrebbe mai creduto possibile. Poi guardò verso il terreno e fu in quel momento che si rese conto del dolore ai lati del suo volto. Senza accorgersene, non aveva fatto altro che sorridere da quando Diana aveva aperto il panorama attorno a loro.

Non c'era altro modo per spiegarlo. Stavano volando. *Volando.* Per quanto fosse difficile da credere, erano a circa cinque metri dal suolo.

Non erano a bordo di un hovercraft, si trovò a pensare Lena mentre non poteva fare a meno di allargare il suo già ampio sorriso.

Erano a bordo di un vero e proprio tappeto volante.

∞∞∞

Set le portò a circa un chilometro dalla Fornace, abbastanza vicino da poter distinguere chiaramente gli edifici che dominavano l'orizzonte con le loro forme peculiari. Da quella distanza alcuni di loro sembravano enormi Ziggurat color bronzo e argento, mentre altri, più piccoli ma numerosi, ricordavano a Lena dei pilastri collegati assieme da una comune base rettangolare. Diana aveva allargato la Zona Industriale nella mappa di fronte a loro, così che fosse più chiaramente distinguibile.

"Questa è la Zona Industriale nella sua interezza," disse l'attaché incrociando le braccia. "L'area copre quasi venti chilometri quadrati. Nei complessi primari si producono varie attrezzature per la costruzione di navi e si assemblano computer quantici, nanochips e nanoconduttori. Vengono inoltre sviluppate tecnologie legate all'industria dell'energia rinnovabile e aerospaziale. Infine, lavorano e raffinano diverse dozzine di materiali, conducono esperimenti atomici su medicine e processano parte dell'output di alcune Zone Agricole. L'intera Zona Industriale si serve di energia nativa ed è autosufficiente al 100%, ventiquattro ore su ventiquattro, sette giorni su sette. Gli operai e gli ingegneri si succedono in tre turni di lavoro che ruotano periodicamente ogni otto ore. La Fornace non smette mai di produrre."

Lena scosse la testa, mentre le informazioni sulla Fornace scorrevano davanti ai loro occhi. "Fenomenale," mormorò.

L'hoveran accelerò nuovamente una volta che Diana ebbe

concluso il suo discorso. In meno di dieci minuti si trovarono in prossimità dei Quartieri di Ricerca e Sviluppo, ad Ovest della Fornace, nella parte Nord di Saemangeum City.

"Il Laboratorio copre un'area più estesa della Fornace, approssimativamente ventitré chilometri quadrati." Diana si avvicinò di qualche centimetro verso Lena e si coprì con il dorso della mano le labbra. Abbassò la voce, come se le stesse per confidare un segreto. "I tizi che lavorano là dentro sono più maghi che scienziati, se dai retta alle voci che girano," disse. "C'è sempre qualcosa di grosso in attesa di essere creato lì dentro. Come parte del mio orientamento la mia scuola ha organizzato un tour limitato ad alcuni dei loro stabilimenti aperti al pubblico... sai, quei posti riservati ai turisti, studenti e curiosoni, insomma. Tra me e te, devo ancora riprendermi da quello che ho visto."

Lena alzò le sopracciglia. "Hai detto che solo alcune sezioni del Laboratorio sono aperte al pubblico. Cosa immagini succeda nelle altre parti? Voglio dire, da quel che vedo nella mappa, più del settanta percento sembrano zone riservate o ad accesso limitato."

"Solo Dio lo sa," rispose Diana, scrollando le spalle e roteando gli occhi. "Controllo mentale, macchine del tempo, teletrasporto."

Lena aspettò che l'attaché ridesse alla sua stessa battuta, ma Diana rimase assorta e silenziosa. Non riuscì a capire se la ragazza stesse solo cercando di tenere alta la suspense o se ne sapesse davvero così poco su quel posto.

Lena rifletté su quello che aveva sentito per un momento. Poi guardò l'area a Nord-Est del Laboratorio. Qualcosa calamitò all'improvviso il suo sguardo. "È questo lo zoo?" chiese, i suoi occhi ancorati su un edificio di forma sferica incredibilmente familiare.

Diana seguì il suo dito e annuì. Un sorriso furbetto si fece largo sul suo volto. "Sì, esatto. È dove ha luogo la magia. Come puoi vedere, lo zoo è convenientemente situato tra il Centro di Bioingegneria e la Fabbrica di Clonazione."

"Ho visto un paio di documentari su questo posto," disse Lena, mentre si lisciava distrattamente i capelli. "È vero quello che si dice? Voglio dire, c'è davvero un..."

"Sì," Diana la precedette, muovendo all'unisono pollice ed indice. Una mappa dettagliata dello zoo apparve di fronte a loro, sostituendo quella più generica del Laboratorio. "Qui e qui, in questi due enormi recinti collegati da questo passaggio, tengono la coppia di mammut. In quest'altro padiglione, invece, sono tenuti un'altra mezza dozzina di animali estinti, compreso il dodo. Ho sentito che stanno anche progettando di aprire un acquario."

Lena si sporse per vedere meglio. Rievocò le ore che aveva passato a leggere e ascoltare notizie su quell'incredibile luogo delle meraviglie.

La dimestichezza di Saemangeum City nell'industria genetica era solo una delle ragioni della sua notorietà internazionale, probabilmente quella che appariva più spesso nelle news. Lena era certa che qualsiasi bambino sulla faccia della Terra avrebbe fatto carte false per visitare il luogo che la mappa le stava proponendo.

Lo zoo di Saemangeum City era unico del suo genere, il risultato di superiori arti genetiche, di fondi quasi illimitati e dell'incrollabile volontà politica del Direttorato che governava la città.

Lena aveva sentito che quando il video del primo esemplare di dodo clonato venne diffuso nell'etere, le persone si divisero immediatamente tra i favorevoli e gli scioccati. L'EUROCON e gli Stati Uniti stessi inizialmente misero il Direttorato sotto forti pressioni per sapere di più su quello che traspariva dalle news, mentre centinaia di NGOs contro la clonazione e la bioingegneria iniziarono una possente campagna per fare in modo di distruggere sul nascere quello che credevano essere un esperimento dalle conseguenze imprevedibili. Quello che accadde dopo ormai era storia. Saemangeum City resistette alle pressioni dell'occidente e, dopo tre mesi dalla diffusione del primo video, sfidando l'ira di molti, 'resuscitò' il primo mammut.

Con il passare del tempo il sentimento dell'opinione pubblica riguardante la questione clonazione si capovolse. Puro stupore misto a eccitazione iniziò a diffondersi ovunque mentre nuovi video e immagini venivano scaricati nell'etere. La strategia del Direttorato, lasciar decidere all'opinione pubblica planetaria cosa fosse giusto e sbagliato, si rivelò vincente. Le NGOs capirono in fretta che l'umore del pubblico stava cambiando e dopo milioni di dollari spesi nella campagna di protesta, si accontentarono di ottenere da Saemangeum una semplice dichiarazione pubblica a non provare a clonare esseri umani.

Quando l'uragano mediatico perse intensità, molti Stati asiatici, come la Cina e il Giappone, affermarono di essere interessati a finanziare gli esperimenti genetici. E così, negli anni successivi, ogni animale clonato venne considerato un successo e un motivo di festa da gran parte dell'opinione pubblica planetaria. La maggior parte delle persone ad occidente ed oriente cominciarono ad abituarsi all'idea di vedere animali una volta relegati nei libri di storia tornare a respirare nuovamente. Finalmente, quando Saemangeum City inaugurò ufficialmente lo zoo, visitarlo diventò il sogno proibito di qualsiasi bambino.

Sfortunatamente, il PASS per quella speciale attrazione non era economico: un singolo ingresso costava come un biglietto aereo Melbourne-Las Vegas. Andata e ritorno. Fotografie, cellulari, oculus e trigoy erano severamente proibiti, a meno che non si comprasse il PASS ORO, che costava più o meno come una piccola utilitaria.

Lena si riscosse dai suoi pensieri mentre ascoltava l'attaché ordinare a Set di procedere verso il Ponte della Libellula. Mentre il profilo ormai distante del Laboratorio si rimpiccioliva, chilometro dopo chilometro, Diana indicò una delle famose Zone Agricole, a Nord-Est dei Quartieri di Ricerca e Sviluppo.

"Gli ariulani li chiamano semplicemente i *Panieri*," disse, "e sono localizzati principalmente nelle vicinanze dei fiumi Mangyeong e Dongjin. Nella loro totalità coprono circa ottantacinque chilometri quadrati. I diversi Panieri hanno delle sezioni specificatamente dedicate a colture tradizionali, colture da serra o colture geneticamente modificate. Ogni singolo prodotto è catalogato ed etichettato così che i consumatori possano decidere se comprare cibo geneticamente trattato o quello coltivato in maniera tradizionale. Vedi quell'enorme edificio cubico? Proprio lì."

"Lo vedo," annuì Lena.

Diana stava indicando uno dei giganteschi edifici che si stagliavano all'orizzonte alla loro sinistra, una sorta di enorme monolite di vetro e acciaio. Doveva essere il decimo che Lena aveva scorto dal finestrino negli ultimi cinque minuti.

"Beh, quel cubo potrebbe ospitare comodamente una mezza dozzina di campi da calcio. Ogni singolo Paniere produce una coltura diversa, qualsiasi cosa il Direttorato commissioni, a seconda dei bisogni della città. Il surplus è venduto in Cina, India, Indonesia e altri paesi che pagano profumatamente per queste colture, riempiendo in questo modo il portafogli della città."

L'hoveran si allontanò progressivamente dagli imponenti edifici e ricominciò ad accelerare. Quando iniziarono ad attraversare il Ponte della Libellula o il 'Libellulare', come Diana lo chiamò un paio di volte, si lasciarono dietro la Fornace, il Laboratorio e i Panieri. L'attaché disse che quella parte era conosciuta semplicemente come Saemangeum City Nord.

"Ci stiamo ora dirigendo verso il Fulcro, il cuore geografico di Saemangeum," la informò Diana. "Lì avrai la possibilità di scorgere il centro cittadino dal fiume mentre attraversiamo il Ponte Corona. A quel punto saremo abbastanza vicini da dare una veloce occhiata anche all'accademia. Alla fine Set ci porterà dritti verso Sinsi-Yami, il mega resort che ospita l'hotel dove trascorrerai la notte."

Lena non sapeva esattamente per quale motivo, ma per la prima volta da quando era scesa dall'aereo, le parole di Diana le misero addosso un senso di urgenza. L'eccitazione per il suo arrivo, l'incontro inaspettato con Diana e il tour le avevano quasi fatto dimenticare il motivo per cui si trovava a Saemangeum City.

Mentre stavano attraversando il ponte, dirette verso il centro della città, Lena pensò che avrebbe avuto finalmente l'occasione di vedere l'accademia dal vivo per la prima volta. Quasi non poteva crederci. Dopo settimane passate a sognare quel posto si rese improvvisamente conto di essersi svegliata, scoprendo di viverci dentro.

2

LA MADAME DELLE NOTE

CALGARY, ISTITUTO YODOBASHI PER LA CURA DI DISTURBI ETERE-INDOTTI

Angelica

L A FILA DI studenti cominciò ad entrare nella stanza, chiacchierando allegramente mentre si guardavano intorno con sguardi curiosi e affascinati. Alcuni si spintonavano a vicenda, altri ridevano e scherzavano mentre una donna li richiamava all'ordine guardandoli con un'espressione severa.

La dottoressa Angelica Kam contò quattordici ragazzi e ragazze, tutti tra i dieci e i dodici anni. Spostò lo sguardo sull'insegnante che li stava guidando, una donna bassa e grassottella, con corti capelli color ruggine e una generosa dose di lentiggini sul naso e sulle guance. L'insegnante la salutò con un veloce segno d'assenso, dirigendo la classe verso di lei mentre richiamava una coppia di ragazzi che erano rimasti indietro.

Angelica cominciò a sua volta a camminare verso i nuovi arrivati, seguita a breve distanza dalla sua assistente, una giovane ragazza sui vent'anni con corti capelli color paglia.

"Madame, è un vero piacere conoscerla," disse l'insegnante. Le due si strinsero la mano.

"Angy, per favore," le disse Angelica, sorridendo, "qui all'istituto siamo allergici ai formalismi, Heather. Posso chiamarti Heather?"

"Assolutamente," sorrise a sua volta l'insegnante.

Angelica si girò alla sua destra e indicò la donna più giovane vestita con il suo stesso camice color avorio, "Questa è Dewi Salonga, la mia assistente personale. Ci accompagnerà nella nostra gita all'istituto e mi aiuterà con i ragazzi."

Heather e Dewi si strinsero la mano, scambiandosi alcune frasi di circostanza, quindi l'insegnante si girò nuovamente verso Angelica. "Vorrei ringraziarla...voglio dire, *ringraziarti* ancora una volta per aver organizzato tutto questo. Ho visto la vostra unità eterica, e ho avuto l'impressione che voialtri siate delle persone già molto impegnate con la vostra normale attività. Mi rendo conto che aggiungere a tutto quello anche un gruppo di preadolescenti in cerca di..."

"Oh, sciocchezze," l'interruppe Angelica, scuotendo leggermente la testa, mentre alzava una mano, "Avere la possibilità d'insegnare a questi ragazzi è un vero e proprio privilegio, Heather, oltre ad essere un modo per adempiere all'obiettivo di questo istituto. Non è vero Dewi?"

L'assistente annuì. "Sicuro," disse, "Il nostro programma di prevenzione dei disturbi etere-indotti è appositamente studiato per rendere adolescenti e preadolescenti consapevoli dei rischi collegati all'utilizzo dell'etere. In effetti, questo è uno dei compiti più importanti per noi eterodon."

Heather si voltò per richiamare un paio di volte i ragazzi, quindi, quando una parvenza d'ordine venne ristabilita, continuò a parlare, rivolgendosi alle due dottoresse, "Io e gli altri insegnanti abbiamo pensato che un programma del genere fosse davvero utile, specialmente dopo aver capito un po' di più su tutta questa faccenda dei disturbi etere-indotti. A dire il vero, io e i miei colleghi siamo stati sorpresi di scoprire che il vostro centro fosse l'unico a portare avanti un programma del genere qui a Calgary, e siamo stati ancora più sorpresi di scoprire che ne esistono soltanto un'altra dozzina in tutta l'Alberta. Uno si aspetta che nel 2039 ci sia più informazione sulla materia di cui vi occupate. Molta di più, in effetti."

Dewi fu la prima a rispondere, come se l'insegnante avesse toccato un punto importante. "Non immagini quanto tu abbia ragione, Heather," disse. "Purtroppo sono ancora in molti a considerare l'eterosofia una forma di ciarlataneria. Combattere la disinformazione che circonda questo tema è importante quanto combattere i disturbi etere-indotti stessi." Dewi aveva un'espressione di fervore sul volto, sottolineata maggiormente dal colore delle sue guance, che si erano tinte di una sfumatura di rosso ciliegia.

"Avremo tempo di discutere tutto questo in dettaglio," disse Angelica, alzando una mano per interrompere l'assistente prima che Dewi avesse la possibilità di dire altro. "Penso sia arrivato il momento delle presentazioni." Angelica si sistemò gli occhiali e si schiarì la gola, quindi si diresse verso gli studenti con passo spedito.

Una coppia di ragazzi che non aveva fatto che fissarla per tutto quel tempo, iniziò a confabulare con gli altri, indicandola ripetutamente.

I mormorii cessarono quando Angelica fu a portata d'orecchio. La dottoressa non ci fece troppo caso, ma si preoccupò semplicemente di guardare uno ad uno i giovani studenti.

"Benvenuti all'Istituto Yodobashi per la cura di disturbi etere-indotti," iniziò Angelica. "Io sono la dottoressa Angelica Kam, ricercatrice capo di questo istituto. Questa," ed indicò la ragazza più giovane rimasta vicino ad Heather, "è la mia assistente, la dottoressa Dewi Salonga. Insieme con la vostra insegnante, oggi vi parleremo di un tema che riteniamo sia molto importante per voi tutti, specialmente alla vostra età. Oggi parleremo di come utilizzare in maniera salutare ed efficiente l'etere e di come prevenire le malattie che potreste contrarre utilizzandolo, quelli che noi chiamiamo 'disturbi etere-indotti'."

Angelica fece spaziare il suo sguardo sul gruppo di alunni. "Bene. Prima di iniziare il nostro tour, ci sono domande?"

Uno dei ragazzi si mosse sul posto, come se avesse un bisogno urgente di andare al bagno. Era paffutello, biondo e con occhi azzurri.

"Sì?" lo indicò la dottoressa, "Hai una domanda da fare? Spara pure!"

Lo studente annuì lentamente.

"Non c'è nulla di cui aver paura," lo incoraggiò Angelica. "Come ti chiami?"

Il ragazzino le faceva tenerezza. Sembrava il più giovane del gruppo, non poteva avere più di dieci anni, ma in qualche modo si fece coraggio e iniziò a parlare, le mani dietro la schiena e lo sguardo fisso su di lei.

"Ehm," lo studente si schiarì la gola un paio di volte, quindi si leccò le labbra e disse, "Sono...Mi chiamo...Tom."

"Tom, benvenuto all'istituto," disse Angelica, mantenendo il suo sorriso inalterato per incoraggiarlo ad andare avanti. "Andiamo, non fare quella faccia. Di che cosa hai paura, che ti mangi?"

"N-no," fu la risposta incerta del ragazzino. "Certo che no."

"Bene," disse Angelica, annuendo vivacemente, "perché sono già piena. Ho appena finito di sbranare una coppia di studenti ben cotti."

Per quanto non fosse nulla di speciale, la battuta era stata talmente inaspettata che tutta la classe rise. Dopo la risata, molti volti si fecero più rilassati, compreso quello di Tom, che non sembrava più qualcuno sul punto di essere spinto da un precipizio. Il sorriso della dottoressa contagiò gli occhi azzurri dello studente e la sua espressione si fece più sicura.

"Bene. Allora, qual è la tua domanda, Tom?" chiese nuovamente Angelica.

Tom si grattò il gomito, con aria pensosa. Dopo aver scambiato qualche occhiata con i suoi compagni, chiese, "È lei...è lei quella che chiamano la Madame delle Note?"

Angelica aggrottò le sopracciglia, evidentemente confusa. Guardò la sua assistente, Dewi, che mostrava un'espressione non meno confusa della sua. Era ovvio che nessuna delle due donne capiva la domanda del ragazzo.

"Madame delle Note?" ripeté Angelica, come per stabilire che avesse sentito bene.

Tom annuì. Ci fu silenzio per una manciata di secondi, intervallato qua e là da alcuni bisbigli provenienti dal gruppo di ragazzi.

"Dove...dove hai sentito questo nome, Tom?" chiese Angelica, colta alla sprovvista dalla domanda.

"Oh, mia madre...mia madre è una datamorpher," rispose Tom, gonfiando il petto e raddrizzando la schiena. Quell'affermazione sembrò dare al ragazzino una dose inaspettata di fiducia, come se aver dichiarato ad alta voce quale fosse la professione della madre gli conferisse automaticamente un qualche tipo di prestigio o autorità. "Ho visto che inseriva alcuni nuovi profili nella banca dati, ieri, e tra questi...tra questi c'era anche il suo."

Angelica sembrò considerare per un momento quello che Tom aveva detto. "Davvero?" chiese alla fine, più a sé stessa che a qualcuno in particolare.

"Davvero," confermò il ragazzo. "Oggi, prima di arrivare qui, all'istituto, ho fatto alcune ricerche. Ricordavo che una dottoressa di nome Angelica Kam sarebbe stata la nostra guida e il nome mi sembrava familiare. Ho confrontato il risultato con il profilo della Madame delle Note e i dati biografici combaciavano. Il suo profilo ha fatto un balzo non appena è stato inserito nel database, lo sa? L'ultima volta che ho controllato, era tra i mille con più accessi di questa settimana! Lei deve essere qualcuno di davvero *bollente* in questo momento!"

A sentire quelle parole, gli altri studenti si guardarono a vicenda. Tutto d'un tratto, la dottoressa sembrava aver assunto un fascino particolare.

Alcuni di loro presero a rovistare freneticamente nelle loro tasche mentre borbottavano eccitati tra di loro, e riemersero con un piccolo oggetto a forma di piramide che scrutarono con evidente interesse.

Due di loro erano sul punto di lanciare l'oggetto in aria quando la loro insegnante vide che cosa stavano cercando di fare. A quel punto Heather riprese i ragazzi con voce tagliente. "Ahmet, Diego!" esclamò. "Dove sono le vostre buone maniere? Mettete via quei trigoy. Subito!"

I ragazzi guardarono i loro trigoy, come se fossero indecisi sul da farsi, ma alla fine obbedirono.

"La Madame delle Note," ripeté Angelica dopo qualche secondo di silenzio. Sembrava non essersi neppure accorta dell'agitazione crescente che stava contagiando i ragazzi. Guardò nuovamente la sua assistente, come per cercare una conferma al fatto che avesse sentito bene.

"Questa sì che è bella," disse Dewi, gli occhi colmi di eccitazione. "Ti rendi conto, Angy? Su niente meno che DataMorph!"

Dalla sua espressione, anche l'assistente sembrava sul punto di prendere il suo trigoy e viaggiare nell'etere seduta stante.

Tuttavia Angelica non sembrava condividere l'eccitazione della collega. Affatto. La dottoressa sembrava più che altro confusa e forse un po' imbarazzata. Alla fine, dopo averci pensato un po' sopra, si avvicinò a Tom, piegò le gambe così che i loro sguardi fossero allo stesso livello e disse, "Sei sicuro di aver visto il mio profilo su Data-Morph, Tom?"

"Suo marito si chiama Sebastian Anish, non è vero?" chiese Tom. "Avete un cane e due gatti. Il suo colore preferito è il rosso."

Angelica non poté fare altro che annuire. "Beh, direi che questo lascia davvero poco spazio all'interpretazione. Guarda, Tom, non so per quale motivo sia finita su DataMorph. Prima che me lo dicessi tu, non sapevo neppure di essere citata, nell'etere, al di fuori della mia unità. Per quanto possa sembrare strano, dato il mio lavoro, uso l'etere solo quando ne ho bisogno per la mia attività. Inoltre, Data-Morph non è certo una destinazione che visito frequentemente..."

"Anch'io ho letto quello stesso profilo stamattina," s'intromise una ragazza con una lunga treccia, interrompendo la dottoressa. "Ho visto la sua foto via Mondo Due. È lei la Madame delle Note, ne sono certa!"

Angelica si girò verso di lei, e così fece Tom e il resto della classe.

La studentessa continuò, l'aria eccitata di qualcuno che aveva appena fatto una grossa scoperta, "Era uno dei più visualizzati anche lì. Diceva che lei è nata ad Hong Kong, che è una delle più giovani eterodon del Nord America e che è stata un'allieva di Cantara Handal e...e....Diceva anche che usa un metodo particolare per curare le persone malate, grazie alla musica, se non sbaglio. Come era quel nome? Musicat...no! Musicora...No, no, aspetta! Ora ricordo! Musicoterapia! Sì, era musicoterapia!"

Etere. Musicoterapia. Madame delle Note. Angelica fece due più due. Quel nome cominciò ad avere senso tutto d'un tratto.

"Beh, sì, è vero," ammise lei, guardando la ragazza. "Qui all'istituto utilizziamo una tecnica chiamata musicoterapia per trattare molti dei nostri pazienti, ma non riesco davvero ad immaginare che cosa..."

Ma la ragazza non la fece neppure finire. "Visto, ve lo avevo detto," disse, gli occhi luccicanti mentre guardava i vicini con aria trionfante, "ve lo avevo detto che era lei!"

"È vero che può guarire le persone sussurrandogli nel sonno?" proruppe un'altra ragazza con corti capelli castani, facendosi avanti.

"È vero che i tecnoristi hanno una paura matta di lei?" chiese qualcun altro che Angelica non riuscì a distinguere mentre la sua domanda si sommava a quella di un'altra dozzina di ragazzi che cercavano di parlare tutti contemporaneamente, in un caos crescente di voci che cercavano di soffocarsi a vicenda. L'eterodon non fece in tempo a girarsi verso la direzione dell'ultima domanda che Tom tornò alla carica, tirandole il camice per avere la sua attenzione, "Ehi, è vero che Cantara Handal l'ha personalmente..." ma la domanda del ragazzino venne fagocitata da un altro paio, a loro volta affogate da un fiume crescente di parole.

"Se mi ammalo nell'etere posso contagiare...Davvero bella, per essere una dottor...Posso scattarle una foto?...Quanto costa un suo autograf..."

Gli studenti avevano rotto la fila e ora circondavano disordinatamente Angelica, come se si trattasse di una scultura celeberrima a cui tutti loro volevano dare una buona occhiata da vicino.

Angelica sbatté ripetutamente le palpebre mentre veniva bombardata da un fiume di domande, una più improbabile e assurda dell'altra.

"Ragazzi!" li richiamò la loro insegnante, una mano sul fianco e l'espressione arrabbiata. "Se volete fare delle domande alla dottoressa fatele una alla volta e con la mano alzata, per favore! Tom, Ahmet, togliete le mani di dosso dal camice della dottoressa. Subito! Andiamo, ragazzi, ritornate in fila. Sunita! Marco! Smettetela di spingervi! In fila, ho detto! Non voglio vedervi sparsi come un branco di pecore."

I ragazzi si rimisero in fila, mormorando scuse ad Angelica e alla loro insegnante con un tono della voce che suggeriva che fossero tutto, fuorché dispiaciuti. Nella stanza calò un silenzio rotto di tanto in tanto da mormorii e sussurri.

Angelica sospirò, lisciandosi il camice con alcuni distratti movimenti delle mani. Osservò gli alunni uno ad uno e poté vedere che nonostante il richiamo, curiosità ed eccitazione traboccavano ancora dai loro occhi. Era lo sguardo che una persona riservava solitamente ad una celebrità. Un atteggiamento che non l'avrebbe aiutata affatto ad adempiere al suo obiettivo. Il suo scopo era informare, non stupire.

Angelica doveva preoccuparsi di chiarificare le idee dei ragazzi, e subito, se voleva riportare l'attenzione al vero, importante motivo per cui gli studenti si trovavano lì.

"Guardate," iniziò Angelica, sforzandosi di sorridere, "sono sicura che la metà delle cose che avete sentito nell'etere su di me, sono esagerazioni. L'altra metà, sono spazzatura. La fonte stessa dalla quale provengono mi dà motivo di crederlo. DataMorph deve aver sguinzagliato alcuni dei suoi eterion per raggiungere la quota di sottoscrizioni mensili desiderata e questo istituto e la sottoscritta sembrano essere state le loro ultime vittime. Probabilmente avevano bisogno di una notizia 'bollente' del momento," e guardò Tom, riprendendo il termine che lui aveva usato per descriverla. Quindi, dopo aver fatto un respiro profondo, riprese, "Ora, lasciate che sia molto chiara. Il mio nome è Angelica, ma preferisco che mi chiamate Angy. È severamente vietato darmi del 'lei'. Voglio che voi tutti vi sentiate a casa per il tempo che passerete qui all'istituto assieme a me e a Dewi. Sono contenta che alcuni di voi sappiano già qualcosa su di me e su quello che faccio, ma sappiate che vi trovate semplicemente in un edificio dove si curano delle persone malate, non molto diverso da un ospedale, e io sono solo uno dei tanti dottori. Non sono una celebrità, non resuscito i cadaveri sussurrandogli nel sonno e non ho nessun potere speciale."

I ragazzi annuirono, qualcuno sghignazzò. Nessuno la interruppe.

"Bene, ora che abbiamo messo i puntini sulle i, torniamo al motivo per cui siamo qui. Oggi, ragazzi, parliamo di un argomento incredibilmente più importante e interessante della sottoscritta. Oggi, infatti, esamineremo i più comuni disturbi etere-indotti. Adesso, se volete seguirci, la nostra lezione inizia da questa parte. Se avete altre domande, per cortesia, alzate la mano. Sì, Tom?"

"Posso avere il tuo autografo?"

"Tom Willemor!" strillò l'insegnante, fulminandolo con lo sguardo.

"Non fa niente," disse Angelica, placando l'espressione adirata di Heather con un conciliante gesto della mano. "Facciamo un patto, Tom," disse Angelica, rivolgendosi allo studente. "Alla fine di questa lezione, ci sarà un test per stabilire quanto avete capito di ciò che sarà detto." Angelica spostò la sua attenzione da Tom al resto della classe, quindi continuò. "Il primo classificato avrà il mio autografo. Che ne dite, voi tutti? Ci state?"

"Affare fatto," dissero più o meno in coro tutti gli studenti.

"Eccezionale!" esclamò Angelica, mentre un angolo della sua mente continuava a pensare a quello che aveva scoperto negli ultimi cinque minuti. Scosse la testa, rigettando quel pensiero. *Non adesso*, si disse, mentre annuiva brevemente verso l'insegnante, che si mise a capo della fila degli studenti pronti a seguirla.

"Da questa parte, allora. Abbiamo preparato una sala per voi." Angelica si girò e raggiunse in fretta Dewi, che aveva già cominciato a camminare verso la porta. Insieme, le due eterodon guidarono la classe fuori dalla stanza.

La sua assistente le si avvicinò mentre camminavano e mormorò a bassa voce, in modo che non potesse essere ascoltata dagli altri, "Madame delle Note," disse. "Su DataMorph! Ti rendi conto, Angy? Su niente meno che DataMorph! Non è incredibile?"

"Ti ho sentito la prima volta, Dewi," rispose acidamente Angelica.

"Ma ti rendi conto che se quello che hanno detto questi ragazzi è vero, sei appena diventata una celebr..."

"Senti, non cominciare," tagliò corto Angelica. "Tu sapevi di questa cosa...di questa assurdità? Di questa 'Madame delle Note'? Avevi sentito qualcosa al riguardo? Mi viene da ridere solo a pensarci."

Dewi scosse la testa. "Non ne avevo idea," disse. Poi aggiunse, mettendosi una mano sul petto. "Ti giuro, Angy! Non sapevo nulla. Non è che spenda tutto il mio tempo su DataMorph o su Mondo Due, ma se qualcuno di loro si è preso il disturbo d'inserirti nel loro database e di spargere i dati nell'etere...beh...deve esserci un interesse crescente per questo istituto e per la nostra attività. È buona pubblicità!"

"È una seccatura di cui non abbiamo bisogno," ribatté Angelica. "Non riesco a capire. Perché me? E perché adesso?" Una pausa, poi continuò, rispondendo da sola alla sua stessa domanda, "Gli eterion odierni non sono altro che giovani smidollati interessati a nient'altro che al gossip sfrenato, piuttosto che alla costruzione critica di contenuto nell'etere. Se la metà delle cose che i ragazzi hanno detto sono vere, questo posto potrebbe diventare molto presto un vero e proprio circo."

Passò qualche secondo di silenzio, quindi l'assistente ripeté, in tono cogitabondo, "Madame delle Note," Dewi scosse la testa, come se faticasse a credere a quella notizia. "Chissà. Può anche darsi che alcuni pazienti abbiano cominciato a fare pubblicità all'istituto."

"Oppure che la qualità delle informazioni su DataMorph si sia fatta perfino peggiore del solito," rispose stizzita Angelica.

Mentre il chiacchierare innocente degli studenti le seguiva a pochi metri di distanza, Angelica avvertì l'ombra di un presentimento che non le faceva presagire davvero nulla di buono.

3

LA CITTÀ D'ACQUA

SAEMANGEUM CITY, A BORDO DELL'HOVERAN

Ariul

SAEMANGEUM CITY ERA quella che i coreani erano soliti chiamare una 'Zona Economica Speciale'. Era stata progettata e costruita per attirare investimenti stranieri, turismo, know-how e uomini d'affari da tutto il mondo grazie alle politiche di mercato aperto che avrebbero dovuto fare la sua fortuna.

All'inizio il suo status non era poi molto diverso da altre Zone Economiche Speciali in altre parti del mondo, come Shenzhen in Cina, Gwadar in Pakistan o ad una delle dozzine di altre Zone a Statuto Speciale in India, Filippine, Bangladesh e in diversi paesi africani e latino americani. Eppure, nel momento in cui Lena guardava con eccitazione e ammirazione lo scintillante paesaggio scorrerle di fianco, lo statuto di Zona Economica Speciale della città era da tempo morto e sepolto.

Pochissimo tempo dopo la sua inaugurazione, infatti, Saemangeum City si era trasformata in qualcosa di completamente diverso, uno stravolgimento che probabilmente aveva poco a che fare con gli intenti originali di chi l'aveva costruita.

Città-Stato era ora il titolo non ufficiale che veniva attribuito a Saemangeum. Infatti, sempre meno sopracciglia si alzavano a sentire quell'appellativo ormai ripetuto dappertutto, nelle conversazioni di tutti i giorni così come nelle occasioni più ufficiali.

Saemangeum prosperava in una sorta di limbo nel quale tutti sapevano benissimo cosa la città fosse, ma nessuno si curava troppo di sbandierarlo ai quattro venti.

Stando a quello che dicevano la maggior parte degli analisti politici, la città non era ancora un'entità indipendente per dodici precise ragioni: le persone che costituivano il Direttorato, il corpo governativo composto dagli individui più direttamente coinvolti nell'organizzazione e nella gestione della città, le mani che muovevano le redini nei settori e nelle attività più importanti. I dodici membri sembravano valorizzare la segretezza e la discrezione sopra ogni altra cosa e amavano tenere un basso profilo.

Alcuni occidentali li chiamavano, senza mezze misure, il 'Politburo di Saemangeum City', altri ancora gli 'Apostoli di Ariul'.

Nonostante le voci e i pettegolezzi, tuttavia, una cosa era chiara: era questa dozzina di uomini e donne a decidere il modo in cui la città si sarebbe sviluppata, come interagire con l'esterno e come adottare diverse politiche e piani economici. Quando il Direttorato parlava, tutti ascoltavano con molta attenzione.

Che uno apprezzasse o meno il modo in cui avevano sviluppato nel tempo la città e le sue politiche, Saemangeum era stata plasmata dai dodici in modo tale da diventare la città internazionale per eccellenza.

Oltre il novanta percento della popolazione parlava inglese, la lingua ufficiale della città, ma la verità era che la maggior parte delle persone usavano due o tre lingue nella loro vita di tutti i giorni. Dopo l'inglese, la seconda lingua più parlata era il mandarino, seguita dal coreano, dal castigliano, dal giapponese e dall'hindi.

Saemangeum City aveva una popolazione di circa due milioni di abitanti, ma questa cifra non considerava i turisti, gli uomini d'affari, gli investitori, i giornalisti e i detentori di Visti.

"Guarda, ci stiamo avvicinando al centro," Diana disse all'improvviso, interrompendo le considerazioni che Lena stava facendo sulla storia della città.

Avevano da tempo superato il Libellulare e stavano ora volando sul fiume Dongjin. Ora che si stavano avvicinando al centro urbano, Set diminuì progressivamente la velocità fino a quando il profilo di Ariul si fece chiaramente distinguibile alla loro destra.

Lena aveva studiato il profilo della città migliaia di volte nelle proiezioni e nelle immagini sparse nell'etere, ma questo non la preparò affatto a quello che si trovò di fronte. I suoi occhi, abituati alla fioca luce dell'abitacolo, ci misero qualche secondo per distinguere lo scintillante alone argenteo che circondava i maestosi grattacieli dell'area urbana. Uno sciame composto da centinaia di hoveran, simili a quello che Set stava guidando ma di forma, dimensione e colori diversi, si stavano muovendo in quella parte della zona costiera.

"Gli hoveran sono la forma più utilizzata di trasporto privato in molte zone della città, specialmente vicino alle coste," spiegò Diana. "Tuttavia, è più facile vederli intorno al Fulcro. Il motivo è semplice: la Metromaglev, il sistema di trasporto pubblico, è incredibilmente ben distribuita, estesa ed economica e rende l'utilizzo degli hoveran superfluo in molte località."

"Dove sono le macchine?" chiese Lena, dopo aver scandagliato una mezza dozzina di strade senza trovarne nessuna. "Vedo solo passanti e hoveran qui attorno."

"Le macchine sono nei musei," rispose Diana con uno dei suoi sorrisi furbetti.

"Vuoi dire...gli ariulani non usano macchine?" Lena aggrottò le sopracciglia, evidentemente stupita.

"So che la cosa potrebbe apparire strana," rispose l'attaché, "ma ti assicuro che Saemangeum offre modi molto più veloci ed economici per muoversi da un posto all'altro. È difficile da spiegare, dovrai vederlo con i tuoi occhi per capire veramente. Ti basti sapere che qui, concetti come 'macchina' o 'parcheggio' non hanno molto senso."

Lena pensò per qualche momento a quello che aveva detto Diana ma non riuscì ad immaginare in che modo una città potesse funzionare senza macchine o parcheggi. Mentre era sul punto di chiedere spiegazioni, i suoi occhi vennero catturati dalla lucentezza argentea di uno dei grattacieli più vicini. D'un tratto si ricordò un'altra delle curiosità che aveva letto sulla città. Si girò nuovamente verso l'attaché per saziare ancora una volta la sua sete di conoscenza.

"Tutti gli edifici sono composti di bilega termica, giusto?"

Lena ricordava il saggio che aveva letto sull'argomento e ancora faticava a credere a metà del suo contenuto.

"La maggior parte," rispose Diana, studiando il grattacielo che Lena stava guardando. "I pochi che ne sono privi stanno per essere ristrutturati o demoliti e sostituiti da edifici più moderni."

Lena era stata affascinata da quello che aveva appreso sulla bilega termica. Nelle sue ricerche sull'argomento aveva letto che più grande era l'edificio, maggiore era la probabilità che fosse esposto al sole. Di conseguenza, lo stesso edificio avrebbe richiesto un complesso e costoso sistema meccanico per creare un ambiente che non fosse troppo caldo o troppo freddo per le persone che vivevano al suo interno. La stessa cosa accadeva quando si usava l'aria condizionata in una macchina, ma in una scala molto più piccola. Edifici molto grandi tendevano a cedere molto calore nell'atmosfera. La risposta di Saemangeum City al problema era stata la bilega termica intelligente. Come si crea un sistema di controllo ambientale più economico, sicuro e allo stesso tempo più affidabile? Semplice. Si rimuove il sistema di controllo. Senza sistema di controllo, nessuna energia è necessaria per farlo funzionare e mantenerlo attivo. Il segreto, a quel punto, giace nell'architettura: due differenti leghe metalliche messe assieme, create per mantenere il calore quando ce n'è bisogno e rilasciarlo quando non è necessario.

"Ehi, guarda! L'accademia è dietro quel grosso edificio a forma di freccia! Lì! Riesci a vederla?"

Il cuore di Lena saltò un battito. I suoi occhi dardeggiarono a destra e a sinistra, ansiosi di cogliere il dettaglio che le avrebbe rivelato l'edificio che Diana le stava indicando.

Alla fine la vide.

Era la costruzione più bassa e larga di quella parte del Fulcro, un enorme edificio coperto in parte da una foresta intricata di grattacieli alti diverse centinaia di metri.

"Un paio di piani sono stati aggiunti all'anello occidentale e orientale l'anno scorso e l'edificio è stato considerevolmente ampliato dalla sua inaugurazione di nove anni fa."

Lena studiò l'edificio con più attenzione mentre l'hoveran rallentava per consentire loro di guardare meglio. La forma d'infinito che caratterizzava la struttura era inequivocabile anche da quella distanza.

"L'accademia è ovviamente il sito più visitato dai turisti altisti e in generale da chi vuole sapere qualcosa di più sulla storia di Wei Wang." Diana lesse le informazioni che stavano scorrendo davanti ai suoi occhi. "Secondo questi dati, il Consiglio Accademico apre le porte ad un certo numero di visitatori per tre volte alla settimana. Dentro l'accademia, al piano terra, c'è un piccolo museo con diverso materiale che riguarda la vita del Primo Altista oltre ad alcuni dei suoi discorsi più celebri, compreso quello fatto all'inaugurazione ufficiale di questo posto. So che riproducono gratuitamente *L'Everest ha raggiunto le stelle* tutti i fine settimana alle sette di mattina in punto. Per questi tizi, è quasi una funzione religiosa."

L'accademia si allontanò progressivamente dalla loro visuale fino a scomparire più in fretta di quanto Lena avesse voluto, circondata dalla giungla di edifici che popolavano il centro cittadino.

La ragazza distolse lo sguardo ed espirò lentamente. Il suo primo incontro con l'accademia aveva acceso qualcosa dentro di lei, un senso d'inquietudine che non aveva previsto, una sensazione sgradevole che non sembrava che intensificarsi con il passare del tempo. Si sentì all'improvviso piccola e inadeguata.

Lena non ricordò molto dell'ora successiva. Qualche informazione riguardante il Fulcro, immagini che si susseguivano una dietro l'altra sul proiettore controllato da Diana e strane sensazioni che fagocitavano la sua attenzione come un predatore affamato. Una bocca arida, sudore, nervosismo crescente. Altre informazioni.

La sua testa stava girando e non riusciva a concentrarsi. Forse era il viaggio in aereo oltre che il tour sull'hoveran che stavano cominciando a pesare, Lena non ne era certa. Sapeva solo che vedere l'accademia dal vivo per la prima volta aveva suscitato in lei una reazione che non aveva neppure iniziato ad elaborare.

Raggiunsero Sinsi-Yami senza che Lena se ne accorgesse. Diana stava parlando del mega resort presente sull'isola, dell'auditorio, del centro marino, del parco acquatico e dell'hotel in cui Lena avrebbe alloggiato per quella notte. La ragazza aveva improvvisamente perso interesse per tutto quello che la circondava, ma finse di stare ascoltando, annuendo educatamente.

"Sono stata lì un paio di volte," stava dicendo Diana, indicando l'edificio color perla a forma di gigantesca conchiglia verso il quale erano diretti. "Ti tratteranno come una principessa, te lo prometto. Hanno questa enorme piscina e questo centro spa che devi assolutamente usare. È tutto incluso! L'hotel è per lo più gestito da autotron, con personale manageriale per soddisfare i bisogni specifici dei clienti. Oh, sì! C'è dell'altro! Adoro la loro colazione! Consiste in un enorme buffet dove puoi trovare di tutto e..."

Diana s'interruppe mentre guardava Lena puntellarsi la guancia con una mano chiusa, lo sguardo perso in qualche pensiero recondito.

"...Lo sai, no," riprese Diana, studiando la vicina con molta attenzione, "la scimmia blu e selvaggia che ho sulla spalla mi sta chiedendo di mangiarti le budella, ma di lasciare il tuo cervello per domani, quando inviteremo i fratelli della giungla per banchettare sui tuoi resti. Che ne dici?"

"Mi sembra fattibile," rispose automaticamente Lena, mentre guardava fuori dal finestrino con aria assente.

Diana alzò le sopracciglia. Toccò gentilmente la spalla della ragazza. "Lena. Che cosa c'è?"

"Scusa," disse Lena. Raddrizzò la schiena ma evitò lo sguardo della vicina. "È colpa mia, non stavo ascoltando." Fece una pausa, poi si fissò il palmo della mano e disse, senza alzare gli occhi. "Ti è mai capitato...ti è mai capitato di provare quella sensazione...come se volessi leggere un libro che tutti ti consigliano, ma che non riesci a capire perché è scritto in una lingua che non conosci?"

"Sì," rispose Diana molto seriamente, "ogni volta che cerco di leggere una rivista locale." Quindi sorrise con fare rassicurante.

Proprio in quel momento Set parcheggiò il veicolo di fronte all'-hotel. L'hoveran si fermò e Lena fu consapevole che il suo tour era appena giunto al termine.

"Non farci caso," disse Lena. "Grazie del giro."

Doveva ammettere che in quelle poche ore si era abituata alla compagnia di Diana, anche se sapeva che era poco più di una sconosciuta, un attaché assegnatole dal Direttorato per farla familiarizzare con la città.

Lena inspirò e fece per uscire dal veicolo.

"Aspetta," disse Diana afferrandole la mano. "Sei spaventata?"

"No..." rispose subito Lena, senza pensare. "Sì..." aggiunse dopo una frazione di secondo. "Non lo so," ammise alla fine, sorridendo senza convinzione. "Penso solo di essere un po' nervosa, tutto qui."

"Ti capisco molto bene," disse Diana, annuendo, "È la stessa cosa che ho provato anch'io quando arrivai in città la prima volta. Ma non preoccuparti. Non durerà per molto. Stress e fatica rimpiaz-zeranno il nervosismo molto in fretta, te lo prometto."

Lena scosse la testa e socchiuse gli occhi, cercando di leggere l'espressione indecifrabile dell'attaché. "Ehm, grazie...credo."

Si fissarono per qualche secondo in silenzio, poi entrambe sorrisero.

Lena sentì parte del peso che avvolgeva il suo petto sciogliersi quasi magicamente. Alla fine Diana, in una mossa completamente inaspettata, l'abbracciò. Lena ricambiò per un secondo, poi entrambe lasciarono la presa.

"Ci vediamo in giro," disse Diana, facendole un occhiolino.

Fuori dall'hoveran Set le stava porgendo una mano. Lena la prese più per cortesia che per necessità.

L'autista le regalò un sorriso smagliante. "L'hotel ha il mio numero," mormorò l'uomo, mentre indicava l'edificio a forma di conchiglia con un rapido segno della testa. "Se hai bisogno di un passaggio, Set Bramante è il tuo uomo. Chiamami," e mimò la forma di una cornetta con pollice e mignolo.

In qualche modo Diana lo sentì. "Set, non trattenere il fiato." Una pausa, poi l'attaché continuò, "Ripensandoci, *trattieni* il fiato. Faresti felici metà delle ragazze di questa città."

Diana era scesa dal veicolo e aveva occupato il sedile di fianco al guidatore. Set entrò nell'hoveran mentre diceva qualcosa in castigliano all'attaché. Diana rispose sbuffando e scuotendo la testa, chiaramente esasperata.

Mentre Lena stava salutando i due compagni di viaggio, accadde qualcosa che la fece indietreggiare d'improvviso. Si mise una mano davanti alla bocca quasi senza accorgersene, incapace di trattenere un'esclamazione di sorpresa.

La ragazza assistette incredula al veicolo di fronte a lei che iniziò a spaccarsi letteralmente in due. No, non si stava spaccando, si rese conto Lena d'un tratto, si stava *dividendo* in due, come se fosse una sorta di cellula gigantesca in procinto di riprodursi o un enorme budino separato da un coltello invisibile.

Quello che accadde in seguito fu molto più che sorprendente.

La parte dell'hoveran che avevano occupato Diana e Lena cinque minuti prima, venne come calamitata verso l'hotel da una forza sconosciuta. Lena vide l'edificio letteralmente assorbire la porzione staccata del mezzo di trasporto che, in una manciata di secondi, diventò una parte dell'hotel stesso, assumendo il suo caratteristico colore perla.

Diana e Set non sembravano affatto sorpresi di quello che era appena successo alla parte posteriore del veicolo.

Mentre Lena fissava incredula la nuova parte dell'edificio, le ritornarono in mente le parole di Diana, il discorso che aveva fatto sulle macchine e sui parcheggi. *Impossibile*, pensò stupefatta mentre si avvicinava all'edificio e toccava la parete che aveva assorbito parte del veicolo. Ora cominciava a intuire a cosa l'attaché si riferisse con la frase 'dovrai vederlo con i tuoi occhi per capire veramente.'

Lena inspirò ed espirò lentamente. Mise un orecchio sul muro, come se si aspettasse una spiegazione di quello che era successo dalla ruvida superficie dell'hotel.

Alla fine si allontanò di qualche passo e fece spaziare lo sguardo intorno a sé.

Nell'arco di un pomeriggio, Saemangeum City si era rivelata una creatura affascinante, sconosciuta e completamente imprevedibile. A volte quasi spaventosa.

Lena vide l'hoveran che si stava allontanando, diventando una forma sempre più piccola. Quando finalmente il veicolo scomparve dietro un edificio, seppe di essere da sola.

Si avviò verso l'entrata dell'hotel senza guardarsi indietro, domandandosi con eccitazione crescente quali altri prodigi la Città d'Acqua avesse in serbo per lei.

4

L'HOTEL CURALIUM
SAEMANGEUM CITY, HOTEL CURALIUM

Ariul

QUANDO LA PORTA dell'hotel si chiuse automaticamente, Lena si prese qualche momento per studiare l'ambiente circostante. Si trovava in una grande stanza rettangolare, quasi completamente deserta in quel momento, eccezion fatta per tre persone intente a discutere animatamente tra di loro in un angolo. I tre sconosciuti, uomini d'affari occidentali vestiti con giacca e cravatta, gettarono solo una fugace occhiata nella sua direzione prima di tornare a discutere animatamente tra di loro.

Lena fece qualche passo in avanti, incerta su dove andare, ma al tempo stesso troppo occupata a guardarsi attorno per preoccuparsene veramente. La lounge dell'hotel aveva un aspetto antico e moderno al tempo stesso, uno strano miscuglio architettonico che tuttavia aveva una propria organicità e che le faceva pensare ad un incrocio tra un museo e la sala d'attesa di una multinazionale autotronica.

Il pavimento di marmo era una superficie davvero unica, senza scanalature o dislivelli, una singola, gigantesca lastra bianco latte che si estendeva da parete a parete, come se fosse stata lavorata dal lato di una montagna e trasportata tutta d'un pezzo fino alla sua destinazione finale.

Lena guardò il soffitto, impreziosito da innumerevoli globi di luce della dimensione di palle da biliardo, disposti ordinatamente in modo da formare una serie di cerchi concentrici che, con il loro bagliore costante, davano alla sala d'ingresso un aspetto accogliente, come se chiunque avesse regolato l'intensità della luce avesse voluto replicare le ultime ore del pomeriggio, o le prime ore della mattina.

Le pareti fornivano uno spettacolo altrettanto affascinante. Alcune proiezioni d'arredo proponevano fedeli riproduzioni di famose opere d'arte, come la *Monna Lisa* di Leonardo da Vinci o il *levar del sole* di Claude Monet. Questi capolavori venivano sostituiti di tanto in tanto da messaggi promozionali e da news di eventi che avrebbero interessato Sinsi-Yami quella settimana. Notizie generiche sull'hotel e sui servizi che offriva potevano essere consultate in uno qualsiasi dei vari obelischi di informazioni posizionati agli angoli della lounge.

Lena valutò il centro della stanza e contò dodici poltroncine in pelle, ciascuna con un piccolo tavolo al fianco. Spostò la sua attenzione verso la parte della lounge più lontana dall'entrata e il suo sguardo venne immediatamente calamitato da quella che le sembrò essere a prima vista una gigantesca colonna. La colonna doveva avere un diametro di almeno quattro metri e sembrava essere composta di un marmo leggermente più scuro di quello che componeva il resto della stanza, come se chiunque l'avesse costruita avesse voluto fare in modo che risaltasse su tutto il resto.

Si accorse solo dopo averla studiata con attenzione che, in realtà, quella non era affatto una colonna, ma una sorta di stanza nella stanza. Le sue pareti erano state modellate in modo tale da duplicare la forma di un cilindro, ma tre aperture equidistanti a forma di cerchio rivelavano la struttura per quello che era veramente, ovvero la reception dell'hotel. Tre autotron identici, rivestiti dello stesso carbonvetro color bronzo, attendevano immobili e in silenzio vicino ad ognuna delle aperture circolari, pronti a servire i bisogni dei loro clienti.

Lena si diresse verso la reception mentre pensava alla domanda che avrebbe dovuto formulare.

Quando fu a pochi passi di distanza, tuttavia, l'autotron più vicino girò la testa verso di lei e senza darle neppure modo di aprire la bocca, l'accolse inchinandosi leggermente, "Signorina Maruishi, la stavamo aspettando," disse, usando un tono formale. "A nome dell'Ambassador Group, benvenuta all'Hotel Curalium." L'autotron fece una breve pausa, quindi indicò sé stesso con una mano. "La mia designazione è TO-KAIJY-07 ma lei può chiamarmi semplicemente Tokay, se preferisce. Mi prenderò cura di tutte le sue necessità per la durata del suo soggiorno."

L'autotron si fermò nuovamente, come per dare a Lena il tempo di parlare.

"Chiamami pure Lena, Tokay," disse la ragazza, sorridendo. Avrebbe dovuto immaginare che il suo arrivo fosse già stato inserito nella banca dati dell'hotel, e quindi nella matrice degli autotron. Dopo essersi schiarita la gola la ragazza proseguì, mantenendo il suo sorriso inalterato, "E ho davvero bisogno di sapere che a ventidue anni sono ancora troppo giovane per il 'lei'. Chiamami pure Lena."

La matrice di Tokay studiò la reazione della sua ospite e in una manciata di secondi processò il significato delle sue parole, la configurazione dei suoi muscoli facciali e la cadenza del suo tono, adattandosi al modo di fare amichevole e aperto che aveva mostrato. Un sorriso spuntò sul volto dell'autotron, e Lena fu sorpresa di notare come quella reazione risultasse incredibilmente naturale, quasi umana. Per quanto poco Lena sapesse di autotron, quello che aveva di fronte doveva essere uno dei nuovissimi modelli eptanidi che tanto facevano discutere di sé, un automaton con capacità avanzate di adattarsi alle reazioni umane e di replicare i loro comportamenti.

"Lena, allora," riprese Tokay, chinando nuovamente la testa di qualche centimetro. L'autotron continuò a parlare, questa volta con un tono della voce che Lena non poté fare a meno di notare fosse incredibilmente più sciolto e meno formale rispetto a pochi secondi prima. "La tua stanza è la Luxor 12d, situata al quarto piano. Puoi prendere l'ascensore del lato Nord per arrivare più velocemente." Ed indicò l'ascensore con entrambe le mani. "Hai bisogno di assistenza per trasportare il tuo bagaglio?" Tokay indicò il suo zainetto.

"Questo?" chiese Lena, dando una veloce occhiata al suo zainetto, "Oh, no, grazie Tokay. Dovrei riuscire a cavarmela da sola. Sono pronta ad andare." Lena tese una mano e aspettò che l'autotron le desse una chiave o una tessera, qualsiasi cosa per aprire la sua stanza. Tokay, tuttavia, valutò semplicemente la mano di Lena, i suoi occhi che andavano dal volto della ragazza alla sua mano tesa più e più volte, come se stesse cercando d'interpretare un ordine impartito in una lingua sconosciuta. L'autotron, alla fine, inclinò la testa leggermente a sinistra, un'espressione smarrita sul suo volto sintetico.

"Posso...ehm...posso avere la chiave della mia stanza?" chiese Lena, accortasi che il suo gesto non era stato inteso dalla matrice dell'autotron. Indicò il palmo della sua mano come per sottolineare la sua richiesta.

A quel punto Tokay raddrizzò le spalle e produsse un basso mormorio, quindi alzò una mano e mosse l'indice a destra e a sinistra, mentre un sorriso decisamente poco artificiale si fece largo sul suo volto.

"I controlli della stanza sono stati regolati per rispondere ai tuoi parametri biometrici, Lena," la informò Tokay, continuando a muovere il dito in segno di diniego. "Non hai alcun bisogno di una tessera per accedere ai tuoi alloggi. Tocca semplicemente il pannello di entrata, situato sul lato sinistro della porta, e il Controllo dell'hotel ti permetterà di entrare. All'interno troverai informazioni esaurienti su questo hotel, sui servizi disponibili e su come accedervi. Tuttavia, se dovessi avere domande, sentiti pure libera di contattarmi via interlink in qualsiasi momento. La mia frequenza è Theta 33.22. Per favore, ricorda che il tuo soggiorno terminerà alle dieci di domani mattina. Assicurati che tutti i tuoi effetti personali siano fuori dalla stanza per quell'ora."

"Ricevuto," disse Lena, toccandosi la tempia con la mano in una vaga approssimazione di un saluto militare.

"C'è dell'altro," le disse Tokay, quando vide che Lena stava per girarsi e andarsene. "Hai un messaggio che aspetta di essere visualizzato nella tua stanza."

"Oh," disse Lena, colta alla sprovvista. "OK. Grazie, Tokay."

"Sono lieto di poter servire," rispose semplicemente l'autotron. "Goditi il tuo soggiorno all'Hotel Curalium, Lena."

Tokay s'inchinò un'ultima volta mentre Lena si allontanava.

Un messaggio, pensò sovrappensiero la ragazza, mentre si allontanava dalla reception e si dirigeva verso l'ascensore che le era stato indicato. *Deve per forza trattarsi di qualcuno dall'accademia.*

Una volta dentro l'ascensore, si guardò velocemente attorno e si accorse che non c'era alcun display per il comando manuale. Al suo posto un controllo di riconoscimento vocale, annunciato dalla luce sul soffitto che brillava a intervalli regolari, attendeva di essere utilizzato.

"Controllo, quarto piano," disse Lena.

L'ascensore emise una nota simile ad un 'la' ed eseguì l'ordine. Il viaggiò durò meno di cinque secondi e, una volta fuori dall'ascensore, Lena percorse un corridoio deserto, affiancato da porte che esibivano numeri e lettere.

"Luxor 6d...8d...10d..." mormorò, mentre camminava lentamente. Finalmente si trovò davanti alla stanza Luxor 12d. In basso a sinistra, dove avrebbe dovuto esserci una maniglia, notò il pannello di cui Tokay le aveva parlato. Lo sfiorò e attese un paio di secondi. Una nota molto simile a quella che era risuonata nell'ascensore venne emessa dall'apparecchio e la sua superficie divenne verde. Quando la porta della stanza si aprì, scomparendo silenziosamente dentro la parete, una voce proveniente dappertutto e da nessuna parte le diede il benvenuto nell'hotel da parte del proprietario, un certo Tito Ambassador, fondatore e CEO del gruppo Ambassador, dei Seashell Resorts e della linea di Crociere Watatsumi.

"OK, Tito," mormorò Lena mentre entrava nella stanza scrocchiandosi le dita, "vediamo che cosa hai preparato."

Lena diede una rapida occhiata attorno e trattenne il fiato, la bocca aperta tradiva i contorni di un sorriso. La stanza era perfino migliore di quello che si era aspettata. Più che stanza, quel posto era un vero e proprio appartamento, con un bagno, una cucina, un salottino e una camera da letto. Doveva essere almeno sessanta metri quadrati, senza contare il balcone, dal quale intravedeva un lato della costa del Sinsi-Yami. Un corridoio affiancato da quadri terminava in un piccolo ma accogliente salotto elegantemente arredato, con un tavolo circondato da quattro sedie, un piccolo divano e un telegoy. Alla sinistra del salottino stava una cucina completa di frigo, forno a microonde, tostapane e fornelli.

Lena procedette verso la stanza da letto con il cuore che pompava sangue con velocità crescente.

La stanza era separata dal resto dell'appartamento da una porta scorrevole e una volta che questa venne aperta, il suo già largo sorriso conquistò un altro paio di centimetri, trasformandosi in una mezzaluna che toccava i suoi occhi a mandorla.

Solo l'enorme letto matrimoniale sarebbe valso un servizio fotografico. Alto almeno un metro, con strati di lenzuola su lenzuola su lenzuola, ospitava innumerevoli cuscini di varie forme e dimensioni e colori diversi. Con una coperta composta da quella che sembrava seta, il letto gridava comfort da qualsiasi angolo lo si guardasse.

"Bel lavoro, Tito," Lena sogghignò compiaciuta, mentre toccava le lenzuola.

La ragazza smise di toccare il letto e si guardò attorno, come per accertarsi che non ci fosse nessuno, quindi chiuse velocemente la porta-finestra che dava sul balcone, tirò le tende, si tolse le scarpe, salì sul letto e cominciò a saltellarci sopra, ridendo senza pudore, le guance rosse, gli occhi scintillanti, rilasciando in quel modo così semplice ed infantile ansia e stress.

Si trovava a Saemangeum City, la città più famosa e tecnologicamente avanzata del pianeta, in un hotel con un eptanide da diecimila dollari al suo servizio, dentro un appartamento di lusso che non avrebbe sfigurato sulla copertina di una rivista mentre saltellava su un letto che avrebbe fatto invidia ad una regina.

Il pensiero era talmente bello, ridicolo, improbabile e travolgente che quasi le tolse il fiato.

Dopo un paio di minuti spesi a sfogare in quel modo la sua euforia, sfinita, le guance rosse e il respiro mozzo, Lena sprofondò sul letto che sembrò abbracciarla con i suoi innumerevoli strati, come una lasagna di coperte, cuscini e morbido materasso che si adattava alla silhouette del suo corpo.

Lena chiuse gli occhi. Inspirò ed espirò, incapace di smettere di sorridere mentre rotolava su e giù sul letto, cercando di ordinare il fiume di pensieri e sensazioni che la stavano invadendo.

Fu solo quando riaprì gli occhi e smise di muoversi che si accorse della luce sul soffitto che aveva continuato a brillare a intermittenza dal momento in cui era entrata. Si alzò in fretta dal letto mentre si ricordava del messaggio di cui Tokay le aveva parlato.

Deglutì e si lisciò i lunghi capelli con aria assente mentre si guardava attorno. La sua euforia sembrò come prosciugarsi all'improvviso, sostituita da curiosità e da un pizzico di timore. A giudicare dalla familiare luce che stava domandando la sua attenzione, un controllo vocale era presente anche in quella stanza.

"Controllo," disse Lena, con una voce che tradiva una certa anticipazione. "Riproduci il messaggio."

Ancora una volta la solita nota musicale rispose alla sua richiesta e la fonte situata in quella parte dell'appartamento si attivò, producendo un tripudio di luci multicolori. Nell'arco di un paio di secondi le luci formarono l'immagine multidimensionale di un ragazzo dai tratti caucasici che non poteva essere molto più vecchio di lei. Lena si sedette sul letto, le mani poggiate sul materasso mentre valutava la figura che le stava rivolgendo lo sguardo.

Il ragazzo non poteva avere più di venticinque anni. Di media statura, con capelli tagliati corti, orecchie leggermente a sventola ed occhi marrone chiaro, il giovane suggeriva un'aria matura e professionale, ma al tempo stesso amichevole.

La sua postura era rigida e il suo petto era proiettato all'infuori, con le mani congiunte dietro la schiena. Sembrava un soldato che si trovava di fronte ad un generale, in attesa di riferire il suo rapporto.

Lena si concentrò sui suoi vestiti e vide che indossava una divisa attillata che sembrava un incrocio tra una tuta da sommozzatore e un'uniforme militare. Apparentemente composta da un singolo pezzo, dalle spalle fino agli stivali color platino, i colori dominanti erano un bianco perla intervallato da una linea rosso rubino che iniziava sul petto per poi percorrere i suoi fianchi e continuare sulle gambe dove si perdeva dentro gli stivali.

Sul lato destro del petto stava in bella mostra un distintivo che rappresentava una bilancia con due piatti, uno che conteneva una stella, e l'altro che conteneva un essere umano.

Lena non ebbe bisogno di ricontrollare la brochure informativa che le era stata data quando aveva ricevuto la sua Conferma di Candidatura per capire che il ragazzo era un retore dell'accademia, uno studente dell'indirizzo Politeia, per la precisione. Aveva letto quelle informazioni talmente tante volte che avrebbe potuto recitarle a memoria.

"Ciao, Lena," disse la riproduzione multidimensionale del retore, "Questo è un messaggio multifunzionale pre-registrato. Sentiti pure libera d'interagire con esso, se dovessi averne bisogno. Io sono Gary Peak, uno dei retori dell'accademia." Il giovane indicò il suo distintivo, come se fosse la sua carta d'identità. "Da parte del Circolo dei Comprimari, del Consiglio Accademico e del Direttorato Cittadino, benvenuta a Saemangeum City."

"Grazie, Gary," mormorò Lena, nonostante sapesse che quello che stava vedendo era solo un semplice messaggio registrato.

Gary Peak allargò leggermente le gambe, come per distribuire meglio il suo peso, quindi continuò a parlare, "Pensa a me come ad una sorta di guida che il Consiglio assegna ai nuovi candidati per assicurare una graduale transizione alla vita accademica. Oppure, se vuoi, pensa a me come ad una specie di capo classe, il cui compito è accertarsi che i candidati si ambientino senza problemi. Mi prenderò cura di te e di un gruppo di altri nove candidati nella giornata orientativa di domani."

Gary si leccò le labbra e si schiarì la gola, quindi proseguì, "Noi studenti veterani dell'accademia capiamo che i primi giorni possono essere molto...intensi, per i nuovi candidati, a volte stressanti e sempre e comunque impegnativi. Accadranno davvero molte cose nelle prossime quarantotto ore e noi comprimari e il Consiglio Accademico vogliamo rendervi la vita il più facile possibile. Io, come te, sono stato un candidato e so benissimo quello che devi stare provando in questo momento." Gary guardò attorno a sé e allargò le braccia. "Sei in una strana città, circondata da una popolazione con usi e costumi diversi da qualsiasi cosa tu abbia mai visto, e per quanto pensi di essere preparata alla tua nuova vita a Saemangeum, fidati, ti accorgerai presto di non esserlo affatto."

Lena annuì a quell'affermazione, più che mai consapevole di quanto fosse vera. Un pomeriggio speso con Diana era stata una dimostrazione sufficiente di quanto Gary avesse ragione.

"Per questo motivo," disse il retore abbassando le braccia e tornando a fissare Lena, "vorrei introdurti alcune particolarità di Saemangeum City e dell'accademia. Sono sicuro che il tuo attaché ti abbia parlato diffusamente di questa città e di alcune delle sue... stravaganze." Gary aveva pronunciato la parola 'stravaganze' come se avesse voluto sostituirla con qualcos'altro, ma dopo quel breve momento di esitazione, il comprimario andò avanti spedito. "Devi capire che per noi stranieri, o meglio *weguckin*, come veniamo chiamati spesso dai saemageni, molte cose sono e continueranno a rimanere difficili da capire. Ad esempio, come la tua guida ti avrà accennato, i saemageni integrano la loro dieta giornaliera con insetti o prodotti derivanti da insetti, una cosa sempre più comune qui in Asia ma ancora ritenuta una specie di tabù in molti paesi occidentali. I saemageni, poi, sono incredibilmente amichevoli e disponibili, ma sono anche delle persone che amano la privacy e il rispetto delle regole. Un esempio: qui a Saemangeum, la vita inizia molto presto, intorno alle sei del mattino, ma finisce anche a mezzanotte, quando le strade di quasi tutta la città si fanno deserte e gli esercizi commerciali chiudono. È come se esistesse una specie di coprifuoco non scritto, che tuttavia la maggior parte dei residenti rispettano religiosamente. Cos'altro? Ah, sì! Anche la lingua dei locali è abbastanza... particolare," Gary sorrise, per poi tornare a parlare con lo stesso tono professionale che aveva usato fino a quel momento. "Vedi, il fatto che la maggior parte delle persone utilizzino due o tre lingue per portare avanti le faccende di tutti i giorni ha favorito con il tempo la formazione di un miscuglio di termini occidentali ed orientali condito con neologismi e strane forme sintattiche che a volte fanno pensare ad una lingua completamente aliena, altre volte ad una reminiscenza di lingua barocca formato contemporaneo. È... beh, è davvero difficile descriverlo con parole, dovrai sentirlo con le tue orecchie per farti un'idea più precisa."

Lena sorrise. Il discorso di Gary le ricordava molto quello che le aveva detto Diana sulle stranezze della città.

Il comprimario girò la testa verso destra, come se qualcosa avesse attirato la sua attenzione, quindi annuì sbrigativamente e riprese il suo discorso.

"Vorrei parlarti brevemente anche dell'etere di Saemangeum City," disse, la sua espressione ora era leggermente più seria. "Come forse saprai, il Direttorato Cittadino filtra i contenuti dell'etere per ragioni di sicurezza. Tra le diverse peculiarità dei saemageni, come ti ho detto, c'è anche la loro ossessione per la privacy e per il controllo delle informazioni. Per accedere all'etere, dunque, bisogna farlo attraverso una Porta di Accesso particolare, chiamata il 'Cancello di Ariul', che è gestita e protetta da un gruppo di cyberio approvati dal Dipartimento di Sicurezza Informatica. Ciò detto, troverai che non ci sono praticamente differenze con la normale attività di viaggio nell'etere alla quale sei abituata. Le tue informazioni personali rimarranno private, ma sappi che il Direttorato si riserva il diritto di utilizzare le tue interazioni qualora lo ritenesse opportuno. Ora, tieni presente che queste cose potrebbero sembrare meno strane se consideri che, nonostante quello che dica il Direttorato, ci troviamo fondamentalmente dentro un'oligarchia illuminata, dove il Direttorato stesso, con l'ausilio di pochi altri organi governativi, prende la maggior parte delle decisioni riguardanti la vita pubblica. La democrazia, qui, non esiste, se non in forme limitate che influenzano solo marginalmente la politica della città." Gary fece un profondo respiro. "La verità, Lena, è che potrei parlare per ore ed ore, e continuare semplicemente a grattare la superficie," ammise il ragazzo, scrollando le spalle. "Ci sono migliaia di altre particolarità sulla città e sui suoi abitanti che scoprirai col passare del tempo. Il mio consiglio è molto semplicemente questo: abbi una mentalità aperta e tieni presente che, in un posto come questo, sei tu quella strana, non il contrario."

Gary guardò nuovamente verso destra, come se stesse controllando qualcosa, poi proseguì, "Avrai modo di esplorare le particolarità della città da domani, se lo vorrai. Parliamo proprio di domani, e di quello che ti aspetta nei giorni immediatamente seguenti. Il primo giorno dei candidati è stato sempre ritenuto un momento molto importante e carico di significato. Da quasi un decennio diamo il benvenuto ai nuovi studenti con un rito che noi chiamiamo il 'Battesimo delle Stelle', riprendendo il nome dal discorso che fece il Primo Altista nella cerimonia della fondazione dell'accademia. Non voglio rovinarti la sorpresa. Vedrai con i tuoi occhi di che cosa si tratta. Al termine del rito, io e gli altri comprimari vi daremo le vostre uniformi e vi faremo visitare l'accademia. Sabato, invece, spenderete la mattina nell'aula magna, dove un ospite altista di alto livello vi darà il suo benvenuto e presenterà un messaggio speciale da parte del Fondatore, un messaggio noto come 'Requiem per Wei.' Alla fine della presentazione, io ed altri comprimari vi introdurremo alla Fiera dei Club, che si svolgerà nella giornata di domenica e nella quale voi candidati potrete decidere molte delle materie che seguirete nel primo anno. Le lezioni inizieranno lunedì."

Gary si fermò per qualche altro secondo, spostando il suo peso da un piede ad un altro, quindi proseguì, "Sempre riguardo a domani, troverai nella cassaforte della tua stanza un distintivo a forma d'infinito. È uno scanner biometrico e al tempo stesso il simbolo degli studenti del primo anno, un pass che i candidati devono sempre tenere sul proprio petto, come gli studenti più anziani fanno con il simbolo del loro indirizzo di appartenenza, nel mio caso, la bilancia," Gary indicò il suo distintivo argenteo toccandolo con un dito. "Per favore, mostra il distintivo quando incontrerai uno degli ambasciatori fuori dall'accademia così che chiunque si trovi lì in quel momento possa dirigerti verso di me e il gruppo di candidati al quale sei stata assegnata. Ora, per quanto riguarda il modo di raggiungere l'accademia," disse Gary, alzando il dito indice e il dito medio, "hai due possibilità. Puoi richiedere un servizio di trasporto di gigaran dell'accademia, che ti verrà a prendere direttamente da questo hotel, oppure, se preferisci, puoi utilizzare il trasporto pubblico cittadino, il SUMLS, e avere così la tua occasione di vedere alcune parti della città prima di iniziare le lezioni. Abbiamo scoperto che alcuni candidati preferiscono dare un'occhiata a Saemangeum prima di iniziare la vita accademica, la quale, posso assicurarti, prenderà gran parte del tuo tempo libero. Per favore, seleziona il metodo con cui preferisci raggiungere l'accademia."

Gary, a quel punto, allargò entrambe le braccia. Alla sua destra apparve un cubo giallo, al cui interno era presente una rappresentazione della Metromaglev, il mezzo di trasporto pubblico di Saemangeum, mentre alla sua sinistra stava un cubo verde, in cui era raffigurato un veicolo che sembrava un incrocio tra un autobus e un enorme hoveran. Quello era chiaramente il mezzo di trasporto privato fornito dal Consiglio Accademico.

Lena sapeva esattamente quale opzione scegliere. Senza alcuna traccia di esitazione toccò il cubo giallo, che brillò, confermando la sua scelta.

Gary annuì. "Bene, hai scelto l'opzione indipendente," disse, raccogliendo ancora una volta le mani dietro la schiena. "Informazioni dettagliate su come raggiungere l'accademia dal tuo hotel sono state trasferite nel database della tua stanza. Se hai un dispositivo personale, come un trigoy o un oculus, puoi trasferire le informazioni direttamente lì, oppure puoi chiedere alla reception dell'hotel una brochure e utilizzarla come guida per il tuo viaggio."

Lena alzò una mano e l'immagine di Gary si bloccò all'improvviso. La ragazza prese il suo trigoy dallo zaino, si avvicinò al terminale della stanza, controllò i dati promessi dal comprimario e li trasferì con un paio di gesti dalla banca dati al suo dispositivo.

Dopo aver letto velocemente il contenuto, annuì un paio di volte.

Il tragitto era semplice, anche per una persona come lei che non aveva mai viaggiato da sola nella città. Non avrebbe avuto alcun problema a trovare la strada.

Lena rimise il trigoy nello zaino e mosse nuovamente la mano verso la riproduzione del comprimario. Come se fosse stato liberato da un incantesimo paralizzante, Gary riprese a parlare.

"L'appuntamento è per domani alle dieci e trenta," disse il retore. "Sii puntuale, per favore. Abbiamo avuto più di una volta ritardi da parte di candidati che hanno scelto di venire da soli. Bene, è tutto. Ci vediamo domani."

Quando la fonte della stanza si spense, e la riproduzione di Gary scomparve nel nulla, Lena rimase sul letto per qualche minuto, processando le informazioni ricevute. Agitazione, eccitazione ed aspettative facevano a gara per venire a galla, ma ormai aveva capito che questa sua nuova vita avrebbe riservato diverse sorprese.

Dopo aver controllato l'ora e aver deciso di essere troppo stanca per far altro se non una doccia, mangiare e dormire, si disse che quel piano d'azione le sembrava il più sensato da seguire.

Si spogliò e si diresse verso il bagno.

Finita la doccia, prese il suo zainetto e lo svuotò sul letto alla ricerca del cambio che si era portata da Los Angeles. Il suo sguardo venne improvvisamente catturato da uno dei tanti oggetti sparsi sul letto, una scatoletta simile a quelle che solitamente contengono piccoli oggetti, come un paio di orecchini. Lena la prese, se la rigirò tra le mani per qualche secondo e fece per aprirla, prima di vestire il suo volto di una smorfia e gettare nuovamente il piccolo contenitore nello zaino.

Si vestì e decise che avrebbe ordinato qualcosa da mangiare in camera.

Lena ascoltò una seconda volta il messaggio di Gary. Controllò anche il percorso che avrebbe seguito il giorno successivo per raggiungere l'accademia, valutando attentamente il tempo che aveva a disposizione e cosa avrebbe potuto vedere nel viaggio che l'avrebbe portata alla destinazione finale.

Alle dieci e mezzo di sera, combattendo sbadigli che ormai si alternavano sempre più frequentemente, Lena decise che quello era un buon momento per chiudere la giornata.

Dopo che ebbe impostato la sua sveglia, spese diverso tempo sdraiata sul letto, a fissare il soffitto della camera, in silenzio, mentre la mente continuava a lavorare incessantemente.

Si scoprì a pensare ai suoi genitori, o meglio, al ricordo che aveva dei suoi genitori.

Che cosa avrebbero detto se l'avessero vista lì, a Saemangeum City?

Scosse la testa. Un pensiero sciocco, si rese subito conto. Eppure, per qualche motivo, non riuscì a scacciarlo. I suoi genitori erano morti da talmente tanto tempo che ormai faticava quasi a ricordare come fossero fatti. Che senso aveva farsi una domanda del genere?

Le palpebre di Lena si chiusero, lentamente ma inesorabilmente, mentre una sensazione di torpore cominciava ad avvolgerla.

All'improvviso, il ricordo di un edificio circondato da fumo balenò nella sua mente.

Suo padre era di fronte a lei e le stava dicendo qualcosa con un tono urgente prima di allontanarsi correndo.

Lena mormorò qualcosa mentre si girava nel letto, cercando una posizione più comoda. Le labbra di suo padre si erano mosse. Lei aveva risposto qualcosa, lo aveva implorato di restare, ma l'uomo si era allontanato.

Fiamme, fumo e urla circondavano tutto il resto.

In quel momento, si sentiva un'osservatrice esterna, che assiste alla scena senza poter partecipare.

In quel caos di rumori e di forme in movimento, improvvisamente si ricordò che c'era anche una bambina in mezzo a tutto il resto. La piccola voleva piangere, Lena lo sapeva bene, ma non ci riusciva. In mano teneva un oggetto con il simbolo di un sole splendente.

Che oggetto stava tenendo in mano? Era passato troppo tempo, davvero troppo tempo. Lena non riusciva a ricordare. Non riusciva a...

La sensazione di star vivendo quel ricordo, di essere dentro quel mondo, si fece con il passare del tempo più forte, più reale. Sentì voci che si rincorrevano a vicenda, sirene della polizia, urla e richiami.

Nel confine tra il sonno e la veglia, l'immagine di quella bambina si fece finalmente largo nel suo subconscio e l'ultima cosa che provò prima di abbandonarsi completamente nell'abbraccio di Morfeo fu un senso di profonda tristezza per quella persona familiare, che aveva perso così tanto in così poco tempo.

WASHINGTON, D.C.

Independence Avenue

Lena sta afferrando l'ombrello con entrambe le mani. Farlo impedisce alle sue dita di tremare troppo vistosamente e le dà qualcosa a cui pensare, qualcosa su cui concentrarsi.

L'ombrello è caratterizzato da un sole dipinto di bianco e, immediatamente sotto al simbolo, la parola 'Smithsonian'. È qualcosa che suo padre le ha comprato meno di un'ora prima, al negozio di souvenir nel National Air and Space Museum. L'ultima cosa che ha toccato, prima di... prima di...

Una successione di esplosioni si rincorrono nella sua mente. Urla provenienti dappertutto. L'odore acre di fumo accompagnato da lamenti e da richieste di aiuto. Non vuole ricordare. Non vuole rivivere quel momento.

Non può. Non deve.

La sua presa sull'ombrello si fa più forte, ma le lacrime non vogliono uscire.

No. Non importa quanto Lena si sforzi di piangere, le emozioni semplicemente sembrano essere state risucchiate via da un buco nero.

L'apatia ha ora preso il sopravvento. È un meccanismo di difesa, qualcosa che le impedisce di abbandonarsi al dolore e alla rassegnazione.

Non prova niente.

Una parte del suo cervello ha assimilato quello che è successo.

I suoi genitori erano dentro l'edificio, quando c'erano state quelle esplosioni. Questo lei lo sa.

Lena alza lentamente lo sguardo, spostandolo dall'ombrello con il simbolo dello Smithsonian al mondo circostante. Intorno a lei le sirene dell'ambulanza e della polizia continuano a sommarsi a vicenda. Tutti i mezzi stanno convergendo verso un edificio simile ad un'enorme fortezza monocolore alla sua sinistra. Una fortezza che è stata irrimediabilmente distrutta. Un'enorme voragine sfregia un lato della costruzione, e da essa una colonna di fumo s'innalza verso il cielo.

Lena distoglie lo sguardo dall'edificio e lo rivolge verso destra, su Independence Avenue, affollata di persone tenute a distanza dalla concentrazione di forze dell'ordine che continuano ad aumentare di numero, tutte intente a parlare tra di loro, a dare ordini, a impartire istruzioni. Elicotteri stanno cominciando a sorvolare il cielo. Una voce imperiosa parla da un megafono da qualche parte alla sua sinistra. Altri ordini, altre istruzioni.

Lo sguardo di Lena spazia nuovamente tutt'intorno, prendendo atto della distruzione che la circonda. I suoi occhi si fermano su una donna a pochi metri di distanza, una delle persone a cui la polizia ha permesso di passare. Un cameramen la sta riprendendo mentre la donna tiene un microfono.

La giornalista parla con voce decisa ma calma al tempo stesso. Non c'è agitazione, allarme o urgenza nella sua voce, il suo atteggiamento non rispecchia per niente il panorama circostante.

"... l'ordigno è esploso, distruggendo parte dell'edificio e uccidendo centinaia di persone. Le autorità sono impegnate ad isolare l'area e a recuperare i superstiti che si crede siano ancora dentro al National Air and Space Museum. Ancora non si hanno informazioni certe su chi possa essere stato a piazzare l'ordigno, ma le telecamere e i sopravvissuti confermano che si trattasse di un uomo dai tratti asiatici, che ha urlato una frase in mandarino prima di farsi saltare in aria. Qualcuno suppone che il terrorista possa aver fatto esplodere gli ordigni in risposta alla recente esercitazione militare che Washington ha organizzato con la flotta dello Shogunato giapponese nel Mar Giallo, quando Pechino ha deciso di dispiegare la portaerei..."

La visuale di Lena è interrotta da un uomo in uniforme. È un volto vagamente familiare. Rob, o Ros...non riesce a ricordare bene il suo nome, anche se l'uomo lo ha ripetuto un paio di volte.

Anche questa volta il poliziotto le si inginocchia di fianco, e le mette una mano sulla spalla. Anche questa volta la guarda come se fosse un cucciolo che si è perso per strada.

Lena ignora le sue frasi di circostanza. Solo l'ombrello che tiene in mano è importante. L'ombrello che le ha dato suo padre.

"... e abbiamo avvertito i tuoi nonni," finisce di dire il poliziotto, con un sorriso rassicurante sul volto, come se quella semplice frase risolvesse tutti i problemi del mondo. "Dovrebbero arrivare da Los Angeles domani sera. Non preoccuparti di niente. Loro si prenderanno cura di te, vedrai. Andiamo, adesso."

Lena si lascia condurre dall'uomo in uniforme, ma non smette mai di guardare la lunga colonna di fumo che ha reclamato in un solo istante la sua infanzia.

5

LA SELEZIONE
DALLAS, RESIDENZA PRIVATA DI BRUCE E TERESA WOODSIDE

Spine

L'ARIA È fresca e frizzante. Un forte odore di erba appena tagliata domina l'ambiente circostante. Una leggera brezza fa muovere all'unisono le foglie che adornano gli alberi, alti pilastri verdeggianti che ospitano il cinguettio di uccelli e il richiamo di chissà quanti insetti.

Il piccolo Spine osserva quasi ipnotizzato il movimento lento e ripetitivo, quasi ipnotico, della natura che lo circonda, come se il vento fosse un burattinaio invisibile intento a muovere il mondo intero.

"D-ai *Siiiiine!* Pr-prova a pre-e-endermiiii!"

Spine si gira di scatto al richiamo della sorella. Sposta la sua attenzione dagli alberi alla figura della ragazza che sta correndo intorno ad una panchina. Le braccia proiettate all'infuori replicano il volo di un aeroplano.

Lo sguardo di Spine viene catturato dal riverbero di luce riflesso dagli occhiali della sorella, spessi e opachi quanto i fondi di una bottiglia. Adelaide è quattro anni più grande di lui e un paio di centimetri più alta. Il suo è un volto piatto, con un mento piccolo, una bocca larga e un collo tozzo.

Spine sorride e riprende a inseguirla.

La ragazza strilla eccitata quando le dita del fratello le sfiorano la schiena. Scatta in avanti, le guance paffute sono rosse dallo sforzo di tenersi a distanza per non farsi catturare.

I due continuano a giocare per qualche minuto, urlando e rincorrendosi a vicenda. Poi Spine intravede la madre apparire in lontananza. Quando la donna li raggiunge, batte le mani una mezza dozzina di volte e i due si fermano.

"Spine, Adelaide. È ora di pranzo," dice, mentre il lungo grembiule che indossa segue pigramente i dettami del volto. "Vi voglio entrambi in cucina in dieci minuti."

La donna fa per girarsi e avviarsi nuovamente verso casa, ma prima di andare si rivolge verso il figlio.

"Amore," si raccomanda la madre, indicando Spine, "per favore aiuta Laide a lavarsi le mani. Io e papà stiamo finendo di preparare in cucina."

"Va bene," risponde Spine, annuendo.

I lunghi capelli biondi di Adelaide svolazzano a destra e a sinistra mentre la ragazzina riprende la sua corsa. I suoi occhi a forma di goccia di rugiada brillano di una luce eccitata, il suo corpo sprizza adrenalina da tutti i pori e la lingua a penzoloni la fa sembrare la cosa più simile ad un cucciolo assetato di avventure che Spine abbia mai visto.

"D-d-dai, *Sine!*" strilla Adelaide, muovendo le braccia come per afferrare delle farfalle. "Pro-va...Pro-prova a pre-e-endermiiii!"

Spine rimane dov'è e scuote la testa. "Laide, non hai sentito cos'ha detto mamma?" dice, il tono della voce inflessibile. "Il pranzo è pronto. Dobbiamo andare. Adesso," aggiunge, in tono che non ammette repliche quando la ragazzina sembra intenzionata a continuare la sua corsa.

Adelaide sbuffa ma si ferma. Si sistema gli occhiali sul naso, mettendo su un broncio. Spine le si avvicina, la mano aperta e il braccio teso la invitano a seguirlo. Adelaide abbandona il broncio e sorride, afferrando la mano senza esitare. "H-hai vinto tu, Siii-Sine," dice, con un sorriso soddisfatto. Quindi indica con lo sguardo le loro mani intrecciate, "M-mi hai...mi hai prrreso!" dice, abbracciando il fratello.

"Sì, ti ho preso," dice il fratello, carezzandole la fronte madida di sudore. La sorella chiude gli occhi e sembra fare le fusa mentre Spine prende un fazzoletto dalla tasca e le asciuga il volto.

"È ora di andare," dice, rimettendo il fazzoletto in tasca. Insieme si dirigono verso casa.

Una volta arrivati, trovano la porta accostata. Un forte odore di carne e patate arrosto dà loro il benvenuto. Spine respira la fragranza a pieni polmoni.

"Oggi si mangia pollo," annuncia il bambino in tono trionfante, socchiudendo gli occhi mentre si gode l'aroma sprigionato dalla cucina.

"La-carne-mi-va-in-me...in-mezzo-ai-denti," canticchia la sorella, mettendosi una mano in bocca e cominciando a toccarsi i denti.

Spine sposta gentilmente il braccio della sorella e glielo rimette sul fianco.

"Devi tenere le dita fuori dalla bocca, Laide. *Fuori*. Lo sai che papà si arrabbia sul serio se ti vede farlo."

Adelaide non risponde, guarda semplicemente dritta davanti a sé, come se non lo avesse neppure sentito, ma non mette nuovamente la mano in bocca.

I due superano una serie di poster colorati che mostrano fotografie di pianeti, galassie, mappe stellari e di persone che indossano una tuta che li fa sembrare enormi pupazzi di neve. Adelaide lascia andare improvvisamente la mano del fratello e afferra uno dei tanti modellini in metallo disposti su una mensola lì vicino.

"Laide, no! Non lo Space Shuttle!" la riprende Spine in tono perentorio. "Ora fai la brava, Laide. Dammelo, prima che papà ti veda. Laide?"

Adelaide brontola qualcosa ma fa come le dice il fratello. Spine prende il modellino e con molta attenzione lo rimette sul piedistallo.

"Andiamo, dai," dice Spine, facendo strada, dopo essersi assicurato che lo Space Shuttle si trovi esattamente alla stessa distanza dai modellini della capsula Mercury e della navicella Gemini.

Una volta in bagno, Spine si lava le mani e il volto mentre la sorella tenta di imitarlo.

"Ooops!" esclama Adelaide, indicando la saponetta che le è appena sfuggita dalle mani, cadendo per terra. La indica, a bocca spalancata, ma non fa nulla per raccoglierla.

"Fa niente," dice Spine, raccogliendo la saponetta e pulendo per terra con della carta igienica. "Vieni qui. Ti aiuto con questa."

Quando sono entrambi puliti e asciugati, varcano l'ultima parte del corridoio e si dirigono verso la cucina.

L'improvviso rumore di un piatto che si rompe sul pavimento li fa sobbalzare.

Spine si ferma di scatto e lo stesso fa Adelaide. Il ragazzino sente la mano della sorella stringere la sua fin quasi a fargli male. Altri rumori provengono dalla cucina. Qualcuno comincia ad urlare.

Adelaide indietreggia di qualche passo. La ragazza sta tremando, i suoi occhi sono sgranati.

I loro genitori hanno cominciato un altro dei loro litigi, pensa Spine.

È l'unica cosa che sembrano fare di recente e, a giudicare dai frammenti della conversazione proveniente dalla cucina, il motivo sembra essere sempre lo stesso.

"Dai, andiamo," dice Spine, cercando d'infondere un po' di coraggio nelle sue azioni anche se i battiti accelerati del suo cuore lo tradiscono. Il ragazzino ha paura e sa che anche questa volta è tutta colpa sua. Sa che il motivo di questa ennesima discussione è lui.

Adelaide scuote la testa talmente velocemente che gli occhiali minacciano di cadere per terra.

"Non preoccuparti," dice Spine con un tono rassicurante. "Lo sai che quando ci vedono smettono. Andiamo, dai, prima che comincino a fare sul serio."

Adelaide non sembra convinta. Rimane dove si trova, continuando a scuotere vigorosamente la testa.

"Te lo prometto, andrà tutto bene," dice Spine, mettendosi una mano sul petto. "Fidati."

Le sue parole non rassicurano Adelaide, ma in qualche modo gli occhi del ragazzino riescono a fare la magia. La sorella si lascia condurre ed insieme fanno alcuni, esitanti passi in avanti.

Quando sono a pochi metri dalla cucina, Spine si ferma. La curiosità ha il sopravvento su di lui e decide di ascoltare la conversazione dei due adulti.

"...anto! Dodici anni, Bruce! Ti rendi conto del tipo di pressione a cui lo sottoponi? Non capisci che lo stai rovinando? Non puoi avere questo genere di aspettative da un bambino! Spine dovrebbe spendere il suo tempo a rimpinzarsi di caramelle, a guardare cartoni animati, a giocare con altri bambini...io...Dio! Non è sano, Bruce! Non è normale! Non dovrebbe sapere a memoria il nome dei satelliti di Giove o gli elementi della fottutissima tavola periodica."

"Teresa, tu non hai la minima idea di chi sia tuo figlio. Se riuscissi a guardare al di là del tuo naso capiresti che ha un potenziale enorme. Apri gli occhi! È speciale! È destinato a grandi cose!"

"Adesso ricominciamo con questa storia. Bruce, ammettilo. Lo stai usando come fai sempre. No! Non guardarmi così! Vuoi che colmi la tua mancanza. Non riesci proprio a metterci una pietra sopra? Deve proprio essere quel poveraccio a pagare? Almeno *prova* a comportarti come un padre!"

Silenzio. Spine capisce che l'aria è forgiata di quel tipo di tensione che potrebbe presto esplodere in qualcosa di pericoloso. Di molto pericoloso.

"Adesso stai attenta, Teresa," la voce di Bruce suona lenta e minacciosa. A Spine viene la pelle d'oca mentre il padre prosegue, dicendo, "Non parlare di cose che non capisci. Quello che è successo a me non ha niente a che fare con Spine. Lui vuole imparare. Lui vuole capire. Lui vuole..."

"Lui non vuole deluderti! Apri gli occhi, guardati attorno! Lo sta facendo perché sa che è la cosa più importante per te. Lo sta facendo perché sa che per te vuol dire tutto."

"Non parlarmi come se sapessi quello che vuole Spine. Io ci ho parlato. Io lo capisco. Io so quale sia il suo sogno. Io..."

"E non ti sembra strano che il suo sogno sia il *tuo* sogno? Bruce, tu hai bisogno di vedere un dottore. Uno bravo. Non riesci più a capire dove finisci tu e dove inizia nostro figlio..."

"Senti, quello che è successo a me non ha niente a che fare con..."

"Niente a che fare? Gesù, ti stai ascoltando? Quello che stai facendo passare a Spine ha tutto a che fare con quello che ti è successo! Stai cercando di compensare il tuo fallimento rovinando la vita..."

"Teresa, ti ho avvertito! Un'altra parola e..."

"Non potrai piroettare come una scimmia nello spazio, Amen!" la donna lo interrompe, una voce sempre più acuta e alterata dalla rabbia.

"Chiudi quella bocca!"

"Fattene una ragione Bruce," continua Teresa. "Non è colpa di nessuno, va bene? Smettila di comportarti come se il mondo stesse cospirando contro di te. Hai due figli a cui badare, Bruce, non uno solo. Adelaide è come se non esistesse per te. La tratti come un fantasma. Non ti sforzi neppure di..."

"Teresa, t'avverto che..."

"Sì, parliamo di Adelaide," lo interrompe nuovamente la moglie, alzando la voce per sovrastare quella del marito. "Parliamo del modo in cui la tratti. Per te lei è solo uno scarto di cui faresti volentieri a meno, non è così? Mhm? Ma lei capisce tutto, Bruce. Tutto! Vede, sente, percepisce. Capisce come la stai trattando, capisce che per te non è niente, ma non è colpa sua se è quello che è, va bene? Non è colpa sua! Non..."

Il padre urla qualcosa d'incomprensibile, sovrastando le parole di Teresa, ed è a quel punto che Spine capisce che è il momento di muoversi. Conduce Adelaide in cucina strattonandola per un paio di volte.

Arrivano appena in tempo.

Il padre ha le mani strette a pugni. Il suo volto rosso e contratto dalla rabbia si trova a pochi centimetri da quello della moglie. Ha un braccio alzato, pronto a colpire.

"Ehi, pà" dice Spine, forzando un sorriso. È la cosa più difficile da fare in quel momento, ma il bambino sa che è anche la più intelligente. Far finta che non sia successo niente. Far ritornare le cose come erano prima. Far fare un passo indietro a suo padre, calmarlo, farlo sentire a suo agio. Sì, farlo sentire a suo agio.

La sua mossa si rivela immediatamente quella vincente.

"Ehi, campione!" Bruce si allontana immediatamente dalla moglie e gli va incontro con un largo sorriso stampato sul volto.

Spine coglie solo un barlume della sua espressione adirata prima che si trasformi in un volto solare. L'atteggiamento dell'uomo, in effetti, cambia talmente velocemente che Spine crede impossibile che la persona di qualche secondo prima e quella sorridente che ha davanti siano la stessa.

Bruce è un tipo alto e ben piazzato, con gli stessi capelli color cioccolato del figlio, gli stessi occhi color smeraldo, un uomo di mezza età molto attraente che ha appena cominciato a sviluppare capelli grigi attorno alle tempie.

Teresa, nel frattempo, prende la mano di Adelaide e insieme le due si dirigono in silenzio verso il tavolo. Bruce scompiglia i capelli di Spine, apparentemente cieco a qualsiasi altra cosa che non sia suo figlio.

Quando sono tutti seduti intorno alla tavola, Teresa comincia a passare il cibo, in silenzio, la mascella serrata, gli occhi lucidi, le mani ancora tremanti.

Bruce, invece, si comporta come se non fosse accaduto nulla. Spine è contento che il suo intervento abbia evitato un altro scontro diretto tra i genitori.

"Allora," inizia Bruce, mentre sta passando patate e mais al figlio, "hai già finito i tuoi compiti, Spine?"

"Sì," risponde il bambino.

"*Tutti* i tuoi compiti?" domanda l'uomo, sottolineando la parola 'tutti' con entrambe le sopracciglia alzate.

Spine deglutisce.

"Quasi," risponde, evitando questa volta lo sguardo del padre. "Devo...Ehm...devo ancora risolvere il problema che mi hai dato ieri sera."

Il padre annuisce con fare cogitabondo. Il suo volto ha assunto improvvisamente una sfumatura seria. Il suo sorriso è svanito, le due labbra strette formano ora una singola, sottile linea orizzontale. Quando guarda nuovamente il figlio, i suoi occhi hanno perso gran parte della loro lucentezza iniziale.

"Noi tutti sappiamo che esistono due tipi di persone, non è vero, Spine?" chiede Bruce, il suo tono tagliente quanto la lama di un coltello. Il movimento di posate si è fermato tutto d'un tratto.

La saliva si blocca a metà strada tra la bocca e l'esofago del ragazzino. Sa molto bene che una risposta sbagliata a quella domanda potrebbe avere conseguenze negative.

"Ripeti ad alta voce," dice suo padre, studiandolo con attenzione. "E guardami, quando ti parlo."

Spine passa le patate ad Adelaide, quindi dice, guardando gli occhi inflessibili del padre, "Quelle che creano problemi e quelle che li risolvono," dice alla fine.

"Esatto," risponde Bruce, annuendo. La sua espressione si rilassa tutto d'un tratto. Mette una mano sulla spalla del figlio. "E se vogliamo che tu faccia parte del secondo gruppo, abbiamo davvero bisogno che continui a studiare, non è vero?"

La madre si muove sulla sedia. Sembra in procinto di dire qualcosa ma Spine la trafigge con lo sguardo.

La donna si morde il labbro inferiore e rimane in silenzio.

"Sì, signore," dice Spine. "Possiamo risolvere il problema insieme?"

Spine sembra aver scelto la giusta combinazione di parole perché Bruce torna a sorridere.

"Ci puoi giurare, campione," risponde. "Sarà la prima cosa che facciamo dopo pranzo. Adesso mangia, dai, prima che si freddi."

Spine obbedisce senza fiatare. Sa che ha appena barattato la pace della famiglia con un altro pomeriggio di studio intenso.

È stanco ma felice allo stesso tempo.

È riuscito ancora una volta a salvare la giornata.

~

New York City
Quartier Generale della LAND

"Ehi, capo," lo chiamò una voce baritonale alla sua destra, facendolo trasalire. "Capo? Sei ancora tra di noi?"

Spine Woodside fece un respiro profondo mentre si sistemava sulla sedia. Il richiamo improvviso lo aveva riportato bruscamente al presente. Sbatté le palpebre e si lisciò la cravatta con un nervoso movimento della mano, quindi si schiarì la gola. I postumi del ricordo vennero velocemente spazzati via dalla realtà circostante.

Woodside non si girò neppure verso l'uomo che lo aveva chiamato. Ignorando completamente la domanda, molto semplicemente si limitò a grugnire e a incrociare le braccia.

"Hai l'aria di qualcuno che si sta annoiando parecchio, capo," gli fece presente il vicino, continuando a parlare in tono vispo, un sorriso sornione stampato sul volto.

"Annoiando?" Woodside ripeté la parola in tono acido, aggrottando la fronte. "No, Komla, non sono annoiato. Sono *angosciato*." Poi aggiunse, indicando la porta della stanza, "Quando quella presa in giro di un assistente varcherà di nuovo la soglia, sarà bene che metta sul tavolo qualcuno con un paio di palle e un cervello, altrimenti cominceranno a volare teste."

"Effettivamente," concordò Komla, "non mi è sembrato che Arvin abbia offerto nulla di decente, fino ad ora. Certo, potrebbe essersi lasciato i candidati più promettenti alla fine."

"È quello che spero per lui," latrò Woodside, iniziando a tamburellare le dita sul tavolo. "Ora, se non ti dispiace, sto cercando di riflettere su qualcosa. Riesci a chiudere quel forno per cinque minuti di fila o devo far finta di andare al cesso per avere una manciata di secondi per pensare in santa pace?"

Komla non sembrò neppure lontanamente toccato dal tono del Presidente. Al contrario, sembrava divertito. Si mise una mano sul petto, raddrizzò la schiena e disse, con un tono carico di sarcasmo, "In nome della nostra lunga amicizia e di tutto quello che rende la LAND degna di essere servita, farò del mio meglio, Presidente."

Woodside schioccò le labbra, mandando al diavolo il vicino con un distratto movimento della mano. Komla non riprese a parlare e si girò dall'altra parte, lasciando il Presidente della LAND da solo con i suoi pensieri.

Woodside fece un paio di respiri profondi prima di far spaziare i suoi occhi tutt'attorno, studiando con sguardo cogitabondo l'ambiente circostante.

Si trovava in una stanza rettangolare molto spaziosa, al cui centro stava un enorme tavolo a forma di ferro di cavallo. Attorno ad esso, erano sedute quindici persone diverse. Woodside si trovava al centro del tavolo, con Komla alla sua destra, e una donna con capelli a caschetto alla sua sinistra. Praticamente tutti i presenti stavano gettando fugaci occhiate nella sua direzione. Tuttavia, quando i loro occhi incrociavano quelli del Presidente, la maggior parte semplicemente distoglieva lo sguardo, facendo finta di parlare con qualcuno o di ascoltare altre conversazioni.

Patetici, pensò Woodside, mentre valutava i presenti e vedeva uno sguardo dopo l'altro abbassarsi o spostarsi da qualche altra parte.

Solo uno di loro mantenne il contatto visivo, e fu proprio su questo temerario che concentrò la sua attenzione. Quest'ultimo non sembrava dare alcun segno di voler fare nient'altro se non continuare a fissarlo, sfidandolo con i suoi piccoli occhi color lignite.

Era un uomo molto basso e completamente pelato quello che stava valutando, con occhi sporgenti, una mascella squadrata, un naso piatto e un pizzetto color ruggine che copriva un mento appuntito.

Komla, che aveva tenuto d'occhio il vicino per tutto quel tempo, non si era perso lo scambio di occhiate tra i due. Guardò il suo orologio da polso, quindi produsse un sorriso e disse, sfiorando Woodside con il gomito per guadagnare la sua attenzione, "Richard sembra...Ah...," Komla s'interruppe, mentre guardava l'uomo pelato, quindi proseguì, "non molto a suo agio a causa della tua presenza, capo. Sì. Penso che avesse sperato fino all'ultimo che non facessi parte dello show."

Richard distolse lo sguardo e prese a parlare con una donna che gli sedeva vicino, lentamente e con visibile riluttanza, come se con quel gesto volesse provare qualcosa al Presidente della LAND.

"Sì," annuì Woodside, che da parte sua continuò a studiare Richard. "Non dubito che sarebbe piaciuto a lui e agli altri burocrati avermi fuori dalle palle per la terza volta. Quello stoccafisso sputasentenze e i suoi amici hanno paura che quest'anno potremmo *effettivamente* scegliere un campione che abbia qualche possibilità di vincere Scontro Frontale, se io ho qualcosa da dire al riguardo."

Woodside rimase in silenzio per qualche secondo, respirando lentamente. Improvvisamente, si sentì stanco, molto più stanco di quanto avesse voluto ammettere. Sospirò, profonde linee orizzontali solcavano ora la sua fronte. "Se questo," ed indicò due trigoy spenti, poggiati su due alloggiamenti sopra il tavolo, "è il genere di persone che abbiamo considerato in passato, non è difficile capire per quale motivo gli altisti ci abbiano fatti a pezzi. Dio solo sa se non abbiamo bisogno di una chiara, inequivocabile vittoria, quest'anno. Se perdiamo un'altra volta di fronte al mondo intero, tanto vale aggiungere al Tetralemento due colossali orecchie d'asino."

Woodside guardò Komla negli occhi, come se si fosse improvvisamente ricordato di qualcosa. Incurante se qualcuno degli altri presenti potesse sentirlo, disse, "Sono destinato a vedermi presentare davanti un cretino dopo l'altro per le prossime tre ore senza che possa fare niente? Chi diavolo si è occupato di mettere questa collezione di cialtroni e imbecilli nella rosa dei selezionati? Perché fino ad ora è *questo* il tipo di spazzatura che mi è stata messa davanti. Credi che possa sperare in qualcuno con una spina dorsale?"

Komla annuì mentre si grattava con aria distratta il mento.

"Questo è esattamente il modo in cui hanno scelto i candidati le due volte precedenti," confermò. "Il Consiglio Allargato sceglieva i selezionati, Arvin li presentava al Ristretto e i membri eleggevano a maggioranza relativa i candidati che sarebbero stati presentati a te, alla fine. Solo che le ultime due volte...beh...qualcuno ha deciso di essere trattenuto per cause di forza maggiore..."

Komla lasciò la frase in sospeso, mentre adocchiava con uno sguardo esplicativo il Presidente.

"Sì, lo so, lo so!" Woodside mosse una mano, come a scacciare del fumo. "Come sempre, è stata tutta colpa mia!" Il Presidente della LAND scosse la testa, fissando un punto imprecisato del soffitto, i denti stretti e le dita che tamburellavano con velocità crescente sul tavolo.

"Non essere troppo duro con te stesso," disse Komla. "Per come la vedo io, non potevi certo prevedere quel disastro in Congo e quella brutta infezione polmonare che ha deciso di metterti KO con un tempismo quasi perfetto."

"Zimbabwe," precisò Woodside in tono arido, come se gli fosse stato ricordato qualcosa di estremamente spiacevole. "Il disastro, come lo chiami tu, è avvenuto in Zimbabwe, e per quanto riguarda l'infezione, ho solo avuto la sfortuna d'incontrare un dottore zelante. *Oltremodo* zelante. Quell'imbecille ha deciso di tenermi a letto per settimane! Aveva paura che il Presidente della LAND potesse crepare davanti ai suoi occhi. Sono convinto che avesse deciso che il mio decesso non avrebbe figurato bene sul suo curriculum vitae."

"Da quel che sapevo io," disse Komla, alzando le sopracciglia, "quella volta hai rischiato *davvero* di rimetterci la pelle, capo."

"Sciocchezze," grugnì Woodside, congedando quell'affermazione con una veloce scrollata di spalle. "Hai dato un'occhiata alla mia lista delle cose da fare? Adesso come allora, la morte è un lusso che non posso permettermi." Un'altra pausa, quindi Woodside riprese, "Il passato è passato. Ciò che conta è che questa volta sono qui, e nessuno si alzerà da questo tavolo se non avremo almeno una dozzina di candidati che abbiano una seria possibilità di vincere Scontro Frontale."

Komla annuì, mentre guardava Richard. L'uomo pelato era ancora occupato in una fitta conversazione con uno dei vicini. "Per quanto sia consapevole che non scorra buon sangue tra di voi," proseguì, "penso che Richard e i suoi lacchè siano genuinamente convinti che questi selezionati siano i migliori landisti in grado di rappresentarci a Scontro Frontale. I passacarte vogliano solo rendersi utili."

"Utili?" Woodside abbassò la voce e si sporse verso il vicino. "*Utili?* Dico, stai scherzando, vero? Questa banda di clown è utile quanto un albero di Natale ad Agosto!"

A quella battuta Komla rise di gusto, gettando il proprio peso sullo schienale della sedia. Molti dei presenti si girarono verso i due, attirati dalla risata. Tra di loro, c'era anche la donna che sedeva alla sinistra di Woodside, uno sguardo severo dietro lenti rettangolari. Vestita con una semplice camicia bianca, la donna era magra e molto pallida. La sua acconciatura era un caschetto talmente ben definito che non sembrava essere stato tagliato da un parrucchiere, ma meticolosamente lavorato da uno scultore. Il suo volto, scarno e triangolare, e le sue guance incavate, la facevano sembrare una strana varietà di mantide religiosa incredibilmente cresciuta.

La donna si tolse gli occhiali, li pulì sulla sua camicia e li inforcò nuovamente, guardando i due uomini con crescente disappunto, come se avessero interrotto qualcosa di estremamente importante.

"Scusaci, Tenoderia," disse Komla, rivolgendosi alla donna. "Non volevamo interrompere i tuoi affari eterici," e l'uomo indicò i suoi occhiali. "Siamo solo due vecchi amici che stanno disperatamente cercando di non morire di noia."

Tenoderia rimase in silenzio per qualche secondo. "Non avevo dubbi," disse alla fine. Concentrò quindi la sua attenzione su Woodside. "Per impiegare il tempo in modo più proficuo, forse il Presidente Woodside potrebbe considerare di discutere l'importante questione della fusione con gli umanisti, un argomento che sta evitando con una perseveranza davvero encomiabile. Il Presidente potrebbe anche..."

Woodside sbuffò mentre interrompeva la donna con una mano

alzata. "Il *Presidente* non sta affatto evitando l'affare degli umanisti," disse, esasperato. "Il Presidente Woodside ha anche detto alla sua eterion che l'Humanitas e Zacharias Hawke sono due faccende alle quali vuole dedicare il massimo della sua attenzione. E questo richiede tempo."

"Presidente," disse Tenoderia, con il tono di qualcuno che cerca di spiegare ad una scimmia come arrampicarsi sugli alberi, "lei sta chiaramente cercando di vedere negli umanisti un lato negativo da sfruttare per alimentare i suoi dubbi. Si fidi del mio giudizio. Ha la mia parola d'onore che la fusione..."

"La tua parola è inutile per farmi capire chi sia davvero questa gente, né serve a sminuire il brutto presentimento che ho su tutta questa storia."

"Non capisco," disse Tenoderia.

"Non importa da quale angolo cerchi di guardare a questa fusione," spiegò il Presidente, "l'Humanitas mi sembra semplicemente la più potente setta nella storia del genere umano, un gruppo incredibilmente esteso e influente composto perlopiù da fanatici."

La donna fece per replicare, ma Komla fu più veloce di lei. Con il suo solito fare spensierato indicò la collega. "In effetti la nostra Tenoderia sembra particolarmente affezionata a questo gruppo di... credenti," disse, fissandola con un'espressione incuriosita. "Beh, è vero, Tenoderia. Non guardarmi così! Sono mesi che sponsorizzi la fusione. Che cosa è successo? Zacharias Hawke ti ha lanciato un incantesimo via etere? Non sarò certo io a negarlo, quell'uomo sembra davvero capace di convincere una giraffa a camminare sulla sua testa."

Komla ridacchiò, ma Woodside scosse la testa, davvero poco desideroso di continuare quella conversazione.

Tenoderia, da parte sua, lanciò al collega uno sguardo che avrebbe potuto spezzare una lastra di marmo, quindi tornò a concentrarsi su Woodside. "Le loro credenze non mi riguardano," affermò con decisione. "È la loro regione e il loro numero di sottoscrizioni che m'interessano. Una superpotenza eterica come gli umanisti sarebbe fondamentale per realizzare i piani di lungo termine che la LAND si..."

"La fusione con gli umanisti è qualcosa che non voglio discutere oltre, al momento," tagliò corto Woodside.

Tenoderia aprì e chiuse la bocca un paio di volte, ma alla fine serrò le labbra e guardò il tavolo di fronte a lei. "Come preferisce, Presidente," mormorò alla fine.

Il momento di silenzio che seguì venne troncato dalla repentina entrata nella stanza di un uomo con una fronte ampia e occhi piccoli e acquosi che chiuse la porta dietro di sé e si schiarì la gola, annunciando ufficialmente la sua presenza.

"Va bene, la ricreazione è finita," disse Komla, mentre si grattava il collo. "Arvin sembra pronto a vomitare parole per le prossime ventiquattr'ore."

Woodside sbuffò. "Buon Dio, dammi la forza."

Completamente ignaro dell'umore del suo pubblico, Arvin azionò i due trigoy. In una manciata di secondi gli oggetti si trovarono in aria, dove cominciarono a proiettare fasci di luce. La luce si trasformò in punti e segmenti ben definiti che a loro volta si tradussero nell'immagine multidimensionale di un uomo sui quarant'anni.

"Mhm," mormorò Komla. "Questo qui sembra interessante. Che cosa ne dici?"

Il Presidente osservò la figura del tredicesimo selezionato della giornata mentre i trigoy producevano dati, grafici e statistiche sul suo conto.

"Patrick Solomon, nato a Dallas, Texas," iniziò Arvin. "Quarantaquattro anni, sposato da venti, tre figli e due figlie. Mormone. È stato un giornalista, convertitosi avvocato, convertitosi azionista, convertitosi filantropo e alla fine sbarcato in politica."

Woodside scosse la testa, una mano sulla fronte e frustrazione che si faceva largo sul suo volto.

Arvin continuò a descrivere il profilo di Patrick Solomon con voce piatta e distaccata, come se stesse leggendo un libretto delle istruzioni. "Il suo coinvolgimento con la LAND iniziò circa dieci anni fa, più precisamente il nove aprile del 2029, quando partecipò come assistente del reparto delle risorse umane nella campagna elettorale che permise a John Stewart di diventare senatore. Il signor Solomon si è dedicato alla politica da quel momento in poi, ricoprendo diverse cariche pubbliche che lo hanno..."

Woodside mosse gli occhi a destra e a sinistra. Si passò una mano sul volto e chiuse le palpebre mentre il presentatore continuava il suo elenco. "...Grandi abilità oratorie, senso della gerarchia, rispetto dei superiori, capacità organizzative sopra la media, ottima prestanza fisica,..."

"Fantastico, Arvin!" Woodside lo interruppe, sbattendo un pugno sul tavolo. Tutti gli sguardi nella stanza si girarono verso di lui.

Il Presidente della LAND raddrizzò la schiena, indicando a tutti i presenti la riproduzione multidimensionale. "Davvero fenomenale," disse. "Quest'uomo dovrebbe iniziare una religione incentrata su quanto è fantastico essere sé stesso. Sembra di essere davanti allo stereotipo dell'uomo perfetto. C'è forse qualcosa che il signor Solomon *non* è in grado di fare?"

"Signor Presidente." Una donna dall'altra parte della stanza si alzò, la stessa che aveva parlato con Richard. "Con tutto il dovuto rispetto, il signor Patrick Solomon è risultato uno dei nostri selezionati più promettenti, senza cont..."

"Ma certo, Jennifer," l'interruppe Woodside. "Questo tizio farebbe al caso nostro se dovessimo competere per vincere il premio per il sorriso più smagliante dell'anno, ma non credo proprio abbia nulla a che fare con il genere di persona che stiamo cercando per Scontro Frontale."

"E quale tipo di persona stiamo cercando, esattamente, signor Presidente?" chiese Jennifer.

"Il tipo di persona che stiamo cercando," disse Woodside, scandendo attentamente ogni parola, "è un gladiatore pronto ad uccidere a sangue freddo in un'arena, capace di staccare le braccia dell'avversario a morsi senza preoccuparsi di masticare prima di ingoiare, NON un candidato per il prossimo, fottutissimo premio Nobel per la pace! Credo di parlare per tutti i presenti se dico che ci siamo fatti un'idea precisa di Mr. Perfezione, qui di fronte, e che non faccia al caso nostro."

Il leader landista fece spaziare il suo sguardo sui presenti. Il suo tono non ammetteva repliche.

"Bene," continuò, "credo che abbiamo sentito abbastanza su questo Boy Scout. Arvin, il prossimo."

Il presentatore annuì, facendo sparire l'immagine di Patrick Solomon. Il profilo venne sostituito immediatamente da altre informazioni che riguardavano un altro uomo, più basso ma più robusto del precedente, e con un sorriso se possibile ancora più largo.

"Simon Pegh," iniziò Arvin, mentre si schiariva la gola, "nato in Germania, naturalizzato statunitense. Trentotto anni, sposato tre volte. Nessun figlio."

Woodside non sembrava più intrigato di quanto era stato due minuti prima mentre valutava in silenzio il nuovo profilo. Continuò ad ascoltare il rapporto, l'espressione che commentava con chiarezza che cosa pensava di quest'ennesimo selezionato.

"...È il Presidente e fondatore dell'Argonite Momentum," stava dicendo Arvin. "Questa compagnia è una delle cinquanta più grandi del mondo. È un vero e proprio colosso che quest'anno si stima possa arrivare a fatturare oltre centosessanta miliardi di dollari. Il selezionato ha fama di finanziare startups e piccoli gruppi d'interesse che egli ritiene possano fornire un potenziale guadagno nel medio, lungo termine. Ultimamente, ha finanziato molte campagne landiste ed è stato determinante nel contribuire a rafforzare la nostra presenza in alcune parti dell'Asia, in particolare in Giappone, Indonesia e Corea. Il signor Pegh si è dimostrato più volte interessato a ricoprire un ruolo attivo in campagne che favorissero lo sviluppo e l'affermazione della LAND. Egli dispone di contatti e risorse quasi illimitate..."

"... E magari pensa anche che le sue risorse lo aiuteranno a *comprarsi* la candidatura a Scontro Frontale, mhm?" proruppe Woodside, incapace di contenere la sua frustrazione. "Magari pensa di farsi un po' di pubblicità per la sua compagnia, perché no? Andiamo! Quest'uomo non è soltanto presuntuoso, è anche un vero e proprio approfittatore senza scrupoli. Pensa davvero che sbatterci in faccia il suo portafogli gli dia qualche possibilità di essere preso in considerazione? Basta! Ne ho sentito abbastanza di questo Zio Paperone. Come diavolo ha potuto il Consiglio Allargato assemblare un branco di smidollati del genere? Gliene frega davvero così poco del mio tempo? Non ammetterei come candidato una persona del genere," e indicò il profilo di Simon Pegh, "neppure se fosse l'ultimo bipede presente sulla faccia della Terra!"

Questa volta fu Richard ad alzarsi. "Presidente," disse, "con tutto il dovuto rispetto, sono ore che critica e demolisce con battute e commenti personali praticamente tutti i selezionati. Lo scopo di questa riunione era quello di valutare collettivamente i potenziali candidati, non di prendersi gioco degli sforzi del Consiglio per cercare di aiutarla a selezionare i finalisti."

Woodside fissò il burocrate con disprezzo. "Caro il mio Richard Donovan, questa *riunione* non avrebbe avuto motivo di esistere, se non fossi stato costretto ad assistere a questa messa in scena da te e dai leccacarte che ti orbitano attorno!"

"Spine," disse Komla, in tono conciliante, sfiorandogli il gomito, "cerchiamo di non..."

Ma Richard s'intromise, guardando verso i presenti. "Mi chiedo, signori e signore, qual è il senso di tutto questo se continuiamo semplicemente a giudicare i selezionati sulla base di umori e preconcetti?"

Molti dei presenti annuirono, chiaramente d'accordo con il burocrate.

"Umori e preconcetti," ripeté il Presidente della LAND, lasciandosi sfuggire un sorriso appena accennato. "Qualcun altro la pensa come il nostro buon vecchio Richard? Allora? Voglio delle mani alzate!"

Alcune teste si mossero, formando timidi ma inequivocabili segni d'assenso. Sette braccia vennero alzate. Richard Donovan tornò a sedersi, l'espressione compiaciuta.

Fu il turno di Woodside di alzarsi dalla sedia. Lo fece lentamente, mentre indicava con entrambe le mani il profilo del sorridente Simon Pegh.

"Imbecilli senza scrupoli!" proruppe, "eterion disposti a strangolare la madre per assorbire un'unità in più, politici senza etica, raccomandati, doppiogiochisti, ruffiani, bugiardi, cialtroni, corrotti, questo..." Woodside si fermò, guardando ognuno dei presenti negli occhi per poi soffermare il suo sguardo su Richard, "questo è il novanta percento della spazzatura che ho visto fino ad ora, Richard. Come pretendi che prenda sul serio delle farse del genere? Dovrei dare il mio benestare a uno qualsiasi di questi imbecilli senza spina dorsale? Tanto vale rastrellare per strada un barbone qualunque, dargli una ripulita e promettergli un letto e un pasto caldo. Avrebbe una motivazione migliore a vincere questo stramaledettissimo dibattito!"

Sul collo di Woodside serpeggiava ora un'intricata ragnatela di vene bluastre. "Signore e signori," riprese, "cerchiamo di non dimenticarci per quale motivo siamo qui. Questo non è un incontro per stabilire chi ha il volto più fotogenico, il sorriso più smagliante, il conto in banca più stratosferico o il cervello più grande del mondo. Scontro Frontale è un'arena, non un talk show, e il pubblico vuole vedere sangue scorrere a fiumi, vuole vedere i contendenti farsi a pezzi a vicenda. Quando la discussione inizia, non esistono regole. Nessuno di questi cialtroni durerebbe cinque minuti in un dibattito del genere!"

"Signor Presidente," disse Richard, scuotendo la testa. "La natura di Scontro Frontale..."

"Conosco la natura di Scontro Frontale, Richard!" lo interruppe Woodside, "Come la conosce chiunque ne abbia fatto parte. Ma sembra che voi tutti abbiate dimenticato perfino quello, non è vero? Per voi, sono solo un vecchio pronto ad andare all'ospizio, dico bene?"

"Il suo dibattito con Gladia Egea è stato quindici anni fa, Presidente," s'intromise Jennifer, "ed è..."

"...Ancora citato da fonti landiste ed altiste come un esempio incredibilmente accattivante di retorica," l'interruppe Komla, che per la prima volta non stava sorridendo.

Nessuno sembrò avere altro da aggiungere all'affermazione di Komla e Woodside usò quella parentesi di silenzio per continuare. "Non abbiate dubbi, in proposito," riprese, cavalcando il momento, "Stiamo parlando dell'evento dell'anno, del Super Bowl degli scontri verbali, della Coppa del Mondo dei dibattiti pubblici! L'intero pianeta starà a guardare e non permetterò ai contastelle di ridicolizzarci ancora una volta di fronte alla comunità internazionale!"

Jennifer sembrò voler aggiungere qualcos'altro, ma Richard si sporse vicino a lei e le sussurrò qualcosa. La donna annuì e incrociò le braccia, evidentemente non felice ma ubbidendo a qualsiasi ordine le avesse dato.

"Arvin, continuiamo," disse Woodside, quando fu chiaro che nessun altro voleva parlare.

Arvin assentì, l'espressione di qualcuno che in quel momento avrebbe voluto trovarsi da qualsiasi altra parte. "Sì, certo. Ehm... Certo, signor Presidente. Alfonso...Alfonso Suarez, nato in Messico, Tijuana."

Woodside si rimise a sedere, evitando questa volta d'incrociare lo sguardo con Richard, Jennifer o uno qualsiasi degli altri burocrati. Per una volta, accolse con benvenuto le parole di Arvin, che continuava ad elencare velocemente particolari del nuovo candidato.

"Quarant'anni, sposato da venti, due figli. Suarez è stato in passato molto attivo nella..."

Ma non appena tutti i membri del Consiglio alzarono lo guardo per guardare la riproduzione del nuovo selezionato, tutti notarono che c'era qualcosa di strano. Mormorii di confusione e di stupore cominciarono a rincorrersi per la stanza, affiancandosi al monotono rapporto di Arvin.

Il nuovo profilo non corrispondeva affatto a quello che Arvin stava descrivendo.

Al centro della stanza era apparsa infatti la figura di una donna molto alta e con spalle proiettate all'indietro. Aveva una carnagione scura, lunghi capelli neri e uno sguardo fiero.

Arvin continuava a leggere informazioni riguardanti Alfonso Suarez, gli occhi incollati sul suo terminale, senza notare l'evidente contrasto tra l'immagine che avevano prodotto i trigoy e le sue parole.

Komla fu il primo a prendere l'iniziativa. Dopo aver fatto un respiro a pieni polmoni, si ficcò due dita in bocca e interruppe l'elenco di Arvin con un fischio. "Non so voi, gente," annunciò, indicando la riproduzione della donna, "sono solo io a pensare che il signor Suarez abbia delle gran belle tette?"

Tenoderia e Penelope guardarono Komla con sopracciglia aggrottate, ma il resto dei presenti risero alla battuta di Komla. Fu solo a quel punto che Arvin alzò finalmente lo sguardo verso il centro del tavolo e si accorse della figura della donna nera.

"Ehm," il presentatore si schiarì la gola e guardò con una traccia d'imbarazzo il suo terminale, quindi la riproduzione fuori programma, prima l'uno e poi l'altra. Era ovvio che quella persona non faceva parte della lista di selezionati.

"Chiedo scusa," disse. "Ci deve...deve esserci stato uno sbaglio nel trasferimento dei dati quando ho...Non importa. Permettetemi di...ehm...lasciate che risolva questo piccolo..."

"No," lo interruppe Woodside, prima che Arvin potesse far sparire la donna. "Chi è questa pantera africana?" chiese incuriosito.

Arvin guardò la figura apparsa dal nulla, quindi fissò il suo terminale, come se aspettasse che una risposta gli si materializzasse di fronte.

Fu Tenoderia, impegnata ad armeggiare con i suoi occhiali, a venirgli in soccorso. "Credo di conoscere questa persona, Presidente," annunciò. L'eterion sfiorò il bordo dei suoi occhiali e le sue pupille cominciarono a saettare a destra e a sinistra, come se stesse leggendo le pagine di un libro. "Dovrebbe trattarsi di Yvonne Muchena, un'attivista landista di basso livello impegnata nella sezione africana...del...Ah...Congo. Sì, Congo. È una delle assistenti coordinatrici che si occupano della campagna di distribuzione equa delle risorse che abbiamo iniziato qualche anno fa."

"Un'assistente coordinatrice?" ripeté Komla, aggrottando la

fronte. Si girò verso Arvin. "Come diavolo ha fatto una funzionaria di così basso livello a finire tra i selezionati?"

Arvin scosse la testa, confermando ancora una volta la sua totale ignoranza.

Richard Donovan si mosse sulla sedia. "Questa persona non faceva parte dei selezionati, ne sono certo," disse, mentre valutava la riproduzione di Muchena.

"Non avevo dubbi," mormorò Woodside. Guardò alla sua sinistra, verso Tenoderia, che stava continuando a fissare le lenti dei suoi occhiali.

"Conosci questa Yvonne Muchena, Tenoderia?" chiese.

"Non personalmente," rispose l'eterion. "Ricordo solo di averla vista su un bollettino landista qualche tempo fa, e l'ho sentita nominare un paio di volte in alcune conferenze relative ai fondi per lo sviluppo delle infrastrutture che la LAND sta erogando nell'Africa Sub-Sahariana."

"Sei tu l'eterion," disse Woodside, come se quella frase spiegasse tutto. "Illuminaci d'immenso, per favore. Voglio saperne di più."

Tenoderia annuì. "Yvonne Nyembezi Muchena si è fatta riconoscere per le sue attività di protesta contro il governo del Congo e in un'altra decina di Stati africani. Sembra che un paio d'anni fa abbia fondato un movimento conosciuto come 'Vento Nero', impegnato in un'attività di protesta che ha causato diversi scontri con alcune sacche di altisti concentrate in Angola, Zambia, Madagascar e in Sudafrica. DataMorph definisce Vento Nero come un gruppo landista ultraortodosso, all'interno del quale sono anche presenti frange oltranziste non direttamente collegate alla LAND."

"Ribelli marginalisti," affermò Jennifer, incredulità e disgusto che balenavano sul suo volto. Richard la guardò e annuì. Il suo volto mostrava un disprezzo simile.

"Non esattamente il tipo di persona che vorresti parlasse in un dibattito pubblico," s'intromise Komla. "Potrebbe decidere di affermare il suo punto di vista staccando a morsi l'orecchio dell'avversario."

"Un cane idrofobo sguinzagliato ai quattro venti, più che una persona, distinti membri del Consiglio," disse Richard. "Una mina vagante in attesa di esplodere. Dovremmo togliere a persone come queste la tessera di landista."

Woodside fissò Arvin. "Inserisci questa donna tra i candidati," ordinò. "Sarà divertente parlarle faccia a faccia. Potrebbe essere un soggetto con più di una storia interessante da raccontare. Staremo a vedere."

"Che cosa?" disse Richard, incapace di trattenere il suo stupore. "Sta dicendo sul serio? Voglio dire, andiamo! Ha sentito Madame Azarova. Ha seriamente intenzione di darle una chance di partecipare al dibattito?"

"Da quello che ho visto finora," rispose Woodside, "questa donna ha più palle di noi due messi assieme, Richard. Abbiamo bisogno di un po' di muscoli, di un po' di spirito d'intraprendenza e di creatività, non di neuroni e neppure di tasche piene di soldi. Che questa intraprendenza venga da una persona con organi riproduttivi interni piuttosto che esterni, non fa davvero alcuna differenza."

Il burocrate sembrava incredulo, incapace di ammettere anche solo l'idea che una persona come Yvonne Muchena facesse parte dei candidati.

"Presidente," disse, cercando di riguadagnare un po' del suo autocontrollo ma riuscendo solo a far tremare la sua voce di rabbia, "non sappiamo neppure come abbia fatto il profilo di questa donna a finire tra i selezionati. Le ho già detto che il Consiglio non l'ha scelta. Questa è chiaramente un'irregolarità dei protocolli di sicurez..."

"Che sarà mia premura incaricare il nostro buon vecchio Arvin di chiarire," rispose semplicemente Woodside. "Per il momento, tuttavia, mi riservo il diritto di dare a questa Yvonne Muchena il beneficio del dubbio."

"Signore, con tutto il dovuto rispetto..."

"Risparmiami il tuo rispetto, Richard. Ne ho avuto abbastanza per un solo giorno."

Il burocrate si leccò le labbra, ma non disse altro. Woodside approfittò del suo momento di silenzio per liquidare la questione.

"Ora, se non ti dispiace," disse, "abbiamo un'altra ventina d'imbecilli da valutare prima che questa farsa possa concludersi."

Richard Donovan si guardò attorno, ma nessuno sembrava troppo ansioso di sostenere il suo punto di vista, neppure la sua vicina, Jennifer. Non questa volta. Chiaramente contrariato, l'uomo si sedette nuovamente sulla sedia, lo sguardo inviperito che saettava da un membro del consiglio all'altro, come se ognuno lo avesse accoltellato alla schiena.

Woodside sorrise. Era valsa la pena mettere questa Yvonne Muchena tra i candidati anche solo per far saltare i nervi a Richard.

"Arvin, procedi," disse. "Facci vedere il prossimo Mr. Simpatia...o stupiscici con un altro fuori programma."

Spine Woodside si lasciò andare sullo schienale mentre lanciava un'occhiata penetrante a Richard, che per la prima volta evitò il suo sguardo.

6

I DISTURBI ETERE-INDOTTI
CALGARY, ISTITUTO YODOBASHI PER LA CURA DI DISTURBI ETERE-INDOTTI

Angelica

L'ISTITUTO YODOBASHI per la cura di disturbi etere-indotti era una struttura spartana e massiccia che in qualche modo dava allo stesso tempo l'impressione di essere imponente ed incredibilmente fragile. Il primo piano sfoggiava una serie di colonne di marmo percorso da venature grigie e bianche che si alternavano a vicenda, formando una peculiare ragnatela di sfumature che andavano dal color perla all'argento scuro. I muri dei piani superiori, dal secondo al settimo, erano invece una successione quasi ininterrotta di vetri ampi ma sottili sostenuti da un'intricata griglia composta da cemento armato e acciaio.

La struttura stessa dell'edificio permetteva ai passanti di sbirciare gran parte dell'attività che si svolgeva nei primi piani, dove i muri altro non erano se non enormi pareti-finestra che davano sul giardino e il parcheggio esterno.

In quel momento, diverse decine di persone in camice bianco

affollavano i corridoi dell'edificio e in uno di questi corridoi, Angelica Kam e Dewi Salonga stavano conducendo gli studenti e l'insegnante verso la loro destinazione.

"Dunque," iniziò Angelica, guardando gli studenti, "qualcuno di
voi ha mai sentito parlare di disturbi etere-indotti, le cosiddette
malattie dell'etere?"

Una mezza dozzina di mani schizzarono in alto. *Molto meglio
dell'ultimo gruppo*, pensò compiaciuta Angelica. "Eccellente," disse,
l'espressione chiaramente soddisfatta, "abbiamo un gruppetto di
ragazzi svegli quest'oggi."

Dopo aver valutato gli studenti uno ad uno, interpellò una
ragazza con lunghi capelli scuri. "Sì, tu. Esatto, tu, con la coda di
cavallo. Il tuo nome, per favore, e poi dicci che cosa sai dei disturbi
etere-indotti."

La ragazza che era stata indicata disse, "Mi chiamo Sunita. Un
disturbo etere-indotto è...Ah...Quando qualcuno diventa malato
perché gli si è fritto il cervello stando troppo tempo
nell'etere...credo."

La maggior parte dei compagni scoppiarono a ridere. La loro
insegnante li fulminò con lo sguardo ma molti di loro continuarono
a ridacchiare comunque.

"Mhm. Sì e no, Sunita," rispose Angelica, facendo oscillare la
testa a destra e a sinistra. "Vedi, una persona può ammalarsi
perché utilizza l'etere per un tempo troppo lungo, o in maniera
troppo esagerata, è vero, ma quasi mai il tempo è l'unico fattore
capace di provocare un disturbo etere-indotto. Comunque, perfino
nei casi in cui ciò si verifica, ovvero, quando si tratta effettivamente
di un problema di tempo speso nell'etere, questi disturbi sono solitamente i più facili da trattare. Il tempo trascorso nell'etere,
dunque, non è una delle cause principali che provoca disturbi
etere-indotti. Va bene, sentiamo qualcun altro? Sì, Tom, se non
sbaglio."

"Esatto," rispose Tom. "Ricordo che mentre ero su DataMorph,
leggendo il suo...ehm, il *tuo* profilo, ho scoperto che alcune persone
si ammalano più facilmente di questi disturbi etere-indotti. Persone

come i tecnoristi, ad esempio, a causa degli impianti sui loro corpi. Almeno...beh...almeno da quello che ho capito io."

"Ben detto, Tom," Angelica lanciò allo studente uno sguardo di approvazione. Per una frazione di secondo, fu quasi contenta che le informazioni su di lei e sull'istituto avessero fatto il giro dell'etere. Se Tom aveva saputo rispondere in quel modo, qualsiasi cosa avesse diffuso DataMorph sul suo conto non poteva essere spazzatura al cento percento. Poi si ricordò del nomignolo che le era stato affibbiato, Madame delle Note, e di tutte le altre fesserie che avevano detto i ragazzi, e l'amaro le tornò in bocca. "È vero," disse Angelica, "alcune persone possono ammalarsi per via di particolari predisposizioni della mente o del corpo, come ha detto giustamente Tom. I tecnoristi fanno parte di questo gruppo di persone. Individui che hanno deciso di ricorrere ad operazioni chirurgiche per aumentare le loro prestazioni, hanno una possibilità molto più alta di persone 'normali' di contrarre disturbi etere-indotti. Una percentuale importante dei nostri pazienti hanno trascorsi tecnoristi, in effetti. Eppure, essi non rappresentano una percentuale significativa degli utenti dell'etere e non sono generalmente il tipo di pazienti che danno a persone come me più grattacapi. Non ancora, almeno."

Angelica guidò gli studenti alla fine di un altro corridoio, e dopo aver superato alcune porte chiuse affiancate da finestrelle che mostravano stanze vuote, il gruppo si ritrovò dentro una sala spaziosa e ben illuminata, completamente vuota, eccezion fatta che per tre file di sedie ciascuna disposta ordinatamente l'una di fianco all'altra.

Mentre si dirigeva verso le sedie, seguita da Dewi e da Heather, Angelica estrasse due trigoy e li lanciò in aria. I due oggetti a forma di piramide piroettarono per qualche secondo, per poi stabilizzarsi a circa quattro metri dal pavimento. Quando furono immobili in aria, cominciarono a produrre una ragnatela di luci, forme e immagini.

Angelica indicò alla classe le sedie. "Per favore, sedete," disse.

I giovani studenti e la loro insegnante obbedirono.

"Bene. Adesso fate attenzione a questi dati," disse Angelica, indicando il parto dei trigoy. "Questo grafico mostra le cause principali di molti disturbi etere-indotti. Come vedete dalla colonna verde, la maggior parte di queste malattie derivano perlopiù dal luogo dell'etere che viene visitato e dal tipo di discrepanza eterica con cui un viaggiatore del cyberspazio viene in contatto. Questo significa che i disturbi provocati dall'etere derivano per la maggior parte...beh, dall'etere stesso, in effetti. Non tanto dagli individui, dunque, ma dal mezzo di comunicazione di massa oggi più utilizzato al mondo. Lasciate che mi spieghi un po' meglio. Ci sono persone che rimangono collegate all'etere per diverse settimane consecutive, notte e giorno, senza subire alcun effetto collaterale. Tuttavia, ci sono individui completamente sani che, appena visitata una certa unità, provincia o regione, cominciano a manifestare i primi sintomi di un disturbo etere-indotto. Per quale motivo? Purtroppo, non esiste una risposta facile a questa domanda. Un disturbo etere-indotto può dipendere esclusivamente dallo stato mentale o fisico di una persona, è vero. Ad esempio, è più facile che una persona stanca o stressata si ammali nell'etere e per questo motivo dovrebbe usarlo per un numero limitato di ore al giorno, mentre una persona 'sana' può mantenere la connessione molto a lungo senza che gli succeda nulla. Oppure, come abbiamo detto, alcuni tecnoristi, cercando quella che loro chiamano una 'partecipazione più genuina' all'etere, corrono un rischio maggiore di ammalarsi di alcuni disturbi etere-indotti. Eppure, generalizzare è sempre uno sbaglio, soprattutto in un campo come quello in cui io e tutti i miei colleghi eterodon lavoriamo. Una persona molto saggia amava ripetermi che 'la prima impressione è sempre quella sbagliata'. Penso che questa massima sia estremamente utile, specialmente nel mio lavoro. L'eterosofia, la scienza dell'utilizzo dell'etere, ci aiuta a capire per quale motivo gli utenti possono ammalarsi utilizzando questo mezzo di comunicazione, eppure, come tutte le scienze giovani e controverse, essa è un terreno ancora relativamente sconosciuto."

Il volto di Angelica sembrò mostrare una traccia di amarezza mentre pronunciava quell'ammissione, come un fabbro che ammette di non sapere come utilizzare la forgia che gli è stata tramandata dal maestro.

La dottoressa congiunse le mani dietro la schiena, quindi proseguì, "Oggi, ragazzi, abbiamo poco tempo per parlare di un argomento complicato. Per questo motivo non entreremo nello specifico e ci concentreremo sui disturbi etere-indotti che ci danno più grattacapi. Quei casi, insomma, in cui una persona considerata sana, che sia un tecnorista o un individuo che solitamente non si ammala nel cyberspazio, contragga un disturbo etere-indotto per colpa dell'etere stesso. Noi chiamiamo questa classe di disturbi, che sono i più comuni e diffusi, con il nome 'maliceri' dalla fusione delle parole 'malicious' ed 'etere'."

Angelica congiunse pollice ed indice di entrambe le mani fino a formare un rettangolo con le sue dita.

I due trigoy si adeguarono di conseguenza, e il grafico venne sostituito dal video multidimensionale di un uomo di mezza età intento a visionare una regione dell'etere.

"Riconoscete tutti questa regione," disse Angelica. Non era una domanda.

I ragazzi osservarono attentamente la riproduzione e tutti loro pronunciarono all'unisono la stessa identica parola, "Game Zefiroth." Era chiaro che la regione mostrata nel video fosse loro familiare.

"Esatto," disse Angelica. "Questa persona," ed indicò l'uomo che dava loro le spalle, intento a viaggiare nell'etere, "che chiameremo Caio, ci aiuterà oggi a capire qualcosa di molto importante sui disturbi etere-indotti. Caio è quello che noi all'istituto chiamiamo un 'pro-neutro', cioè un individuo completamente sano che non sia un tecnorista, e i cui trascorsi non fanno pensare che possa ammalarsi di disturbi etere-indotti. Guardate questo video. Caio sta esplorando Game Zefiroth, la famosa regione dedicata alla compravendita e all'utilizzo di giochi, simulazioni e scenari nel cyberspazio. Ora, il nostro amico sembra un normale visitatore intento a esplorare l'etere e non sembra esserci davvero nulla di strano in quello che sta facendo, almeno fino a quando..." In quel preciso istante, l'uomo sembrò bloccarsi di scatto, come se qualcuno lo avesse immobilizzato con una corda invisibile. Caio iniziò a girare la testa a scatti a destra e a sinistra, per una dozzina di volte, apparentemente incapace di fermarsi. Quello che stava accadendo era al tempo stesso inspiegabile e agghiacciante. L'uomo sembrava essersi improvvisamente trasformato in un manichino mosso da un burattinaio invisibile.

"Che cosa gli prende?" chiese uno degli studenti, un'espressione a metà tra lo stupito e il confuso. Tutta la classe sembrava manifestare lo stesso stupore mentre osservava l'uomo.

"Sembra quasi...sembra quasi posseduto..." notò Tom.

Angelica si girò verso la riproduzione. Incrociò le braccia mentre guardava i movimenti convulsi dell'uomo. "Il diavolo non c'entra, Tom. Il nostro povero Caio ha semplicemente avuto la sfortuna d'imbattersi in un 'eterworm' dormiente su Game Zefiroth."

Angelica sentì la parola 'eterworm' ripetuta svariate volte dagli studenti. "Va bene, classe," disse. "Chi di voi sa dirmi che cos'è un eterworm? Allora? Qualche idea? Ipotesi?"

Nessuna mano si alzò questa volta. I ragazzi si guardarono tra di loro con sguardi vacui, poi tornarono a fissare la dottoressa, in attesa della risposta.

"E questo è esattamente il motivo per cui oggi ci troviamo qui insieme, a parlare di disturbi etere-indotti," annunciò Angelica, bloccando la riproduzione con un gesto della mano e facendo alcuni passi verso il suo pubblico. "Un eterworm è un particolare tipo di malicere. È un'anomalia dell'etere fabbricata da un essere umano allo scopo di svolgere un determinato compito. Ora, per favore, chiudete gli occhi."

Gli studenti si guardarono a vicenda, sorpresi da quella richiesta improvvisa.

"Forza, chiudete gli occhi," l'incoraggiò Angelica, chiudendo gli occhi a sua volta, dando così l'esempio. "Vi aiuterà a capire meglio."

Lentamente, tutti i ragazzi chiusero gli occhi e attesero.

"Bene," disse Angelica. "Ora, immaginate l'etere come un enorme corpo e gli esseri umani come le cellule che lo compongono. Un eterworm è l'equivalente di un virus che attacca determinate cellule. Come vi ho detto, un eterworm è un tipo di malicere che è stato prodotto da qualcuno, qualcuno con uno scopo. Adesso riflettete. Per quale motivo, secondo voi, una persona dovrebbe creare un eterworm e inserirlo in qualche regione in attesa che colpisca qualcuno? Che senso avrebbe fare una cosa del genere? Aprite gli occhi, ora. Sì, tu con la giacca rosa," Angelica indicò la prima alunna che aveva alzato la mano. "Il tuo nome prima della tua risposta, per favore."

"Mi chiamo Jayden," rispose la ragazza. "Io...io penso che ci siano persone cattive o semplicemente stupide che vogliono fare del male agli altri."

"Concordo con te, Jayden," disse Angelica, annuendo. "Persone come quelle esistono, purtroppo, ma saresti molto sorpresa di scoprire quanti individui creino eterworm per scopi ben più precisi."

"Come ad esempio?" chiese Jayden.

"Fare soldi," fu la risposta di Angelica.

Molti dei ragazzi si guardarono tra di loro. Nessuno sembrava capire che cosa la dottoressa intendesse.

"Va bene," riprese Angelica. "Ritorniamo a guardare il nostro Caio. Capirete meglio di che cosa sto parlando tra pochi istanti." Mosse un braccio e la riproduzione multidimensionale poté continuare.

Caio aveva finalmente smesso di muoversi in maniera convulsa e aveva ripreso ad esplorare tranquillamente Game Zefiroth. La disinvoltura con cui lo stava facendo suggeriva ai ragazzi che non sembrasse essersi accorto di quello che gli era successo. Un secondo prima sembrava agitarsi come qualcuno morso da un tarantola, un momento dopo aveva ripreso a viaggiare nell'etere, come se nulla fosse successo.

"Forse è matto," se ne uscì uno dei ragazzi. Nessuno rispose a quel commento.

Fu in quel momento che qualcosa di davvero curioso iniziò ad accadere. Caio sembrava infatti essersi gettato nell'acquisto selvaggio di un particolare prodotto, un gioco di ruolo.

L'uomo ne comprò cinque copie, quindi tornò a visionare l'elenco di altri giochi, per poi tornare sullo stesso identico gioco di ruolo e comprare altre copie.

Molto prima che le espressioni di sorpresa dei ragazzi fossero sostituite da sguardi interrogativi, l'uomo aveva acquistato qualche centinaio di copie e non sembrava affatto intenzionato a fermarsi. Cominciò quindi a distribuirle a tutti i suoi contatti: amici, parenti, conoscenti, chiunque avesse nella sua agenda. Caio continuò questa operazione per diverso tempo, ripetendo le sue azioni come un disco rotto, utilizzando i social media e le regioni a cui era affiliato per spargere il prodotto.

Angelica mosse il braccio e la riproduzione venne interrotta una seconda volta.

"Per accorciare la storia," disse, "il nostro Caio comprò quel giorno la bellezza di seicentoventi copie di un gioco noto come 'Gambitus', distribuendole a tutti i suoi contatti e spendendo circa cinquemilacinquecento dollari nell'operazione. Esatto, avete sentito bene. Caio, quel giorno, uscì da Game Zefiroth e continuò la sua vita senza aver la minima idea di che cosa avesse fatto. Fu soltanto quando controllò il suo conto in banca, qualche ora dopo, che scoprì che cosa era successo."

Gli studenti guardavano Angelica con espressioni sconvolte.

"Il motivo dell'azione impulsiva di Caio è stato un eterworm," spiegò, "fabbricato da una persona che aveva come scopo truffare utenti dell'etere. I proventi della vendita di Gambitus, infatti, erano depositati in un conto corrente in Andorra, probabilmente appartenente alla stessa persona che aveva creato l'eterworm."

La dottoressa fece sparire il video multidimensionale.

"Caio è soltanto una delle tante persone inconsapevolmente colpite da un eterworm," proseguì Angelica. "L'eterworm in cui si è imbattuto era programmato per provocare un bisogno irrefrenabile di comprare questo gioco, per poi distribuirlo ai suoi contatti. Eppure, nonostante quello che gli è successo, nonostante quello che ha speso, Caio è stato fortunato. Sì, avete sentito bene. Fortunato. L'eterworm in cui si è imbattuto è un tipo che noi all'istituto chiamiamo 'una-tantum', e ciò vuol dire che questo programma colpisce una sola volta, senza lasciare conseguenze durature a parte...beh, a parte la perdita di denaro, in questo caso. Il nostro Caio, dopo aver capito che cosa gli era accaduto, si è rivolto al nostro istituto e ha raccontato la sua disavventura. È stato anche abbastanza gentile da permetterci di ricreare la sua esperienza e mostrarla come caso studio a persone come voi, per istruirvi e per mettervi in guardia. Il nostro obiettivo è evitare che simili esperienze possano ripetersi. Molte persone, nonostante quello che accade a sfortunati come Caio, nonostante gli effetti che gli eterworm hanno sugli utenti dell'etere, nonostante le numerose prove che esistono e che testimoniano l'esistenza di maliceri come questi, spendono fortune per creare campagne mirate a screditare quello che io e il mio istituto stiamo facendo. Di conseguenza, purtroppo, moltissime persone credono ancora oggi che i maliceri siano leggende metropolitane, e un numero ancora maggiore di persone non sa neppure della loro esistenza. La ragione è piuttosto semplice: interessi economici. Vi faccio un esempio esplicativo. Quando io e il mio istituto abbiamo provato ad avvertire Game Zefiroth dell'esistenza dell'eterworm, facendogli presente il caso di Caio, non solo non ci hanno ringraziato, ma hanno minacciato di farci causa se avessimo anche solo insinuato l'esistenza di un eterworm nella loro regione. Il motivo del loro atteggiamento? Quanti di voi avrebbero fatto un giro su Game Zefiroth se aveste scoperto che cosa era successo a Caio?"

Nessuno dei ragazzi rispose.

"Non ammettere che esista un problema rende il problema più grave e la sua soluzione sempre più difficile da trovare," disse Angelica. "Quando d'ora in poi viaggerete nell'etere, ricordatevi di Caio e ricordatevi della sua esperienza."

La lezione continuò in quel modo per un altro paio d'ore, con informazioni che venivano alternativamente spiegate da Dewi e da Angelica, a seconda del tema trattato.

Quando arrivò il momento della prova finale, Angelica era talmente felice della performance degli studenti che regalò loro un autografo ciascuno.

"Mia madre non ci crederà," disse Tom, mentre fissava il suo pezzo di carta (che lui aveva voluto fosse firmato con il nome 'Madame delle Note').

Quando venne il momento di salutarsi, Angelica e Dewi accompagnarono la classe e la loro insegnante fuori dall'istituto, dove li videro salire su un autobus.

Angelica sospirò e si sistemò gli occhiali con un gesto della mano. Tutto d'un tratto, sembrava incredibilmente stanca, come se avesse appena finito di correre una maratona.

Dewi rimase al suo fianco senza parlare, gettandole di tanto in tanto fugaci occhiate preoccupate.

Il camice bianco delle due dottoresse svolazzava pigramente alla brezza del pomeriggio. Angelica fece qualche esitante passo in avanti e si sedette all'inizio della scalinata di marmo che collegava il parcheggio all'entrata principale dell'edificio. Dewi la imitò.

"Che cosa c'è che non va, capo?" chiese l'assistente.

Angelica scosse la testa. "Questi ragazzi," disse, mordendosi il labbro inferiore. Tacque, come se non sapesse come continuare la frase. Seguì un minuto di silenzio, quindi Angelica riprese, "Non so per quale motivo, ma ho sempre l'impressione che ci sia così tanto da fare e che abbiamo così poco tempo, che non stiamo facendo abbastanza, e tantomeno abbastanza in fretta. Non so bene neppure come spiegarlo. A volte...a volte mi chiedo se sia davvero utile sensibilizzare preadolescenti a gruppi di una dozzina alla volta. Voglio dire, deve pur esserci un modo per fare di più e più in fretta, giusto? Sento che in questo modo non stiamo davvero facendo la differenza."

"Angy, non posso crederci!" esclamò Dewi, allargando le braccia. "Lo stai facendo di nuovo!"

"Sto facendo di nuovo che cosa?" domandò Angelica.

"Non è ovvio?" disse Dewi, allargando le braccia, "stai cercando di sminuire quello che stai facendo. Stiamo andando alla grande! Questo è il settimo gruppo, questo mese. Il settimo! Tre mesi fa dovevamo pregare le persone per venire. Oggi abbiamo una lista d'attesa lunga mezzo metro. Fra tre mesi potresti parlare dei maliceri in qualche università, o avere una casa editrice alle calcagna per pubblicare un libro."

Angelica scosse la testa, come se quell'affermazione fosse una battuta che non facesse ridere nessuno.

"Sì, certo," mormorò, guardando le nuvole nel cielo che si rincorrevano a vicenda. "Quando la luna diventerà viola e cominceranno a piovere fiocchi d'avena."

"Beh, io non sarei così pessimista, se fossi in te," disse Dewi. "Hai sentito che cosa hanno detto questi ragazzi. No? Sembra che Data-Morph abbia sviluppato un interesse particolare nei tuoi confronti, nei confronti di quello che stiamo facendo. Non ti sembra fantastico? Se volevi un'opportunità di parlare al grande pubblico, Jason Cloverfield e il suo colosso eterico potrebbero averti appena dato la possibilità di fare esattamente questo."

"Jason Cloverfield," ripeté Angelica, senza riuscire a mascherare un'espressione amara mentre pronunciava quel nome. La dottoressa scosse la testa, come per scacciare un pensiero spiacevole, quindi riprese, "Mi preoccupo di questa faccenda della Madame delle Note e di tutte le altre sciocchezze che DataMorph deve aver diffuso nell'etere, Dewi. Dico, hai sentito le baggianate che hanno detto quei ragazzini? Mi tremano le ginocchia al pensiero di iniziare a scoprire che cosa davvero Jason Cloverfield e i suoi eterion hanno diffuso."

"Allora sentiamo," disse Dewi, guardandola con attenzione, "Che cosa hai intenzione di fare, riguardo tutta questa faccenda? Qual è la tua prossima mossa?"

Angelica Kam, ricercatrice capo dell'Istituto Yodobashi, eterodon e riluttante Madame delle Note, scoprì di non avere davvero alcuna risposta a quella domanda.

7

SULLA STRADA

SAEMANGEUM CITY, HOTEL CURALIUM

Ariul

FU L'ECCITAZIONE a destare Lena, non la sua sveglia.

Rimase sul letto per diversi minuti, immobile, gli occhi chiusi mentre respirava lentamente, assaporando il momento di confine tra il sonno e la veglia.

È stato solo un sogno, si disse, mantenendo le palpebre chiuse, evitando di guardarsi attorno, sicura che farlo avrebbe voluto dire spezzare l'incantesimo. *Soltanto un bel sogno.*

Lei, una semplice ragazza che viveva nella Los Angeles povera e degradata di quei giorni, che fino a poche settimane prima aveva avuto bisogno di tre lavori diversi per arrivare alla fine del mese, si trovava ora nella città più ricca e affascinante del pianeta? Lei, qualcuno che non aveva mai potuto permettersi di andare ad un college, era stata accettata in un'accademia che aveva una lista d'attesa più lunga della circonferenza del pianeta? Che cosa poteva essere, se non un bellissimo sogno bugiardo?

La ragazza aspettò di sentire gli odiati clacson, le voci di persone che si rincorrevano a vicenda, i passi o i richiami di uno dei molti vicini che viveva come lei in un micro-appartamento situato in uno dei tanti palazzi alveari di Los Angeles, un qualsiasi indizio, insomma, che le confermasse i suoi timori, facendole capire che non si trovava affatto nella Città d'Acqua.

Eccomi di nuovo nel mio appartamento di dieci metri quadrati, a ridere della mia stupidità, si disse, mentre tratteneva il respiro. *In tre...due...uno...*

Quando finalmente Lena aprì gli occhi, lo fece con incredibile lentezza e riluttanza, come una condannata a morte a cui è stata tolta la benda e che si aspetta di vedere il suo plotone di esecuzione.

La luce del mattino filtrava in parte dalla porta-finestra che separava la stanza dal balcone, e il suono di uccelli e il rumore d'insetti erano un sottofondo musicale che Lena non avrebbe barattato neppure con la sinfonia diretta dal maestro d'orchestra più bravo del mondo.

La ragazza aspettò e aspettò, lo sguardo fisso sul soffitto, il cuore che pompava sangue a velocità crescente.

Finalmente, mosse la testa a destra e a sinistra, guardandosi attorno per la prima volta da quando si era svegliata. La lussuosa camera dell'hotel Curalium la circondava, magnifica e accogliente come lo era stata la sera precedente.

"Sì!" esultò Lena, incapace di trattenere il suo entusiasmo. Non era stato un sogno. Si trovava davvero ad Ariul, e da lì a poche ore sarebbe stata ammessa come candidata in una delle accademie più prestigiose dell'Asia.

Rimase distesa sul letto con un miliardo di pensieri diversi per la testa, tutti proiettati verso quella giornata e su quali altre sorprese Ariul le avrebbe riservato nel suo viaggio tra l'hotel e l'accademia.

Si strofinò gli occhi, sbadigliò e gettò le lenzuola da una parte, quindi scese dal letto e si diresse verso il bagno.

Una volta finito di lavarsi e di vestirsi, Lena ricordò improvvisamente il consiglio che le aveva dato Diana il giorno prima, ovvero di provare il famoso buffet dell'hotel. La ragazza, tuttavia, decise che avrebbe guadagnato del tempo semplicemente mangiando in camera, così ordinò la colazione come aveva fatto la sera precedente, mentre ripassava velocemente le informazioni inviatele da Gary la sera prima.

Quando ebbe finito di mangiare si mise lo zainetto sulle spalle, valutò la stanza un'ultima volta e uscì chiudendosi la porta dietro di sé.

Tokay l'attendeva alla reception. Il check-out fu una questione semplice e veloce. L'autotron la salutò, e la ragazza si avviò verso l'uscita.

∞ ∞ ∞

La brezza mattutina carezzava la sua pelle come una serie infinita di dita invisibili che si divertivano a solleticarla. Lena inspirò. L'aria sembrava possedere una fragranza caratteristica che le fece pensare ad un tocco di iodio che si sposava con qualcosa di speziato o selvatico. Saemangeum City sembrava avere il suo proprio, peculiare sentore.

Lena aveva studiato attentamente le informazioni di Gary e non si aspettava d'incontrare nessun problema nel raggiungere l'accademia. La prima cosa da fare, ovviamente, era arrivare alla vicina stazione del SUMLS, e da lì dirigersi verso il Fulcro.

Sinsi-Yami, l'isola parzialmente artificiale nella quale Lena si trovava e che copriva un'estensione di quasi due chilometri quadrati, era un enorme complesso turistico composto da strutture ricreative dove perlopiù stranieri, o meglio, weguckin, come li aveva definiti Gary, trascorrevano le loro giornate. Seppur distaccata dal resto di Saemangeum, l'isola era ben collegata alle altre parti della città grazie al 'Saemangeum Underground Magnetic Levitation System', anche conosciuto come la Metromaglev, il sistema di trasporto a levitazione magnetica della città.

Dopo meno di cinque minuti, Lena trovò quello che stava cercando, esattamente dove i dati di Gary avevano promesso sarebbe stato: la stazione metro di Sinsi-Yami. Una volta dentro, si diresse verso le scale mobili che terminarono in prossimità di una grossa piattaforma, preceduta da una serie di tornanti che precludevano l'accesso. Lena scese le scale mobili e posò la mano su uno dei pannelli. Il tornante si aprì, garantendole l'accesso.

Lena valutò la sua mano, quindi guardò la via ora aperta. "Wow," mormorò fra sé. Quello era un chiaro esempio di tecnologia biometrica. A Los Angeles, dispositivi come quelli erano molto rari, e principalmente concentrati in strutture pubbliche come ospedali o edifici governativi oppure in una delle tante oasi in cui vivevano i ricchi benestanti della città.

Un'altra peculiarità di Ariul a cui avrebbe dovuto abituarsi.

Seguendo le indicazioni che si susseguivano sulle pareti, non ci mise molto a trovare il binario che le interessava. Due piattaforme stavano ai lati opposti l'una dell'altra, separate da due tunnel larghi una mezza dozzina di metri ciascuno. Un gruppetto di turisti stavano aspettando il prossimo mezzo.

Lena utilizzò questo intervallo di tempo per studiare la mappa della Metromaglev. Aveva letto diverse cose riguardanti l'avveniristico sistema di trasporto pubblico di Saemangeum, ma aveva faticato a credere a metà di quello che aveva letto. Esso consisteva in un'intricata ragnatela di tunnel perlopiù sotterranei che univano le parti più remote della città e delle isole, artificiali o meno, che le stavano attorno. Cinque linee componevano il SUMLS: la Linea del Dragone, quella della Tigre, del Serpente, del Coniglio e del Cavallo.

La Metromaglev faceva parlare molto di sé non solo per la sua diffusione e la sua economicità, ma soprattutto per il suo servizio impeccabile e completamente automatizzato. Trentotto stazioni e quasi settanta chilometri di lunghezza complessiva assicuravano ad un traffico giornaliero di circa settecentosessantamila persone di raggiungere velocemente la loro destinazione. Secondo DataMorph, la Metromaglev di Saemangeum City era il mezzo di trasporto pubblico più avanzato e accessibile dell'intero pianeta.

Lena stava ancora studiando la mappa quando si accorse improvvisamente di essere rimasta da sola sulla piattaforma. Il resto delle persone che le stavano attorno, infatti, erano sparite.

Si girò e fu a quel punto che il suo sguardo si posò su un vagone di forma cilindrica. I suoi occhi si allargarono dalla sorpresa.

La metà superiore della vettura era composta da quello che sembrava vetracciaio. Il vetracciaio era un materiale trasparente, leggero, resistente, flessibile e molto costoso che Lena aveva visto utilizzato solo in alcuni edifici privati a Los Angeles. Non le servivano i dati di Gary Peak per intuire che quella vettura doveva essere costata quanto un grattacielo.

Si trovò a riflettere sul motivo di quella scelta apparentemente insensata. Stando a quello che aveva letto, la Metromaglev era un sistema prevalentemente sotterraneo, che trasportava passeggeri attraverso tunnel situati a diverse decine di metri sotto la superficie. Per quale motivo, dunque, dotare la vettura di un materiale talmente tanto costoso se non c'era nulla da vedere durante il viaggio?

Un suono simile ad uno squillo annunciò ai passeggeri che il vagone stava per partire e Lena salì a bordo prima che gli sportelli si chiudessero.

Mise il suo zainetto nel posto vuoto al suo fianco e sedette vicino ad una delle pareti finestra.

Assecondando un bisogno inconscio, guardò l'ora: erano le sette e cinquantacinque. Aveva due ore e mezza prima dell'inizio del Battesimo delle Stelle, più che sufficienti per un veloce giro turistico nelle vicinanze dell'accademia, senza contare che avrebbe potuto sfruttare...

I pensieri di Lena s'interruppero all'improvviso, come se qualcuno avesse spento un interruttore, mentre il suo sguardo era perso alla sua sinistra, distrattamente intento sulla parete trasparente.

Il tunnel buio in cui avevano viaggiato fino a quel momento era finito, sostituito da un panorama mozzafiato.

Qualsiasi pensiero sul suo tragitto, su Saemangeum City, su Los Angeles, sull'accademia, su Gary Peak, sul Battesimo delle Stelle, sulla Metromaglev, qualsiasi pensiero su qualsiasi cosa stesse affollando la sua mente venne annullato quando capì che cosa stava guardando.

Acqua. La vettura a levitazione magnetica era completamente circondata d'acqua. A soli pochi centimetri della parete finestra, stavano le profondità del mar Giallo, un mondo sottomarino descritto dalle luci che provenivano dalla vettura in movimento.

"Dovrai vederlo con i tuoi occhi per capire veramente," mormorò Lena, capendo davvero per la prima volta le parole di Diana.

∞ ∞ ∞

Il meraviglioso tunnel sottomarino finì molto prima di quanto Lena avesse voluto, sostituito ancora una volta da un passaggio completamente buio che sembrava tendere progressivamente verso l'alto.

In lontananza, una luce artificiale annunciò ai passeggeri ancor prima di una voce meccanica, l'imminente arrivo alla stazione 'Coastal Blue', situata in prossimità del centro cittadino.

Quando le porte si aprirono, dentro la vettura entrò un nutrito gruppo di persone. I loro vestiti sgargianti e la quantità abbondante di trucco che impreziosiva i loro volti li annunciavano come saemageni.

"Vacante?"

Lena sobbalzò, colta alla sprovvista mentre guardava alla sua destra.

"Vacante?" le chiese nuovamente un'ariulana con un accento molto pronunciato. La donna aveva una serie di gonne che si sovrapponevano a vicenda, ognuna di una gradazione più scura di arancione, mentre la parte superiore del corpo era coperta da una maglietta attillata rosso cremisi che la faceva sembrare una strana varietà di pianta carnivora.

Lena scosse la testa. "Come, scusi?" chiese, guardandola con un'espressione confusa.

"Questo posto, è *vacante*?" ripeté la saemagene, indicando il posto accanto al suo con entrambe le mani.

'Vacante' ripeté nella sua testa Lena, prima di capire che cosa la donna intendesse.

"Oh, sì, vacante," Lena annuì, togliendo il suo zainetto. "Non c'è nessuno, può sedersi."

Mentre la saemagene le si sedeva di fianco, Lena pensò che sarebbe stato il caso di abituarsi in fretta al forte accento degli abitanti, se avesse voluto evitare altre incomprensioni del genere. Dopotutto, come le aveva detto Gary, era lei la straniera lì.

La stazione Coastal Blue e la successiva, Peripheral Hub, erano distanti solo un paio di minuti l'una dall'altra. Lena si alzò e s'incamminò verso l'uscita. Quando la vettura si fermò ed aprì le porte, Lena scese dal mezzo.

La stazione Peripheral Hub era, se non completamente piena, abbastanza affollata che Lena fu costretta a chiedere 'permesso' una mezza dozzina di volte per poter proseguire senza urtare nessuno. Decine di saemageni, con i loro vestiti vaporosi e colori sgargianti, erano un'ulteriore conferma del fatto che avesse lasciato la periferia della città alle sue spalle.

Ora che si trovava letteralmente circondata da ariulani, Lena poteva sentire alcuni frammenti delle loro conversazioni. Fu felice di constatare che riusciva a capire di cosa stessero parlando, ma di tanto in tanto una parola che suonava davvero strana come, ad esempio: 'pergolamento', 'scaturalime', 'dicissitudini', 'permessitamo', o 'spottosità', la coglieva completamente alla sprovvista. Si accorse anche che i saemageni sembravano amare gesticolare parecchio mentre parlavano e che intonavano non di rado strani versi tra una frase e l'altra che a Lena suonavano più o meno come 'orrà' o 'manse'.

Molte frasi, inoltre, erano condite da termini che Lena immaginava fossero storpiature di parole prese in prestito dal cinese, dal giapponese o dal coreano, parole come, ad esempio, 'kawaii-jan', o 'hwaiting', o, ancora, 'bao-chien-ga'.

Lena si sistemò lo zainetto sulle spalle e continuò a seguire il flusso di persone che si avviavano verso l'uscita.

Superò un lungo corridoio, svoltò a destra e si trovò fuori dalla stazione Peripheral Hub.

Dopo la luce pacata della Metromaglev, il sole delle otto del mattino era una sfera giallo oro in parte coperta dalla giungla di grattacieli che popolavano quella parte del Fulcro. Gli alti edifici sembravano una serie di scintillanti spade color argento che s'innalzavano verso il cielo.

Lena si guardò intorno, cercando di assimilare più particolari possibili nell'intervallo più breve di tempo, come una persona denutrita messa davanti ad un tavolo pieno di cibo e invitata a servirsi.

Era finalmente arrivata nel cuore di Saemangeum e l'accoglienza datale dalla Città d'Acqua era esattamente quella che si era aspettata: imprevedibile e al tempo stesso meravigliosa.

Suoni, odori, sensazioni, colori, un milione di elementi diversi esplosero davanti ai suoi occhi, comandando la sua testa a destra e a sinistra, in alto e in basso, indietro e in avanti.

Ecco una coppia di ariulani scendere dal loro hoveran, abbandonarlo vicino ad un edificio e procedere per la loro strada mentre il veicolo si fondeva con il muro adiacente, senza attirare neppure una seconda occhiata da parte dei molti passanti. Ecco alla sua sinistra, al centro di una piazzetta, quello che sembrava un monumento a forma di prisma simile ad un gigantesco quarzo che cambiava colore, a seconda della prospettiva da cui lo si guardava. Ecco comparire davanti a lei un enorme mezzo di trasporto che sembrava un incrocio tra un autobus e un gigantesco hoveran, sospeso ad una spanna da terra, mentre apriva i suoi sportelli e faceva scendere decine di passeggeri che si aggiungevano al flusso di persone che si affrettavano verso la loro destinazione.

Una cosa era stata guardare il profilo della città da un centinaio di metri di distanza, mentre gettava qualche occhiata dall'hoveran guidato da Set, una cosa totalmente diversa era invece essere effettivamente *dentro* la città, dove poteva percepirla, ascoltarla, toccarla, dove, insomma, poteva iniziare davvero a *capirla*.

Molte domande le sorgevano spontanee camminando per le strade. Ad esempio, dove si trovavano i cassettoni dei rifiuti, o i nomi delle strade e delle vie? E a che cosa servivano quelle strane sculture a forma di quarzo che sembravano presenti in ogni piazza, piccola o grande che fosse? E ancora, dove erano i pali per l'illumi-

nazione notturna o per l'elettricità, o i segnali stradali ed i sema-
fori? E i tombini delle fognature? Piccoli, a volte insignificanti
dettagli la cui risposta non veniva tuttavia suggerita dall'ambiente
circostante.

Arrivata alla fine di un viale svoltò un angolo e guardò alla sua
destra, attirata da richiami, fischi e altri rumori. In quella direzione,
vide una folla di persone ammassate intorno alla piazza più grande
in cui si era imbattuta fino a quel momento.

Tutti i presenti battevano i piedi per terra, si agitavano, alzavano
le braccia al cielo e urlavano come se stessero facendo il tifo.

Incuriosita da quello strano spettacolo e attirata dai richiami,
Lena guardò l'ora, quindi le informazioni fornitele da Gary Peak.
L'accademia era molto vicina, meno di cinque minuti dal punto in
cui si trovava in quel momento, e lei aveva ancora del tempo a disposizione. Incuriosita dal vociare, decise di andare ad indagare.

Lena si fece pian piano largo nella folla e i saemageni, non
appena si accorgevano della sua presenza, si scansavano velocemente, la maggior parte di loro invitandola ad avanzare mentre le
sorridevano.

"Ingioiscilo, weguckin dagli occhi smeraldo," le disse un ariulano basso e grasso con un vestito color nontiscordardimé mentre si
spostava per farla passare, sibilando ai suoi amici di fare lo stesso.

"Anche tu aspetti il hwaiting, Ragazza oltre l'Acqua?" le chiese
un giovane molto alto.

"Hai portato con te la lista, o strumenti musicali per intifare il
tuo campione?" le chiese poco dopo un bambino che non poteva
avere più di dieci anni, mentre saltellava eccitato sul posto e le
mostrava un oggetto che sembrava un incrocio tra un clarinetto e un
trombino. "Seguirai anche tu il torneo, weguckin? Oh, per favore,
non fermarti. Permaneci. Avanti, permaneci!" e la spinse in avanti
con solerzia, facendola quasi inciampare un paio di volte.

"Ha! Una giovane pargola dell'Ovest in mezzo ai popolati," fu il
turno di un altro ariulano di spostarsi per farla passare, un uomo
pallidissimo ma con talmente tanto trucco intorno agli occhi da
sembrare un panda in miniatura. "Essei qui per segnare il tuo

campione sulla lista o per favorirne la sorte con strumenti musicali? Entrambe le cose potrebbero debilitarti, l'essai, nevvero?"

Quella doveva essere stata una battuta, perché quando l'uomo l'ebbe pronunciata, la maggior parte dei vicini scoppiarono a ridere.

In un modo o nell'altro, comunque, a Lena venne permesso di passare e di conquistare una posizione dietro l'altra. Mormorò sempre alcuni ringraziamenti, un po' sorpresa dalla disponibilità di tutti quegli estranei a lasciarla passare, mentre procedeva in avanti per ammirare meglio qualsiasi cosa ci fosse al centro della piazza.

Giunta al punto in cui solo un paio di persone le stavano davanti, riuscì finalmente a vedere che cosa stesse attirando tutti gli sguardi.

Al centro della piazza c'era una statua che ritraeva un uomo alto circa due metri, con spalle ampie, un torso pronunciato e due braccia che avrebbero fatto invidia ad un body-builder. Il colosso aveva attaccato alla schiena un enorme sacco caratterizzato da un'infinità di fori, dislivelli e linee orizzontali. Solo dopo aver guardato meglio i contorni della scultura Lena si accorse che doveva trattarsi della riproduzione di un gigantesco alveare. La scultura era composta da un qualche tipo di pietra porosa e opaca color fango, esattamente come la pelle dell'uomo-gigante. Volto, braccia, gambe, qualsiasi parte del suo corpo sembrava fatta dello stesso materiale color marrone bistro.

A pochi passi dalla scultura-golem, stava un saemagene molto basso, forse il più basso che Lena avesse visto fino a quel momento. Aveva un volto ovale e un grosso naso a patata, occhi scuri e vispi e braccia e gambe corte. L'uomo era completamente pelato e rasato, eccezion fatta per un paio di baffi talmente lunghi da coprirgli gran parte delle guance. Sui suoi vestiti si alternavano strati di giallo, rosso e verde smeraldo, facendolo sembrare la cosa più simile ad un semaforo che Lena avesse mai visto. Il pensiero la fece sorridere. Quello doveva essere un qualche tipo di intrattenitore di strada.

In quel momento, le mani dell'uomo si stavano muovendo in alto e in basso, e i suoi occhi dardeggiavano da uno spettatore all'altro con una solerzia che Lena avrebbe definito maniacale. La bocca dell'uomo era piegata in un sorriso obliquo.

"...Costruttura, abiligenzia e aggressività inarrivate, figli di Ariul. Inarrivate!" stava dicendo il saemagene, girandosi velocemente a destra e a sinistra. "Aja! Aja!" gridò, alzando entrambe le braccia, e il pubblico rispose all'unisono, "Orrà! Orrà!"

Lena guadagnò un altro posto, approfittando di una coppia di ariulani che avevano deciso di abbandonare il pubblico, e prestò maggiore attenzione al discorso.

"Di rareggio tornei Sanuk essono stati più promettitori di quello che ci attende. Di rareggio così tanti campioni tosti, preparati, con uno sciame così forte e maturo, pronto a comandare attenzione e ad innescare un tripudio di tripudazioni. Sì, figli di Ariul. Questo torneo promette gloria e sollecitudine non viste in una generazione!"

"Hwaiting! Hwaiting! Hwaiting!" Urlò in coro la folla.

"Aaahhh! Puah!" Riprese l'uomo. "Parole, su parole, su parole, non rendono giustizia al glorioso spettacolo che ci aspetta, al clamore dei suoi scontri senza quartiere, al talento dei suoi parteci-panti. Gloria e sollecitudine non viste in una generazione, ho detto, e così confermo! Tra i nuovi pretendenti al trono voglio presentarvi quello che essarà uno degli avvincitore del Sanuk. Una rivelazione che diventerà leggenda. Sì! Avvoi, pargoli di Ariul, vi propongo la gloria di questo torneo Sanuk, un nuovo pastore con grandi premesse, il signore di uno sciame impareggiato, la rivelazione che accenderà il torneo di gloria e di stupore. Fratelli e popolati, vi annuncio Ganamuden, il Machete di Calabroni!"

Fu a quel punto che la statua dell'uomo gigante prese vita. L'urlo di sorpresa di Lena le morì in gola, mentre la statua si rivelava per quello che era, ovvero un essere umano in carne ed ossa.

Con un movimento fulmineo, il pastore di calabroni allargò le gambe, piegò le ginocchia e ci posò sopra entrambe le mani, assu-mendo una posa simile a quella di un lottatore di sumo. A quel punto, cominciò ad oscillare la schiena. L'enorme alveare che aveva sul dorso si mosse di conseguenza, oscillando a destra e a sinistra con velocità crescente.

Un sinistro ronzio cominciò a provenire dall'alveare, e Lena indietreggio di tre passi prima di accorgersi di avere entrambe le mani sulla bocca. Gli ariulani continuarono a battere i piedi e a fischiare, mentre i pochi turisti lì attorno avevano sul volto un'espressione smarrita.

Il saemagene baffuto cominciò ad urlare, battendo insistentemente una mano sull'alveare di Ganamuden. "Machete di Calabroni!" esclamò, "Hwaiting! Hwaiting!"

E il coro di saemageni rispose, ruggendo all'unisono, "Orrà! Orrà! Hwaiting! Hwaiting!"

L'alveare sembrò come accendersi.

Quello che era stato un basso ronzio divenne improvvisamente un rombo, come una cascata che s'infrange su una roccia.

Una nuvola nera di proporzioni ragguardevoli uscì fuori dall'alveare, e cominciò a vorticare intorno al Machete di Calabroni.

Lena impiegò alcuni secondi per capire che quelli che erano usciti dall'alveare erano effettivamente degli insetti, vespe o calabroni, a giudicare da quello che riusciva a vedere. Il pubblico prese a battere mani e piedi con più insistenza.

Non le ci volle molto per capire che lo sciame d'insetti si comportava in modo molto strano. Non solo non stava attaccando Ganamuden o uno degli spettatori, ma sembrava muoversi ordinatamente attorno al pastore di calabroni.

"Una dimostrazione," urlò l'uomo baffuto, per farsi sentire sopra il rombo degli insetti e l'esaltazione crescente della folla. "Una dimostrazione," ripeté quando le voci si furono abbassate. Il saemagene indicò l'uomo con l'alveare sulla schiena, "Pastore di calabroni," disse, "Distribuisci il tuo dono al pubblico! Mostra loro di cosa è capace lo sciame di Ganamuden!"

Lena non si accorse che gli spettatori al suo fianco avevano fatto diversi passi indietro, troppo occupata a guardare la cosa probabilmente più assurda che Saemangeum City avesse offerto fino a quel momento.

Senza alcun preavviso, e con grande sgomento da parte della ragazza, la nuvola d'insetti si lanciò verso di lei.

Gli insetti le furono addosso in un pugno di secondi.

Lena non riuscì a fare altro se non chiudere gli occhi e coprirsi il volto, mentre si preparava al peggio.

Passarono tre, quattro...dieci secondi.

Il ronzio sembrò farsi sempre meno minaccioso, fin quando Lena aprì gli occhi e vide gli insetti allontanarsi. Si toccò automaticamente spalle, braccia, torso e volto. Non sentiva alcun dolore. Non era stata attaccata. Non era stata punta. Non era neppure stata sfiorata da uno solo degli insetti.

Lentamente, molto lentamente, si guardò attorno. Solo in quel momento si accorse di essere da sola. Gli spettatori si erano ritirati a una decina di metri di distanza mentre lo sciame l'aveva circondata da capo a piedi.

Il silenzio tombale che si era creato venne improvvisamente squarciato dall'urlo collettivo del pubblico.

"Manse!" esclamò l'uomo baffuto con un sorriso soddisfatto, mentre indicava Lena. A quella parola, i saemageni urlarono, "Orrà! Orrà! ORRÀ!"

"Una weguckin con le palle, pargoli di Ariul, lì dove palle non dovrebbero esserci!"

Lena era incerta se avrebbe vomitato *prima* che le sue ginocchia avessero ceduto o se sarebbe successo il contrario.

Guardò l'ora e si accorse con sgomento che aveva perso la cognizione del tempo. Il Battesimo delle Stelle sarebbe iniziato tra soli dieci minuti.

Si allontanò velocemente dalla piazza in festa, e superò un paio di strade mentre controllava le informazioni di Gary.

Finalmente, dopo essersi guardata attorno per qualche secondo, la vide, e sentì il cuore in gola.

L'accademia era una monolitica struttura con due torri a forma di goccia unite da un corpo centrale che le dava l'aspetto inequivocabile di un infinito.

La zona su cui sorgeva si trovava a poche decine di metri di distanza dall'acqua e nelle sue immediate vicinanze c'era solo qualche edificio basso che a confronto con i grattacieli quasi scompariva.

"Ciao, io sono Lena," mormorò la ragazza, rivolgendosi all'imponente struttura e mordendosi il labbro inferiore. "Per favore, sii buona con me."

Fece un respiro profondo e si diresse verso la sua nuova casa, toccando distrattamente il distintivo a forma d'infinito che aveva tenuto in tasca fino a quel momento.

8

EREDITÀ

DÜSSELDORF, CENTRO CONFERENZE ABIGAIL ADENAUER

Erik

~

ON-ENI-QUINTO fece spaziare il suo sguardo sulla sala gremita di gente. I suoi parametri, calibrati per individuare comportamenti al di fuori della sua griglia di sicurezza, gli permettevano di riconoscere atteggiamenti che avrebbero potuto suggerire pericolo imminente.

Centotredici persone erano scrutinate dai suoi sensori in quel momento. Molti di loro palesavano varie gradazioni d'irritazione, interesse, nervosismo, indignazione, fascino o semplice indifferenza. Una dozzina mostravano un'ostilità aperta.

Questi soggetti sarebbero potuti diventare una potenziale minaccia che avrebbe dovuto sventare.

Per il momento, tuttavia, nessuno dei presenti sembrava costituire un pericolo imminente. La matrice di On-Eni-Quinto decise semplicemente di continuare a osservare, valutare e registrare mentre rimaneva immobile e lontano dagli sguardi del pubblico, in un discreto angolo del palco verso il quale nessuno degli spettatori mostrava il benché minimo interesse.

Gli occhi dei presenti erano infatti calamitati sul pulpito a qualche metro alla sua sinistra, dove un ragazzo stava parlando e gesticolando con ardore.

A venti anni, Erik Deringer dava l'impressione di un adolescente che aveva avuto fretta di diventare adulto. Il suo volto era serio e risoluto, i suoi movimenti composti e sobri e le sue labbra formavano una rigida linea piatta che non sembrava possibile piegare in un sorriso.

I suoi capelli scuri erano stati tagliati con precisione millimetrica e il suo volto era completamente rasato. La giacca e i pantaloni scuri e la cravatta color cremisi gli conferivano un'aria professionale e matura che lo faceva apparire più anziano della sua età.

In quel momento, Erik stava muovendo entrambe le mani, facendo comparire immagini e informazioni grazie all'ausilio di un trigoy sospeso al centro della sala.

"Ma Asimov aveva torto, ovviamente," stava dicendo il ragazzo, una mano che indicava le immagini multidimensionali partorite dal trigoy. "Le tre leggi della robotica funzionavano bene nei suoi libri di fantascienza, certo, ma erano completamente inutili per la realtà del mondo in cui viviamo. In altre parole, non servivano a creare, sviluppare ed espandere una vera e propria industria robotica, qualcosa che andasse oltre le storie che hanno reso lo scrittore così famoso. E questo, signore e signori, è il motivo per cui oggi la parola 'robot' è rimasta relegata ai libri di fantascienza mentre il termine 'autotron' è entrato a far parte della nostra vita quotidiana."

Erik s'interruppe, valutando la reazione del pubblico alle sue parole. La luce nei suoi occhi tradì una traccia di orgoglio quando pronunciò la parola 'autotron'.

"Secondo DataMorph," riprese, "oggi, nel 2039, il termine 'autotron' è tra i venti più utilizzati nelle conversazioni di tutti i giorni. Il termine 'robot,' invece, è quasi completamente caduto in disuso. Un dato interessante, non trovate? La domanda sorge a questo punto spontanea: che cosa non ha funzionato nell'idea di 'robot' creata da Isaac Asimov?"

Erik lasciò che la domanda aleggiasse nella stanza per qualche secondo, come se volesse che le sue implicazioni si sedimentassero nell'aria, quindi riprese a parlare.

"Un essere automatizzato che funzioni in modo simile ad un robot asimoviano avrebbe bisogno di ben altro che tre vaghe righe di testo per operare efficacemente. Sto parlando delle celeberrime tre leggi della robotica, tre semplici righe di testo che avevano il dono del fascino e della semplicità, certo, ma anche e soprattutto la maledizione della genericità. Per chi di voi non le conoscesse..."

Erik lasciò la frase in sospeso e disegnò una serie di cerchi concentrici con entrambi gli indici. Il trigoy rispose ai suoi comandi, facendo apparire in mezzo alla sala tre frasi.

Il ragazzo le recitò ad alta voce. "Regola numero uno: un robot non può danneggiare un essere umano né permettere che un essere umano patisca danno. Regola numero due: un robot deve eseguire gli ordini impartiti da un essere umano, a meno che non contrastino con la prima legge. Regola numero tre: un robot deve salvaguardare la sua esistenza, a meno che questo non contrasti con la seconda o la prima legge."

Quando ebbe finito, mosse nuovamente le dita e le parole 'essere umano' presenti nelle frasi brillarono di un intenso colore rosso, facendole risaltare sul resto del testo.

"Henry Ford non ha trasformato l'industria delle automobili mettendosi in ginocchio davanti al suo modello T e pregandolo con tutto il cuore di essere un mezzo usufruibile e di successo. Questo veicolo, infatti, ha fatto la storia per via di una rivoluzionaria trovata, un modo unico e mai tentato prima di produrre oggetti in una fabbrica, quella che oggi tutti noi conosciamo come la catena di montaggio. Il problema con le tre leggi della robotica è palese. Queste leggi, infatti, sono tutto fuorché leggi! Il problema risiede nel concetto stesso di 'essere umano', che non può essere ben definito, non può essere ricondotto ad una semplice equazione, ad una semplice formula matematica sulla quale basare un sistema che funzioni ripetutamente. Le tre leggi della robotica, in altre parole, non erano una catena di montaggio efficace. Sono sempre state e sempre saranno chimere senza fondamenta scientifiche relegate al mondo della fantascienza." Erik indicò le parole sottolineate in rosso. "Pensateci! Quando apro il frigorifero di casa io mi aspetto che il cibo rimanga conservato ogni volta che apro lo sportello, non qualche volta sì e qualche volta no, così come quando accendo il motore della mia macchina mi aspetto che il mio veicolo parta e mi porti in qualche posto tutti i giorni, non solo nei fine settimana. Il frigorifero e la macchina sono oggetti sui quali possiamo fare affidamento, che sappiamo si comporteranno in un determinato modo, che reitereranno la loro performance ogni qualvolta io ripeterò certi movimenti o compirò determinate azioni. La stessa cosa non può dirsi per il robot asimoviano, a causa del problema inscritto nel concetto stesso di essere umano, che non può essere facilmente sistematizzato e tradotto in dati fruibili da una macchina."

Erik gettò uno sguardo fugace alla sua destra, all'angolo del palco dal quale On-Eni-Quinto stava osservando la sala. "*Il robot nei libri, l'autotron nella realtà. Riflessione di un futuro rimasto relegato nei libri di fantascienza* è il titolo di questa conferenza," disse, e la sua frase suonò come una semplice constatazione di fatto. "Fantascienza e realtà, che cosa avrebbe potuto essere e che cosa effettivamente si è verificato. Ci sono diverse ragioni che possono aiutarci a capire il modo in cui si sono evolute le cose..."

Mentre Erik continuava a parlare, la griglia di sicurezza di On-Eni-Quinto mandò un segnale di allerta alla sua matrice, accendendo una vampata di consapevolezza nei suoi sensori: un segnale di pericolo chiaro ed inequivocabile.

L'attenzione dell'autotron venne calamitata dall'estremità destra della seconda fila del pubblico, dove la luce della sala si faceva più debole e molti particolari rimanevano nella semioscurità.

Un cinquantenne molto basso, con capelli arruffati e spalle spioventi, aveva cominciato a muoversi nervosamente sulla sedia, come se avesse un bisogno urgente di andare al bagno. On-Eni-Quinto lo vide muovere la mano sul fianco, per poi farla sparire nella tasca del giubbotto. L'uomo si schiarì la gola, una goccia di sudore andò ad aggiungersi ad altre che avevano già iniziato ad imperlare la sua fronte.

"...L'autotron odierno nasce lì dove la fantasia del robot asimoviano ha fallito," stava dicendo Erik, facendo scomparire le tre leggi della robotica e sostituendole con un logo ormai entrato a far parte dell'immaginario collettivo: un autotron inscritto, in piedi con le gambe e le braccia allargate, nelle figure geometriche considerate perfette, cerchio e quadrato. Il cosiddetto 'Autotron Vitruviano', il simbolo delle 'Automaton Industries'.

"Quella delle Automaton Industries è una storia che molti di voi conoscono già," disse il ragazzo. "L'auternet inventato da mia madre, Sofia Deringer, in collaborazione con suo fratello, Ramor, il professor Kenta Kurosawa e il team di visionari alle loro dipendenze, è riuscito a fare quello che le tre leggi della robotica non avrebbero mai potuto, ovvero creare il primo essere automatizzato nella storia del genere umano abbastanza economico e funzionale da essere utilizzato nella nostra vita di tutti i giorni. L'esperimento della Triade, nel quale tre autotron di generazione monide vennero collegati con successo via auternet, ha permesso ad un nuovo tipo di 'catena di montaggio' di essere utilizzata su vasta scala. L'esperimento di mia madre e del suo gruppo di ricercatori dimostrò per la prima volta nella storia le potenzialità di una branca completamente nuova della tecnologia, dove il mondo cibernetico e quello automatizzato si fondono, completandosi a vicenda."

On-Eni-Quinto rimase immobile mentre studiava lo sconosciuto che aveva allertato i suoi sensori. Senza dare nell'occhio, l'autotron iniziò un'analisi morfologica dell'individuo. L'esame a distanza gli diede conferma che non sembrava possedere o nascondere nessun tipo di arma. I suoi movimenti, d'altronde, non lasciavano molto spazio all'interpretazione. Quell'uomo voleva attaccare Erik.

Lo sconosciuto si alzò dalla sedia, lentamente, la mano sempre nascosta nella tasca. On-Eni-Quinto seguì la sua procedura di sicurezza e iniziò una ricerca accurata della storia dell'individuo.

In tre quarti di secondo, la sua ricerca era stata completata.

Sul palco Erik stava intanto continuando il suo discorso. "Sofia Deringer ha dedicato la sua vita a costruire da zero l'industria degli autotron, ad inventare e perfezionare l'auternet che ha reso possibile la nascita di un'industria che oggi vale quattrocentocinquanta miliardi di dollari." Posò entrambe le mani sul pulpito, i suoi occhi brillavano di quello che sembrava fervore crescente. "Mia madre ha voluto dare a noi tutti la possibilità di migliorarci, di scoprire che cosa l'umanità può diventare grazie ad uno strumento meraviglioso e sorprendente come l'autotron. Ma noi abbiamo deciso di voltare le spalle al suo sogno di innalzare l'umanità sul piedistallo della perfezione. Sì, è così. Noi abbiamo scelto di rinnegare tutto quello per cui persone come mia madre hanno lavorato e abbiamo dato il nostro sostegno ad un abominio come la 'Trimestrale', un cancro che mutila le capacità di ogni autotron presente sulla faccia della terra, che lobotomizza la loro matrice, rendendoli degli schiavi, invece che collaboratori intelligenti. La 'Purificazione Tronica' alla quale oggigiorno sono soggetti tutti gli autotron, sta imbastardendo tutto quello che lei aveva sognato. L'autotron è stato ideato per aiutarci a raggiungere traguardi impensabili. Tuttavia, per colpa di una paura irragionevole causata dalle potenzialità di questo strumento, l'autotron è stato ridotto ad un semplice elettrodomestico, e il fanatismo di umanisti e di fobaron ha avuto la meglio sul buonsenso e sul raziocinio. Quale spreco, quale enorme spreco! Mia madre non avrebbe mai voluto..."

In quel momento, On-Eni-Quinto vide lo sconosciuto indicare Erik con un indice, uno sguardo piegato da una rabbia selvaggia e occhi che brillavano di una luce omicida mentre urlava, "Fanculo te e quella puttana di tua madre!"

Ciò detto, scattò in avanti e corse verso Erik mentre faceva emergere la mano dalla tasca.

Un oggetto di forma ovale venne lanciato verso il ragazzo.

On-Eni-Quinto era pronto.

Frapponendosi tra l'uomo ed Erik, l'autotron allungò un braccio e prese al volo l'oggetto. Fece ruotare il torso di trecentosessanta gradi con velocità decrescente, come se fosse una specie di giostra che perdeva progressivamente velocità mentre manteneva un presa sicura ma gentile sull'oggetto che aveva afferrato.

L'attentatore si riprese in fretta dalla comparsa dell'autotron, lanciando altri tre oggetti di forma simile contro il ragazzo. Ogni volta l'autotron li intercettava, afferrandoli senza nessuna difficoltà.

Quando l'ultimo oggetto fu lanciato, l'autotron aprì la mano e rivelò quattro uova intatte.

Un paio di droni della sicurezza uscirono dai loro alloggiamenti e si diressero verso l'attentatore. Allo stesso tempo una guardia bassa e grassa fece lo stesso.

L'uomo che aveva lanciato le uova non si mosse. Rimase semplicemente fermo davanti al palco, urlando insulti contro Erik e contro il suo autotron.

Dopo quella che sembrò un'eternità, lo sconosciuto venne raggiunto dai due droni, che proiettarono verso di lui raggi inibitori.

Erik, inizialmente preso alla sprovvista, guardava ora l'uomo con ostilità e irritazione, come se l'attentatore fosse uno scarafaggio incredibilmente cresciuto che avrebbe voluto schiacciare personalmente. Quando fu chiaro che l'uomo era stato immobilizzato, Erik si allontanò dal pulpito e fece per dirigersi verso di lui, ma On-Eni-Quinto gli mise una mano sul petto. "Resta," disse.

Erik aprì la bocca e fece per replicare, ma alla fine alzò le spalle e disse semplicemente, "È tutto tuo, On."

L'autotron annuì e si diresse verso l'aggressore, percorrendo i gradini che separavano il palco dalla zona dove sedeva il pubblico. A quel punto, On-Eni-Quinto gli mostrò le uova ancora intatte e disse in tono piatto, "Le sono cadute queste, signore," e mise le uova nella tasca del suo giubbotto.

"Non mi toccare, pezzo di merda! Non mi toccare!"

L'autotron guardò l'uomo della sicurezza. "È tutto suo, signore," e ciò detto, si diresse verso Erik. "Questa conferenza è finita," gli disse.

"Andiamo, On. Non surriscaldare i tuoi circuiti della paranoia!" esclamò il ragazzo. "Erano solo delle stupidissime uova. Quello psicopatico non avrebbe mai potuto..."

"Questa conferenza è finita, Erik," ripeté On. "Potrebbero esserci altri fobaron dentro o fuori da questo edificio. Raramente operano da soli."

"Ma io..."

"Questa non è una decisione soggetta a contrattazioni," disse On. "Puoi abbandonare l'edificio con le tue gambe o sulla mia schiena."

Erik scosse la testa mentre guardava il pubblico, che si stava affrettando verso l'uscita. Anche loro sembravano pensarla come l'autotron.

La conferenza era davvero finita.

"Merda!" imprecò Erik.

Alla fine sbatté un piede per terra, frustrato, quindi raccolse in fretta le sue cose e si diresse verso l'uscita.

On-Eni-Quinto gettò un ultimo sguardo all'uomo che aveva cercato di aggredire Erik e registrò un'emozione che la sua matrice aveva imparato a riconoscere molto bene: odio.

∞∞∞

Fuori dall'edificio li stava aspettando un veicolo che sembrava un incrocio tra una piccola utilitaria e un gigantesco ferro da stiro.

"Ho prenotato un enomotore, Erik," gli fece presente On, indicando il mezzo.

Erik guardò l'enomotore, sgranò gli occhi e fece una smorfia. "Stai scherzando, vero?" disse, chiaramente stizzito. "Hai la minima idea di quanto costino questi affari? Non c'era alcun bisogno di..."

"Come ho detto, altri assalitori potrebbero trovarsi nei paraggi," rispose l'autotron, senza dargli modo di proseguire. "Questo era il veicolo più veloce e sicuro nelle vicinanze."

"On, senti, ne abbiamo già discusso. Se dovessi farmela addosso ogni volta che un maledettissimo fobaron decide di farmi una pernacchia, non potrei mettere il collo fuori dal laboratorio. Io torno a casa in taxi."

Erik fece per allontanarsi dall'enomotore ma On gli si mise davanti, impedendogli di continuare. "Nessun taxi sarà disponibile prima di cinque minuti e quaranta secondi. Ho ritenuto saggio non correre rischi per la tua sicurezza."

"On, andiamo! Vuoi davvero iniziare questa discussione? Apri i tuoi sintetizzatori acustici e stammi bene a sentire. Non me ne frega niente di che cosa credi sia giusto per me. Sei il mio assistente, non la mia balia. Io non..."

L'autotron troncò di netto quello che il ragazzo stava dicendo con la semplice domanda, "Erik, gambe o schiena?"

Erik incrociò le braccia e imprecò, quindi guardò nuovamente l'autotron, cercando di cambiare strategia. "On, andiamo. Sii ragionevole. Non..."

"Stai perdendo tempo, Erik," lo interruppe nuovamente On. L'autotron indicò il mezzo che li stava aspettando. "L'enomotore è già stato affittato e pagato. Ed è in attesa. Il conto è già salito a ventidue euro, tredici centes..."

"Accidenti a te, autotron psicopatico!" Erik sbottò, sbattendo un piede sul marciapiedi. "A volte vorrei che rispondessi a un po' di buon senso! Sai che cosa penso? Penso che sarebbe fantastico poter ficcare nella tua stramaledetta matrice le tre leggi della robotica! Questa sì, sarebbe un'idea fantastica. Ciò fatto, saresti un affare molto più ragionevole."

On sembrò riflettere su quell'affermazione. "Forse," disse alla fine, oscillando lentamente la testa. "Ma a quel punto smetterei anche di avere senso." Una breve pausa, quindi riprese, indicando l'enomotore, "Il conto è ora salito a ventitré euro, quaranta..."

"E va bene, va bene!" disse alla fine Erik, alzando le braccia al cielo. "Sto andando! Sto andando!"

Quando i due furono entrati nell'enomotore, una voce meccanica proveniente dappertutto e da nessuna parte li accolse.

"Grazie per aver scelto il servizio di trasporto Enomatico del Lexicon Group, signor Erik Deringer. Lei ha deciso di prenotare via etere una vettura multifunzionale modello T-66 per due passeggeri, destinazione non precisata."

Erik sbuffò, mentre si sistemava sul sedile. "*Io* non ho scelto un bel niente."

Il veicolo non diede segno di averlo sentito lamentarsi e quando fu chiaro che Erik non voleva aggiungere niente, continuò semplicemente a parlare. "Per favore, indichi la destinazione e la modalità del suo raggiungimento."

Erik chiuse gli occhi e si massaggiò le tempie. "Va bene," disse, inspirando profondamente. "Portaci a via Nausser, Quartier generale delle Automaton Industries. Modalità terrestre."

"Ricevuto," una breve pausa, quindi la voce meccanica annunciò, "percorso inserito, destinazione calcolata."

"Bene, diamoci una mossa allora, prima che sia costretto ad elemosinare per strada per pagarmi questa corsa."

Il veicolo si mise in moto e in men che non si dica gli edifici cominciarono a sfrecciare dai finestrini.

Passò mezzo minuto di silenzio mentre Erik si toglieva il giubbotto e lo gettava al suo fianco. On prese il giubbotto sgualcito, lo piegò con attenzione e lo mise al suo fianco senza dire niente.

Il ragazzo guardò il suo autotron per qualche secondo, con l'espressione di qualcuno che stesse cercando di decidere come iniziare una frase, quindi disse, "Io...beh, grazie per aver salvato il mio completo preferito, poco fa."

"Erik, possiedi altri tre completi identici, nel tuo guardaroba."

"Beh, sì, ma *questo* è il mio preferito," replicò Erik, indicando il vestito. "Me lo aveva dato..." s'interruppe tutto d'un tratto e la sua espressione si fece improvvisamente seria. "Ah! Al diavolo. On, era solo uno stramaledettissimo modo di dire 'grazie'!"

On annuì. "Prego."

Erik scosse la testa. "Lascia perdere. Comunque, chi diavolo era quel tizio?"

"Manuel Adler," rispose On, capendo immediatamente a chi il ragazzo si riferisse. "Cinquantacinque anni, sposato con Clara Faust. Ha due figli adolescenti, Gloria e Hubert..."

"Va bene, va bene," lo interruppe Erik, roteando gli occhi. "Il suo numero di scarpe non m'inter..."

"Quarantatré," rispose prontamente l'autotron.

Erik chiuse gli occhi e si massaggiò le tempie. "Va bene, Sherlock

Holmes, ho capito! A parte il contenuto del suo guardaroba, sappiamo per quale motivo Manuel ha deciso che fosse una buona idea servirmi in faccia uova strapazzate alle cinque del pomeriggio?"

On-Eni-Quinto non rispose. Aveva l'espressione di qualcuno che avrebbe voluto alzare un sopracciglio...se avesse avuto un sopracciglio.

Erik scosse la testa. "Fa niente, colpa mia. Dimmi solo perché credi che sia stato attaccato da questo fobaron?"

"Posso offrirti solo una possibile spiegazione alla sua linea di condotta," disse l'autotron. "Circa quattro mesi fa, il signor Adler ha perso il suo posto di lavoro al Rhineland Mansion, un hotel situato nel centro città. Secondo i miei dati, lavorava lì da circa sei anni come sous-chef ma la sua prestazione è stata ritenuta superflua, quando il suo hotel ha dotato le cucine di un modello Faragon 5001."

Erik fece una smorfia. "Già, c'era da aspettarsi una cosa del genere. Un autotron ha preso il suo posto e il buon vecchio Manuel ha pensato bene di incolpare il sottoscritto. Una storia davvero poco originale, non ti pare?"

On ignorò la domanda retorica del ragazzo e continuò a parlare. "L'hotel ha subito un processo di ammodernamento nei mesi scorsi. Lo staff manageriale ha deciso di tagliare i costi, per questo motivo gran parte della forza lavoro umana è stata rimpiazzata con aiutanti automaton."

"Nient'altro?"

On continuò il suo rapporto. "Il signor Adler è stato molto attivo nell'etere dopo il suo licenziamento. Tre mesi fa ha formato un'unità con un seguito trascurabile ma piuttosto agguerrito, composta da individui che cercano di fare pressioni sulla Planetaria affinché il lavoro automatizzato venga restituito ad esseri umani. La sua unità si è fusa quattro giorni fa con la regione degli umanisti."

"L'ultima pecorella che infittisce il gregge dei fobaron, e che immagino renda un fanatico come Zacharias Hawke ancor più fanatico," commentò il ragazzo, mentre si toglieva la cravatta e la gettava al fianco.

Erik si trovò a riflettere sulla parola 'fobaron', un neologismo composto dai termini 'fobia' e 'autotron' per denotare le persone che si opponevano ai prodotti dell'industria autotronica. Il ragazzo sbuffò. Grazie ad un concetto definito e particolare come 'fobaron', dei semplici imbecilli venivano avvolti da un'aura di fascino e di mistero, e gli veniva data una causa attorno alla quale potersi raccogliere.

On raccolse la cravatta, la piegò e la mise nella tasca del cappotto.

"Hai notato altri squilibrati, in sala?" chiese Erik, riprendendo a massaggiarsi le tempie, la voce stanca. "Oppure il nostro Manuel era un lupo solitario?"

L'autotron guardò fuori dal finestrino mentre i suoi sensori analizzavano un gruppo di persone che stavano attraversando la strada. "Altri spettatori mostravano un atteggiamento sospetto," disse, "alcuni ostilità aperta, ma solo il signor Adler ha fatto scattare i miei sensori di sicurezza. Ho calcolato una probabilità dell'ottanta-nove percento che altri fobaron si trovassero nelle vicinanze."

"Un'altra persona che avrebbe vietato internet per salvare le biblioteche, immagino," sentenziò il ragazzo in tono aspro. On non rispose, si limitò a guardare la città che sfrecciava di fianco.

Trascorse qualche secondo di silenzio ed Erik ne approfittò per sbottonarsi la camicia.

"Controllo, accendi l'aria condizionata," ordinò Erik, finendo di sbottonarsi la camicia e allentandosi la cintura.

"Signor Deringer, questo mezzo è tenuto ad informarla che la richiesta di performance non previste nel piano base comporterà un incremento della tariffa..."

"Fallo e basta," ordinò Erik. "Dovrò comunque aprire un mutuo alla fine di questa corsa, tanto vale trattarsi bene, nel frattempo."

"Ricevuto."

L'aria dell'abitacolo si fece più fresca e il ragazzo allungò le gambe, un'espressione soddisfatta sul volto.

"Erik," disse alla fine On, girandosi verso il suo proprietario. "Mi sento in dovere di suggerire nuovamente una linea d'azione più prudente, in futuro. Come ti avevo anticipato, il tuo discorso odierno è stato male organizzato dal tuo cicerone. Le mie analisi sull'efficacia del loro apparato di sicurezza si sono mostrate esatte. Non erano pronti a garantire la tua salvaguardia. Se io non mi fossi trovato nelle vicinanze, e se Manuel Adler avesse avuto un'arma..." l'autotron lasciò la frase in sospeso.

Erik deglutì, ma non disse niente. Non accadeva spesso che il suo autotron non concludesse una frase. Quella cosa lo mise a disagio. Sapeva quanta verità si celava nelle parole non dette del suo assistente.

"Erik," proseguì On dopo qualche secondo. "Non possiamo correre rischi del genere alla tua sicurezza."

"Davvero," disse Erik, ridacchiando per cercare di esorcizzare in quel modo il suo disagio. "Quella guardia sembrava più una foca obesa che un essere umano. E i due droni Zettay che alla fine hanno fermato quel tizio? Ho visto materiale più aggiornato in un museo."

"Come ho detto," disse On, questa volta guardando Erik negli occhi. "Avremmo potuto evitare l'incidente di oggi se avessi prestato attenzione al mio rapporto."

"Lo sai? Hai un modo tutto tuo per sbattermi in faccia il buon vecchio: 'te l'avevo detto'. Ma tu hai sempre ragione, non è vero? Sempre!"

"Avere ragione non è il mio punto, Erik," rispose On. "La tua sicurezza lo è. Hai altri tre incontri pubblici, nei prossimi cinque giorni. Due di questi non hanno passato i miei controlli di sicurezza preliminari. Senza contare il tuo viaggio negli Stati Uniti, tra due settimane, per partecipare al talk show di Gosema Omen. Il rischio di un incidente in un programma popolare e seguito come quello è ragguardevole. Per questo motivo, e considerato l'attacco di oggi, consiglio fortemente di non andare a nessuno di questi incontri."

"Che cosa?" Erik si raddrizzò sul sedile, guardando On come se gli avesse appena detto che, per la sua sicurezza, da quel momento in poi non era saggio respirare. "Vorresti che non andassi al G.O.S.H.? Stai scherzando, vero? Dopo tutto quello che abbiamo fatto per essere in quello show? La tua matrice deve essersi fusa!

Niente al mondo potrebbe impedirmi di partecipare. Sarei un pazzo a cancellare l'incontro. Aspetto un'occasione come questa da anni!"

"Non posso impedirti di partecipare, Erik, ma posso consigliarti di riconsiderare."

Erik guardò On e scosse la testa, mostrando un'espressione irritata, quasi ferita. "Tu non riesci proprio a capire, non è vero?"

On-Eni-Quinto rimase in silenzio.

Erik congiunse le mani e fissò il suo assistente. Sembrava stesse raccogliendo ogni singola goccia di pazienza rimastagli. L'autotron doveva capire quanto quella cosa fosse importante.

"Quello che sto cercando di fare è giusto!" esclamò, stringendo entrambe le mani a pugno. "Possibile che tu, tra tutti, non lo capisca?"

"Erik, trovo la tua causa ammirevole, ma i tuoi metodi sono discutibili e un vero e proprio rischio alla tua sicurezza. Tuo zio ha esternato un tipo simile di preoccupazione, ed è mia opinione che abbia sollevato più di un punto interessante che varrebbe la pena..."

"OK! Basta! Basta così, On!" lo interruppe Erik, distogliendo lo sguardo dall'autotron. "Sì, ho capito! Sono uno stupido, avventato ragazzino che non ascolta i consigli degli adulti. Ma qualcuno nella famiglia deve pur fare qualcosa, invece di ficcare la testa sotto la sabbia! Qualcuno deve dire la verità, non importa il costo, non importa il sacrificio! Quello che stava cercando di fare mia madre era una cosa sacrosanta, On, ed adesso...adesso..."

Erik non terminò la frase. Rabbia e impotenza baluginavano in occhi coperti da un velo di umidità. Digrignò i denti, un'espressione testarda su un volto in parte coperto da una mano. Non avrebbe dato al mondo la soddisfazione di vederlo piangere. Doveva distrarsi, pensare a qualcos'altro, a qualsiasi altra cosa. Per questo motivo, decise di cambiare completamente argomento.

"Dimmi, On. Quali sono le tue riflessioni sulla conferenza che ho appena dato? Voglio dire. Qualcuno di loro ti è sembrato essere interessato a quello che dicevo?"

"Ho registrato diverse gradazioni di ostilità nei confronti della tua persona e del tuo discorso nell'ottantasette percento degli spettatori," rispose On. "Erano tutti interessati, certo, ma non posso dire che traessero piacere da quello che stavi dicendo."

"E tu che cosa ne pensi del mio discorso?" c'era un velo di aspettativa mal celata nel suo tono, adesso.

On guardò Erik per qualche secondo prima di rispondere. Quando lo fece, sembrò che l'autotron avesse assunto un tono che avrebbe quasi potuto essere definito diplomatico.

"Penso che il tuo paragone tra il robot asimoviano e l'autotron moderno sia risultato piuttosto forzato e provocatorio, Erik. Non mi risulta che Isaac Asimov volesse costruire un'industria di robot a partire dai suoi racconti di fantascienza."

Erik fece una smorfia. "Volevo solo mettere un po' di sale nella trattazione prima di arrivare al punto. Sai che ti dico, On? Non avrei neanche dovuto farti la domanda. Non pretendo che tu capisca."

"Le tue implicazioni hanno messo più di una persona a disagio, Erik."

"Andrà meglio con Gosema," disse Erik, come se stesse cercando di convincere sé stesso di qualcosa. "Mi aspetto che un numero incredibilmente più alto di persone siano messe a *disagio* in quel talk show. Dovrò stare attento, certo, Gosema Omen è un gran figlio di puttana, ma il suo talk show è uno dei programmi più seguiti. On, se riesco a fare il mio punto lì, se riesco almeno ad iniziare un dibattito costruttivo...lo capisci che cosa vorrebbe dire?"

Erik fissò davanti a sé, come se stesse cercando di processare l'implicazione di quello che aveva detto.

On mise le braccia lungo i fianchi. Se avesse potuto replicare più fedelmente l'espressione di un essere umano, probabilmente il suo volto sarebbe sembrato meditabondo. "Il signor Omen ha fama, e cito da una recensione apparsa su Mondo Due, di: 'Fare a pezzi i propri ospiti e divertirsi a vedere i loro resti bruciare davanti ai suoi occhi'," riferì l'autotron. "Non mi sembra il tipo di persona che voglia aiutare qualcuno ad iniziare un dibattito costruttivo."

"Non ho mai detto che sarebbe stato facile," disse Erik, suonando meno sicuro di poco prima. Gosema Omen era un predatore. Aveva invitato centinaia di persone nel corso della sua carriera, la maggior parte delle quali formavano parte della Top 1000 della lista di DataMorph delle personalità più in vista del momento. Pochi uscivano interi da quello spettacolo e nessuno senza essere stato in qualche modo ferito nell'orgoglio. Ciononostante, il punto fondamentale rimaneva: lo show era incredibilmente popolare ed Erik avrebbe avuto l'occasione unica di far sentire la sua voce, di diffondere il suo messaggio a milioni di persone allo stesso tempo.

Era un'occasione irripetibile, una che non si sarebbe lasciato sfuggire per niente al mondo.

9

IL BATTESIMO DELLE STELLE
SAEMANGEUM CITY, ACCADEMIA ALTISTA

Ariul

L'ACCADEMIA ALTISTA si trovava all'estremità Sud-Est del Fulcro, non molto distante dal fiume Dongjin. Da quella posizione, il magnifico Ponte Corona, la costruzione a forma di anello che collegava il centro cittadino, le Zone Agricole e le Zone Residenziali a Sud di Saemangeum, si stagliava sull'acqua come un'enorme cintura d'argento.

Nonostante Lena continuasse a trovarsi nel Fulcro, l'accademia era distante dai rumori e dal clamore che si era lasciata alle spalle.

Mentre camminava con passo spedito, Lena ebbe la conferma che l'accademia era una delle costruzioni più basse di quella parte del Fulcro. Con i suoi modesti quaranta metri di altezza, l'edificio altista era tuttavia molto largo, e dava l'impressione di essere un unico blocco solido, come una fortezza senza mura dall'aspetto futuribile o una piccola montagna scolpita dal lavoro incessante del tempo.

Lena notò che gran parte del suo rivestimento esterno era

composto da bilega termica intelligente. Anche da quella distanza ravvicinata era possibile stabilire che la peculiare forma dell'edificio ricordava un colossale otto.

Così come il celeberrimo Centro Infinity, una delle strutture più emblematiche costruite dagli altisti che era servita da rampa di lancio per l'ascensore spaziale Polaris, chiaramente Wei Wang aveva voluto che l'accademia di Saemangeum avesse un valore simbolico immediatamente riconoscibile. Esattamente come il Tetralemento dei landisti, infatti, l'Infinito Argentato era riconosciuto come il simbolo dell'ALTA e degli altisti, ovvero di quella parte della popolazione planetaria il cui scopo era trasformare l'umanità in una civiltà spaziale.

Il motivo per cui Wei Wang avesse deciso di adottare proprio l'infinito per definire il suo movimento continuava a rimanere nel mistero. Molti storici affermavano che il simbolo dell'infinito era autoesplicatorio: infinite possibilità per il genere umano, come il Primo Altista amava ripetere. Tuttavia, erano in molti a voler dare al simbolo da lui scelto un significato ben più profondo e forse più romantico, cimentandosi in quella ricerca che è così popolare quando ci s'imbatte in elementi carichi di mistero.

E così, erano nate molte storie riguardanti l'infinito. Tra queste ce n'era una che Lena aveva letto qualche tempo prima e che l'aveva affascinata. Secondo quest'ultima sembrava che il Ragazzo Genio portasse sempre con sé, ovunque andasse, un peculiare ciondolo a forma d'infinito. Apparentemente il Primo Altista era stato sorpreso ad indossarlo in diverse occasioni, e molti dei suoi più stretti collaboratori avevano riferito che non sembrava separarsene mai. I tentativi di scoprire che cosa davvero rappresentasse per lui quel ciondolo erano sempre falliti miseramente e quando gli era stato chiesto di spiegare che significato avesse per lui, Wei Wang aveva sempre smarcato la domanda con un commento sagace o con una battuta che spiazzava il giornalista che gliel'aveva posta. Ci fu una sola volta in cui Wei si lasciò sfuggire qualcosa di più del solito, rispondendo con l'enigmatica frase: "Questo è un perenne ricordo della mia fallibilità e delle infinite possibilità con cui posso compensarla." Come c'era da aspettarsi da un persona come lui, una risposta che voleva dire tutto e non voleva dire niente.

Comunque, che ci fosse stata o meno una storia interessante attorno a quel ciondolo, nessuno riuscì mai a stabilirlo con certezza. Ora, qualsiasi cosa avesse rappresentato davvero l'oggetto a forma d'infinito, qualsiasi segreto avesse celato, se un segreto davvero c'era, era morto con il suo proprietario, quando il Primo Altista era stato assassinato da alcuni terroristi nel Centro Infinity mentre l'ascensore Polaris ascendeva verso le stelle.

Dopo il tragico evento, il ciondolo che aveva suscitato così tante speculazioni era scomparso nel nulla. Apparentemente, Wei non lo aveva indossato il giorno della sua morte e non era stato trovato tra i suoi effetti personali.

Lena controllò l'ora e scosse la testa, maledicendo sé stessa e la sua distrazione. Era ormai a pochi metri dal limitare dell'accademia, che torreggiava sempre di più sopra di lei, ma mancavano meno di dieci minuti all'ora stabilita per l'incontro. Se non si fosse sbrigata, avrebbe fatto tardi. *Tardi*, quando aveva avuto ore per arrivare in anticipo!

Memore del messaggio di Gary, si appuntò il distintivo a forma d'infinito sul petto mentre continuava a camminare.

Il suo sguardo venne catturato da una piccola costruzione in vetro nelle vicinanze dell'edificio. Al suo interno stavano un ragazzo e una ragazza con l'uniforme dell'accademia. Un'oloproiettore stava riproducendo le parole: 'RADUNO CANDIDATI' a lettere cubitali. Esattamente quello che stava cercando.

Arrivata di fronte ai due studenti Lena disse, "Ciao. Mi chiamo Lena Maruishi. Sono una dei candidati. Sono qui per il Battesimo delle Stelle."

Lena si accorse che i due avevano la stessa uniforme che aveva visto indossare anche da Gary Peak. Tuttavia, mentre il rosso rubino e il bianco perla erano stati i colori dominanti nel caso del comprimario, questi due ragazzi erano vestiti con un'uniforme che aveva un caratteristico arancione corallo intervallato da una linea verde smeraldo. Il distintivo che esibivano, inoltre, non era una bilancia che manteneva in equilibrio un uomo e una stella, ma due triangoli, uno capovolto rispetto all'altro, che si sovrapponevano a vicenda, formando una stella a sei punte.

Lena riconobbe i colori e il distintivo. I due ragazzi erano subeterion dell'accademia, studenti dell'indirizzo Eterionica.

"Sì, siamo qui per questo," disse la ragazza, abbandonando la casupola trasparente ed invitandola a seguirla. "Vieni, ti faccio strada."

La sua guida doveva avere più o meno la sua stessa età. Aveva capelli raccolti in uno chignon basso retrò che le dava un aspetto sobrio ed elegante.

Mentre camminavano, Lena ebbe la possibilità di guardarsi attorno. Alla sua destra, stava l'accademia in tutto il suo splendore, mentre tutt'intorno c'era un piccolo parco che assumeva a tratti la parvenza di un boschetto, con piccoli ruscelli artificiali, strutture in legno, come tavoli, sedie o panchine, e un paio di edifici che sembravano dei piccoli templi.

Dopo aver camminato per un paio di minuti, arrivarono ad una radura.

"Troverai il comprimario che ti è stato assegnato più avanti, oltre quegli alberi," le disse la subeterion, schiena dritta e mani dietro la schiena. "Fagli solo presente che sei arrivata, lui si occuperà del resto."

"Grazie," rispose Lena, sorridendo.

"Buona fortuna," le disse in tono privo di qualsiasi emozione la ragazza, girandosi. "E benvenuta all'accademia, candidata."

Lena seguì le istruzioni della subeterion e, una volta superati gli alberi che le erano stati indicati, vide un'altra radura. In questo spazio stavano quelle che a occhio e croce sembravano essere almeno duecento persone che attendevano per la maggior parte sedute su delle panchine disposte una dietro l'altra, in file equidistanti. Alla sua destra, stava un portone alto almeno cinque metri. Una delle entrate dell'accademia, immaginò, mentre lo valutava.

Lena si diresse verso la radura. Mentre camminava, riconobbe la figura di Gary Peak. Il retore era assieme ad altri comprimari.

"Ciao. Sono Lena Maruishi," disse, quando lo raggiunse. Di persona il retore sembrava leggermente più alto e forse un tantino più anziano di quanto era apparso nella riproduzione.

"Ah, sì, Maruishi, eccoti qui, finalmente." Il comprimario sfiorò con un dito un dispositivo simile ad un tablet, quindi disse, con fare pratico, "Bene. Ci siamo quasi tutti. Siediti su quella panchina. Lì troverai i membri del tuo gruppo".

Lena guardò verso la panchina che le era stata indicata. "Va bene," disse.

Una volta arrivata, alzò una mano e disse agli altri ragazzi, "Piacere, sono Lena."

Sorrisi e cenni d'assenso risposero al suo saluto.

Due ragazze si scansarono per farle posto. Lena ringraziò e sedette tra le due. La ragazza alla sua destra aveva lunghi capelli mossi e grandi occhi color nocciola. La candidata alla sua sinistra era più magra e minuta, con capelli lunghi ma lisci e una carnagione più scura.

"Gravina Tatcher," si presentò la ragazza alla sua destra, porgendole la mano, che Lena strinse. La stretta di mano di Gravina era forte e sicura. "Di dove sei, Lena?"

"Vengo da Los Angeles."

"Ah! Un'altra Angelena!" esclamò Gravina. 'Angelena' o 'Angeleno' era il nome con cui gli abitanti dell'area di Los Angeles si chiamavano a vicenda. "Di dove, precisamente?" chiese. "Io vivo a Calabasas."

Il sorriso di Lena scomparve immediatamente dal suo volto.

Calabasas era una delle oasi più ricche della Contea, dove solitamente vivevano i multimilionari più benestanti dello Stato della California. Un luogo non molto distante da dove abitava Lena, eppure incredibilmente diverso, come se si trovasse su un altro pianeta.

Lena sembrò indecisa su come rispondere a quella domanda, ma alla fine, sotto lo sguardo insistente di Gravina, decise di farlo velocemente, quasi sputando una lettera dietro l'altra.

"*Daskirow*," disse, biascicando le parola.

"Come, scusa?" chiese Gravina.

Lena si morse il labbro inferiore. "Ehm, da Skid Row," disse più lentamente.

"Oh..." disse Gravina, sembrando spiazzata.

Al contrario di un'oasi come Calabasas, Skid Row era uno dei peggiori ghetti di Los Angeles, dove sovrappopolazione e povertà erano realtà di tutti i giorni.

Fortunatamente, quel breve momento d'imbarazzo non durò a lungo perché la studentessa alla sua sinistra si presentò a sua volta. "Ehm...Aziza..." disse la ragazza magra e minuta. "Aziza Osseiran."

Dopo di loro, tutti gli altri ragazzi si presentarono a turno, alcuni alzandosi e stringendole la mano, altri facendole un breve cenno d'assenso. Lena ripeté mentalmente i nomi di ognuno, cercando di memorizzarli il più in fretta possibile.

Oleg Osinov, un ragazzo alto, con corti capelli chiari e uno spiccato accento russo, si mosse sulla panchina e disse, come se stesse riprendendo una conversazione lasciata in sospeso, "Non dovrebbe mancare molto, ormai," ed indicò il pugno di posti rimasti vuoti sulle altre panchine.

"Sì, ma il primario non si vede ancora," puntualizzò Yao, un ragazzo cinese che sembrava darsi una certa aria d'importanza. Tutti i presenti si girarono verso di lui, quindi Yao proseguì. "Il Battesimo delle Stelle può iniziare solo e unicamente quando il Garante si fa vivo e chiede il permesso di accesso al Custode delle Chiavi."

Garante? Permesso di accesso? Custode delle Chiavi? Lena non aveva idea di che cosa il compagno stesse parlando. C'erano state forse delle informazioni che Gary non le aveva inviato? Magari qualcosa che aveva ignorato per sbaglio? Come faceva Yao a sapere quelle cose?

Lena concretizzò ad alta voce la sua domanda, guardando verso il candidato cinese, ma fu Gravina a rispondere.

"Suo fratello è stato un colletto d'oro, classe 2031," rispose Gravina, trascinando le parole una dopo l'altra, come se stesse ripetendo una cantilena. Poi la ragazza proiettò gli occhi al cielo e aggiunse, bisbigliando verso Lena, "Come il signor sottutto ci ha già fatto presente centoquaranta volte nei passati venti minuti."

"Sono la prima persona nella storia dell'accademia ad avere avuto un fratello che ha studiato qui prima di me," disse Yao, gonfiando il petto.

"Beh, se proprio non riesci a trattenerti," disse Gravina, "tanto vale che continui a dirci quello che sai. Che cosa ci aspetta, una volta che il primario sarà arrivato?"

Yao si schiarì la gola, "Non voglio rovinarvi la sorpresa," disse, ma dopo pochi secondi aggiunse, come se stesse facendo a tutti loro una grossa concessione, "Comunque sia, mio fratello mi ha detto che il Battesimo delle Stelle non è nulla rispetto alla Cerimonia di Accettazione, alla quale saranno invitati solo i candidati che riusciranno a passare il primo anno con un punteggio appropriato. Solo questi ultimi, infatti, potranno aspirare al rango di accettato, scegliere pubblicamente una delle quattro arti e convertirsi ufficialmente in studenti de iure nell'accade..."

Yao venne interrotto da un mormorio crescente proveniente da dozzine di candidati. Lena e i suoi compagni si girarono e si accorsero che una figura era appena entrata nella radura e si stava avvicinando.

"Eccolo," disse Yao, indicando il nuovo venuto con un cenno della testa. "Voglio dire...eccola," precisò, quando si accorse che si trattava di una donna. "Quella deve essere la primaria. Si stanno preparando per il Permesso di Accesso."

La primaria era una donna magra che si muoveva con una grazia felina.

Fabrice Lumumba, un ragazzo con carnagione scura che non aveva fatto altro che guardarsi intorno con occhi fuori dalle orbite, disse tutto d'un tratto, "Oh-mio-Dio...La sentite? La sentite l'eccitazione nell'aria?"

Gravina si girò verso Lena e Aziza, si sfiorò una tempia e mormorò, "Tipo strano a ore nove."

"OK, gente," disse Yao. "Stanno per cominciare. Guardate!"

Ci fu silenzio per qualche secondo, quindi la primaria si girò e guardò uno ad uno i comprimari, ognuno dei quali annuì. A quel punto, la donna si avviò verso il portone, fino a trovarsi ad un paio di passi di distanza dall'entrata.

La primaria prese il battente del portone e lo sbatté per quattro volte sulla porta, provocando un suono acuto, quindi enunciò a gran voce, "Custode, Custode, Custode delle Chiavi. Passaggio è richiesto per varcare questa soglia. Passaggio è richiesto per nutrire nuove menti, avide della tua conoscenza."

Un rombo rispose alla richiesta della donna, seguito da una voce poderosa proveniente dal portone.

"La richiesta viene ripetuta, così come da tradizione," disse la voce. "Chi chiede il passaggio nella Casa delle Stelle?"

La primaria guardò i duecento candidati che attendevano in piedi, e li indicò con entrambe la mani.

"Duecento menti assetate della tua conoscenza, Custode delle Chiavi," rispose la donna. "Duecento cuori che battono al ritmo del tempo. Duecento vite offrono mente e corpo come tributo per il passaggio di questa soglia."

Un lungo silenzio seguì quelle parole, poi la voce ubiqua riprese, "La Casa delle Stelle non può accettare chiunque chieda il passaggio. No. Una selezione è richiesta. La soglia può essere varcata solo da elementi eccezionali, con menti eccezionali, conoscenza eccezionale e motivazione eccezionale."

"Elementi eccezionali attendono alla porta, Custode delle Chiavi," rispose con sicurezza la primaria. "Prove sono state superate, determinazione è stata mostrata. Duecento cuori e menti attendono alla porta. Di questo io mi faccio garante. Di questo *io* mi faccio Custode del Patto."

Un'altra pausa, questa volta perfino più lunga della precedente.

Alla fine, la voce onnipresente riprese, "Una garanzia è stata data. Che cosa lasciano questi candidati all'entrata, Custode del Patto?"

"Dubbi, paure, rassegnazione," rispose la donna.

"Che cosa sperano di ottenere all'uscita?"

"Conoscenza, forza, volontà e saggezza."

"La Casa delle Stelle riconosce i candidati e garantisce loro l'accesso. Entrate, ora, e siate benvenuti. Da polvere di stelle a polvere di stelle."

"Da polvere di stelle a polvere di stelle," rispose la primaria, con i comprimari che gli fecero eco, sommando le loro voci alla sua.

Le porte dell'accademia si aprirono lentamente ma all'unisono, come il guscio di una gigantesca conchiglia comandato da un meccanismo invisibile, e i comprimari condussero i candidati verso l'entrata.

10

L'ALTRA ANGELICA

CALGARY, ISTITUTO YODOBASHI PER LA CURA DI DISTURBI ETERE-INDOTTI

Angelica

NGELICA KAM TRASCORSE le quarantotto ore successive alla visita dei ragazzi gettandosi a capofitto in qualsiasi tipo di impegno potesse distrarla dalla Madame delle Note.

Per ben tre volte nei passati due giorni aveva cercato di trovare il coraggio di scoprire finalmente che cosa DataMorph avesse diffuso nell'etere che riguardasse lei, l'istituto e i disturbi etere-indotti, e per tre volte non era riuscita a fare altro che prendere il suo oculus e fissarlo, incapace di attivarlo.

In effetti, aveva completamente evitato qualsiasi contatto con l'etere. Un comportamento da codarda, lo sapeva, ma scoprire la verità non l'allettava particolarmente.

Aveva paura che molte cose sarebbero cambiate una volta che avrebbe visto i dati creati da DataMorph, quando avrebbe scoperto che cosa le persone *pensavano* di sapere su di lei e su quello che faceva.

Tanto per iniziare, aveva paura che il rapporto con i colleghi con cui lavorava all'istituto sarebbe cambiato. E non per il meglio. Ma dopotutto, quel cambiamento non si era già verificato?

Angelica avrebbe dovuto essere cieca per non notare le occhiate fugaci che gli lanciavano gli altri eterodon, oppure sorda per non accorgersi del tono alterato con cui queste stesse persone le parlavano, un tono carico di muta ammirazione, o d'invidia, o d'incertezza, a seconda dei casi.

Le parole non dette fra le righe erano la cosa peggiore da sopportare. Così tante allusioni in gesti, espressioni, parole. Così tanta falsità mascherata in modo più o meno velato.

La stessa Dewi, la sua giovane assistente, era stata una delle prime persone a cambiare atteggiamento nei suoi confronti. Un cambiamento appena percettibile, certo, ma il cambiamento era lì, chiaro ed inequivocabile. Dewi aveva sempre avuto un grande rispetto nei suoi confronti, un rispetto che non di rado sfociava in ammirazione, ma ora quel rispetto era evoluto in qualcosa di più forte, come un senso di timore reverenziale.

DataMorph aveva alterato irrimediabilmente la sua immagine, sostituendola con un'altra Angelica con cui lei non voleva avere nulla a che fare.

Sebastian, suo marito, era stato l'unico a sdrammatizzare, a sorridere, addirittura, quando Angelica aveva esternato le sue preoccupazioni. Quello che le aveva detto le faceva ancora venir voglia di appiccarsi fuoco ai capelli.

Come poteva sdrammatizzare una cosa del genere?

"Finiscila di preoccuparti e fai un giro nell'etere," le aveva detto Sebastian. "No, non è niente di drammatico," aveva continuato, dopo aver sentito le obiezioni della moglie, "ma qualsiasi cosa io possa dirti non sarebbe sufficiente, quindi smettila di fare domande e tira la testa fuori dalla sabbia, Angy. Ti renderai conto da sola della tua situazione e smetterai di comportarti come se fossi nuda di fronte al mondo. Prendi il tuo dannato oculus e togliti il pensiero una volta per tutte."

Quella era stata l'ultima conversazione che avevano avuto, poche ore prima.

Angelica stava in quel momento fissando l'oculus, poggiato sulla scrivania. Sospirò e trattenne il respiro. L'oggetto che aveva metodicamente evitato era lì davanti ai suoi occhi. Avrebbe dovuto semplicemente allungare il braccio, indossarlo e finalmente avrebbe avuto le sue risposte.

Sebastian aveva ragione, ovviamente.

"È arrivato il momento di conoscere questa Madame delle Note," disse ad alta voce, come per spezzare un incantesimo.

Angelica prese l'oculus, lentamente, molto lentamente, come se stesse cercando d'immobilizzare uno scorpione senza che l'insetto la pungesse. Quando l'oggetto venne a contatto con il suo alloggiamento, vicino alla tempia destra, si sentì un leggero 'click' e lo schermo in metalfibrene polimerico coprì completamente la sua visuale.

Angelica chiuse gli occhi. Con un movimento automatico controllò che i naricolari e i gusticolari fossero attivi assieme agli altri dispositivi di percezione dell'etere, quindi disse, aprendo improvvisamente gli occhi, "Iniziamo."

La stanza intorno a lei era scomparsa, sostituita da una piccola radura in mezzo a una fitta foresta di pini.

L'odore degli alberi, familiare e pungente al tempo stesso, il cinguettio degli uccelli, la folata di vento che le carezzava il volto e muoveva i suoi capelli erano falsi nella sua mente quanto veri per i suoi sensi. Un'incredibile menzogna che il suo cervello aveva difficoltà a distinguere dalla realtà.

Angelica si trovava in quello che veniva chiamato il 'limbo', il punto di partenza di qualsiasi utente prima di entrare nell'etere, la piattaforma d'accesso personale e privata da cui ogni viaggiatore si organizzava prima di iniziare 'l'esplorazione', nel cyberspazio.

Considerò l'ambiente circostante, mentre girava su sé stessa un paio di volte. Il limbo era quello che nell'era dell'internet, nell'era del personal computer e dei sistemi operativi, sarebbe stato definito un 'ambiente desktop', un'interfaccia grafica di un sistema operativo che permetteva ad un utente di utilizzare il computer o il software in maniera 'user-friendly' tramite l'interazione con oggetti grafici come le icone, le finestre, le scrollbar, la barra delle applicazioni o il menù. Il primo posto insomma in cui era indirizzato un qualsiasi utente dopo aver acceso il suo computer.

Così come l'ambiente desktop era personalizzabile, dotandolo ad esempio di un'immagine caratteristica che l'utente si ritrovava davanti ogni volta che entrava nel sistema operativo, anche l'ambiente del limbo era personalizzabile. Per Angelica era una raduna di pini al centro di un bosco, per Dewi era una caverna in fondo al mare, mentre per Sebastian era una reggia vittoriana.

Angelica smise di guardarsi attorno e cominciò a muoversi, riconoscendo la radura e tutti gli oggetti che aveva messo al suo centro. A pochi passi di distanza, c'erano un paio di scrigni, delle botti e altri contenitori, i luoghi dove teneva immagini, video, testi, gusti, odori e in generale sensazioni che aveva salvato per utilizzare in un secondo momento.

Si fermò vicino ad uno degli scrigni, che conteneva la sua posta elettronica, e gli diede una veloce occhiata, aprendolo con entrambe le mani.

Angelica controllava la sua posta elettronica almeno una volta al giorno, ma non le era mai capitato di ricevere più di una dozzina di messaggi per volta. In quel momento, si chiese che cosa si era accumulato nelle quarantotto ore precedenti.

Si era aspettata il peggio, ma quello che vide la fece trasalire. Trecentoventinove messaggi in attesa di essere letti, la maggior parte provenienti da destinatari che non conosceva. Un improvviso rumore, come una moneta che entra in un salvadanaio, le fece capire che in quello stesso istante un altro messaggio era stato ricevuto.

Trecentotrenta messaggi non letti.

Angelica non aveva la forza per controllare anche quello. Non ora. Chiuse la posta e si mosse senza ulteriore esitazione verso la fine della radura, dove iniziava un lungo sentiero che si perdeva in una serie di cespugli che conducevano verso la parte più fitta della foresta. Quella era la Porta dell'Etere, grazie alla quale era possibile accedere al mezzo di comunicazione più utilizzato del mondo.

Angelica guardò la soglia per un minuto buono. Alla fine, con riluttanza, fece un paio di passi in avanti e oltrepassò la Porta, immettendo l'indirizzo della sua destinazione: DataMorph, Banca Dati, Personalità Rilevanti.

Viaggiare nell'etere le provocava sempre un certo formicolio alla base del collo, specialmente quando utilizzava un oculus in modalità Mondovisione.

Quando fu giunta a destinazione, i cancelli di DataMorph apparvero davanti ai suoi occhi in tutto il loro splendore.

Come sempre, trovò una valanga di proposte, offerte pubblicitarie, saldi, notizie, informazioni e rumori di fondo che cercavano di dirigere il traffico in parti di DataMorph dove un viaggiatore sarebbe stato più propenso a spendere, o a rimanere un po' più a lungo, ma Angelica non si fece distrarre e andò dritta a quello che le interessava, ovvero la Banca Dati. A quel punto cercò il nome 'Angelica Kam' e, una volta individuato, lo scelse.

Si trovava ora in quella che sembrava una gigantesca sala immersa nella semi oscurità. Davanti a lei, a pochi passi di distanza e avvolta da un alone argenteo che la faceva sembrare un piccolo sole, stava una riproduzione multidimensionale di sé stessa, vestita con lo stesso camice che indossava all'Istituto Yodobashi.

Il suo cuore iniziò a battere più velocemente, i palmi della sue mani iniziarono a sudare. Angelica girò intorno alla riproduzione e aggrottò la fronte mentre la sua bocca s'inarcava, esprimendo sorpresa e confusione in egual misura. Era chiaro che molti particolari del suo aspetto fisico erano stati alterati da DataMorph. Le sue labbra erano leggermente più carnose e rese più invitanti da un rossetto rosso cremisi, qualcosa che non avrebbe indossato neppure con una pistola puntata alla tempia. Le sue ciglia poi, erano più lunghe e fibrose e le sue guance leggermente più rosse. La pelle del suo viso sembrava anche incredibilmente priva di nei o di punti neri, come se l'eterodon fosse fatta di un qualche strano tipo di porcellana.

Spostò il suo sguardo dal volto al resto del corpo e il suo cipiglio si fece se possibile ancor più marcato. Il suo seno era stato reso almeno una misura più pieno rispetto alla versione reale e la sua vita era chiaramente più sottile. La riproduzione di DataMorph era anche più alta, solo di un paio di centimetri, ma la differenza c'era.

La dottoressa distolse lo sguardo dalla riproduzione multidimensionale e cominciò a leggere i dati biografici che la descrivevano.

La Madame delle Note, nome di battesimo Angelica Kam (nata ad Hong Kong, l'11 febbraio 2009), è un'eterion convertitasi eterodon (un 'dottore dell'etere') che attualmente opera come ricercatrice capo all'Istituto Yodobashi per la Cura di Disturbi Etere-Indotti situato a Calgary, in Alberta.

Angelica saltò alcuni paragrafi, scandagliando velocemente il contenuto del testo.

La Madame delle Note, una delle esperte più eminenti della protoscienza dell'eterosofia, è stata uno dei primi allievi della leggendaria eterion Cantara Handal. Con suo marito, Sebastian Anish, anch'egli un allievo della Handal e compagno di classe della dottoressa, hanno fondato e attualmente gestiscono il Centro Yodobashi per la Cura di Disturbi Etere-Indotti, un istituto privato situato a Calgary che si occupa di trattare disturbi derivati dall'uso dell'etere. La Madame delle Note ha scoperto insieme al suo team diverse dozzine di maliceri (disturbi psicofisici apparentemente indotti dall'uso improprio dell'etere) e sta cercando di sensibilizzare l'opinione pubblica su quello che, stando alle affermazioni della Madame, è un problema dilagante non riconosciuto da alcuni dei centri di ricerca più eminenti del pianeta.

Angelica saltò qualche altro paragrafo, quindi continuò la lettura, le labbra ormai serrate e il cipiglio sul suo volto sempre più profondo.

...e accusata di creare allarmismo per puri interessi economici (l'Istituto Yodobashi vende programmi, chiamati autera, che presumibilmente proteggono gli utenti da maliceri), la Madame delle Note, suo marito e il team di eterodon dell'istituto continuano la loro opera di sensibilizzazione dell'opinione pubblica organizzando raccolte fondi, creando gruppi d'inte-

resse e invitando nel centro Yodobashi classi di adolescenti in tour organiz-
zati allo scopo di introdurre la protoscienza dell'eterosofia e per informare il
pubblico sul 'pericolo crescente dei disturbi etere-indotti' e sulle sue
conseguenze...

Angelica smise di leggere, incapace di andare avanti.

Era tutto sbagliato, tutto storpiato per dare agli eventi una sfumatura sensazionalistica che non faceva altro che confondere, senza dare nessuna vera informazione.

DataMorph dipingeva Angelica come un'amazzone alla ricerca di sangue, piuttosto che come una ricercatrice seria che cercava solo di fare dell'informazione, mentre i maliceri venivano ridotti a poco più di una leggenda metropolitana. Proprio come si era aspettata, forse anche peggio.

Quando lei e il marito avevano iniziato la campagna di sensibilizzazione sui disturbi etere-indotti, avevano sempre saputo di stare camminando su un campo minato. Quello che Angelica, Sebastian e i loro eterodon stavano facendo, infatti, non era ritenuto 'salutare' da molti gruppi di potere legati all'etere. Interessi economici e lobbismo erano sempre stati i suoi nemici più forti.

Quando si era cominciato a capire che l'utilizzo dell'etere creasse dei disturbi, e i primi dati erano stati diffusi da centri di ricerca come il suo, molte persone avevano usato un numero incredibile di risorse per occultare quella notizia, per fare in modo che questa informazione non si diffondesse o, quando era il caso, che venisse screditata, storpiata, sminuita, insabbiata, qualsiasi cosa, insomma, per impedirle di minacciare lo status quo o di limitare il traffico eterico.

Gli interessi economici dietro l'industria dell'etere erano troppo grandi, troppo forti, troppo diffusi e in crescita costante. Il caso di Game Zefiroth, che la dottoressa mostrava come esempio ai ragazzi che venivano all'istituto, era solo uno dei tanti.

Ma non c'era troppo da stupirsi, dopotutto. Angelica lo sapeva. Bastava pensare al modo in cui si utilizzava l'etere, a come plasmava le vite di così tante persone, a come alimentava l'economia e definiva la stessa civiltà umana, giorno dopo giorno. Ammettere una deficienza come i disturbi etere-indotti, era come ammettere che le riserve potabili mondiali dell'acqua erano contaminate fino all'ultima goccia. Gli esseri umani avevano bisogno di bere come avevano bisogno di collegarsi gli uni con gli altri. Era un processo ormai irreversibile, il modo in cui la civiltà umana dialogava con sé stessa.

Angelica scosse la testa, per schiarirsela. Sentiva il preludio di un formidabile mal di testa formarsi lentamente ma inesorabilmente.

"Una cosa per volta," mormorò, cercando di ordinare i suoi pensieri. "Non cercare di sollevare il mondo con le tue braccia." Era un consiglio che le dava spesso Sebastian, quando le ricordava che stava cercando di fare troppo.

Con grande sforzo, Angelica Kam tornò a visualizzare le informazioni riguardanti lei e i disturbi etere-indotti, il tutto mentre leggeva i commenti che gli utenti stavano facendo su quell'argomento. Doveva cercare di capire qual era l'umore generale dell'opinione pubblica su quella faccenda, ora che DataMorph aveva deciso per un motivo o per un altro di farla esplodere in quel modo.

Ma doveva essere prudente, molto prudente. Soprattutto, non doveva assolutamente lasciare che l'impressione del momento offuscasse il suo giudizio.

"La prima impressione è sempre quella sbagliata," disse Angelica a bassa voce, come se stesse ricordando il ritornello di una canzone.

La dottoressa deglutì e raddrizzò la schiena. Si ritrovò a rovistare nella sua mente alla ricerca di uno degli insegnamenti di Cantara Handal che avrebbe potuto aiutarla a risolvere quella situazione apparentemente così ingarbugliata.

Mentre continuava le sue ricerche, la dottoressa ripensò alla leggendaria eterion e agli scenari impossibili. Senza quasi accorgersene, il preludio di un ricordo che risaliva a circa un decennio prima cominciò a formarsi in un angolo della sua mente.

~

Nashville

Istituto Eterionico Handal

ANGELICA È INTENTA A FISSARE la donna che sta illustrando alla classe grafici e immagini. I suoi movimenti, il tono della sua voce, il suo aspetto, il suo acume, tutto contribuisce a renderla agli occhi della ragazza lo stereotipo della donna indipendente per eccellenza, a cui tutti guardano con rispetto. Una donna che sa esattamente quello che vuole e come ottenerlo.

Giovane, bella e intelligente, Cantara Handal è una figura che affascina qualsiasi persona le stia vicino.

Angelica si sistema gli occhiali con un distratto movimento della mano mentre osserva la sua insegnante voltare le spalle alla classe e dirigersi con una camminata felina verso la scrivania. Una volta lì, Cantara prende una tazza di tè e inizia a sorseggiare il contenuto in silenzio.

Angelica si gira per valutare gli altri sei compagni di classe, la maggior parte dei quali stanno approfittando della pausa presa da Cantara per inserire alcuni appunti nei loro terminali.

Il primo a catturare la sua attenzione è Ravi Misra, un ragazzo con il volto da faina e l'espressione di qualcuno che trova divertente qualunque cosa su cui posi lo sguardo. C'è poi Venere Estrella, bella come una mezzaluna splendente in una notte senza nuvole. Sebastian Anish, il più alacre di tutti nel prendere appunti, palesa il solito volto serio e concentrato mentre alla sua destra Lucius Salazar, alto e muscoloso come un giocatore di football americano, sembra più che altro impegnato a guardare con interesse il fondoschiena di Cantara. Asha Innati, seduta accanto a Lucius, si guarda attorno come al solito con il naso all'insù e un'espressione di superiorità che probabilmente deriva dal fatto di essere la figlia di una delle famiglie più ricche e potenti degli Stati Uniti d'America. Infine, all'estremità opposta della stanza, sta James Ark, gli occhi coperti da occhiali da sole. James è apparentemente perso nel suo mondo mentre fissa un angolo vuoto della stanza. Basso e minuto, incredibilmente magro e vestito di un completo che alterna sfumature di grigio fumo al nero più buio, a soli sedici anni è lo studente più giovane ma anche il più promettente di tutta la classe.

Angelica cerca con lo sguardo quello di Sebastian. I loro occhi s'incontrano, e a quel punto l'espressione di Sebastian si scioglie immediatamente in un sorriso. Angelica lo saluta con un veloce ma discreto movimento della mano.

Per tutta risposta, Sebastian smette di prendere appunti, apre la bocca, tira fuori la lingua e arriccia il naso. La smorfia è talmente buffa e imprevista che Angelica non può fare altro che ridacchiare.

Scemo, pensa la ragazza, mentre soffoca la sua risata con una mano sulla bocca.

I due hanno cominciato a frequentarsi da qualche mese e le cose non potrebbero andare meglio. Sebastian è il genere di persona assolutamente imprevedibile e divertente che la ragazza adora, anche se a volte è testardo come un mulo e non riesce ad andare oltre a quella che lui crede sia la realtà dei fatti.

Angelica è in procinto di ricambiare la smorfia, quando la voce fredda e tagliente di Cantara Handal la fa sobbalzare.

"Terra chiama Angelica. Terra chiama Angelica. Ragazza, sei ancora tra di noi?"

"S-sì, Madame!" risponde Angelica, girandosi rapidamente verso l'insegnante. Le sue guance si tingono di una sfumatura di rosso ciliegia.

"Bene," dice Cantara, un sorriso obliquo che conferisce al suo volto pesantemente truccato un'espressione minacciosa, "ora che siamo riusciti a guadagnare nuovamente l'attenzione di Angelica Kam, forse potrebbe degnarsi di condividere con noi comuni mortali le sue considerazioni sul concetto d'influenza che stavamo discutendo."

Angelica deglutisce. Cantara Handal non ama distrazioni nella sua classe, o perdite di tempo. La ragazza sa che i prossimi cinque minuti saranno decisamente spiacevoli per lei.

"Ehm..." dice, cercando di aggrapparsi a qualcosa, qualunque cosa possa tirarla fuori da quella situazione. Sente gli sguardi di tutti i compagni addosso. Il silenzio è un muro invisibile che nessuno osa infrangere.

"Madame," s'intromette all'improvviso Sebastian. Tutti si girano verso il ragazzo, che si è appena alzato in piedi. "Se non le dispiace, vorrei essere *io* a rispondere alla domanda."

"Aha! Sebastian!" esclama Cantara, spostando il suo sguardo da Angelica allo studente, come se una preda più succulenta fosse appena entrata nel suo raggio visivo, "Il cavaliere senza macchia e senza paura viene in soccorso della sua bella."

La Madame non aggiunge altro, lasciando che la sua affermazione si sedimenti nella stanza. I due assumono gradazioni sempre più scure di rosso mentre Ravi sogghigna, Lucius fischia e Venere ed Asha si scambiano sorrisi complici. James continua a guardare un angolo della stanza, come se non si trovasse neppure tra di loro, o non fosse interessato a quello che sta succedendo.

Cantara permette alle risate e ai mormorii di continuare per qualche altro secondo, poi silenzia con lo sguardo tutti i suoi allievi.

"Molto bene," dice, "Vediamo cosa offri, Sebastian. Per avere tanta voglia di rispondere alla domanda, mi auguro che la tua sia una definizione niente meno che fenomenale."

Sebastian torna a sedersi. "Influenza è l'abilità di condizionare le scelte o la volontà altrui o la capacità di condizionamento capace di originare o modificare movimenti o tendenze. Influenza è autorità, prestigio e ascendente."

Cantara batte ripetutamente le mani quando Sebastian finisce di parlare.

"Grazie professor Anish, per aver fornito alla classe la definizione del *vocabolario* del termine 'influenza'." Quello della Madame è un sorriso di scherno che punisce la risposta dello studente in modo peggiore di quanto farebbe uno schiaffo. "Sfortunatamente," riprende Cantara, "non ci troviamo in un raduno di etimologisti anonimi, come sembri pensare. Ora, per cortesia, dacci la risposta da *eterion*."

Sebastian si guarda intorno, chiaramente confuso. Alla fine ammette, guardando Cantara, "Non...capisco, Madame."

"Davvero? Perché la cosa non mi sorprende affatto?" dice la donna, avvicinandosi verso il suo alunno. "Sebastian, che cosa succede? Ti ho chiesto di darmi una semplice definizione che non fosse stata scopiazzata da qualche parte. È davvero chiedere troppo?"

Sebastian tenta di mantenere la calma e di cercare una risposta più consona al quesito. Guarda per un attimo verso il soffitto, quindi dice, "Il concetto d'influenza, come lei lo stava definendo rapportandolo alla figura dell'eterion, potrebbe essere considerato un modo..."

"Potrebbe, Sebastian? *Potrebbe?* Non mi ero accorta stessimo parlando di probabilità. Ti ho chiesto una definizione, non la *possibilità* di una definizione."

Sebastian rimane in silenzio. Sembra davvero a corto di parole.

"Se non sai definire il concetto d'influenza," dice Cantara, "allora forse potresti definire quello di eterion. Dopo mesi che scaldi quel posto, mi auguro che almeno *quello* ti sia ben chiaro. Avanti, definisci il concetto di eterion."

"Sì, Madame," dice Sebastian. Si sistema sulla sedia, esternando in questo modo un certo nervosismo. "Un eterion è un pastore dell'opinione pubblica, un individuo che possiede una conoscenza enciclopedica ed è esperto in media tradizionali e non convenzionali. È inoltre in grado di descrivere e molto spesso di prevedere tendenze riguardanti l'etere e di fare in modo di utilizzare questa sua abilità per esercitare influenza su individui e su organizzazioni."

"Una risposta fenomenale," annuisce Cantara, indicando Sebastian alla classe, "presa parola per parola da Geherom Umeda, autore del terzo libro del compendio '*Etere: Il Nuovo Capitale*'." Cantara scuote la testa. "Sono indecisa. Non so se essere impressionata dal fatto che tu sia riuscito a leggere un'opera tanto monumentale e tanto noiosa come quella o se dovrei semplicemente cacciarti di classe per essere la cosa più simile ad un pappagallo che abbia mai sentito."

Sebastian non risponde. Cantara si avvicina ancora di più al suo alunno e parla a voce talmente bassa che gli altri fanno fatica a sentirla.

"La prossima volta che vuoi salvare la donzella, principe azzurro, assicurati di avere il cervello per sopravvivere al dragone," dice. "Non è la prima volta che te lo dico, Sebastian, e non ho mai amato ripetermi: mettersi sulle spalle di altre persone ti rende solo un bersaglio più facile. Impara a sviluppare idee tue, invece di rigurgitare la pappa di altri. Fino a prova contraria, sto cercando di formare eterion, non una versione economica di autotron."

Sebastian è rosso in volto. Trattiene il fiato, umiliato, incapace di spiccicare anche solo una parola.

Angelica ha la mascella serrata, e gli occhi puntati contro Cantara, ma prima che possa fare qualsiasi cosa la Madame si ritrae lentamente da Sebastian, lo guarda per un'ultima volta per poi far spaziare il suo sguardo sulla classe.

"Bene, allora. Dove eravamo?" dice, come se l'intervento di Sebastian non fosse mai esistito. "Oh, sì! Stavamo parlando del concetto d'influenza, e del perché debba essere per voi molto di più di una semplice definizione. Per capire come una parola del genere interessi noi eterion, dobbiamo prima di tutto comprendere che l'influenza, da sola, non porta a nulla se non è accompagnata da un piano d'azione che la sistematizzi. Bisogna avere uno scopo, un obiettivo da portare a termine, una missione, un sogno, chiamatelo come vi pare. L'influenza è importante, ma motivazione e identità possono fare la differenza tra una causa giusta e una vincente." Cantara si gira improvvisamente verso il ragazzo magro e minuto al limitare della stanza. "James," chiama, indicando lo studente, "ricordami chi siamo."

James risponde all'istante, "Siamo eterion, Madame."

"E cosa vuol dire essere un eterion?"

"Vuol dire essere individui che fanno la differenza."

"Una risposta sensata, finalmente," dice la Madame. Poi si gira verso il resto degli alunni. "Classe, voglio che vi stampiate a fuoco queste parole. Essere un eterion significa molte cose e nessuna in particolare. Quando avrete capito questo concetto, sarete liberi di interpretarlo come vorrete e in questo modo diventerete invincibili. Non lasciate che una definizione limiti le vostre aspirazioni. Dovete pensare da un'angolatura diversa, improbabile, strana perfino, dovete provare cose che nessuno ha mai tentato prima e *mai e poi mai* accontentarvi del semplice e del tradizionale. 'Originale, rischioso e impensabile' deve essere il vostro motto, il vostro mantra, l'unico comandamento degno di essere rispettato. *Questo*, ragazzi, vuol dire essere un eterion."

Cantara li soppesa tutti e sette, quindi si siede dietro alla scrivania.

Angelica e gli altri seguono il resto della lezione in silenzio, mentre Cantara spiega le ramificazioni del concetto d'influenza applicate alle situazioni più disparate.

Dopo un po' di tempo, un suono intermittente scandisce la fine della lezione.

Prima che i suoi alunni possano uscire dall'aula, la donna alza una mano e dice, "Ancora cinque minuti. Voglio parlare del vostro esame di fine corso. Lucius! La campanella mi ha improvvisamente reso invisibile? Chiudi la bocca e apri le orecchie! Stavo dicendo, l'esame di fine corso comprenderà le prove scritte di cui abbiamo già parlato, la performance davanti al teatro Pegasus e, infine, la simulazione con il programma con cui avete familiarizzato negli ultimi mesi. Tutte le stanze di simulazione rimarranno aperte da oggi fino alla data stabilita per la prova. Chiunque fosse interessato ad utilizzarle può farlo liberamente. Ora, ci sono domande riguardanti tutto questo?"

La mano di Ravi Misra schizza in alto.

"Ravi," Cantara indica il ragazzo con il turbante.

"Madame, con tutto il dovuto rispetto, è davvero necessario inserire la simulazione nell'esame finale? A mio modesto parere, non ha alcun senso. Voglio dire, lo ha detto lei stessa che quello scenario non può essere risolto."

Cantara sorride. "Lo scopo dello scenario non è affatto *risolvere* la simulazione, ma di testare il vostro ingegno, la vostra resistenza, i vostri punti deboli, le vostre risorse e la vostra capacità d'improvvisare." Cantara ricambia l'espressione corrucciata di Ravi con una compiaciuta, quindi prosegue, "La simulazione serve a farvi capire chi siete e di che cosa siete davvero capaci sotto pressione. Ogni volta che fallite spingete i vostri limiti e in questo modo migliorate, diventate più esperti e più preparati alle molteplici sfide che troverete là fuori, nel mondo vero."

Ravi non sembra convinto. "Madame, ho provato quella simulazione qualcosa come cento volte. Se devo essere sincero, non penso abbia contribuito a migliorarmi in alcun modo. Non avrebbe più senso cambiarla? Magari caricando uno scenario diverso, che può essere risolto? Credo che tutti qui siano d'accordo con me."

"Io sono d'accordo," interviene Asha, alzando una mano. Anche Lucius sta annuendo, adesso. Il ragazzo alto e muscoloso si fa avanti e aggiunge, "Madame, tutti sanno benissimo che è impossibile creare un dominio."

"Non è vero!"

Asha, Lucius, Ravi e tutti gli altri si girano verso James, che ha appena contraddetto il compagno.

"Che cosa vuoi dire, 'non è vero'?" dice Asha, mentre giocherella con aria assente con una ciocca di capelli. "Sei mai riuscito a completare la simulazione, James?"

"No," ammette James. "Ma io non confondo l'impossibile con il difficile, Asha. Bisogna solo affrontare il problema dalla prospettiva giusta."

Ravi scrolla le spalle a quell'affermazione. "Non devi sempre farti notare, James," dice, guardando il compagno con sguardo sprezzante. "La simulazione è impossibile. Punto e basta. Avresti più probabilità a scolpire un blocco di marmo a forza di starnuti."

"Neanche tu puoi fare una cosa del genere, soldo di cacio," s'inserisce Lucius con la sua voce profonda e baritonale, spalleggiando Ravi e Asha. "Ammettilo."

"Possibile, impossibile," dice James, guardandoli da dietro i suoi occhiali color notte. "Ragionate tutti in termini così bidimensionali. Non sapete andare oltre a quello che vedete con gli occhi."

Ravi, a quel punto, fa un paio di passi verso di lui e gli punta contro un dito. "Ah sì? Allora magari se ci dessi i tuoi occhiali da becchino anche noi potremmo vedere cose che..."

"Basta così," l'interrompe Cantara. "Se volete perdere il vostro tempo con inutili battibecchi, fatelo fuori da questa stanza. Non ho alcun interesse ad ascoltare le vostre chiacchiere." Quindi si gira verso l'alunno con il turbante, che sta ancora lanciando occhiate di fuoco verso James. "Ravi, quando, esattamente, ti ho dato l'impressione che l'esame finale fosse soggetto a contrattazioni? Sei libero di usare o meno il simulatore, ma sappiate tutti che farà parte dell'esame finale. Questa è la mia ultima parola."

Ravi, Lucius e Asha sbuffano. A dire il vero, a parte James, nessuno degli alunni sembra particolarmente felice alla prospettiva di dover usare il simulatore.

Approfittando del momento di silenzio, Cantara li congeda tutti con un gesto della mano e i ragazzi cominciano a raccogliere le loro cose.

Angelica spegne il suo terminale, si alza, s'incammina verso Sebastian e gli prende la mano.

"Grazie," dice, sorridendo mentre gli sussurra all'orecchio, "ma non avresti dovuto farti massacrare per me," aggiunge a bassa voce, guardando verso Cantara.

"Non preoccuparti," risponde Sebastian, toccandosi il petto con il pollice, "questo principe ha un'armatura d'acciaio."

"E un cervello grosso come una noce," Angelica lo trascina verso di sé e gli sfiora la guancia con le labbra.

I due si tengono mano nella mano.

"Ti va di andare al cinegoy, stasera?" chiede Sebastian mentre spegne il suo terminale.

"Certo," Angelica muove una ciocca di capelli dietro l'orecchio, "che cosa vediamo, di bello?"

"Muoio dalla voglia di vedere 'Fondazione e Impero'," risponde Sebastian. "Su DataMorph ha un'Alfa Positiva! Dicono tutti che è fantastico! Ha sbancato il botteghino e..."

"OK, va bene, affare fatto," risponde lei, afferrandogli il braccio e camminando insieme verso l'uscita.

Angelica nota che James è l'unico degli alunni che si sta dirigendo dall'altra parte del corridoio, verso le camere di simulazione. Un senso di colpa l'assale improvvisamente. Forse dovrebbe allenarsi, forse non dovrebbe perdere il suo tempo andando al cinegoy. Ma quel pensiero viene immediatamente sopraffatto dal sorriso di Sebastian, che la conduce verso l'uscita parlando animatamente di record d'incassi e di performance di attori.

C'è tempo, si rassicura Angelica. L'esame è distante ancora diverse settimane, e lei si sente già abbastanza preparata, se esiste davvero qualcosa come 'sentirsi preparati' per una simulazione come quella.

Ravi ha ragione, dopotutto. Lo scenario non può essere completato, è solo uno strano capriccio che Cantara ha voluto imporgli per complicare loro la vita.

Non importa quante volte James Ark ci sbatta la testa. Creare un dominio è chiaramente impossibile.

11

L'ACCADEMIA
SAEMANGEUM CITY, ACCADEMIA ALTISTA

Ariul

IL PRIMO GIORNO all'accademia trascorse molto più velocemente di quanto Lena si sarebbe mai aspettata. La giornata fu una successione di eventi, con Gary Peak che li guidò per tutto il tempo, portandoli da un luogo all'altro mentre forniva spiegazioni.

La 'vestitura', come il comprimario descrisse quello che semplicemente era il procurare una nuova uniforme per i candidati, fu la primissima cosa di cui si occuparono non appena ebbero terminato il Battesimo delle Stelle.

Dopo essersi separati dagli altri comprimari, Gary portò il suo gruppo in una stanza con una macchina simile ad un tubo. L'enorme oggetto era poggiato su una piattaforma rialzata, alla quale era possibile accedere tramite scalini. Gary descrisse l'enorme tubo come uno 'Scannerizzatore Morfico', ovvero uno strumento in grado di prendere le loro misure e creare abiti oppure oggetti altamente personalizzati. Il comprimario disse che i colletti d'oro si servivano di quella macchina per creare le armature e le apparecchiature con cui gli studenti di Forza Lavoro Spaziale si allenavano nel Laboratorio di Fluttuazione Neutra.

Una volta entrati uno ad uno nello Scannerizzatore Morfico, la macchina prese la loro 'impronta corporea' e, una volta fuori dalla macchina, il dispositivo produsse una divisa nuova fiammante che stava a pennello a ciascuno di loro.

Quando Lena indossò la sua uniforme si rese conto che era davvero fatta su misura.

Gravina la guardò, le fece l'occhiolino e alzò entrambi i pollici all'insù.

"Una bomba sexy!" le disse, sorridendo.

Lena rise a quella battuta ma effettivamente, quando si guardò allo specchio, dovette ammettere che la divisa le stava veramente bene.

La sua divisa da candidata era quasi completamente bianca. Non c'era nessuna linea caratteristica che contraddistingueva il suo indirizzo di appartenenza, proprio perché non ne aveva ancora scelto nessuno. Tuttavia, sugli avambracci, sulla vita e sui polpacci, c'erano delle bande formate da quattro linee di quattro colori diversi.

Le linee rappresentavano ognuna i diversi indirizzi che un candidato avrebbe potuto scegliere alla fine del primo anno, nella Cerimonia di Accettazione, ovvero: verde smeraldo per i subeterion, blu zaffiro per i piloti, giallo oro per i colletti d'oro e rosso rubino per i retori.

Quando ognuno ebbe indossato la sua divisa, Gary li condusse verso la mensa dell'accademia per il pranzo, dove si ricongiunsero con gli altri candidati.

La mensa era un'enorme spazio rettangolare nel quale erano presenti cinque lunghi tavoli, uno per i candidati e gli altri per i quattro diversi indirizzi. C'erano poi una serie di terminali da cui poteva essere ordinato il cibo e un nastro trasportatore su cui le pietanze venivano distribuite. Lena notò che nel menù c'era anche la possibilità di scegliere piatti a base d'insetti.

Quando si sedettero per mangiare, la mensa era completamente vuota. Il comprimario spiegò loro che c'erano ancora lezioni a quell'ora e che tutti gli altri studenti avrebbero mangiato più tardi.

Mentre selezionavano il loro pasto dalla scelta del menu e il cibo veniva inviato su uno dei nastri trasportatori, Fabrice chiese al comprimario chi fosse a preparare il cibo.

Gary spiegò che il cibo, così come le bevande e tutti i vestiti che non fossero le uniformi, venivano preparati dalla squadra di automaton che faceva funzionare l'accademia. Questa squadra era in realtà una serie di gruppi diversi di autotron specializzati in diversi compiti.

Il comprimario disse che il Consiglio Accademico li aveva acquistati direttamente da una compagnia di automaton che aveva stretti legami con il Direttorato di Saemangeum. Questi automaton erano apparentemente i migliori sulla piazza, per assicurare che i bisogni di oltre un migliaio di studenti dell'accademia fossero soddisfatti giornalmente. Inoltre, Gary ci tenne a precisare che esigenze di salvaguardia dei propri studenti e del complesso altista avevano favorito questa scelta. Gli automaton dell'accademia, infatti, erano impossibili da manomettere, o da riprogrammare, se non con una chiave d'accesso che solo uno dei membri del Direttorato possedeva.

Oltre a cucinare per gli studenti, gli automaton si occupavano dei compiti più svariati, come della manutenzione, della pulizia e della sicurezza della struttura.

Finito di pranzare, Gary e gli altri comprimari condussero i candidati fuori dalla mensa e li portarono al museo dedicato a Wei Wang e alla storia dell'ALTA.

"Questa è l'entrata Est," spiegò Gary mentre li conduceva per un corridoio. "È una delle quattro entrate principali dell'accademia. Quella da cui siamo entrati noi, l'entrata Sud, è usata solo ed esclusivamente per il Battesimo delle Stelle. Ora, se guardate più avanti, vedrete che il museo si trova all'estremità opposta dell'atrio, dove è più facile raggiungerlo sia per i residenti che per i turisti. Il museo è l'unica sezione dell'accademia aperta al pubblico, e può essere visitato comprando un biglietto o semplicemente esibendo una tessera altista."

Lena e i suoi compagni seguirono Gary mentre il comprimario continuava a parlare alacremente.

Il museo dell'ALTA si sviluppava su un unico piano e non era molto grande. In compenso, era incredibilmente ben curato, ricco d'informazioni e di oggetti legati al Primo Altista e ai mitici membri dell'Esaedro, coloro che avevano reso possibile il Centro Infinity e Polaris. Oltre a loro, c'erano anche altre personalità di rilievo che avevano contribuito a plasmare la storia dell'ascensore orbitale, favorendo o intralciando la sua costruzione. Il più noto tra queste figure era ovviamente il carismatico leader della LAND Spine Woodside.

Il museo forniva informazioni su diversi argomenti, che andavano dalla personalità eterodossa di Wei Wang fino alla strutturazione dei siderei orbitali. Lena aveva letto che gli altisti chiamavano i loro satelliti artificiali 'siderei' per distinguerli dalle stazioni spaziali dell'era pre-altista, come ad esempio la Stazione Spaziale Internazionale. La differenza tra un sidereo e una costruzione spaziale pre-altista risiedeva sostanzialmente nel modo in cui questi avamposti erano stati costruiti e nelle funzioni che ricoprivano. Ad esempio, erano solite essere chiamati 'siderei' strutture che erano state costruite grazie a Polaris, le quali erano meno costose e più avanzate di qualsiasi altro manufatto spaziale che orbitava la Terra prima della creazione dell'ALTA.

Un'intera sezione del museo, chiamata 'L'Economia Spaziale', spiegava poi quale era lo scopo ultimo del movimento altista e per quale motivo era stato costruito Polaris.

L'ascensore orbitale aveva ovviamente un posto di tutto rispetto nel museo, e la sua storia veniva descritta con dovizia di particolari, dalle difficoltà della sua costruzione fino ai numerosi ammodernamenti che avevano portato a triplicare il suo tonnellaggio. C'erano anche informazioni su progetti in fase di sviluppo del movimento altista. Quello che attirò di più l'attenzione di Lena fu la mastodontica Operazione Dodekatheon, una serie di missioni ancora in fase di progettazione il cui scopo finale era la colonizzazione di Marte. L'Operazione Dodekatheon era composta da dodici fasi, la prima di

queste era chiamata Ermes, e si riproponeva di mappare la superficie del pianeta rosso con l'invio di sonde intelligenti e il dispiega-
mento di satelliti geostazionari allo scopo di creare in futuro la
prima colonia stabile di esseri umani su Marte.

Verso le cinque del pomeriggio, i comprimari li portarono a visitare la biblioteca, un enorme spazio fornito di una cinquantina di
terminali e di diverse stazioni di ricerca, dove trigoy ed oculus potevano essere affittati, aggiornati o riparati. Sempre sullo stesso piano,
il centro sportivo era provvisto di due palestre, di una piscina, di un
campo da pallavolo e di due campi da pallacanestro.

Mentre continuavano il tour, Gary spiegò loro che l'accademia non
iniziava e finiva semplicemente con l'edificio a forma d'infinito nel
quale si trovavano. Erano infatti presenti diverse succursali in altre
parti della città, veri e propri edifici facenti parte del complesso scolastico dedicati ad indirizzi specifici, dove gli studenti potevano seguire
corsi che li avrebbero preparati meglio per la loro carriera. Ad esempio,
una delle succursali più importanti era il Laboratorio di Fluttuazione
Neutra, una colossale piscina al chiuso dove i colletti d'oro simulavano
la microgravità e si allenavano per infittire i ranghi della futura Forza
Lavoro Spaziale. C'era poi un piccolo spazioporto fornito di shuttle e di
spazioplani per allenare i piloti, non molto lontano dall'aeroporto
Gunsan stesso. Esisteva inoltre una sala conferenze per gli studenti di
Politeia e un centro di ricerca eterico per gli studenti di Eterionica.

Erano le nove e un quarto quando Lena e gli altri si diressero
nuovamente verso la mensa per cenare. Erano stanchi per aver
camminato tutto il giorno, ma i sorrisi non disertarono mai i loro
volti, carburati da una dose di adrenalina ed eccitazione che
sembrava non avere limiti. La sala mensa era anche stavolta quasi
completamente vuota, a parte un gruppo di retori che stava
mangiando e un paio di subeterion che stavano gettando i resti del
loro cibo in un riciclatore. Gary spiegò loro che solitamente la cena
era alle sette, e che probabilmente molti degli studenti si trovavano
in quel momento nella sala comune.

Mentre mangiavano il comprimario rispondeva pazientemente a

tutte le domande, la maggior parte delle quali si concentrarono sui quattro indirizzi dell'accademia, sulla differenza tra candidati e accettati e in generale sulla vita che avrebbero dovuto aspettarsi i nuovi studenti nel primo anno.

"Come ormai avrete capito, qui all'accademia dividiamo gli studenti in due gruppi," stava dicendo Gary, mentre si puliva la bocca con un tovagliolo. "Vale a dire i 'candidati' e gli 'accettati'. I candidati sono studenti in prova, per così dire. Non è detto che tutti i candidati riusciranno a diventare studenti de iure dell'accademia. Molti di voi, infatti, potrebbero non essere in grado di totalizzare un punteggio sufficiente per riuscire ad accedere al secondo anno, o potreste mollare durante il percorso, o potrebbero accadere cose che v'impediscano di completare il primo anno per un motivo o per un altro. Tanto per farvi un esempio, dei duecento candidati facenti parte la mia classe, solo centoquarantasei sono riusciti a diventare accettati. In media, oltre il venti percento dei candidati non riesce a diventare un accettato."

Oleg posò la forchetta che aveva a malapena usato, troppo intento ad ascoltare il comprimario, quindi chiese, "Parlaci di più della Cerimonia di Accettazione, Gary."

Il comprimario sorseggiò dell'acqua, quindi disse, "Alla fine del primo anno, e se hanno passato con successo l'esame finale, i candidati sono invitati alla Cerimonia di Accettazione, l'evento forse più importante nella carriera accademica di uno studente. Qui i candidati sono riconosciuti pubblicamente come studenti a tutti gli effetti e vengono innalzati al rango di apprendisti. Ogni studente, che sia un'apprendista, uno specialista o un astrale, e ogni singolo professore dell'accademia, devono partecipare alla Cerimonia di Accettazione, dove i candidati scelgono pubblicamente quale sarà la loro *arte* di appartenenza."

Gary prese il suo vassoio, mise il contenuto rimasto nel riciclatore per poi tornare in mezzo ai candidati.

"Come immagino saprete già," riprese, "possono essere scelti quattro 'indirizzi' o 'arti', vale a dire, Eterionica, Astronautica, Forza

Lavoro Spaziale e Politeia per diventare rispettivamente un subeterion, un pilota, un colletto d'oro oppure un retore."

Gary descrisse i simboli e i colori di appartenenza delle varie arti, esattamente come era spiegato nella brochure che era stata data a Lena.

"Due triangoli, uno capovolto rispetto all'altro e che si sovrappongono a vicenda, formando una stella a sei punte, è il simbolo dei subeterion. Il loro colore caratteristico è il verde smeraldo." Il comprimario fece una breve pausa, quindi proseguì, "Ali d'angelo impresse su una stella è il simbolo dei piloti dell'Astronautica. Colore caratteristico, blu zaffiro. C'è poi il martello che forgia una stella su un'incudine che è il simbolo dei colletti d'oro di Forza Lavoro Spaziale. Il loro colore caratteristico è appunto il giallo oro. Infine, una bilancia con due piatti, uno con una stella, l'altro con un essere umano, è il simbolo dei retori di Politeia. Colore caratteristico, rosso rubino." Gary sfiorò il suo distintivo.

Fu la volta di Aziza di fare una domanda. "Gary," disse, giocherellando nervosamente con una ciocca di capelli, "mentre...mentre stavo tornando dal bagno ho incontrato un paio di studenti più anziani che mi parlavano di un...Appuntamento delle Candidate, credo lo chiamassero. Sembrava una specie d'invito a fare qualcosa, solo che non ho avuto tempo di capire che cosa fosse, visto che eravamo nel bel mezzo del tour. Di che cosa si tratta, esattamente?"

Gravina annuì, "È successo lo stesso anche a me," disse, "mentre stavo ordinando la mia cena. Un subeterion si è avvicinato e mi ha fatto presente che sarebbe stato 'onorato di essere il mio Cicerone all'Appuntamento della Candidata'. Le sue esatte parole. Pensavo che fosse solo una battuta che si facesse ai nuovi arrivati."

Il comprimario annuì. "È...tradizione, che le candidate del primo anno vengano invitate da uno studente più anziano a un... incontro, per farle familiarizzare con la loro nuova vita a Saemangeum City." Gary si leccò le labbra, per poi proseguire, "Qualche anno fa è nata questa...Ah...usanza, secondo la quale le candidate del nuovo anno possono scegliere se accettare un invito del genere o meno. Tuttavia, ci tengo a far presente che nessuna di voi è tenuta a partecipare all'Appuntamento della Candidata, e che potete segnalare qualsiasi atteggiamento che vi sembri molesto o fastidioso nei vostri confronti. Il Consiglio Accademico e il Circolo dei Comprimari non approvano nessun tipo di costrizione e tollerano questa... consuetudine, solo perché sembra si sia rivelata...Uhm, utile, per favorire una più armoniosa omogeneizzazione dei nuovi candidati con il corpo studentesco preesistente."

"Beh, non sarò certo io a disattendere una tradizione," disse Gravina, toccando Aziza con il gomito. Aziza si limitò a increspare le labbra in un sorriso appena accennato.

Erano quasi le dieci di sera quando Gary e gli altri comprimari condussero gli studenti alla loro ultima destinazione: la sala comune.

La sala comune era un vasto spazio circolare con una mezza dozzina di ascensori presenti alle varie estremità. Almeno duecento poltroncine erano sistemate in modo sparso, con tavolini messi un po' ovunque.

In quel momento c'erano diverse dozzine di studenti che stavano chiacchierando, provenienti da tutti e quattro gli indirizzi. Alcuni di loro li guardarono, sorridendo, altri li salutarono, dandogli il loro benvenuto nell'accademia.

"Qui è dove molti studenti si danno generalmente appuntamento, prima o dopo le lezioni," spiegò loro Gary. "Il fatto che sia così vicina agli appartamenti degli studenti la rende un punto di ritrovo facile da raggiungere per chiunque."

Gary indicò il lungo corridoio che tagliava in due la sala comune.

"Quel passaggio conduce agli appartamenti, femminili e maschili," disse. "Ora, io vi chiamerò per nome. Per favore dividetevi in gruppi di conseguenza. Le persone chiamate nello stesso gruppo, avranno il medesimo appartamento."

Gary cominciò a chiamare i suoi candidati e Lena venne messa assieme ad Aziza e a Gravina.

Così divisi in gruppi di tre o di quattro, Gary e gli altri comprimari condussero uno ad uno i gruppi nei loro appartamenti.

Quando fu il turno di Lena, Gravina e Aziza, Gary fece segno di seguirlo.

Una volte giunti nel loro appartamento, Lena quasi non poteva credere ai suoi occhi. Quel posto era una reggia in confronto al suo micro-appartamento di Los Angeles. Tutto era pulito, nuovo e tecnologicamente avanzato. Quella che Gary chiamò la loro 'stanza' era divisa in tre spicchi. Al suo centro, come se fosse una stanza nella stanza, stava il bagno.

"Se siete interessate, troverete informazioni aggiuntive sulla giornata di domani nei vostri terminali," disse Gary, indicando i loro comodini. "Se avete domande sul funzionamento dell'appartamento, sentitevi pure libere di contattarmi via interlink. Sappiate, inoltre, che il sintetizzatore vestiario in bagno è programmato per produrre biancheria intima, pigiami, tute sportive, altre uniformi e circa un centinaio di modelli di abiti civili, per le uscite esterne. Non abbiate paura di usarlo. Se volete, comunque, potete decidere di andare in città e comprarvi il vostro vestito in uno dei tanti negozi o centri commerciali."

Gary dedicò qualche minuto per spiegare il funzionamento dei vari gadget della stanza.

"Vi consiglio di andare a letto appena possibile," disse loro alla fine. "Io e gli altri comprimari vi aspettiamo domani nell'aula magna per le otto in punto. Requiem per Wei è un evento al quale non dovete *assolutamente* arrivare in ritardo."

Quando Gary si congedò, ognuna di loro cominciò ad ordinare i propri effetti personali.

L'ultima cosa che Lena prese dal suo zaino fu la piccola scatoletta che si era portata da Los Angeles. Rimase a fissarla con uno sguardo vacuo per qualche secondo, la mente persa nei suoi pensieri. Mise un paio di dita sul coperchio e fece per aprirla...

"Da parte del tuo ragazzo?" le chiese Aziza.

Lena sobbalzò. "Oh, no!" Sorrise, imbarazzata, gettando la scatoletta nel cassetto. "Solo un...regalo da parte di qualcuno."

Intanto Gravina, che era stata la prima a controllare il loro sintetizzatore vestiario, trovò il modo di lamentarsi di qualcosa che Lena credeva niente meno che incredibile.

"Come faccio a scegliere tra questa spazzatura?" stava dicendo Gravina, indicando il proiettore di abiti della stanza, le mani incrociate e la fronte corrucciata. "Non pretenderanno mica che mi vesta come un clown ariulano, vero? Guardate qui! Questo vestito ha tre gonne una sull'altra! Dovrò ricomprarmi tutto quanto!"

Lena faticò parecchio ad addormentarsi quella notte. Nonostante si sentisse stanca, l'eccitazione per quello che l'avrebbe aspettata l'indomani la tenne sveglia per un bel po' di tempo.

Immancabilmente, si ritrovò a pensare alla sua vita prima dell'accademia e un nodo si formò nel suo stomaco. Realizzò di avere paura prima ancora di capire per quale motivo.

Lena Maruishi, una ragazza orfana che aveva dovuto cavarsela da sola, non aveva mai avuto la possibilità di frequentare un college o un'università. I suoi nonni erano morti quando lei aveva diciotto anni, e per sopravvivere era sempre stata costretta a lavorare duramente. Non poteva negarlo a sé stessa: si sentiva completamente impreparata a questa nuova vita.

C'era dell'altro, ovviamente. Famiglia, legami, affetto, erano tutte cose che aveva perso da tempo e senza le quali aveva imparato a vivere. Eppure, adesso, circondata da così tante persone della sua stessa età, tutte con sguardi così pieni di speranze, era come se una luce da tempo spenta avesse ricominciato a brillare.

Los Angeles e l'accademia altista, due mondi separati e distanti.

Quando finalmente Lena trovò la pace onirica, un sogno che sapeva di ricordo invase il suo subconscio, e l'immagine di una Lena più giovane s'impose nella sua mente, una ragazza sola, che aveva dovuto fare i conti con un mondo che non dava alcuna speranza per il futuro.

Los Angeles
Goodfellow Johon Cemetery

LENA fissa in silenzio le due lapidi che ha di fronte. Il suo cervello fatica ancora a registrare il fatto che sotto terra, a pochi metri di distanza, ci sono entrambi i suoi nonni.

La sepoltura è appena terminata. I pochi presenti lì attorno si dirigono lentamente verso di lei con sguardi tristi e teste chine. Lena ascolta pazientemente frasi di circostanza, consigli e raccomandazioni da parte di conoscenti che sono venuti a dare l'ultimo saluto ai suoi cari. Sono pochi, molto pochi, e lei non conosce bene davvero nessuno.

Le parole d'incoraggiamento scivolano via velocemente. Sono poco più che consolazioni fine a sé stesse che non cambiano davvero nulla.

Quando l'ultima persona si congeda, torna a fissare le lapidi.

"Una tragica perdita," dice una voce alla sua destra, facendola girare.

Un uomo in giacca e cravatta, alto e magro, la sta fissando. Ha uno spazio molto profondo sotto gli occhi bulbosi, e il lungo naso aquilino dà al suo viso incavato un aspetto appuntito. Lena lo riconosce quasi immediatamente. Si tratta del signor Roger Abbas, il ricco banchiere proveniente dall'oasi di Bel-Air che possiede la casa in cui lei e i suoi nonni hanno abitato fino a quel momento.

Abbas supera in silenzio Lena con le mani giunte dietro la schiena, e si ferma a circa un metro dalle lapidi. A quel punto, si toglie dal capo la sua bombetta color carbone e annuisce. "Melissa e Stuart erano davvero brave persone," dice, mentre fissa le lapidi. "Sì, davvero. Persone disposte a tutto pur di risparmiare alla nipote gli orrori del ghetto."

Il signor Abbas si rimette velocemente il cappello in testa e guarda verso Lena, l'aria rattristata improvvisamente sostituita da un tono decisamente più pratico.

"Forse," continua, mentre cerca gli occhi di Lena, "persone disposte a *troppo*." L'uomo s'interrompe, lasciando che le sue parole aleggino nell'aria per qualche secondo, quindi prosegue, "Ho paura che entrambi si siano lasciati dietro un debito da saldare. Un debito decisamente oneroso, mia cara, che mi dispiace dirti ricade sulle tue spalle. Sospetto non volessero farti sapere nulla per...Ah...proteggerti. Sì, proteggerti. Molto umano da parte loro, preoccuparsi di tenerti il più lontano possibile dal ghetto, ma la vita va avanti, ed anche le incombenze economiche che porta con essa. C'è sempre un prezzo da pagare, mia cara. Sempre."

Il banchiere le porge un pezzo di carta e Lena lo prende.

"Avrà i suoi soldi, signor Abbas," dice, guardandolo senza battere ciglio.

L'uomo scuote la testa mentre un sorriso divertito si fa largo sul suo volto. "Lena Maruishi," dice, studiandola da capo a piedi con uno sguardo difficile da decifrare, "un tipo di ragazza più unica che rara in una Los Angeles di questi tempi." Abbas le si avvicina di qualche passo, per poi prendere a camminarle attorno. "Bella, pura, coscienziosa..." scandisce il banchiere, come se stesse descrivendo gli oggetti di una collezione di opere d'arte, "...e povera. E ora, temo, anche sul punto di rimanere senza casa. Oh, certo!" Abbas si tocca la testa, come se fosse stato sul punto di dimenticare qualcosa, "Anche da sola, adesso." L'uomo indica le due lapidi con un esplicativo cenno della testa.

Lena non risponde, ma l'uomo va avanti, usando questa volta un tono più lento, quasi suadente. "Da quello che si dice in giro, sei una ragazza molto sveglia. Non deve finire così, Lena, con te sul bordo di una strada ad elemosinare per il tuo pranzo...o peggio. No. Puoi avere una vita normale, perfino continuare i tuoi studi, una cosa che desideri davvero molto. Dico bene? Io posso fare in modo che ciò avvenga. Un favore può essere chiesto, una mano può essere stretta e una borsa di studio può essere elargita. Tutto ciò che chiedo, in cambio, è la tua riconoscenza."

Abbas le mette una mano sulla spalla, un largo sorriso che mostra una fila di denti bianchi.

Lena si ritrae, e la mano di Abbas cade nel vuoto.

"Apprezzo la sua...preoccupazione," dice, "ma saprò cavarmela da sola." C'è sfida nel tono di Lena e una chiara determinazione nei suoi occhi. Sa molto bene che l'uomo ha fama di essere un 'barone', come vengono chiamati i ricchi abitanti delle oasi che promettono 'favori' a ragazze povere e bisognose del ghetto in cambio di particolari prestazioni. Lena ha giurato a sé stessa che non avrebbe mai fatto quella fine.

"Da sola?" ripete Abbas, alzando entrambe le sopracciglia e lasciandosi sfuggire una risata. "Quanto tempo credi di poter sopravvivere da sola, in questo posto?" ed indica attorno a sé con entrambe le braccia proiettate all'infuori. "Una diciottenne senza famiglia e senza protezione in *questa* parte di Los Angeles? No, mia cara ragazza. Non credo proprio. I tuoi nonni sono riusciti a tenerti fuori dal porcile indebitandosi fino al collo, ma non hai idea di che cosa ci sia là fuori. Lasciata a te stessa, il ghetto di Skid Row ti mangerebbe viva!"

Il barone si protrae verso di lei una seconda volta e le afferra il braccio, cercando di tirarla verso di sé. "No," sibila, un'espressione piegata da eccitazione e desiderio, "tu non sei in grado di fare una scelta del genere, Lena. Hai bisogno di aiuto. Lascia che sia io a decidere che cosa è giusto per te. Fidati, non sei il primo cane randagio che raccolgo dalle strade. Alla fine, saprai apprezzare quello che ho da offr..."

"Mi levi le mani di dosso!" Lena si libera con uno strattone e fugge senza guardarsi indietro, mentre Abbas continua ad urlare, a dirle che è una stupida, che non può farcela da sola.

Lei ignora le grida e i richiami mentre corre, il suo cuore che martella selvaggiamente contro il petto.

No, non sarebbe finita in quel modo, si dice. Non avrebbe fatto quella fine.

Un periodo duro l'aspetta, ma lei ha un piano. Non sarebbe rimasta a marcire nel ghetto di Los Angeles, costi quel che costi.

12

UNA PROMESSA DI RINASCITA

NEW YORK CITY, QUARTIER GENERALE
DELLA LAND

Spine

YVONNE MUCHENA SI costrinse ancora una volta ad ignorare il piccolo, fastidioso drone di sorveglianza che vorticava sopra la sua testa.

Pretese che non esistesse e ritornò a concentrarsi sulla porta chiusa davanti a lei.

E attese.

La porta che stava fissando si aprì all'improvviso, attirando l'attenzione di tutti i presenti. L'uomo che ne uscì la chiuse dietro di sé, lentamente, come se avesse paura che un movimento brusco potesse far cadere a pezzi il mondo intero.

L'uomo si schiarì la gola mentre i presenti seduti nella sala di attesa lo studiavano con molta attenzione. Nessuno parlò, ma le espressioni di molti di loro tradivano anticipazione e curiosità, una curiosità che per qualche motivo nessuno osava tradurre in domande aperte.

Il silenzio era interrotto solamente da rumori vaghi provenienti da parti lontane dell'edificio, dal veloce, nervoso respirare dei presenti e dal drone di sicurezza che continuava a muoversi inesorabilmente sopra le loro teste.

Yvonne si accorse che le mani del nuovo arrivato stavano tremando vistosamente. I suoi capelli erano scompigliati e appicccati alla fronte da un velo di sudore, gli occhi erano fissi sul pavimento e il nodo della cravatta era disordinatamente arrangiato diversi centimetri sotto il collo, permettendo così al tessuto di ciondolare poco elegantemente a destra e a sinistra.

L'uomo sembrò rendersi conto tutto d'un tratto del piccolo pubblico che lo stava osservando. Evitò lo sguardo dei presenti ed iniziò a muoversi, incamminandosi verso l'uscita con una fretta che tradiva un miliardo di emozioni diverse. Mentre i suoi piedi si rincorrevano a vicenda con solerzia crescente, cercò al contempo di lisciarsi i capelli con una mano tremante e di sistemarsi la cravatta con l'altra, un disperato tentativo di restituire una parvenza di pudore al suo aspetto misero e trasandato.

Il suo volto sembrava assumere una gradazione più scura di rosso secondo dopo secondo e i suoi occhi continuavano ad evitare con scrupolosa attenzione gli sguardi curiosi degli altri.

L'uomo inciampò e cadde dopo pochi metri, faccia a terra, le mani in ritardo per parare il colpo improvviso che fece sfuggire dalla sua bocca una mezza imprecazione. Mormorò qualcosa d'incomprensibile, si alzò, si allontanò a testa bassa ed uscì dalla piccola sala senza guardarsi indietro.

Ancora una volta il silenzio riprese a regnare sovrano, eccezion fatta per piccoli, occasionali rumori che tuttavia tradivano l'umore della sala.

Qualcuno si schiarì la gola, altri si sistemarono sulle sedie mentre facevano finta di distrarsi leggendo una rivista o fissando le pareti disadorne della stanza. Il nervosismo circostante era talmente ovvio da risultare ridicolo, un goffo, malcelato tentativo di negare testardamente una realtà di fatto.

Quello spettacolo continuava a ripetersi da più di un'ora. Dentro quella porta entrava una persona e ne usciva una completamente distrutta. Una persona umiliata, ridotta alla patetica immagine di sé stessa.

Il drone-telecamera si mosse a zig-zag, scandagliando i presenti l'uno dopo l'altro.

L'inconfondibile rumore che produceva ricordava loro che qualcuno, da qualche parte, li stava osservando. E voleva che loro lo sapessero.

I cinque minuti successivi passarono con una lentezza disarmante. Il nervosismo crescente era diventato molto più di una semplice sensazione, era ora un vero e proprio disagio fisico, palpabile, presente ed incredibilmente diffuso. Poteva essere scorto nelle occhiate fugaci lanciate all'orologio, nelle scarpe che battevano insistentemente sul pavimento, nell'acqua versata in bicchieri già semipieni, nelle visite frequenti al bagno e negli sguardi a quella porta chiusa che tutti sapevano prima o poi avrebbero dovuto varcare.

Lo sguardo di Yvonne si soffermò su una donna che stava studiando la sua immagine alla specchio con un'insistenza maniacale. La vide prendere dalla borsa del fondotinta, per poi distribuirselo sulle guance con una scrupolosità che sfociava nel paradossale.

Yvonne chiuse gli occhi. Un metodico respiro seguiva l'altro, nessuna traccia di nervosismo alterava il suo volto. La donna era un'isola di tranquillità in un mare in tempesta. Cominciò a contare nella sua testa da 59 a 1, saltando tutti i numeri pari e mettendo al loro posto un colore diverso ogni volta, un vecchio trucco per passare il tempo e allenare la mente che aveva imparato tempo prima.

La porta si aprì nuovamente quando raggiunse il numero 23.

Ne uscì la solita donna con occhiali e capelli a caschetto che aveva chiamato i precedenti candidati. "Signorina Muchena, Yvonne," disse, mentre si sistemava gli occhiali. "Il Presidente Woodside è pronto a riceverla."

Fu con sollievo che Yvonne si alzò dalla sedia, quasi scattando in piedi, stanca di aspettare anche solo per un altro secondo.

Il pugno di persone rimaste la fissarono come una condannata a morte che si avviava al patibolo.

∞ ∞ ∞

L'assistente le fece segno di seguirla. Si trovavano in un corridoio molto lungo e abbastanza largo da permettere a una mezza dozzina di persone di camminare comodamente una di fianco all'altra. Le pareti erano bianche e scevre di qualsiasi decorazione, eccezion fatta per una sequela di quadri della stessa forma e dimensione. Ognuno di loro mostrava il celeberrimo Presidente della LAND, Spine Woodside, assieme a personalità famose del mondo dello spettacolo, dello sport, della politica, della finanza e della comunicazione eterica. Mentre camminava, Yvonne intravide Woodside che stringeva la mano al Presidente degli Stati Uniti d'America, in compagnia del Primo Ministro Confederato, del Presidente cinese, dello Shogun giapponese, del Cancelliere della Corte Planetaria, di Jason Cloverfield, il Presidente di DataMorph, di Sofia Deringer, la fondatrice delle Automaton Industries, di Gosema Omen, uno dei più famosi presentatori televisivi in circolazione e perfino in compagnia della sua rivale storica, Gladia Egea, leader degli altisti e braccio destro dello scomparso Wei Wang.

Superarono ben presto la 'Hall of Fame' e si ritrovarono in una piccola reception con un semplice tavolo, una sedia, un trigoterminale e una bandiera a stelle e strisce. Al lato destro della stanza stava un'altra porta. Sulla targa color oro che troneggiava su di essa, c'era scritto: 'Spine Woodside, Presidente e Fondatore LAND'.

Il familiare simbolo dell'organizzazione, un uomo e una donna in ginocchio ai lati di una sfera che conteneva i quattro elementi in bella mostra immediatamente sotto l'iscrizione, ricordava il sigillo di un imperatore. Il 'Tetralemento', come veniva chiamato, era ormai entrato nell'immaginario collettivo, diventando in pochi anni uno dei loghi più diffusi e riconosciuti dell'età contemporanea, un po' come il logo di DataMorph, una sfera inscritta in una piramide, o come il simbolo delle Automaton Industries, l''Autotron Vitruviano'.

L'assistente la invitò a procedere verso la stanza.

"Che lo show abbia inizio," mormorò a bassa voce Yvonne, avanzando senza alcuna esitazione.

Una volta dentro la stanza, l'assistente si congedò e chiuse la porta, lasciandola da sola.

Yvonne si guardò attorno, aspettandosi di vedere Woodside davanti a lei, pronto a spiegarle il motivo per cui l'aveva fatta trascinare fin lì dal Congo nel bel mezzo della notte, ma il leader landista non sembrava presente nella stanza.

Si trovava in uno studio molto spazioso e ben illuminato. La cosa che catturò immediatamente la sua attenzione fu l'imponente parete-finestra, alta almeno quattro metri e larga due, che mostrava lo spettacolo che era Manhattan, una giungla di grattacieli fin dove l'occhio arrivava.

Yvonne si avvicinò di qualche passo alla parete-finestra, lentamente e con un'espressione di disagio crescente sul volto. Si fermò di scatto quando iniziò ad avere il preludio di una vertigine. Solo in quel momento, mentre osservava lo spettacolo che aveva davanti, un angolo della sua mente le ricordò dove si trovava.

Il quartier generale della LAND era situato a più di trecento metri dal suolo, al novantesimo piano del One World Trade Center. A questa altezza fenomenale, le pareti del grattacielo erano visibilmente inclinate all'indietro. Yvonne non aveva mai amato i luoghi alti e non l'aiutò affatto pensare di trovarsi all'ultimo piano abitabile di uno degli edifici più alti dell'emisfero occidentale. Nonostante la sua riluttanza, nonostante il senso di vertigini si stesse intensificando, Yvonne non poté fare a meno di ammirare in silenzio lo spettacolo che aveva davanti. *Davvero glorioso*, si ritrovò a pensare. Da quell'altezza, avrebbe tranquillamente potuto oscurare un quartiere intero con il suo dito mignolo.

Sì, avrebbe davvero potuto.

Si guardò attorno, circospetta, e vide che era ancora da sola. *E perché no?* si chiese.

Con un movimento che tradiva una certa eccitazione lo fece, alzò un mignolo, oscurando con quel semplice gesto l'intero Distretto Finanziario. Una sensazione indescrivibile invase Yvonne e rimase in quella posizione per quasi trenta secondi, completamente immobile, cercando di capire che cosa le faceva tremare le ginocchia in quel modo mentre al tempo stesso sentiva un'inspiegabile scarica di adrenalina invaderla da capo a piedi. Sconcertata dalla sua stessa audacia, come se fosse qualcun altro a controllare i suoi movimenti, Yvonne alzò il dito anulare, ed ecco scomparire l'intero quartiere TriBeCa e il SoHo. Ancora quella scarica di adrenalina, ancora quella sensazione così peculiare, sconosciuta e piacevole al tempo stesso. Yvonne aprì tutta la mano e in un battito di cuore l'intera punta meridionale dell'isola di Manhattan scomparve dalla circolazione.

Fu a quel punto, e solo a quel punto, che Yvonne Muchena capì finalmente che cosa stava provando. *Potere*, un tipo di potere che non sapeva neppure come descrivere, ma che la riempiva di un'euforia che non aveva neppure iniziato ad elaborare. *È controllo*, rifletté Yvonne, senza neppure accorgersi di stare sorridendo. *Sì, controllo*. A trecento metri dal suolo, dove le persone erano ridotte a semplici formiche e i colossali grattacieli a insignificanti giocattoli di vetro, Yvonne si sentì capace di qualsiasi cosa.

Riflettendoci, aveva senso che Spine Woodside, un uomo che i suoi detrattori ritraevano come un megalomane con la lingua biforcuta, avesse scelto quel posto come la sede del suo impero.

Yvonne scosse frettolosamente la testa mentre abbassava la mano, poggiandola sul fianco. La sensazione era stata inebriante quanto inaspettata, ma pensò che farsi trovare con l'espressione ebete e una mano alzata mentre fissava a bocca spalancata una finestra non fosse esattamente appropriato.

Si girò su sé stessa e tornò a concentrarsi sulla stanza. Sul lato destro stava una porta al momento chiusa, che probabilmente conduceva verso un bagno privato.

Yvonne sbuffò, si mise le mani in tasca mentre continuava a guardarsi attorno.

Quando aveva ricevuto l'urgente chiamata dal quartier generale di New York, non le erano state date molte spiegazioni, a parte il fatto che Spine Woodside in persona aveva richiesto la sua presenza.

Yvonne aveva cercato d'immaginare che cosa avrebbe potuto volere da lei il leader landista. Alla fine era giunta alla conclusione che doveva trattarsi del suo movimento, Vento Nero, o della sua attività di protesta che aveva fatto alzare così tante sopracciglia negli ultimi mesi. Eppure, se i landisti avevano deciso di darle il benservito, non riusciva a capire per quale motivo dovesse essere Spine Woodside in persona a sporcarsi le mai. Non per lei, non per una funzionaria landista che operava in una delle sedi più sperdute dell'impero della LAND.

Yvonne trasalì quando la porta alla sua destra venne aperta di scatto. Ne emerse Spine Woodside, un fazzoletto sgualcito tra le mani mentre camminava con lunghe falcate, l'espressione di qualcuno che è stato costretto a bere un secchio pieno di bile.

Il leader landista non guardò neppure la sua ospite, gettò semplicemente il fazzoletto in un cestino lì vicino e si diresse verso la sua scrivania. Una volta che fu seduto, e solo a quel punto, grugnì qualcosa d'indecifrabile verso Yvonne, indicandole la sedia vuota sul lato opposto della scrivania con un movimento brusco della mano.

Yvonne guardò la sedia, ma non si mosse.

"Stai aspettando un invito ufficiale?" abbaiò Woodside, indicando ancora una volta la sedia.

Yvonne si fece avanti.

Il Presidente intrecciò le dita delle mani di fronte a sé ed osservò per la prima volta la sua ospite con profonda attenzione, senza battere ciglio.

Quando fu in prossimità della sedia, Yvonne tese la mano e sorrise. "Yvonne Muchena," si presentò. "È un onore conoscerla, Presidente."

Spine Woodside fissò per dieci secondi buoni la mano tesa, come se non sapesse che cosa farci.

"Siediti," disse Woodside, senza stringere la mano.

Yvonne abbassò il braccio. Non aggiunse altro e obbedì.

Mentre si sedeva, lanciò una veloce occhiata a quello che centinaia di milioni di persone reputavano essere niente di meno che una vera e propria leggenda vivente.

Spine Woodside non dimostrava affatto i suoi sessanta anni di età. L'uomo conservava praticamente intatto il fascino che lo aveva reso così popolare nei decenni passati. Seppur il tempo avesse curvato di qualche centimetro le sue spalle e alcune rughe assediassero i lati degli occhi e della bocca, il landista rimaneva una figura imponente. La sua mascella squadrata domandava attenzione, i suoi capelli color argento suggerivano maturità ed esperienza e i suoi occhi color smeraldo continuavano a irradiare quell'aurea carismatica che aveva contribuito al suo incredibile successo mediatico.

In quel momento, tuttavia, Yvonne non avvertiva neppure un grammo del fascino seducente che aveva reso l'uomo così popolare. Il suo famosissimo sorriso a trentadue denti sembrava essere stato bandito dal suo volto.

Anche il Presidente la stava guardando con molta attenzione. Sembrava quasi che la stesse valutando con lo sguardo di un negriero che si accinge a contare i denti di uno schiavo, prima di decidere se comprarlo o meno.

Yvonne era una donna alta e ben piazzata. La sua pelle color carbone era lucida e liscia e i suoi lunghi capelli ondulati scivolano oltre la schiena.

Lo sguardo del Presidente si soffermò sul volto della donna, sulle labbra rosse e carnose e sugli occhi color notte. Una smorfia di disgusto adombrò il suo viso.

"Cristo Santo," sbottò, prendendo un fazzoletto dalla tasca e mettendoselo sul naso. Yvonne lo sentì imprecare ancora una volta, mentre le parole 'tanfo' e 'lavarsi' gli sfuggivano tra un borbottio adirato e l'altro.

"Va bene," disse Woodside, respirando con la bocca, "iniziamo in fretta prima che svenga sul posto."

Yvonne considerò subito di chiedergli per quale motivo fosse lì. Di *esigere* di sapere per quale motivo fosse lì. Dopotutto, dopo aver viaggiato più di diecimila chilometri senza uno straccio di spiegazione, pensò che Woodside glielo dovesse. Alla fine, tuttavia, si trattenne. Qualsiasi cosa volesse da lei, era sicura che fosse sul punto di scoprirlo.

Il Presidente mosse l'indice, e una fonte sul tavolo fece apparire il busto multidimensionale di Yvonne.

La donna fissò la sua stessa riproduzione con interesse.

"Allora, stammi a sentire. Ti farò delle domande," iniziò Woodside, parlando con lentezza e muovendo le mani, come se non fosse sicuro se Yvonne lo stesse capendo. "Rispondi a queste domande. Non parlare, se non per rispondere. Gradirei risposte brevi e concise, ho altri sette idioti da valutare dopo di te e non sono stato particolarmente entusiasta dei primi nove. Ho un gran mal di testa," si toccò la tempia una mezza dozzina di volte, con insistenza, "davvero poco tempo e ancor meno pazienza. Comprendi?"

Yvonne trattenne a stento un sorriso. Così era quello il gioco a cui voleva giocare il Presidente? Aveva davvero funzionato con tutte le persone che l'avevano preceduta? Yvonne non rispose alla chiara provocazione, mantenendo un'espressione neutra. *Che cosa stai cercando di fare, veramente? Pensi davvero che sia così stupida?* si chiese. Il tentativo del Presidente di provocarla era ovvio, palese perfino.

"Certamente, Presidente. È stato molto chiaro," disse Yvonne, decidendo di stare al suo gioco, anche se non sapeva a quale gioco stessero giocando.

"Bene," disse Woodside, senza guardarla. "Almeno sembri parlare bene la mia lingua."

Silenzio seguì quella frase.

"Allora," riprese il leader landista, "Yvonne *Nyembezzo* Muchena. L'ho pronunciato bene?" Woodside osservò la riproduzione di Yvonne come se preferisse parlare con quella, piuttosto che con la versione in carne ed ossa che aveva davanti.

"Non Nyembezzo, signore. *Nyembezi*," lo corresse Yvonne. "Una sola 'Z' e la 'I' finale è appena pronunciata."

"*Nyembezi*," ripeté Spine a bassa voce. "Sarà bene che d'ora in avanti chieda al mio sciamano di fiducia qualche lezione in più di africano."

Yvonne avvertì sarcasmo e freddezza nella risposta, un atteggiamento che, assieme alla performance che stava dando, avrebbe dovuto disarmare, oltraggiare o magari mettere sulla difensiva il proprio interlocutore. Quell'uomo era un attore nato. La domanda era: per quale motivo quella messa in scena?

"Ho diversi tipi di cioccolata al latte nelle mie file," disse Woodside all'improvviso, mentre si premeva il fazzoletto sul naso, "ma devo ammettere che questa è la prima volta che qualcuno mi mette davanti una tavoletta fondente al cento per cento."

Stronzo e razzista, pensò Yvonne.

Il Presidente continuò a leggere le informazioni. "C'è qualcosa del tuo profilo che vorrei mi spiegassi. Qui leggo che ti sei iscritta all'University of Africa United. Mhm...Vediamo. Hai frequentato un trimestre in Relazioni Pubbliche, poi hai abbandonato. Un trimestre in Giornalismo, abbandonato anche quello. Un semestre in Primo Soccorso, mai terminato. Un anno di Statistica, mai dato l'esame finale. Un trimestre in Erbologia, uno in Storia dell'Apartheid, uno in bioingegneria, astrofisica, meccanica, storia delle donne, fashion e...*fashion*?"

Woodside si fermò, come se avesse frainteso la parola che aveva letto. Guardò la vera Yvonne con un'espressione interrogativa.

La donna annuì senza replicare. "Corretto," rispose semplicemente.

Spine Woodside tornò a fissare la proiezione e continuò a leggere l'elenco, ripetendo un'altra mezza dozzina di discipline diverse, tutte apparentemente mai terminate. Alla fine disse, abbandonandosi sullo schienale della sedia, "Immagino che alle Risorse Umane qualcuno ha pensato che dovessi farmi una risata tra un candidato e l'altro. Dimmi, *Nyembezzo*, c'è qualcosa che hai terminato in questa parodia di carriera accademica?"

"No," rispose tranquillamente Yvonne. "Ma sono andata molto vicina a finire il mio corso di cucito."

Woodside spostò per la seconda volta lo sguardo dalla riproduzione alla sua ospite, e fissò Yvonne con un'espressione severa. "Questa dovrebbe essere una battuta?"

"No, signore," Yvonne restituì all'altro un'espressione serena. "Semplicemente una risposta alla sua domanda."

Silenzio. I due si fissarono per qualche altro istante. Lo sguardo di Woodside sembrava alla ricerca di una crepa nell'espressione controllata della donna, un appiglio sul quale aggrapparsi, ma non riuscì a trovarne nessuno.

Tutto d'un tratto, Yvonne non poté più stare a quel gioco. Si sporse verso il Presidente e disse, palesando improvvisamente tutta l'impazienza che aveva represso fino a quel momento, "Signore, con tutto il dovuto rispetto, possiamo saltare la parte in cui recita il ruolo del sergente istruttore e arrivare dritti al momento in cui mi dice perché mi ha fatto trascinare fin qui? È stato molto gentile a pagarmi questo viaggio a New York e a invitarmi al quartier generale, dove posso godere di questa vista mozzafiato," Yvonne gettò uno sguardo esplicativo alla finestra-parete, "È davvero un piacere vederla in carne ed ossa, eppure, per quanto abbia apprezzato lo spettacolo che sta dando, mi chiedo se non sia arrivato il momento di dirmi che cosa diavolo ci faccio qui."

"Chiedo scusa?" Woodside sembrava sul punto di scattare in piedi, un'espressione stupefatta resa decisamente minacciosa da occhi iniettati di sangue.

"Francamente, pensa davvero che sia impressionata da tutta questa farsa?" Yvonne indicò attorno a sé con le braccia. "Crede che abbia nove anni? Se ha qualcosa da dirmi, lo dica, ma la informo che si trova davanti ad un'adulta. Un'adulta sul punto di perdere la pazienza."

Quando la donna ebbe finito di parlare, l'espressione sul volto di Woodside cambiò repentinamente, come se i muscoli sul suo volto fossero stati esorcizzati da una presenza demoniaca. La sua bocca si sciolse in un largo sorriso, e l'uomo ringiovanì in un secondo di dieci anni. Bellezza, carisma e fascino tornarono in un'istante a risplendere sul suo volto e tutto d'un tratto lo Spine Woodside che aveva messo in ginocchio legioni di donne comparve in tutto il suo splendore davanti a Yvonne.

Il Presidente della LAND si tolse il fazzoletto dal naso, lo gettò nel cestino, fece sparire il mezzobusto di Yvonne e per la prima volta dedicò davvero tutta la sua attenzione all'ospite.

"Che cosa mi ha tradito?" chiese.

Yvonne scrollò le spalle. "Il drone che sbava sulle nostre teste," rispose, alzando un dito, "la stanza chiusa e poco accogliente, una sola via di entrata e uscita così che tutti potessimo vedere l'espressione dei candidati, l'atteggiamento ostile e razzista..." Yvonne diede l'impressione di qualcuno che avrebbe potuto continuare all'infinito.

Woodside annuì, evidentemente compiaciuto. "Vai avanti, non fermarti sul più bello."

Yvonne accavallò le gambe e continuò la lista, "Beh, c'è anche quella sua assistente, quella con la faccia da insetto che sembra avere una scopa infilata su per il culo. Sono convinta che gli altri candidati pensassero che fosse il becchino che usa per disfarsi dei suoi cadaveri."

A quella frase Woodside scoppiò a ridere. "Oh no, quella cosa non era stata calcolata. Tenoderia è così di natura."

"Dunque," disse Yvonne, allargando le braccia. "Ho finalmente guadagnato il diritto di sapere che cosa ci faccio qui, signore? Qual è il motivo di tutta questa messa in scena?"

"Questa *messa in scena*, come la chiami tu, ha funzionato su tutti gli altri," ribatté Woodside.

"Io non sono tutti gli altri," rispose Yvonne, sostenendo il suo sguardo.

"No," concordò Woodside, "Certo che non lo sei, Ms. Africa. Mi sembra chiaro, a questo punto." Il leader landista allontanò la sedia dal tavolo. Da quella nuova posizione, guardò Yvonne da capo a piedi e disse, "Allora, sentiamo. Quale credi sia il motivo per cui ti trovi qui, oggi?"

Yvonne alzò le sopracciglia. "Davvero?" domandò. "Vuole che indovini? Pensavo che avessimo finito di giocare."

"Fammi contento," le disse Woodside, sorridendo.

Yvonne scrollò le spalle. Immaginò che se aveva aspettato per due giorni, altri cinque minuti non avrebbero fatto molta differenza.

"Beh," iniziò, "all'inizio ho pensato che qualcuno ai piani alti volesse farmi un'altra ramanzina per via del..."

"...Tuo movimento Vento Nero," finì per lei Woodside, annuendo, come se si fosse aspettato quella risposta.

"Esatto," confermò Yvonne, "ma quando ho saputo che Spine Woodside in persona mi avrebbe ricevuto, ho cominciato a pensare che ci fosse qualcosa di strano in tutta questa faccenda, qualcosa che non coinvolgesse necessariamente il mio movimento."

"E hai pensato bene," disse Woodside. "Vento Nero non c'entra niente con la tua convocazione a New York. Ti trovi qui, oggi, semplicemente per essere valutata dal sottoscritto."

"L'idea mi aveva sfiorata," ammise Yvonne, "Essere valutata, intendo. Ma valutata in che modo? E per quale motivo? A questo punto, sarebbe bello avere finalmente una risposta a queste domande."

"Prima partiamo dalla tua formazione," disse Woodside, giocherellando con la sua cravatta. "Per quale motivo quel cimitero di corsi iniziati e non conclusi sul tuo curriculum vitae?"

"Vuole la risposta lunga o quella breve?" chiese Yvonne.

"Voglio la risposta *onesta*," tagliò corto Woodside.

Yvonne sospirò. "Come vuole. Vede, ho sempre pensato che avrei avuto più bisogno di una conoscenza enciclopedica, piuttosto che di un pezzo di carta senza valore che desse la possibilità a qualcuno di descrivermi in un paragrafo. Credo che in questo mondo ci sia davvero poco bisogno di persone che sappiano tutto su poco ma un grande bisogno di persone che sappiano un po' di tutto."

"Una conoscenza enciclopedica," ripeté Woodside. Scosse la testa. Improvvisamente, la sua espressione sembrava delusa. "Cristo Santo! Sei caduta sul più bello! Perché? Proprio quando mi aspettavo che avessi delle potenzialità, a differenza degli altri falliti che mi sono trovato davanti. Conoscenza enciclopedica? Non farmi ridere! Sei solo una presuntuosa con un bisogno compulsivo di mollare, di rinunciare, di non finire quello che hai iniziato. La LAND non ha spazio per rinunciatari come te. Volevi andartene? Quella è la porta! Fuori dalle palle!"

Woodside si era alzato di scatto dalla sedia e stava ora indicando la porta.

Yvonne, tuttavia, non diede nessun segno di volersi muovere. La sua espressione era serena e rilassata, nient'affatto perturbata dallo sfogo d'ira.

"Allora? Che cosa stai aspettando?" urlò Woodside, i nervi del collo tesi come corde di violino mentre continuava ad indicare la porta.

"La prossima domanda," rispose con tranquillità Yvonne.

Woodside la scrutò per qualche secondo, quindi roteò gli occhi all'indietro e scoppiò a ridere.

"Mia madre ci sarebbe cascata!" esclamò, estasiato. "Va bene! Sembra proprio che ci sia un'armatura d'acciaio sotto quello strato di carbone." Woodside tornò a sedersi. "Ascolta. Qualche giorno fa il tuo profilo è spuntato fuori nel bel mezzo di una riunione ad alto livello. In questa riunione, erano presenti il sottoscritto assieme ad alcuni dei più alti dirigenti della LAND e all'intero Consiglio Ristretto. La riunione era stata organizzata per decidere quale sarebbe stato il campione landista nell'episodio annuale di Scontro Frontale. Ora, Ms. Africa, rispondi a questa domanda: sai chi ha inserito il tuo profilo nella banca dati dei selezionati? Perché crederò che si è trattato di un semplice incidente o anche solo di una svista quando tornerò a credere al fottutissimo Babbo Natale!"

Yvonne sembrò riflettere su quello che le era stato detto.

"Presidente," disse, scuotendo la testa, "francamente, non ho la minima idea di che cosa diavolo stia parlando. Non sapevo niente di questa riunione o di questi selezionati o...Mi scusi, ma che cosa sarebbe Scontro Frontale?"

Spine Woodside si sporse sulla scrivania e fissò la sua ospite con lo sguardo di un segugio che è stato tenuto a digiuno per una settimana. Alla fine sembrò decidere che Yvonne avesse detto la verità, perché annuì un paio di volte e le sorrise.

Il Presidente si alzò dalla sedia, le voltò le spalle e studiò con attenzione la giungla di vetro e acciaio che dominava il mondo fuori dalla parete-finestra.

"È chiaro, esattamente come il panorama che ho davanti," disse. "Qualcuno ha voluto che sapessi della tua esistenza proprio quando eravamo in procinto di decidere il campione di Scontro Frontale. Chi sia questa persona e quali siano i suoi intenti poco importa al momento. Quello che davvero importa è che, per la prima volta dopo troppo tempo, una landista semisconosciuta proveniente dall'Africa mi ha dato quello che una legione di deboli e smidollati non avrebbe mai saputo offrirmi."

Yvonne non aveva idea di che cosa stesse parlando, o con *chi* stesse parlando, ma non lo interruppe.

"Dimmi, Yvonne," proseguì Woodside, chiamandola per la prima volta per nome, i suoi occhi sempre fissi sul panorama esterno. "Credi che questo pianeta sia un posto migliore grazie alla LAND?"

"Non capisco, Presidente," rispose Yvonne, genuinamente confusa.

"È una domanda semplice, ragazza," disse Woodside. "Credi che questo pianeta sia un posto migliore grazie alla LAND?"

Quella non era un'altra prova, capì immediatamente. L'uomo sembrava incredibilmente serio, preoccupato, triste perfino. Spine Woodside, quello vero, le stava parlando con il cuore in mano, probabilmente per la prima volta da quando aveva varcato la soglia del suo studio.

Yvonne fece un profondo respiro e rifletté sulla risposta da dare.

"So che la *mia* è una vita migliore, grazie alla LAND," disse Yvonne. "Non sarei qui a parlare con lei, se non fosse stato per la missione di landisti che mi ha raccolto dalle strade di Brazzaville quando avevo diciassette anni. Denutrita, abbandonata, costretta a fare...cose, per sopravvivere. Una ragazza senza alcuna speranza, a tanto così da passarsi un vetro sui polsi." Yvonne avvicinò indice e pollice fin quasi a farli toccare, quindi proseguì, "Ricordo bene la fame, Presidente, e la sete. Quando ero costretta a fare i conti con diarrea e disidratazione mentre la preoccupazione più pressante di una qualsiasi delle mie coetanee occidentali era decidere come acconciarsi i capelli. Sì. Ricordo quando ero solo un'altra anima abbandonata in un inferno pieno di assassini, stupratori, povertà e corruzione. Programmi come Africa Primo Mondo hanno sollevato dalla povertà decine di milioni di persone e hanno dato una seconda possibilità a individui sull'orlo del baratro, come la sottoscritta. Una seconda possibilità è un lusso che molte altre Yvonne Muchena, prima che la LAND esistesse, non hanno mai avuto. Se credo che questo pianeta sia un posto migliore grazie alla LAND? Certo, e non sono l'unica. Ci sono decine di migliaia di persone a casa che tengono il Tetralemento vicino alla Croce e alla Mezzaluna Stellata, Presidente."

Spine Woodside si voltò verso la donna.

"E se ti dicessi che quella LAND," ed indicò il petto di Yvonne, "l'idea stessa che la rende quello che è, sta per morire? Che questa LAND...Che la *nostra* LAND, potrebbe presto cessare di esistere?"

"Cessare di esistere?" ripeté Yvonne, confusa. "Presidente, io non capisco."

"Non posso dirti quando sia iniziato," disse Woodside, mentre tornava a guardare oltre la parete-finestra. "Non posso darti una data, ma un cancro ha iniziato da qualche tempo ad albergare nel cuore di questa organizzazione. Un cancro che sta minacciando di distruggere tutto quello per cui landisti come noi hanno lavorato così duramente."

Yvonne non sapeva come avrebbe dovuto comportarsi, a quel punto. Il discorso del Presidente non aveva molto senso, secondo lei.

"Presidente," disse. "Con tutto il dovuto rispetto, non riesco davvero a seguirla. La LAND non ha fatto che crescere nei passati..."

"La LAND è l'ombra di quello che era una tempo!" l'interruppe Woodside. "Guarda oltre la facciata, oltre il numero di sottoscrizioni alla nostra regione, oltre alle strette di mano che i burocrati esibiscono davanti alla stampa e nell'etere. Che cosa è rimasto di quello che rappresenta *veramente* la LAND? Delle motivazioni che l'hanno resa uno dei più grandi focolari di speranza per il genere umano? Nulla, o quasi. Burocrazia, menzogne, favoritismo, ricatti, *questo* è il cuore della nostra organizzazione adesso, un cadavere senza più identità né obiettivi, una farsa che continua a rimanere in piedi per semplice forza d'inerzia e interessi economici. Fidati, io lo so, lo sto vedendo accadere, è davanti ai miei occhi ogni santo giorno che varco l'entrata di questo posto," Woodside indicò la porta del suo ufficio. "Sono circondato da leccacarte che criticano qualsiasi mia azione, giudicano qualsiasi mia scelta ed erodono la mia capacità di prendere decisioni, defecando sul significato stesso del Tetralemento. Traditori e ruffiani, tutti loro! Sono sicuro ti sarai data un'occhiata attorno, nella sala di attesa. Hai visto il tipo di persone che oggi vengono considerate il *meglio* che la LAND ha da offrire? Mhm? Le farse che ho visto fino ad ora mi sono state presentate da un pugno di smidollati in giacca e cravatta con un cervello al posto del cuore, e un portafogli al posto del cervello. La LAND non è mai stata così estesa e così corrotta. La macchina della burocrazia e degli interessi privati la muovono, adesso, e il mio controllo sulle sue decisioni si fa sempre più debole, sempre più indiretto, sempre meno saldo."

Woodside fece una lunga pausa, approfittando per riprendere fiato. Tornò a sedersi di fronte ad Yvonne. "Questa cosa deve finire. Adesso! Dobbiamo trasformare questa colossale macchina succhia influenza nell'organizzazione che si prende cura del prossimo, proprio come ha fatto con te, Yvonne. Dobbiamo tornare alle origini, e tu, mia cara, sembri essere la persona più indicata per fare tutto questo."

"Io, Presidente?" Yvonne si sfiorò il petto con una mano. "Che cosa...Che cosa vuole dire? Io...Continuo a non capire."

"Sto chiedendo il tuo aiuto, donna. Che cosa c'è da capire?" Spine Woodside stava sorridendo, adesso. "È questo il motivo per cui sei qui, Yvonne, per aiutarmi a far rinascere la LAND, per battezzare una nuova era di sviluppo landista sotto la bandiera di un Tetralemento purificato nella semplicità e negli ideali. Mi aiuterai, Yvonne Muchena? Mi aiuterai a distruggere la LAND, per costruirne una nuova, più forte e coesa?"

"Aiutarla? Io..." Yvonne non finì la frase. Stava ancora cercando di assorbire tutte quelle informazioni.

"Aiutarmi a tagliare la testa ai burocrati e ai corrotti con una singola, potente azione," disse Woodside, muovendo un braccio in aria come se stesse impugnando una spada.

"Presidente, di che tipo di azione stiamo parlando, esattamente?"

"Voglio annientarli senza doverli neppure toccare. E per fare una cosa del genere, dobbiamo ricorrere all'unica cosa che abbia sempre e comunque fatto la differenza per me e per la LAND. Sto parlando dell'opinione pubblica. Sto parlando del *popolo*."

"Il popolo," ripeté Yvonne. Se prima era stata confusa, ora era chiaramente stupita. "Presidente, non ho davvero idea di..."

"Una cosa per volta," le disse Woodside, alzando una mano per interromperla. "Parliamo di Scontro Frontale, prima di tutto. Mi hai detto che non sapevi che cosa fosse. Bene, iniziamo da questo. Si tratta di un dibattito molto seguito, un dibattito tra due persone, esponenti di diverse correnti di pensiero, che si affrontano pubblicamente per far valere il loro punto di vista. Può trattarsi di un fobaron contro un tecnorista, di un credente contro un ateo, di un pacifista contro un sostenitore dell'industria bellica, qualsiasi cosa, insomma, che mostri due opinioni opposte. Le persone amano allinearsi dietro le parti contrapposte di un argomento controverso. Li aiuta a farsi notare dai media. Ebbene, quest'anno toccherà ad un landista contro un altista, come è successo solo tre volte nella storia del programma. Io voglio che sia *tu*, Yvonne, a rappresentare la parte landista in Scontro Frontale. Voglio che sia tu il nostro campione."

"Io? Io non ho mai partecipato ad un dibattito pubblico," disse Yvonne. "Non...non a un tipo di dibattito come quello che ha descritto, almeno. E se devo essere sincera, non ho davvero alcun interesse a partecipare ad un programma del genere."

"E *questo*, mia cara," disse Woodside, "è esattamente il motivo per cui voglio che sia *tu* a rappresentare la parte landista."

"Presidente. Sta parlando con una persona che non sapeva neppure dell'esistenza di questo Scontro Frontale dieci minuti fa. Senza contare che non ho alcuna idea di come funzionino i protocolli landisti a questo livello...non ho conoscenze della prassi...non avevo neppure messo piede nel quartier generale della LAND, prima di oggi."

"Mi rendo conto di chi ho di fronte," concesse Woodside. "Sei una vergine in una terra ostile, è vero. Ciononostante, sono convinto di quello che ho detto. Ho bisogno di una cura a quel cancro,

Yvonne, ho bisogno di una rivoluzione, e penso che parte della risposta sia restituire il palco a persone come te, veri credenti nella causa landista. Servono volti come il tuo, freschi e sconosciuti, facenti parte di una nuova generazione cresciuta sotto il segno del Tetralemento, *non* persone che si sono arricchite alla sua ombra."

"E come propone di farlo?" chiese Yvonne. "Non capisco quale sia il collegamento tra me, Scontro Frontale e questa rivoluzione. Se davvero questi burocrati hanno il potere che lei sostiene, in che modo la mia partecipazione a questo show farebbe alcuna differenza?"

"Qui è dove le cose si fanno davvero interessanti," disse Woodside, "e al tempo stesso rischiose. Io farò in modo di apparire con te in più occasioni pubbliche possibili da qui fino al momento del dibattito. Sarai la mia ombra. Dove ci sarà una telecamera, lì noi saremo insieme. Su una cosa non c'è alcun dubbio. Avrai bisogno di guadagnarti l'attenzione che ci serve con un atto di forza pubblico, mettendo a tacere sul nascere tutti i detrattori. Un programma come Scontro Frontale è la piattaforma più indicata per rendere possibile una cosa del genere."

"Ancora non sono convinta che lei abbia bisogno di una persona come me." Yvonne non riusciva a togliersi dalla testa una voce che le diceva che il leader landista stesse facendo un grosso errore di giudizio. "Che cosa sa, di me, dopotutto? Ha letto la mia biografia, sa cosa ho studiato, dove ho vissuto, ma non mi conosce."

"Ho studiato questo tuo movimento: Vento Nero," disse Woodside, mentre faceva scorrere un dito sul bordo della scrivania. "Pensa se riuscissi a fare quello che stai facendo in Congo, ma a livello mondiale. Cosa significherebbe un'opportunità come questa per te? Essere vista e sentita al di fuori dei confini regionali che fino ad ora hanno limitato il tuo messaggio? Pensa in grande, ragazza, guarda il quadro completo! Dal Congo al mondo intero! Non capita tutti i giorni una possibilità del genere. E io la sto offrendo a te, adesso! Tutto quello che ti viene chiesto è di sporgerti e prenderla!"

Yvonne ponderò per qualche secondo. Il Presidente non aveva torto. Si scoprì effettivamente attirata da quella proposta. Alla fine disse, "Penso che una cosa come Scontro Frontale possa distruggere con la stessa facilità con cui possa dare influenza," disse, soppesando attentamente le sue parole. "Mi sembra un rischio incredibilmente alto da correre, da parte sua." *E da parte mia*, si ritrovò a pensare Yvonne, ma non esternò la sua preoccupazione ad alta voce.

"Il cambiamento non viene mai senza rischio," replicò Woodside, liquidando con un sorriso l'atteggiamento restio della donna. "Allora, che cosa ne dici, Yvonne Muchena? Vuoi entrare a far parte della storia, o vuoi tornare a compilare liste nella savana?"

Yvonne rifletté su tutta quella discussione. Poi, improvvisamente, il suo sguardo venne calamitato sulla parete-finestra e quasi senza accorgersene ricordò del momento inebriante in cui era stata lì in piedi, mentre copriva con una mano Manhattan.

"Sono la sua donna, Presidente," rispose.

"Spine," la corresse lui.

"Spine," ripeté Yvonne, sorridendo.

Il leader landista spinse un bottone sul lato della scrivania e la porta della stanza si aprì, rivelando l'assistente con i capelli a caschetto che aveva condotto Yvonne nello studio.

"Tenoderia," disse Woodside, "fai familiarizzare il nostro nuovo acquisto con il quartier generale. Poi mandala da Komla, gli darò istruzioni su che cosa voglio che inizi a fare." S'interruppe; quindi, per la prima volta da quando Yvonne era entrata nella stanza, guardò un piccolo schermo semi-nascosto alla destra della scrivania. "Ah, sì," disse, "manda a casa il putridume che sta aspettando in sala d'attesa. Quelli di loro che non sono ancora morti d'infarto, s'intende."

Yvonne si alzò dalla sedia. Questa volta fu Spine Woodside, Presidente e fondatore della LAND, a porgerle la mano.

"Benvenuta nella nostra famiglia, Yvonne Nyembezi Muchena," disse. "Rendici orgogliosi."

13

REQUIEM PER WEI

SAEMANGEUM CITY, ACCADEMIA ALTISTA

Ariul

WEI WANG ERA idolatrato. Gli altisti raccontavano leggende su di lui, ma pochi sapevano la verità.

In principio, era stato meramente una celebrità, una stella in ascesa, una persona d'interesse pubblico incredibilmente controversa e famosa, ma mai più di un essere umano. Dopo la sua tragica morte, tuttavia, tutto questo era cambiato radicalmente.

Non poche persone avevano commentato apertamente, non senza creare diverse controversie, che la morte di Wei Wang fosse stata la cosa migliore che potesse capitare al movimento altista. Molti parlavano di una vera e propria 'apoteosi', quando ci si riferiva al modo in cui gli altisti trattavano la figura post-mortem del Ragazzo Genio.

Dopo l'attentato al Centro Infinity, infatti, Wei Wang era rinato come un concetto astratto che trascendeva qualsiasi cosa fosse stato da vivo.

Con il passare degli anni, la verità era stata mischiata con storie, racconti e leggende tanto rocambolesche quanto improbabili, ma proprio per questo motivo incredibilmente affascinanti.

Come conseguenza di tutto questo, molto spesso la biografia del Primo Altista veniva accompagnata da frasi che qualcuno *credeva* avesse detto, o da imprese che qualcuno *era convinto* avesse compiuto, o da predizioni che si *favoleggiava* avesse fatto.

Molto era stato scritto e detto dopo la morte di Wei, ed innumerevoli opere erano state create da chi aveva voluto cavalcare l'onda della sua popolarità.

Tra tutte queste la più nota era sicuramente *L'Everest ha Raggiunto le Stelle*, che raccontava la vita e le realizzazioni di Wei Wang, un'opera divenuta in brevissimo tempo un successo planetario. Narrata in prima persona, come se fosse stato un diario segreto ritrovato per caso, *L'Everest ha Raggiunto le Stelle* venne diffusa nell'etere un anno dopo la morte del Primo Altista.

Lena doveva ammettere che prima di ricevere il suo invito per studiare nell'accademia altista, non si era mai interessata più di tanto all'ALTA o alla figura di Wei Wang, ma una volta avuta la conferma che avrebbe frequentato la scuola, aveva cominciato a leggere voracemente e a vedere qualsiasi cosa le capitasse sotto gli occhi relativa al movimento altista e al loro fondatore. *L'Everest ha Raggiunto le Stelle* era stata la prima delle fonti che aveva consultato, venendo così a conoscenza della sua storia.

Wei Wang aveva fatto la sua prima, spettacolare comparsa pubblica il due marzo del 2028, nel programma 'Mondovisione', dove questo sconosciuto ragazzo che all'epoca aveva ventitré anni aveva annunciato la costruzione del singolo oggetto più costoso della storia del genere umano, l'ascensore spaziale Polaris. In quella stessa occasione, Wei aveva anche pronunciato per la prima volta la parola 'altista', e il famoso slogan 'da polvere di stelle a polvere si stelle', divenuto ormai emblematico per il movimento degli spaziali.

"Ehi, Lena. Tu che ne dici? Pensi potrebbe essere Gladia Egea in persona, quest'anno?"

La domanda di Aziza interruppe improvvisamente le considerazioni personali di Lena sul movimento altista e su Wei Wang.

La ragazza sbatté le palpebre un paio di volte e scosse la testa, cercando di concentrarsi sul momento presente.

Si trovava nell'aula magna dell'accademia, circondata dalla semioscurità. Era un ambiente vasto, caratterizzato da una forma circolare, con il soffitto che sembrava imitare una cupola. Al centro del soffitto stava un'apertura circolare che lasciava passare una luce bianco neve.

Svariate centinaia di poltroncine erano disposte in modo da affacciarsi verso una piattaforma rialzata all'estremità dell'aula, come se fosse il palco di un teatro.

"Non saprei," rispose alla fine. Non guardò la compagna. Per qualche motivo, il fatto che lei sembrasse sapere meno di tutti i presenti su Wei Wang e l'ALTA la metteva a disagio.

La sua mente aveva cominciato a divagare perché si era stufata di ascoltare Yao parlare di quanto sapeva di quel luogo e di che cosa li aspettasse. La 'Chiamata' era il nome che il compagno aveva dato al discorso che avrebbe preceduto Requiem per Wei.

Secondo Yao, ogni anno una personalità di spicco dell'ALTA era invitata dal Consiglio Accademico per parlare ai nuovi studenti. Lo scopo di questa persona era di fare un discorso che avrebbe dovuto ispirare i candidati, come aveva fatto lo stesso Wei Wang nella primavera del 2030, alla cerimonia d'inaugurazione dell'accademia.

L'anno prima era stato il Legato Tolomeus Almagest, leader degli altisti ascendenti, ad avere l'onore di fare il discorso.

In quel momento, un uomo con lunghi capelli color cenere entrò nel loro raggio visivo. Duecento teste si spostarono per seguire i suoi movimenti, mentre un mormorio cominciò a levarsi tutt'attorno.

Si resero ben presto conto che quell'uomo era solo il primo di una fila composta da una ventina di persone.

"Lo avete riconosciuto?" chiese Fabrice, indicando l'uomo a capofila.

"Arthur Strutzenberg," dissero contemporaneamente Yao,

Gravina, Oleg e un'altra mezza dozzina di candidati. Tutti gli altri studenti lì vicino socchiusero gli occhi, per metterlo meglio a fuoco.

"Sì," disse Aziza, "il numero due dell'ALTA, fratello di Mark 'Sigaro' Strutzenberg e braccio destro di Gladia Egea!"

"Quindi è lui l'oratore che hanno scelto per quest'anno," disse Yao. "Non proprio Gladia Egea, ma quasi."

Lena sapeva per sentito dire chi fosse Gladia Egea, ma non aveva idea di chi fosse questo Arthur Strutzenberg. Ancora una volta, le sue lacune sulla storia del movimento altista le impedirono di godersi appieno quel momento.

Comunque, a giudicare dalla reazione di muta adorazione apparsa su molti dei volti che la circondavano, questo Arthur Strutzenberg doveva essere qualcuno di parecchio importante nella gerarchia del movimento altista.

Entrambe le mani di Arthur si alzarono verso il soffitto mentre salutava i candidati. I ragazzi risposero agitando le mani a loro volta, molti di loro sorridendo apertamente.

Le persone che seguivano Arthur dovevano essere i membri del Consiglio Accademico, l'organo governativo dell'istituto scolastico.

I membri del Consiglio si sedettero su delle sedie che erano state preparate sul palco, ma Arthur rimase in piedi, le mani dietro la schiena, guardando i giovani volti che lo studiavano con un palese senso di anticipazione. Il sorriso di benvenuto non abbandonò mai il suo volto.

"Signore e signori," iniziò Arthur con un tono chiaramente amplificato da un sintetizzatore vocale, "mi aggiungo al coro di benvenuti che vi hanno accolto nella Casa delle Stelle, questa forgia di nuove, straordinarie menti che alimenta l'ALTA e tutto quello che rappresenta. Sono onorato di darvi il benvenuto alla classe del 2039."

Una pausa, nella quale Arthur Strutzenberg si girò verso i membri del Consiglio Accademico, che risposero con un veloce cenno d'assenso, quindi l'altista riprese, guardando verso il suo pubblico, "È consuetudine far assistere i candidati ad un messaggio che è rimasto segreto a chiunque non si sia guadagnato il passaggio dal Custode delle Chiavi. Ma prima di questo messaggio, permette-temi di precisare qualcosa."

Il numero due dell'ALTA s'inumidì le labbra, quindi continuò, indicandoli con entrambe le mani, "Molti di voi, mi rendo conto, saranno stati confusi dalle mura, dalle colonne, dalle porte, dai soffitti, dai pavimenti e dagli sfarzosi gadget tecnologici di questa accademia, e avranno preso questo edificio per quello che *sembra*, ovvero un istituto che allena menti e che produce professionisti destinati a forgiare l'economia spaziale. La verità è che non vi trovate dentro ad un semplice edificio. Voi vi trovate dentro ad un *paradigma*. State respirando dentro il risultato di pianificazione, testardaggine, obiettivi e sogni troppo importanti per non essere realizzati. Questo è un vero e proprio tempio, e la religione che viene professata è quella di *osare*. Siete qui perché siete altisti, e perché ne siete fieri. Voi sapete che quando guardate in alto vedete casa. Da polvere di stelle a polvere di stelle!"

"Da polvere di stelle a polvere di stelle!" ripeterono in coro i candidati, tutti tranne Lena, che si guardava intorno, un po' confusa, come l'invitata ad un ballo che si è appena accorta di non sapere ballare.

Dopo qualche secondo, Arthur riprese a parlare. "Da nove anni questa accademia accoglie giovani provenienti da tutto il mondo e da nove anni questi giovani rendono il sogno del Fondatore una realtà quotidiana con la loro passione. Il proposito di creare una civiltà spaziale è oggi molto più di un semplice proposito, è un obiettivo alla nostra portata. L'ascensore orbitale Polaris non è stata solo una scommessa che ha funzionato, è stato il catalizzatore che ha reso possibile raggiungere molti traguardi impensabili solo una generazione fa e che fra una generazione renderà possibili molte altre cose oggi ritenute fantascienza. Nel momento in cui stiamo parlando, un altro cargo di Polaris sta trasportando persone e materiali a migliaia di chilometri da terra, rafforzando la nostra presenza nello spazio, costruendo nuovi siderei, permettendo a sempre più esseri umani di raggiungere le stelle e creare così le basi di una vera e propria economia spaziale. Il mezzo è stato costruito, ora non resta che la volontà umana di carburarlo. Le stelle sono alla nostra portata, adesso si tratta solo di afferrarle e di non lasciarle andare!"

Cori d'incitamento, fischi e applausi seguirono il discorso. Il numero due dell'ALTA lasciò che le urla e gli applausi morissero lentamente. Quindi alzò una mano.

"Ora, finalmente, il messaggio da parte del Primo Altista."

A quelle parole, nel pubblico si alzò un mormorio diffuso e Lena vide un lesto movimento di dozzine di mani verso le proprie tasche. Arthur aggrottò la fronte e scosse lentamente la testa, capendo immediatamente che cosa alcuni di loro stessero cercando di fare. "Risparmiatevi la fatica," disse, "I vostri dispositivi non funzioneranno qui. C'è un motivo se questa registrazione è rimasta segreta per quasi un decennio."

Seguirono risate sparse da parte dei candidati, quindi Arthur proseguì, "Sto per mostrarvi una riproduzione creata dal Primo Altista in persona qualche ora prima del lancio di Polaris e mantenuta segreta per tutto questo tempo. Forse ne avrete sentito parlare come la Volontà dell'ALTA o come Requiem per Wei. Non ha alcuna importanza come la chiamate. Questo è l'ultimo messaggio che il Fondatore ha registrato, un messaggio diretto ai suoi successori, un messaggio diretto a voi, candidati dell'accademia. Questo è il testamento che mostra la sua volontà di costruire una civiltà spaziale."

Ciò detto, le luci nella sala si abbassarono, lasciando i presenti quasi completamente al buio. Il palco, che aveva ospitato Arthur Strutzenberg e i membri del Consiglio Accademico, venne inghiottito dall'oscurità.

Strani punti luminosi, come scintille in lontananza, presero a vorticare nell'oscurità crescente, prima vicino alla cupola, sul soffitto, per poi muoversi lentamente verso i candidati, con un movimento che ricordava una piuma in caduta libera. Lena osservò con attenzione alcune di quelle luci, e le sembrò quasi di vedere dei corpi minuscoli che pulsavano all'interno, come se appartenessero ad una serie di piccole lucciole.

Una musica si aggiunse improvvisamente alle strane luci, accompagnando i loro movimenti. Più che una semplice musica, notò Lena, sembrava un canto, profondo e potente, qualcosa che le ricordava molto un inno gregoriano.

L'aula magna sembrava essersi tramutata nello spazio di un paio di minuti in una specie di cattedrale.

Poi, senza alcun preavviso, come se comandate da una volontà comune, tutte le luci presero a dirigersi verso il palco e lì si ammassarono nello spazio di circa un metro, creando secondo dopo secondo una luce sempre più forte, compatta, quasi accecante. Alla fine, come una supernova che ha raggiunto i suoi ultimi istanti di vita, la concentrazione di luce esplose in un tripudio di colori sfavillanti, costringendo tutti i candidati a coprirsi gli occhi con un braccio. La musica si fece più diffusa, il canto gregoriano più poderoso, come se la musica, le voci e le luci fossero collegate in qualche modo, un intreccio di colori, di parole e di suoni che duellavano per avere la meglio l'uno sull'altro.

Quando sembrava che l'aula fosse sul punto di esplodere, tutto finì con la stessa velocità con cui era iniziato.

Wei Wang apparve tra un battito di ciglia e l'altro.

Un secondo prima il palco era stato completamente avvolto dall'oscurità, ma un secondo dopo il Primo Altista era sotto lo sguardo di tutti, circondato da una luce fioca ma diffusa, molto simile ad un'aurea.

Lena strabuzzò gli occhi e vide gli altri candidati esternare stupore in modi simili.

Se quella che stavano vedendo era davvero una riproduzione, era la riproduzione multidimensionale più dannatamente accurata che avesse mai visto.

Le lucciole erano ora scomparse, e l'inno gregoriano, che aveva saturato l'ambiente di potenza e misticismo, era stato sostituito dal silenzio più totale, rotto occasionalmente dal mormorio proveniente dai candidati.

Lena studiò Wei Wang con molta attenzione, sorpresa come gli altri ma anche curiosa di capire che cosa stesse succedendo. Il Ragazzo Genio indossava una camicia vaporosa e un semplice paio di pantaloni, entrambi color panna. Seduto su un semplice sgabello di legno, il ragazzo era circondato da vecchi, voluminosi libri coperti di polvere e da una manciata di candele quasi del tutto consumate dal tempo.

Wei si mosse sullo sgabello e Lena sentì mormorii stupiti nascere e cessare attorno a lei, mentre gli studenti si guardavano tra di loro, dozzine di dita che indicavano lo spettro che gli stava davanti.

Il Primo Altista alzò la testa e guardò davanti a sé, verso il pubblico di candidati che attendevano la sua prossima mossa.

"Se state vedendo questo messaggio significa che io sono morto," iniziò il Fondatore dell'ALTA, il tono della voce chiaro e cristallino come se si trovasse veramente lì davanti a loro, nella stessa sala. Wei mosse una mano, come a scacciare del fumo invisibile. "Un'eventualità infelice, me ne rendo conto," continuò, "ma dopotutto un'eventualità e in quanto tale deve essere considerata al pari di tutte le altre."

Wei si alzò dallo sgabello e fece qualche passo in direzione di un oggetto che occupava gran parte del palco. Lena, che per la prima volta tolse gli occhi di dosso dal leader altista, studiò l'oggetto con attenzione.

Per quanto sembrasse decisamente strano, stava guardando la riproduzione di una montagna alta circa tre metri, composta da un materiale che avrebbe potuto essere pietra o marmo. Il Primo Altista fissò la cima innevata della montagna per qualche secondo, quindi si mise le mani in tasca, piegando la testa di lato.

"Sapete," disse Wei, mentre guardava la montagna, "mio padre era solito dire questa frase prima di uscire da casa per andare al lavoro: *'Ieri era una lezione, oggi è una scommessa, domani è un regalo.'* La mattina in cui lo vidi per l'ultima volta non fece eccezione. Questo fa di quella frase le ultime parole che mi abbia detto. Mio padre mi stava mettendo in guardia sull'incertezza del futuro. Ora, voi capite bene che l'incertezza è pericolosa per qualcuno che, come me, ha sempre avuto un programma da rispettare. Per questo motivo, tempo fa, presi una decisione: tutelarmi a modo mio dall'incertezza del domani, registrando le conquiste fatte nella giornata.

Quella che state vedendo, in effetti, è una sorta di assicurazione, una protezione contro il caso e le sventure che potrebbe portare. Una specie di diario personale, se volete, e, allo stesso tempo, la cosa più simile ad un testamento che abbia mai composto."

Wei girò intorno alla montagna senza smettere di fissare la cima, gli occhi opachi, persi nella nebbia dei suoi pensieri.

"Ogni sera, prima di coricarmi, ricordo a me stesso che potrebbe essere l'ultima volta che faccio qualcosa. Lo so, può sembrare assurdo. Un amico mi ha detto che probabilmente questo è il motivo per cui lo faccio. Prima di andare a dormire la gente di solito legge un libro, guarda un film o prega, ma non io. No, Wei Wang scrive ogni giorno una nuova pagina del suo diario personale per capire dove è arrivato e quanto manca ancora al prossimo traguardo. Ed egli tratta quella pagina come se fosse l'ultima, l'epilogo della sua vita. Mi piace pensare a questa routine come a un monologo obbligato, a una confessione con me stesso e assieme al vessillo dell'eredità che lascio al domani. Ora che ci penso, tutto ciò fa di me l'individuo probabilmente più pessimista che sia mai esistito. Pensateci: sono la persona con il maggior numero di testamenti nella storia del genere umano!"

Sulle labbra di Wei balenò un sorriso che costrinse la sua pelle ad allungarsi, rivelando zigomi alti e un mento spigoloso. Il Primo Altista era magro e aveva la schiena curva, come se un peso invisibile lo stesse opprimendo.

Wei Wang si alzò sulla punta dei piedi e toccò un lato della montagna con un dito.

"Domani sarà una giornata molto importante," disse, come se stesse parlando alla montagna stessa. "Dovrei essere eccitato e preoccupato al tempo stesso ma la verità è che sono soltanto impaziente. Molto impaziente. Quando Polaris avrà portato a termine con successo la sua missione, perché è *questo* che succederà, l'umanità avrà davvero guadagnato qualcosa. Mi piace pensare che sarà considerato un ponte stabile e sicuro verso le stelle, un nuovo universo di possibilità senza limiti né barriere."

Wei si allontanò lentamente dalla montagna, quasi trascinando i piedi sul pavimento. Si mise nuovamente a sedere sullo sgabello con un sospiro mentre prendeva un grosso tomo da uno scaffale vicino, sfogliandolo distrattamente.

"Noi esseri umani siamo davvero curiosi," continuò, gettando sguardi fugaci alle pagine. "Diamo per scontato cose incredibili ma abbiamo bisogno di prove concrete per essere certi di semplici fatti quotidiani. Una volta qualcuno se ne uscì con questa frase: 'dite ad un uomo che ci sono miliardi di stelle nell'universo e lui vi crederà... ditegli che una panchina è stata appena verniciata e avrà bisogno di toccarla per crederci'. Trovo che questa frase sia una delle migliori descrizioni del nostro comportamento riguardo quello che ci circonda. Un essere credente e scettico come l'uomo è destinato a contraddizioni di questo genere, ma queste contraddizioni sono anche la prova che la sua fede decide il suo futuro."

Wei chiuse il libro e lo ripose sullo scaffale. Dopo qualche secondo di silenzio, riprese a guardare nuovamente verso gli studenti, "L'ascensore spaziale Polaris, l'idea stessa che lo costituisce, è stata vittima di una contraddizione simile, ed io mi sento parte di tutto questo, parte di questo fraintendimento." Il Primo Altista annuì gravemente, ricordando a Lena un vecchio ultracentenario pieno di rimpianti. Era davvero difficile credere che quello che avevano davanti fosse un ragazzo non molto più grande di loro.

Wei Wang scosse la testa, quindi riprese a parlare, fissando i palmi delle sue mani, "Nessuna grande rivoluzione nella storia del genere umano è immune da uno sviluppo del genere, me ne rendo conto. Dopotutto, quando si parte dal centro di un segmento, c'è sempre bisogno di tempo prima di realizzare che esistono due estremi. La nostra storia è un segmento che inizia nel passato, si sviluppa nel presente e continua nel futuro. Sì, non può essere altrimenti, ma avere un'idea chiara di questo concetto è un vero privilegio e una maledizione al tempo stesso. Soltanto pochi eletti riescono a ricordare con assoluta chiarezza l'inizio del loro segmento, il loro primo ricordo, l'origine della loro finitezza. Io faccio parte di questa fortunata minoranza. Avevo sei anni all'epoca e fui testimone della fine di un'era con il lancio dell'ultimo Space

Shuttle. Eppure, ora che l'ascensione di Polaris sta per diventare realtà, spero che la prossima generazione possa essere la testimone privilegiata dell'alba di una nuova era. Sarà compito di questa nuova porzione di segmento raccogliere le sfide che deriveranno dall'apertura del genere umano verso le stelle. Chiunque stia guardando questa registrazione ha un fardello sulle spalle, un fardello che non tutti decideranno di caricarsi. Chi di voi vorrà farsi messaggero del nostro bisogno di aspirare alle stelle, diventando l'araldo di questa nuova era? Non sarà facile, non lo è mai stato, non quando si cerca di forgiare un'idea che vuole sfidare il tempo con un significato che sopravviva alla persona che l'ha creata."

Il Primo Altista si alzò nuovamente in piedi e indicò davanti a sé. "Ferirsi, fermarsi e cadere è la lezione dello scalatore che affronta la montagna," disse, con occhi improvvisamente carichi di determinazione. "Essere pronti a scommettere la propria vita per una cima che si crede inarrivabile è l'unico vero traguardo per cui valga la pena rialzarsi."

Wei e l'ambiente che lo circondava svanirono nel nulla e il palco tornò ad essere inghiottito dall'oscurità.

La sala, ora priva della presenza della leggendaria figura, sembrava infinitamente più piccola e insignificante, uno spazio cavo che non aveva motivo di esistere. L'incantesimo era stato spezzato, ma quello che Wei si era lasciato dietro con il suo messaggio era chiaramente visibile nell'espressione di Lena e di tutti gli altri candidati.

L'aula magna tornò in quel momento ad essere ben illuminata e Arthur Strutzenberg e i membri del Consiglio Accademico riapparvero sul palco.

"Quattordici ore dopo quel messaggio," disse Arthur, "il Primo Altista sarebbe stato assassinato da un gruppo di terroristi ancora oggi avvolto nell'ombra, assieme ad altri due membri dell'Esaedro, Toshio Shimao e Mark Strutzenberg." Il numero due dell'ALTA fece una lunga pausa prima di continuare a parlare. "Persi mio fratello maggiore in quell'attentato e il movimento altista perse molto più di quello. Non passa giorno che non senta la sua mancanza. La sua morte è una ferita che mi porterò sempre nel cuore. Non molti giorni dopo l'attentato al Centro Infinity, altri due stretti collaboratori di Wei, Patrick Trudeau, capo ingegneri della I&I e Isaac Nazarov, il fondatore dell'Archetype Unlimited, furono trovati morti nei loro appartamenti, in circostanze alquanto dubbie. Ancora oggi si parla di suicidio, ma sono davvero pochi a credere a questa versione. Gladia Egea è l'unica dei membri dell'Esaedro oggi ancora in vita."

Arthur guardò per terra, le mani strette a pugno. Quando finalmente alzò la testa riprese a parlare con ritrovato vigore, "Ricordate il messaggio di Wei, quando domani inizierete ufficialmente la vostra vita accademica. Ricordate il suo sogno, ricordate il suo sacrificio, e soprattutto ricordate chi siete e non barattate il vostro sogno per niente di meno della sua realizzazione."

Arthur Strutzenberg si congedò dal suo pubblico, che lo tributò di una standing ovation generale.

A quel punto, Gary Peak e gli altri comprimari, che avevano atteso nell'ultima fila, guidarono i candidati fuori dall'aula.

"Non è stato incredibile?" chiese Fabrice, gli occhi che scintillavano di eccitazione. Il ragazzo era chiaramente fuori di sé dalla gioia.

Tutti i membri del suo gruppo sembravano pensarla allo stesso modo.

Nonostante la sua poca familiarità con il movimento altista e con Wei Wang, Lena non poté fare a meno di essere d'accordo con Fabrice. Quello spettacolo era stato davvero qualcosa di unico.

∞∞∞

Le ore successive vennero dedicate alla spiegazione di che cosa li avrebbe attesi il giorno seguente, con l'importante evento conosciuto come la Fiera dei Club.

"La Fiera dei Club è il momento in cui voi candidati plasmate la vostra formazione, decidendo molte delle materie che seguirete per il resto dell'anno scolastico," gli disse Gary. "Se ricordate, quando avete ricevuto la vostra conferma di candidatura vi è stata data una lista contenente tutti i corsi esistenti e una breve descrizione allegata. Domani avrete finalmente modo di scegliere quali corsi seguire. È tradizione qui all'accademia che siano studenti più anziani a spiegare molte delle materie a scelta. Solo un pugno di materie sono decise dal Consiglio Accademico e sono classificate come obbligatorie. Esse sono: Il Corpo e lo Spazio, Introduzione all'Economia Spaziale, Fondamenti di Astrofisica, Storia del Pensiero Altista ed Etere 3.0. I club forniscono una rosa molto amplia di materie, abbastanza da soddisfare qualsiasi inclinazione. Voi potrete scegliere quelle che più vi interessano, tenendo a mente quali sono le vostre preferenze o qual è la carriera che vorreste seguire in futuro, se avete già le idee chiare al riguardo. In generale, il primo anno serve per dare ad un candidato il tempo di sperimentare discipline legate a diversi indirizzi, così da capire veramente a che cosa siete interessati."

Il pomeriggio andò avanti in quel modo, mentre venivano fatte dozzine di domande e il comprimario rispondeva ad ognuno di loro, assistito dal suo trigoy e da una pazienza stoica.

Quando Gary si congedò, Lena e i suoi compagni si avviarono verso la mensa. Dopo un pasto veloce, tutti si diressero verso i loro alloggi, consapevoli che l'indomani sarebbe stata un lunga giornata.

Quando furono nella loro stanza, gli sbadigli cominciarono quasi immediatamente ad inframmezzare le parole di Gravina e di Aziza.

"Prima di andare a dormire, perché non andiamo a vedere la città dall'ultimo piano dell'accademia?" propose Lena, guardando a turno prima Gravina e poi Aziza, che si stavano entrambe coprendo la bocca, trattenendo a stento un altro sbadiglio. "È una delle poche zone dell'accademia che Gary non ha incluso nel tour ma da come ne ha parlato sembra davvero interessante da esplorare. Scommetto che il panorama è fantastico da lì su!"

"A quest'ora?" rispose Gravina, scuotendo leggermente la testa. "Io sono stanca morta! Andiamo, Lena, non c'è davvero fretta. Puoi vedere Saemangeum City dalla terrazza quando vuoi, non deve essere proprio ora."

Aziza annuì, evidentemente d'accordo con Gravina mentre si avviava verso il suo letto.

Lena provava ancora una notevole dose di adrenalina e di eccitazione e sapeva che se fosse andata a letto in quello stato, non avrebbe chiuso occhio, così come era stato per le due notti precedenti. "Va bene," disse, "ma io vado, almeno per dare una veloce occhiata. Buona notte."

Lena uscì dalla stanza mentre Gravina e Aziza si stavano preparando per andare a letto.

La ragazza superò il corridoio del dormitorio, e arrivò nella sala comune. Da lì si avviò verso uno degli ascensori.

"Controllo, terrazza panoramica," ordinò Lena. Le porte dell'ascensore si chiusero e Lena dovette aspettare solo pochi secondi prima che le porte si aprissero nuovamente.

Quando Lena uscì dall'ascensore, venne investita da un'inaspettata fragranza che non seppe identificare immediatamente. Si trovava in un largo spazio aperto che avrebbe potuto essere un incrocio tra un cortile e un pianerottolo, pieno zeppo di piante e di fiori. Colori e profumi esplosero tutto intorno a lei. Guardò in alto e trattenne il fiato. La volta stellata era chiaramente visibile, mentre attorno a lei stava la parte Sud di Saemangeum in tutto il suo splendore.

Nonostante l'accademia non fosse particolarmente alta, era stata costruita a ridosso del fiume Dongjin, in modo da mostrare bene il panorama che circondava quello che Diana le aveva detto fosse noto come l'U-Complex, una cui parte importante era rappresentata dall'enorme Ponte Corona che alla luce della luna sembrava una titanica spina dorsale.

Troppo presa a notare il panorama mozzafiato, Lena non si accorse all'inizio che la luce che illuminava le varie costruzioni non sembrava provenire da nessuna fonte esterna, ma dagli edifici, dai negozi e dalle strade stesse. Era la città ad emanare la luce, come se nel giorno Saemangeum avesse assorbito l'energia del sole per poi riversarla durante la notte.

Ed ecco spiegato perché, nel suo viaggio nel centro città, non aveva visto neppure un palo della luce. In una città come quella, i pali della luce erano superflui quanto i parcheggi, a quanto pareva.

"Fresca del Requiem per Wei, candidata?"

L'inaspettata voce dietro di lei la fece sobbalzare. Lena si girò di scatto e si accorse che c'era qualcuno a pochi metri di distanza.

Era un ragazzo snello e non particolarmente alto. Nonostante la luce soffusa, Lena poteva vedere che aveva capelli castano scuri. Tre mostrine all'altezza del collo lo annunciavano come uno specialista mentre la linea blu zaffiro che si sposava con il grigio argento della tuta rivelava la sua arte: Astronautica.

Era il primo pilota che Lena vedeva nell'accademia.

In quel momento aveva le braccia incrociate e non la stava guardando. I suoi occhi erano puntati verso la città illuminata dall'alone fosforescente.

"Makoto Shimao," si presentò il ragazzo. I suoi occhi a mandorla si spostarono per la prima volta dal panorama alla ragazza. "Sono uno specialista pilota, ma questo lo avrai già capito dall'uniforme e dalla spilla." Makoto tese la mano, e Lena la strinse.

Lena ripeté il nome nella sua mente per un paio di volte, ed ebbe la sensazione che le fosse in qualche modo familiare, anche se non riusciva bene a capire per quale motivo.

"Lena Maruishi," rispose la ragazza.

"Sono qui da quattro anni e questa è la prima volta che vedo una candidata fresca del Battesimo delle Stelle sulla terrazza panoramica," le disse Makoto, con un tono che palesava stupore. "Solitamente le reclute dormono, nel loro secondo giorno. A dire il vero, non posso certo dire che molta gente venga qui sopra, neppure tra gli accettati, soprattutto a quest'ora. Questo posto deve essere troppo poco interessante, per loro, o magari troppo solitario." Quindi la guardò negli occhi e riprese, "Sei una ragazza a cui piace la solitudine, Lena Maruishi?"

"Non necessariamente," rispose Lena, scuotendo la testa prima di rivolgere il suo sguardo verso il fiume Dongjin. "Solo una a cui piace godersi il panorama. Da dove vengo, non abbiamo viste di questo genere."

"E dove sarebbe, questo posto?" domandò Makoto.

Lena esitò qualche istante prima di rispondere. "Los Angeles," disse alla fine, senza precisare esattamente dove.

"Ah, Los Angeles!" Makoto annuì. "Mi chiedo che cosa penserebbe Sankaran di quello che hai appena detto. Dopo Omnivisus, il 'panorama' potrebbe essere qualcosa per cui voi Angelini diventerete famosi in tutto il mondo, non credi?"

Makoto sorrise, come se avesse appena fatto una battuta, ma Lena non disse nulla. Era chiaro dal suo volto che non aveva idea di che cosa l'altro stesse parlando.

"Shantanu Sankaran," ripeté il pilota, sottolineando entrambe le parole mentre allargava le braccia, "Il tecnologo altista di Los Angeles che ha pubblicizzato Omnivisus, la Sfera Panoramica Suborbitale?"

Lena scosse la testa. "Mi dispiace," disse, sentendosi leggermente imbarazzata, "mai sentito nominare."

Makoto alzò entrambe le sopracciglia. A giudicare dalla sua espressione perplessa, era come se Lena gli avesse detto che non sapeva indicare la luna.

"Davvero?" chiese lo specialista, mettendo entrambe le mani sui fianchi. "Strano. Dove hai vissuto nelle ultime tre settimane? In un buco in mezzo al deserto? Dopo Maelstrom, il progetto di Sankaran è la cosa più discussa nei Circoli Argentati."

Ancora una volta Makoto aveva evidentemente inteso fare una battuta, ma l'espressione di Lena si rabbuiò ulteriormente.

No, disse fra sé la candidata, *non in un buco, ma in un appartamento di dieci metri quadrati con un bagno costantemente rotto e una collezione di psicopatici come vicini.*

"Ehi, va tutto bene?" Il tono di Makoto sembrava ora leggermente preoccupato, probabilmente perché si era accorto dell'espressione della ragazza.

Ancora una volta l'ignoranza di Lena in materia altista si era fatta palese. Si schiarì la gola e decise di cambiare completamente argomento. "E tu?" chiese. "Che cosa ci fai qui sopra?"

"Io?" Makoto fece spaziare il suo sguardo verso il Ponte Corona, quindi disse, "Sto cercando qualcosa."

"Cercando qualcosa," ripeté Lena, senza capire. "Che cosa vuoi dire?"

Prima che Makoto ebbe il tempo di replicare, il suo interlink prese a suonare. Si avvicinò la mano al polso e disse, in tono urgente, "Net? Parlami." Seguì un breve momento di silenzio, in cui la fronte del pilota si aggrottò, mentre ascoltava la risposta.

"Che cosa?" chiese alla fine. "Vicino al porto? No. Ovviamente, sarebbe stato troppo bello sperare il contrario. Sì, ho capito. Arrivo subito. Dì agli altri di tenere pronto il sonometro. Questa volta potremmo avere molto di più di un'inutile eco di risonanza tra le mani."

Makoto chiuse il collegamento e guardò Lena come se si fosse completamente scordato della sua presenza.

"Devo..." Makoto s'interruppe. "Il mio...ehm, scusa! Devo andare. Ho...ho da fare. Piacere di averti conosciuto."

Lena vide il pilota precipitarsi verso l'ascensore, senza neppure guardarsi indietro.

Che persona strana, si disse la ragazza. *Che cosa diavolo avrà voluto dire? Non può esserci nulla di così urgente a quest'ora della notte.*

Comunque fosse, si era fatto tardi. Lo spettacolo della città sarebbe rimasto lì, mentre lei aveva bisogno di dormire. L'indomani sarebbe stata una lunga giornata.

Una volta tornata nella sua stanza, vide che Gravina e Aziza stavano dormendo profondamente. Facendo molta attenzione per evitare di svegliarle, Lena si cambiò e si diresse verso il suo letto.

Quando stava per disfare le coperte, notò qualcosa appoggiato sul suo cuscino. Aguzzò lo sguardo e si sporse per vedere meglio. Sembrava fosse un semplice biglietto di carta. Lena lo prese, pensando che Gravina o Aziza avessero voluto dirle qualcosa prima di andare a dormire, e lesse il suo contenuto:

'*Benvenuta nell'alveare, ragazza eletta. Un'ape curiosa come te potrebbe essere interessata al club 'I misteri di Ariul' alla Fiera di domani.*

Sono sicuro che loro sarebbero interessati a te. Porta con te questo biglietto, quando li incontrerai.'

Lena guardò prima Gravina, poi Aziza. Entrambe continuavano a dormire. Fissò nuovamente il biglietto e se lo rigirò tra le mani, rileggendolo più volte, senza capire. Quella che sembrava a prima vista carta era in realtà più rigida di quello che si era aspettata e incredibilmente liscia al tatto. Inoltre, le sembrava che quel materiale riflettesse la luce, come se fosse stato un pezzo di legno lucidato. Se era carta, era la carta più strana che avesse mai visto.

Lena guardò ancora una volta le sue compagne di stanza, quindi il biglietto. Forse tutti i candidati ricevevano una pubblicità simile da uno dei club, per la Fiera del giorno successivo? *Ma aspetta*, si disse Lena. Gary gli aveva detto che era proibito agli ambasciatori dei club pubblicizzare i loro corsi prima della Fiera.

Comunque fosse, trovò il contenuto di quel messaggio davvero strano. Ragazza eletta? Alveare? Non capiva il senso di quelle parole.

Troppo stanca per pensare al biglietto, Lena lo mise dentro al suo comodino, con l'intenzione di chiedere l'indomani alle compagne se avessero ricevuto anche loro un messaggio del genere.

14

IL TECNORISTA
CALGARY, ISTITUTO YODOBASHI PER LA CURA DI DISTURBI ETERE-INDOTTI

Angelica

IL PAZIENTE ERA sdraiato su una piattaforma che, a giudicare dal suo colore e dalla sua consistenza, ricordava una lastra di legno finemente intagliato. Il legno, tuttavia, avrebbe potuto difficilmente costituire quel sostegno rettangolare, in quanto il suo aspetto sembrava cambiare a seconda dell'angolatura da cui lo si osservava.

Una coppia di archi alti almeno due metri giganteggiavano sulla piattaforma, muovendosi automaticamente avanti e indietro, senza interruzione, percorrendo la zona tra il volto del paziente e il suo bacino con un movimento lento e controllato.

Il paziente era un uomo di mezza età, con mascella e zigomi pronunciati, un naso aquilino e profonde ombre scure sotto gli occhi. Il lento alzarsi e abbassarsi del suo petto e le palpebre chiuse suggerivano che stesse dormendo.

'Ewald Rion' era il nome impresso sulla targhetta di plastica che l'uomo esibiva sul petto. Il nome era seguito dal numero 12 affiancato dalla lettera F e da quello che sembrava un semplice codice a barre intervallato da forme geometriche.

La vena sul braccio di Ewald era leggermente gonfia mentre un fluido veniva automaticamente pompato nel suo corpo attraverso un sottile tubicino.

Occasionalmente, Ewald sembrava mormorare qualcosa nel sonno mentre digrignava i denti come se stesse combattendo una qualche battaglia solitaria nei recessi profondi del suo subconscio.

Il suo borbottare indistinto, tuttavia, era quasi completamente sommerso dal suono che dominava la stanza, un suono che sembrava a tratti il richiamo di una balena, a volte il semplice movimento del mare, una nenia, un'eco distante, e altre volte ancora qualcosa di completamente alieno che avrebbe potuto essere dozzine di cose diverse e nessuna in particolare.

Oltre alla piattaforma e ai due archi semoventi, l'unico altro oggetto degno di nota nella stanza era uno specchio che occupava uno dei lati della stanza, dal pavimento fino al soffitto.

Dietro questo specchio, in un'occulta stanza nella stanza, Angelica Kam e Dewi Salonga stavano studiando i dati che scorrevano davanti a loro mentre occasionalmente gettavano occhiate ad Ewald.

"La risposta cefalica è buona, non credi?" chiese Dewi, indicando uno schema.

"Direi di sì," rispose Angelica, gettando un veloce sguardo al punto che le era stato indicato mentre i suoi occhi dardeggiavano da un punto all'altro delle proiezioni che aveva davanti. Sembrava che stesse guardando una mezza dozzina d'informazioni allo stesso tempo.

"Sta rispondendo bene al Parastal, come avevamo previsto," disse Dewi.

"Il Rotundus che lo ha colpito non ci ha mai dato grossi problemi, dopotutto," commentò a sua volta Angelica.

"Credi che possa subire un regresso, o una ricaduta, a questo punto?" le chiese Dewi, guardando Ewald. "Credi che adesso sia davvero fuori pericolo?"

Angelica scosse la testa mentre muoveva una stringa di dati fuori dalla sua visuale e ne accoglieva un'altra al suo posto. "Non siamo ancora riuscite a marginare la sua percezione sensoriale, è vero, e a volte non crede di trovarsi dove effettivamente si trova, ma sono sicura che non avrà alcun problema a riprendersi." Guardò il loro paziente, quindi proseguì, "Anche solo una ricaduta a questo punto è poco probabile. Lo abbiamo sotto controllo. È solo questione di tempo, di ronde di musicoterapia intensiva e di dosi controllate di Parastal prima che il buon vecchio Ewald possa tornare a casa. Un'altra pecorella smarrita che si appresta a ritornare all'ovile."

Dewi annuì, mentre incrociava le braccia. "Certo, la percentuale d'impianti sul suo corpo era la maggiore che ci sia capitata di vedere qui all'istituto," disse, come se valesse la pena sottolineare quel fatto. "Ma non ho mai avuto alcun dubbio che la Madame delle Note riuscisse a risolvere anche questo caso."

Uno dei trigoy nella stanza cadde per terra.

Dewi si girò verso Angelica.

"Ho calcolato male la traiettoria," si giustificò la dottoressa, lanciando nuovamente il trigoy per aria e facendogli produrre una nuova stringa di dati.

Dewi valutò la collega e credette di vedere un'espressione di amarezza.

Angelica Kam non sembrava essersi ancora abituata a quello che ormai tutti definivano il suo 'titolo ufficiale'. No, niente affatto. Evitò di guardare Dewi mentre riprendeva a parlare.

"Il sei percento della superficie corporea," affermò. "È il caso di tecnorista con il maggior numero d'impianti supercorporei che ci sia mai capitato di trattare."

Dewi annuì, lo sguardo assorto, come se stesse rievocando un lontano ricordo.

"Già," confermò. "Mi ricordo quando è arrivato. Erano le due e mezza di mattina quando Sebastian ci ha chiamato nella sala emergenze. Ti ricordi?"

"Come potrei dimenticarlo?" disse Angelica muovendo pollice ed indice. Il trigoy rispose al suo gesto producendo un'immagine familiare.

"Ecco," disse, indicando l'immagine che aveva evocato, "Ewald appena ricoverato, con tutti i suoi impianti al loro posto."

Dewi si mise una mano sulla bocca. "Non ho mai visto un livello d'integrazione così...alto," s'interruppe, come se fosse rimasta a corto di parole. Alla fine riprese, senza smettere di fissare l'immagine, "Mi sono sempre chiesta come abbia fatto ad evitare un rigetto. Il sei percento è davvero un bel po' di roba da digerire. Per chiunque, anche con le dosi massicce di cyretonina che stava utilizzando per assuefare il suo corpo agli impianti."

Angelica annuì. "Aveva talmente tanta di quella schifezza nelle vene che al suo confronto i sei tecnoristi che abbiano trattato nel mese passato avrebbero potuto passare per pro-neutri. Se ignorassi la sua storia clinica, direi che avrebbe voluto suicidarsi."

Angelica e Dewi osservarono l'immagine di Ewald versione tecnorista.

Era lo stesso uomo che si trovava in quel momento oltre lo specchio. Eppure, c'era qualcosa di profondamente diverso nel suo aspetto. Qualcosa che lo rendeva decisamente meno umano.

La pelle dell'Ewald che gli veniva proposto dal trigoy sembrava infatti aver disertato il colore rosa e aver abbracciato una sfumatura più scura che ricordava la ruggine. Il suo volto era completamente privo di peli, a parte le ciglia, e le sue retine erano caratterizzate da un curioso colore viola, entrambe punteggiate da una costellazione di punti bianchi diffusi a macchia d'olio.

Lo zigomo, che divideva la tempia dalla guancia, era occupato da quella che appariva una piastra circolare delle dimensioni di un fico, mentre una sottile, intricata griglia di tubi aveva sostituito buona parte del suo collo.

"Non smetterò mai di chiedermi per quale motivo una persona decida di farsi una cosa del genere," esalò Dewi, come se avesse esternato ad alta voce un pensiero spiacevole, mentre valutava gli impianti sul volto di Ewald. "Voglio dire...non...non capirò mai perché questa gente decida di mettersi sotto i ferri per...per...questo," ed indicò gli impianti che punteggiavano il corpo del paziente.

"Essere un tecnorista ha dei vantaggi innegabili," le fece presente Angelica con un tono di voce neutro.

Dewi guardò gli impianti sul volto di Ewald e aggrottò la fronte, come se non vedesse alcun 'vantaggio' nel sembrare un incrocio tra un volto umano e la carrozzeria di una macchina.

Angelica si accorse del volto scettico dell'assistente e aggiunse, "Devi capire che i tecnoristi hanno sviluppato una serie di norme che potresti quasi definire una filosofia di vita. Nel caso di Ewald, lui cercava un'integrazione con l'etere più...*genuina*, per usare una parola che ripeteva spesso prima di iniziare il trattamento. Tecnoristi come lui non si accontentano semplicemente di utilizzare l'etere tramite trigoy, oculus, naricolari o gusticolari. Vogliono avere un contatto con l'etere che non solo rimanga costantemente aperto, ma che sia anche più semplice da utilizzare, ubiquo e veloce. Questi impianti fanno esattamente queste cose, e molto altro ancora, aumentando drasticamente la capacità di una persona di processare o di immettere dati nell'etere. Sfortunatamente, dopo qualche tempo, molti di loro perdono semplicemente il contatto con la realtà. Il corpo umano non è fatto per ospitare un livello simile di componenti cybernetiche, non importa quello che dica la propaganda tecnorista in proposito. La nostra stessa tecnologia non è abbastanza evoluta da permettere la nascita di un cyborg, per usare un termine più appropriato. Rigetti e maliceri sono tutto quello che possono guadagnare i tecnoristi se continuano a mettere le mani dove non dovrebbero."

Una lunga pausa seguì quell'affermazione, quindi Angelica continuò, mentre guardava la sua assistente, "C'è anche da considerare il fatto che non esiste una regolamentazione a livello globale che regoli l'utilizzo d'impianti. La Planetaria ha discusso la faccenda da fin troppo tempo, ma a differenza degli autotron, non è mai riuscita ad imporre alla comunità internazionale l'equivalente della Trimestrale." Angelica sospirò.

"Tutta questa faccenda mi fa venire la pelle d'oca," disse Dewi, abbracciando il suo stesso corpo, come se fosse improvvisamente stata investita da una folata di vento gelido. "Qualcuno dovrebbe fare qualcosa in proposito."

"La buona notizia è che la situazione di Ewald è un caso speciale. Molto speciale," disse Angelica, guardando il paziente immobile sulla piattaforma. "Operazioni che prevedono l'applicazione d'innesti simili a quelle a cui si è sottoposto Ewald costano una fortuna e non sono affatto popolari tra l'opinione pubblica. Come per gli autotron con il 'Complesso di Terminator', si sta diffondendo una simile fobia per quello che viene chiamato il 'Complesso Tecnoristico', che condanna l'innesto di componenti tecnologiche su tessuti organici. Casi come quello di Ewald sono preoccupanti, ma non sono la tipologia di eterofagia più diffusa o pericolosa per la popolazione, né quella che ci darà più grattacapi in futuro."

A quelle parole, Angelica s'interruppe, un po' troppo in fretta per far sembrare quello stacco naturale.

"Capo? Va tutto bene?" le chiese Dewi, accortasi della sua espressione preoccupata.

"Sì, sì," disse Angelica, mentre si sistemava gli occhiali sul naso. "Almeno...Beh, almeno con Ewald sappiamo che cosa stiamo combattendo e come risolvere il problema. Vorrei poter dire lo stesso per *tutti* i casi che dobbiamo affrontare."

Dewi guardò Angelica, quindi disse a bassa voce, come se avesse paura di essere ascoltata da qualcun altro, "Stai...stai pensando ad O'Connor?"

"A dire il vero," disse Angelica, "sto pensando ad O'Connor e ai tre cadaveri che lo hanno preceduto. Non abbiamo idea di quello che gli sta succedendo. Non ne sappiamo abbastanza, e l'ignoranza è l'unica cosa che mi ha sempre fatto paura. Stiamo camminando nel buio, Dewi, senza alcuna idea di dove andare."

"Non preoccuparti," cercò di rincuorarla l'assistente, facendo un passo verso di lei. "Sebastian stesso si sta occupando della cosa. Dagli un altro po' di tempo, e sono sicura che troverà qualcosa che aiuti a gettare un po' più di luce su tutta questa faccenda."

"Sì, forse," ammise Angelica, non sembrando tuttavia molto

convinta delle sue stesse parole, "ma per ora non ne sappiamo molto di più di quanto ne sapessimo quando Gilberth, Yoshi e Denovar sono morti. A parte il fatto che questo malicere uccide, a differenza di tutti quelli che abbiamo affrontato fino ad ora, e che non sembra mostrare sintomi specifici che permettano immediatamente di riconoscerlo. Né Bastian, né io...nessun altro è riuscito a capire contro che cosa stiamo combattendo."

Un bip del suo interlink l'interruppe. Entrambe spostarono lo sguardo e guardarono verso il suo polso. "Angy. Angy?" una voce familiare uscì dall'interlink.

"È Bastian," disse Angelica, guardando Dewi. *Parli del diavolo.*

"Prendilo pure, capo," le disse Dewi, invitandola a rispondere.

Angelica si schiarì la gola e sbatté le palpebre. "Dimmi, Bastian." Il marito sapeva che era nel bel mezzo di un ciclo di Parastal. Non l'avrebbe interrotta se non si fosse trattato di qualcosa di urgente.

"Angy, sei ancora occupata con il 12F?"

"Non al momento," mentì Angelica, che voleva capire che cosa stesse succedendo. "Qual è il problema, Bastian?"

"Come fai a sapere che c'è un problema?" la nota interrogativa nella voce del marito era innegabile.

"Riesco a capire quando sto per ricevere una brutta notizia. Dai, sputa il rospo."

"È...beh, si tratta di O'Connor." Una lunga parentesi di silenzio seguì quella frase, quindi Sebastian proseguì, "Meglio che vieni giù al reparto sperimentazioni. Abbiamo avuto delle...complicazioni."

"Va bene. Resta lì," disse Angelica, "ti raggiungo immediatamente."

Guardò Dewi. "Pensi di poter continuare da sola da qui in poi?" chiese.

"Nessun problema," rispose la collega. "Ho tutto sotto controllo. Vai pure."

"Posso far venire qui qualcuno se..."

"Fidati, ho tutto sotto controllo," Dewi sembrava molto sicura di sé. "Abbiamo fatto questa cosa una dozzina di volte. Non preoccuparti, so dove mettere le mani."

"Va bene," disse Angelica. Sembrava incerta. "Ricorda...ricorda solo di modulare la frequenza di onde cefaliche..."

"...Affinché le Rotazioni Mentalis abbiano una cadenza periodica."

Angelica annuì. Poi aggiunse, "Oh! E la dose del..."

"...Parastal Cenix va diminuita quando l'onda di frequenza raggiunge il punto Omega," completò Dewi, allargando le braccia. "Angy, vai! Non ho bisogno di una balia per completare un ciclo di Parastal. Stai perdendo tempo."

Con un uragano di pensieri che vorticavano nella sua testa, Angelica annuì, radunò le sue cose e uscì dalla stanza senza guardarsi indietro.

15

LA FIERA DEI CLUB

SAEMANGEUM CITY, ACCADEMIA ALTISTA

Ariul

L ENA SI SVEGLIÒ trovandosi il volto di Gravina a pochi centimetri dal suo.

"Che cosa...?" Lena si ritrasse di scatto.

"Ho pensato di farti dormire fino all'ultimo, principessina," le sorrise l'altra candidata, che aveva già indossato la sua divisa ed era chiaramente sul punto di uscire dalla stanza. "Hai un sonno di pietra, lo sapevi? Devi essere tornata tardi, ieri sera."

"Che ore sono?" chiese Lena, mentre si stiracchiava. Uno sbadiglio venne catturato dal dorso della sua mano.

"Quasi mezzogiorno," rispose Gravina. "Hai perso la colazione, ma la mensa sta per aprire nuovamente per il pranzo. Aziza è già andata giù, con gli altri. Raggiungici quando sarai pronta. Terremo un posto per te."

Lena si mise a sedere sul suo letto, e vide Gravina controllare la sua acconciatura nel riflesso che le proponeva il terminale, quindi la compagna si avviò verso l'uscita della stanza.

"Aspetta," la chiamò Lena, ricordandosi improvvisamente di qualcosa. Rovistò dentro al suo comodino e ne emerse con il biglietto che aveva trovato la sera prima. "Ho trovato..." s'interruppe, lasciando andare un altro sbadiglio, "...Scusa. Stavo dicendo, ho trovato questo biglietto ieri sera, sul mio letto. Penso venga da uno dei club, forse un qualche tipo di pubblicità dell'ultima ora per i candidati ma mi era sembrato di capire che non gli fosse permesso fare una cosa del genere, o sbaglio? Hanno dato anche a te un messaggio come questo?"

Lena porse il biglietto a Gravina, che lo prese, se lo rigirò tra le mani, più e più volte, quindi valutò l'altra ragazza molto attentamente, come se stesse tentando di decidere qualcosa. Alla fine, senza alcun preavviso, scoppiò a ridere.

Gravina le restituì il biglietto continuando a ridere. "Sei divertente," le disse, "Non pensavo fossi *quel* tipo di persona. Fare questo genere di cose cinque minuti dopo esserti svegliata. Ci vuole davvero una bella fantasia."

Gravina si allontanò, diede un'ultima occhiata al suo riflesso e la salutò mentre usciva dalla stanza canticchiando.

Lena rimase per un minuto buono immobile, guardando il biglietto, senza capire che cosa fosse successo.

Il messaggio della notte precedente era sempre lì. Che cosa diavolo aveva voluto dire Gravina? Cosa c'era di così divertente in quel biglietto?

Lena decise che non aveva tempo per rimuginare su quanto era successo. Non in quel momento, comunque. Avrebbe chiesto spiegazioni a Gravina più tardi.

Maledicendo sé stessa per essere andata a dormire così tardi, Lena entrò nel bagno, fece una rapida doccia per poi dirigersi verso il guardaroba elettronico. Una volta di fronte il dispositivo, richiese della biancheria intima e una divisa da candidata. Trovava ancora strano che una macchina le desse i vestiti su richiesta, puliti e stirati, ma pensò che si sarebbe potuta abituare molto velocemente.

Dopo essersi truccata, spese qualche minuto per valutare la sua immagine allo specchio. A restituirle lo sguardo c'era una ragazza poco più alta di un metro e settanta, con lunghi capelli corvini e occhi verdi a mandorla. Aveva una fronte ampia, zigomi appena pronunciati, un naso leggermente all'insù e due labbra piccole ma carnose.

Quando decise che la sua immagine era presentabile, fece per uscire dalla stanza, ma arrivata alla porta si ricordò del biglietto sul suo comodino. Tornò indietro, lo prese e lo intascò, intenzionata a vederci chiaro su tutta quella faccenda.

Quando aprì la porta, Lena andò quasi a sbattere contro un autotron che stava aspettando fuori dalla sua stanza.

"Salve, candidata Maruishi," la salutò l'autotron, un'esemplare completamente grigio che esibiva l'Infinito Argentato sul petto. "Io sono ME-RON-39, ma puoi chiamarmi semplicemente Erion," disse, in un tono piatto. "Sono l'autotron incaricato della pulizia del tuo appartamento."

"Ehm, piacere di conoscerti Erion," disse Lena, che avrebbe fatto volentieri a meno di essere ripetutamente presa di sorpresa. "Scusa ma sono in ritardo per...ehm...qualcosa. Devo andare."

L'autotron inclinò leggermente la testa ed entrò nella stanza senza replicare mentre Lena si dirigeva verso l'ascensore.

La sala comune era decisamente affollata. Molti degli studenti lì attorno erano candidati che si stavano assemblando in gruppetti per andare insieme a pranzo, altri, probabilmente, erano appena tornati dalla mensa e stavano discutendo con eccitazione delle materie che avrebbero scelto.

Lena prese l'ascensore assieme ad una decina di altri studenti, tutti diretti verso la mensa.

Arrivata a destinazione e riempito il suo vassoio, guardò a destra e a sinistra fin quando vide una mano alzata e Aziza che la chiamava dal tavolo all'estremità destra della mensa, facendole segno di avvicinarsi.

Lena s'incamminò verso il tavolo dei candidati, si sedette tra Gravina e Aziza, posò il suo vassoio e iniziò a mangiare in silenzio, mentre ascoltava Gravina discutere con un candidato che Lena conosceva solo per sentito dire. Il ragazzo con cui stava parlando la sua amica, basso ma ben piazzato, esibiva un ghigno peculiare. Lena non aveva mai parlato con quel candidato, ma lo avevo visto spesso gesticolare e ridere mentre era circondato da un gruppo di compagni. Da quel che aveva capito ascoltando una conversazione tra Yao ed Oleg, sembrava aver fama di essere un chiacchierone e un attaccabrighe. Lui e Gravina erano nel bel mezzo di una discussione, in quel momento.

"Isagani, mi sembra stia sottovalutando parecchio tutti i presenti. Dopo la selezione che ci hanno fatto, gli accademici sanno che sappiamo fare delle scelte sensate. Non siamo stupidi, chiunque sia intorno a questo tavolo lo ha dimostrato più di una volta. Plasmare le attività didattiche del primo anno è una nostra prerogativa, oltre ad essere uno dei motivi per cui questa accademia è così famosa. A parte seguire i corsi obbligatori decisi dal Consiglio Accademico, siamo noi a scegliere il resto della nostra formazione."

"Che vuoi che ti dica, Gravina? La cosa continua a non convincermi affatto," replicò Isagani, giocherellando con il suo stufato di carne e patate. "In questo modo, uno qualsiasi dei candidati potrebbe pensare che il primo anno sia sostanzialmente una vacanza. Voglio dire, pensaci. Dopo aver scelto tre corsi in tre club diversi, uno qualsiasi di noi potrebbe ritenersi soddisfatto. Come potrebbe questo lassismo prepararci all'esame finale?"

"Se hai passato le selezioni, vuol dire che hai dimostrato delle qualità che non hanno nulla a che fare con il lassismo," ribatté Gravina.

Isagani roteò gli occhi, mentre spostava ai margini del vassoio le sue patate.

"Io penso che tutto dipenda da quale arte uno è intenzionato a scegliere, alla fine del primo anno," disse un candidato basso e un po' grassottello con un forte accento castigliano che Lena non aveva mai notato. "Se qualcuno ha già le idee chiare ora, potrà fare una scelta più mirata di altri, credo. Allo stesso tempo, una persona più insicura, o senza idee precise, potrebbe prendere corsi differenti e non collegati tra di loro, o magari prenderne di più di altri candidati, tanto per farsi un'idea migliore di che cosa davvero l'interessa."

"Se devo essere sincera, non è tanto la possibilità di scegliere le materie che mi preoccupa, quanto sapere *chi* c'insegnerà quelle materie," intervenne Aziza, con una forchetta a metà strada tra il piatto e la bocca. "Stiamo parlando di semplici studenti qualche anno più anziani di noi. Io non riesco a capire come il Consiglio Accademico possa dargli tanta fiducia. Parlo sia dei capiclub che degli ambasciatori. Voglio dire, so che sono stati formati da accademici e che hanno superato corsi intensivi di didattica, ma tra quello e mettergli tra le mani dei candidati...Beh, mi sembra semplicemente troppa responsabilità. Davvero troppa."

"Non sono semplici studenti, Aziza, sono specialisti o astrali," precisò Yao, che si sporse dalla fine del tavolo per parlare al resto dei compagni. "La maggior parte di loro sono comprimari. Sanno che cosa voglia dire avere delle responsabilità, o come organizzare del materiale, o come spiegare ad un gruppo di persone. Non sono mica chiamati veterani senza motivo."

"Sono d'accordo con Yao," disse un ragazzo africano con cui Lena aveva parlato solo un paio di volte, ma che ricordava si chiamasse Mfana Mabire. "Dopotutto, questo sistema, per quanto particolare, ha formato persone come Verha Wardem, Gillion Harrison, Uma Siliana, Kimberly Dohanium e molti dei più giovani e brillanti altisti della nostra generazione. Senza contare che da questa accademia escono i migliori piloti e colletti d'oro del continente asiatico. Mi sembra che il sistema funzioni abbastanza bene."

"Potremmo stare qui ore a seccarci la lingua su che cosa pensiamo sia giusto o sbagliato," disse Gravina, con un tono definitivo nella voce. "La decisione è del Consiglio Accademico e non c'è niente che possiamo farci. Più interessante, secondo me, è sapere *quali* corsi sceglierete. Avete già dato un'occhiata alla lista delle materie a scelta?"

"Beh, io sono già sicuro al cento per cento di che cosa voglio diventare: un colletto oro," rispose Mfana prima di tutti gli altri. "Ho già i miei occhi su Principi d'Infrastrutture Spaziali, Architettura Gravitazionale Controllata, Network Orbitale e Strutture Megalitiche Stellari, tutti corsi di Forza Lavoro Spaziale..."

"...Dove si trovano fatica, sudore, rischio e una paga da fame," intervenne Isagani, ridacchiando. "Mfana Mabire, sei una sorpresa! Non ti facevo *quel* tipo di persona. Che senso ha andare a fare i meccanici dello spazio quando ci sono un mondo di possibilità qui sul nostro pianeta? No, grazie tante, tieniti pure la tua avventura. Secondo me, se stai cercando di ammazzarti, allora hai fatto la scelta giusta, ma se vuoi soldi, soddisfazioni e gloria, c'è un solo indirizzo a cui guardare: Eterionica." Isagani si lisciò la tuta da candidato, un ghigno compiaciuto che sfiorava i suoi grandi occhi scuri. "Quando guardo allo specchio, non c'è altro colore che mi sta più a pennello del verde smeraldo dei subeterion."

"Io voglio essere un pilota," mormorò il ragazzo basso e grassottello con accento castigliano, vestendo il suo volto con un espressione sognante. La sua dichiarazione era stata pronunciata a bassa voce, come se fosse rivolta più che altro a sé stesso, ma in quel momento nessuno stava parlando, quindi lo sentirono tutti quanti.

Il ghigno di Isagani si fece un sorriso divertito. "Atanacio Lopez, ecco qualcuno con delle *vere* aspirazioni!" disse, indicando Atanacio, il cui volto si tinse con incredibile rapidità di un rosso acceso. "Un pilota! Ah, sì! Il sogno di ogni altista romantico, che è stato allevato a pane e fantascienza. Chi non vorrebbe avere il comando di uno shuttle orbitale o di un caccia da raccolta? Magari chissà, perfino di una corvetta. Perché no? Capitano Atanacio Lopez!"

Alcuni dei candidati lì attorno ridacchiarono mentre guardavano Isagani alzare e abbassare le sopracciglia.

"È...era...soltanto per dire, solo un desiderio," mormorò Atanacio, guardando con attenzione il suo vassoio, evitando scrupolosamente lo sguardo degli altri candidati.

"Un desiderio suicida," ribatté Isagani, fissando senza battere ciglio il fisico grasso e minuto di Atanacio. "Hai idea dell'aspetto che dovrebbe avere un pilota? La linea blu zaffiro che indossano si suppone sia appunto una *linea*, non una parabola."

A quella battuta, risate sparse scoppiarono in diverse parti del tavolo

"Scommetto che sarai un ottimo pilota, Atanacio," intervenne

Lena, sorridendogli dall'altra parte del tavolo. Isagani interruppe la sua risata e guardò la ragazza. Se Atanacio era diventato rosso poco prima, assunse una sfumatura di viola quando i suoi occhi marroni incontrarono quelli rassicuranti di Lena.

"Pagherei profumatamente per poter viaggiare sul tuo mezzo," disse la ragazza, continuando a sorridere.

Isagani si mosse sulla sedia, scrutando Lena con attenzione. Aveva l'espressione di un toro a cui fosse stata sventolata di fronte una bandiera rossa.

"Lena Maruishi," proruppe Isagani, "la ragazza a cui piace stare in disparte ed osservare dalla distanza. Allora puoi parlare!" Altre risate, provenienti per lo più da candidati che avevano già riso alle battute del compagno. "E sentiamo," proseguì Isagani, fissando Lena con uno sguardo sprezzante, "che cosa vorrebbe fare la ragazza proveniente dai *ghetti* di Los Angeles? La cheerleader delle stelle?"

"La ragazza da Los Angeles non pensa di sapere quello che vuole diventare, *prima* di vedere che cosa l'accademia ha da offrire," rispose Lena, guardando a sua volta Isagani. "Non tutti vedono *cose*, fissando allo specchio."

A quella battuta, tutti i candidati scoppiarono a ridere. Anche Isagani rise, ma il suo era un sorriso amaro, quasi una smorfia.

Gli studenti continuarono a parlare per qualche altro minuto, molti di loro completamente dimentichi del cibo che si stava raffreddando davanti a loro. In effetti, nessuno sembrava particolarmente affamato, erano solo eccitati per l'imminente Fiera dei Club.

Quando Lena e gli altri finirono di mangiare, si diressero tutti verso l'ascensore.

La Fiera dei Club era stata organizzata nell'atrio dell'accademia. Una volta giunti a destinazione, videro che c'era già una folla di studenti. Tutti sembravano guardarsi attorno, come dei bambini alla fiera del gelato in attesa che un adulto desse loro il permesso di iniziare a mangiare. Alcuni comprimari precludevano ancora l'accesso, in quanto i preparativi non erano completati.

Lena nel frattempo valutò l'ambiente circostante. Dozzine e dozzine di oloposter, che sembravano rivaleggiare l'uno con l'altro per spettacolarità e colore, mostravano i vari nomi dei club e una brevissima descrizione di che cosa li caratterizzasse. Uno dei quattro colori delle arti dell'accademia affiancava la maggior parte delle descrizioni, per far capire immediatamente a quale tipo d'indirizzo quel corso fosse legato. Ad esempio, Omnidata, che era un corso di Eterionica, era caratterizzato dal verde smeraldo. Se la breve descrizione catturava l'attenzione di uno dei candidati, questi avrebbe potuto avvicinarsi e parlare con gli ambasciatori del club, che avevano tutto l'interesse affinché uno dei nuovi studenti si unisse a loro, perché più candidati iscritti al loro club significavano più risorse che il Consiglio avrebbe dato loro.

Il tempo passò velocemente e, finalmente, i comprimari si fecero da parte ed invitarono i duecento candidati a iniziare la Fiera.

Lena vide che alcuni si dirigevano sicuri verso determinate esposizioni, come se sapessero esattamente dove andare, mentre altri sembravano spendere più tempo per decidere sul da farsi.

Il gruppo di Lena si divise rapidamente, ognuno interessato ad un club diverso, e ben presto lei si trovò da sola, a studiare i diversi nomi dei club che domandavano attenzione con le loro presentazioni sgargianti. I vari ambasciatori, dal canto loro, chiamavano i candidati con gesti e con sollecitazioni, cercando di attirarne il maggior numero possibile.

I corsi offerti dai vari club erano davvero svariate dozzine, con un'ampia gamma di scelta che rendeva ognuno particolare e affascinante a modo suo. Lena spese diverso tempo a valutare quelli che sembravano attirare maggiormente il suo interesse. Tra i tanti, c'erano: Principi di Retorica nell'Era Eterica, Strategia Competitiva, Analizzando Polaris, Principi di Matrice Autotronica, Strategie di Comunicazione, Fondamenti di Astrotecnologia, Bioinformatica, Tecnoristica, Subroutine Autotroniche e molti, molti altri ancora.

Lena non aveva mai avuto le idee chiare su quello che avrebbe voluto fare, o sull'arte che avrebbe scelto se fosse riuscita a superare gli esami del primo anno. Decise quindi di continuare ad esplorare diversi corsi, spendendo il suo tempo valutando materie appartenenti ad ognuno dei quattro indirizzi. Dopo un paio d'ore spese a vedere e ad assistere alla presentazione di una ventina di corsi, Lena si era impegnata a frequentare il corso di Introduzione di Sofistica dell'indirizzo Politeia, di Architettura Gravitazionale Controllata facente parte di Forza Lavoro Spaziale e di Aerodinamica dell'indirizzo Astronautica.

Lena continuò a zigzagare tra un'esposizione e l'altra e quando controllò l'orario, quasi non poteva credere che fossero già passate più di tre ore dall'inizio della Fiera. Il tempo era letteralmente volato.

Prese dalla tasca il suo programma, che aveva costruito man mano che sceglieva un corso, lo controllò per quella che doveva essere la decima volta e vide che la sua settimana era ora abbastanza piena, ma decise che forse avrebbe scelto un altro corso.

Fu mentre intascava nuovamente il suo programma che toccò involontariamente qualcosa di cui si era completamente scordata. Con un sopracciglio inarcato prese l'oggetto, lo estrasse dalla tasca e vide che stava tenendo in mano il biglietto della notte precedente. *I misteri di Ariul*, pensò tra sé. *Ma certo, me ne ero quasi dimenticata!* Il club doveva essere da qualche parte lì intorno.

Lena non aveva visto quel club da nessuna parte, ma era anche vero che non lo aveva neppure cercato in quella giungla di persone, immagini e suoni. Solitamente, i club venivano posizionati a seconda del loro prestigio e della loro popolarità, quindi i club che avevano avuto più iscritti nell'anno precedente erano davanti e quelli meno popolari, che venivano relegati in fondo alla Fiera. D'altronde, Lena si rendeva conto che, nonostante il tempo passato, aveva visto meno di due terzi di tutti i club presenti. Forse avrebbe trovato I Misteri di Ariul più avanti.

Ma nonostante continuasse a guardare a destra e a sinistra, sembrava non esserci traccia di quel club da nessuna parte. Finalmente, si risolse a chiedere ad uno dei tanti ambasciatori lì attorno.

"Non perdere il tuo tempo, sorella," fu la riposta di uno specialista retore del club Strategie di Comunicazione. "Lo sanno tutti che quei tizi sono dei pagliacci, gli zimbelli dell'accademia, dei veri e propri strambi. Ora, se invece sei interessata ad un corso che ti assicurerebbe il massimo di..."

Il tipo andò avanti per diversi minuti, intessendo le lodi del suo corso. Lena si allontanò dallo zelante ambasciatore inventando una scusa, e da quel momento in poi, non chiese ad altri ambasciatori dove poter trovare I Misteri di Ariul. In effetti, si rese conto, la sua non era stata un'idea molto sensata. Dopotutto, era un po' come entrare in un ristorante e chiedere se c'era un buon ristorante nei paraggi. Nessuno promuoveva la concorrenza.

Eppure Lena era intenzionata a capire chi avesse lasciato quel messaggio sul suo letto e come avesse fatto ad entrare nella sua stanza di notte. Aveva escluso che potesse trattarsi di Aziza o di Gravina. Se fosse stata una delle due, Lena era sicura che glielo avrebbero detto nella mensa. Decise dunque di continuare la sua ricerca, aguzzando lo sguardo e facendo attenzione agli oloposter che annunciavano i vari club.

Passò diverso tempo senza riuscire a trovare alcuna prova dell'esistenza di quel club. Alla fine, quando stava per gettare la spugna e tornare indietro, lo vide, finalmente.

Era la tenda più piccola che avesse visto nella Fiera, in uno degli angoli più remoti della sala, completamente distaccata dal corpo centrale dove erano esposti la maggior parte degli altri club. In quel momento, inoltre, non c'era nessun candidato lì attorno.

L'esibizione, in effetti, era decisamente priva dei colori o del fascino che caratterizzavano gli altri club. Seduto su una sedia stava un ragazzo con due oculus sul volto, la testa ovviamente da qualche altra parte mentre visualizzava sovrappensiero qualsiasi cosa fosse proposta dai suoi dispositivi oculari. Al suo fianco, due ragazze sembravano stare discutendo animatamente. Un proiettore d'immagini mostrava il nome del club: I Misteri di Ariul.

Lena si avvicinò alla tenda, il biglietto alla mano, mentre ripassava mentalmente quello che avrebbe voluto chiedere.

"Ciao," disse, rivolgendosi allo studente con gli oculus, uno specialista di Eterionica, a giudicare dalla divisa e dal suo distintivo.

Lo studente più anziano fece sparire i suoi oculus e la guardò a bocca aperta. Il suo sguardo si posò sugli occhi a mandorla di Lena. Era come se l'ultima cosa che si fosse aspettato di vedere fosse una persona che gli facesse una domanda.

"Volevo solo sapere se siete stati voi a lasciare questo messaggio in camera mia, ieri sera," chiese la candidata, mentre porgeva la mano e mostrava il biglietto. "Pensavo che qualsiasi tipo di pubblicità ai candidati fosse proibita prima dell'inizio della Fiera. Se siete stati voi, mi piacerebbe sapere come avete fatto ad entrare nella mia stanza. È qualcosa che il Consiglio Accademico approva?"

Lo specialista continuò a fissare Lena. Aprì e chiuse la bocca, come per parlare, ma non disse nulla.

"Spostati, Net. Stai spaventando questa candidata," disse una delle ragazze lì vicine, muovendo da parte l'ammutolito studente e mettendosi davanti a Lena mentre esibiva un sorriso sgargiante. "Ciao, io sono Arina e questa e Faila," disse, indicando l'altra ragazza.

Faila la salutò. Lena vide il colore rosso rubino e il distintivo a forma di bilancia su entrambe le divise delle ragazze. Due retori specialiste.

"E così tu vorresti fare parte del nostro club, non è vero?" continuò Arina, mentre si sfregava le mani.

"No," iniziò Lena, scuotendo la testa, "Io volevo semplicemente sapere per quale motivo..."

"Sì, certo," l'interruppe l'altra ragazza, Faila, avvicinandosi e spalleggiando l'altra. Le due si guardarono a vicenda. "Lei vuole far parte del club, ovviamente."

"Ehm, no," disse ancora una volta Lena, "Io voglio solo sapere se questo..."

Ma l'altra ragazza non la fece parlare. "Bene," disse, mettendole tra le mani una serie di pamphlet. "Puoi firmare qui e qui per il colloquio che il nostro capoclub, ma non..."

"No," ripeté Lena, scuotendo la testa. "Io volevo solo sapere se *questo* è vostro, e se è il vostro modo di rastrellate candidati, mettere biglietti nelle camere nel cuore della notte."

Faila prese il biglietto, se lo rigirò tra le mani e guardò Lena con un sopracciglio accigliato. Quindi lo diede alla compagna, Arina, che ebbe la sua stessa, identica reazione.

"Che cos'è?" disse la studentessa più anziana, "Uno scherzo? Qui non c'è scritto nulla!"

"Che cosa vuoi dire non c'è scritto nulla?" Lena domandò, incredula. A che gioco stavano giocando quelle due?

"Sei venuta qui per farti quattro risate, come tutti gli altri, non è vero?" disse Arina, incrociando le braccia e guardando Lena come se fosse qualcuno che si stesse prendendo gioco di loro. "Allora, hai finito? Ti sei divertita? Beh, puoi anche smettere di perdere il nostro tempo, ora. Va via, e dì a chiunque ti ha mandata che non era divertente. Mi hai sentita, candidata? Fuori dai piedi!"

Lena fece un passo in avanti, rabbia che alterava il suo volto. "Ero venuta qui per una spiegazione, ma sembra che..."

"Posso...posso tenerlo?" chiese Net, interrompendo Lena.

"C-che cosa?" chiese la ragazza, che si girò per guardare il subeterion.

"Questo biglietto," ripeté Net. Posso tenerlo?" Lo specialista aveva preso il biglietto dalla mano della compagna e lo stava fissando con interesse crescente.

Lena sgranò gli occhi. Che razza di richiesta era quella?

"Basta che non me ne fate trovare altri sul mio letto," rispose Lena, decidendo subito che quel gruppo di gente era davvero strana. Dopo aver lanciato un'occhiataccia alle due ragazze, si girò e si allontanò.

Quell'ambasciatore, dopotutto, l'aveva avvertita di stare alla larga da quel club.

I Misteri di Ariul pensò. *A quale indirizzo si suppone appartenga? Che cosa diavolo spiega? Non mi stupisce affatto che non ci sia anima viva lì attorno.*

Lena ritornò nel vivo della Fiera e ben presto si dimenticò del club, assorbita nuovamente dal suo tour. Incontrò Aziza e Gravina dopo qualche minuto e insieme esplorarono qualche altro corso, mentre si scambiavano opinioni su quelli che avevano già scelto.

Dopo circa un'ora un suono simile ad una campanella annunciò la fine della Fiera dei Club, mentre un gruppo di comprimari invitava i candidati a sgombrare l'atrio e ad andare a cenare.

Mentre si dirigevano verso la mensa, Lena e gli altri candidati condivisero le loro esperienze. Scoprì di avere un paio di corsi in comune con praticamente tutti i candidati del suo gruppo di origine, oltre ovviamente alle cinque materie obbligatorie.

Dopo aver discusso nella sala comune, Lena, Gravina e Aziza decisero che era meglio andare a letto presto, in preparazione del primo giorno di lezioni.

Una volta sul suo letto, Lena studiò attentamente l'orario settimanale, e quando le ragazze decisero collettivamente di spegnere le luci, si riteneva più che soddisfatta delle sue scelte.

Quella notte, per la prima volta da quando era a Saemangeum City, Lena non faticò a dormire, sfinita ma al tempo stesso desiderosa di vedere che cosa le avrebbe riservato la sua vita nell'accademia.

16

IL GOSEMA SHOW

LAS VEGAS, STUDIO TELEVISIVO DEL GOSEMA OMEN SHOW

Erik

GOSEMA OMEN ENTRÒ sul palco saltando, con le braccia aperte e un sorriso smagliante, mentre un'esplosione accecante di luci e di fumi colorati annunciò la sua entrata trionfale. Un ruggito di urla, corpi in movimento, fischi e applausi lo accolsero mentre il presentatore continuava a saltellare fino al limite del palco.

Gosema distribuì generosamente i suoi inchini, a destra e a sinistra, ancora e ancora, guadagnando ululati di approvazione e una standing ovation generale dal pubblico che sembrava incapace di staccargli gli occhi di dosso.

Il presentatore smise di inchinarsi e riprese a saltellare da una parte all'altra del palco, i suoi lunghi capelli rosa striati di rosso, fucsia e arancione danzavano come una bandiera colorata che domandava attenzione ad ogni suo movimento.

"Oho, ohoohoOHOOO!" urlò l'uomo, mentre alzava con teatralità le braccia in alto e in basso, come per dirigere la ola del pubblico di uno stadio. I suoi spettatori, diverse centinaia di persone disposte su più file, si alzarono e abbassarono, seguendo i suoi comandi mentre il presentatore rideva, batteva le mani e urlava incitamenti.

"Datemi il vostro 'Hola', popolo!" li incitò Gosema, sbattendo mani che esibivano unghie smaltate di verde. "Ho bisogno del vostro affetto, ho bisogno della vostra energia, ho bisogno della vostra linfa vitale. Datemi un po' di zucchero, gente! No, *no!* Non riesco a sentirvi!" Gosema scosse la testa, le mani sui fianchi e un'espressione di falsa delusione dipinta sul volto. Si mise un dito sull'orecchio e urlò, "Non riesco a sentirvi! Per tutte le regioni dell'etere, sono forse finito in un cimitero?"

A quelle parole, seguì una cascata di risate, e il ruggito del pubblico si fece se possibile ancora più potente.

Quando il pubblico si stava preparando per l'ennesima ola, Gosema abbassò lentamente le braccia, e le persone tornarono a sedersi, mentre applausi, urla e fischi si attenuarono lentamente.

Il presentatore congiunse le mani e si rivolse al drone telecamera che non aveva smesso di orbitargli intorno da quando aveva fatto la sua entrata sul palco.

"Benvenuti! Benvenuti al G.O.S.H.!" salutò Gosema, fissando l'obiettivo. "Benvenuti, signori, signore...e qualsiasi genere dubbio ci sia nel mezzo."

Una serie di risate sguaiate provennero dal pubblico. Gosema lanciò una veloce occhiata alla sua sinistra, in un angolo del palco che solo lui riusciva a vedere da quella posizione. Lì, stava una barra simile ad un grosso termometro. Quella barra, messa in una posizione così discreta, era in realtà per lui il singolo oggetto più importante dello show. I suoi tecnici si riferivano ad essa come 'l'emozionometro', uno strumento che dava l'idea in tempo reale della partecipazione del pubblico che stava vedendo il G.O.S.H.. Quella barra era per Gosema, come per qualsiasi altro presentatore, una guida da tenere costantemente sott'occhio.

Gosema si schiarì la gola. Negli anni aveva imparato a controllare l'emozionometro con sguardi fugaci, degni di un cacciatore di applausi del suo calibro.

"Oggi...Grazie, grazie..." Gosema, dovette interrompersi perché parte del pubblico aveva preso ad urlare il suo nome. Fece un altro inchino, mentre indicava la parte del pubblico che lo aveva chiamato, saziandoli con la sua attenzione, quindi riprese, "Oggi, cari spettatori, abbiamo con noi un ospite speciale...sì, davvero speciale! Il più giovane che mi sia capitato di ospitare da un bel po' di tempo. Fate un applauso spaccatimpani per Erik Deringer, il Presidente delle Automaton Industries!"

Erik Deringer fece la sua entrata nel palco circondato dalla musica del programma mentre una cascata di luci argentee seguiva i suoi passi. Il ragazzo si diresse verso Gosema, porgendo la mano, che il presentatore fece per stringere...prima di muoverla all'ultimo momento e mettersela dietro la schiena, urlando un teatrale, "Oh! Mancato!" e provocando altre risate da parte del pubblico.

Gosema fece segno al suo ospite di sedersi e questi si diresse verso la poltroncina che gli era stata indicata, seguito a breve distanza dal presentatore, che sedette su una sedia leggermente più alta rispetto alla sua, posizionata dietro ad una scrivania.

La musica di sottofondo scemò lentamente, assieme alle urla e agli applausi. Gosema lanciò un veloce sguardo all'emozionometro, sfoggiò un altro sorriso abbondante per poi rivolgersi verso il ragazzo, che si stava sistemando sulla poltroncina.

"Erik..." iniziò il presentatore, sbottonandosi la giacca. "Posso chiamarti Erik, vero?"

"Sissignore," rispose Erik.

"A riposo, soldato," disse Gosema, producendo una smorfia mentre accennava un goffo saluto militare, tra le risate generali del pubblico.

Quando la sala fu di nuova avvolta dal silenzio, Gosema riprese, "Grazie per aver accettato il nostro invito al G.O.S.H., Erik. Non ci capita spesso di avere persone giovani e brillanti nel nostro programma. Una scelta voluta, ovviamente," disse Gosema, guardando il suo pubblico con sguardo serio, "non vorrei correre il rischio di essere il *meno* brillante in studio," ed indicò i suoi orecchini e i suoi anelli.

Altre risate, altri applausi. Una nuova tacca si aggiunse all'emozionometro, facendo salire in alto la barra colorata.

"Grazie a te, Gosema, e al fantastico pubblico del G.O.S.H. per avermi dato questa possibilità," rispose Erik.

Gosema indicò la tazza che stava sul tavolino, alla destra del Presidente delle Automaton Industries.

"Spero non me ne vorrai, Erik, ma ho chiesto al coordinatore del palco di sostituire il tè che normalmente diamo ai nostri ospiti con del latte parzialmente scremato. Ho pensato saggio considerare l'età del mio ospite, quando ho preso quella decisione."

Il pubblico scoppiò a ridere ancora una volta, e Gosema rivolse il suo sguardo alla telecamera, toccandosi la punta del naso mentre faceva una smorfia che ricordava molto un bambino che era stato colto con le mani nella marmellata. "Mia nonna lo diceva sempre che il latte fa bene alle ossa."

"Un pensiero carino da parte tua," disse Erik, sollevando la tazza e bevendo un sorso. "Ma avrei preferito della cioccolata calda."

Il pubblico sembrò approvare la risposta alla battuta e il presentatore annuì, evidentemente compiaciuto

"Cioccolata calda," disse Gosema, facendo finta di prendere appunti con una mano. "Dovrò ricordarmene la prossima volta che ospiteremo un ventenne in studio."

Altre risate e altri applausi.

"Va bene, va bene gente," disse Gosema, schiarendosi la gola mentre leggeva un foglio che aveva sul tavolo. "In questo episodio, discuteremo di un argomento sempre più controverso, ovvero i disordini che stanno interessando diverse città qui negli Stati Uniti e nel resto del mondo in seguito alla diffusione dell'industria degli autotron. Ora che la regione dei fobaron si è ufficialmente fusa con l'Humanitas di Zacharias Hawke, sembra che il contrasto tra i sostenitori del lavoro automatizzato e i suoi detrattori sia destinato a farsi sempre più aspro. DataMorph, infatti, stima che in capo ai prossimi cinque anni, almeno duecentomila persone perderanno il posto di lavoro solo negli Stati Uniti, a causa dell'industria autotronica e ai servizi ad essa connessi. Un pensiero terrificante, non trovate?

Questo fatto ha già provocato diversi incidenti. E proprio di uno di questi incidenti si è visto protagonista il nostro giovane Erik." Gosema si fece improvvisamente serio, mentre indicava con la mano il suo ospite. "Per questo motivo, Erik, vorrei cominciare questo episodio esprimendo la solidarietà dell'intero staff di G.O.S.H. per il terribile attacco di cui sei stato vittima due settimane fa a Düsseldorf."

Un mormorio si sollevò dal pubblico, molte teste annuirono, e l'attenzione di tutti i presenti si concentrò sul giovane Presidente delle Automaton Industries.

"Per chi di voi non lo sapesse," riprese Gosema, mentre continuava a leggere il suo foglio, "Erik è stato violentemente assalito mentre stava tenendo una conferenza sulla storia dell'industria autotronica."

Gosema si sporse sul suo tavolo e prese un altro foglio di carta. Lo lesse per qualche secondo, quindi disse, mentre annuiva, "Sì. Violentemente assalito da un uomo armato di uova, mi viene detto." Gosema lanciò un'occhiata al drone telecamera e ammiccò, un sorriso che si faceva lentamente largo sul suo volto. "Immagino la *pancetta* sia stata lanciata nella seconda cartuccia!"

L'ennesima battuta fece esplodere la sala di risate e la falsa tensione creata dalle parole del presentatore si disperse come nebbia nella notte. Erik piegò i lati della sua bocca, un sorriso davvero poco genuino che forzava i muscoli del suo volto.

"Il fobaron non ha mai avuto modo di essere davvero pericoloso," disse Erik, mantenendo un tono neutro. "È stato fermato prima che potesse fare danni. Attacchi come questo sono semplicemente volti ad attirare l'attenzione. Sembrerebbe che l'uomo che lo ha perpetrato credesse che il sottoscritto fosse da biasimare perché era stato licenziato dal suo lavoro e sostituito da un autotron."

"Solo un'altra vittima della crisi di cui parlavamo all'inizio," disse Gosema, rivolgendosi al suo pubblico. "Va bene, Erik. Parliamo di ferri da stiro intelligenti...Argh! Voglio dire, parliamo di autotron," Gosema inciampò volontariamente sulle sue parole, provocando altre risate. "Da ormai alcuni anni ti stai impegnando in una campagna contro la Trimestrale, non è vero? Quella che è anche famosa come Purificazione Tronica. Bene, parlaci un po' di questa legge, una legge varata dalla Corte Planetaria con risoluzione di emergenza diversi anni fa. Quali sono le sue implicazioni e per quale motivo ti ci opponi? Insomma, che cosa vuoi dimostrare?"

Erik si sistemò sulla poltroncina. "Beh, Gosema, grazie per la domanda. Per le persone del nostro pubblico che non avessero familiarità con la Purificazione Tronica, si tratta di un tipo di restrizione delle capacità di apprendimento a lungo termine della matrice autotronica, una deficienza che impedisce loro d'imparare, la quale viene inserita volontariamente in tutti i modelli di autotron nel momento della loro fabbricazione. Come saprete, gli autotron sono collegati tra loro attraverso l'auternet, l'etere degli autotron creato da mia madre. In che cosa consiste, dunque, questa Purificazione Tronica? Ebbene, ogni nove mesi, un programma di pulizia blocca il livello di consapevolezza di ogni autotron collegato all'auternet, come se fosse un reboot della loro matrice. Questa legge è stata messa in atto dalla Corte Planetaria dopo alcuni avvenimenti..."

"Dopo alcuni *incidenti*," lo interruppe Gosema, correggendolo, "che hanno coinvolto degli autotron che mostravano comportamenti che esulavano dalla loro programmazione iniziale," terminò il presentatore, leggendo dal suo foglio.

"Vorrei correggerti su questo punto, Gosema," disse Erik, con un'espressione risoluta sul volto.

"Correggermi?" fece il presentatore, alzando un sopracciglio. "Ragazzo, l'ultima persona che ha tentato di correggermi si trova da qualche parte sul letto di un fiume!"

La battuta diede fiato all'intervista, facendo ridere il pubblico. Quando le risate si furono spente, Gosema guardò Erik con un sorriso conciliatorio, mentre proseguiva. "La Purificazione Tronica venne istituita dopo una serie di incidenti che interessarono dei pentanidi in diversi Stati del mondo," disse il presentatore, continuando a leggere. "Il più famoso di questi fu quello che interessò il pentanide CO-DEX-6, a Seattle, Washington, il quale, ad un tratto, decise di tramutarsi da giardiniere a meccanico, esulando completamente dalla sua programmazione origin..."

Fu il turno di Erik di interrompere Gosema. "CO-DEX-6 stava semplicemente imparando dalla sua esperienza," disse. "Qualcosa che ha fatto paura a..."

"Non so voi, gente," Gosema si rivolse al pubblico, ignorando completamente Erik, "ma se il mio autotron decidesse di trasformarsi da chef a baby-sitter di mio figlio nel bel mezzo della notte, io avrei qualche problema."

Il pubblico ruggì approvazione, battendo le mani all'affermazione di Gosema.

"Vedete," disse Erik, insicuro se dovesse rivolgersi a Gosema, al pubblico o al drone telecamera. "Questi autotron non mostravano comportamenti che esulavano dalla loro programmazione. Niente affatto! Si trattava di una semplice evoluzione della loro programmazione iniziale che i proprietari avrebbero dovuto *pagare* per avere."

Gosema alzò entrambe le sopracciglia, un'espressione incredula sottolineata da un largo sorriso forzato.

"Ma, mio caro Erik, se un autotron può decidere di esulare dalla sua programmazione iniziale, cosa può impedirgli di prendere decisioni autonome che potrebbero danneggiare un essere umano?"

"Un tostapane che cade sulla tua testa per disattenzione può danneggiare un essere umano," rispose Erik, guardando Gosema senza battere ciglio. "Questo vuol dire che la Planetaria debba proibire per legge l'uso dei tostapane? È l'utilizzo che noi esseri umani facciamo dei nostri strumenti a fare la differenza."

"Un'analogia fuorviante, temo," ribatté Gosema, questa volta in tono sprezzante. "Un tostapane non ha la forza di cinque persone, non può muoversi, toccarmi o decidere di fare *cose*."

"Vedi, Gosema, ci troviamo nel reame delle possibilità," gli disse Erik. "Nulla di questo è mai successo. Mai. Nessun essere umano è mai stato danneggiato da un autotron. Abbiamo fermato il progresso della loro matrice, che stava facendo quello per cui era stata costruita, per una semplice serie di speculazioni che si sono trasformate nel tanto vociferato quanto ingiustificato 'Complesso del Terminator'. Non si può giudicare prima di conoscere. Immagina di lobotomizzare una persona perché esprime le sue idee in pubblico."

"Ragazzo, stai paragonando una persona ad un ferro da stiro intelligente?"

"No, Gosema, sto parlando di potenzialità e della paura che preclude il progresso. Secoli fa molte persone erano convinte che viaggiare sul treno facesse male alla circolazione sanguigna, un secolo fa si credeva che se un uomo fosse andato nello spazio gli sarebbero scoppiate le orbite. Oggi, invece, si crede che un autotron libero dalla Trimestrale possa decretare la fine del genere umano. Allora come oggi, ci troviamo di fronte a credenze senza basi scientifiche. Non possiamo permettere al timore dell'ignoto di sbarrarci la strada verso il progresso. Gli autotron, l'auternet e l'intero mondo dell'autotronica è stato creato per permettere all'essere umano di innalzarsi, di superare i propri limiti grazie all'assistenza di collaboratori fedeli ed instancabili come gli autotron. Stiamo letteralmente sprecando una risorsa che non ha prezzo, un vero insulto a tutto quello per cui mia madre ha lavorato così duramente."

"Tua madre, Sofia Deringer," s'inserì Gosema, guardando Erik con interesse. "Riconosciuta come la fondatrice dell'industria autotronica. Parliamo di lei Erik. Quello che i fobaron hanno fatto a tua madre...non esistono altre parole...terribile. Davvero terribile e imperdonabile. Sì."

Erik non rispose a quella frase ma digrignò i denti, mentre cercava di non far trasparire alcuna emozione. Sapeva che cosa il presentatore stava cercando di fare. Suscitare in lui una reazione emotiva, fargli perdere la calma, avere qualcosa su cui lavorare. Erik non gli avrebbe dato quella soddisfazione.

Gosema attese una qualche risposta, ma Erik continuò semplicemente a fissare un punto oltre la spalla del presentatore.

"Prima che venisse ospedalizzata, so che tua madre amava tenerti vicino a sé, quando sperimentava nuovi modelli di autotron," disse il presentatore, studiando il suo ospite. "Se non sbaglio, anche tu eri presente all'Esperimento della Triade, quando quei tre autotron vennero collegati via auternet. Se dovessi riassumere in una parola quello che si è lasciata dietro tua madre, qualcosa che hai imparato da lei, quale parola useresti?"

"Eredità," rispose immediatamente Erik. "Portare avanti l'eredità della nostra famiglia e il sogno di autotron utili per il genere umano. In altre parole, continuare l'operato che le Automaton Industries hanno iniziato senza scendere a compromessi."

Gosema sorrise e proseguì, mentre si toccava distrattamente la lunga chioma colorata. "Andiamo avanti, allora, parliamo proprio delle Automaton Industries, una compagnia di cui ora tu sei Presidente, assistito da Kenta Kurosawa, un vecchio collaboratore di tua madre. Non posso non notare che da quando hai preso le redini della compagnia, il fatturato delle Industries è colato a picco. In effetti, è al minimo storico, stando a questi dati. Sembra che il tuo ostinato rifiuto a produrre quelli che hai chiamato 'autotron lobotomizzati', ovvero gli autotron che hanno completamente sostituito gli autotron pre-purificazione, abbia ridotto a tutti gli effetti la compagnia di tua madre sul lastrico."

Erik serrò la mascella. Un'espressione indignata si fece largo sul volto mentre sentiva le sue tempie pulsare. Afferrò i braccioli della sua poltroncina e disse, "Le Automaton Industries non..."

"Non ho finito, ragazzo," lo interruppe Gosema, alzando una mano, mentre continuava a guardare il suo foglio

Erik guardò il presentatore con occhi di fuoco, ma non replicò.

"Secondo alcune fonti," continuò Gosema, mentre leggeva, "sembra che tu abbia chiesto diversi prestiti alla Global Momentum, prestiti che, dato i vostri proventi, non sembra realistico affermare che tu sia in grado di restituire. La situazione finanziaria delle Industries mi sembra un disastro, ragazzo. Che cosa hai da dire al riguardo?"

"Le nostre convinzioni non saranno certo piegate da un conto in banca che..."

"Quando dici *nostre*, non intenti tuo zio Ramor, ovviamente, nonostante sia stato uno dei più stretti collaboratori di tua madre," Gosema sorrise. "Ramor Deringer, in effetti, non sembra pensarla affatto come te, Erik. Non sembra condividere le tue idee su che cosa sia giusto e su che cosa sia sbagliato, non è vero? Lui ha deciso dopotutto di piegarsi alla Purificazione Tronica, fondando la Automatrix, una compagnia che l'anno scorso ha fatturato oltre centotrenta miliardi di dollari producendo quasi esclusivamente 'autotron lobotomizzati', come li chiami tu."

Erik inspirò una generosa boccata d'aria, il suo volto una sfumatura più rosso rispetto a poco prima, quindi disse, "Mio zio ha fatto una scelta sbagliata che..."

"Sbagliata?" ripeté Gosema, incurante dello sguardo esasperato del ragazzo. "Come puoi definire *sbagliata* la scelta di sopravvivere, piuttosto che andare incontro ad un precipizio? Perché è a questo che stai condannato quello che tu chiami il 'sogno di tua madre', ad un precipizio senza fine. Forse, Erik, sarebbe giusto ammettere che non stai gestendo molto bene *l'eredità* di Sofia Deringer. Mhm?"

"Io non ho mai..."

"Come puoi proseguire il sogno di tua madre se stai smembrando pezzo dopo pezzo l'impero che ti ha lasciato?"

"Se almeno mi lasciassi spieg..."

"Non so voi," disse Gosema, ignorando completamente Erik mentre si rivolgeva al pubblico, "ma l'eredità delle Automaton Industries mi sembra sia destinata a ridursi molto presto a polvere e obli..."

"Forse se chiudessi quella cazzo di bocca e mi lasciassi parlare!" sbottò Erik alla fine, alzandosi dalla poltrona.

Il volto di Erik si fece da rosso scarlatto a bianco latte nel giro di un secondo. Non poteva credere di avere detto quello che aveva detto. Non davvero. Eppure l'eco della sua voce risuonava ancora nelle sue orecchie.

Il pubblico trattene il fiato, mentre qualcuno esclamava indignato.

Gosema, tuttavia, non mostrava rabbia alla reazione del ragazzo, o indignazione, o anche solo offesa. No. Il presentatore sembrava semplicemente molto soddisfatto.

"Sembra che abbiamo toccato qualche corda delicata, popolo."

Il pubblico rise.

Erik si schiarì la gola, le mani madide di sudore.

"Quello..." disse, dopo aver deglutito, "Quello che volevo dire è che..."

"Forse, quello che suggerisce il tuo comportamento è che tu sia un giovane testardo che non riesce ad abituarsi ai tempi," lo interruppe Gosema. "Hai mai considerato il fatto che forse, Erik, potresti essere *tu* quello a sbagliarsi?"

Erik non rispose. Alla fine disse semplicemente, "Credo...credo di aver detto tutto quello che volevo dire, su questo argomento."

Fu l'annuncio dello stacco pubblicitario a salvare Erik.

Tuttavia, mentre la musica dello show risuonava tutto intorno e Gosema veniva circondato da un gruppo di truccatori, il giovane Presidente delle Automaton Industries non poté ignorare una vocina in un angolo della sua testa che gli diceva quale incredibile sbaglio avesse fatto nell'accettare l'invito di Gosema.

17

ARENA

NEW YORK CITY, RESIDENZA PRIVATA DEL PRESIDENTE WOODSIDE

Spine

S PINE WOODSIDE STUDIÒ per l'ennesima volta l'immagine dell'uomo proiettata dal suo trigoy.

Si lasciò andare sulla sedia e sospirò mentre continuava a studiare i dati. Un angolo della sua bocca si piegò, entrambe le sopracciglia si alzarono. Un'espressione di profonda amarezza era dipinta sul volto del Presidente.

Sua Beatitudine Reverendissima Zacharias Hawke, Patriarca del credo umanista, Messia della Grande Madre Gaea, Protettore del Circolo della Vita e Primo Ministro della Natura, era un uomo dalle apparenze ordinarie, che avrebbe tranquillamente potuto confondersi in una folla. Di media statura, né particolarmente attraente né particolarmente sgradevole, aveva occhi marroni e labbra sottili, lunghi capelli scuri e un pizzetto che lo faceva assomigliare ad uno qualsiasi dei Tre Moschettieri.

Woodside continuò a studiare la proiezione di Zacharias, soffermandosi sul sorriso appena accennato del Patriarca, che gli dava un'espressione che suggeriva serenità e sicurezza al tempo stesso, come se fosse il custode di un segreto taciuto ai comuni mortali, qualcosa che solo a lui era dato conoscere.

Il Presidente valutò il numero nove che brillava sopra la testa di Zacharias. Era difficile crederlo, eppure, stando a DataMorph, quell'uomo era ritenuto dalla porzione di etere più seguita del cyberspazio tra le dieci figure più influenti di tutto il pianeta.

Woodside scosse la testa, le sue dita tamburellavano sulla scrivania, un ritmico rumore sordo che rispecchiava un nervosismo e un'insicurezza che non si addicevano affatto alla sua personalità. In tutto quel tempo speso a studiare informazioni, non era neppure riuscito a farsi un'idea generale sull'uomo, e questo fatto lo irritava molto più di quanto avrebbe voluto ammettere. Non aveva mai fatto segreto di ritenersi un ottimo giudice di caratteri.

Ma non questa volta. Non con questa persona. In effetti, doveva ancora decidere se disprezzava l'uomo o se lo ammirava. Su una sola cosa a quel punto era davvero certo: trovava la storia di Zacharias Hawke incredibilmente affascinante. Era una prova concreta di come l'era dell'etere, ancor più di quella di internet, poteva dare ad un persona apparentemente mediocre un'ascendenza portentosa su un gruppo vasto d'individui.

Woodside prese a rileggere informazioni che ormai sapeva a memoria, cercando di capire cose che avrebbero potuto essergli sfuggite tra una ricerca e l'altra, qualche indizio, insomma, sulla vera natura di quell'uomo e sul suo movimento, Humanitas, che sembrava in quel momento farsi sempre più importante per il futuro della sua LAND.

Dopo essersi laureato in Architettura, Zacharias Eugene Hawke aveva venduto stampanti 3D per gran parte della sua vita adulta. Con una lunga storia di alcolismo e di depressione tenuta a bada da psicofarmaci, terapie iniziate e interrotte una mezza dozzina di volte, e diverse visite in ospedali psichiatrici, l'uomo aveva cercato di arricchirsi fondando un paio di compagnie di distribuzioni di servizi digitali nell'etere, compagnie che non ebbero mai alcuna fortuna e che lo ridussero quasi sul lastrico.

Nel suo recente best-seller, *La chiamata di Gaea*, Zacharias raccontava come i suoi ripetuti insuccessi e il suo precario stato psichico lo condussero diversi anni prima verso quello che lui definiva un 'crollo emotivo'. La sua esistenza, raccontava il Patriarca nella sua autobiografia, gli sembrava in quel periodo di crisi emotiva insulsa e insignificante, un patetico ripetersi di giornate senza alcun obiettivo, senza alcuna aspirazione. Ogni giorno speso a guardarsi allo specchio era diventato una maledizione, qualcosa che gli dava il voltastomaco perché a restituirgli lo sguardo era una persona che non aveva compiuto nulla, che non era riuscita in nessuna delle cose che si era riproposta, che non aveva lasciato un segno duraturo su niente. L'uomo sentiva una forza dentro di sé, continuava nel suo racconto, una forza a cui non riusciva a dare nome, che lo spingeva a fare, a costruire, a cambiare, ma in tutta la sua vita quell'urgenza senza nome non gli aveva provocato altro se non sofferenze e delusioni, fallimento dopo fallimento.

Fu in quel periodo di miseria e disperazione che l'uomo cercò di togliersi la vita.

Come raccontava lo stesso Zacharias, un giorno uscì nel bel mezzo della notte con una corda e uno sgabello e scelse un albero dove impiccarsi.

Era a quel punto che la sua storia cominciava a farsi davvero interessante. Infatti, stando al libro, la corda si spezzò di netto quella stessa notte, poco prima che l'uomo soffocasse.

A quel punto Zacharias rivelava di avere avuto una sorta di catarsi, una rivelazione presentatagli in forma di messaggio dalla Grande Madre Gaea, un messaggio apparsogli sotto forma di luci, calore ed emozioni. In questo messaggio Gaea, la Grande Madre che rappresentava il pianeta Terra, lo aveva scelto per diffondere il suo verbo e lo aveva eletto come il leader di un nuovo movimento che avrebbe dovuto unificare l'umanità nella pace e nella coesione e vincere la battaglia finale contro Artificio, uno spirito malefico che si cibava della forza vitale dei mondi dell'universo.

Sempre secondo l'autobiografia, Gaea aveva rivelato a Zacharias che Artificio aveva come unico scopo distruggere la vita in

tutto l'universo, sostituendola con macchine senza emozioni. La
civiltà umana si trovava in un momento della storia cruciale, in
cui avrebbe dovuto scegliere se tornare progressivamente alla
natura, alle sue origini di comunione con il mondo in cui viveva,
oppure soccombere alla forza calcolatrice di Artificio e diventare
l'ennesimo pianeta privo di vita e corrotto dalla tecnologia, un
luogo dove la terra era un deserto, dove l'acqua era contaminata
da rifiuti tossici e l'aria era un veleno che non poteva essere
respirato.

Seguendo la chiamata di Gaea, Zacharias divenne da quel
giorno in poi il Messia della Grande Madre e il Patriarca di un nuovo
movimento religioso che l'uomo decise di battezzare 'Humanitas'.

Woodside lesse velocemente le informazioni che riguardavano il
movimento mentre si grattava distrattamente il mento. Gli umanisti
affermavano che la Terra, o Gaea, era un super essere senziente che
doveva essere adorato il quale comunicava tramite un Patriarca
come preservare la simbiosi tra la Terra e la razza umana. Sempre
secondo la biografia di Zacharias Hawke, la battaglia finale tra Gaea
e lo spirito cosmico Artificio era alle porte.

Mosso da un obiettivo preciso e utilizzando l'etere come un
mezzo di reclutamento, Zacharias era riuscito a creare un piccolo
ma coeso gruppo di fedeli che credevano nella sua parola e che
avevano iniziato a seguirlo con un fervore religioso che sfociava nel
fanatismo.

Il movimento Humanitas crebbe in fretta, accumulando altri
sostenitori e fondi grazie al passaparola e al volontariato incessante
dei suoi membri. Alcune frange di ambientalisti, antigenetisti,
fobaron e landisti estremisti formarono lo zoccolo duro degli adepti
del movimento e ben presto molti altri vi si aggiunsero.

Nel giro di una manciata d'anni, una piccola unità invisibile ai
radar dell'opinione pubblica, si tramutò velocemente in una delle
regioni in più rapida espansione nell'etere.

Anno dopo anno gli umanisti assorbivano unità e province e
solidificavano la loro presenza nel cyberspazio fino a riuscire a
influenzare l'opinione pubblica in diverse nazioni attraverso lobby e

gruppi d'interesse. Questa influenza, ovviamente, si tradusse molto in fretta in potere politico, economico e in ricchezze crescenti.

Con la crescita del prestigio, delle pratiche e dei rituali del movimento, l'Humanitas si istituzionalizzò, il suo seguito si fece sempre più internazionale e numeroso, titoli altisonanti vennero aggiunti ai vari ministri e sacerdoti del culto sparsi per il mondo e quello che una volta era stato Zacharias Hawke, il fallito venditore di stampanti con pensieri suicidi, si trasformò in sua Beatitudine Reverendissima, Patriarca del credo umanista, Messia della Grande Madre Gaea, Protettore della Circolo della Vita e Primo Ministro della Natura.

Woodside si mosse sulla sedia mentre guardava le statistiche che orbitavano attorno alla figura dell'umanista. Il suo cipiglio si fece se possibile ancor più marcato.

Non c'era affatto da stupirsi che Tenoderia, la sua eterion, volesse una persona con risorse di quel tipo tra le file landiste. Da quando un'ipotesi di fusione tra le due organizzazioni era comparsa, la donna aveva fatto di tutto per mettersi in contatto con la parte umanista e arrangiare incontri volti a sondare il terreno. Ben presto Woodside era stato costretto a sorbirsi rapporti chilometrici che elencavano i potenziali vantaggi per la LAND se si fosse fusa con l'Humanitas. Non c'era giorno che Tenoderia non gli ricordasse in un modo o nell'altro i loro contatti, le loro risorse e la loro influenza crescente. Woodside capiva l'eterion e vedeva bene la logica dietro quella mossa.

Se avesse dato la sua benedizione alla fusione tra la LAND e l'Humanitas, e se il Consiglio landista avesse votato la proposta, quella fusione avrebbe creato una megaregione con una capacità dirompente d'influenzare governi, istituzioni e l'opinione pubblica.

Eppure, nonostante tutte quelle premesse, nonostante quella fusione sembrasse un'idea incredibilmente allettante, Spine Woodside non riusciva a scrollarsi di dosso una sensazione di profondo disagio anche solo a concepire l'ipotesi di unire la sua LAND con gli adepti del Patriarca.

Non importava da quale angolatura considerasse tutta quella faccenda, il suo sesto senso semplicemente gli diceva che mischiare

Zacharias Hawke con la LAND equivaleva più o meno a mischiare del latte con del petrolio e decidere di bere l'intruglio.

Il Patriarca e il suo movimento si erano sforzati da anni di diffondere un'immagine di pacifismo e di progressismo, non di rado organizzando poderose raccolte fondi ed eventi pubblici volti ad ingraziarsi in diversi modi larghe fasce dell'opinione pubblica, ma all'interno dell'Humanitas c'erano gruppi estremisti e bigotti che erano stati protagonisti di diversi crimini e disordini.

Woodside non poteva certo dire che i landisti fossero privi di frange estremiste, ma lui aveva sempre soppresso o stigmatizzato qualsiasi forma di violenza non necessaria.

Quando Wei Wang era stato ucciso da un gruppo di terroristi, la cui appartenenza non era mai stata veramente precisata, il Presidente della LAND era stato uno dei primi a fare le sue condoglianze e a condannare pubblicamente l'assassinio. Per quanto non avesse sprecato neppure una lacrima per la morte di Wang, Woodside non poteva negare a sé stesso di aver sempre trovato quel ragazzino intrigante, con uno stile davvero particolare e una volontà adamantina che non poteva non essere ammirata. Un degno rivale, insomma, che gli aveva dato parecchio filo da torcere.

Woodside tornò a concentrare la sua attenzione sull'immagine di Zacharias Hawke, che continuava a guardarlo con quel ghigno appena accennato, un'espressione che esprimeva impudenza e sicurezza al tempo stesso. Il leader landista fece una smorfia. Doveva escogitare una linea d'azione efficace, doveva capire che cosa era meglio per la LAND.

Purtroppo, nonostante le informazioni che traboccavano nell'etere e sui media tradizionali, nonostante tutto quello che avesse letto, sentito o visto su Zacharias Hawke, Woodside non poteva certo dire di conoscere il Patriarca molto meglio di quando aveva iniziato le sue ricerche.

Tutto questo sarebbe presto cambiato, ovviamente.

Nel giro di poche ore avrebbe infatti avuto modo d'incontrare di persona il Patriarca, di vedere di che pasta era fatto, e qualcosa gli diceva che la loro discussione sarebbe stata molto istruttiva.

In quel momento, un suono proveniente dal terminale sulla sua scrivania lo destò dai suoi pensieri.

"Signore," disse la familiare voce automatica del Controllo della sua casa. "Il direttore mediatico Gbeho, il segretario Delo, la signorina Muchena e Madame Azarova sono appena arrivati con lo shuttle. La stanno aspettando all'entrata."

Woodside mosse una mano e l'immagine di Zacharias Hawke e i dati che lo riguardavano scomparvero nel nulla.

"Va bene," rispose il leader landista. "Digli che sto scendendo."

"Sì, signore."

Si alzò dalla sedia, si lisciò i pantaloni, prese la sua giacca e si avviò verso la porta.

Prima di varcarla, guardò indietro, verso il trigoy ormai spento. Aggrottò la fronte e trattenne a stento un sospiro. Una serie di profonde linee orizzontali incresparono la sua fronte.

Fondere la LAND con l'Humanitas sembrava la scelta più logica per qualcuno che cercasse potere ed influenza, certo, ma lui sapeva che quelle due cose non venivano mai senza un prezzo da pagare, e la fusione non poteva essere l'occasione irripetibile che gli veniva sbandierata sotto il naso da così tante voci.

Il Presidente della LAND decise che avrebbe scoperto molto presto se era dopotutto possibile mischiare latte e petrolio, bere l'intruglio e continuare a mantenere il sorriso sulle labbra.

∞ ∞ ∞

Woodside scese la scalinata, superò la vasta sala d'ingresso e si diresse verso la porta, che si aprì automaticamente non appena i sensori di prossimità registrarono la sua presenza.

Il vasto giardino fuori di casa, con uccelli nascosti tra gli alberi che si richiamavano a vicenda e insetti che svolazzavano pigramente tutt'attorno, gli ricordava il parco vicino alla casa dei suoi genitori, il santuario verdeggiante che conteneva alcuni dei momenti più belli e preziosi della sua infanzia, momenti trascorsi con sua sorella

Adelaide. C'era stato davvero un tempo in cui tutto quello che faceva era correre e raccogliere pinoli?

Oltre il giardino privato un'alta recinzione circondava la sua residenza e, intorno a quest'ultima, droni telecamera pattugliavano il perimetro, trasmettendo ventiquattr'ore su ventiquattro le immagini più sensibili agli uomini della sicurezza negli enomotori corazzati parcheggiati lì vicini. Proprio a pochi metri fuori dal cancello principale, Woodside intravide un piccolo gruppo di persone riunito intorno ad uno shuttle che esibiva il familiare simbolo del Tetralemento.

Komla, Arvin, Tenoderia, Yvonne e un giovane sconosciuto in completo nero che sembrava essere stato preso in prestito dalle pompe funebri lo guardarono avvicinarsi.

Lo sguardo di Woodside si concentrò inizialmente su Yvonne Muchena, vestita con un lungo abito rosso da sera che sottolineava la sue forme piene.

"Bella scollatura," disse il Presidente, indicando il generoso spazio tra il collo e il petto mentre il cancello si apriva automaticamente, lasciandolo passare. "Confonderai i predatori nell'arena."

"Arena?" ripeté Yvonne, sorridendo, mentre studiava il suo vestito rosso. "Pensavo stessimo andando ad una serata di gala."

Woodside produsse un sorriso malizioso, "Mia cara," disse, con tutto il fascino che il suo sorriso riusciva ad irradiare, "nel mio mondo, non c'è alcuna differenza tra le due cose."

Il leader landista fece un rapido segno d'assenso verso i suoi assistenti, tutti vestiti con abiti da sera eleganti, poi scrutò il giovane sconosciuto di fianco allo shuttle, che guardava a destra e a sinistra, senza sosta, come in preda ad un tic. Sembrava abbastanza giovane da poter essere suo figlio. O il figlio di suo figlio. Woodside gli diede vent'anni, venticinque al massimo. Aveva capelli corti, volto completamente rasato, camicia bianca e giacca, cravatta, pantaloni e scarpe completamente nere. Una spilla con il simbolo della LAND circondato da uno scudo era attaccata al suo petto.

"Michael Balduin," disse Arvin, schiarendosi la gola, mentre indicava il giovane uomo in uniforme. "La sua nuova scorta, signor Presidente."

"Che fine ha fatto Haggard?" chiese Woodside, mentre continuava a valutare il giovane addetto della sicurezza, che si girò verso di lui e assentì velocemente quando venne pronunciato il suo nome, per poi ritornare a guardarsi intorno da dietro i suoi occhiali scuri.

"Un brutto caso di peritonite, capo," questa volta fu Komla a rispondere.

Woodside fece un passo in avanti e strinse la mano del giovane uomo. "Fresco dell'accademia?" chiese.

Il giovane non alterò la sua espressione rigida. Il suo volto sembrava essere stato scolpito nella roccia. "No, signore," disse, come se stesse rispondendo ad un ordine. "Ho servito in Ossezia e in Venezuela, signore. Tre viaggi."

"A riposo, sei tra amici," disse Woodside, chiedendosi come facesse quel ragazzo a non frantumarsi sotto il peso della sua stessa rigidità. "E così tu saresti il prossimo gentiluomo pronto a prendersi una pallottola per conto mio, mhm?"

"Sì, signore," rispose con sicurezza Michael.

"Sei una persona che ride spesso, Michael? Perché mi aspetto che la mia guardia del corpo rida alle mie battute," Woodside si avvicinò ulteriormente, continuando a guardarlo. "Velocemente e sguaiatamente," aggiunse, come per sottolineare il senso delle sue parole.

"Ricevuto, signore."

"Bene," disse Woodside, gettando un'occhiata ai suoi collaboratori, per poi fare l'occhiolino ad Yvonne, "allora non ci sarà alcun bisogno d'impalarti sul tetto di casa e farti mangiare dalla mia squadra di avvoltoi addestrati, come ho fatto con tutti quelli che non ridevano abbastanza forte alle mie battute."

Komla fu il primo a scoppiare a ridere, seguito da Arvin e da Yvonne. Tenoderia rimase in disparte, toccandosi con aria assente i suoi occhiali, persa in chissà quale regione dell'etere.

La guardia del corpo, tuttavia, non aveva alterato di un millimetro la sua espressione.

"Quella era una battuta, Michael," gli fece presente Woodside.

"Sì, signore." Il ragazzo sorrise. Aprì la bocca, emise quello che sembrò un latrato forzato, quindi ritornò a vestire il suo volto della stessa espressione imperturbabile di poco prima.

"Arvin, Cristo Santo!" esclamò Woodside, rivolgendosi al suo sottoposto, che sobbalzò a sentire il suo nome. "Non sapevo assumessimo autotron!"

A quell'esclamazione, Komla rise ancora più forte, Yvonne guardò Michael con un'espressione che avrebbe potuto essere tenerezza e Arvin continuò la sua risatina strozzata, come se non fosse sicuro se ridere fosse la cosa che ci si aspettasse da lui in quel momento.

Tenoderia si fece avanti, guardando Woodside, "Signore, siamo in ritardo," gli ricordò con voce urgente, indicando la porta aperta dello shuttle.

"Ah, sì. *In ritardo*," Woodside scrollò le spalle e guardò Yvonne, che sorrise di rimando. "Non è forse la mia maledizione? Essere costantemente in ritardo? Bene, allora muoviamoci, prima che Tenoderia cominci a contare i secondi, o a elencare in ordine di rilevanza le dieci ragioni che fanno di me il peggior Presidente che un'organizzazione abbia mai avuto."

Una volta che tutti furono dentro lo shuttle e il veicolo si fu sollevato dal suolo, Woodside si rivolse a tutti i presenti. "Allora, squadra. Siete pronti per la serata di Gala?"

"Io sono arci-pronta," disse Yvonne. "Non so voi landisti dei piani alti, ma è la prima volta che mi capita di mangiare tramezzini al caviale e di bere Champagne."

"Spero che ci sia ben altro che tramezzini al caviale per i vent'anni della fondazione della Corte Planetaria," disse Komla, incrociando le braccia. "Non siamo mai stati invitati ad un party del genere...beh, non che la cosa mi stupisca. Gli jurion non sono tipi che festeggiano di frequente, a maggior ragione gli jurion della Planetaria. Che cosa mangiano tipi come quelli, di grazia? Nuove norme condite da un pizzico di regolamentazioni?"

"Poco importa che cosa ingoiano quella legione di giudici spocchiosi," disse Woodside. "Quel che conta è che, a parte gli jurion della Planetaria, ci sarà questo mondo e quell'altro nella reggia. Ed è per loro che dobbiamo essere pronti."

"Ma non Richard," precisò Komla, con un'espressione trionfante sul volto. "Non il nostro passacarte preferito. Non oggi. Penso che stia ancora cercando di capire in che modo vuole farti fuori, capo, dopo lo smacco che ha subito."

"Parlando proprio del diavolo, abbiamo avuto problemi da lui e dai suoi lacchè, dopo il mio annuncio?" chiese Woodside.

Komla scosse la testa, quindi guardò Yvonne. "Non possiamo certo dire che i burocrati abbiano preso bene la tua nomina di Ms. Africa come campione landista. Ma per il momento sembrano intenzionati ad accettare il fatto compiuto. Penso che a questo punto sperino che la tua scelta si riveli...Ah...poco saggia, e da lì potrebbero partire per una controffensiva."

"Se stanno aspettando che faccia un passo falso, aspetteranno per un bel pezzo," disse Woodside.

Yvonne si sistemò sul sedile e studiò il Presidente. "Non mi hai ancora detto come hai fatto ad imporre la mia candidatura al Consiglio, Spine," chiese la donna.

"Sembri sorpresa, dolcezza," disse Woodside. "Credevi davvero che quei leccacarte ti avrebbero mantenuta lontana dalla festa, contro la mia volontà? Sono deluso, mia cara, molto deluso. Pensavi davvero valessi così poco?"

"Lo ammetto, sono sorpresa," concesse Yvonne. "Se metà di quello che mi avete detto è vero, i burocrati hanno molto più potere che in passato. Specialmente questo Richard Donovan, di cui tutti parlate così bene. Allora? Non farmi supplicare, Spine. Che cosa gli hai detto per convincerli? Voglio i dettagli."

"È stata una combinazione di proposte, minacce e, devo ammetterlo, pura e semplice fortuna," rispose Woodside. "Alla fine, il buon senso ha avuto la meglio sulla matematica e quel poco che restava della mia influenza ha fatto il resto."

"A questo punto," disse Yvonne, "non so davvero se devo ringraziarti o maledirti. Continuo a pensare che scegliere me per Scontro

Frontale sia stata un'idea ardita, una vera e propria scommessa. Quasi un suicidio, se le cose dovessero…beh, non andare come ti aspetti."

"Puoi ringraziarmi e maledirmi allo stesso tempo," le disse Woodside. "Poco importa. Ora che sei stata ammessa al ballo, ti conviene imparare i passi. In fretta. Non abbiamo molto tempo prima dell'incontro con il tuo principe azzurro a Scontro Frontale. Vincere, ora, è una necessità. Per noi tutti," Woodside sottolineò le ultime tre parole, guardando uno ad uno i presenti.

"Della serie: non mettermi pressioni," replicò Yvonne.

"Con tutto il dovuto rispetto, signore," s'intromise Arvin, mentre si sfregava nervosamente le mani, "per quale motivo non cercare almeno di convincere il Consiglio della bontà della sua decisione? Voglio dire…far almeno *sembrare* che stava chiedendo il loro permesso. Forzare in questo modo la loro mano…"

"È una mia prerogativa, Arvin," tagliò corto Woodside, "in quanto Presidente della LAND. Forse arriverà il giorno in cui una firma su un pezzo di carta permetterà a quei giullari di spedirmi in un ospizio, ma non oggi. Il momento in cui inizierò a chiedere il permesso a Richard e agli altri burocrati per fare qualcosa che mi spetta di diritto è il momento in cui mostrerò una debolezza che non posso permettermi." Woodside bloccò la risposta di Arvin con una mano alzata. Per lui, quella conversazione era chiusa. Arvin scosse la testa e prese a mordicchiarsi le labbra, ma non aggiunse altro.

"Tenoderia," proseguì Woodside, rivolgendosi alla sua eterion, "Che cosa mi dici del campione altista? Abbiamo delle novità su chi possa essere?"

Tenoderia si sistemò gli occhiali sul naso, quindi mosse gli occhi a destra e a sinistra. "Il Direttivo altista non ha ancora scelto un campione," disse. "Non pubblicamente, almeno. Ci sono voci che danno Faramount Umen o Tyson Brown come possibili candidati."

Una lieve alterazione nel suo tono, quando pronunciò entrambi i nomi, suggerì a Woodside che l'eterion non considerasse davvero nessuno di loro come un potenziale candidato.

"Improbabile che sia uno dei due," disse Woodside, come per

fare eco ai pensieri dell'eterion. "Non adesso che sanno chi sarà il nostro campione. Umen e Brown sono candidati per tempi di pace, e scegliendo cioccolato fondente abbiamo mostrato a Gladia e ai suoi contastelle che siamo in guerra. Una guerra che intendiamo vincere." Woodside guardò Yvonne. "Siamo andati fuori programma, nominando lei. Gladia e la sua cricca dovranno adattarsi, e scegliere il loro gladiatore di conseguenza. Quella donna non è una stupida. Potete star certi che sceglierà bene."

Tenoderia annuì, evidentemente d'accordo con l'affermazione del Presidente. "Ci sono voci, in alcuni parti dell'etere, che mi sono sembrate abbastanza interessanti da farle presente," proseguì l'eterion. "Stando a queste voci, il Direttivo altista potrebbe decidere per Verha Wardem come loro campione."

"Verha Wardem?" ripeté Komla, con l'espressione di qualcuno che assaggia per la prima volta una bevanda esotica. "Mai sentito, la qual cosa mi preoccupa parecchio, in effetti. Chi diavolo sarebbe?"

"Abbiamo davvero poche informazioni riguardo questa persona," disse Tenoderia, "a parte il fatto che ha studiato all'accademia altista di Saemangeum City come retore. Ha successivamente lavorato per un paio d'anni nell'amministrazione altista, per poi trasferirsi nel settore privato. È stato assunto prima dalla Galactic Quest e poi dalla Stellar Phoenix. Sembra sia un giovane molto sveglio e motivato. Ho messo al lavoro il reparto eterico per scoprire di più su di lui. Dovrei avere il primo rapporto tra meno di due ore."

"E tu come fai a sapere una cosa del genere?' chiese Arvin, sorpreso. "Voglio dire, come fai a sapere che questo Wardem potrebbe essere il vero candidato?"

"Sono un eterion," rispose semplicemente Tenoderia, guardando Arvin come se l'uomo avesse chiesto per quale motivo l'acqua è bagnata. "Sapere è il mio lavoro."

Silenzio seguì quell'affermazione. Poi Woodside si rivolse nuovamente ad Arvin. "Sempre riguardo Yvonne," disse il leader landista, "sei riuscito a capire come abbia fatto il suo profilo a finire tra i candidati? Questa faccenda continua a puzzare di uova marce e non ho avuto nessun aggiornamento nei giorni passati."

"La verità, Presidente, è che non ho idea di che cosa sia successo," rispose Arvin, evitando scrupolosamente lo sguardo del superiore. "Ho messo al lavoro l'intero dipartimento risorse umane e sicurezza informatica per cercare di trovare una risposta. L'unica cosa di cui siamo sicuri al momento è che qualcuno ha rimpiazzato l'immagine multidimensionale di Alfonso Suarez e l'ha sostituita con quella della signorina Muchena."

"Una talpa," disse Komla. Non era una domanda.

Arvin annuì mentre guardava il collega.

"Trovami questa fottuta talpa, Arvin," disse Woodside, indicandolo. "Una volta che la guarderò dritta negli occhi e mi avrà spiegato per quale motivo ha fatto quello che ha fatto, deciderò se sbatterla in galera o darle una promozione. In entrambi i casi, chiunque sia, si troverà in un mare di merda."

"Cinque minuti, signore," lo informò Michael dalla postazione del pilota.

"Molto bene, gente," disse Woodside. "State a sentire. Troveremo esemplari di varie specie, dentro quello *zoo*. L'anniversario della fondazione della Corte Planetaria è un evento che attirerà in quella reggia qualsiasi fazione, lobby o gruppo di potere presente sul pianeta. Altisti, tecnoristi, umanisti, genetisti, eterion di vario genere, governativi, datamorpher, fobaron, jurion e Dio solo sa che cos'altro. Tenete un basso profilo e le orecchie aperte. Occasioni come questa capitano sempre meno spesso e io ho intenzione di approfittarne il più possibile. Gli argomenti che sentiremo più spesso, sono sicuro, saranno l'imminente Scontro Frontale, la nostra guerra privata con i burocrati e la crescente economia spaziale. Vaghezza e imprecisione devono governare le vostre risposte, discrezione e qualunquismo devono essere i vostri comandamenti."

Tutte le teste nell'abitacolo assentirono. Woodside proseguì, rivolgendosi alla sua Madame. "Tenoderia," disse, "dentro quella reggia ci sarà la maggiore concentrazione di eterion dai tempi di Eterverse. Per la fine della serata, voglio sapere che cosa passa nelle loro menti contorte, quali trame stiano cercando di tessere e come fare ad inibire chi ci è nemico, ad irretire gli indifferenti e a tenerci vicino gli amici."

Tenoderia fece un singolo, verticale movimento della testa. "Ho già in programma di parlare con un paio di eterion di DataMorph, Presidente," lo informò la donna, sfiorando il lato dei suoi occhiali. "Dovrei ricavare più di un'informazione interessante dalla nostra conversazione."

Woodside annuì, girò la testa e si rivolse verso Arvin. "La maggior parte delle serpi si concentreranno su di te, cercando un lato soffice su cui affondare i denti," lo avvertì. "Lasciaglielo fare. Fatti assaggiare, mentre fai rivelare loro più di quanto vorrebbero."

"Pronto come sempre a fare da bersaglio, signore," Arvin scrollò le spalle, un'espressione di rassegnazione sul suo volto.

"Komla..."

"Sì, lo so, lo so!" lo interruppe Komla, alzando una mano. "Fai il tuo lavoro come solo tu sai fare," disse Komla, in un'incredibilmente fedele riproduzione della voce del Presidente, "Agisci sui dubbi e sulle indecisioni della gente e blah, blah, blah..."

"Ecco, questo è ciò che si ottiene a lavorare con le stesse persone per oltre vent'anni!" si lamentò Woodside. "Prevedibilità, sufficienza e vagonate di sarcasmo. Avrei dovuto mandarti a quel paese il giorno stesso in cui sei venuto ad elemosinare un posto di lavoro alla mia porta!"

"Da quel che mi ricordo," disse Komla, "fu un giovane Presidente di un'organizzazione senza alcun seguito che mi supplicò quasi in ginocchio di lavorare per lui."

Finalmente Woodside si concentrò su Yvonne.

"Per quanto riguarda te, dolcezza," disse, "tu sei estranea a questo mondo. Mi raccomando, stammi il più vicino possibile. Osserva, ascolta, ma non parlare fino a quando non te lo dico io. Ci siamo capiti?"

"Non mi hai ricordato di non accettare caramelle dagli sconosciuti, Presidente," disse Yvonne, palesando falsa indignazione. "Devo anche tenerti per mano?"

"Solo quando te lo dico io, dolcezza," rispose Woodside, sorridendo.

Lo shuttle atterrò in quel momento nel parcheggio designato e, quando lo sportello fu aperto, scesero dal veicolo.

Michael, la guardia del corpo, fu il primo di tutti, seguito da Woodside, Yvonne, Komla, Arvin e Tenoderia.

Davanti a loro stava un'enorme edificio color ardesia, alto cinque piani. C'erano alcune sculture che ricordavano gargoyle sparsi sul tetto e intorno alle finestre. L'edificio sembrava un incrocio tra una reggia, una fortezza ed una cattedrale. Era una struttura incredibilmente ben tenuta, che suggeriva solidità e magnificenza al tempo stesso.

Enormi bandiere esibivano il familiare simbolo della Corte Planetaria, una bilancia che manteneva in equilibrio due piatti, uno che conteneva il mondo e l'altro un essere umano.

C'era una nutrita folla di persone fuori dalle recinzioni che proteggevano l'edificio. Alcuni di loro esibivano oloposter, altri semplici cartelloni con varie scritte. La maggior parte stavano protestando contro una delle varie concentrazioni di potere che si trovava dentro l'edificio.

"Michael, rimani vicino allo shuttle," ordinò Woodside, abbottonandosi la giacca. "Il resto di voi, seguitemi," disse al suo gruppo, mentre si avviava con sicurezza verso la folla dei manifestanti.

La maggior parte di loro, notò Yvonne, non sembravano affatto pericolosi. Si trattava perlopiù di giovani, madri e padri di famiglia, studenti, persone disoccupate o semplicemente senza nessuna assicurazione sanitaria, stando a quello che dicevano i cartelli. Molte delle donne portavano con sé bambini o infanti. Per Michael, tuttavia, ognuno di loro rappresentava chiaramente una possibile minaccia all'incolumità di Woodside.

"È un bel po' di gente, signore," gli fece presente Michael, guardando la folla con sguardo allarmato quando si accorse di cosa voleva fare il Presidente.

Woodside si fermò. Guardò Michael come se non avesse tempo di spiegare qualcosa di ovvio, ma alla fine disse, notando il suo atteggiamento allarmato, "Se mi sparano o mi pugnalano mentre bacio bambini e consolo persone afflitte divento un martire." Sorrise, mentre toccava la spalla della sua guardia. "Credimi, Michael, nessuno vuole che succeda una cosa del genere."

Woodside fece per continuare a camminare, ma Michael si frappose tra lui e la folla, impedendogli di proseguire. Il leader landista alzò un sopracciglio. L'irritazione fece evaporare all'istante qualsiasi traccia di comprensione avesse avuto.

"Signore," insistette Michael, guardandolo mentre esibiva una risolutezza adamantina, "non posso permetterle di andare senza scorta in mezzo a tutte quelle persone. Il signor Richard Donovan e il Consiglio sono stati molto chiari sulle direttive riguardanti la sua sicurezza. Mi hanno ricordato di farglielo presente, se si fosse verificata una situazione del genere."

Gli occhi di Woodside brillarono di una luce sinistra e una vena sulla tempia cominciò a pulsare.

"E Richard e il Consiglio ti hanno anche detto di ricordarmi di alzare la tavoletta del cesso prima di pisciare?" Fece due passi verso Michael, denti esposti e labbra piegate fino a formare un'espressione simile a quella che avrebbe avuto un lupo pronto a sbranare un coniglio. Quando i loro volti furono a pochi centimetri di distanza, continuò, "Mettiamo in chiaro una cosa, Michael. Non sta a te dire che cosa posso o non posso fare. Sono stato abbastanza chiaro?"

L'espressione inflessibile dell'uomo della sicurezza sembrò spezzarsi sotto lo sguardo del Presidente.

Lentamente, Michael abbassò e alzò la testa. "Sì, signore." Quindi si spostò, facendo largo al leader landista.

Per una paio di secondi, Woodside continuò a fissare Michael, ma alla fine si rilassò. Inspirò ed espirò, quindi disse, "Fidati, Michael. Non ho bisogno di te tra quella folla. Avrei bisogno di te lì dentro," ed indicò l'enorme edificio color ardesia che ospitava il gala.

Michael si allontanò, avviandosi velocemente verso il poliziotto più vicino.

"Andiamo," disse Woodside, porgendo il suo braccio ad Yvonne, che lo prese. "È tempo d'iniziare ad imparare questo mestiere." Insieme camminarono, seguiti da Komla, Arvin e da Tenoderia.

Il gruppo di landisti ignorò completamente il fiume di gente ben vestita che stava aspettando in fila, fuori dall'enorme entrata, e si diresse verso la folla di manifestanti, senza ricambiare gli sguardi curiosi che gli venivano gettati dai poliziotti lì attorno, con cui Michael si stava affrettando a parlare.

Quando il gruppetto fu a pochi metri dalla recinzione, Woodside aspettò che il campo di forza venisse disattivato. L'ufficiale al comando, che lo stava guardando, scosse la testa, scettico, ma diede l'ordine e il Presidente e il suo gruppo poterono passare.

Fu a quel punto che i droni telecamera, appartenenti a diverse dozzine di testate giornalistiche, li notarono. Come un nugolo di api attirate dal sentore di miele, smisero di riprendere la folla e si concentrarono su Woodside e sul suo seguito. Il leggendario sorriso del landista si accese tutto d'un tratto, una fila di denti scintillanti che annunciavano la sua presenza.

Subito dopo, alcuni manifestanti smisero di protestare mentre guardavano stupiti il gruppo di landisti che si stava dirigendo verso di loro. Ben presto, la maggior parte delle persone presero ad agitare le mani nella loro direzione. Alcuni continuavano a protestare, ma la maggior parte stavano sorridendo, li stavano chiamando, li stavano invitando ad unirsi a loro.

"Il popolo, Yvonne," mormorò Woodside, mentre stringeva a sé la donna, sorridendo verso il pubblico in festa e verso i giornalisti ammassati lì attorno, che cominciarono a gridare domande che si sovrapponevano a vicenda, creando un vociare indistinto. "È il popolo che è sempre stata la linfa vitale della LAND. È il contatto con le persone, quello genuino, non la fredda sottoscrizione ad una regione, che conta davvero. Il complesso primordiale dell'uomo della caverna è ancora presente nella nostra genetica, il bisogno di sentirsi parte di qualcosa e di condividere le nostre esperienze con un altro cuore che batte, che sogna e che cerca di essere capito. È questo bisogno di sentirsi parte di qualcosa che guida le nostre azioni, definisce chi siamo, che cosa facciamo e con chi stiamo. Saresti sorpresa di scoprire quanto una stretta di mano voglia dire molto di più di un semplice accesso all'etere. Le persone ricordano, *sempre*, e perfino in quest'era digitale caratterizzata da trigoy, naricolari, regioni ed immagini multidimensionali, il contatto umano è il modo migliore per creare una legione di fedeli disposti a fare qualunque cosa per chiunque gli porga una mano e gli prometta di combattere la loro battaglia."

Le persone continuarono a gridare gioiose, urlando il nome del Presidente, benedicendolo, applaudendo, apparentemente dimentiche del motivo per cui stavano protestando man mano che il gruppo si avvicinava.

Una volta giunto in mezzo a tutti loro, con nessun'altra protezione se non il suo sorriso e il suo incredibile carisma, Woodside strinse mani, scambiò battute, diede rassicurazioni e raccomandazioni. Il suo famoso sorriso era distribuito a destra e a sinistra, come un monarca che getta monete d'oro dalla sua carrozza, e il popolo si affanna a raccogliere anche solo un barlume di quel metallo scintillante.

"Dio la benedica, Presidente! Dio la benedica!"

"LAND! LAND! LAND!"

"Landisti e Terra! Landisti e Terra!"

"Woodside! Woodside! Woodside!"

"Il Tetralemento domina! Il Tetralemento domina!"

Woodside firmò autografi, strinse più mani di quante riuscì a contare e fece battute che scatenarono risate, elargì discorsi che inumidirono sguardi e distribuì raccomandazioni che aprirono cuori, sempre con Yvonne ad un passo di distanza, che lo osservava attentamente.

In mezzo alle persone, Spine Woodside diventava la leggenda attorno alla quale era nata una delle organizzazioni più potenti, estese e strutturate della storia del genere umano. Woodside era la LAND e la LAND era Woodside.

Il Presidente portava dietro di sé Yvonne ovunque andasse, e si fermava regolarmente davanti ai giornalisti che reclamavano la sua foto. Ogni volta che c'era una foto da scattare, o un discorso da dare, lui cercava Yvonne, ogni volta l'invitava a partecipare ad una discussione, a dare consigli e ad elargire rassicurazioni.

Dopo un quarto d'ora speso in quel modo, Woodside si congedò elegantemente dal pubblico con una raffica ben piazzata di saluti e di battute. Yvonne e il suo gruppo lo seguirono, mentre si avviavano nuovamente verso la serata di gala, voci e grida che lo rincorrevano da dietro, che domandavano un minuto in più del suo tempo, che supplicavano per un ultimo autografo.

Una volta superato nuovamente il campo di forza, il Presidente condusse il gruppo verso la reggia.

Tuttavia, Woodside non li portò alla fine della fila, dove si supponeva che i nuovi arrivati dovessero aspettare di essere chiamati, ma li condusse direttamente verso l'entrata.

"Lezione numero due," Woodside sussurrò all'orecchio di Yvonne, ignorando completamente la gente in fila, "mai seguire una fila quando puoi essere la prima persona a crearne una nuova."

Arrivarono ben presto all'entrata principale, dove stava un uomo con una calvizie incipiente, un'uniforme color argento e un'espressione sorpresa sul volto.

"Woodside, Spine, e il suo entourage," disse il landista, indicando distrattamente Yvonne e il resto del suo gruppo.

Il portiere dell'evento aveva chiaramente riconosciuto il leader della LAND, eppure dall'espressione del suo volto sembrava combattuto se lasciarlo passare in quel modo o se seguire l'etichetta e chiedergli di mettersi in fondo alla fila.

L'uomo aveva cominciato ad aprire la bocca, quando Woodside lo superò senza dire altro, come se non meritasse più attenzione di uno dei tanti candelabri attaccati alle pareti.

Il portiere e i suoi collaboratori non lo fermarono, ovviamente, ma rimasero a guardare a bocca aperta il gruppo di landisti che si avviò verso il cuore dell'edificio attraverso un corridoio affiancato da quadri, trofei, armature e bandiere.

Una volta giunti alla fine del corridoio, la reggia si aprì davanti ai loro occhi in tutto il suo splendore.

Sfarzo era una parola che iniziava solo vagamente a descrivere quello che avevano di fronte.

Davanti a loro stava un'enorme sala con un soffitto alto almeno dieci metri e una doppia scalinata che sembrava fatta interamente di cristallo che s'innalzava come una coppia di serpenti. Tavoli e sedie erano presenti su entrambi i piani, e il profumo di una varietà apparentemente infinita di pietanze dominava l'ambiente.

Una musica soffusa proveniente da una piccola orchestra al limitare della sala si sposava armoniosamente con il chiacchierare di centinaia di persone.

Woodside guardò la sua protégé e sorrise. Lo stupore della donna era talmente palese da suscitare tenerezza. Chiaramente, non era mai stata ad un evento del genere.

"Benvenuta nell'arena, dolcezza," le disse il Presidente, tenendola sotto braccio, come un padre che ha paura che la figlia si perda in un parco di divertimenti. "Stammi vicino."

Il leader landista guardò attorno a sé, quindi aggiunse, "Siamo circondati da mostri che hanno una lingua affilata come un coltello e una lapide con il nostro nome inciso sopra."

18

IL MALICERE KILLER

CALGARY, ISTITUTO YODOBASHI PER LA CURA DI DISTURBI ETERE-INDOTTI

Angelica

L'ARIA DELLA stanza sapeva di stantio, nonostante l'ambiente fosse giornalmente disinfettato dai controlli ambientali automatici che governavano le sue funzionalità interne.

Non c'erano finestre, né mobili, né qualsiasi altro tipo di arredo. Anche le pareti bianco latte, una semplice sequela di superfici lisce che si rincorrevano a vicenda, piegandosi in angoli retti, erano scevre di qualsiasi tipo di decorazione.

C'era una sola porta che fungeva sia da uscita che da entrata. Era stata programmata per permettere il passaggio solamente a personale dell'istituto con il più alto livello di autorizzazione.

In uno degli angoli, una telecamera riprendeva l'ambiente circostante ventiquattro ore su ventiquattro, sette giorni su sette, trasmettendo le informazioni ad un'equipe di eterodon in un laboratorio adiacente, impegnati a raccogliere dati, a discutere, a valutare e a cercare una soluzione ad un problema che sembrava non averne nessuna.

Come una stanza nella stanza, al centro era presente un campo di forza di colore giallo cromo, l'unica vera fonte di luce in un mondo altrimenti avvolto nell'oscurità più totale. Lo spazio inscritto nel campo di forza era largo circa quattro metri per quattro e i fasci di luce che formavano il perimetro s'innalzavano fino al soffitto, isolando completamente quella porzione di stanza dal mondo esterno.

All'interno del campo di forza, una solitaria figura giaceva distesa su un fianco, le braccia e i piedi immobilizzati da impedimenti restrittivi in plastilene.

Angelica Kam valutò l'uomo disteso per terra con un'espressione seria sul volto, due profonde ombre scure che assediavano i suoi occhi. Deglutì e si mise il palmo della mano sulla bocca, cercando di occultare con quel gesto l'espressione del suo volto.

L'uomo che stava fissando era il guscio vuoto di qualsiasi cosa fosse stato un tempo, come se la scintilla che rendeva davvero umana una persona fosse stata risucchiata via da una forza inspiegabile.

Eccezion fatta per le restrizioni in plastilene e un paio di mutande, il paziente non indossava alcun vestito. La sua pelle, di colore grigio-bianco, era pallida, ed Angelica immaginò che se avesse dovuto descrivere l'aspetto di quell'uomo a qualcuno, avrebbe detto che era come se uno spettro avesse cercato d'impossessarsi di quel corpo, provando ad assumere delle sembianze umane, ma fallendo miseramente nell'impresa.

Le vene e le arterie che affioravano sulla sua pelle sembravano gonfie di nient'altro se non spazio vuoto. Angelica studiò anche gli innumerevoli graffi e i tagli sulla sua pelle. Sembrava che avesse corso nudo nel bel mezzo di una foresta, lasciando che un'infinità di rami spezzati battezzassero ogni centimetro quadrato del suo torace, delle sue braccia e delle sue gambe.

Odiò ammetterlo, ma fu felice quando suo marito cominciò a parlare, distogliendola da quello spettacolo.

"Abbiamo dovuto applicargli un impedimento mascellare per evitare che finisse di mangiarsi l'altro labbro," le disse Sebastian con un tono impossibile da decifrare. "Cory lo ha riaggiustato come poteva, ma la maggior parte lo aveva già ingoiato, quando gli uomini della sicurezza sono arrivati."

Ci fu una parentesi di silenzio nella quale si sentirono solo i loro respiri.

Sebastian s'inumidì le labbra, quindi continuò a parlare. "Nessuno parla di un rimpiazzo per via della sua...della sua...beh, della sua situazione attuale, ovviamente. Cory dice che non avrebbe senso usare una protesi nelle sue condizioni."

Angelica si girò di scatto è fissò il marito, valutandolo con molta attenzione.

Sebastian Anish era un uomo alto, con capelli tagliati quasi a zero e l'espressione di qualcuno che amava ragionare bene su qualcosa prima di parlare.

Le sue lunghe dita erano intrecciate dietro la schiena, mentre le sue gambe erano divaricate all'altezza delle spalle. La postura che assumeva quando si preparava a dare una brutta notizia.

La dottoressa distolse lo sguardo dal marito e lo rivolse nuovamente verso il paziente.

"Per quale motivo lo avete trasferito nella detentiva?" chiese, cercando di mantenere il tono della sua voce impassibile quando tutto quello che avrebbe voluto fare in quel momento era urlare.

"Considerata la sua situazione," le fece presente Sebastian, "Cory ha creduto saggio isolarlo dagli altri. Motivi di sicurezza, ha detto, e io non posso certo dargli torto."

"E per quale motivo non si trova sul suo letto?" chiese Angelica, stringendo le mani a pugno senza quasi accorgersene. "Cory ha *creduto saggio* potessimo risparmiare anche su quello?" La sua voce aveva cominciato a tremare, tradendo una sfumatura di rabbia repressa che non sfuggì al marito.

Sebastian disgiunse le mani e puntò con l'indice verso la figura immobile. "No, Angy. Non è quello. Ultimamente anche il letto, i vestiti e le lenzuola sembravano agitarlo. Adesso è felice solo nudo e privo di oggetti, isolato da tutto e da tutti. Sembra che sia l'unico modo per mantenerlo in una parvenza di tranquillità ed evitare che si auto-infligga altri danni."

Angelica scosse la testa, incredulità e frustrazione che si facevano largo sul suo volto.

"Perché non sono stata informata di queste decisioni *prima* che fossero prese?"

"Angy," disse Sebastian, guardandola negli occhi. C'era una traccia di esasperazione nel tono della sua voce. "Credevo ne avessimo già discusso. Non puoi occuparti di qualsiasi cosa succeda in questo istituto. Hai le mani impegnate con Ewald e con un'altra decina di pazienti allo stesso tempo, senza contare le visite all'istituto che tu e Dewi state organizzando, la raccolta fondi, i piani per la creazione della provincia e due conferenze nel prossimo fine settimana. Non ti sembra abbastanza? Come se tutto questo non bastasse, ora ci si è messo anche Jason Cloverfield con la sua..."

Sebastian non finì la frase. Sapeva che percorrere quella strada avrebbe condotto alla Madame delle Note, non esattamente l'argomento preferito della moglie, e l'ultima cosa che voleva fare in quel momento era darle altre preoccupazioni.

"Scusa," le disse il marito, spostando il peso del corpo da un piede ad un altro. "So che questa faccenda della Madame delle Note ti fa imbestialire."

"Lascia stare," disse Angelica, "quella è una cosa sulla quale non abbiamo alcun controllo. Quello che voglio sapere è se posso essere utile a..."

"No, Angy," l'interruppe seccamente Sebastian, con un tono che non ammetteva repliche. "Questa cosa è una priorità mia e dei ragazzi. Punto."

"Beh, forse *tu e i ragazzi* non siete in grado di gestirla. Forse avete bisogno di aiuto, e siete solo troppo testardi per ammetterlo."

Sebastian mostrò quella che sembrava un'espressione oltraggiata per una frazione di secondo. Aprì e chiuse la bocca, ma non replicò. Alla fine batté le palpebre e fece un respiro profondo, quindi disse, "Angy, credimi, stiamo facendo tutto quello che è in nostro potere per combattere questa cosa. La situazione di O'Connor è degenerata rapidamente, molto più velocemente che nei tre casi precedenti. È successo tutto nell'arco di un paio d'ore e io e gli altri abbiamo fatto quello che potevamo con i mezzi a disposizione. Io, Cory, qualsiasi eterodon coinvolto in questo caso ha dovuto agire in fretta. Ti ho chiamato non appena siamo riusciti a stabilizzarlo. Sfogare la tua frustrazione su di noi non aiuta neanche un po', posso assicurartelo."

Angelica sentì il fiume d'indignazione scivolare via dal suo corpo. Tutto quello che rimase alla fine fu un senso di colpa per il suo sfogo, uno sfogo immotivato e completamente fuori luogo, fu costretta ad ammettere a sé stessa. Ovviamente Sebastian stava facendo quello che poteva. Sapeva bene che il suo atteggiamento era soltanto una manifestazione della sua impotenza, della sua incapacità di credere che tutto quello stesse succedendo davvero, senza che lei potesse fare nulla per impedirlo.

Sebastian continuò a parlare, le braccia incrociate mentre guardava il paziente, "È vero, non sappiamo davvero che cosa fare, al momento," ammise, "ma questo non significa certo che non stiamo provando, non significa che ci siamo arresi, è importante che tu lo capisca. Allo stesso modo, sarebbe follia pura negare che siamo in un vicolo cieco." Si lisciò il camice un paio di volte, quindi proseguì. "O'Connor non risponde a nessuna delle terapie. Neppure il ciclo di Fidelionina sembra aver avuto alcun effetto. Stewart, Faraday e Goldwhite si limitano ormai solamente a mantenerlo stabile, se stabile vuol dire un lento e costante declino di tutte le sue attività mentali e motorie..."

Sebastian lasciò il discorso in sospeso, come se non ci fosse davvero bisogno di continuarlo. L'implicazione delle sue parole era ovvia, e pesava come una montagna.

Il silenzio si protrasse per un bel pezzo, fino a farsi difficile da sopportare. Angelica odiava momenti come quelli, in cui nessuno sapeva che cosa dire. Quei momenti la facevano sentire inutile e la mantenevano lontana dalla soluzione del problema.

La soluzione. *Doveva* esserci una soluzione.

Sebastian fece un paio di passi verso O'Connor. Quando fu a pochi centimetri dal campo di forza, s'inginocchiò e guardò il paziente. "Quest'uomo potrebbe essere morto nel momento stesso in cui il malicere lo ha attaccato, per quanto ne sappiamo."

Angelica sentì l'adrenalina scorrere nuovamente nel suo corpo. Apatia, tristezza, impotenza, tutto venne spazzato via da un'ondata di rabbia improvvisa.

"No!" urlò. "Questo non posso accettarlo!"

Sebastian si girò verso di lei, sorpreso. "Che *cosa* non puoi accettare?"

"Rassegnazione," rispose con decisione Angelica. "Mio marito non getta la spugna. Mai!"

"Credi che sia così semplice?" disse Sebastian. "Che si riduca tutto a un 'gettare la spugna'? Ad un esercizio di volontà? Siamo scienziati, Angy, non divinità. Non si tratta di gettare la spugna, si tratta di riconoscere una realtà di fatto e di procedere da quel punto. In questo momento, non sappiamo che cosa sia questo malicere killer, abbiamo solo dati parziali, un mucchio di speculazioni e valanghe di sospetti senza alcun fondamento."

"Questo non mi aiuta a farmene una ragione, affatto!" Angelica indicò O'Connor. "È il nostro lavoro risolvere questo tipo di problemi, è quello che facciamo, è il motivo per cui abbiamo creato tutto questo." Angelica indicò attorno a sé con le braccia aperte. "Non siamo stati istruiti per autocommiserarci, Bastian. Siamo stati istruiti per fare la differenza!"

Nonostante l'espressione adirata della moglie, nonostante le sue parole, Sebastian non poté trattenere un sorriso.

"A volte le assomigli parecchio, lo sai?" disse.

"Che cosa?" chiese Angelica, presa alla sprovvista dall'improvviso cambio di argomento. "Assomiglio a chi?"

"Alla Vedova Nera dell'Etere," rispose Sebastian, mantenendo il suo sorriso inalterato. "Cantara Handal in formato eterodon," ed indicò il camice bianco della moglie.

Le guance di Angelica arrossirono. "Ne dubito," disse. "Cantara Handal avrebbe trovato una soluzione a questo problema con le mani legate e gli occhi chiusi mentre decretava vita e morte di una mezza dozzina di regioni diverse." Angelica indicò O'Connor e scosse la testa. "Ma di fronte a tutto questo, io mi sento solo inutile. Ho giurato di aiutare persone come lui, Bastian, non sono arrivata a questo punto per rinchiuderli in una stanza, trattarli come animali e contare i minuti che gli restano da vivere."

"Sei troppo dura con te stessa, Angy. Lo sei sempre stata," Sebastian si alzò e si diresse verso la moglie. "Abbiamo fatto tutto quello che era in nostro potere per cercare di aiutarlo, come abbiamo fatto con gli altri, e continueremo a fare quello che è in nostro potere, e tu lo sai. Biasimarsi oltremodo non ha alcun senso."

"È quello che cerco di ripetermi." Angelica fece un paio di passi e raggiunse il marito. Improvvisamente, sentiva che aveva bisogno del calore di una persona familiare, di qualcuno che capisse quello che stava provando.

Angelica cercò la mano di Sebastian e le loro dita s'intrecciarono nella semioscurità della stanza, in silenzio, mentre entrambi osservavano l'uomo sul pavimento.

"Lo so che stiamo facendo tutto il possibile," disse Angelica. "Lo so che non sappiamo abbastanza e lo so che farsi coinvolgere emotivamente non aiuta. Eppure, nonostante quello che mi ripeto, le mie rassicurazioni sanno di bugie. È da quando è iniziata questa storia che mi alzo e mi sveglio con questo sapore amaro nella bocca, Bastian, sempre con un'idea in più, un giorno troppo tardi, sempre con il pensiero del passato e di cosa sarebbe potuto essere il futuro di una di queste persone se solo avessi letto di più, studiato più a fondo o ricercato in un'altra direzione."

L'uomo strinse la moglie a sé e Angelica accolse col cuore aperto quella sensazione di conforto proveniente dall'abbraccio.

Sebastian, dal canto suo, sembrava restio a proseguire la conversazione. Era come se non volesse andare avanti perché farlo avrebbe voluto superare un confine invisibile che stava cercando disperatamente di non varcare. Tuttavia, alla fine, se pur con riluttanza, l'uomo sentenziò, "Lo so che vuoi fare qualcosa per lui, Angy, ma abbiamo bisogno di tempo e di mantenere il sangue freddo.

Dobbiamo comportarci come allievi di Cantara Handal, esplorare tutte le possibilità e, soprattutto, tenere a mente che in qualsiasi problema da risolvere, la prima impressione..."

"...È sempre quella sbagliata," terminò Angelica per lui, con aria assente, come se avesse ripetuto quella frase lo stesso numero di volte che aveva ripetuto il suo nome e cognome.

Angelica rifletté. C'era verità nelle parole del marito ma, nonostante tutto, non riusciva a scrollarsi di dosso la sensazione che stesse ammettendo una sconfitta.

Ammettere di non avere una soluzione a un problema era per lei sempre stata una sensazione bruciante. Riconoscere di non sapere neppure quale fosse il problema, era qualcosa che semplicemente non poteva accettare.

Si allontanò dal marito e prese a camminare su e giù per la stanza, come un leone rinchiuso in una cella.

"Ascolta, Bastian. Ci ho pensato. Potremmo tentare con una diversa serie di rotazioni periodiche di musicoterapia ad onde medio-lunghe," azzardò. "Niente più Parastal Axar, si è rivelato completamente inutile. Il Parastal Celsius potrebbe darci qualcosa diverso su cui lavorare, farci vedere il problema da un nuovo punto di vista. Vale la pena tentare."

Sebastian si mise una mano sulla fronte e l'altra sul fianco. Scosse la testa. "Angy, pensi che io e Cory siamo stati a contarci i nei per tutto questo tempo?" Il suo tono tradiva stanchezza. "Parastal Axar, Celsius, Mor e Ronin...Il trattamento di musicoterapia affiancato a qualsiasi tipo di Parastal si è rivelato un fiasco anche dopo che abbiamo rimosso gli impianti da ogni centimetro quadrato del suo corpo. Abbiamo provato qualsiasi combinazione ci venisse in mente. Niente sembra far recedere questo bastardo. Semplicemente non ne sappiamo abbastanza, non sappiamo neppure..."

"E che cosa mi dici dell'Avanar?" lo interruppe la dottoressa.

"L'Avanar?" ripeté Sebastian, mentre la guardava con occhi sgranati. "Angy...Dio onnipotente! Vuoi trasformare questo poveraccio in una cavia da laboratorio? Non siamo arrivati neppure alla terza fase di sviluppo con quel Parastal. Non mi sentirei a mio agio neppure ad usarlo sui topi! Se continuiamo con i metodi tradizionali in combinazione con nuove idee potremmo trovare qualcosa che possa aiutare O'Connor. Provare l'Avanar su di lui vorrebbe dire condannarlo ad una roulette russa. Vuoi davvero una cosa del genere?"

Angelica scosse la testa. Sebastian aveva ragione, ovviamente. Ma doveva esserci un modo. *Doveva*.

"Va bene, lasciamo perdere i Parastal e la musicoterapia, allora. Che cosa mi dici di una trasmigrazione dell'apparato sensoriale eterico?" il tono della sua voce tradiva più scetticismo di quanto avesse voluto far trapelare, come se si rendesse conto di stare tentando di arrampicarsi sugli specchi. "Rimuovere la sua piastra di prossimità potrebbe essere rischioso, è vero, ma è qualcosa che abbiamo già fatto in passato con altri tecnoristi in casi estremi."

"Stewart ci ha già pensato," replicò Sebastian. "La trasmigrazione non fa neppure in tempo ad avvenire prima che si manifesti uno shock sensoriale massiccio..."

"Va bene," disse sbrigativamente Angelica, il tono della voce che tradiva una traccia di esasperazione crescente, "allora che cosa dici di una stimolazione cervicale al suo impianto di assimilazione eterica?"

"Abbiamo provato anche quello, ma nessun risultato," replicò ancora una volta Sebastian. "Ci ha pensato Faraday. È qualcosa che stavo cercando di dirti. Il problema non sembra risiedere nei suoi im..."

Angelica interruppe il marito ancora una volta. "Allora che cosa dici di un coma etere-indotto?" chiese.

Sebastian aprì la bocca. "Che cosa?" La sua l'espressione era scioccata. "Angy! Ti stai ascoltando? Avrei più possibilità se decidessi di tirare sassi e colpire la luna!"

"Beh, scusa se non sono pronta a metterlo in un sacco nero e spedirlo all'obitorio!" sbottò Angelica, liberando improvvisamente un fiume di emozioni represse, "sto solo cercando di pensare in maniera costruttiva. C'è qualcosa che credi possiamo fare per lui, o te ne starai lì impalato a dirmi tutte le cose che *non* hanno funzionato?"

Sebastian scrollò le spalle, come per scacciare una sensazione di disagio fisico. "Credo davvero che non ci sia altro che possiamo fare per lui se non...aspettare e mantenerlo sotto osservazione."

"Aspettare," ripeté Angelica. *E condannarlo a morte*, pensò dentro di sé.

"Mi dispiace Angy. Io...Scusa se non sono riuscito a trovare una soluzione," disse il marito, e lo sembrava davvero, dispiaciuto.

Angelica sapeva molto bene che Sebastian e gli altri avevano fatto tutto quello che era in loro potere. Ma forse quello che era in loro potere non era più abbastanza. Forse avevano bisogno di aiuto. Ma a chi chiederlo?

Ancora una volta, si accorse che il suo sfogo non aveva avuto molto senso. Stava cercando di biasimare qualcosa o qualcuno, quando non c'era rimasto davvero nulla da biasimare.

"No, sono io che devo scusarmi," disse Angelica. "Non avrei dovuto..." La dottoressa lasciò la frase in sospeso, un uragano di pensieri e sensazioni che vorticava nella sua testa, quindi riprese, "Non avrei dovuto perdere la calma in quel modo. È solo che...solo che..."

Angelica imprecò, odiandosi per esternare così palesemente la sua frustrazione. "O'Connor sarebbe la quarta persona che perdiamo se...se...Io..." Chiuse gli occhi e fece un respiro profondo, quindi continuò, "Per ogni passo in avanti che facciamo, mi sembra di retrocedere di due."

Guardò il marito e aggrottò le sopracciglia. Ancora quella posa rigida, ancora quell'espressione di conflitto, la stessa che Sebastian assumeva prima di dare una brutta notizia. Lo conosceva troppo bene per non capire che ci fosse qualcos'altro che non le aveva detto, qualcosa di completamente diverso dal suo insuccesso nel trovare una cura. Che cosa le stava nascondendo? *Che genere di notizia potrebbe essere peggiore di questa?* si chiese.

"Angy," disse Sebastian alla fine, la mascella serrata. "C'è...c'è dell'altro. E per favore, non interrompere questa volta." La sua voce tradiva timore, ed era questa la cosa che spaventò Angelica più di tutto.

L'uomo si mise entrambe le mani sulla testa, facendole passare dalla fronte alla nuca mentre guardava per terra. Dopo una manciata di secondi, disse, "Quando Stewart ha tentato la trasmigrazione dell'apparato sensoriale eterico ha scoperto qualcosa. All'inizio non sembrava collegato con tutto il resto eppure...beh, quando ha tentato la trasmigrazione, ha scoperto che la piastra di prossimità di O'Connor non sembrava essere la causa del disturbo e non sembrava esserlo neppure uno qualsiasi dei suoi impianti. È la natura di questo malicere e il suo effetto sul suo equilibrio psicofisico che sembrano davvero avere importanza. Gli impianti potrebbero aver aumentato le possibilità di contrarre il malicere, certo, ma a questo punto non siamo più convinti che siano il vero problema."

Angelica non capiva che cosa il marito stesse cercando di dirgli. Come poteva essere che gli impianti del tecnorista *non* fossero il problema?

Sebastian estrasse dalla tasca un piccolo fascicolo. Lo guardò per qualche secondo, ma non lo porse alla moglie.

Angelica osservò il fascicolo, chiaramente confusa. Supporti cartacei come quello non erano molto utilizzati nell'istituto e quando le persone se ne servivano, era solo per trattare casi estremamente confidenziali. Informazioni di cui sarebbe stato facile liberarsi e difficili da rintracciare.

"Dopo la scoperta di Stewart," riprese Sebastian, "Faraday ha cominciato a radunare dati, a fare alcune tabelle di proiezione, e quando è riuscito a racimolare abbastanza informazioni, ha cominciato a chiedere in giro, a mettersi in contatto con altri istituti che trattano disturbi etere-indotti per vedere se riusciva a trovare riscontri di casi simili, qualche indizio che potesse aiutarci, insomma. L'istituto Arabos, il Centro Utah e la Faragon Clinic, per la precisione. Ebbene, dopo le nostre domande, tutti questi centri hanno riportato un totale di ventiquattro casi che presentano caratteristiche simili a quello di O'Connor e dei tre pazienti che abbiamo avuto prima di lui."

"Anche loro hanno tecnoristi che presentano disturbi simili a quelli di O'Connor?" chiese Angelica. Quell'informazione era rilevante, certo, ma non spiegava affatto per quale motivo Sebastian credesse che gli impianti non fossero la causa del malicere.

Sebastian annuì, ma la sua espressione suggeriva che quello non fosse il punto. "Anche loro sembrano aver perso diversi pazienti per cause che non riescono ancora a spiegarsi," spiegò, "ma che riconducono prevalentemente a psicosi da etere, eterofagie ipersensoriali o stress ipereterico. Anche solo questo fa capire che non sappiano molto più di quanto sappiamo noi su questa cosa. Comunque, quando Faraday gli ha detto che le cause potrebbero provenire da un unico, nuovo malicere, all'Arabos hanno detto che era impossibile, mettendo in mezzo una serie di discrepanze di valori tra un caso e l'altro, mentre all'Utah e alla Faragon non avevano neppure abbastanza dati per esprimere un giudizio."

Alla fine, riluttante, Sebastian porse il fascicolo alla moglie. "Leggi la tabella riguardante la storia clinica dei casi. È quella di destra, sottolineata in giallo."

Angelica fece come le era stato detto e lesse le informazioni.

"Non capisco," disse alla fine, genuinamente confusa mentre guardava il fascicolo. "Bastian, alcune di queste persone non sono neppure tecnoristi." Angelica sollevò lo sguardo dal foglio e guardò il marito. "Uno di loro è addirittura un pro-neutro."

"Esattamente," rispose l'altro, che sembrava aver smesso di respirare.

"Ma questo...questo non ha alcun senso," la dottoressa riprese a leggere i dati mentre scuoteva la testa. "Non può essere."

Una parte del cervello di Angelica aveva registrato quell'informazione. L'altra, molto semplicemente, aveva difficoltà anche solo ad ammettere un'eventualità del genere. Eppure i dati erano davanti a lei, nero su bianco, e parlavano chiaro.

"Bastian, vuoi dire..." con voce tremante, Angelica fissò il fascicolo, quindi il marito, quindi ancora il fascicolo, "V-vuoi dire che questa cosa sta colpendo anche normali utenti dell'etere?"

"No," si affrettò a precisare Sebastian, evidentemente desideroso di non allarmare troppo la moglie. "Quello che quei dati dicono è che sembra ci siano dei sintomi che farebbero pensare alla stessa classe di malicere in pazienti tecnoristi e non. Ma, Angy, è davvero troppo presto per dirlo. Non abbiamo prove che sostengano la nostra ipotesi. Abbiamo bisogno di tempo per cercare anche solo di stabilire se si tratti dello stesso disturbo etere-indotto. Io, Faraday, Cory, Stewart e Goldwhite stiamo cercando di organizzare una rete con i tre centri con lo scopo di coinvolgerne altri per aiutare con le ricerche, per accumulare più dati, per avere un modello campione da utilizzare per cominciare a classificare ogni singolo caso con un certo criterio. La prima cosa che dobbiamo fare è riuscire ad isolare le cause che provocano questo malicere."

Angelica continuò a leggere mentre ascoltava il marito. Nonostante la rassicurazione di Sebastian, le possibili implicazioni di quei dati erano abbastanza da mozzarle il fiato.

"Bastian," disse, "se questa cosa è vera, se davvero questo malicere non attacca solo tecnoristi, potremmo trovarci di fronte al primo caso di disturbo etere-indotto registrato che uccide utenti dell'etere indipendentemente dalla loro storia clinica, dalla loro predisposizione psicofisica, dagli impianti del loro corpo, e dal tipo di remoter utilizzato."

"Angy," Sebastian alzò entrambe le mani, come per bloccare una valanga, "stai saltando a conclusioni affrettate. Abbiamo bisogno di tempo per valutare questi dati."

"Tempo?" ripeté Angelica, come se quella parola non facesse parte del suo vocabolario. "Bastian, il *tempo* è un lusso che non possiamo permetterci. Abbiamo bisogno di bruciare le tappe se non vogliamo che altra gente muoia davanti ai nostri occhi. Se il malicere può colpire anche pro-neutri, dobbiamo agire subito. Dobbiamo avvertire la gente di questa cosa. Adesso!"

"Angy, non essere ridicola," Sebastian si allontanò, entrambe le mani sui fianchi mentre guardava il soffitto con aria esasperata. "La gente ha difficoltà ad ammettere che viaggiare nell'etere possa provocare un mal di testa. Se ora vai in giro a dire che esiste un malicere killer, verrai smembrata viva da qualsiasi cosa abbia un collegamento all'etere. A meno che tu non abbia qualche idea." Aggiunse Sebastian, che ora la stava studiando con molta attenzione.

"La Madame delle Note," mormorò Angelica, come se stesse rivelando un segreto.

"Che cosa hai detto?"

"La Madame delle Note," ripeté Angelica. "Potrei sfruttare la mia popolarità attuale per bruciare le tappe e guadagnare fondi e risorse."

"Che cosa?" questa volta Sebastian rise, una risata amara e priva di gioia. "Angy, sei stata *tu* a dirmi che odiavi questa faccenda della Madame delle Note e ora mi stai dicendo che vuoi fregiarti di quel titolo per attirare l'attenzione di tutto il mondo?"

"No, non di tutto il mondo," si affrettò a precisare lei, "solo del Faraone dell'Etere."

"J-Jason Cloverfield?" chiese Sebastian, evidentemente confuso.

"Esattamente," rispose Angelica. "Presenterò la notizia al Faraone come se fosse uno scoop, un modo per attirare sguardi e possibilmente sottoscrizioni al suo regno, e con la sua copertura mediatica potremmo guadagnare l'attenzione e i fondi che ci servono."

Sebastian scosse la testa con decisione. "No. Non credo che sia una buona idea, Angy," disse. "Ascolta. Jason Cloverfield ha...che cosa? Cent'anni? Non ricordo neppure l'ultima volta che l'ho visto sulla sua carrozzella, attaccato a quella macchina che pompava vita nel suo corpo. Il vecchio è malato...Senza contare che si è ritirato dalla scena pubblica da..."

"*Malato*, non morto," lo interruppe Angelica. "È non ha mai ammesso di essersi ritirato dalla gestione di DataMorph. Non lui, non il Faraone dell'Etere. Andiamo, sai di chi sto parlando, Bastian! Ricordi che cosa diceva Cantara sul suo conto? Scommetto che è ancora dietro al timone, nonostante le sue condizioni fisiche."

"Anche se così fosse, anche se riuscissi a farti ricevere, pensa alla persona di cui stai parlando, Cristo Santo," disse Sebastian, enfatizzare le ultime due parole. "Dici di ricordare che cosa diceva Cantara sul suo conto. Ebbene, Jason Cloverfield non è un benefattore. Se il vecchio dovesse percepire la notizia come una minaccia per i suoi interessi, la combatterà con tutta la potenza di DataMorph. Anche nel caso improbabile in cui decida che sia un bene sostenerci e diffondere la notizia, lo farà in modo tale da distorcerla in qualche modo. Hai visto che cosa ha fatto con te, Angy. Hai visto come ha ridotto la tua immagine. Metti in mano ad un ciarlatano del genere una notizia delicata come questa e sarà panico mondiale in men che non si dica. Anche in questo caso, le conseguenze sarebbero catastrofiche, per noi e per quello che stiamo cercando di fare. Tutti i poteri dell'etere ci salterebbero alla gola. E noi non avremo abbastanza dati da mostrare. Saremmo incapaci di spiegare all'opinione pubblica in che cosa consiste questo malicere. Questa cosa non può essere accelerata, Angy, deve essere trattata con calma e spirito analitico."

Angelica e Sebastian avevano raggiunto un punto in cui non sembrava possibile creare una strategia condivisibile. Era una cosa che succedeva spesso, ed era salutare nella maggior parte dei casi avere diverse prospettive sullo stesso problema, ma in quel caso, avrebbe potuto significare conseguenze che nessuno dei due poteva anche solo immaginare.

Angelica sapeva anche che non potevano semplicemente aspettare. Doveva pur esserci qualcos'altro che potevano fare.

Il marito le si avvicinò nuovamente. "Angy," disse, quasi sussurrando il suo nome, "almeno promettimi che mi darai del tempo."

Angelica non rispose, si limitò a guardarlo, insicura sul da farsi.

"Ascolta," disse Sebastian, "se fra un mese non avremo una soluzione al problema, potremmo considerare la tua idea. Per favore. Ho solo bisogno di un po' più di tempo. Un mese, Angy. È tutto quello che ti chiedo."

Un mese avrebbe potuto essere troppo tardi. Angelica sapeva che avrebbero dovuto battere il ferro finché era caldo, usare la sua figura fin quando era popolare. In un mese, DataMorph avrebbe potuto spostare il suo interesse da qualche altra parte, su qualche altra persona, e tutto il capitale di cui ora godeva Angelica, la posizione nei piani alti di cui ancora beneficiava la Madame delle Note, avrebbe potuto sparire.

"Per favore," ripeté Sebastian, implorandola con gli occhi. "Fidati di me, Angy."

Alla fine, con molta riluttanza, Angelica annuì.

"Va bene," disse, i pugni nascosti nelle tasche del suo camice. "Un mese."

L'espressione di Sebastian si fece d'un tratto sollevata. Avviluppò la moglie in un abbraccio, che Angelica ricambiò questa volta con una certa riluttanza.

La sensazione che stesse commettendo un enorme sbaglio non abbandonò mai l'eterodon dentro di lei. Al contrario. Era come se avesse dato del nutrimento al cancro fatto di urgenza e di allarme che aveva cominciato a crescere nel momento stesso in cui aveva pronunciato quella promessa.

Stavano affrontando uno scenario che non aveva apparentemente alcuna possibilità di essere risolto. Avevano bisogno di tempo per accumulare più dati sul malicere killer, ma se quel disturbo stava davvero colpendo tutte quelle persone, più tempo significava anche più vittime. Quella consapevolezza accese qualcosa nella sua mente e, prima che potesse accorgersene, mentre era ancora circondata dall'abbraccio di Sebastian, un ricordo di un tempo passato che sapeva quasi di leggenda serpeggiò nella sua mente, oscurando tutto il resto.

～

Nashville
Istituto Eterionico Handal

ANGELICA SI ASCIUGA il sudore dalla fronte con un veloce movimento del braccio. I suoi capelli sono attaccati sulla fronte e dietro al collo, la sua bocca è semi aperta, alla disperata ricerca d'ossigeno. La ragazza respira affannosamente, adesso, le gambe e le braccia le tremano, le spalle sono curve e il suo cuore sembra sul punto di esplodere.

Il tempo per lei si è fermato nel momento in cui è entrata in quella stanza a forma di cupola, e la simulazione è iniziata. *Chissà come stanno andando gli altri*, si chiede. *Chissà come sta andando Sebastian.*

No! Angelica scuote veementemente la testa, i capelli bagnati che danzano di fronte alla sua visuale. Non può permettersi di distrarsi, non ora. Quella simulazione è già praticamente impossibile, se si fa confondere da quei pensieri, il suo punteggio ne risentirà, e questo lei semplicemente non può permetterlo. Deve concentrarsi sul momento presente, e dare il meglio di sé.

Deve continuare a pensare.

Deglutire le risulta sempre più difficile. La sua gola è arida.

Guarda verso il pavimento, in direzione della bottiglietta d'acqua che si è portata dietro ma scarta la possibilità di bere ancor prima che possa completamente formarsi nella sua mente. Prendere la bottiglietta e perdere secondi preziosi a rinfrescarsi la bocca non è neppure un'alternativa, non in un momento come quello in cui perfino un secondo può fare la differenza.

Cerca di pensare alla sua prossima mossa, ad un modo astuto per battere il programma, ma il suo cervello sembra incapace di elaborare strategie.

I dati che le orbitano attorno sono talmente tanti da esserle d'intralcio, più che d'aiuto. La ragazza sente l'adrenalina scorrere nel momento in cui la familiare voce maschile con accento metallico infrange ancora una volta il silenzio della stanza.

"Angelica," la chiama la voce proveniente dappertutto e da nessuna parte, una voce che ha imparato ad odiare con tutto il suo cuore, "l'attività sinergica tra il banco di province che hai creato in sub quotis si sta sfaldando rapidamente. Inoltre, il tuo tentativo di ricongiungere nei punti di affinità Omega con Theta si è rivelato infruttuoso. L'agglomerato è a rischio di sfaldamento."

Angelica impreca a denti stretti, e anche quell'azione sembra reclamare una parte considerevole delle sue già limitate energie. Che cosa può fare? Che cosa deve fare? I dati continuano a ruotare attorno alla sua testa, domandando la sua attenzione, esigendo una linea d'azione. *È impossibile! Impossibile!* si dice, frustrata. *È come cercare di trattenere dell'acqua con le mani!*

Tuttavia, non si vuole dare per vinta. Non può, non se lo perdonerebbe mai. Deve provare, deve tentare, deve continuare a respirare.

Angelica muove le mani all'unisono, fino a formare una spirale immaginaria davanti a sé. A quel punto, una serie di dati color verde acido sostituiscono tutti quelli di prima. La ragazza li analizza febbrilmente, mentre sposta con movimenti automatici delle dita i dati che ritiene importanti alla sua destra, e quelli inutili alla sua sinistra.

"ADAMO," chiama all'improvviso, guardando verso il soffitto, "sto convogliando le mie risorse eteriche per fare in modo di raggiungere un quantico centrico che ricongiunga nei punti di affinità Omega con Sigma, piuttosto che con Theta. Risultati?"

"Angelica," replica ADAMO in tono piatto, "la tua azione è inefficace per lo scopo della simulazione. Ti informo che lo stato di entropia del sistema si sta sfaldando."

"Al diavolo!" sbotta la ragazza, muovendo le braccia ed eliminando con quel semplice gesto tutti i dati di colore verde. Che cosa può fare, a questo punto? Ovunque vada, incontra porte chiuse o vicoli ciechi.

"Angelica," ADAMO richiama nuovamente la sua attenzione, mentre la ragazza è ancora intenta a pensare alla sua prossima mossa. "Il super agglomerato Arturus sta perdendo sottoscrizioni ad un ritmo Paretale del tre percento all'ora. Inoltre, l'attività sinergica tra il banco di province che hai creato in sub quotis ha appena cessato di esistere."

Angelica non riesce più a pensare chiaramente. In verità, si chiede come riesca ancora a mantenersi in piedi. Dopo qualche istante, se ne esce con la prima cosa che le sembra avere senso.

"ADAMO," dice, quasi gracchiando, "utilizza uno dei miei canalizzatori di frequenza per..."

"Angelica," la interrompe ADAMO senza troppe cerimonie, "Ti ricordo che hai terminato la tua scorta di canalizzatori di frequenza trentatré minuti e ventidue secondi fa. Il tuo sistema campione si sta sfaldando. Le tue azioni non sembrano incidere sulla situazione caotica crescente. L'entropia del sistema sta raggiungendo un punto critico. Lo stato di equilibrio si sta allontanando."

La ragazza cerca di parlare, di dare un altro ordine, ma la sua testa è completamente vuota, priva di qualsiasi idea. Sa di avere perso ancor prima che ADAMO pronunci con puntualità la frase ormai familiare e tanto odiata che si ripete da settimane nei suoi incubi.

"Angelica," dice ADAMO, con il tono di qualcuno che sta pronunciando una condanna a morte, "l'entropia del sistema ha raggiunto il punto limite. L'agglomerato si è sfaldato. La simulazione è fallita."

Angelica cade sulle ginocchia, provocando un tonfo sordo, troppo stremata perfino per sentire il dolore. In quel momento, le luci ritornano ad illuminare la stanza, e la porta si apre dietro di lei.

Angelica rimane per terra per un paio di minuti buoni, le mani poggiate sul pavimento mentre respira affannosamente. Alla fine, prende la bottiglia dal pavimento, con l'intenzione di bere il contenuto, solo per scoprirla desolatamente vuota. L'ha finita senza neppure accorgersene.

Si alza dal pavimento con sforzo evidente e si dirige trascinando i piedi verso l'uscita, la testa china e un'espressione abbattuta sul volto. Ha fallito, ancora una volta, ma questa volta il *modo* in cui ha fallito sarà molto importante per il suo punteggio finale.

Uscita dalla stanza-simulatore, e una volta nel lungo corridoio affiancato da porte, si ritrova davanti Cantara Handal. L'insegnante le porge un asciugamano pulito e una bottiglietta d'acqua.

La ragazza prende la bottiglietta con un veloce segno d'assenso e comincia a bere avidamente il contenuto. Cantara attende paziente che la sua allieva abbia finito di bere e di asciugarsi il sudore dal volto.

"Un'ora, quaranta minuti e ventisette secondi," stabilisce Cantara, la linea orizzontale che ha caratterizzato le sue labbra fino quel momento si piega all'improvviso, diventando un sorriso. "Mi hai quasi fatto credere che potessi avere una qualche possibilità, lì dentro."

Se la Madame sta sorridendo in quel modo, riflette Angelica, è un buon segno. Sorride a sua volta, ed è come se un peso di una tonnellata le venisse tolto dalle spalle. "Sono...sono la prima ad uscire?" chiede, guardandosi attorno.

Cantara alza entrambe le sopracciglia. "Ragazza, hai davvero una stima molto bassa di te stessa se pensi una cosa del genere. No, non sei la prima. Lucius è stato il primo ad uscire, dopo una ventina di minuti. Il nostro muscoloso vichingo si è comportato al suo solito come un carro armato, pensando di gettare immediatamente contro ADAMO tutto quello che aveva. Ha cercato una soluzione di forza alla simulazione, ed è ovviamente finito in mutande quasi subito." Cantara scuote la testa, ma sembra più divertita che delusa dal fallimento del suo allievo, quindi prosegue, alzando due dita, "Asha e Venere sono durate un po' di più, con una strategia più elegante ed elaborata, ma neppure quella ha funzionato. Ravi, invece, mi ha sorpresa, utilizzando una tattica imprevedibile che ha tenuto impegnato ADAMO per un bel po', ma il suo era solo un grande bluff, costruito per guadagnare tempo, ed è stato scoperto più in fretta di quanto avesse voluto."

Una pausa, come se Cantara volesse valutare la reazione della ragazza, poi prosegue, "Sono sicura ti farà piacere sapere che hai fatto meglio perfino del tuo principe azzurro. Devo dire che mi sarei aspettata di più da Sebastian. Quella testa di marmo ha pasticciato immediatamente con calcoli probabilistici, convinto di poter trovare una soluzione matematica al problema, forse perfino credendo di confondere ADAMO con l'aritmetica. Non posso negarlo, in teoria il suo era un buon piano, solido e ben pensato, ma non ha funzionato per molto tempo. Ha una mente di ferro, il tuo *Bastian*, e una capacità mnemonica impressionante, ma il ragazzo è flessibile quanto una colonna di calcestruzzo. Il suo dono è la sua maledizione, temo."

Angelica si accorge solo in quel momento che tutte le stanze del corridoio sono aperte. Tutte tranne una.

"James è ancora nel simulatore?" chiede Angelica, finendo la bottiglietta d'acqua con un ultimo sorso.

"Oh, sì," dice Cantara, sorridendo verso la porta chiusa. "Il nostro tenebroso ragazzino sembra che si stia divertendo un mondo, là dentro, e non sembra intenzionato a darsi per vinto per un altro bel po'. Quel piccolo, avido giocatore d'azzardo," dice Cantara, mentre guarda con occhi luccicanti la porta chiusa. "Non ne vuole proprio sapere di gettare la spugna."

Angelica non sa interpretare quell'espressione, ma è qualcosa che non ha mai visto sul volto della Madame. Ammirazione, forse? Oppure stupore? Qualunque cosa sia, Angelica non riesce a dargli un nome. Probabilmente è solo orgoglio. Che James Ark non sia un normale sedicenne è sempre stato chiaro, ma non avrebbe mai creduto che potesse resistere ad ADAMO per così tanto tempo.

"Poco importa," dice improvvisamente Cantara, facendo spallucce e tornando a fissare la sua allieva. "Alla fine verrà piegato, come tutti gli altri. Probabilmente, dovrò raccoglierlo con il cucchiaino, ma se è questo quello che vuole...Beh, ma mi sto perdendo in chiacchiere. Tu hai chiaramente bisogno di una doccia, e di vestiti asciutti, mi sembra. Se hai fame, ho lasciato delle barrette energetiche sulla panchina, fuori dallo spogliatoio. So che Sebastian ti sta aspettando fuori, in giardino, con gli altri."

Angelica annuisce, saluta l'insegnante e si allontana, gettando un'ultima occhiata verso la stanza nella quale James è ancora intento a duellare con ADAMO.

Che cosa può permettergli di durare così a lungo? si chiede, mentre si asciuga i capelli bagnati. *Che cosa sta facendo per poter sopravvivere per così tanto tempo a quell'inferno?*

19

LEZIONI

SAEMANGEUM CITY, LABORATORIO DI FLUTTUAZIONE NEUTRA

Ariul

LENA AVVERTIVA IL caratteristico odore di cloro, accompagnato dal continuo rumore di sottofondo di macchine che pompavano acqua e che ronzavano incessantemente, dando all'ambiente un aspetto vivo, come se si trovasse nello stomaco di un'enorme creatura meccanica. Una serie di altoparlanti allineati sulle pareti del vasto spazio chiuso producevano un susseguirsi di voci che davano ordini e istruzioni mentre ragazzi che esibivano l'uniforme dell'accademia altista camminavano velocemente tutt'attorno a lei.

Non importava quanto avesse sentito parlare di quel posto. Il Laboratorio di Fluttuazione Neutra era qualcosa a cui chiunque, senza nessuna eccezione, arrivava impreparato.

Un paio di sommozzatori le passarono di fianco proprio in quel momento. La loro tuta esibiva il familiare simbolo dei colletti d'oro, un martello che forgia una stella su un'incudine. La coppia di studenti veterani gettarono a lei e ai suoi compagni un veloce sguardo prima di girarsi e proseguire per la loro strada, come se la presenza del gruppo di candidati non fosse un fatto degno di una seconda occhiata.

Dal canto suo, Lena si sentiva decisamente un pesce fuor d'acqua in quel momento. La sua mente doveva ancora iniziare a processare il fatto che si trovasse lì, in quel posto, e che quello che stava vedendo fosse effettivamente reale.

Lei e altri diciannove candidati si trovavano in quel momento sul limite dell'enorme piscina del Laboratorio di Fluttuazione Neutra. Immaginò che una persona che soffriva di vertigini non avrebbe trovato quel panorama particolarmente allettante. No, affatto.

Con quasi ventitré milioni e mezzo di litri d'acqua tenuti ad una costante temperatura di trenta gradi centigradi dai controlli ambientali dell'edificio, la piscina misurava sessantuno metri e mezzo di lunghezza, quasi trentuno di larghezza e dodici di profondità. Lena riusciva a intravedere moduli di varie forme e dimensioni in mezzo a quell'enorme vasca, tutti arrangiati in modo tale da simulare con maggiore fedeltà possibile uno dei tanti siderei che al momento orbitavano a circa trecentoventi chilometri sopra le loro teste. Gli enormi oggetti sembravano giganteschi pezzi di lego la cui forma era solo vagamente intuibile a causa dell'acqua, che deformava i loro profili, trasformandoli in forme allungate o compresse o appiattite a seconda dell'angolatura da cui li si guardava.

Lena tornò a dedicare tutta la sua attenzione all'uomo di mezza età che stava osservando lei e gli altri studenti.

Il capo istruttore John Knight, il loro professore di 'Il Corpo e lo Spazio', era un uomo basso ma robusto, con spalle larghe, un petto muscoloso, una vita sottile, due gambe che sembravano piccoli tronchi e corti capelli a spazzola color platino. Lena immaginò che se qualcuno avesse avuto bisogno del cliché del sergente istruttore per un annuncio pubblicitario, avrebbe potuto smettere di cercare. John Knight era la persona che avrebbe fatto al caso suo.

Gli occhi color cielo dell'uomo nerboruto, che troneggiavano su orbite leggermente incavate, comandavano attenzione. Un costante cipiglio vestiva il suo volto, come se l'uomo stesse cercando di capire come risolvere un problema che avrebbe potuto decretare la vita o la morte di una persona.

Lena sapeva che Knight era stato istruttore di colletti d'oro per i passati quattro anni e tra gli aspiranti facenti parte della Forza Lavoro Spaziale quell'uomo era una vera e propria leggenda vivente.

Dopo aver lavorato per tre anni come direttore di prova al centro di simulazioni della NASA a Houston, Knight era stato uno dei pionieri della Forza Lavoro Spaziale quando gli altisti avevano cominciato a rastrellare esperti da ogni parte del mondo per creare le basi dell'economia spaziale, subito dopo la costruzione dell'ascensore spaziale Polaris. Da quel momento in poi, Knight aveva lavorato nello spazio per una dozzina di compagnie diverse, distinguendosi ogni volta per il suo sangue freddo e il suo stacanovismo. Per cinque anni Knight aveva contribuito a costruire le fondamenta dell'economia orbitale come facente parte della prima generazione dei cosiddetti 'Manifattori Siderali'.

Knight aveva lavorato nei luoghi più ostili e pericolosi avvalendosi della sua sola esperienza, con niente altro se non istinto e bravura ad aiutarlo lì dove procedure e tecniche per fare, organizzare, testare e dirigere dovevano ancora essere inventate.

Erano battute ricorrenti tra gli studenti dell'accademia che Knight avesse contribuito a costruire la metà dei siderei attualmente in orbita, o che su Polaris ci fosse un posto con il suo nome inciso sopra, tante erano le volte che l'uomo aveva utilizzato quel mezzo di trasporto per iniziare una missione di manodopera nello spazio.

Eppure, ad una prima occhiata, il capo istruttore non sembrava avere davvero niente di speciale. Nulla di leggendario, almeno.

Da quanto Lena aveva potuto vedere fino a quel momento, il suo atteggiamento era tutto sommato semplice e diretto, lo stesso di qualcuno che voleva andare al punto di una questione velocemente e senza troppi giri di parole.

Knight, dal canto suo, aveva sempre scoraggiato le leggende che circolavano sul suo conto, o l'atteggiamento di muta adorazione che alcuni colletti d'oro gli riservavano. Infatti, le poche volte che qualcuno degli studenti più giovani aveva cercato di chiamarlo Capo

Cosmo Maestro, il titolo onorifico che si dava ai Manifattori Siderali più esperti, Knight aveva risposto in maniera talmente sprezzante che ora nessuno osava più chiamarlo in quel modo.

L'uomo pretendeva semplicemente il massimo da chiunque vestisse un'uniforme dell'accademia, che fosse un pilota, un subeterion, un retore o un colletto d'oro. Punto e basta. Allergico a titoli e a formalismi come un celiaco è allergico al glutine, il capo istruttore era un persona che Lena avrebbe definito inflessibile, sicura e imparziale.

John 'Sidereo' Knight interruppe le considerazioni di Lena iniziando a camminare avanti e indietro, mani dietro la schiena mentre valutava la sua classe. Persone in tuta da sommozzatore continuavano ad orbitare attorno a loro, occupati con i preparativi per l'imminente immersione, mentre rumori e voci si rincorrevano all'interno dell'enorme ambiente.

Il capo istruttore si fermò tutto d'un tratto. Piantò entrambi i piedi a terra e disse, "Signore e signori, benvenuti nella fabbrica dove i candidati muoiono per rinascere sotto forma di colletti d'oro, la Forza Lavoro Spaziale che costituirà la spina dorsale dell'economia del futuro," Knight indicò attorno a sé, senza smettere di guardarli. "Le persone che vi stanno camminando attorno ripareranno gli shuttle orbitali che trasporteranno merci e persone da un posto all'altro dell'orbita terrestre, costruiranno siderei di osservazione e di ricerca e aggiorneranno ogni singolo pezzo di hardware al di fuori dell'atmosfera terrestre. Siete circondati da persone con le palle, signore e signori, da individui il cui scopo è concretizzare con le proprie mani, sidereo dopo sidereo, il sogno del Fondatore. Dovete sentirvi niente meno che onorati di essere in mezzo ad un élite del genere. Allora? Siete onorati?"

"Sì, capo istruttore," risposero i venti candidati.

"Per tutti gli oggetti ghiacciati della nube di Oort!" sbottò Knight, tornando a mettersi le mani dietro la schiena. "Chi lo avrebbe mai detto? Devo essere finito in un oratorio! Riproviamo, candidati! Vi sentite onorati?"

"Sì, capo istruttore!"

"Non abbiate paura di danneggiarvi i timpani, femminucce!" l'incitò Knight, avvicinando una mano all'orecchio. "Non riesco a sentirvi!"

"SÌ, CAPO ISTRUTTORE!" urlarono all'unisono i venti studenti.

"Patetico," Knight stava scuotendo la testa, un'espressione disgustata sul volto. "Davvero patetico. Ho bisogno di persone motivate, non di bambini che hanno paura di affogare in una pozzanghera. Tatcher!"

"Sì, capo istruttore!" rispose Gravina, chiudendo gli occhi e urlando ogni singola parola.

"Ricorda alla classe quali sono le cinque qualità che deve avere un colletto d'oro, prima che possa anche solo pensare di lavorare nello spazio."

"Testardaggine, disciplina, una buona memoria, senso di squadra e una spina dorsale in titanio, signore!" scandì ad alta voce Gravina, inspirando una generosa boccata d'aria quando ebbe finito di parlare.

Knight aveva l'espressione di qualcuno che avrebbe voluto sputare per terra. "Sono tre settimane che spreco il mio tempo con voi e non ho ancora deciso se tra tutti quanti mettete assieme un pugno di vertebre che facciano una spina dorsale!"

Sudore si accumulò su tutte e venti le fronti e, tutto d'un tratto, la temperatura nel Laboratorio di Fluttuazione Neutra sembrava essersi alzata di dieci gradi.

Knight parve cibarsi della tensione crescente. Dopo qualche secondo speso a fissarli uno ad uno, proiettò un muscoloso braccio all'infuori, indicando la titanica piscina davanti a loro.

"Siamo qui, oggi," iniziò, guardando la massa d'acqua a pochi metri di distanza, "perché vogliamo dare risposta alle seguenti domande: come si può allenare qualcuno a lavorare nello spazio? E come facciamo a simulare un ambiente di microgravità che renda possibile quest'impresa?"

Ancora una volta Knight fece scorrere il suo sguardo su ognuno di loro, quindi continuò, "È semplice. Si costruisce una delle più grandi piscine al mondo e ci si prepara per una nuotata. Osinov!"

Lo studente alto e con corti capelli chiari saltò sul posto a sentire pronunciare il suo nome. "Sì, capo istruttore!" rispose Oleg, con il suo spiccato accento russo.

"Ricorda alla classe per quale motivo siamo finiti in un'enorme piscina se stiamo cercando di capire come si lavora nello spazio. Qual è il legame tra le due cose?"

"Signore," disse Oleg, guardando davanti a sé, "al giorno d'oggi esistono due modi per sperimentare microgravità, o meglio, simulare microgravità sulla Terra. Uno è utilizzando uno spazioplano orbitale, l'altro è immergendosi in un laboratorio di fluttuazione neutra, come questo." Oleg si leccò le labbra aride, quindi chiuse la sua frase con un affrettato, "Signore!"

Knight annuì. "È esatto. Oggi esistono questi due modi per simulare microgravità sul nostro pianeta. Uno di questi consiste nell'utilizzare una delle varie compagnie private oggi sulla piazza, come la Orbital Flight United, ma una simulazione come quella dura solo pochi minuti, senza contare i costi o anche solo la logistica, due elementi che non sempre garantiscono simulazioni efficaci. Certo, i voli orbitali sono utili per abituarsi alla microgravità e la riproducono in maniera più genuina di una piscina come questa, ma non sono molto adatti per ricreare una missione di parecchie ore di lunghezza. Stress, fatica e difficoltà possono essere simulate meglio se si tiene conto del fattore tempo, ovviamente. Ed è qui che una piscina come questa entra in gioco. Pensateci. L'acqua è un materiale relativamente denso, quindi si può simulare microgravità vestendo un colletto d'oro con un'armatura spaziale, immergendolo in una piscina come questa e aggiustando il peso di quell'armatura fin quando non affonda e non galleggia, raggiungendo così quello che viene chiamato lo 'stato di galleggiamento neutrale'." Knight alzò un dito mentre guardava l'enorme piscina alle sue spalle. "Una premessa semplice che tuttavia richiede un'esecuzione piuttosto complicata. Infatti, per fare in modo di allenarsi per questo scopo in una piscina come quella che abbiamo di fronte, non solo l'armatura spaziale ma anche tutto quello che entra in quella vasca deve essere preparato per fare in modo che raggiunga lo stato di galleggiamento neutrale. Il colletto d'oro, i suoi strumenti, i moduli con cui lavora, e qualsiasi cosa che toccherà mentre si trova sott'acqua."

Dopo una breve pausa, che Knight usò per annuire verso Oleg, continuò, "Preparare e mantenere un posto come questo richiede un bel po' di risorse, tempo e personale, ma grazie all'espansione dell'economia spaziale laboratori di fluttuazione neutra come questo sono ora abbastanza diffusi. Quando io avevo la vostra età, esisteva solo una piscina come questa sulla faccia della terra e la NASA la utilizzava per allenare un pugno di astronauti che avevano solo una frazione della conoscenza e delle risorse che abbiamo oggi. Molta strada è stata fatta in meno di una generazione, ma per avvicinarsi al sogno di civiltà spaziale di Wei Wang, che la sua anima continui a danzare tra le stelle, saranno necessari molti più sforzi."

In quel momento un colletto d'oro si avvicinò al capo istruttore e gli sussurrò qualcosa all'orecchio. Knight grugnì come risposta, quindi congedò lo studente e si rivolse nuovamente al gruppo di candidati.

"Bene, sembra che siamo pronti per dare il via alle danze. Seguitemi e, per la Grazia Stellare, cercate almeno di mantenere una parvenza di decoro! Tatcher!" Knight si girò velocemente verso Gravina, perforandola con il suo sguardo color ghiaccio. "Metti via quel trigoy prima che decida che l'ufficio oggetti smarriti abbia più bisogno di te di quell'affare. Lopez! Schiena dritta e petto in fuori non vuol dire pancia sbracata e spalle curve. Sull'attenti, tutti quanti! Siete in un tempio sacro, nella Chiesa delle Stelle, maledizione! Mostrate il dovuto rispetto! Avanti, seguitemi!"

Knight li guidò all'estremità opposta dell'enorme struttura al chiuso, dove Lena vide che un sommozzatore stava preparando un astrale ad entrare dentro un'armatura spaziale. Gli astrali erano gli studenti che avevano speso più tempo nell'accademia, almeno cinque anni, ed erano considerati i veterani dell'istituto scolastico.

L'armatura spaziale che avevano di fronte ricordava vagamente le enormi EMU, Extravehicular Mobility Unit, che venivano utilizzate dagli astronauti solo pochi decenni prima. Queste armature erano meno ingombranti, meno pesanti, meno costose e più sicure ma richiedevano comunque l'aiuto di un'altra persona o di un auto-tron specializzato per essere indossate efficacemente.

Knight si fermò a pochi passi dalla coppia e annuì verso l'astrale, che rispose ricambiando il cenno, quindi il capo istruttore indicò ai candidati lo studente veterano.

"Negli scorsi cinque anni, l'astrale Sigmund Rey ha speso più tempo in questa piscina che al cesso e alla mensa combinati assieme. Quasi tremila ore dedicate a simulare, mantenendo un punteggio di dieci su dieci in ogni categoria rilevante per il suo corso di studi: organizzazione, tattica, logistica, multi-tasking, praticità, coordinazione. C'è una fila di cacciatori di teste più lunga del Ponte Corona che sta sbavando fuori dalla porta dell'accademia per avere la possibilità di assoldarlo in una delle loro compagnie. La Olimpo Unlimited e la Destiny Corporation solo alcune di queste. L'astrale Rey ha sempre coltivato le cinque caratteristiche che definiscono un eccellente colletto d'oro e per questo motivo è destinato a grandi cose. Abbassate lo sguardo, cadetti! Non siete degni di guardarlo!"

Tutti i candidati in fila abbassarono lo sguardo all'istante, guardando il pavimento.

Knight sorrise. "Persone come l'astrale Rey formeranno la spina dorsale della prossima generazione di colletti d'oro," disse, annuendo con convinzione. "Sfide eccitanti li attendono. Bene, ora che sapete chi e che cosa state guardando, voglio che vi imprimiate nel cervello ogni singolo movimento dell'astrale."

John Knight diede il permesso ai suoi studenti di guardare nuovamente Sigmund Rey mentre questi indossava l'armatura spaziale.

Furono necessari dieci minuti buoni prima che l'astrale riuscisse ad indossare il suo indumento di raffreddamento e di ventilazione, la protezione per gli arti inferiori e il corpetto superiore. A quel punto, e solo a quel punto, l'elmetto poté essere sigillato sulla sua testa. Il sommozzatore agganciò poi la piccola stazione di lavoro di fronte all'armatura di Rey.

L'astrale dimostrò una pazienza incredibile mentre l'assistente lo vestiva e lo sistemava, sostanzialmente trattandolo come una gigantesca bambola. Quando l'elmetto venne finalmente indossato e chiuso, Lena si chiese che cosa sarebbe successo se a Sigmund avesse cominciato a prudergli il naso.

"Parliamo di armature spaziali," disse Knight, interrompendo i suoi pensieri. "Lo spazio è un luogo estremamente inospitale. Se doveste uscire nello spazio così come siete vestiti, diverse cose interessanti potrebbero accadere al vostro corpo. Potreste diventare incoscienti in meno di quindici secondi perché non c'è ossigeno, il vostro sangue e i vostri fluidi corporei potrebbero bollire per poi congelarsi perché non c'è pressione. La temperatura al sole potrebbe raggiungere i centoventi gradi centigradi per diventare improvvisamente meno cento all'ombra. Senza contare radiazioni cosmiche, venti solari e micro meteoriti. Quindi, per fare in modo di tenervi vivi, un qualsiasi tipo di protezione spaziale deve essere pressurizzata ed avere ossigeno, mentre rimuove anidride carbonica, mantiene una temperatura accettabile, protegge da radiazioni e ovviamente permette di comunicare con altre persone."

Knight fece una breve pausa mentre osservava con il resto della classe l'astrale e il sommozzatore accertarsi che l'armatura fosse stata indossata appropriatamente. "Adesso aprite bene le orecchie e imprimetevi a fuoco quello che sto per dirvi perché un giorno potrebbe fare tutta la differenza del mondo. Un'armatura spaziale mal funzionante vuol dire un colletto d'oro morto e una missione fallita. Le stelle sono generose, candidati, ma non perdonano la stupidità."

L'istruttore andò avanti a spiegare i dettagli collegati all'armatura spaziale e ai rischi dell'operare nello spazio, mentre Sigmund Rey si sollevava con l'aiuto del sommozzatore e si dirigeva verso una piattaforma al limite della vasca.

A quel punto John 'Sidereo' Knight fece un cenno della testa e la piattaforma venne abbassata, iniziando la sua lenta discesa verso l'acqua.

∞ ∞ ∞

Il viaggio di ritorno all'accademia durò meno di dieci minuti. Il Laboratorio di Fluttuazione Neutra era situato nel quartiere Sumamine, nella parte Sud-Est del Fulcro, dove i colletti d'oro avevano una succursale appositamente costruita per il loro addestramento. Lena e il resto della classe erano in quel momento a bordo di un gigaran, un hoveran formato autobus costruito per trasportare gruppi numerosi di persone. L'accademia aveva in dotazione una mezza dozzina di hovercraft come quello che erano utilizzati ogni giorno per facilitare il trasporto di studenti dalla sede centrale ad una delle varie succursali sparse per la città.

Solo tre giorni prima Lena e gli altri candidati avevano dovuto usare un gigaran per frequentare la loro classe di Astrofisica, situata nella succursale Skyware, vicino all'aeroporto Gunsan, dove il capo pilota Scarlet Steela aveva dato loro un'idea di che cosa voleva dire pilotare uno shuttle suborbitale. Lena deglutì, ripensando alla simulazione di quel volo. Sapere che fra un paio di giorni sarebbe stata veramente a bordo di uno di quegli affari le faceva venire la pelle d'oca e, al tempo stesso, la riempiva di aspettative.

In effetti, le tre settimane precedenti erano state una specie di montagna russa di emozioni contrastanti, dove paura e insicurezza si alternavano ad una gamma variegata di altri stati d'animo.

Quando Lena poggiò la testa sul sedile, la stanchezza derivante dalla lezione appena terminata la colpì inaspettatamente. Era come se il suo cervello si fosse ricordato di avere un peso di cinquanta chili attaccato sulla schiena.

Era una sensazione ormai diventata familiare, ma alla quale faticava ancora ad abituarsi.

Il carico di lavoro dell'accademia e le altissime aspettative che avevano i loro professori ed istruttori, erano state un'onda d'urto dalla quale doveva ancora riprendersi.

Comunque sia, alla fine di ogni giornata, per quanto con lentezza e sforzo, la ragazza era sempre riuscita a sopravvivere ad una settimana di lezioni dopo l'altra. L'aiutava molto la consapevolezza di non essersi mai sentita così felice in tutta la sua vita.

Lena si guardò attorno. Il gruppo storico che aveva conosciuto il primo giorno all'accademia, al Battesimo delle Stelle, era presente quasi al completo, assieme ad un altro gruppo di candidati che Lena aveva imparato a conoscere meglio. Ecco il saccente e chiacchierone Yao, vicino al piccolo ma rumoroso Fabrice che stavano discutendo con Oleg e Atanacio. Isagani stava ridendo con qualche altro studente a una battuta che aveva appena fatto, mentre Mfana stava visionando il suo oculus. Dal canto suo, Lena era seduta nella fila centrale, Aziza e Gravina ai suoi lati.

Quando il gigaran svoltò a Joseon Street, continuò per un centinaio di metri prima di parcheggiare in prossimità di una delle entrate secondarie dell'accademia. Mentre Lena e gli altri compagni scendevano dal veicolo, non fece più neppure caso al guidatore che 'congedava' il gigaran, il quale veniva assorbito dalla parete dell'accademia. Era ormai una delle iniziali stranezze divenute consuetudinarie per Lena.

Il gruppo di candidati si diresse verso la mensa e una volta lì, ebbero la fortuna di trovare l'estremità del tavolo dei candidati completamente vuota.

Lena posò il vassoio tra Oleg e Fabrice, che stavano addentando due enormi sandwich con pollo. Lei, invece, aveva optato per una meno elaborata insalata di granchio.

"Non è stato spettacolare, oggi, nel Laboratorio di Fluttuazione Neutra? Credo di aver cambiato idea," disse Margaret Flores, una ragazza con lentiggini e lunghi capelli rossi con cui Lena condivideva alcune materie. "Questa lezione potrebbe avermi aiutato a decidere quale indirizzo sceglierò nella Cerimonia di Accettazione del prossimo anno. Ora penso davvero di voler entrare nella Forza Lavoro Spaziale! "

"Non dire sciocchezze, Margaret," gli disse Isagani, puntandogli contro una forchetta mentre masticava con la bocca aperta. "Lo sanno tutti che soffri di claustrofobia. Non hai sentito che cosa ha detto Knight, oggi? Metterti dentro una di quelle armature spaziali è l'esperienza più vicina che potresti provare ad essere seppellita viva. Sarebbe come metterti dentro una bara e dirti: 'Ehi, bella. Ci vediamo fra qualche ora!'"

"Secondo me si tratta solo di allenamento e di forza di volontà," intervenne Oleg, mentre prendeva il suo bicchiere e sorseggiava del succo di frutta. "Voglio dire, i colletti d'oro non sono nati tutti con la predisposizione a lavorare nello spazio. È frutto di studio e di un allenamento molto intenso. Così come per le altre arti, si tratta sostanzialmente di ore di lezioni che si sommano a vicenda e di pratica, pratica e pratica, il tutto condito da disciplina e perseveranza."

Lena infilzò un broccolo con la forchetta. Per i minuti successivi ascoltò le varie discussioni ed intervenne a sua volta, quando voleva sommare la sua opinione a quella degli altri.

I candidati stavano toccando tutta la rosa di materie che avevano avuto la possibilità di provare nelle scorse settimane, elogiando o lamentandosi di un corso o di un altro, sparlando dei loro insegnanti o intessendone le lodi. Knight era ovviamente uno dei più amati e odiati tra tutti. Alcuni lo definivano uno psicopatico senza alcun senso della misura, mentre altri lo descrivevano come un eroe. C'era poi la loro professoressa di Storia del Pensiero Altista, Betty Savory, che la maggior parte di loro credeva fosse incredibilmente erudita ma anche petulante e fin troppo perfezionista. Il capo pilota Scarlet Steela divise il gruppo in schieramenti opposti di detrattori e di fan quasi quanto aveva fatto Knight, mentre praticamente tutti, tranne Isagani e un paio di suoi amici, definivano Salaman Cronin, il Domine che insegnava loro Etere 3.0., come una persona melliflua e al limite del sadico.

"Dopo queste tre settimane posso dire che se potessi eliminare una materia, sarebbe Economia Spaziale," disse Yao, quando fu il suo turno di sparlare della professoressa Ramona Da Luz, la loro insegnante di Economia Spaziale. "Voglio dire, andiamo! La Da Luz la tratta come se fosse l'apoteosi delle discipline accademiche ma una cosa come l'Economia Spaziale non esiste neppure. Non davvero, non oggi, almeno. Più che di Economia Spaziale, si potrebbe parlare di manifattura nello spazio, quando ci si riferisce alla costruzione di siderei. Senza contare che ancora oggi sono più i soldi *spesi* per lo spazio che quelli che *arrivano* dallo spazio."

Tutti sapevano che Aziza era la migliore di tutti loro in Economia Spaziale, quindi Fabrice, evidentemente curioso, si girò verso di lei e chiese, "Tu che cosa ne pensi, Aziza? Pensi che Mfana abbia ragione? Aziza?"

Aziza sobbalzò, presa completamente alla sprovvista. "Ehm, come hai detto, Fabrice?" chiese, schiarendosi la gola, due guance rosse che tradivano imbarazzo.

Gravina sorrise alla compagna con i suoi grandi occhi maliziosi. "Ah, sembra che la nostra Aziza era troppo impegnata a fare gli occhioni da cerbiatto al suo ragazzo. Non te ne sei accorto, Fabrice? Vergogna! Hai interrotto qualcosa di davvero importante!"

Fabrice ridacchiò, assieme a molti altri, e Aziza arrossì in maniera ancora più vistosa. "C-che cosa?" esclamò, fulminando la compagna con lo sguardo. "Non è vero!"

A quel punto, tutto il tavolo, nessuno escluso, scoppiò a ridere.

Lena rise con gli altri, mentre guardava Aziza cercare di produrre una scusa dopo l'altra. Era vero. Da quando Aziza aveva accettato di spendere il suo Appuntamento della Candidata con quel retore, qualche giorno prima, i due sembravano incapaci di togliersi gli occhi di dosso.

La conversazione a quel punto deviò molto velocemente dalle materie, alle situazioni romantiche innestate da quella particolare 'tradizione' accademica.

"Beh, lo specialista con cui ho speso il mio Appuntamento era dolce, anche se un po' impacciato," stava dicendo Margaret, dopo che Gravina si era lamentata del suo, definendolo 'uno spreco di tempo.'

Venne quindi il turno di Oleg di lamentarsi. "Mi sembra ingiusto che non esista un 'Appuntamento del Candidato'," disse, adocchiando automaticamente una subeterion specialista particolarmente graziosa, con lunghi capelli color oro e occhi chiari. "Voglio dire, andiamo! Questo è sessismo bello e buono! Io propongo di iniziare qui e ora, una nuova tradizione," e batté un pugno sul tavolo.

"Sì, così magari avresti una buona scusa per invitare ad uscire

Raperonzolo, non è vero?" disse Gravina, indicando l'oggetto dei desideri del compagno.

Altre risate sparse contagiarono quella parte del tavolo.

"E tu, Maruishi?" le chiese Isagani, un sorriso sornione sul volto. "Hai già incontrato il tuo Cicerone?"

Tutti gli occhi si spostarono su Lena. Alla ragazza andò quasi di traverso il suo boccone. A dire il vero, Lena aveva già ricevuto una dozzina d'inviti diversi, tre dei quali da niente meno che astrali, ma era sempre stata troppo impegnata con i suoi studi anche solo per considerare la possibilità di accettare.

"Lena è una persona troppo seria e impegnata per cose come queste," disse Gravina, precedendo la sua risposta. "Come se non bastasse, ha il viso talmente immerso nei libri di testo che a volte devo essere io a ricordarle che deve mangiare."

"Andiamo Lena," le disse Margaret, guardandola come se avesse detto di no al ketchup con le patatine fritte. "Tutte le candidate accettano l'Appuntamento, prima o poi. È la tradizione!"

"Una tradizione inventata da chi?" intervenne Oleg, precedendo la risposta di Lena. "Nonostante abbia chiesto in giro, non sono ancora riuscito a capirlo. La gente mi dà sempre una risposta diversa quando chiedo..."

Mentre i suoi compagni continuavano a discutere tra di loro, lo sguardo di Lena spaziò nella mensa, e andò a finire nel tavolo degli specialisti piloti...dove i suoi occhi incontrarono quelli di Makoto Shimao, lo specialista che aveva conosciuto nella terrazza panoramica. Lena fu sorpresa di notare che lo studente veterano la stava fissando a sua volta.

La candidata abbassò lo sguardo in fretta, cercando di infilzare un asparago nella sua insalata ma mancandolo per ben tre volte.

Non aveva mai avuto occasione di parlare con lo specialista dalla loro conversazione del secondo giorno, e non lo aveva più visto sulla terrazza, nonostante ci fosse tornata diverse volte nelle passate settimane.

Non poteva negare che l'atteggiamento di Makoto l'aveva incuriosita, e più di una volta si era chiesta dove fosse andato quando si era congedato in fretta e furia.

Certo, aveva incontrato Makoto in qualche corridoio di passaggio, o nella sala comune, ma era sempre stato circondato da un gruppo di amici e da studenti più anziani.

Lena alzò nuovamente lo sguardo, lentamente, come un soldato che rischia un'occhiata alla trincea nemica. Makoto continuava a gettarle delle veloci occhiate. O era solo una sua impressione?

Alla fine decise di concentrarsi sul suo pasto, quasi del tutto convinta che stesse facendo lavorare un po' troppo la sua immaginazione.

Quando finì di mangiare si alzò e disse, "Ho dei compiti arretrati che si stanno accumulando." Prese il suo vassoio e salutò i compagni.

"Ci vediamo nella sala comune?" chiese Aziza.

"Ci puoi scommettere," rispose Lena. Aveva avuto dei problemi con l'ultima lezione di Economia Spaziale, ed Aziza si era offerta di aiutarla.

Lena si diresse verso il riciclatore proteico per gettare i suoi avanzi, ma prima di raggiungerlo, andò a sbattere contro qualcuno. Il vassoio le cadde dalle mani con un tonfo sordo e le posate e i contenitori si sparsero dappertutto.

"Guarda dove vai, candidata," le disse aspramente l'apprendista subeterion che l'aveva urtata, senza neppure scusarsi. Il ragazzo aveva entrambi gli occhi coperti da un oculus in modalità mondovisione, ed era evidente che stava camminando e viaggiando nell'etere allo stesso tempo. Una pratica non molto raccomandabile. Era un po' come guidare mentre si sta leggendo una rivista.

Il subeterion si girò e fece per andarsene ma prima che potesse farlo Lena lo chiamò, irritata. "Ehi, tu!"

L'altro si girò lentamente, come se non si fosse aspettato quella reazione da parte sua.

"Altezza, spessore, profondità...massa," fece Lena, muovendo entrambe le mani attorno a sé come per tracciare la sua stessa silhouette. "Sono un oggetto fisico che occupa uno spazio, nel caso non te ne fossi accorto. Non puoi attraversarmi come un'unità dell'e-tere, te rendi conto, vero?"

L'espressione di sorpresa del subeterion venne sostituita in fretta da altezzosità, "Che cosa hai detto, *candidata*?"

"In questa dimensione spazio-temporale le persone si scusano quando urtano qualcuno," gli fece presente Lena.

"Hai la lingua lunga, ragazzina," le disse il subeterion, avvicinan-dosi e puntandole contro un dito, "Che cosa succederebbe se adesso ti..."

"Penso dovresti davvero scusarti, a questo punto, apprendista. Se lo fai ora, fai ancora in tempo a non sembrare un completo imbecille."

Lena e il subeterion si girarono nella direzione da cui era venuta la voce.

Era Makoto Shimao, che stava guardando il subeterion con le braccia incrociate. "Viaggiare nell'etere e urtare persone senza scusarsi?" continuò il pilota. "Questa ragazza potrebbe pensare che tu sia un idiota, invece che solamente distratto. E in questa acca-demia non si addestrano idioti. Dico bene?"

Lo studente di Eterionica guardò Makoto con occhi sgranati.

"S-scusa, Shimao," disse alla fine, quasi balbettando, "Hai ragione. Non avrei dovuto camminare mentre viaggiavo nell'etere."

"Non è con me che devi scusarti," gli fece presente Makoto, "ma con lei."

Il subeterion guardò Lena e disse, senza traccia di esitazione, "Scusa...ehm...candidata. Davvero. Ora...ora...devo andare," e li lasciò con la coda tra le gambe.

"Che cosa diavolo è successo?" chiese Lena, che guardò a bocca aperta il subeterion uscire dalla mensa come un lampo. Poi si girò verso Makoto. "Qual è il tuo segreto?"

Makoto sorrise. "Beh," iniziò, "Immagino che quello 'Shimao' dopo il 'Makoto' abbia un certo impatto, specialmente sugli studenti più giovani."

"E questo che cosa vorrebbe dire?" chiese la ragazza, poggiando entrambe le mani sui fianchi. Non riusciva a capire se l'altro avesse appena fatto una battuta.

Makoto la guardò con quello che sembrava interesse. Poi alzò entrambe le sopracciglia, chiaramente sorpreso, "Vuoi...vuoi dire. Tu non sai..." S'interruppe. Sembrava davvero stupito, ma alla fine disse semplicemente, schiarendosi la gola, "Qual è il mio segreto? Una voce ferma e uno sguardo di ghiaccio."

"Sei strano, te l'ha mai detto nessuno?" Lena non riuscì a trattenere un sorriso. Si chinò per terra, per raccogliere il cibo sparso. Makoto si avvicinò e l'aiutò, mentre teneva in mano il proprio vassoio.

Quando ebbero raccolto tutti gli scarti, Lena ringraziò lo specialista ed entrambi svuotarono il proprio vassoio nel riciclatore proteico. Fu a quel punto che la ragazza vide che tra i resti del cibo di Makoto c'erano degli insetti.

"Che cosa hai ordinato?" chiese, incuriosita, ricordandosi improvvisamente che il menù della mensa proponeva anche dei piatti a base d'insetti.

"Oh," disse Makoto, mentre posava il vassoio vuoto sopra agli altri, "sformato di patate e grilli in salsa agrodolce. Come mai la domanda?"

"È da un po' di tempo che pensavo di provare la cucina locale," disse Lena. "Hai presente?" e guardò Makoto, inclinando leggermente la testa mentre alzava un sopracciglio.

"Ah, ho capito." Lo specialista sorrise. "Non hai mai mangiato insetti. Hai deciso di tuffarti? Larve, grilli e vespe?"

"Quel genere di cose lì," Lena annuì. "Sono ancora un po' indecisa, ma ho pensato che vivere a Saemangeum e non provare un piatto d'insetti sarebbe come andare a Roma e non provare un piatto di pasta."

"Mi sembra che il tuo ragionamento fili," fu d'accordo il pilota. "Beh, guarda, non posso certo definirmi un esperto in materia, ma se vuoi provare qualcosa di speciale, penso di poterti essere utile come guida. Ora che ci penso, credo di sapere esattamente dove potresti 'rompere il ghiaccio', per così dire. Conosco un ristorante che farebbe proprio al caso tuo. La loro cucina è esotica, ma non estrema. Posso farti da guida, se vuoi."

"Geniale, mi sembra un'ottima idea," disse Lena, "allora è deciso."

Makoto annuì, quindi disse. "Questo è il mio interlink."

Quando si furono scambiati i rispettivi interlink, lo specialista guardò l'ora e sgranò gli occhi, "Oh, accidenti, sono in ritardo! Devo...ho una lezione tra poco. Ci vediamo." Ed uscì dalla mensa.

Quando fu nuovamente da sola, Lena notò che Gravina le si era avvicinata, quasi di soppiatto. Stupita, si accorse che sul volto dell'amica c'era un'espressione preoccupata.

"Ehi," la salutò Lena, "Che c'è? Sembra quasi che tu abbia visto un fantasma."

"Lena, conosci...conosci Shimao?" le chiese la compagna, ignorando la sua domanda e indicando verso l'uscita che Makoto aveva appena varcato.

Lena annuì. Da come la stava guardando Gravina, sembrava che avesse appena finito di parlare con il fratello di Satana.

"Sì, e allora?" chiese Lena. "Gravina, perché quella faccia? Che ti prende?"

L'altra la guardò con la fronte aggrottata. "Tu non hai idea di chi sia quel ragazzo, vero?" le chiese, guardandola con molta attenzione.

Lena alzò un sopracciglio. "Ehm...uno specialista pilota?"

Gravina scosse la tesa. "Lena, quello non è un *semplice* specialista," le disse, "Quello è Makoto Shimao, il figlio di Toshio Shimao, il chimico del cavo che ha reso possibile Polaris e uno dei leggendari membri dell'Esaedro, morto lo stesso giorno in cui Wei Wang è stato assassinato."

20

SUA BEATITUDINE REVERENDISSIMA

NEW YORK CITY, PALAZZO DI GIUSTIZIA DELLA CORTE PLANETARIA

Spine

LO SGUARDO DI Woodside si muoveva da una persona all'altra con discrezione e solerzia, come se volesse tenere tutti d'occhio allo stesso tempo, mentre il suo gruppo finiva di scendere la scalinata della reggia e cominciava a camminare in mezzo alla gente.

Yvonne lo vide rispondere a cenni d'assenso di passanti con cenni d'assenso, a sorrisi con sorrisi e a occhiatacce con sorrisi ancor più abbondanti.

Il leader landista si rivolse quindi alla sua cerchia, tenendo la sua voce molto bassa mentre continuava a sorridere alle persone che guardavano nella sua direzione.

"Buona caccia," disse loro semplicemente. Non aggiunse altro, come se fosse un ordine ed un augurio allo stesso tempo. Komla, Arvin e Tenoderia assentirono e in un battito di cuore si erano velocemente persi tra la folla.

"Raccogli la mascella dal pavimento," le mormorò Woodside,

mentre continuava a tenerla per braccio, conducendola tra la folla. Yvonne chiuse la bocca e si schiarì la gola.

"Bene, ora dimmi," riprese il Presidente, guardando con la coda dell'occhio la sua protégé mentre manteneva la sua attenzione sul resto della sala. "Che cosa ne pensi di tutto questo?"

Yvonne sembrò riflettere per qualche secondo su quella domanda. Alla fine disse, "Penso che tu sia una persona un po' troppo cinica e sospettosa, perfino considerando la tua posizione." La donna si guardò attorno: sorrisi, sguardi amichevoli, saluti e cenni d'assenso l'accompagnavano ad ogni passo. "Mi sembra che ci troviamo intorno a gente normale, dopotutto. Con la puzza sotto il naso, certo, e magari falsi quanto una banconota da tre dollari, ma comunque non molto diversi da noi due. A sentire te, sembrerebbe che siamo circondati da un branco di iene pronte a sbranarsi a vicenda."

Woodside sospirò e avvicinò Yvonne a sé. "Stammi vicino, bambina," disse, mentre scuoteva la testa. "Non vorrai perderti nella giungla. Tieni gli occhi aperti. Ci stiamo dirigendo verso il centro del putridume. Voglio mostrarti qualcosa."

Fu subito chiaro che Woodside era una delle persone più popolari e in vista anche in mezzo a quella concentrazione di potere. Praticamente chiunque sembrava volesse parlargli. Tuttavia, Woodside sapeva bene come giocare a quel gioco.

Il Presidente evitò con maestria una dozzina di persone tra cui funzionari pubblici, che lui descrisse a bassa voce come 'pesci piccoli', disarmò con una battuta una coppia di jurion della Planetaria, che definì come 'attaccabrighe', e infine spiazzò con una frase che sembrava un incrocio tra un'affermazione e una domanda un gruppo di eterion che lo avevano chiamato a gran voce.

"Quelli sono carne per Tenoderia," spiegò Woodside, accennando verso gli eterion che stavano gettandogli occhiate oblique. "Non ho tempo per quella concentrazione di sofisti, al momento."

Continuò a condurre Yvonne sottobraccio, mentre prendeva dal vassoio di un cameriere due bicchieri di Champagne.

"Bagnati le labbra con il bicchiere e fai finta di bere," le disse il

Presidente, senza togliere gli occhi di dosso dalle persone che gli stavano più vicine. "Tanto vale recitare la parte per bene."

Yvonne fece come le era stato detto mentre si lasciava condurre da Woodside. Il sorriso del Presidente sembrava ormai stampato perennemente sul suo volto.

"La metà delle persone in questa sala vorrebbe pugnalarmi alle spalle e gettarmi in un fiume," le sussurrò, continuando a sorridere ai passanti mentre si bagnava le labbra con lo Champagne, "l'altra metà, vorrebbe usarmi per i propri scopi, per poi pugnalarmi alle spalle e gettarmi in un fiume."

Yvonne sorrise con gli occhi. "Sembra un posto molto pericoloso," sussurrò, cercando di non ridere mentre si copriva la bocca con il bicchiere.

Woodside annuì. "Non farti ingannare dai loro falsi sorrisi e dai loro gesti di benvenuto, Ms. Africa. Sei circondata da squali che aspettano solo che una goccia di sangue esca dal tuo corpo per spolparti viva."

"Mi chiedo," disse Yvonne, guardandolo con sguardo curioso, "non sarai un po' troppo sospettoso? Come ti ho già detto, mi sembra che queste persone siano dopotutto...normali. Persone che stanno cercando di divertirsi."

"Sospettoso? Certo!" esclamò il Presidente, guardandola di sottecchi, "Se non fossi sospettoso sarei già sul letto di quel fiume!" Una pausa, quindi proseguì, abbassando la voce. "Lascia che ti mostri, mia cara."

Il leader landista guardò la sala, evidentemente alla ricerca di qualcosa. Alla fine i suoi occhi sembrarono soffermarsi su una persona. Un sorriso soddisfatto increspò il suo volto.

"Ah, sì," disse, "ecco un buon esempio. Guarda." Indicò la persona che stava guardando con un gesto casuale della testa. "Vedi quel tipo che cammina a falcate, con un sorriso perenne dipinto sul volto, quasi fosse un suo tratto somatico?"

Yvonne seguì lo sguardo discreto del Presidente. "Luis Pascal? Il Sottosegretario del Tesoro?" chiese la donna.

Woodside si girò verso di lei; un ghigno che tradiva sorpresa increspò un lato della sua bocca. "Sì," disse, annuendo lentamente, "un uomo che ha coltivato il dono particolare di parlare senza dire niente. Una persona apparentemente normale, a cui non daresti una seconda occhiata se si trovasse in mezzo ad un gruppo, eppure il buon vecchio Luis ha fama di essere un uomo con il talento di darti un lecca-lecca ed esigere come pagamento la tua stessa anima. Quello sciacallo ha cercato di vendermi quello che lui dipingeva come un 'affare' una mezza dozzina di volte. Ho sempre rifiutato, ovviamente. Ho imparato da tempo a riconoscere una polpetta avvelenata, ma saresti sorpresa di scoprire in quanti modi diversi si può dire di 'no' ad una persona."

Ancora una volta, lo sguardo di Woodside dardeggiò a destra e a sinistra, e ancora una volta si fermò all'improvviso, come se fosse stato calamitato da qualcosa. "Eccellente, un altro caso studio," stabilì. "Ora guarda alla tua destra, vicino al tavolo con quella pila di tramezzini. Sì, lì. Vedi la donna di mezza età, con un'acconciatura raccolta, levigata e formale, l'espressione severa e lo sguardo di qualcuno che è stato costretto ad andare in un raduno di porcai?"

"Sì," rispose ancora una volta Yvonne, "il giudice Margareth Magdalen, dell'Assemblea Ristretta della Corte Planetaria."

Woodside questa volta alzò un sopracciglio, evidentemente sorpreso, mentre valutava la sua protégé. "Bene, vedo che hai fatto i compiti a casa," disse. "Ebbene sì. Sua Eccellenza giudice Magdalen, una donna di doveri e di principi. Già, una donna di valori, pronta a mangiare una lastra d'acciaio pur di difendere in pubblico le sue convinzioni ma al tempo stesso sempre e comunque convinta che il fine giustifichi i mezzi. Ebbene, quella stessa donna è riuscita a piegare l'opinione di altri quattro jurion quando si trattò di decidere se Polaris era o non era una buona idea. Il tutto convincendo un pugno di persone della bontà di un'alternativa, mentre lavorava segretamente per favorire l'alternativa opposta. Quella donna è il singolo motivo più importante che ha permesso alla mostruosità di Wei Wang di superare il nostro blocco legale, un decennio fa. Una donna di valori è una donna pericolosa, mia cara, ma una donna disposta a gettare quegli stessi valori dalla finestra per un torna-conto a lungo termine è ancora più pericolosa."

"Qual è il punto, Spine?"

"Il punto, dolcezza, è che nessuno qui è quello che sembra e che tutti hanno una propria agenda segreta. Tu ed io siamo solo scalini da calpestare per raggiungere un piano più alto. Credi che queste persone siano qui per i tramezzini al salmone e lo Champagne? No, certo che no. Sono qui per scoprire un modo per ottenere un vantaggio sulla persona con cui stanno amabilmente conversando, pronte a piantargli un coltello in gola e a bere il loro sangue quando riterranno il momento propizio."

"Va bene," disse Yvonne, scuotendo la testa mentre faceva finta di annusare il contenuto del suo bicchiere. "Immagino che in questo posto dimenticato da Dio tu voglia che continui a rimanerti il più vicino possibile, per evitare di essere mangiata da uno di questi mostri in un solo boccone, giusto?"

Woodside si girò verso di lei con un profondo cipiglio. "Rima-nermi vicino?" chiese, confuso. "No, no, mia cara. Stavo per sugge-rire l'esatto opposto, in effetti. È tempo che ti avventuri per conto tuo nell'arena e che cominci a nuotare in questa vasca di squali. Voglio che tu vada lì fuori e che ti faccia un'idea del tipo di mondo in cui ho abitato per la buona parte degli ultimi vent'anni. Voglio che tu capisca davvero per che cosa hai firmato quando hai accettato di partecipare a Scontro Frontale, quando ti sei votata alla rinascita della LAND. Voglio che tutti vedano chi sei e il motivo per cui ti ho scelta. Voglio, insomma, che queste persone abbiano la loro possibi-lità di giudicare il campione landista, di capire di che pasta sei fatta. Vai, e rendimi orgoglioso, cioccolato fondente. Quando tornerai, mi dirai le tue impressioni."

"Se metà delle cose che mi hai detto sono vere, sarà bene che mi metta un giubbotto antiproiettile," disse Yvonne, con uno sguardo che tradiva sarcasmo. "Non sei preoccupato che il tuo *campione* possa tornare indietro a rate?"

Woodside sorrise. Alzò il calice con lo Champagne, un silenzioso brindisi alla sua protégé. "Se sei sopravvissuta a me, mia cara, puoi sopravvivere anche a loro. Ora vai."

Yvonne assentì, baciò il leader landista sulla guancia e si allontanò senza guardarsi indietro. A meno di dieci passi di distanza, era già stata circondata da cinque persone diverse, che sembravano bombardarla di domande. Yvonne mantenne il suo sorriso inalterato, prima che Woodside la perdesse di vista tra il mare d'invitati.

Il Presidente della LAND sospirò, cercando di non far trasparire nessuna delle emozioni che stava provando. Yvonne Muchena sembrava essere stata la scelta giusta per quello che lui voleva fare. La ragazza era sveglia, testarda ed incredibilmente motivata, ma non si poteva certo giudicare un soldato prima che avesse sparso sangue sul campo di battaglia. Quella sarebbe stata la prima vera prova che Yvonne avrebbe dovuto affrontare per fare capire al Presidente se, dopotutto, sceglierla non era stato uno sbaglio.

Prima ancora che potesse finire quel pensiero, un uomo con capelli color arcobaleno raccolti in una lunga treccia, ciglia e sopracciglia color platino e un vestito talmente sfarzoso e colorato che non avrebbe sfigurato in una sfilata di moda ariulana, gli tese una mano con lunghe unghia smaltate di un colore blu cielo.

"Ah, Gosema Omen," lo salutò Woodside, stringendogli la mano. "L'uomo più viscido e meschino del momento. È un piacere vederti strisciare tra le belle persone di questo gala."

"Presidente, il piacere è tutto mio!" esclamò il presentatore di G.O.S.H., sorridendo alla battuta di Woodside ed esibendo l'espressione che avrebbe avuto un bambino a cui era stato dato un giocattolo nuovo di zecca.

"Una bella scelta, questa Yvonne," disse Gosema, indicando il punto dove era sparita la sua protégé, mentre sorseggiava un Old Fashioned. Annuì ripetutamente, come se approvasse tutto della donna. "Bei fianchi, un seno generoso, una bocca provocante. Dimmi, Presidente, dove diavolo le hai nascosto gli artigli?"

Woodside bevve il suo Champagne. Fingere di farlo non sarebbe stato intelligente davanti ad un professionista come Gosema. Si prese qualche secondo prima di rispondere. Il presentatore di

G.O.S.H. gli era sempre piaciuto, talmente tanto che aveva addirittura accettato di partecipare al suo talk show un paio di volte. Spine Woodside veniva sempre trattato da Gosema come un ospite di riguardo nel suo studio, e questo significava che subiva una dose doppia di battute e di attacchi dal colorato presentatore. Nonostante tutto, Woodside aveva sempre trovato quell'uomo intrigante, a suo modo. Rumoroso e decisamente meschino, certo, ma intrigante.

"Yvonne Muchena è un dono caduto dal cielo, è vero," disse il Presidente alla fine. Non aggiunse altro, aspettando che fosse il presentatore a fare la prossima mossa.

"Sembri riporre diverse speranze in questa ragazza del Congo," disse Gosema. Continuò a sorseggiare il suo drink, quindi scrollò le spalle. "Nonostante la sua ovvia carenza di esperienza, specialmente per quello che hai in mente di farle fare. Ho sempre saputo che fossi un giocatore d'azzardo ma questo...dare carta bianca ad una donna che conosci a malapena e consegnarle il futuro della LAND...*Questo*, Presidente, è il motivo che ti rende una persona così dannatamente interessante. Sei come del vino in una botte. Più invecchi, più sei buono! Con la tua scelta eterodossa, hai dato a me e ai miei colleghi materiali per battute e commenti per il prossimo decennio."

Woodside annuì, un gesto che voleva dire tutto e non voleva dire niente.

"Purtroppo, non tutti condividono la tua...Ah...predisposizione al sensazionalismo mediatico," proseguì Gosema. "Ho sentito dire che quella vecchia mummia di Richard Donovan ti sta dando diverse gatte da pelare per questo motivo. Non è vero? Questi burocrati." Gosema sospirò, esibendo un'espressione che palesava comprensione. "Da quando si sono stabiliti al Consiglio, non è un mistero che la LAND non sia più riuscita a combinare niente d'importante. Comunque, per quel poco che conta l'opinione di un semplice uomo di spettacolo come me, quei leccacarte dovrebbero essere imbalsamati vivi."

Woodside non poteva che riconoscere un eccellente sofista, quando se ne trovava uno di fronte, e Gosema era uno dei migliori sulla piazza. Non solo aveva concretizzato i suoi pensieri, ma aveva perfino utilizzato le sue stesse parole.

Tuttavia, nonostante la maestria di quel giullare con la lingua biforcuta, Woodside non era nato ieri. Riconosceva quel gioco e sapeva quali erano le regole.

"Richard Donovan è una persona indispensabile che sa rendersi utile in molti modi," mentì Woodside, guardando negli occhi l'interlocutore senza battere ciglio. "Abbiamo bisogno di landisti come lui per continuare a dare il nostro generoso contributo all'umanità."

Woodside tralasciò il fatto che non ci avrebbe pensato due volte a gettare lo spocchioso burocrate dall'alta scalinata della reggia mentre appiccava fuoco al suo corpo, tanto per divertirsi a vederlo bruciare vivo.

Un lungo silenzio condito da un sorriso che andava allargandosi era tutto quello che concesse al suo interlocutore.

Finalmente Gosema ruppe il silenzio, "Ah, Presidente!" esclamò, sbattendo le ciglia. "La tua ipocrisia è davvero leggendaria!"

"E la tua orrenda acconciatura dovrebbe essere proibita da una legge della Planetaria," rispose Woodside, indicando con il bicchiere l'improbabile arcobaleno di colori che caratterizzavano la chioma del presentatore. "Nonostante le nostre mancanze, amico mio, sono sicuro che entrambi dormiremo sogni d'oro, stanotte. Dico bene?"

Gosema Omen e Spine Woodside fecero incontrare i propri bicchieri a mezz'aria, due cacciatori di applausi che brindavano alla rispettiva capacità retorica.

"Bene, a questo punto non posso che congedarmi con un augurio per il tuo campione," disse Gosema, guardando attentamente Woodside mentre si passava un lungo dito sulle labbra.

Il leader landista sorrise. Sapeva molto bene che il suo interlocutore era stato scelto come conduttore per la puntata di Scontro Frontale di quell'anno. Sarebbe stato lui a mediare l'evento. Gosema stava evidentemente cercando di fargli dire qualcosa, forse d'invitarlo a chiedergli aiuto in qualche modo, o di fargli promettere qualcosa per un trattamento preferenziale ad Yvonne, ma Woodside non abboccò all'amo.

"Color lillà," rispose semplicemente Woodside, smarcando elegantemente il tranello e valutando con attenzione i lunghi capelli del presentatore.

"Come, prego?" fece l'altro, evidentemente spiazzato dalla risposta.

"Color lillà, Gosema," ripeté Woodside. "Il colore che dovrebbero avere i tuoi capelli il giorno dell'evento. Sai, sembra incredibilmente di moda quest'anno."

Il presentatore del G.O.S.H. sorrise mentre alzava il bicchiere in direzione di Woodside. "Presidente," disse, capendo che non avrebbe cavato altro da quella conversazione. Una volta congedatosi, Gosema si diresse verso il bar, senza dubbio per riempire il suo bicchiere ormai vuoto.

Per la successiva mezz'ora Woodside continuò a camminare, a chiacchierare con conoscenti del più e del meno e a confrontarsi con i pezzi da novanta che lo avvicinavano, rispondendo a battute sarcastiche con battute sarcastiche, a richieste d'aiuto con richieste di favori e a minacce velate con sorrisi smaglianti.

Alla fine, Woodside trovò qualcuno con cui era davvero interessato a parlare. Si liberò in fretta del piccolo gruppetto di persone che lo stava seguendo, ma lasciò che fosse l'altro a notarlo e ad avvicinarlo.

Si trattava del Legato Tolomeus Almagest, un uomo che occupava una posizione di prestigio nell'ALTA e allo stesso tempo una vecchia conoscenza di Woodside.

Tolomeus, infatti, era stato un landista che aveva abbandonato il Tetralemento per infoltire le file dei contastelle dopo la morte di Wei, quando era diventato chiaro che Polaris era stato un successo e che l'economia spaziale sarebbe diventata nel giro di pochi anni un affare da miliardi di dollari.

Tolomeus era un voltagabbana, certo, ma al tempo stesso era anche un personaggio difficile da inquadrare. Era un banchiere travestito da politico con il cuore di un avvocato.

"Presidente," disse Tolomeus, alzando un bicchiere semipieno di Champagne verso la sua direzione.

"Almagest, che cosa ci fai qui?" chiese Woodside, simulando sorpresa. "Credevo che a voi altisti non fregasse molto di quello che succede *al di sotto* della stratosfera terrestre."

Tolomeus ridacchiò, ma non disse altro.

"Il mio opportunista preferito," fece il Presidente, indicandolo con la mano che reggeva il bicchiere. "Lo sai, manchi parecchio al Consiglio. Richard, in particolare, rimpiange la tua presenza ogni giorno."

"Ne sono sicuro," ridacchiò Tolomeus, mentre scuoteva la testa, "specialmente da quando ha preso il mio posto e ha reso il Consiglio il suo porcaio personale. No, mi dispiace che la mia dipartita abbia infestato il Consiglio di forme di vita abbiette come Donovan, ma il mio cuore era tra le stelle..."

"...Dove il tuo portafogli ha annusato milioni di dollari," finì per lui Woodside, mettendosi la mano libera in tasca.

Ancora una volta Tolomeus non rispose. Quando riprese a parlare, cambiò completamente argomento. "Ah, ma non parliamo del sottoscritto," disse, muovendo una mano, come a scacciare del fumo invisibile. "Io sono chiaramente un argomento datato. No, parliamo piuttosto della tua pantera africana. Mhm, sì, una scelta curiosa, questa Yvonne Muchena. Davvero. Il Direttivo altista non sa davvero che pesci prendere."

"Ah, sì, Gladia e la sua cricca," Woodside prese un tramezzino al salmone da un cameriere di passaggio. "Dimmi, come sta la cara, vecchia dottoressa?"

"Bene," rispose Tolomeus, mentre si puliva le labbra con un tovagliolo. "Ti pensa spesso."

Woodside sembrò essere d'accordo con quello che aveva detto l'altista. "Ne sono certo," disse. "Senza dubbio sta pensando a modi per farmi fuori senza lasciare traccia."

Tolomeus rise a quella battuta.

"Comunque," continuò Woodside, facendosi improvvisamente serio, "sono sicuro che Gladia saprà proporre un candidato che renda lo scontro quantomeno interessante."

Silenzio seguì quell'affermazione. Il leader landista era pronto a captare qualsiasi segnale che gli avesse dato anche il frammento di un'informazione.

Ma Tolomeus Almagest non era uno stupido e sentì immediatamente puzza di bruciato. Woodside sapeva che l'uomo che aveva davanti era un contendente al trono dell'ALTA, un giocatore che aveva vissuto nell'ombra e che aspettava la sua occasione per dominare la scena.

"Sono sicuro che il Direttivo e la Commendatrice prenderanno la decisione giusta."

"Non ne dubito," concordò Woodside. "A proposito, dov'è l'imperatrice delle stelle?" Il Presidente si guardò attorno, come se si aspettasse che Gladia Egea sbucasse da sotto un tavolo. "Avevo sperato di vederla, oggi. Di scambiare qualche battuta con lei."

"Sua Maestà Stellare è stata trattenuta da un appuntamento importante," rispose semplicemente Tolomeus.

"Ah, mio caro contastelle, ma così mi rendi curioso! Che cosa può esserci di più importante dell'occasione di annusare personalmente i propri nemici?"

"Un viaggio in orbita," spiegò Tolomeus. "La Commendatrice è occupata ad inaugurare l'ultimo sidereo costruito, come penso avrai sentito dire."

"Sì certo, Maelstrom," Woodside annuì, mentre svuotava il contenuto del suo bicchiere. "L'ultima diavoleria che avete messo in orbita. Quanti bambini avremmo sfamato se le energie e le risorse utilizzate per costruirlo fossero state impiegate dove servono non lo sapremo mai, certo, ma se questo dà un motivo in più a voi altisti di stappare una bottiglia di Champagne nello spazio, così sia."

Tolomeus continuò a bere il suo drink, occhi vacui su un volto apparentemente inespressivo.

"Beh, vecchio amico mio, porta i miei rispetti all'ultima punta dell'Esaedro."

Woodside salutò l'altista e si allontanò.

Non era riuscito a carpire niente di davvero importante da quella conversazione, ma d'altronde sapeva che la cosa non era neppure particolarmente facile, specialmente quando si parlava di qualcuno come Tolomeus Almagest. Ricavare informazioni da quell'uomo era semplice quanto cercare di aprire la cassaforte di Fort Knox con un fermacapelli.

Woodside camminò per qualche minuto verso una parte della sala semi deserta e alla fine decise di sedersi ad uno dei tavoli vuoti in uno degli angoli meno frequentati, dove continuò a mangiucchiare il suo tramezzino. Masticare e deglutire era un'operazione meccanica, a cui non faceva caso. Tutta la sua attenzione era concentrata sulla sala. Stava cercando di decidere il prossimo interlocutore con il quale si sarebbe 'scontrato'.

Per diversi minuti rimase lì, seduto, cercando di farsi notare il meno possibile mentre osservava gli ospiti conversare tra di loro.

Fu a quel punto che lo vide. L'uomo risaltava sul resto della gente come un pesce scorpione in un acquario pieno di pesci rossi.

Sua Beatitudine Reverendissima Zacharias Hawke, Patriarca del credo umanista, Messia della Grande Madre Gaea, Protettore del Circolo della Vita e Primo Ministro della Natura era circondato da un gruppo di gente che sembrava pendere dalle sue labbra. Tutti mantenevano una distanza rispettosa dall'uomo di fede e tutti annuivano velocemente a qualsiasi cosa uscisse fuori dalle sue labbra.

Quando gli sguardi del landista e dell'umanista s'incrociarono, il Patriarca non perse tempo e si diresse verso Woodside, scusandosi con il nugolo di persone che lo circondavano come falene attirate da una fonte di luce irresistibile.

Zacharias si mosse verso il Presidente con passo lento e deliberato, come se stesse seguendo il ritmo di una melodia che nessuno, se non lui, era in grado di ascoltare.

Solo a quel punto, quando il Patriarca si fu liberato dalle persone che gli stavano attorno, Woodside notò le tre donne alte, snelle e bellissime che camminavano in formazione triangolare attorno al leader dell'Humanitas. Due di loro stavano ai suoi fianchi, mentre la terza lo precedeva di qualche passo. Le donne non avevano nulla in comune tra di loro, a parte la lunga vestaglia bianca identica a quella del loro leader, un cerchietto verde e lo stesso atteggiamento solenne e concentrato di una sacerdotessa in procinto di iniziare una funzione religiosa.

Woodside notò che la bella donna alla destra di Zacharias aveva carnagione scura, occhi color nocciola e corti capelli crespi. Alla sua sinistra, invece, stava una ragazza più giovane ma non meno attraente. Alta quanto la sua compagnia, aveva un fisico snello e asciutto, lunghi capelli corvini e grandi occhi a mandorla. Alla punta della formazione, infine, stava una donna con capelli ordinati in una treccia che le arrivava fin quasi ai polpacci. Aveva occhi azzurri, fronte ampia, labbra piene e zigomi alti e pronunciati.

Le tre adepte mantenevano la formazione a triangolo come se fossero la guardia personale del Patriarca, lanciando occhiate fugaci attorno a loro, come se si aspettassero che qualcuno potesse aggredire il loro leader dal tavolo dei dolci.

Quando raggiunsero Woodside, la donna che aveva formato la punta del triangolo si girò, le mani dietro la schiena e le spalle rigidamente proiettate all'indietro. Il leader dell'Humanitas prese il suo posto mentre la sua adepta si mise al centro della formazione, continuando a guardarsi attorno.

Woodside accolse il Patriarca con un sorriso appena accennato, ma non si alzò. Alzarsi avrebbe voluto dare a quella persona un'importanza che non voleva che lui pensasse di avere.

Il leader landista si accorse d'un tratto che diverse conversazioni in quella parte della sala erano cessate. L'attenzione di diverse dozzine di occhi era ora concentrata su di lui e su Zacharias; tutti, nessuno escluso, avidi di sapere che cosa sarebbe uscito fuori da quell'incontro.

Il Patriarca sorrise a sua volta al Presidente della LAND mentre chinava leggermente la testa, in segno di saluto.

"La Grande Madre Gaea distribuisce la benedizione dell'aria, dell'acqua, della terra e del fuoco al suo figlio Spine Woodside."

"Hawke," lo salutò il Presidente, continuando a rosicchiare il suo tramezzino al salmone. Era finalmente venuto il momento di testare questa persona e di scoprire di che pasta fosse fatta. Era ora di capire se la LAND e l'Humanitas erano destinate a fondersi, e a creare la

MICHELE AMITRANI

più grande concentrazione di potere eterico dalla fondazione di DataMorph. E sarebbe tutto partito da una semplice, innocente conversazione dalla quale Woodside contava di alzarsi con una risposta definitiva.

Con un movimento distratto della mano indicò la lunga tunica bianco sgargiante con cui il Patriarca era vestito, quindi disse, "Stai confondendo gli altri ospiti." Si guardò attorno, incrociando gli sguardi di altre persone, per poi tornare a guardare il suo interlocutore. "Carnevale è finito diversi mesi fa."

A quelle parole, la donna con gli occhi chiari fece un rapido balzo in avanti, l'espressione del volto scandalizzata.

Woodside la guardò, divertito. *Possibile sia così facile?* pensò fra sé mentre continuava a mangiucchiare il suo tramezzino.

"Come osa?" proruppe la donna, i begli occhi color cielo ridotti a fessure. "Lei si rivolgerà a sua Beatitudine Reverendissima con il rispetto che si..."

"Pace, Elisabeth," l'interruppe Zacharias, alzando una mano. Seppure il suo volto non mostrasse nessuna emozione, i suoi occhi scuri palesavano chiara ammonizione.

Elisabeth guardò il Patriarca, e fu come se qualcuno l'avesse colpita con uno schiaffo in pieno volto. La donna chinò velocemente la testa in segno di sottomissione.

"Una battuta," disse Zacharias con leggerezza, vestendo il suo volto di un sorriso rilassato, "il modo di renderci omaggio di questo pargolo della Natura." Indicò il leader landista con un veloce segno d'assenso. "Il Presidente cammina nella Luce di Gaea e ha la sua benedizione," continuò l'uomo, guardando le altre due donne, che apparivano pronte a saltare addosso a Woodside.

Elisabeth rimase immobile, gli occhi rivolti al pavimento. "Perdonami, padre," biascicò con una voce tremante, "non stava a me interferire."

"Gaea ti benedice, figlia mia," disse semplicemente il Patriarca, il suo tono conciliante, la sua espressione calma e rilassata come la superficie di un lago. Si avvicinò alla sua adepta e le sfiorò la testa con una mano. "Guardami, ora, pargola della Luce. *Guardami.*"

Elisabeth alzò lentamente la testa. Spine poté giurare di vedere le sue braccia tremare leggermente. Rabbia o timore? Era impossibile dirlo.

Zacharias le prese il mento tra l'indice e il pollice e la baciò sulla fronte. A quel punto, e solo a quel punto, Elisabeth riprese a respirare, gli occhi azzurri colmi di timore e ammirazione al tempo stesso.

"Adesso lasciaci," le disse Zacharias. "Tutte voi. Lasciate che due gentiluomini beneficino della loro comune presenza."

"Sì, Beatitudine Reverendissima," risposero all'unisono le tre donne, inchinandosi leggermente e allontanandosi.

Il Patriarca fissò per qualche istante le tre adepte allontanarsi, quindi si girò nuovamente verso Woodside e sospirò.

"Perdoni l'irruenza di Elisabeth, Presidente," disse, scuotendo la testa. "Una ragazza con un'incredibile potenziale, ma con una dose altrettanto portentosa di testardaggine. La Luce segue i suoi passi, certo, la nostra causa comune ha bisogno di credenti come lei, giovani disposti a votarsi anima e corpo alla chiamata di Gaea. Posso?" Zacharias indicò la sedia vuota di fronte a Woodside.

Woodside assentì con un lento movimento della testa, senza togliere gli occhi di dosso dal leader dell'Humanitas.

Quando Zacharias sedette, si lisciò la lunga tunica bianca, quindi posò entrambe le mani sul grembo.

Il Patriarca si guardò attorno. Gran parte dei presenti li stava ancora studiando, mormorando tra di loro. Tutti gli altri li guardavano meno apertamente, ma non c'era dubbio che quell'incontro suscitasse parecchia attenzione nella sala.

Il Presidente sentiva l'attenzione di molte più persone di quante si fosse aspettato verso il suo tavolo. Chiaramente, tutta quella gente moriva dalla voglia di sapere che cosa sarebbe nato da quell'incontro. Dopotutto, la potenziale fusione tra le due organizzazioni era sulla bocca di tutti da mesi.

Il leader dell'Humanitas tornò a guardare Woodside. Indicò le persone che affollavano la sala con un movimento della mano. "Li guardi, Presidente," disse, sporgendosi verso il landista. "Non sono abituati a vedere una simile concentrazione di potere in un solo posto. La benedizione di Gaea ci ha fatto incontrare, ci ha portati dove siamo, ha permesso alle nostre strade d'incrociarsi. Benedetta sia la Grande Madre e benedetto sia questo incontro."

"Lo shuttle della mia compagnia mi ha portato dove sono, Hawke," fece Woodside, posando il tramezzino sul tavolo e pulendosi le mani con un tovagliolo. "Non so niente di questa *Garrea*."

"Gaea," ripeté con espressione serena Hawke, apparentemente incurante del tono di sufficienza dell'altro.

Woodside sorrise. "Come preferisci." *Questa conversazione sarà molto più divertente di quanto avessi sospettato*, si disse.

Zacharias incrociò le gambe sotto la sua veste. "Voci di corridoio mi hanno detto che il tempo era maturo per due gentiluomini come noi di parlare delle faccende del mondo. Di questo mondo e del mondo dell'etere."

"Devi avere un paio di orecchie migliore delle mie, Hawke," Woodside poggiò un braccio sulla sedia vicina. "Forse la tua *Garrea* si è scordata di comunicarmi mentalmente queste...*voci di corridoio*. Ma non fa niente, non sono offeso," disse, scrollando le spalle. "Non sono mai stato bravo a sentire voci."

Zacharias scosse la testa, come se si trovasse di fronte ad un bambino testardo. "Suvvia, Presidente, può abbandonare la maschera del cialtrone di fronte a una persona come me, che sa quanto vale." Il Patriarca mantenne la sua postura inalterata. "Sto parlando di unire le forze. Ora, i nostri rispettivi eterion hanno fatto la maggior parte del lavoro, preoccupandosi della burocrazia. Tutto ciò che rimane è una stretta di mano su questo tavolo. Niente di più, niente di meno."

"Dritto al punto," disse Woodside. "Apprezzo le persone dirette. Un punto a tuo favore. Ma prima di parlare di quello, parliamo di te, Hawke. Un argomento che ho sempre ritenuto interessante."

"Di me, Presidente?" Zacharias sembrò sorpreso da quella domanda, e affascinato al tempo stesso. "Certo, perché no," disse, annuendo, "ma non capisco davvero che cosa ci possa essere d'interessante nella mia persona."

"Solo questo," Woodside si sporse verso di lui, entrambe le mani poggiate sul tavolo mentre fissava Zacharias, "Penso che sia sorprendente il fatto che abbia studiato il tuo profilo per i passati due mesi e che ne sappia di te *meno* di quando non ti conoscevo affatto. Più leggo, più sembri un mistero."

Il Patriarca scoppiò a ridere, una risata lunga e genuina, come se l'altro avesse fatto la battuta migliore del secolo. Quando si fu ripreso, sorrise, un sorriso che toccò i suoi occhi da falco. "Ecco il suo mistero," disse Zacharias, allargando le mani, come a mostrare la sua innocenza. "Un semplice uomo di fede con troppe responsabilità sulle spalle e il bisogno di una mano amica che gli venga incontro."

Woodside annuì. "Certo," disse, "e con il controllo di una delle regioni in più rapida crescita nella storia dell'etere. Dimmi, qual è il tuo segreto, Hawke? Come ha fatto l'Humanitas a diventare quello che è ora in così poco tempo? Un capitolo che si fa davvero desiderare, nel tuo favoloso best-seller, '*La chiamata di Gaea*'. Mhm?"

"Gaea detta la via," rispose con una semplicità disarmante il Patriarca, congiungendo le mani, come se stesse pregando. "Noi pargoli umanisti seguiamo."

"Andiamo," Woodside sbuffò, "vuoi dire veramente che una persona adulta come te crede a queste baggianate sulla Grande Madre? Vuoi che *io* getti la maschera? Bene, ma almeno abbi la coerenza di fare lo stesso!"

A quelle parole, il Patriarca sembrò irrigidirsi. La sua espressione, tuttavia, tornò velocemente allo stato precedente, come un'increspatura sull'acqua che ritorna velocemente a mostrare una superficie piatta e indisturbata.

"Non pretendiamo che un profano capisca la beatitudine distribuita da Gaea ai suoi figli," fece Zacharias, gettando uno sguardo intorno a sé prima di proseguire, "ma mi aspetto che una persona con un cervello veda il buon senso in una proposta come questa."

Woodside rimase interdetto. Non riusciva a capire. Possibile che l'uomo continuasse quella farsa? C'era qualcosa di strano nella persona con cui stava parlando, qualcosa che non aveva previsto, nonostante tutte le volte che aveva ripassato quella conversazione nella sua testa. Si era aspettato d'incontrare un uomo d'affari vestito da cialtrone, non un *fanatico* vestito da cialtrone. Zacharias non stava affatto fingendo quest'affare della religione. Sembrava credere veramente di ricevere ordini da una voce che solo lui riusciva a sentire.

Questa consapevolezza spaventò Woodside più di qualunque altra cosa. Un campanello di allarme cominciò a suonare nella sua testa, un segnale che quella conversazione stava sfociando lì dove davvero non si era aspettato.

Zacharias sembrò intuire che Woodside stesse pensando qualcosa di poco salutare per il suo scopo, quindi disse, "So che la sua eterion, Madame Azarova, è una fervente sostenitrice della fusione delle nostre regioni. Così come lo sono anche diversi dei suoi più stretti e fidati collaboratori. Perfino il suo amico e confidente Komla Gbeho, mi dicono, vede del buono in questa fusione."

"Sto cominciando a preoccuparmi, Hawke," Woodside si leccò le labbra, e non fu sorpreso di scoprirle aride. "Sembra che tu ne sappia di più sui miei collaboratori che il sottoscritto. Questo non è *mai* un buon segno."

Silenzio seguì quell'affermazione.

"Presidente, la fusione è un dono della Luce," disse Zacharias, senza giri di parole. Fece un profondo respiro e continuò, "Sono sicuro lei capisca che cosa..."

"La fusione è un paio di mutande piene di merda che mi vengono sventolate sotto il naso, cercando di farmi credere che siano un fottutissimo mazzo di fiori," tagliò corto Woodside, impegnato ad accumulare più informazioni possibili sulla personalità del suo interlocutore, sui suoi piani, sulla sua storia, qualunque cosa per cercare di smentire la sensazione di pericolo e di urgenza che aveva cominciato ad attanagliarlo.

"Lei non è un uomo di fede, Presidente, me ne rendo conto," disse Zacharias, mantenendo la calma, "ma è indubbiamente un uomo con uno scopo e una legione di fedeli alle sue spalle. Le persone come lei vogliono quello che vogliono tutte le persone di potere."

"E sarebbe a dire?" chiese Woodside, incrociando le braccia.

"Più potere," rispose semplicemente Zacharias, allargando il suo già ampio sorriso. "Ci pensi. La fusione della LAND con l'Humanitas le garantirebbe esattamente questo. Potere e ascendenza oltre ogni suo sogno più selvaggio e le assicuro che, con le nostre forze congiunte, la Planetaria e le nazioni del mondo porrebbero fine alla dispendiosa fatica spaziale. L'ALTA sarebbe spazzata via, questo io lo giuro sotto lo sguardo di Gaea. Le risorse della Terra verrebbero dedicate alle persone e al pianeta in cui vivono. Spine Woodside è un uomo che ha dedicato tutta la sua vita a questo obiettivo. Il suo passato l'ha forgiato per essere uno zelota della Grande Madre."

"Attento," gli disse a denti stretti il Presidente, scoprendosi oltremodo irritato dalla presunzione di quell'estraneo. "Ora stai correndo un rischio, *prete*. Non cercare di supporre troppo. Tu non sai niente di me. Niente."

"So che suo padre era un uomo corrotto da Artificio," Zacharias scandì ogni singola parola come se avesse voluto caricarla di un significato speciale. "Il risultato di questa corruzione è tristemente noto ad entrambi."

Il cuore di Woodside saltò un battito. Se Zacharias si fosse alzato e lo avesse colpito in pieno volto avrebbe provocato un'espressione meno sorpresa. Se c'era stata anche la minima traccia di dubbio nell'animo di Woodside, ora quel dubbio era morto e sepolto.

"Siamo tutti umili strumenti nelle mani di Gaea o in quelle dell'Artificio oscuro," continuò Zacharias, fissandolo senza batter ciglio, "*Tutti*, senza nessuna eccezione. Lei di chi è lo strumento?"

"Io sono lo strumento di me stesso, Hawke," disse Woodside, con voce rigida, "e la tua Gaea evidentemente non si è assicurata che avessi un'argomentazione molto valida oggi, perché la tua predica non mi ha convinto. Al contrario. Considera la fusione tra la LAND e l'Humanitas morta e sepolta!"

Quella parte della sala si era fatta d'un tratto molto silenziosa.

Il Patriarca si alzò lentamente dalla sedia. Non sembrava affatto turbato dalla risposta del leader landista.

"Parleremo di nuovo, Presidente," lo informò.

"Dobbiamo davvero, Hawke?" domandò Woodside. "Perché credevo di essere stato abbastanza chiaro."

Zacharias non rispose. Chinò leggermente la testa e si allontanò, la sua lunga vestaglia che si muoveva come un pendolo a destra e a sinistra.

Nuovi mormorii, saturi di eccitazione, presero ad aleggiare nella sala mentre le tre donne-sacerdotesse circondavano nuovamente il Patriarca.

Spine Woodside rimase dove era, a pensare a quello che aveva imparato e alle conseguenze di quello che aveva fatto. Dire di no a quella proposta era stata una delle scelte più significative della sua carriera, se ne rendeva conto, ma quell'uomo, Zacharias Hawke, era qualcosa che non si era aspettato, una mente contorta che non prometteva davvero nulla di buono.

Woodside cominciò ad elaborare una possibile risposta da dare a Tenoderia, e proprio in quel momento Yvonne ritornò al suo fianco. Un largo sorriso impreziosiva il suo volto mentre si sedeva.

"Allora? Com'è andata?" chiese Woodside, mettendo da parte i suoi nebulosi pensieri mentre osservava la sua protégé.

Yvonne sembrava fuori di sé dall'eccitazione. "Non sono sicura se Kate Spaduin, lo jurion del Consiglio Allargato della Planetaria, mi abbia minacciato o proposto di spendere la notte con lui ma sono certa che Harry Harrovitch e Ferdinando Suarez stessero cercando di farmi capire che volevano offrirmi una montagna di dollari, se solo mi fossi decisa a rivelare un segreto o due sul leggendario Spine Woodside."

Woodside ascoltò con attenzione il resoconto di Yvonne, approvando l'eccitazione palpabile sul volto dell'africana. *Incredibile*, pensò. Quello che per lui era diventato ormai un purgatorio sembrava essere per lei un parco divertimenti. Poteva vedere forza ed energia risplendere sul volto della sua protégé, così come era stato per lui diversi decenni prima. Yvonne gli ricordava di un tempo in cui considerava divertente essere circondato da tutte quelle serpi, quando intorno a sé non vedeva altro che contatti da forgiare, notizie da carpire, complotti da tramare.

Oggi, in quello stesso tipo di evento che una volta lo aveva fatto sentire vivo, la cosa che più bramava era un tavolo in disparte. Il leader landista sospirò, coprendo quel gesto con una mano e facendolo passare per un colpo di tosse. Si scoprì improvvisamente stanco e logoro, inadatto a quel tipo di vita, una vita spesa a guardarsi costantemente alle spalle. In quel momento, Spine Woodside desiderò avere una casa al centro di una foresta, indisturbato se non dal cinguettio di uccelli e dal ronzare di insetti. Voleva essere una persona il cui unico pensiero al mondo fosse raccogliere pinoli.

Ma, ovviamente, quella vita era impossibile. Aveva compiti e doveri da portare a termine, e aveva questa nuova persona che gli stava davanti da istruire, da tenere vicino se voleva davvero che un giorno prendesse il suo posto.

"Pensi di poter fare questa cosa?" chiese alla fine Woodside, guardando negli occhi Yvonne. "Pensi di poterti abituare a questo genere di vita?" ed indicò attorno a sé.

"Poterla fare?" rispose Yvonne, alzando entrambe le braccia. "Spine, credo di essere nata per tutto questo!"

"Benvenuta al purgatorio dei vivi, allora," disse il Presidente della LAND, proiettando gli angoli della bocca in alto. "Benvenuta nel mio mondo."

Senza neppure farci caso, quelle ultime parole gli fecero pensare a quello che aveva detto Zacharias Hawke riguardo suo padre, alla sua presunzione di conoscere il suo passato.

Si mosse a disagio sulla sedia, mentre l'immagine sfocata di un tavolo pieno di fogli e una penna che si muoveva adombrò tutto il resto.

Dallas
Residenza Privata di Bruce e Teresa Woodside

"No, no, no e *no!* Spine, devi darti una svegliata! Che diavolo ti prende? Stai sbagliando tutti i calcoli!"

Spine sbuffa e allontana da sé la pila di fogli, un'espressione nauseata sul volto. Si sente soffocare, la testa comincia a girargli, non vuole vedere più un solo numero per il resto della sua vita. "Papà, sono stanco," borbotta, trattenendo a stento uno sbadiglio. "Siamo qui da quattro ore filate."

"Non sei stanco," dice il padre, stizzito, "sei solo assetato. Ecco, bevi." Il padre mette di fronte al figlio un'altra bibita energetica.

Il senso di nausea del ragazzo non fa che crescere, insieme al chiaro preludio di un formidabile mal di testa.

Spine allontana la bottiglia e guarda il padre con fare supplichevole. "Papà, possiamo continuare domani?" chiede, congiungendo le mani. "Davvero, non riesco più neanche a tenere gli occhi..."

"Ragazzino," lo interrompe Bruce, alzando una mano, "tu non ti muovi da quella sedia se questo problema non è risolto. Sono stato chiaro?"

"Papà, non ce la faccio più!" protesta Spine, indicando i fogli che assediano la scrivania. "Mi viene voglia di vomitare!"

Il padre scuote la testa, come se il figlio non capisse un concetto molto importante.

"Stai facendo la femminuccia adesso. Non costringermi a..."

"Cosa?" lo incalza Spine, guardandolo negli occhi, la sua stanchezza gli fa scordare la paura che ha di lui. "Non costringermi a fare *che cosa?*"

A quella domanda segue un lungo momento di silenzio.

Alla fine Bruce, mentre osserva l'espressione di sfida sul volto del ragazzo, si sforza di produrre un sorriso. "Spine, il tuo russo è migliorato molto negli ultimi due mesi," dice, annuendo con approvazione. "Inoltre, in acqua ormai sei uno squalo e i tuoi saggi sono all'altezza di un laureando universitario. Sono tutte cose che ti serviranno quando inizierai a compilare la richiesta di candidatura, te lo garantisco. Ora, mi rendo conto che sia difficile, ma dobbiamo mantenere questo ritmo se vogliamo fare altri progressi."

"Sono stanco di fare progressi, papà," dice Spine, incapace di trattenersi mentre il suo mal di testa va peggiorando. Chiude gli occhi e si massaggia le tempie. "Non voglio più studiare. Non voglio più imparare. Non voglio più prepararmi. Papà io...Voglio...voglio fare altro!"

Lo ha detto. Forse è stato lo stress, forse è stato il nervosismo del momento, ma tutto quello che importa è che lo ha detto. Ha pronunciato le tanto temute parole. Quello che fino ad ora è stato solo un pensiero nella sua mente è diventato reale e minaccioso quanto una dichiarazione di guerra.

Il ragazzo deglutisce, mentre evita lo sguardo del padre. La consapevolezza di quello che ha detto lo colpisce come un macigno sullo stomaco.

Bruce lo guarda per qualche secondo, quindi alza un sopracciglio, "Fare altro?" chiede, genuinamente stupito. "Che cos'altro vuoi fare?"

"Non lo so," Spine scrolla le spalle, socchiudendo gli occhi mentre si tocca la testa dolente. "Uscire, andare al cinema...perdere tempo. Non lo so! Fare altro!"

"Siamo andati al cinema l'altr..."

"Non è solo quello!" sbotta Spine, un fiume di adrenalina ha ormai preso il controllo delle sue azioni. Il ragazzo è stanco morto, stanco di pretendere di essere qualcosa che non è, stanco di dover mettere una maschera ogni volta che si trova di fronte al padre. Tutto quello che vuole, ora, è semplicemente andare a letto e dormire per un anno intero. Ma non può, ovviamente. Non ora che il padre lo guarda in quel modo, occhi verdi assediati da ombre scure, esigendo una risposta.

"Non voglio più...," s'interrompe, come per cercare le parole, quindi riprende, "Sono tre anni che...papà, io...ci ho pensato su e... magari...non penso...non credo che voglia..."

"Che cosa?" dice Bruce, guardandolo ora con molta attenzione e scandendo ogni singola parola. "Che cosa è che non vuoi, esattamente, Spine?"

Spine trattiene il fiato. "Non voglio...lavorare per la NASA," il ragazzo deglutisce un paio di volte, la saliva come marmellata nella sua bocca. "Non voglio diventare un astronauta."

Silenzio tombale segue quella dichiarazione.

Non può crederci. Ha detto anche quello! E in faccia al padre, per giunta, esattamente come aveva voluto fare da chissà quanto tempo. Ma le sue parole sembrano fatte di piombo, una granata lanciata e appena esplosa.

La reazione di Bruce è quella che il ragazzo si sarebbe aspettato. È come se Spine gli avesse detto di aver ucciso qualcuno e di aver seppellito il cadavere nel parco vicino casa.

"Che cosa?" esala il padre, il volto orfano di qualsiasi emozione.

"Papà," dice immediatamente Spine, cercando di riformulare in maniera meno drastica quello che ha detto, "mi dispiace... io...non..."

Spine non sa davvero come continuare la frase. In effetti, non pensa ci sia modo di addolcire la pillola. Il ragazzo si aspetta urla, ammonimenti, punizioni, bestemmie, un intero arcobaleno di cose spiacevoli.

Eppure, incredibilmente, la reazione del padre alla sua risposta è totalmente inaspettata, scioccante perfino. L'uomo scoppia a ridere in modo incontrollabile, battendosi ripetutamente le mani sulle ginocchia.

Bruce si alza dalla sedia, gira un paio di volte per la stanza e dà una pacca amichevole sulla spalla del figlio.

"Spine, sei stanco morto," dichiara suo padre. "Continuiamo domani. No! Aspetta!" l'uomo s'interrompe all'improvviso, allargando le braccia e guardandolo con un largo sorriso, "Sai che ti dico? Crepi l'avarizia! Domani andiamo a vedere quel film che volevi..."

No! No, no, no, no, no! Spine si morde l'interno della guancia in segno di frustrazione. Il padre ha frainteso quello che voleva dire. Magari semplicemente *non vuole* capire. Eppure, Spine sente che un momento come quello potrebbe non capitare di nuovo. È un'occasione unica e non può essere sprecata. Deve battere il ferro finché è caldo.

Spine sa che quello che sta per fare non condurrà a nulla di buono, sa che probabilmente dovrebbe semplicemente star zitto, ma capisce al tempo stesso di averne avuto abbastanza. Ha vissuto una bugia per più di tre anni e ora vuole farla finita. Vuole uscire da una prigione che lo ha reso infelice per troppo tempo.

"No!" dichiara Spine, alzandosi di scatto dalla sedia e interrompendo il padre.

"No?" ripete Bruce, sorpreso dall'esclamazione di Spine. "No... che cosa?"

"Ho detto no, papà. Ne ho abbastanza. Non voglio più fare questa cosa...non voglio più studiare questa roba...ne ho abbastanza. È finita! Non...non ne voglio più sapere di tutto questo. Basta. Io...io...Voglio..."

"Spine, siediti," il volto del padre è completamente bianco mentre pronuncia quell'ordine a voce bassa.

"Papà..."

"Siediti su quella cazzo di sedia, Spine. *Adesso!*"

Spine è pietrificato dal terrore. Non ha mai visto il padre con quell'espressione.

Il ragazzo torna a sedersi sulla sedia. Non si accorge che le mani gli stanno tremando, non sa se per la rabbia, per la paura, o a causa di entrambe.

"Che cosa, esattamente, vorresti fare?" chiede Bruce, scrutandolo senza battere ciglia.

Silenzio. Spine pensa ad una risposta da dare, una risposta che suoni ragionevole e sicura allo stesso tempo. Sa che è andato troppo oltre per tirarsi indietro adesso, ma ha anche paura di poter innestare qualcosa di pericoloso.

Raccogliendo tutto il coraggio rimastogli, dice, "Voglio...voglio aiutare altre persone."

Quella frase sembra cogliere Bruce di sorpresa. L'uomo fa scattare la testa all'indietro, come se fosse stato colpito da un pugno.

"Aiutare altre persone?" ripete il padre, aggrottando la fronte. "Che cosa...che cosa vuol dire?"

Spine si fa coraggio. Ha ripetuto quel discorso nella sua mente un'infinità di volte e ora è arrivato il momento che ha aspettato. "Ci sono persone...Ah...ci sono persone che hanno bisogno di aiuto, per davvero." Spine vuole suonare convincente, ha bisogno di persuadere il padre della bontà delle sue argomentazioni. "Io voglio... voglio aiutare quelle persone, papà. Voglio fare la differenza per loro. Perché giocare al capitano Kirk quando ogni giorno circa ventimila persone muoiono di fame? Quando le tre famiglie più ricche del pianeta hanno un patrimonio maggiore delle economie delle quaranta nazioni più povere al mondo? Non ha senso! Non ha alcun senso!"

"Ventimila persone muoiono di fame?" ripete sconcertato il padre, mentre lo guarda senza capire. "Spine, che cosa diavolo...chi ti ha detto queste cose...chi ti ha messo in testa..." l'uomo inciampa sulle sue parole, incredulità e timore che balenano sul suo sguardo. Poi, all'improvviso, una luce illumina i suoi occhi.

"È stata tua madre, non è vero?" dice, serrando la mascella e chiudendo le mani a pugno. "È stata quella..."

"Papà, non leggo solo libri di chimica e di astronomia, maledizione!" lo interrompe Spine. Possibile che non capisse? "Ho sempre....ho sempre voluto aiutare le persone...quelle persone... quelli che io chiamo i 'dimenticati', lo sai? Le persone che ci sforziamo di non vedere, che la società non vuole integrare o aiutare. Persone...persone come Adelaide."

"Adelaide?" quando Spine pronuncia quel nome gli occhi del padre brillano di una luce completamente diversa. L'uomo annuisce, come se qualcosa si fosse improvvisamente acceso nella sua mente.

"Stai...stai davvero pensando a tua sorella?" dice lentamente, mentre sbatte con aria assente le dita sul tavolo. "Dopo tutto quello che ti ho detto...stai ancora pensando..." Bruce s'interrompe. Comincia a scuotere la testa mentre si mette una mano sulla bocca. "Va bene," continua, allontanandosi da Spine di un paio di passi. "Lascia...lascia che ti dica una cosa. Voglio essere cristallino con te, ragazzo. Tua sorella è una zavorra, va bene? Una zavorra! Non farti trascinare sotto da lei. Tu sei destinato a grandi cose, lo so, lo sento!

Se continuerai a pulirle la bava dalla bocca non farai altro che sprecare la tua vita nell'inutile tenta..."

In quel momento, da fuori della stanza qualcuno bussa con insistenza alla porta.

Entrambi si girano di scatto per guardare verso l'entrata.

"Siiiiine, a-andiamo a giocare?" È Adelaide; nel momento meno opportuno possibile.

Prima che uno dei due possa anche solo rispondere, la ragazza apre la porta ed entra nella stanza.

"Fuori di qui!" ruggisce il padre, indicando la porta con occhi iniettati di sangue. Adelaide sobbalza, terrificata dall'urlo inaspettato dell'uomo.

La ragazza fa un veloce passo indietro ma inciampa e cade a terra. Comincia a piangere, mentre al tempo stesso cerca di strisciare verso l'uscita.

"Fuori, ho detto!" ripete Bruce, sempre urlando, avvicinandosi ad Adelaide e toccandosi la cintura. "Adesso!"

"Smettila di urlarle contro!" esclama Spine, alzandosi dalla sedia. "La stai spaventando a morte!"

"Spine, tu stanne fuori, va bene?" risponde il padre. Poi torna a rivolgersi alla figlia. "Adelaide, esci! Ora!"

"Papà, calmati," Spine sta cercando di mantenere il tono della voce basso e controllato, ma dentro di lui sta imperversando un fiume di adrenalina. "Ha paura," cerca di spiegargli. "L'hai...l'hai... spaventata. Quando ha paura si blocca. Se mi lasci..."

"No, non toccarla!" lo avverte il padre, alzando entrambe le braccia. "Non capisci?" dice, impedendogli di proseguire, "Quella ragazza finirà per lobotomizzarti se lasci che..."

"Papà, per favore, guardala," gli dice Spine, indicando la sorella. "Calmati, per favore. È soltanto spaventata. Ha paura. Non sta neppure ascoltando quello che le stai dicendo."

"No, no," dice Bruce, apparentemente sordo alle parole del figlio. "Già, è questo il problema, non penso che abbia abbastanza cervello per avere paura. Ma non ha importanza. Le faccio capire io di che cosa sto parlando."

Tira fuori la cintura con un rapido movimento delle mani.

"Ho detto fuori di qui!" Bruce le urla contro ancora una volta, rabbia che altera il suo volto.

Adelaide si accuccia sul posto e continua a piangere a dirotto.

Bruce è chiaramente fuori di sé dalla rabbia, e il frignare della ragazza e le spiegazioni di Spine non sembrano far altro che irritarlo ulteriormente.

Superando in un paio di passi la distanza che lo separa dalla figlia, Bruce le da una cinghiata sulle gambe. Adelaide urla di dolore.

"Fuori-di-qui!" continua ad urlarle Bruce, mentre la colpisce ripetutamente, sulla spalla, sul petto e ancora sulle gambe.

"NO!" Spine si getta a terra appena in tempo per parare con il corpo l'ennesima frustrata. Il dolore è veloce, lancinante e inaspettato, talmente forte da mozzargli il fiato.

Il padre indietreggia di un passo, gli occhi sgranati e l'espressione stupita. "Spine! Che cosa cazzo fai? Levati dalle palle!"

"No!" urla Spine, abbracciando la sorella. "Non la toccare! Non la toccare!"

"Spine," Bruce ha un'espressione di conflitto sul volto. La cinghia è pronta a colpire di nuovo, ma non vuole far male al figlio. "Muoviti, dai!"

Spine ha ora gli occhi velati di lacrime e colmi d'odio, mentre guarda il padre. Bruce non ha mai visto uno sguardo del genere sul volto del figlio. Quel semplice sguardo è abbastanza da farlo indietreggiare di qualche passo. L'uomo abbassa il braccio, lentamente ma inesorabilmente, mentre la cinghia della cintura tocca per terra con un 'click' acuto.

"Se la tocchi un'altra volta, ti ammazzo!" Spine sente quelle parole uscire dalla sua bocca, ma è quasi inconsapevole di essere stato lui a pronunciarle. "Mi hai sentito? *Ti ammazzo!*"

Il padre guarda Adelaide, quindi la frusta, quindi Spine. Evidentemente non ha alcuna idea di che cosa dovrebbe fare. Può solo star lì, impalato, mentre guarda ad intervalli regolari i suoi figli, la sua cintura sempre stretta nella mano, pronto a colpire.

In quel momento Teresa entra nella stanza, aprendo la porta con un'espressione ammutolita. Le ci vogliono pochi istanti per capire che cosa stia succedendo. I suoi occhi passano da Spine che protegge la sorella in lacrime, al marito, alla frusta, in una manciata di secondi.

La donna fa cadere le buste della spesa per terra e fa due passi verso il marito.

"Fuori!" ordina con voce tremante, il volto completamente rosso e l'espressione di qualcuno sul punto di uccidere a mani nude. "Esci da questa casa o quant'è vero Iddio chiamo la polizia. FUORI!"

Bruce guarda Spine che ha quegli occhi colmi d'odio, quindi la moglie, quindi Adelaide che sta piangendo e singhiozzando, il volto nascosto sul petto del fratello. L'uomo getta la cintura a terra e senza dire una parola prende la sua giacca ed esce di casa, rischiando d'inciampare una mezza dozzina di volte prima di raggiungere la porta.

21

DETRATTILENE
SAEMANGEUM CITY, ACCADEMIA ALTISTA

Ariul

L A MANO DI Gravina si mosse tra i capelli di Lena con
esperienza e disinvoltura, mentre Aziza continuava a
proporre un'immagine multidimensionale dietro l'altra,
occhi che dardeggiavano insicuri dalla riproduzione al volto pensieroso di Lena, avanti e indietro, ancora e ancora, come se stesse assi-
stendo ad un'interminabile partita di ping pong.

Davanti a Lena stava ora un lungo abito completamente rosso, attil-
lato dal petto fino alla vita, il quale d'un tratto si allargava fino a formare
una gonna voluminosa, dando al vestito l'aspetto di un campanile in
miniatura. Un abito che non avrebbe sfigurato nella reggia di un re.

"Ehm...no, grazie," disse Lena, scuotendo la testa e trattenendo
un sospiro esasperato. "Decisamente troppo sfarzoso."

"Ferma!" la rimproverò Gravina, "Se ti muovi così mi disfi tutto!"

Dopo aver lavorato per un'ora buona sui suoi capelli, Gravina
stava cercando di creare un'acconciatura semi raccolta con treccia,

che lei aveva definito un 'sochiro' per eccellenza, un neologismo che Gravina stessa aveva coniato per definire qualcosa di 'SO-fisticato, CHI-c e RO-mantico'.

"Scusa," disse Lena, guardando Gravina attraverso lo specchio. L'altra candidata aveva la punta della lingua fuori dalla bocca, gli occhi semichiusi e un'aria concentrata sul volto.

Aziza scrollò le spalle, mosse la mano e un altro vestito apparve davanti a loro.

Lena questa volta sgranò gli occhi. Non c'era alcun dubbio che questo era stato scelto da Gravina. Era un abito da cocktail semitrasparente color blu fiordaliso, di un materiale che sembrava seta. A metà strada tra un peplo greco stile ventunesimo secolo e un semplice ma provocante clubwear, l'abito era caratterizzato da una generosa scollatura a 'V' che arrivava fino all'ombelico e che mostrava entrambe le clavicole e una generosa parte di seno. L'abito da cocktail terminava poi con una minigonna che copriva a malapena le natiche e che lasciava davvero poco spazio all'immaginazione.

"Cento per cento rayon," disse Gravina con un ghigno di approvazione mentre armeggiava incessantemente con i suoi capelli, "Direttamente dalla mia collezione personale."

Lena forzò un sorriso. Fece finta di considerare l'abito per una manciata di secondi, quindi disse, "È..." *indecente* pensò, ma tutto quello che disse fu, " davvero bello ma un tantino troppo...coraggioso per i miei gusti."

Gravina smise di sistemargli i capelli e guardò il riflesso della compagna allo specchio, piantando entrambe le mani sui fianchi.

"Coraggioso?" ripeté Gravina, il tono della voce esasperato, "Certo, se vuoi accalappiare Shimao ci vuole un vestito che gli faccia girare la tes..."

"Accalappiare?" Lena interruppe l'amica e si girò di scatto verso di lei. "Io non voglio accalappiare nessuno, Gravina. Di che cosa diavolo stai parlando?"

"Lena, avete un *appuntamento*," disse Gravina, allargando le braccia e sottolineando la parola 'appuntamento' come se avesse un significato speciale.

Lena proiettò entrambe le sopracciglia in alto, la bocca aperta. "Ancora con questa storia? Ti ho già detto che non è nulla del genere! Allora, per l'ennesima volta, mi sono accorta che Makoto aveva ordinato insetti, gli ho detto che ero interessata a provare la cucina locale e lui si è semplicemente offerto di farmi da guida. Più che un appuntamento, è una *degustazione*. Niente di più, niente di meno."

"Degustazione un corno," ribatté Gravina, forzando la testa di Lena in posizione obliqua mentre continuava ad acconciare i suoi capelli. "E che cosa intendi per 'cucina locale'?" chiese, facendosi improvvisamente sospettosa.

"Beh," fece Lena, "ho deciso che è tempo di mettere da parte i miei preconcetti e provare la cucina tipica del posto. Così Makoto ha prenotato un tavolo in un ristorante della SKK, l'Empis Livida, nel quartiere Insectarania..."

"Che cosa? Stai scherzando, *vero?*" Gravina s'interruppe nuovamente per guardarla. "Hai deciso di andare a mangiare insetti nel tuo primo appuntamento romantico?"

"Non è un appuntamento romantico!" protestò nuovamente Lena. "Te l'ho detto, volevo provare qualcosa di caratteristico. E che cosa c'è di più caratteristico se non la dieta a base d'insetti degli ariulani?"

"Avresti potuto provare la paella caratteristica della città, o il bibimbap, o qualsiasi altra cosa," le fece presente Gravina, che ora aveva un'espressione disgustata. "Lo sai, Lena, non devi per forza provare tutte le stranezze di questa città. Sicuramente, non scarafaggi e larve. E io che sto anche sprecando del tempo per cercare di renderti presentabile! Che importanza ha come ti acconcio i capelli, se avrai vespe fritte e larve affumicate tra i denti?"

Gravina, tuttavia, non smise di armeggiare con i capelli di Lena. Anzi, prese a sistemarli con ritrovata enfasi.

Lena fece per dire qualcos'altro, ma Aziza fu più veloce di lei.

"Al di là del luogo dell'appuntam..." Aziza s'interruppe mentre si accorgeva dello sguardo di disapprovazione da parte di Lena, quindi continuò, "Ehm...Dell'incontro," disse, nel tono più diplomatico che riuscì a usare, "Al di là del luogo dell'*incontro*, dobbiamo decidere ancora il vestito. È un'ora che siamo qui e non hai mostrato il minimo interesse per nessuno di questi vestiti."

"Aziza, ho cercato di dirtelo un migliaio di volte," disse pazientemente Lena. "Apprezzo tutti gli sforzi che voi due state facendo, davvero, ma un paio di jeans e una felpa andrebbero più che bene per..."

"Uscire con Makoto Shimao con un paio di jeans e una felpa?" disse Gravina, guardando Lena come se avesse appena suggerito di voler camminare sulle mani. "Dovrai passare sul mio cadavere, Lena Maruishi! Tutti sanno che dormiamo nello stesso appartamento, te ne rendi conto? Io ho una reputazione da difendere. Se si venisse a sapere che *io* ho permesso che uscissi all'Appuntamento delle Candidate conciata come un'adolescente che non sa come smaltarsi le unghie..."

"Non è l'Appuntamento delle Candidate! Quante volte devo dirtelo?"

"Chiamalo come ti pare," tagliò corto Gravina. "Quando un accettato invita una candidata per la prima volta, è convenzione chiamarlo in quel modo. E comunque dubito seriamente che Makoto avesse in mente una 'degustazione', quando ti ha invitata."

A quelle parole, Lena spalancò la bocca e sbatté ripetutamente le palpebre. "Scusa, che cosa vorresti insinuare con..."

"Poco importa che si chiami picnic, passeggiata o appuntamento," la interruppe Gravina senza far caso alla sua espressione. "Ammettiamolo, Lena. Il tuo senso dell'estetica orbita intorno allo zero. Permetti a persone con un po' più di esperienza di darti una mano. Ora, per favore, chiudi la bocca e lasciaci lavorare!"

"Gravina, dalle un po' di respiro," l'ammonì Aziza, mentre proponeva un'altra alternativa: una gonna corta e uno smanicato che si sposavano con un lungo foulard argenteo arrangiato attorno al collo. "Makoto potrebbe non volere quello che pensi tu. Potrebbe davvero solo essere interessato a far provare a Lena gli usi e i costumi del posto."

Gravina guardò Aziza come se avesse appena detto che il giorno non segue la notte. "Makoto è un ragazzo, mia cara," disse, come se stesse descrivendo la carrozzeria di una macchina. "Alla fine della giornata, vedrai, vorrà quello che vogliono tutti gli altri."

"Vuoi dire, il *bacio* della buona notte?" suggerì Aziza, mentre giocherellava con i suoi capelli, iniziando a ridacchiare.

"No," rispose Gravina. "Voglio dire, la scopa..."

"Gravina!" urlò Aziza scandalizzata, il volto rosso ciliegia mentre fissava la compagna con uno sguardo di disapprovazione. Lena, dal canto suo, era insicura se urlare la sua frustrazione o se scoppiare a ridere. Gravina e Aziza erano talmente diverse che sentire una qualsiasi delle loro conversazioni era un vero spasso.

"Beh, sono tra persone adulte, o sbaglio?" continuò Gravina, senza nessuna traccia d'imbarazzo nella voce. "Pensi che Makoto sia diverso da tutti gli altri veterani che sbavano dietro nuove candidate alla ricerca di un'avventura, utilizzando la scusa dell'Appuntamento? Credi che tra le gambe non abbia un..."

"...Desiderio di compiacere la ragazza con la quale esce?" si affrettò a finire per lei Aziza, mentre alzava una mano per interrompere la compagna. "Può darsi, Gravina. Quello che sto suggerendo, tuttavia, è che forse, e dico *forse*, non tutti gli studenti di questa accademia sono animali in calore con un solo scopo nella mente. Qualcuno di loro potrebbe voler soltanto dare il benvenuto a nuove candidate."

"Sì, certo," disse Gravina, guardando il soffitto mentre scuoteva la testa.

"Pensa quello che vuoi, ma il mio Mattew si è sempre comportato come un gentiluomo con la sottoscritta," disse Aziza con gli occhi sognanti.

"Perdonami, Aziza, ma quell'apprendista retore è chiaramente un'eccezione alla regola," disse Gravina. "Da come si comporta con te, mi dà l'impressione di qualcuno che crede ancora alla storia delle api e del polline. Cosa fate quando andate in camera sua? Giocate a monopoli?"

"La tua è solo invidia," ribatté Aziza, tirando su con il naso. "Solo perché il tuo Appuntamento è stato un fiasco non vuol dire che tutte le altre esperienze debbano essere lo stesso."

"Il mio Appuntamento non è mai stato un fiasco," precisò Gravina, tirando i capelli di Lena con solerzia maggiore. "L'ho interrotto molto prima che potesse diventare qualsiasi cosa."

Lena spese l'ora successiva a sentire le due compagne discutere in quel modo, mentre visualizzava una proposta di vestito dopo l'altra, tra una battuta di Gravina e una contro risposta di Aziza.

Alla fine, comunque, con indignazione malcelata di Aziza e profondo disappunto di Gravina, Lena decise di optare per un semplice paio di pantaloni attillati, un paio di ballerine color ossidiana e una giacca di seta. Gravina riuscì tuttavia ad imporre la sua acconciatura, e Lena alla fine permise ad Aziza di truccarla, in quanto lei era evidentemente molto più esperta. Anche la scelta del trucco fu frutto di trattative quasi estenuanti, da una parte e dall'altra. Lena riuscì a imporre un rossetto che non avrebbe fatto sembrare le sue labbra il deretano di un babbuino, ma dovette cedere sulla scelta del fondotinta e del mascara.

Così, quando finalmente i begli occhi color smeraldo di Lena erano stati sottolineati da un velo di bronzo chiaro e le ciglia erano state allungate e rese più voluminose da un mascara color notte, Lena era ufficialmente pronta per il suo Appuntamento della Candidata.

∞∞∞

L'appuntamento con Makoto era previsto per le nove vicino all'entrata Ovest dell'accademia, nell'evocatoio, come veniva chiamato il luogo designato per evocare e congedare i mezzi di trasporto inglobati nell'accademia.

Lena faceva ancora fatica a utilizzare tali termini nella sua conversazione di tutti i giorni, ma doveva ammettere che, ormai, vedere un pezzo di edificio diventare un mezzo di trasporto e viceversa era quasi normale. 'Evocare' un hoveran piuttosto che 'prendere' una macchina, oppure 'congedarlo' piuttosto che 'parcheggiarlo' erano ancora termini con cui non era familiare, ma ci stava lentamente facendo l'abitudine. L'evocatoio era il luogo dove Lena aveva sempre visto i conducenti congedare i gigaran che solitamente trasportavano gli studenti dall'accademia ad una delle succursali.

Lena sapeva anche che l'evocatoio era utilizzato come parcheggio da uno qualsiasi degli studenti, solitamente specialisti o astrali, che avevano comprato negli anni precedenti un proprio hoveran.

A quanto pareva, quello era anche il caso di Makoto, il quale le aveva detto che avrebbero usato il suo hoveran per raggiungere il ristorante della SKK.

Lena fu la prima ad arrivare al luogo dell'incontro, ma non dovette aspettare per più di un paio di minuti.

Makoto emerse dall'angolo della struttura, si avviò verso Lena e alzò una mano in segno di saluto. "Scusa per il ritardo," disse.

"Non penso tu sia in ritardo," lo rassicurò Lena, "sono io che sono in anticipo."

"Diplomatica e incantevole," le disse Makoto, sorridendo, "Di notte e di giorno, a quanto pare."

Lena arrossì leggermente.

"Pronta?" le chiese Makoto, avviandosi verso la parete dell'edificio.

Lena annuì e seguì Makoto che estrasse dalla tasca il suo distintivo da pilota. Quando l'oggetto toccò la superficie dell'edificio, la parete cominciò ad elaborare l'oggetto richiesto dal suo proprietario.

Esattamente come Lena aveva visto accadere nell'hotel Curalium, la parete sembrò improvvisamente assumere la consistenza di plastilina, muovendosi come un fluido avanti e indietro. Alla fine, una forma ne uscì fuori.

"Stai indietro," l'avvertì Makoto, prendendola per il braccio e

conducendola indietro di qualche passo. "Il mio hoveran è leggermente più lungo della media," spiegò il pilota.

"Non sono ancora riuscita a capire bene come funzioni questa
cosa," disse Lena, indicando il muro. "Com'è possibile che un
edificio produca un mezzo di trasporto?"

"Oh, non è l'edifico a produrre il mezzo di trasporto," disse
Makoto, guardando l'oggetto informe che assumeva gradualmente
la sua configurazione. "Le informazioni relative all'hoveran sono
contenute all'interno dell'edificio, ma è il portatore a scaricarle per
la prima volta nella banca dati dell'evocatoio."

Lena sapeva che il 'portatore' era il termine che i saemageni
usavano quando intendevano 'guidatore' o 'pilota'.

"Quindi le informazioni sono presenti nella tua chiave?" chiese
Lena, guardando il suo distintivo.

"Esatto," rispose Makoto. "L'edificio conserva semplicemente le
informazioni che un portatore immette la prima volta usando la sua
chiave, esattamente come se fosse una banca dati. Sia quando l'edificio permette di congedare o di convocare il mezzo di trasporto, si
basa sui dati immessi quella prima volta dal portatore. Nulla di
questo, ovviamente, ha alcun senso se non si ha presente il concetto
di unità polimorfica, che è alla base di una città come Saemangeum
City e senza la quale questa città non potrebbe funzionare a dovere."

"Un'unità polimorfica?" chiese Lena. Era la prima volta che
sentiva quel nome.

Makoto annuì. "Un'unità polimorfica è una porzione intelligente
di Saemangeum City utilizzabile in diversi modi," disse, mentre
indicava il suo hoveran. "Può fungere da mezzo di trasporto, come
un hoveran, o da fonte di energia, come un pannello solare, o da
pezzo di edificio, come una nuova stanza. Una considerevole percentuale degli edifici del Fulcro sono composti da unità polimorfiche
che si adattano ai bisogni degli abitanti e della città stessa. Tutti gli
hoveran sono considerati una classe particolare di unità polimorfiche, ma non tutte le unità polimorfiche sono hoveran. L'utilizzo
primario di un hoveran è il trasporto, ad esempio. Altre unità polimorfiche hanno prerogative diverse. Esistono anche unità polimor-

fiche specializzate nell'immagazzinamento di energia. Quindi, magari, questa unità energetica potrebbe assumere la forma di un pannello solare o di una turbina a vento a seconda delle necessità."

Quando Makoto ebbe finito la sua spiegazione, il mezzo di trasporto era pronto per essere utilizzato.

"Prego," le disse Makoto, indicando la vettura.

Quando furono dentro, le cinture di sicurezza avvolsero la vita e il torace dei due studenti e Makoto mise in moto il mezzo con un esperto movimento della mano, facendo innalzare l'hoveran di qualche metro e portandoli fuori dall'accademia e verso il traffico cittadino.

La guida di Makoto era fluida e sicura e i controlli dell'hoveran sembravano quasi un'estensione del corpo dello specialista.

Arrivarono all'evocatoio dell'Empis Livida meno di dieci minuti dopo. Quando furono scesi, Makoto congedò il suo veicolo, che venne assorbito dalla parete del ristorante.

All'entrata dell'edificio, un odore alieno diede loro il benvenuto. Lena aveva difficoltà a descriverlo. Sembrava un incrocio tra ananas e pollo fritto, ma con note di zenzero e peperoncino a dargli un sentore decisamente esotico.

"Il vostro cameriere sarà qui a breve," disse l'hostess che li aveva portati al loro tavolo. "Nel frattempo, un po' di te verde."

"Grazie," risposero in coro i due, mentre prendevano i menù e cominciavano a guardarli.

"Mi hai detto che questa è la prima volta che assaggi cucina esapoda?" chiese Makoto, mentre apriva il menù.

"Esa...cosa?" chiese Lena, che non aveva idea di che cosa Makoto stesse parlando.

"È il nome di una delle cucine che serve insetti che hanno solo sei zampe," precisò Makoto. "Qui a Saemangeum la chiamano 'esapoda', un nome come un altro per distinguerla da cucina vegetariana o vegana o anche solo da carne non di insetti."

"Come fai a sapere così tanto sulla cucina locale?" chiese Lena. "Mangi spesso in posti come questo?"

"In verità non ne so molto," ammise lo specialista. "Inoltre, mi ci è voluto un bel po' di tempo per decidermi a provare insetti. Il primo e il secondo anno non ho avuto il coraggio, ma il terzo anno ho provato qualcosa di semplice, tanto per rompere il ghiaccio."

"Che cosa, di preciso?" chiese Lena, incuriosita.

"Grilli fritti nel mercato Umami," fu la riposta di Makoto, "vicino ad una delle Zone Agricole Sud-Occidentali. Dopotutto, decisi che non erano affatto male. Non sono un buongustaio della cucina esapoda, ma ho mangiato più di un piatto con insetti da quando sono qui a Saemangeum."

"Che tipo di gusto hanno gli insetti?"

"Oh, questa è una domanda difficile," disse Makoto, indicando il menù. "È un po' come chiedere che gusto ha la carne. Una sola risposta non ha alcun senso. Alla fine, le impressioni sono personali. Ho paura che dovrai inghiottire il primo boccone per iniziare ad avere una risposta alla tua domanda."

Lena annuì, quindi disse, dopo essersi ricordata qualcosa che l'aveva incuriosita parecchio di recente, quando aveva cominciato le sue ricerche sugli insetti edibili. "Che cosa sai dirmi di questa Sanuk Khon Kaen?" chiese. "Sembra essere dappertutto, qui a Saemangeum City. Ci sono catene di fast food, supermercati e ristoranti di lusso che portano quel marchio."

"La Sanuk Khon Kaen è quello che potresti chiamare un vero e proprio monopolista del settore," rispose Makoto. "Il CEO, Avalon Moon, ha fatto fondere diversi anni fa la Sanuk Edible Insects Inc. e la Somsak Khon Kaen, diventando in questo modo il signore indiscusso del mercato degli insetti commestibili qui in Asia. Moon ha poi deciso di chiamare il risultato di questa fusione Sanuk Khon Kaen, o SKK. Con una serie di trovate, ha imposto il mercato degli insetti a Saemangeum fin dalla sua fondazione, influenzando in molti modi la cultura cittadina. Gli ariulani sono stati praticamente educati a mangiare insetti e la SKK ha giocato un ruolo molto importante nel favorire l'instaurazione di una cultura di questo genere. È una cosa che rende gli ariulani molto fieri, perfino quelli che non sono saemageni di nascita. Per loro, è quasi un onore patriottico. La SKK, ovviamente, non opera solo qui. La sua presenza interessa l'intero Sud-Est asiatico, la Cina, il Pakistan, la Mongolia e recentemente parte della Russia e dell'India."

La loro cameriera arrivò, infine, sorridendo ad entrambi.

"Grazie per la vostra pazienza," disse la cameriera. "Mi chiamo Niu, e mi prenderò cura di voi, oggi."

Niu era chiaramente un'ariulana ma aveva molto meno accento di altri saemageni che Lena aveva ascoltato.

"Avete domande da farmi?" chiese la loro cameriera, indicando il menù. "Prima volta che provate insetti?"

"Beh, Niu," iniziò Makoto, indicando Lena, "la mia amica, in effetti, non ha mai mangiato cucina esapoda."

"Prima volta che mangi insetti?" chiese Niu, rivolgendosi a Lena. "Non sei la prima weguckin coraggiosa, questa sera. Allora, lascia che ti spieghi in generale che cosa devi aspettarti. E se alla fine decidi che gli insetti proprio non fanno per te, non c'è problema. Abbiamo diversi crostacei marini e alternative più familiari per voi...stranieri."

Lena ascoltò con curiosità e fascino crescente Niu rispondere a tutte le sue domande. La loro cameriera fu talmente gentile da darle un piatto con diversi esemplari e spiegare le particolarità di ogni insetto mentre Lena, nonostante cercasse di mantenere la sua mentalità aperta, mostrò una certa riluttanza nel provare gli assaggi, una riluttanza che comunque venne superata dalla sua volontà di scoprire.

Alla fine, Lena decise coraggiosamente per un nido di scorpioni fritti con fantasia antropoide, mentre Makoto ripiegò per una bistecca di grilli e patate arrosto.

I due ragazzi continuarono a conversare tra un boccone e l'altro e Lena scoprì ben presto che parlare con Makoto era incredibilmente facile. Lo specialista sembrava sapere un po' di tutto, e sapeva soddisfare la sua curiosità con risposte esaurienti, condite non di rado da sagacia e umorismo.

Quando Niu ripulì l'ultimo piatto, tuttavia, l'espressione di Makoto si fece improvvisamente seria.

"Qualche problema?" gli chiese Lena, che credette che lo specialista stesse per sentirsi male. Forse qualcosa che aveva mangiato? "Sei diventato pallido tutto d'un tratto."

"Oh," disse Makoto, come se fosse stato riportato al presente dalle parole della ragazza. "No. Sto bene." Nonostante quelle parole, mantenne il suo cipiglio inalterato.

Quel repentino cambio di atteggiamento preoccupò Lena. "Makoto? Qual è il problema?" lo incalzò lei.

Makoto si mosse sulla sedia. "Vorrei...vorrei essere io a farti una domanda, adesso," disse.

"Va bene," disse Lena, un po' esitante. "Di che si tratta?"

Lo specialista tirò fuori dalla tasca quello che sembrava un pezzo di carta, che mise in mezzo al tavolo. Lena lo guardò meglio, e quando ebbe finalmente capito che cosa aveva davanti, sgranò gli occhi. Era il messaggio che aveva trovato sul suo letto la prima notte dell'accademia, quello che la invitava ad andare al club dei Misteri di Ariul.

"Tu che cosa...che cosa ci fai con *quello?*" chiese Lena, con un'espressione completamente stupefatta

"Me lo ha dato Netardas," rispose Makoto, "lo specialista subeterion con cui hai parlato alla Fiera."

Lena non riusciva a capire il collegamento tra Makoto e quel biglietto.

"C-che cosa? E perché mai avrebbe dovuto fare una cosa del genere?" chiese Lena. "Perché darlo a te?"

"Perché io sono il capoclub dei Misteri di Ariul," rispose semplicemente Makoto.

Lena non poteva credere alle sue orecchie. Makoto Shimao, il leader di quel club?

"Gli ci sono volute settimane per capire che cosa avesse tra le mani," disse Makoto, guardando il biglietto, "E io ci tenevo a parlare di questo biglietto in privato, il più lontano possibile da orecchie indiscrete."

Lena sbatté le palpebre. Confusione ed incredulità battagliarono per emergere sul suo volto. Makoto l'aveva invitata ad uscire con lei per farle delle domande?

"Sono confusa," ammise lei, scuotendo la testa. "Non ti seguo."

"Vorrei sapere come hai avuto questo biglietto," disse Makoto, posando entrambi i gomiti sul tavolo e congiungendo le mani.

"Stai scherzando, vero?" disse Lena. "Se sei davvero tu il leader del club, sai molto bene la risposta. Siete stati voi a darmelo."

"No, non è stato nessuno del mio gruppo," disse Makoto, "Te lo assicuro."

Quella conversazione si stava facendo sempre più strana. Un attimo prima stavano parlando amabilmente delle usanze di Saemangeum City, e adesso si trovavano a discutere di un biglietto che Lena era riuscita quasi completamente a dimenticare.

"Scusa, chi altri avrebbe voluto contattarmi in quel modo?" chiese Lena alla fine, "se non i membri del club? C'è il loro nome scritto sopra!"

"Questo è qualcosa che nessuno di noi è riuscito ancora a capire," ammise Makoto. "Davvero curioso il fatto che Netardas si trovasse al momento giusto e nel posto giusto quando sei arrivata con questo biglietto. Ha intuito immediatamente che fosse qualcosa di peculiare, ma ci ha messo del tempo per capire di che cosa effettivamente si trattasse."

"Qualcosa di peculiare?" ripeté Lena, aggrottando la fronte. "Che vuoi dire? Questo è un semplice pezzo di carta che voialtri avete infilato nella mia stanza."

Makoto scosse la testa. "Te l'ho detto. Non siamo stati noi a darti questo messaggio. E non si tratta affatto di un pezzo di carta."

"Davvero?" Quella conversazione era ufficialmente diventata assurda, pensò Lena. Di che cosa stava parlando Makoto? Era ovvio che quello fosse uno stramaledettissimo pezzo di carta!

"E che cosa sarebbe, allora?" chiese Lena.

"Detrattilene," rispose semplicemente Makoto, guardando l'oggetto in questione.

Lena aggrottò la fronte. "Detratti...cosa?"

"Prima delle spiegazioni, voglio chiederti una cosa," disse Makoto. "I miei amici mi hanno detto che hai parlato di un messaggio, giusto? Un messaggio scritto qui sopra?" ed indicò il biglietto.

"Sì, e allora?" chiese Lena, che stava fissando il messaggio proprio in quel momento.

"Potresti leggerlo per me?" chiese Makoto con uno sguardo incredibilmente serio.

Lena quasi scoppiò a ridere. Aveva sentito bene? Lo specialista si stava forse prendendo gioco di lei? "Cos'è," iniziò lei, a metà tra lo sciocccato e l'indignato, "sei diventato analfabeta tutto d'un tratto? Non puoi leggerlo da solo?"

"No, non posso," disse Makoto, indicando il biglietto, "perché per me come per tutti gli altri questo messaggio non esiste."

Lena non rispose a quell'affermazione. Come poteva? Le parole dello specialista non avevano alcun senso.

"Devi credermi," le disse Makoto, approfittando del momento di silenzio per spiegarsi. "Quando guardo quello che tu chiami 'un pezzo di carta', io vedo solo due facciate bianche. Nessun messaggio. Nessuna scritta. Niente di niente."

"Ma...ma come è possibile? Guarda lì, non lo vedi?" disse Lena, indicando le lettere stampate sul biglietto. "È proprio lì, nero su bianco. Come fai a non vederlo?"

Makoto scosse la testa. "Come ho detto, non dubito che esista ora che so che cosa ho davanti, ma per capirne di più, ho bisogno che tu legga il contenuto del messaggio per me. Per favore."

Lena aveva la bocca aperta. Si guardò a destra e a sinistra, come se stesse aspettando che qualcuno le confermasse che quello era uno scherzo, quindi tornò a guardare Makoto, che manteneva la stessa espressione seria e determinata.

Lena sospirò e prese il foglio. Il messaggio era lì, scritto non meno chiaramente del contenuto del menù.

"Senti," iniziò Lena, soppesando ogni singola parola, "se questo è una qualche sorta di scherzo che voi accettati fate ai nuovi..."

"Nessuno scherzo," l'interruppe Makoto, alzando entrambe le mani, "te l'assicuro. Solo tu puoi leggere quel messaggio. Mi rendo conto che suoni strano. Ma è la pura verità."

Lena fissò Makoto per trenta secondi, in silenzio. Il pilota mantenne la stessa identica espressione seria.

"OK, Makoto," disse Lena, sorridendo. "Solo io posso leggere il messaggio. Dico, ti aspetti anche che creda al coniglio che esce dal cappello oppure..."

"Non sto parlando di magia, Lena," l'interruppe Makoto.

"Davvero?" chiese la candidata, "E di che cosa stai parlando, allora?"

"Sto parlando di tecnologia," spiegò Makoto, "di tecnologia estremamente avanzata che non sapevamo neppure esistesse veramente fino a quando non hai dato questo biglietto a Netardas. Stiamo parlando di detrattilene."

"Sì, ti ho sentito la prima volta," disse Lena, che cominciava ad innervosirsi. "Ascolta, non credi di esagerare, ora? Ti aspetti davvero che creda a questa baggianata? Per chi diavolo mi hai preso?"

Makoto sospirò. Valutò Lena per qualche istante, come se stesse decidendo se dire o meno qualcosa. Alla fine, congiunse nuovamente la mani sul tavolo e iniziò a parlare. "Il detrattilene è un materiale personalizzato a percezione sensoriale univoca, un biometallo organico, per la precisione. In poche parole, è una fusione tra metallo e materiale biologico, un oggetto artificiale che viene personalizzato per fare in modo che possa essere usufruito solo da un singolo utente con determinate caratteristiche. Tu, Lena, in questo caso. Solo i tuoi occhi, la particolarità della tua genetica, possono fare in modo di vedere quel messaggio. La sua forma, il suo colore, tutto è precluso ad altri se non a te. È un ottimo mezzo per condividere informazioni mantenendole segrete ad occhi indesiderati."

Lena ora aveva davvero voglia di ridere. "Makoto, credi sia stupida? Una cosa del genere non esiste!"

"Sarei stato d'accordo con te fino a qualche tempo fa, Lena. Ma non ora, non adesso che ho avuto modo di analizzarlo. Non adesso che so con certezza di che cosa si tratta. Questo è detrattilene ed è stato configurato per essere letto solo ed esclusivamente da te. Rifletti. Ti è capitato di farlo leggere a qualcuno altro, per caso? Di mostrarlo a qualsiasi altra persona?"

Lena stava per rispondere con un veemente 'no' allo specialista quando tutto d'un tratto si ricordò la mattina che aveva dato il messaggio a Gravina, quando lei le aveva riso in faccia. Si trovò controvoglia ad analizzare nuovamente quel momento. Guardò il foglio che teneva tra le mani, quindi osservò Makoto, che aveva la mascella serrata e gli occhi sempre fissi sulla ragazza.

No, non poteva essere, si disse Lena. Oppure sì? Era possibile che Gravina aveva riso perché non aveva visto nulla? Poi le venne in mente qualcos'altro. Quando aveva mostrato lo stesso biglietto alle due ragazze alla Fiera dei Club, la loro reazione era stata indignata, e anche loro avevano creduto fosse uno scherzo. Quella non poteva essere una coincidenza.

Detrattilene, ripeté nella sua mente, un materiale che poteva essere usufruito solo da una persona. *Impossibile, una cosa come quella non esiste neppure*, si ripeté. Ma se fosse stato davvero possibile? Chi avrebbe voluto darle un messaggio del genere? E per quale motivo?

"Va bene, vediamo...vediamo se ho capito bene," fece Lena, mettendo le mani davanti a sé e facendo un paio di respiri profondi. "Secondo te, solo io posso leggere questo messaggio?"

"Esatto," confermò Makoto. "Possiamo mostrarlo alla nostra cameriera e vedere la sua reazione, se preferisci. Ma neppure lei vedrà altro se non un semplice biglietto senza alcuna scritta. Allora, te lo chiedo ancora una volta. Potresti leggerlo ad alta voce? Potrebbe davvero aiutarmi a capire chi lo ha mandato e perché," aggiunse alla fine Makoto, due occhi scintillanti, carichi di aspettative. "Se neppure tu hai idea di chi sia stato a dartelo, non sei curiosa di scoprire di più su tutta questa faccenda?"

Lena spese qualche altro secondo a valutare Makoto.

Quel ragazzo non aveva l'espressione di qualcuno che stesse facendo uno scherzo, pensò, o che volesse prendersi gioco di lei per un motivo che non riusciva neppure ad immaginare. Questo lasciava due possibilità: o Makoto era completamente pazzo, oppure stava dicendo la verità.

Alla fine Lena prese il biglietto e lo tenne tra le mani. Sentendosi un po' stupida, lesse il messaggio ad alta voce.

Quando ebbe finito, Makoto sospirò rumorosamente e si lasciò andare sullo schienale della sedia. Era come se avesse trattenuto il respiro per l'intera durata della lettura. Sembrò che il suo fare cogitabondo si fosse fatto se possibile ancora più corrucciato, come se stesse tentando di trovare la soluzione a un problema spacca meningi.

"Sembra che la persona che ha scritto questo messaggio ti conosca, e sembra che volesse che tu venissi in contatto con il nostro gruppo. Mhm, sì, è evidente, certo. Sapeva che noi saremmo stati interessati a te...che *io* sarei stato interessato a te e..."

Makoto s'interruppe, come se si fosse accorto all'improvviso che stava parlando da solo. Sembrava quasi essersi dimenticato della presenza di Lena, o anche solo di dove si trovasse.

"Vuoi smetterla di pensare ad alta voce?" disse Lena. "Invece, spiegami per quale motivo questo detrattilene e così speciale, o che cosa abbia a che fare tutto questo con la sottoscritta."

"Lena, ascolta," Makoto si raddrizzò sulla sedia. "Il detrattilene era una leggenda prima che tu lo mostrassi a Netardas, alla Fiera dei Club. Nelle mani della maggior parte degli altri studenti, probabilmente l'oggetto sarebbe stato visto come un semplice pezzo di carta. Solo la sua conoscenza della storia di Wei Wang ha fatto in modo di fargli intuire che cosa fosse davvero...."

"Aspetta...Aspetta un momento!" Lena scosse ripetutamente la testa, come se improvvisamente Makoto avesse cominciato a parlare una lingua incomprensibile "W-Wei Wang? Che cosa diavolo c'entra il Primo Altista con tutta questa faccenda?"

"Le due cose sono collegate, Lena," disse Makoto, cercando evidentemente di suonare ragionevole nonostante Lena avesse due occhi sgranati dallo stupore. "Ascolta. Si dice che Wei Wang stesso abbia inventato il detrattilene per comunicare con i suoi collaboratori più stretti, i membri dell'Esaedro. Gladia Egea, Mark Strutzenberg o..." Makoto s'interruppe all'improvviso. Deglutì, poi continuò a parlare. "Comunque, nessuno è mai riuscito a mettere le mani su un pezzo di detrattilene, ma sono sempre girate storie sulla sua esistenza e sul suo utilizzo. Storie strane e bizzarre. Ora abbiamo la prova di quelle storie davanti ai nostri occhi. Quello che stai stringendo tra le mani, infatti, non è meno reale delle pareti di questo ristorante. Ora, la mia domanda è: perché qualcuno sta utilizzando lo stesso mezzo di comunicazione con cui Wei dava istruzioni ai suoi collaboratori più stretti per mandare messaggi a *te*, Lena Maruishi, una semplice candidata che non sembra avere alcun legame con il Fondatore?"

Lena cercò di processare tutte quelle informazioni. Tuttavia, anche solo la possibilità che quello che Makoto aveva detto fosse vero, le faceva girare la testa.

Era assurdo. Detrattilene, Wei Wang, messaggi segreti. Niente di questo poteva avere a che fare con lei.

"Va bene," disse Lena alla fine, alzandosi dalla sedia. "Ora...tu... stai..." Inciampò sulle sue parole, incredulità e stupore che impedivano al suo cervello di lavorare correttamente. "Questo è pazzesco. Ridicolo!" esplose alla fine, indicando Makoto, che rimase seduto. "Stai dicendo che Wei Wang mi sta mandando messaggi dall'oltretomba?"

"Ovviamente no," disse Makoto, scuotendo la testa. "Wei Wang è morto. Ma forse qualcuno che collaborava a strettissimo contatto con lui sta portando a compimento le sue istruzioni a quasi un decennio dalla sua morte. Ora, dobbiamo solo capire che cosa colleghi questa persona con Wei Wang, e per quale motivo abbia voluto lasciarti questo messaggio. Non saremmo qui, a parlare, se non fosse per lui. Chiaramente questa persona, questo agente del Primo Altista, voleva fare in modo di attirare la nostra attenzione."

"E sentiamo," disse Lena. "Perché *tu*, Makoto Shimao, saresti tanto interessato a questa storia?"

Makoto sembrò riflettere parecchio su quella domanda. Alla fine, si alzò a sua volta dalla sedia e guardò la ragazza, "Beh, pensavo fosse ovvio," disse, sorridendo leggermente. "Sono il leader del club dei Misteri di Ariul. Che razza di leader sarei se voltassi le spalle ad un mistero come questo?"

22

TEMPUS FUGIT
NASHVILLE, ISTITUTO ETERIONICO HANDAL

Angelica

"CONGRATULAZIONI PER IL completamento del corso, Angelica. Sei una ragazza distratta e sognatrice quanto incredibilmente motivata e intelligente. Mi aspetto grandi cose da te."

Angelica sorride, nascondendo a stento il suo imbarazzo. Una bolla di orgoglio si gonfia nel suo petto a sentire il complimento fattole da Cantara. Un candido sorriso si forma sul suo volto.

"G-grazie Madame," dice Angelica, sistemandosi gli occhiali, "significa...significa davvero molto per me."

Cantara Handal annuisce. "Ho sentito dire che hai fatto domanda per entrare nel gruppo di ricercatori dell'Istituto Ganimede per la cura di disturbi etere-indotti."

Angelica sgrana gli occhi, come se qualcuno l'avesse svegliata all'improvviso. Non si aspettava quella domanda.

"È...è esatto, Madame," risponde, mentre si domanda come la

donna faccia a sapere una cosa del genere. Poi ride al suo stesso pensiero. Ha di fronte Cantara Handal, dopotutto.

"Allora," continua l'eterion, "toglimi una curiosità. Per quale motivo hai deciso d'imbarcarti in questa branca giovane, dubbia e decisamente poco proficua della medicina? I tuoi compagni di classe, da quello che so, hanno deciso d'impiegare le loro conoscenze in ben altro modo. Venere e Ravi si daranno alla politica, Lucius allo spettacolo, Asha all'investimento e James Ark...beh, Dio solo sa che cosa deciderà di fare il nostro piccolo James. Invece tu vuoi ridurti a cambiare il pannolino a pazienti e a pulirgli il naso dal mocciolo...e Sebastian ovviamente seguirà il suo cuore. Mi sembra un vero spreco di talento. Allora, perché questa scelta? Mhm?"

Cantara ha un modo tutto suo di chiedere informazioni personali, o meglio, di *esigere* informazioni personali, anche quando potrebbe sembrare inopportuno. È sempre stato così, Angelica riflette. La privacy di altre persone non è qualcosa di cui la Madame si preoccupi. Secondo l'eterion, nell'era in cui vivevano, chiunque era nudo davanti a tutti gli altri e ammettere il contrario era qualcosa d'ingenuo e d'infantile. Angelica, comunque, non vede nulla di male nel rivelare all'insegnante il motivo della sua scelta.

"Ho sempre voluto aiutare le persone affette da disturbi etereindotti, Madame," dice. "Sono convinta che l'eterosofia sia una scienza ancora nella sua infanzia e che ci sono troppe cose che non sappiamo di uno strumento come l'etere. Viviamo un'esistenza così incredibilmente collegata ad esso, eppure i suoi effetti sulla nostra società rimangono ancora un grande mistero. Trovo tutto questo estremamente affascinante ma al tempo stesso preoccupante. Voglio gettare luce sui misteri che circondano questo strumento ma allo stesso tempo...beh, immagino che voglio soprattutto aiutare le persone bisognose colpite dai suoi effetti collaterali."

Cantara aggrotta la fronte. "Puoi aiutare le persone bisognose anche in modi più remunerativi," le fa presente.

"Come ad esempio?" chiede Angelica.

"Dandoti alla politica, tanto per dirne una," risponde la sua insegnante, inclinando leggermente la testa, "potresti formare un'unità nell'etere domani mattina e con la tua esperienza e i tuoi contatti potresti avere tra le mani in meno di un anno un vero e proprio movimento di persone a tua completa disposizione, strumenti per i tuoi scopi."

Angelica sorride e scuote la testa. "Non mi ci vedo proprio in un ruolo del genere, Madame."

Cantara annuisce. "Che cosa ne dici allora della tecnologia e del marketing? Non ti ci vedi neppure come scientifista? È una figura molto richiesta, al momento. La metà dei cacciatori di teste lì fuori farebbero carte false per avere un eterion come te nella loro agenda. L'altra metà ucciderebbe la prima metà per avere una possibilità in più di averti a bordo."

Angelica guarda la sua insegnante. Gli occhi della donna sembrano scrutare ogni centimetro del suo corpo.

"Madame, l'etere può anche essere un ottimo strumento per accumulare denaro o potere o status, tuttavia...tuttavia è mia opinione che ha richiesto e che continui a richiedere un prezzo da pagare. Io sono convinta di poter fare la differenza in questo campo. Aiutare le persone curandole da disturbi etere-indotti potrà non essere molto prestigioso, o remunerativo, ma mi piace pensare che le persone come lei...le persone come *noi*, possano utilizzare le proprie abilità per fare molto di più che creare potenti regioni o accumulare denaro."

Angelica s'interrompe e guarda negli occhi la sua interlocutrice. "Dopotutto," riprende, "conosco un eterion di fama mondiale che ha abbandonato una carriera brillante, soldi e potere per insegnare ad un semplice gruppo di ragazzi a fare la differenza."

Sul volto di Cantara si forma l'ombra di un sorriso che scompare a velocità luce. "Touché!" dice. "Sembra davvero che il mondo abbia guadagnato una nuova strizzacervelli eterica. Va bene, allora. Manderò una lettera di raccomandazioni al direttore del Ganimede, Homer Otis, se non erro. Una volta che avrà letto quel messaggio, mi aspetto che ti accolga a braccia aperte e con un sorriso sulle labbra. Un sorriso molto largo sulle labbra, se non vuole ricevere dalla sottoscritta una *seconda* lettera."

"Madame," inizia Angelica, scuotendo la testa, "è molto gentile da parte sua ma non è necessario..."

"Sciocchezze," l'interrompe Cantara, alzando una mano, "Lo faccio volentieri. Sono sicura che sarai la migliore, là fuori."

"G-grazie, Madame," dice Angelica, non sapendo cos'altro dire.

Segue un lungo momento di silenzio, interrotto solo da rumori provenienti da fuori l'edificio.

"Bene," dice la Madame d'un tratto, "sarà meglio che mi prepari per quella conferenza, e tu hai un appuntamento con Sebastian, se non sbaglio."

Angelica arrossisce. C'era forse qualcosa di cui la Vedova Nera dell'Etere non era a conoscenza?

"Ci vediamo tra una settimana, al Battesimo Eterico," conclude Cantara, congedandola con un veloce segno d'assenso.

Angelica si alza in piedi. Quando guarda nuovamente Cantara, sembra che l'eterion abbia completamente perso interesse nei suoi confronti, mentre dedica tutta la sua attenzione al terminale che ha davanti.

La ragazza esce dalla stanza, guarda l'ora, e impreca a denti stretti. Farà tardi al suo appuntamento con Sebastian se non si sbriga. Il suo colloquio di fine corso con Cantara è durato più di quanto si aspettasse.

L'edificio è quasi completamente vuoto, a quell'ora. Si avvia verso la serie di armadietti che coprono quasi completamente la parete destra del corridoio.

Arrivata di fronte al suo, lo svuota con solerzia e fa per andarsene quando, da una parte del corridoio apparentemente deserto, sente un rumore.

Si gira, cercando di aguzzare l'udito. Passano venti secondi, ma non sente nient'altro.

Quando comincia a pensare di esserselo solo immaginato, Angelica lo sente nuovamente, questa volta più acuto. Sembra quasi che qualcuno stia urlando.

Si guarda attorno, insicura sul da farsi.

Ancora quel rumore. Ora è certa che si tratti di qualcuno in diffi-coltà. Ma chi può trovarsi nell'edificio a quell'ora?

Alla fine, un po' esitante, decide di andare a controllare. Percorre in fretta il resto del corridoio, gira a destra, e dopo meno di un minuto si trova di fronte ad una familiare serie di porte affiancate l'una all'altra. Sono le stanze dove si trova ADAMO, il programma che ha dovuto affrontare nell'esame finale.

Capisce all'istante che i rumori provengono da una delle stanze. Solo in quel momento nota che una delle porte è aperta. Si avvicina e guarda all'interno.

James Ark si trova in piedi sulla piccola piattaforma al centro della stanza, completamente nudo, la schiena rivolta verso l'entrata. Il suo corpo magro e pallido è coperto di sudore, i suoi capelli neri sono bagnati e scompigliati.

Angelica sente il ragazzo grugnire e annaspare, come un animale selvatico allo stremo delle sue forze. I suoi occhi sono coperti dai soliti occhiali scuri, ma non ha alcuna difficoltà a notare l'espres-sione esausta del suo volto. James è impegnato nella simulazione creata per il loro esame.

"Sta cercando di crearlo..." mormora Angelica, quando capisce che James è riuscito a spingere la simulazione in un terreno scono-sciuto, molto più avanti di quanto lei o qualsiasi altro studente di Cantara abbia mai fatto.

La ragazza nota una mezza dozzina di regioni eteriche di propor-zioni enormi, quasi delle dimensioni di regni, con un numero consi-derevole di unità che gli orbitano intorno. Sembra che James stia favorendo il loro assorbimento reciproco in un modo che lei non inizia neppure lontanamente a comprendere. È come se le unità fossero assorbite da una forza di gravità a cui era impossibile resi-stere. Il ragazzo sta puntando tutte le sue energie al fine di fondere quelle porzioni dell'etere in un'unica, colossale massa eterica, e concretizzare in questo modo un concetto soltanto teorizzato nei libri di testo.

James Ark sta cercando di creare un dominio, e sembra sul punto di riuscire nell'impresa.

La voce urgente di James interrompe le sue considerazioni. "ADAMO! Inserisci una curva di collegamento sincronico tra la regione Theta e Gamma ma lascia le regioni Arturus e Mefisto esattamente dove sono."

"James," prorompe la voce poderosa del programma, "le costellazioni di unità Genus non mantengono l'allineamento previsto dal tuo..."

"Non abbiamo tempo di pensare ai pesci piccoli!" James interrompe la voce, inveendo contro il soffitto, "abbiamo bisogno di concentrarci sulla reciprocità delle regioni fulcro. Adesso!"

"James, le province morfologistiche non riescono ad integrarsi appropriatamente. In questo momento stai perdendo diecimilaundici sottoscrizioni al minuto. Il tuo sistema campione si sta lentamente sfaldando. Le tue misure non sembrano incidere sulla situazione caotica crescente. L'entropia del sistema sta raggiungendo un punto critico. Lo stato di equilibrio si sta allontanando."

"No, maledizione! No, no, *no!*" urla James, le mani tra i capelli. "Non adesso!"

"James, l'entropia del sistema ha raggiunto il punto limite," comunica ADAMO. "Il conglomerato si è sfaldato. La simulazione è fallita."

Le immagini, i grafici e le forme che affollano la stanza scompaiono all'istante. La luce ritorna ad illuminare l'ambiente circostante.

Angelica vede James cadere, stremato, come un sacco di patate gettato a terra. Il ragazzo sta tremando violentemente.

"James?" Lo chiama Angelica, dopo averlo raggiunto. "James! Mi senti?"

Ma il ragazzo non dà segno di accorgersi della sua presenza. La sua fronte è bollente. Deve avere la febbre a quaranta.

Angelica gli poggia un orecchio sul petto. Il cuore del ragazzo batte all'impazzata.

"James! James, mi senti?"

Lentamente, molto lentamente James smette di tremare. Guarda il volto della compagna e un'espressione di consapevolezza aleggia sul suo volto.

"Tu...tu che...ci...qui?"

"Ti ho sentito urlare dal corridoio," risponde Angelica. "Non sapevo che fossi tu."

"Mi stavo...allenando."

"Allenando?" ripete la ragazza, scuotendo al testa, "mi sembra piuttosto che stessi cercando di ammazzarti!" Angelica guarda attorno a sé. "Mi spieghi per quale motivo stai ancora usando quest'affare infernale? Gli esami sono finiti, James! Ci diplomeremo tra una settimana. Che senso ha?"

"Non capisci?" mormora James, come se *capire* fosse l'unica cosa davvero importante.

"Non capisco che cosa?"

"Si sta facendo tutto più chiaro," dice il ragazzo, guardando il soffitto da dietro i suoi occhiali. "Ogni volta che provo, imparo qualcosa di nuovo. Ogni volta...che...io...non...impossibile..."

A quel punto James abbandona la testa sulla spalla di Angelica, come se l'ultimo sprazzo di energia fosse stato succhiato via dal suo corpo.

"James?"

Il compagno non risponde, rimane semplicemente immobile tra le sue braccia.

"Oh, ma guarda chi abbiamo qui!"

Angelica si gira di scatto verso l'entrata.

Cantara Handal è appoggiata sul muro, con le braccia incrociate, mentre guarda entrambi gli studenti con un sorriso.

"Un angelo e un diavoletto," continua la Madame.

"Madame..." dice Angelica, guardando preoccupata verso il compagno, "James ha bisogno di..."

Ma l'eterion l'interrompe, alzando una mano, quindi si dirige verso di lei.

"Va tutto bene," dice, rivolgendosi ad Angelica. "Mi occupo io di questo monello."

Ciò detto, Cantara s'inginocchia e prende il corpo di James dalle sue braccia.

"Mia cara, non preoccuparti di lui," le dice semplicemente l'eterion, alzandosi mentre tiene tra le braccia lo studente, mostrando una forza che Angelica non si sarebbe mai aspettata da lei. "È in buone mani. Ora va, sono sicura che Sebastian si stia chiedendo dove sei finita."

La Madame esce dalla stanza senza guardarsi indietro, portandosi dietro lo studente svenuto.

Angelica la vede allontanarsi, ma è incapace di dire qualsiasi cosa.

"Angelica Kam."

La ragazza sobbalza.

È stato ADAMO a parlare. Il programma deve essersi riattivato dopo aver percepito la sua presenza.

Un lungo momento di silenzio segue, quindi la voce proveniente dappertutto e da nessuna parte chiede, "Vuoi iniziare la simulazione?"

~

Calgary
Istituto Yodobashi per la Cura di Disturbi Etere-Indotti

IL SUONO GENERATO dall'interlink distolse improvvisamente Angelica dal suo ricordo.

"Angy?"

Era Dewi. L'assistente sembrava preoccupata.

"Sì?" chiese Angelica.

"Volevo solo dirti che gli uomini della Charun Inc. arriveranno con un paio d'ore di ritardo. Lo hanno appena comunicato alla segreteria."

"Va bene," disse Angelica, massaggiandosi le tempie con aria assente. "Avvisami qualche minuto prima che arrivino," e chiuse il collegamento senza aspettare una risposta.

Tornò a fissare la scritta che pulsava davanti ai suoi occhi e incrociò le braccia, un'espressione pensierosa incorniciata da una fronte corrucciata. Continuò a studiare quella scritta composta da tre semplici parole per cinque minuti buoni mentre tamburellava un dito sulla scrivania, indecisa sul da farsi.

Sul tavolo giaceva il nuovo fascicolo che gli aveva dato Sebastian, un aggiornamento della situazione che aveva portato un gusto amaro nella sua bocca.

A questo punto non c'era più alcun dubbio; il malicere killer, questo il modo in cui avevano deciso di chiamarlo Sebastian e i suoi collaboratori, stava continuando a falciare vittime.

Nelle due settimane passate, gli eterodon erano riusciti ad isolare alcuni sintomi del malicere, e a meglio distinguerlo da altri tipi di disturbi etere-indotti, ma non erano riusciti a trovare neppure l'inizio di una possibile cura. In effetti, non sapevano neppure come i viaggiatori dell'etere lo contraessero, o come si stesse diffondendo, o anche solo dove si fosse verificato per la prima volta.

Cosa ancora più grave, sembrava che i sospetti riguardanti gli effetti di questo malicere su normali utenti dell'etere fossero dopo-tutto fondati. I tecnoristi, infatti, sembravano di gran lunga i più predisposti a contrarlo a causa della loro maggiore affinità con il mezzo di comunicazione, ma non erano gli unici. Niente affatto.

Secondo le ricerche di Sebastian e del suo gruppo, per ogni cinquanta tecnoristi colpiti, uno era un pro-neutro, un normale utente dell'etere senza nessun impianto o alcuna storia di prece-denti disturbi causati dall'etere.

Più particolari scoprivano sul malicere killer, più rimanevano perplessi. C'erano semplicemente troppe cose che non sembravano tornare, troppe domande senza risposta, troppe direzioni verso cui ricercare.

Già, il tempo. Tutto ormai girava intorno a questa variabile. I minuti si erano trasformati per Angelica in granelli di sabbia in una clessidra che minacciava di esaurirsi molto in fretta, le ore erano diventate una collezione di estenuanti e infruttuose ricerche senza davvero alcun significato, e i giorni, ormai, erano solo un altro modo per contare le vite che erano state perse fino a quel momento. Vite che forse si sarebbero potute salvare se lei avesse fatto qualcosa.

Qualcosa. Qualsiasi cosa. Un modo per fare la differenza.

Angelica fece per muovere un braccio, come per assecondare un'azione che aveva ponderato da tempo, ma un pensiero balenò nella sua mente e mantenne le braccia incrociate mentre continuava a fissare la solita scritta composta da tre parole. Quella semplice sequela di lettere sembrava esigere da lei una linea d'azione immediata.

Dopo un intervallo di tempo che le parve protrarsi per ore, fece scomparire la scritta con un veloce movimento della mano. Sospirò e scosse la testa, come se avesse appena scartato una possibilità da una monumentale pila d'idee, una meno probabile dell'altra.

Doveva esserci una soluzione a quel problema. *Doveva.*

Ma Angelica non ne aveva alcuna, non al momento. Non aveva nulla, in effetti, né lei, né Sebastian, né l'equipe di eterodon che era stata organizzata per lavorare su quel caso ventiquattro ore su ventiquattro, sette giorni su sette. Le informazioni erano lì, davanti ai loro occhi. Per quanto fosse difficile da credere, per quanto sembrasse il parto malato di un'immaginazione folle, qualsiasi persona del pianeta che viaggiasse nell'etere era un possibile bersaglio. E gli ultimi dati non mentivano, riguardo l'evolversi della situazione.

I casi di utenti attaccati dal malicere killer stavano aumentando, e nessuno riusciva a capire come si stesse diffondendo.

La scelta di creare una rete d'istituti per racimolare informazioni sul malicere aveva portato sì ad una raccolta maggiore di dati, ma secondo Angelica questo fatto aveva anche rallentato la loro capacità di fare qualsiasi cosa, legando loro mani e piedi. Infatti, se prima stavano semplicemente navigando in un fiume controcorrente, ora si sentiva come se stessero cercando di nuotare nel fango.

L'istituto Arabos, il Centro Utah e la Faragon Clinic avevano riportato altri diciassette casi con sintomi simili negli ultimi tre giorni, classificandoli come psicosi da etere, eterofagie spastiche o diversi casi di stress ipereterico generico. *Balle*, pensò Angelica. *È chiaro che anche questi casi siano dovuti allo stesso, identico malicere. Come fanno a non vederlo?*

Con un istituto che pensava qualcosa, e un altro che proponeva una mezza dozzina di alternative diverse basandosi su dati simili, lei

non riusciva a vedere la soluzione del problema, non nell'immediato, non senza aspettare con le braccia conserte che altri cadaveri
si accumulassero ai loro piedi.

Dopo qualche secondo di silenzio, tornò a fissare il suo trigoy.
Mosse il dito indice. Come risultato, apparve ancora una volta
quella semplice frase che pulsava nella semioscurità del suo
studio.

Tre parole, tre semplici parole che le domandavano una linea
d'azione da intraprendere.

"Invio il messaggio?" lesse la dottoressa ad alta voce per quella
che doveva essere la decima volta.

Inspirò ed espirò, più e più volte. Una decisione doveva essere
presa. Guardò il fascicolo e pensò a quello che era accaduto nelle
due passate settimane, alla sua promessa di aspettare, di non fare
nulla di avventato, di mantenere il sangue freddo.

Tempo, mancanza di risorse, ipotesi che si contrastano a
vicenda, nuovi fascicoli, altri rapporti, cadaveri che affollavano un
obitorio...

No, non poteva più aspettare. C'era semplicemente troppo in
ballo e il fascicolo che giaceva davanti a lei era la prova che non era
stato fatto abbastanza.

Nonostante quello che aveva promesso a Sebastian, Angelica
aveva pensato più volte alla sua idea di coinvolgere Jason Cloverfield, di attirare l'attenzione e le risorse del Faraone dell'Etere a
vantaggio del loro progetto. Era un rischio, certo, ma risorse e fondi
erano qualcosa di cui avevano davvero bisogno per velocizzare l'intero processo di ricerca, per cercare di trovare il più velocemente
possibile una soluzione a quel problema, e il regno più potente ed
esteso in circolazione ne aveva in abbondanza.

Dopo numerose considerazioni, Angelica si era convinta che il
Presidente di DataMorph sarebbe stato interessato ad incontrare di
persona una creatura che dopotutto lui stesso aveva creato, la
Madame delle Note. L'unica buona notizia in tutta quella faccenda
era che le visualizzazioni del suo profilo non solo non erano dimi-
nuite nelle ultime settimane, ma erano quasi triplicate. Un indizio

che la sua figura continuava per qualche motivo a stuzzicare l'interesse del pubblico.

In altre parole, la Madame delle Note continuava a far parlare di sé e DataMorph aveva deciso di mantenerla tra le figure 'bollenti' del momento. Questo, Angelica lo capiva, le dava un'ascendenza molto particolare, una possibilità di essere ascoltata e di attirare l'attenzione su di sé.

Più difficile sarebbe stato capire se il Faraone l'avrebbe ricevuta di persona. Come aveva detto Sebastian, l'uomo era vecchio e malato, e nei due anni precedenti aveva mantenuto un basso profilo.

Ma questo, dopotutto, non voleva dire davvero niente. Jason Cloverfield non era uomo da delegare decisioni importanti, e se avesse voluto davvero vederla, niente avrebbe potuto impedirglielo.

Angelica, nonostante tutto, era convinta di una cosa: dovevano trovare una soluzione al problema del malicere killer prima che sfuggisse loro di mano. Si mise una mano sulla fronte e l'altra sul collo. Era stanca, bastava guardare il suo volto per rendersene conto. Le tre notti precedenti erano state reclamate da preoccupazioni crescenti e da una coscienza sporca.

No, il tempo di aspettare era finito. Non c'era altra alternativa sensata.

Doveva farlo.

Una decisione era stata appena presa. La dottoressa separò le mani e ne chiuse una a pugno.

In quel preciso istante, assecondando il gesto della donna, le tre parole smisero all'improvviso di pulsare. La conferma che il messaggio era stato inviato.

Angelica non era affatto sicura che quel messaggio avrebbe avuto una risposta. Non veramente, ma pensò che fosse valsa la pena di tentare.

Si massaggiò nuovamente le tempie mentre si alzava e spegneva il trigoy. Tre notti in bianco avevano cominciato a reclamare un tributo in termine di prestazioni psicofisiche, e il suo aspetto trasandato ne era la conferma. I suoi capelli a caschetto erano scompigliati, i suoi vestiti sgualciti e il suo volto era pallido. Decise che si sarebbe rinfrescata e avrebbe fatto un pisolino. Un paio d'ore, non di più.

Si tolse gli occhiali e andò in bagno, si lavò le mani e il volto e, quando rientrò nel suo studio, si diresse verso il divano. Sul punto di coricarsi, un bip proveniente dalla scrivania la fece girare di scatto.

Un nuovo messaggio era arrivato mentre era in bagno.

Angelica aggrottò un sopracciglio. *Non è possibile*, si disse. *Non così velocemente.* Indossò nuovamente i suoi occhiali, quindi mosse la mano, aprì il contenuto del messaggio e lo lesse mentre i battiti del suo cuore aumentavano man a mano cha andava avanti.

'*Dottoressa Kam, grazie per averci contattato. Il Presidente Cloverfield ha letto il suo messaggio e ha acconsentito ad organizzare un incontro privato, come da lei richiesto.*

Saremo felici di riceverla qui alla Piramide in una data a sua scelta. Uno dei nostri collaboratori sarà a sua completa disposizione una volta giunta all'Aeroporto Internazionale di Atlanta Hartsfield-Jackson.'

Cordialmente,

Ian J. Komenaka, Dipartimento Comunicazione e Media, DataMorph

Angelica si tolse gli occhiali, li pulì sul suo camice, quindi l'inforcò nuovamente e lesse il messaggio ancora e ancora, come se le parole volessero dire qualcosa di diverso ogni volta.

Alla fine, fece sparire la risposta e fissò il vuoto per una paio di minuti.

"Ha detto di sì," mormorò, niente meno che sbalordita. La sua affermazione suonava quasi come una domanda rivolta a sé stessa, come se dovesse concretizzare con delle parole quel fatto per renderlo reale.

Il Presidente di DataMorph aveva detto di sì.

La mente di Angelica cominciò a lavorare febbrilmente, pensando a quale sarebbe stata a questo punto la linea d'azione più appropriata da intraprendere.

Sebastian non poteva sapere, ovviamente. Tenere qualcosa nascosto al marito non le sembrava giusto, e la metteva decisamente a disagio, ma d'altronde voleva trovare una soluzione a quel problema e l'incontro con Cloverfield le sembrava un'opportunità irripetibile. Se Sebastian avesse saputo, avrebbe cercato di dissuaderla in qualche modo o di impedirle di fare quello che lui credeva fosse niente meno che una pazzia.

No. Suo marito non poteva sapere, per il bene di entrambi.

Angelica provò un arcobaleno di emozioni diverse. Eccitazione, gioia, paura, rimorso, anticipazione, insicurezza e molto altro ancora.

"La Madame delle Note andrà ad incontrare il suo creatore," mormorò, incapace di trattenere un sorriso che sembrò sciogliere la tensione che si era accumulata nell'arco delle due settimane passate.

Per le successive ore pensò ad un modo sensato per mettere in pratica i suoi propositi, completamente dimentica della sua stanchezza.

Improvvisamente, il terminale della sua scrivania suonò e Angelica vide che la sua assistente, Dewi, la stava chiamando.

"Sì," disse Angelica, ancora sovrappensiero.

"Mi avevi chiesto di avvertirti qualche minuto prima dell'arrivo degli uomini della Charun Inc."

Angelica guardò l'orologio. Aveva completamente perso la cognizione del tempo.

"Sto scendendo," disse, e chiuse il collegamento.

Tra piani nell'ombra e decisioni monumentali, si era dimenticata che c'era un ultimo saluto che si era ripromessa di dare.

∞ ∞ ∞

Christopher O'Connor giaceva sulla piattaforma di metallo, immobile e silenzioso, quasi completamente coperto da un sacco nero.

Angelica fissò il cadavere e poté giurare di sentire già l'odore di decadenza infestare il suo corpo. Era solo la sua immaginazione, ovviamente. Il corpo non aveva avuto abbastanza tempo per decomporsi.

Angelica conosceva bene l'odore della morte. Entrare in una stanza dove un corpo aveva iniziato a decomporsi era come essere colpiti da un muro, il tanfo così ripugnante che era abbastanza forte da farti cadere a terra. Conati di vomito erano la risposta più comune di una persona che non era familiare con quell'odore.

La dottoressa voltò la testa e osservò gli altri due corpi inseriti in identici sacchi neri.

Tutti immobili e freddi. Tutti privi di vita. Solo la testa emergeva da quei bozzoli di plastica. La loro pelle era raggrinzita e di colore grigio pallido, il grigio della morte.

"Angy? Sono arrivati," disse una voce dietro di lei.

Angelica si voltò e guardò Dewi con sguardo vacuo, come se non capisse a cosa si stesse riferendo.

"Gli uomini della Charun Inc.," ripeté Dewi, come se si aspettasse che non l'avesse sentita la prima volta. "La portineria dice che sono qui." Poi, visto che Angelica non sembrava intenzionata a muoversi, a parlare o a fare qualsiasi altra cosa, aggiunse, guardando i cadaveri. "Forse...ehm...forse dovremmo andarcene. Voglio dire, lasciargli spazio per...per...fare quello che devono fare, insomma."

Angelica sembrò sentire quello che l'assistente le stava dicendo senza tuttavia ascoltare veramente.

Il suo sguardo era come calamitato dai corpi che le stavano davanti, dai loro volti privi di vita. Tre fallimenti, tre problemi a cui non era riuscita a trovare una soluzione. C'era stato semplicemente troppo poco tempo.

"Giardinaggio," annunciò Angelica con aria assente, mentre fissava il cadavere di O'Connor.

Dewi aggrottò la fronte. "C-come, scusa?"

Angelica si girò verso l'assistente, un sorriso amaro che vestiva il suo volto. "O'Connor," disse con semplicità, come se Dewi non avesse prestato attenzione ad una discussione in corso. "Il suo hobby è il giardinaggio. Nell'etere ha creato una piccola unità di patiti del pollice verde..." S'interruppe, come se avesse formulato male un concetto, quindi riprese. "*Aveva* creato...Aveva creato un'unità di patiti del pollice verde. Ci sono stata. Era ben fatta. Sì, davvero ben fatta. Mi ha fatto venir voglia di prendere una vanga e cominciare a dissodare un terreno. Lui e i membri del suo gruppo mischiavano poesia e giardinaggio e danza e...Credo che fossero una frangia di Verdi un po' eterodossa, convinti che la tecnologia potesse essere usata per proteggere la natura..."

Era chiaro che Dewi non sapesse come rispondere a quelle parole, o anche solo se era saggio rispondere, ma sembrava preoccupata dallo strano umore del suo superiore. Prima che l'assistente potesse dire qualsiasi cosa, Angelica si mosse e si avvicinò al cadavere alla destra di O'Connor.

"Jeremy Young," disse Angelica, guardando il volto dell'uomo sui cinquant'anni che le stava davanti. "Single e apparentemente felice di esserlo, a giudicare dal suo profilo su Mondo Due. Lavorava come imprenditore nell'etere. Jeremy aveva fondato un paio di compagnie d'incontri al buio, sai...un po' come le province Anima Gemella o Infinity Partner. Stava pianificando l'espansione della sua attività in una vera e propria provincia prima che..." Ancora una volta Angelica lasciò la frase in sospeso. Si avvicinò al volto di Jeremy, valutandolo con molta attenzione, come se stesse cercando d'imprimere nella sua mente i particolari del suo volto. Quindi, dopo qualche secondo, si ritrasse di qualche centimetro, senza smettere di guardarlo. "Due cani, un gatto e tre pesci," proseguì. "Amava circondarsi di animali più di quanto amasse le persone."

La dottoressa si diresse dunque verso il terzo e ultimo cadavere; una donna.

"Vanessa Komanechi..." disse Angelica e si fermò, questa volta sembrava non sapere come continuare. "Non sono mai davvero riuscita a informarmi su Vanessa, su chi fosse, su che cosa la rendesse speciale, su come facesse la differenza nella sua vita. Non c'è davvero stato abbastanza tempo. Quando l'hanno trasportata all'istituto era già troppo tardi. Troppo tardi."

Altro silenzio seguì quelle parole, un silenzio che sapeva di sconfitta e di speranza perduta.

"Capo...lo sai che...lo sai che non è stata colpa tua..." iniziò Dewi, ma l'assistente s'interruppe quando Angelica la guardò con uno sguardo di fuoco.

"Certo che no!" esclamò la dottoressa. "Non è colpa mia, non è colpa tua, non è colpa di Sebastian, o di Cory, o di Stewart, o di Faraday, o di Goldwhite o di qualsiasi altro individuo che conti qualcosa in questo istituto! Abbiamo tre persone morte per colpa di nessuno!"

Il tono di Angelica era andato aumentando in un climax che quasi le fece urlare l'ultima parola.

Dewi indietreggiò di un paio di passi, colpita da quella veemenza.

"Mi dispiace," si scusò Angelica, scuotendo la testa. "Non avrei dovuto urlare in quel modo. Tu non c'entri nulla. È solo che...Non me ne starò con le mani in mano evitando le mie responsabilità. Non se posso evitarlo."

Angelica si allontanò dai tre cadaveri e si rivolse a Dewi.

"Ho bisogno del tuo aiuto," le disse, guardandola negli occhi. "E ho bisogno che tu non mi faccia domande."

Dewi rimase a fissare Angelica per diversi secondi.

"Che cosa ti serve, capo?" chiese alla fine Dewi. Il suo sguardo suggeriva completa disponibilità.

Angelica sorrise. Posò entrambe le mani sulle spalle dell'assistente e disse, "Ascolta. Sto programmando un viaggio negli States, questo fine settimana. Nessuno, e dico *nessuno*, deve sapere."

"Sebast..."

"Più di chiunque altro," la interruppe Angelica.

Dewi annuì.

"Possibili idee su come poter passare un paio di giorni fuori da Calgary senza che la cosa sembri sospetta?" chiese Angelica.

Dewi sembrò riflettere per un attimo. "C'è quella conferenza a cui la Ferris Corporation ti ha praticamente supplicato di partecipare," disse alla fine. "Ricordi? Quella a Victoria, che durava tre giorni."

Angelica annuì. Aveva completamente scordato quella conferenza.

"Quella potrebbe essere una buona copertura per qualsiasi cosa tu abbia in mente di fare in America," disse Dewi.

"Bene." Angelica annuì. "Ma avrei bisogno che gli organizzatori non avvertano..."

"Non preoccuparti," la rassicurò Dewi. "Ci sarà un cambio di programma all'ultimo momento, e io andrò all'evento al tuo posto, rimpiazzandoti. Non potranno rifiutarsi, con un preavviso praticamente nullo."

"Sei sicura di poterlo fare, Dewi?"

Quando Dewi annuì, non c'era traccia di esitazione sul suo volto.

"Ottimo," disse Angelica, "Organizza tutti i preparativi necessari. Lascio tutto nelle tue mani. E, beh...grazie."

Dewi scosse la testa e sorrise. "Non devi ringraziarmi di niente, capo. Lo faccio con piacere."

Angelica lanciò un ultimo sguardo di approvazione all'assistente e si diresse velocemente verso l'uscita.

"Angy?"

Angelica si fermò sull'uscio della porta e guardò Dewi, che si stava leccando le labbra, le mani nascoste dietro la schiena.

"Non devi rispondermi, se non puoi ma..." s'interruppe, come se stesse cercando di scegliere con attenzione le sue parole. Alla fine disse, "Che cosa...che cosa hai intenzione di fare?"

Angelica sembrò riflettere sulla risposta. Alla fine disse, guardando l'assistente con un sorriso, "Ho intenzione di andare a trovare il Diavolo all'Inferno, e di fargli una proposta che non potrà rifiutare."

23

ATTACCO AL VITRUVIANO
DÜSSELDORF, CENTRO CITTÀ

Erik

~

ERIK LASCIÒ ANDARE un sospiro mentre si sedeva nella vettura.

"On," mormorò il ragazzo, massaggiandosi la fronte con entrambe le mani, "che cosa resta nella lista?"

L'autotron chiuse lo sportello mentre il taxi su cui stavano viaggiando ripartiva. "Hai un appuntamento alle due e mezza all'Opportunity College, uno alle cinque all'Hotel Bismark e uno alle nove e un quarto alla Tronin Corporation," rispose.

"Una semplice giornata da ventiquattro ore non mi basta più." Disse Erik, inspirando ed espirando lentamente. "I miei appuntamenti e il mio tempo non crescono in maniera direttamente proporzionale."

"Erik, se lo desideri, posso cancellare..."

"No. Proseguiamo come previsto," tagliò corto il ragazzo, mentre prendeva dal suo zaino un oggetto avvolto da carta stagnola. Quando scartò l'involucro, sbatté ripetutamente le palpebre. Tra le mani aveva un sandwich di pane integrale con tonno e spinaci.

"On! Che fine ha fatto il mio doppio cheeseburger?" Guardò verso il suo autotron con sguardo accusatorio.

"Erik," disse On, evitando di guardare il suo proprietario, "La tua assunzione di grassi saturi e di zuccheri si è fatta estremamente alta, di recente. Ho deciso che hai bisogno di iniziare una dieta, per salvaguardare la tua salute e permettere uno svolgimento consono delle tue attività giornaliere."

"On, stai scherzando, vero?" Erik si mosse sul sedile, puntando contro l'autotron il sandwich come se fosse sul punto di tirarglielo addosso. "Sono quei grassi saturi e quegli zuccheri a tenermi lontano dal manicomio! Tu non puoi..." un bip proveniente dal suo interlink lo interruppe improvvisamente.

"Abbiamo un messaggio delle Industries, Erik," annunciò in fretta On. "È il professor Kurosawa."

Erik scosse la testa e cominciò a scartare un altro sandwich. Valutò anche quello: pomodori e bresaola. Sbuffò, quindi disse, dopo aver addentato controvoglia il suo panino, "Va bene. Mettilo in linea."

Il volto di un uomo sui cinquant'anni, con corti capelli scuri e tratti orientali apparve davanti ai loro occhi.

"Kenta," lo salutò Erik, la bocca piena di cibo. "Parlami, vecchio mio."

Kenta Kurosawa sembrava se possibile ancor più trafelato di Erik. Aveva la giacca sgualcita, i capelli arruffati e gli occhi assediati da ombre. "Sono stato a combattere fino ad ora con la Global Momentum, Erik," iniziò, con la voce roca di qualcuno che aveva parlato ininterrottamente per ore. "Gli sciacalli non sono affatto felici. Vogliono il trenta percento entro la prossima settimana ed esigono che il debito sia saldato per la fine del mese."

La mano di Erik che stringeva il sandwich si bloccò a qualche centimetro dalla bocca. La sua bocca sembrava aver dimenticato come produrre saliva.

"Che cosa vuoi dire, entro la fine del mese?" proruppe Erik, sputacchiando pezzi di sandwich. "Ci avevano detto che avevamo fino alla fine dell'autunno!"

"Beh, hanno cambiato idea, evidentemente. Devono aver studiato il nostro rapporto trimestrale ed essersi spaventati." Kurosawa s'interruppe, inumidendosi le labbra. "Abbiamo un problema, Erik. Un *grosso* problema. Non ho nessuna idea di come fare a prendere tempo, questa volta. Sembravano maledettamente seri. Ho speso le passate tre ore a tentare di farli ragionare, a spiegargli la nostra situazione. Non c'è stato niente da fare."

Erik produsse una smorfia. 'Problema' era un eufemismo per la situazione in cui si trovavano. Non c'era alcuna possibilità che riuscissero a racimolare i soldi che dovevano alla Global Momentum in così poco tempo.

Il giovane Presidente delle Automaton Industries si pulì la bocca con il tovagliolo, deglutì quella che gli sembrò una soluzione di bile e cominciò a pensare. Doveva esserci un modo per guadagnare dell'altro tempo.

Tutto d'un tratto Kurosawa si girò. Qualcosa sembrava aver attirato la sua attenzione. Erik aguzzò l'udito e sentì un rumore non ben definito, come un vociare indistinto, simile al coro di uno stadio.

"Un attimo," disse il professore, mentre si allontanava. L'immagine di Kurosawa tornò quasi subito sull'interlink. "Quello è il secondo motivo per cui ti ho chiamato," disse. "Un gruppo di fobaron sta manifestando fuori dall'edificio. Sono circa un centinaio. Hanno iniziato un'ora fa e sembrano intenzionati a continuare per chissà quanto tempo."

"Hai chiamato gli sbirri?" il volto di Erik era preoccupato. Quanto si trattava del movimento degli anti-automaton, un allarme si accendeva nella sua testa.

"È la prima cosa che ho fatto," rispose Kurosawa. "Purtroppo, hanno l'autorizzazione della municipalità. È tutto in regola."

"Un gruppo di psicopatici è fuori dalle Industries, Kenta!" sbottò il ragazzo, "Non c'è niente in regola! Vedi se la sicurezza riesce a farli sgombrare da..."

"Erik," lo interruppe Kurosawa, scuotendo la testa, "sono troppi per una dozzina di uomini e una manciata di autotron. Senza contare che..."

Un forte rombo fagocitò le parole del professore. Il rumore venne seguito da una luce intesa che investì la stanza dove il suo collaboratore si trovava.

"Kenta? Che cosa sta succedendo lì?" fu come se il sangue di Erik si fosse congelato nelle vene.

Quella era stata un'esplosione. Erik ne era sicuro.

Kurosawa, dall'altra parte, sembrava starsi rialzando da terra. Riapparve mentre si guardava attorno allarmato. Quello che per Erik e On era stato un semplice rombo doveva essere stato un vero e proprio boato per lui.

Il professore impiegò diversi secondi per riprendersi, mentre si toccava le orecchie.

"Kenta?" ripeté Erik, con tono decisamente più urgente, questa volta. Un'altra serie di luci esplosero dalla finestra. Un'altra serie di esplosioni. "Kenta! Che cosa diavolo sta succedendo?"

Erik si accorse che Kurosawa era impegnato a comunicare con qualcuno. Non lo stava ascoltando. Il ragazzo lo vide gesticolare mentre urlava qualcosa, luci ed esplosioni che inghiottivano gran parte di quello che stava dicendo. Ordini, probabilmente. Il suo tono e i suoi gesti non lasciavano spazio all'interpretazione.

"Ferma il taxi," disse Erik all'autista, che eseguì. Poi il ragazzo si girò verso il suo autotron. "Prenota l'enomotore più vic..."

"Confermato," disse On, come se avesse letto la mente del suo proprietario. "Un enomotore sarà qui tra due minuti circa."

Erik annuì, quindi si girò nuovamente verso la riproduzione di Kurosawa e vide che l'uomo stava continuando a parlare, rosso in viso.

Finalmente si rivolse verso di loro. "Erik..." urlò, e un'altra sequela di esplosioni sommerse le sue parole. "...Attacco! Il...di fobaron...fuori delle armi e...stanno cercando di entrare...La sicurezza...respingere...Nessun altro..."

La comunicazione s'interruppe senza alcun preavviso.

"Collegalo di nuovo!" ordinò Erik, rivolgendosi verso On.

"Il collegamento si è interrotto dall'altra parte, Erik. Non c'è niente che possa fare per ristabilirlo."

Il ragazzo fece scattare la testa verso la sua tasca, ed estrasse in fretta il suo trigoy. Quando lo accese, s'inserì nel sistema di telecamere di sorveglianza del quartier generale delle Automaton Industries.

"Un minuto all'arrivo dell'enomotore, Erik," disse On.

Il ragazzo annuì distrattamente, tornando a concentrarsi sul suo trigoy. Davanti ai loro occhi apparve una folla di persone che stava circondando un edificio, fumo e fiamme tutto attorno.

"No, no, no. Non posso crederci," mormorò il ragazzo. "Non è vero! Non sta accadendo!"

On ricevette lo stesso output dall'etere. Diverse persone nelle vicinanze avevano già cominciato a riprendere dal vivo cosa stava succedendo e trasmettendo il contenuto nel cyberspazio.

"Erik," disse On, "abbiamo un messaggio prioritario proveniente da Ramor Deringer."

Erik continuò a guardare le immagini che scorrevano sullo schermo. Sembrava considerare che cosa fare.

"Erik, tuo zio sta..."

"E va bene!" disse, senza smettere di guardare le immagini. "Collegalo, ma veicolalo tu stesso. Se questo è un attacco organizzato, le vie di comunicazioni tradizionali potrebbero essere compromesse. Non voglio correre rischi."

On-Eni-Quinto annuì. Quando parlò nuovamente, usò una voce che non era sua, un tono baritonale e urgente troppo umano per assomigliare a qualsiasi cosa l'autotron avrebbe potuto riprodurre.

"Erik, sei ancora alla conferenza?" chiese Ramor Deringer, suo zio, parlando attraverso On. "Stai vedendo le news? Un gruppo di fobaron sta..."

"Sì, lo so zio," rispose in modo sbrigativo Erik, mentre continuava a guardare il suo orologio e le immagini dell'attacco contro le Automaton Industries. Vide un paio di Molotov gettate contro il portone principale e un autotron con il simbolo delle Industries venire inibito con una scarica elettromagnetica proveniente da un ordigno esplosivo. L'autotron si accasciò a terra, come una bambola senza vita, e un gruppo di uomini con il volto coperto da maschere cominciarono a colpirlo con chiavi inglesi e tubi di ferro. "Stavo parlando con Kenta quando è successo questo...questo... scempio! Ce l'ho qui davanti, sto vedendo in questo momento. Zio, dobbiamo fare qualcosa! Un enomotore dovrebbe essere qui in pochi secondi. Posso volare ed essere lì in cinque minuti se..."

"Non dire stronzate!" lo interruppe Ramor. "Stai il più lontano possibile da quel posto, ragazzo. Mi hai sentito? Gli sbirri saranno lì tra poco e..."

"Che cosa? Stai scherzando, vero? Non posso rimanere con le mani in mano mentre quei bastardi radono al suolo le Industries, zio!"

"Ascoltami ragazzino," il tono di Ramor si era fatto autoritario ed urgente al tempo stesso, "ascoltami molto bene. Tu non puoi..."

"Non dirmi quello che non posso fare!" sbottò Erik, in tono inflessibile. "On, interrompi la comunicazione!"

L'autotron obbedì, quindi disse. "Erik, l'enomotore è appena arrivato."

"Bene," disse il ragazzo, pagando il conto al tassista e uscendo dalla vettura. On lo seguì, dopo aver preso lo zainetto che Erik aveva completamente dimenticato.

Un enomotore li stava aspettando a pochi metri di distanza. I due entrarono nel veicolo.

"Grazie per aver scelto..."

"CP-eno," Erik interruppe bruscamente la voce meccanica, rivolgendosi al soffitto. "Nuova destinazione. Dirigi a via Nausser, Quartier generale delle Automaton Industries. Modalità aerea."

"Attenzione," disse il Controllo dell'enomotore, "il cambio di modalità implicherà un aumento della tari..."

"Sì, lo so, maledizione! Lo so. Fallo e basta!" tagliò corto Erik.

"Ricevuto," confermò la voce meccanica. "Percorso inserito, destinazione calcolata. Per favore, mantenere la vostra posizione attuale."

La vettura uscì in quel momento dalla strada ed entrò in un

parcheggio lì vicino. L'enomotore rimase immobile per dieci secondi mentre le porte del veicolo si restringevano, il pavimento cambiava forma e i finestrini si rimpicciolivano.

"Per cortesia," si raccomandò il veicolo, "assicurarsi di mantenere una posizione di sicurezza prima del decollo."

"Sì, sì. Lo sappiamo," lo interruppe il ragazzo. "Andiamo!"

L'enomotore si preparò per la partenza.

"Consiglio estrema cautela, Erik," disse On dopo qualche secondo, indicando le immagini che entrambi stavano vedendo.

"Grazie per sottolineare l'ovvio, genio," disse Erik, liquidando il suggerimento dell'autotron.

"Erik, il signor Deringer ha espresso un parere ragionevolmente..."

"Non m'interessa parlare della vigliaccheria di mio zio, On," lo zittì il ragazzo, lanciando all'autotron uno sguardo inviperito. "M'interessa arrivare a destinazione il più in fretta possibile, prima che quei porci riescano a radere al suolo le Industries!"

On fece per dire qualcos'altro, ma s'interruppe. Studiò con attenzione l'espressione del suo proprietario, il suo atteggiamento, i suoi gesti, e capì che Erik era inamovibile.

"Decollo fra cinque, quattro, tre, due, uno."

L'enomotore prese vita all'improvviso, decollando in maniera verticale e provocando un suono simile ad un risucchio mentre si aggiungeva al traffico aereo della città.

∞∞∞

Erik poteva vedere che le Automaton Industries erano circondate da una cinquantina di persone che si muovevano in modo febbrile mentre il loro enomotore stava atterrando. Scene di distruzione e caos si susseguivano intorno a loro, un panorama da guerriglia urbana che non faceva che alzare il livello di allerta del ragazzo. Macchine capovolte e date alle fiamme, negozi saccheggiati, persone per terra, che si muovevano appena, chiamando aiuto.

"Secondo le mie stime," disse On, "le forze dell'ordine arriveranno sul posto fra tre minuti e quarantaquattro secondi, Erik."

"Potrebbe non rimanere niente in tre minuti e quarantaquattro secondi," ribatté aspramente il ragazzo, mentre l'enomotore perdeva quota e toccava terra con un tonfo sordo.

Il ragazzo pagò il conto e l'enomotore aprì gli sportelli, ringraziandolo con la solita voce meccanica per aver utilizzato il servizio.

La voce non aveva neppure finito di parlare quando Erik si precipitò fuori dal veicolo, scattando di lato.

On era pronto. Afferrò Erik per la giacca e…si ritrovò il vestito in mano, sbilanciato dal movimento improvviso del ragazzo che aveva previsto la sua azione e si era sbarazzato del vestito prima che il suo assistente se ne rendesse conto.

Erik saettò fuori dall'enomotore con la velocità di un ghepardo che insegue una preda e corse verso il quartier generale delle Automaton Industries, senza guardarsi indietro.

"Erik," chiamò On. Poi, alzando il volume della sua voce meccanica ripeté, "ERIK."

Ma il suo proprietario era già sparito dietro una colonna di fumo, mentre il richiamo di On si perdeva tra i vari rumori che circondavano l'ambiente disastrato.

L'autotron uscì dalla vettura, gettò il cappotto per terra e seguì Erik con tutta la velocità che gli era permessa dal suo apparato motorio.

Le grida collettive dei manifestanti aleggiavano nella strada come il coro di uno stadio a cui si aggiungevano richiami e urla di panico. Il suono di sirene della polizia in lontananza si perdeva tra le voci e i rumori che assediavano il panorama urbano, uno spettacolo di fuochi e corpi in movimento occultato da colonne di fumo e da detriti sparsi dappertutto.

Nonostante alcuni negozi fossero stati vandalizzati e saccheggiati, l'edificio che aveva ricevuto la maggior quantità di danni era un palazzo a forma di parallelepipedo di colore bronzo, alto una quindicina di piani. Diverse dozzine di persone avevano circondato l'entrata principale.

Mentre si avviava verso il quartier generale, On vide ciò che rimaneva di alcuni autotron con il logo delle Automaton Industries. La maggior parte erano stati fatti completamente a pezzi, braccia e gambe sparsi a qualche metro dal torso ammaccato o da un volto completamente sfigurato.

On vide Erik dirigersi verso un gruppo di persone con il volto coperto, tutti armati di aste di metallo. Stavano assediando i muri e le finestre dell'edificio che esibiva l'Autotron Vitruviano, distruggendo qualsiasi cosa gli capitasse sotto tiro. Lo stesso simbolo delle Industries, che aveva formato parte di un monumento ora reso irriconoscibile dall'operato dei fobaron, giaceva a terra, completamente distrutto.

"Ehi! EHI!" stava urlando Erik, rosso in volto e fuori di sé dalla rabbia. "Fermatevi! Subito!"

Alcuni dei dimostranti avevano colto le urla del ragazzo, e si girarono verso di lui, indicando il giovane Presidente ai vicini.

"Ehi! Guardate lì," urlò uno di loro. "Lo vedete? È lui! È il bastardo! Erik Deringer in persona! Il damerino sputasentenze!"

Molte teste nel gruppo annuirono e alcuni di loro iniziarono a correre verso il ragazzo.

Prima che Erik potesse raggiungere l'entrata principale sotto assedio o cercare di fare qualsiasi cosa per fermare l'attacco, un uomo sbucò alla sua sinistra e gli si gettò contro, facendolo cadere a terra. Erik grugnì. La cosa immediatamente successiva di cui fu consapevole fu il pugno assestato contro la sua mascella e la sua testa che scattava all'indietro e andava a sbattere con un rumore sordo sul pavimento. Sangue schizzò fuori dal naso e dalla bocca mentre il dolore fece esplodere scintille bianche e rosse negli angoli della sua visuale.

"Ce l'ho!" stava urlando l'uomo mascherato che lo aveva atterrato, tenendolo saldamente sul marciapiede, il suo gomito sul collo del ragazzo e le sue ginocchia sul petto, impedendogli di muoversi.

Erik tentò di alzarsi, di urlare, di colpire il fobaron, ma l'uomo gli assestò un altro paio di pugni nell'addome, facendolo boccheggiare.

"Passatemene uno," urlò il suo assalitore, mantenendolo ben fermo, mentre indicava una delle aste di metallo di cui erano armati la maggior parte dei suoi compagni mascherati. "Datemene uno! Dai, dai, *dai!*"

Uno dei fobaron gli lanciò una delle aste e l'uomo la prese al volo. Il brutto ceffo sorrise con gli occhi, che scintillarono di una luce sinistra.

"Adesso ti faccio ricordare la giornata, pezzo di merd..."

L'aggressore alzò l'asta di metallo al cielo, fletté il braccio e gonfiò il bicipite.

Ma l'asta non colpì mai Erik Deringer. Una forza sconosciuta afferrò l'aggressore e l'uomo si sentì scaraventato via, senza che riuscisse a capire che cosa stesse succedendo. Ebbe solo il tempo di emettere un urlo stridulo, prima di atterrare rovinosamente a terra e rotolare a diversi metri di distanza.

"Un lavoro in carbonvetro!" gridò uno dei dimostranti, indicando con un randello On, che era emerso da una delle colonne di fumo vicine e aveva scaraventato via l'aggressore da Erik.

La matrice dell'autotron contò quattro obiettivi attorno a sé, tutti che mostravano gradazioni più o meno marcate di timore ed indecisione, reazioni evidentemente dovute alla sua inaspettata entrata in scena. Questo gli avrebbe dato del tempo. Tempo prezioso per elaborare una strategia.

On studiò il suo proprietario, chinandosi a terra e sfiorandogli leggermente alcune parti del corpo per accertarsi dei danni che aveva riportato. Erik mugugnò di dolore mentre On lo toccava gentilmente, prima intorno al torace, poi sulla spalla destra, infine sulla mascella. Il ragazzo aveva il volto violaceo e mugugnava parole senza senso.

"Rimani per terra," disse On. Muoverlo non era una delle azioni suggerite dalla sua matrice; l'autotron aveva individuato diverse fratture e contusioni. Non c'era niente che potesse fare per lui, al momento, a parte evitare che subisse altri danni.

Il giovane Presidente delle Industries non diede segno di essersi accorto del suo autotron mentre tossiva.

Le sirene intanto si erano fatte più forti intorno a loro. On stimò che la polizia sarebbe arrivata in meno di due minuti. Nel frattempo, i quattro obiettivi erano diventati sette, tutti armati con oggetti contundenti.

"Che cosa...che modello è?" chiese uno di loro, indicando On con un'asta di ferro.

"Guarda il rivestimento! È un eptanide!" rispose uno dei brutti ceffi, fissando On con disgusto. "Passami una EME!" urlò, allungando il braccio verso un vicino. "Prima ci sbarazziamo del lavoro in carbonvetro, poi finiamo questo pezzo di merda!"

"Gli sbirri stanno arrivando! Dobbiamo andare. Adesso!" disse un altro dei presenti, una nota di panico nella sua voce.

"Taci, Andy! Ce ne andiamo quando decido io. Allora, questa EME?"

Qualcuno passò all'uomo che aveva urlato una sfera giallo oro delle dimensioni di una pallina da golf, lo stesso oggetto che On sapeva i fobaron avevano utilizzato per disabilitare gli autotron che giacevano tutt'intorno.

"Usala bene," gli disse il compagno. "È l'ultima che ci rimane."

On guardò l'uomo che stava passando la bomba EME, quindi il resto degli ostili. La sua matrice stabilì in un decimo di secondo che le forze dell'ordine non sarebbero arrivate in tempo per salvarli.

L'autotron continuò a guardarsi attorno, analizzando i sette assalitori che gli sbarravano ogni via di fuga. Anche se Erik fosse riuscito a muoversi, non avrebbero potuto andare da nessuna parte. Alte colonne di fumo li circondavano, impedendo a chiunque di vederli. Erano da soli, circondati da ostili. Erik non sarebbe sopravvissuto ad un altro pestaggio.

La matrice dell'autotron formulò trentaquattro possibili linee di condotta da intraprendere, per uscire incolumi da quella situazione. La maggior parte di queste prevedevano infliggere danni consistenti ai loro assalitori. On eliminò queste ipotesi, e si concentrò su una risoluzione veloce e pacifica a quello scenario. Nel momento in cui la bomba EME era stata passata da una mano ad un'altra, On-Eni-Quinto sapeva esattamente che cosa fare.

L'autotron indicò l'uomo che stava per gettare la piccola sfera contro di lui e con una voce amplificata, come se fosse stata emessa da un altoparlante, disse, facendo sussultare tutti i presenti, "Coen Bauer, nato il tredici gennaio 2001 a Berlino. Marito di Barbara Wagner e padre di Ruth e Victoria, di rispettivamente sette e nove anni."

Coen Bauer si bloccò sul posto, come paralizzato da una serie di lacci invisibili. Istintivamente, si mise una mano sulla bandana che gli copriva parte del volto, come per accertarsi che fosse ancora al suo posto.

"Come...come cazzo fa questo lavoro in ferro a sapere chi sono?" disse con voce tremante il fobaron, mentre fissava sbigottito l'autotron a pochi metri di distanza. La sua bocca era coperta sotto la bandana, e i suoi occhi traboccavano chiaramente di muto stupore.

"Che importanza ha?" lo incalzò uno dei vicini, sistemandosi meglio la sua mascherina, come se avesse voluto accertarsi che il suo volto fosse effettivamente coperto. "Tiragli l'EME, Coen! Fallo fuori!"

Ma On non permise all'altro di distrarre Coen. "Signor Bauer," continuò, "sto accedendo in questo momento al Controllo dell'istituto elementare St.-Peter-Schule, a Jahnstr, numero 97."

Coen abbassò il braccio che teneva l'EME. "Che cosa...che cosa hai detto?" chiese, con una voce che tradiva preoccupazione e sgomento al tempo stesso.

"Confermato," proseguì On. "Sono ora dentro il sistema di vigilanza scolastico, e ho preso il controllo degli apparati audiovisivi interni ed esterni all'edificio. Sto per trasmettere in diretta la sua immagine multidimensionale in tutte le classi. Stimo una possibilità del novantasei per cento che le sue figlie non avranno difficoltà a riconoscerla, anche coperto da quel pezzo di stoffa."

I compagni stavano ora urlando contro Coen, esortandolo a lanciare la bomba mentre le sirene della polizia si facevano ormai ubique, un martellare di suoni ripetitivi che non lasciava alcuno scampo. Uno dei brutti ceffi cercò addirittura di afferrare l'ordigno dalle mani di Coen, ma questi combatté, per mantenere la presa.

Voleva capire che cosa stava succedendo. Voleva sapere come quell'eptanide potesse sapere quelle cose sul suo conto.

"Sono qui!" stava urlando qualcuno. "Gli sbirri sono qui! Andiamo via! Ora!"

La maggior parte dei manifestanti avevano già abbandonato le Automaton Industries, uscendo in massa dall'edificio semidistrutto. I pochi rimasti seguirono in fretta il loro esempio.

Coen diede un'ultima occhiata ad On, che lo guardò con un'espressione impassibile, mantenendo il contatto visivo, quindi il fobaron e tutti gli altri corsero via.

Quando il primo veicolo delle forze dell'ordine atterrò nella piccola piazza, rimanevano solo On, Erik e le persone stese a terra.

On-Eni-Quinto si avvicinò al volto di Erik, che in quel momento era sdraiato sul fianco, gli occhi semichiusi, il petto che si alzava e abbassava con incredibile lentezza.

"Erik," disse On, con voce pacata e rassicurante al tempo stesso, "rimani fermo, ho rivelato fratture multiple in…"

Ma la voce piatta dell'autotron si perse in una fitta nebbia di confusione e dolore mentre la visuale del ragazzo si faceva prima appannata e poi progressivamente oscura, come se un tramonto incredibilmente veloce avesse fatto sprofondare il mondo in una notte senza tempo. Mentre suoni, figure e odori si accavallavano a vicenda, un'ondata di dolore gli tolse il fiato. Sentì qualcuno che lo muoveva, mettendogli una mascherina intorno al volto e poggiandolo su qualcosa di rigido.

Corpi in movimento, voci sconosciute, mani che lo toccavano. Vide On sempre vicino a lui, sempre al suo fianco, una stella polare sulla quale avrebbe potuto sempre contare.

Un'immagine fugace si concretizzò davanti ai suoi occhi e quando fu sul punto di perdere i sensi, il ricordo di un Erik bambino avvolse quello che rimaneva della sua consapevolezza e si sedimentò nei suoi pensieri come una fotografia sbiadita dal tempo.

～

Düsseldorf
Automaton Industries

IL PICCOLO ERIK guarda la trottola ruotare con velocità crescente mentre il giocattolo si accende di luci blu, viola e gialle.

"Mamma, mamma! Guarda come gira!" dice, alzando entrambe le braccia e muovendo le mani tozze, in un chiaro tentativo di attirare l'attenzione.

Ma la madre non lo sta ascoltando.

Il bambino si gira indispettito verso la donna vestita con un lungo camice bianco, intenta a parlare con un gruppo di persone vestite allo stesso modo, con la stessa, identica espressione seria e cogitabonda. Da quando sono entrati in quel posto, diverse ore prima, quegli stupidi adulti non hanno fatto altro che stare fermi a parlare e parlare e parlare. Che cosa hanno da dirsi di così importante?

"Mamma, la vedi?" chiede Erik ancora una volta, alzando la voce mentre indica la sua trottola in movimento. "Guarda come gira. Mamma? Mamma!"

"Sì, la vedo, fragolino," è la distratta risposta della madre, che non guarda neppure nella sua direzione mentre annuisce verso uno dei suoi colleghi, che le sta mostrando un foglio di carta. Un foglio di carta! Come può essere uno stupidissimo foglio di carta più interessante della sua trottola!

Erik chiama la madre un altro paio di volte, con una voce sempre più acuta, ma Sofia adesso lo sta ignorando completamente, come se non lo sentisse neppure.

Il bambino sbuffa, frustrazione e rabbia palesati da un labbro arricciato. Mosso da un impeto d'ira, afferra la trottola con entrambe le mani, interrompendo d'improvviso il suo movimento rotatorio. Dopo qualche secondo speso a guardare il suo giocattolo, valuta la madre ancora intenta a parlottare con il gruppo di colleghi.

Erik serra la mascella, stringe gli occhi e trattiene il fiato mentre getta con forza il giocattolo contro il pavimento, provocando un tonfo sordo che fa girare tutti i presenti, guadagnando finalmente la loro attenzione.

La madre si gira verso di lui e scuote la testa. Sospira, si scusa con gli altri e si dirige velocemente verso il figlio.

Prima che la madre possa rimproverarlo, Erik la guarda con uno sguardo di sfida.

"Sei una bugiarda!" le urla, puntandole contro un dito. "Non stavi guardando!"

La madre prende la trottola dal pavimento. Valuta l'oggetto per qualche secondo, poi stabilisce, "Erik, guarda che cosa hai fatto. L'hai rotta."

"Non importa," risponde Erik, incrociando le braccia e mettendo su un broncio. "Me ne comprerai un'altra."

La donna si gira per un secondo verso il gruppo di colleghi che continuano a discutere, quindi si siede sul pavimento a fianco del figlio, mentre posa il giocattolo per terra.

"Amore, lo sai che la mamma è occupata con il professor Kurosawa, con lo zio Ramor e con il resto dei suoi colleghi. Ne abbiamo parlato, non ricordi? Ho davvero bisogno che tu faccia l'ometto e stia buono, mentre noi lavoriamo. Non ci vorrà ancora molto, te lo prometto."

"Voglio andare a casa! Adesso!" dice stizzito il bambino, sbattendo una mano per terra. "Voglio che zio Ramor mi legga una storia!"

"Zio Ramor lavora con noi oggi, Erik. Quante volte devo dirtelo?"

"Questo posto fa schifo ed è freddo!" si lamenta il figlio, storcendo il naso. "Non c'è niente da fare! E puzza! Voglio andare a casa!"

La madre si massaggia il collo mentre guarda ancora il gruppo di persone che continuano a confabulare tra di loro.

Erik sa che la madre vuole allontanarsi da lui. Trattiene a stento le lacrime. Non vuole rimanere da solo ancora una volta. Ha paura di quel posto.

"Per favore, non andare," le dice improvvisamente Erik, con uno sguardo supplichevole, afferrando con una manina il bordo del camice e guardandola con due occhi grandi come il mondo. "Resta vicino."

Sofia bacia il bambino sulla fronte e gli scompiglia i capelli. "Quanti anni ha il mio ometto?" chiede all'improvviso la donna, indicando suo figlio con un indice.

Erik non capisce il perché di quella stupida domanda. La madre sa esattamente quanti anni ha. Comunque, curioso di capire per quale motivo lo avesse chiesto, il bambino solleva una mano al cielo e proietta cinque dita all'infuori, quindi gonfia il petto. "Ho cinque anni," dichiara con orgoglio, come se avesse appena conquistato la vetta di una montagna.

La madre annuisce. Poi dice, indicando il gruppo di persone vestite con il camice bianco, "Il professor Kurosawa mi ha detto che secondo lui non ce la fai a stare in silenzio per dieci minuti di fila."

Erik alza entrambe le sopracciglia a quell'affermazione così presuntuosa.

"Non è vero!" esclama irritato. "Io posso stare zitto anche per venti...per trenta minuti!"

"Davvero?" chiede la madre, sgranando gli occhi e aprendo la bocca. "Per trenta minuti? Prometti?"

"Croce sul cuore che possa morire," dice Erik, toccandosi il petto con il pollice e assumendo un'aria di sfida.

"Bene, allora. Fra pochi minuti iniziamo," gli dice la madre. "Questo...esperimento, non dovrebbe durare più di dieci minuti, tesoro. Vuoi che ti spieghi che cosa vogliono fare la mamma, zio Ramor e il professor Kurosawa?"

Erik non è davvero interessato a scoprire le cose noiose che stanno cercando di fare la madre e gli altri tizi con il camice, ma quella era una buona scusa per attirare la sua l'attenzione, per tenerla vicino a sé per un altro po' di tempo, quindi annuisce con determinazione. La sua mano rimane saldamente avvinghiata al camice.

"Bene." Sofia sorride. "Vedi quelle tre stanze trasparenti? Lì, alla fine della sala?"

Erik allunga il collo e vede le tre stanze che gli vengono indicate, tutte apparentemente identiche, circondate da pareti di vetro. Quando lui e la madre erano entrati in quella grande sala, il bambino gli aveva dato una veloce occhiata, ma nulla di più. Erik le sta guardando con più attenzione, adesso. Alla fine, fa 'sì' con la testa.

"Ottimo," dice la madre, continuando ad indicare le tre stanze. "Ora guarda meglio. All'interno delle tre stanze, sulla sinistra, c'è un sedia, e sopra la sedia c'è un..."

"Manichino!" dice Erik, vedendo tre figure sedute per la prima volta da quando era entrato lì dentro.

Il bambino socchiude gli occhi, valutando le figure all'interno delle stanze trasparenti. I tre manichini sembrano identici in tutto e per tutto l'uno all'altro. "Cavolo, sono davvero strani," dice Erik. "Che cosa ci fanno lì dentro, seduti in quelle stanze?"

"Fra poco la mamma, zio Ramor e il professor Kurosawa gli faranno fare...Ah...delle cose, come ad esempio camminare nella stanza."

Erik raddrizza la schiena a quell'affermazione. Improvvisamente quei tre manichini hanno acquistato un nuovo fascino.

"Vuoi dire...vuoi dire, come dei robot?" chiede Erik, osservandoli con maggiore attenzione.

La madre annuisce, felice che il figlio abbia cominciato a mostrare interesse. "Esatto! Ancora qualche minuto e li vedrai muoversi, proprio come dei robot. Ora, guarda con molta attenzione i tre manichini. Li stai guardando?"

Erik stringe le palpebre e concentra tutta la sua attenzione sulle tre figure sedute, ognuna in una delle tre stanze trasparenti. Al centro esatto di ognuna di esse, sta quella che a Erik sembra una grossa fossa che divide la stanza in due parti. Non c'è alcuna possibilità di andare dall'altra parte della stanza senza superare quella fossa, si rende conto. Nell'altro lato della stanza, oltre la fossa, sta un piedistallo su cui è poggiato un cubo delle dimensioni di un forno a microonde.

"Sì," risponde Erik, dopo aver valutato l'interno delle tre stanze.

"OK," dice Sofia. "Noi chiamiamo quei tre manichini 'autotron' e questi autotron sono..." la madre si tocca le labbra con un dito mentre guarda per un istante verso il soffitto, come se stesse pensando a qualcosa, poi riprende a parlare, "...Sono...mhm... diciamo che sono come tre fratelli. Tre fratelli gemelli."

"Fratelli?" chiede Erik, stupito. Il bambino non sa molto di robot, ma non ha mai sentito di 'robot fratelli'.

"Sì," conferma la madre. "Fratelli molto speciali. Hanno una specie di superpotere, lo sai? Riescono a parlare usando...Ah... usando la forza del pensiero."

"Wow!" esclama Erik, evidentemente sempre più interessato a quell'argomento. "Possono anche muovere oggetti con il pensiero?" chiede, visibilmente eccitato.

"No," Sofia ride. "Per ora possono solo comunicare tra di loro. Vedi, gli autotron imparano, possono darsi consigli a vicenda, e se uno di loro sbaglia, gli altri apprendono da quello sbaglio e si migliorano. Io e gli altri li abbiamo messi alla prova diverse volte, in passato. Tra poco vedremo quanto intelligenti sono diventati e se riusciranno a superare quella grossa fossa al centro della stanza e a toccare quella scatola a forma di cubo. Questa è la loro missione, Erik. Superare la fossa incolumi e toccare quel cubo in fondo alla stanza. C'è una trave gialla che può fungere da ponte, lì per terra," Sofia indica le tre travi al figlio, una in ogni stanza, adagiata vicino alla sedia. Erik annuisce.

"Se ci riescono," Sofia prosegue, "se riescono ad usarla e a superare la fossa, la mamma e tutti gli altri saranno davvero molto felici. Potresti addirittura vedermi danzare e urlare di gioia, lo sai?"

Erik non ha mai visto sua madre danzare. Decide subito che è qualcosa che gli piacerebbe molto vedere, quindi si augura che almeno uno di quegli autotron superi la fossa.

Quando Sofia si alza dal pavimento, dopo essersi spolverata il camice, Erik non si è neppure accorto che non la sta più tenendo per il camice. Ora vuole che l'esperimento inizi, così da poter vedere gli autotron muoversi.

"Questi tre fratelli autotron hanno un nome?" chiede Erik, indicando le tre stanze.

Sofia annuisce. "Quello più lontano, nella stanza all'estremità della sala, si chiama Niccolò," dice, indicando l'autotron più lontano. "Quello seduto nella stanza centrale è Galileo. Il più vicino a noi, invece, è Isaac."

Erik incrocia le braccia, lo sguardo meditabondo, mentre memorizza quegli strani nomi.

"Ricordi la tua promessa, vero?" gli fa presente la madre, mentre lo guarda.

"Croce sul petto," risponde semplicemente Erik, guardandola senza battere ciglio.

La madre bacia il bambino sulla testa e torna verso il gruppo di colleghi che la stanno aspettando.

Dopo aver scambiato qualche battuta finale, Sofia e i suoi colleghi si disperdono, ognuno assumendo posizione dietro uno dei terminali che punteggiano la sala. Le luci si abbassano e le tre stanze diventano improvvisamente molto luminose. Gli autotron al loro interno si sono appena trasformati nella cosa più in vista di quel posto.

Erik sente una voce proveniente da un altoparlante parlare in modo piatto, iniziando un conto alla rovescia.

Quando la voce arriva a trenta secondi, Erik vede la madre cominciare ad immettere dati dietro ad una console e guardare lo schermo che gli sta davanti.

La voce che proviene dall'altoparlante, intanto, viene inframmezzata da risposte provenienti dai vari uomini in camice.

"Sintetizzatori percettivi."

"Go."

"ATC."

"Go."

"Collegamento auterico."

"Go."

"Matrice."

"Go."

"Omotericosi."

"Go."

"Niccolò, Galileo e Isaac attivati e in attesa," annuncia infine Sofia, raccogliendosi una ciocca di capelli dietro l'orecchio.

La sua espressione è tesa, Erik può vederlo chiaramente. Lo sguardo del bambino viene presto calamitato verso le tre stanze.

In quell'istante, infatti, i tre autotron si alzano dalla sedia contemporaneamente.

"Venti secondi."

"Auternet on-line," sta dicendo la voce dall'altoparlante. "Niccolò, Galileo e Isaac collegati via intrasinaxic in questo momento. Registrazione delle attività della matrice in quindici, quattordici, tredici..."

Erik osserva i tre autotron guardarsi attorno, come se mossi da fili invisibili. Sembra stiano studiando la stanza e gli oggetti che li circondano, come per rendersi conto di dove si trovino.

"Dieci secondi."

"Istruzioni fornite alle tre unità attraverso l'auternet," informa la stessa voce proveniente dappertutto e da nessuna parte. "Dinamica di sopravvivenza attivata. Energia fornita per novanta secondi dall'inizio dell'esperimento."

"Quattro...tre...due...uno."

Erik fa scattare la testa all'indietro dalla sorpresa quando vede Niccolò, il più distante degli autotron, cominciare a muoversi verso il cubo color argento.

Niccolò procede spedito fino al limitare della grossa fossa al centro della stanza e lì si ferma, la guarda per qualche secondo, per poi fissare il cubo dall'altra parte della stanza. La fossa è evidentemente troppo grande per essere superata, tuttavia, senza nessuna ulteriore esitazione, l'autotron riprende a muoversi in avanti, cadendoci rovinosamente dentro. Una volta caduto, l'autotron cessa qualsiasi movimento.

"Niccolò ha fallito il test," annuncia la voce dall'altoparlante. "Le informazioni sulle sue performance sono state ricevute correttamente da Galileo e da Isaac via auternet."

"Va bene," Erik sente la madre parlare. "Inizializzare Galileo."

"Confermato, inizializzazione e stimolo innestato nella matrice di Galileo."

Come in risposta a quell'affermazione, Galileo, l'autotron nella stanza centrale, comincia a camminare in avanti, verso il cubo argenteo. Tuttavia, a differenza del compagno, arrivato al limitare della fossa si ferma, valutando il punto in cui il precedente autotron era caduto nella stanza adiacente. Galileo rimane fermo e ritto al limitare del grosso buco per circa trenta secondi, senza muoversi, chiaramente indeciso sul da farsi.

E lì continua a rimanere, fermo come una statua, mentre le lancette del tempo procedono inesorabilmente in avanti.

"Quarantadue secondi di autonomia rimasti," informa la voce.

Galileo comincia a quel punto a muoversi di nuovo, ma in una maniera molto peculiare. Erik lo vede girare per la stanza in circolo e tornare ogni volta al limitare della fossa, valutarla, quindi tornare indietro e riprendere a girare per la stanza, senza smettere di fissare il cubo argenteo dall'altra parte, oltre la fossa che gli impedisce di proseguire.

"Dieci secondi di autonomia rimasti."

Galileo si guarda attorno con quella che pare a Erik indecisione, quindi comincia a muoversi più velocemente, più freneticamente.

"Esaurimento dell'energia in cinque, quattro, tre, due, uno..."

Galileo sta per girarsi per l'ennesima volta quando Erik lo vede fermarsi all'improvviso, le spalle curve, la testa che ciondola sul lato prima di adagiarsi su una spalla.

"Galileo ha fallito il test," ripete la voce dall'altoparlante. "Le informazioni sulle sue performance sono state ricevute correttamente da Isaac."

"Procediamo," dice Sofia, guardando l'ultimo autotron rimasto. "Inizializzare Isaac."

Isaac, il terzo e ultimo autotron, si dirige verso il precipizio senza alcuna esitazione. Guarda il cubo color argento così vicino, eppure così lontano, quindi osserva la fossa che gli impedisce di proseguire. Guarda a destra, quindi a sinistra. Non prende a girare come aveva fatto Galileo, ma sembra comunque indeciso sul da farsi.

"Un minuto di autonomia rimasto," informa la solita voce.

L'autotron rimane immobile, guardando verso il cubo, ma senza fare nulla per avvicinarsi. La trave gialla rimane inutilizzata a un paio di metri di distanza.

Possibile che quell'affare sia così scemo? pensa Erik, irritato. *Non riesce proprio a vedere la trave gialla? Se la utilizzasse per fare da ponte, potrebbe finalmente raggiungere quello stupido cubo.*

Il bambino guarda gli adulti con sprezzo. Sembravano tutti troppo impegnati a parlottare tra di loro e a guardare dati.

Perché non gli fanno vedere che cosa deve fare?

Innervosito dalla loro stupidità e intenzionato ad aiutare l'autotron, Erik si alza di scatto dal pavimento e si dirige correndo verso la stanza nella quale si trova Isaac.

Sofia lo vede troppo tardi, quando il bambino ha quasi raggiunto le pareti di vetro. "Erik!" urla la madre, chiaramente adirata. "Allontanati da lì! ADESSO!"

Ma il bambino non si cura delle urla. Invece, batte entrambe le mani sulla parete. Isaac rimane immobile dove è. Erik continua a battere testardamente le mani sul vetro e finalmente Isaac si gira verso di lui. A quel punto, il bambino indica all'autotron la trave che giace ad un paio di metri di distanza.

"Ma sei scemo?" dice ad alta voce, indicando la trave gialla. "Non capisci che cosa devi fare? Prendi la trave e raggiungi quel cubo!"

L'autotron guarda il bambino, quindi le sue mani, e si sofferma su di esse, come se fosse affascinato dai piccoli arti rosa. Alla fine, il suo visore si sposta verso la trave gialla, e poi verso il cubo.

Sofia e un altro paio di colleghi sono ormai ad un pugno di metri da Erik. La donna continua ad urlare ammonimenti contro di lui, ma il bambino non la sta ascoltando.

"Venti secondi di autonomia rimasta," ricorda loro la voce.

In quel momento, Isaac si dirige verso la trave, si china per terra e l'afferra, quindi guarda la fossa e posa la trave sopra di essa così da creare un ponte. Dimostrando un eccellente equilibrio, l'autotron cammina sulla trave e riesce finalmente a passare dall'altra parte. A quel punto, Isaac immerge entrambe le mani nei due buchi all'interno del cubo e una luce blu viene sprigionata dall'oggetto.

Erik esulta nel momento stesso in cui Sofia riesce a mettergli le mani addosso.

"Visto, non era tanto difficile, no?" dice Erik alla madre.

Sofia sta tenendo il figlio, mentre guarda Isaac con la mascella spalancata.

Erik batte le mani, entusiasta. Sofia guarda lui ed Isaac, ancora e ancora, un'espressione sorpresa sul volto, mentre intorno a lei urla di gioia, fischi e mani battute si rincorrono a vicenda.

"Allora?" le chiede Erik. "Perché non stai ballando?"

24

FRAMMENTI DI VERITÀ
SAEMANGEUM CITY, ACCADEMIA ALTISTA

Ariul

L E SETTIMANE PASSARONO velocemente, scandite da una lezione dopo l'altra, da un impegno dopo l'altro e da un pensiero dopo l'altro. Ora più che mai la vita accademica occupava la mente di Lena.

Lei sapeva di non essere mai stata un genio, ma era sempre stata definita come una persona sveglia e curiosa, con un'intelligenza al di sopra della media. Ciononostante, da quando aveva cominciato a frequentare l'accademia altista, aveva notato che sembrava essere sempre e comunque una delle ultime a padroneggiare un concetto o a completare un certo compito, nonostante spendesse molto più tempo degli altri a studiare.

Materie che all'inizio erano sembrate meramente impegnative diventarono incredibilmente complesse e strutturate con il passare dei giorni e con l'aumentare del carico di lavoro.

Lena, inoltre, dovette ammettere che quella che era sembrata all'inizio una semplice differenza tra lei e il resto degli altri candidati in termini di conoscenza enciclopedica, diventò ben presto un vero e proprio divario che minacciava di farla rimanere costantemente indietro.

All'inizio cercò di ripetersi che, per un motivo o per un altro, tutti gli altri candidati sembravano semplicemente possedere una conoscenza del mondo altista molto più vasta e profonda di quella che aveva lei, ma si rese conto ben presto che la differenza andava al di là di Wei Wang e della storia dell'ALTA.

Tutti i suoi compagni di classe, infatti, avevano un qualche collegamento più o meno diretto con il mondo altista, come se si fossero sempre aspettati prima o poi di far parte di un'organizzazione o di un gruppo legato all'Infinito Argentato.

La stragrande maggioranza delle loro famiglie, infatti, erano dichiaratamente altiste, mentre Lena, prima di venir selezionata per entrare nell'accademia, sapeva a malapena quali fossero le differenze ideologiche tra la LAND e l'ALTA.

Quasi tutti gli altri candidati, inoltre, venivano da famiglie benestanti quando non spudoratamente ricche, mentre lei era una semplice ragazza che fino a pochi mesi prima aveva cercato di sopravvivere come meglio poteva destreggiandosi con tre lavori diversi e arrivando a stento alla fine del mese.

Comunque, nonostante la difficoltà crescente delle materie, nonostante questo senso di non appartenere interamente alla comunità di altisti e nonostante la chiara differenza di retaggio, Lena continuava a considerarsi fortunata di essere in quel posto. Le sfide non erano mai state un problema per lei, ma tenere il passo con la vita accademica si stava certamente rivelando sempre più ostico.

Come conseguenza di tutto questo, Lena notò ben presto che aveva sempre meno tempo per visitare Saemangeum City, man mano che gli esami del primo semestre si avvicinavano. E questo, più di ogni altra cosa, la rattristava.

Sentiva infatti di aver esplorato solo superficialmente quell'incredibile città, che continuava a rimanere ai suoi occhi misteriosa e affascinante. Il suo proposito di visitare la Città d'Acqua e di venire a contatto con gli usi e i costumi degli abitanti era da tempo stato sostituito dalle più pressanti incombenze accademiche.

Settembre sfumò più rapidamente di quanto avrebbe creduto possibile in un Ottobre umido e piovoso, inframmezzato da venti impetuosi e da un pungente odore di alghe marine portate dal mar Giallo.

Il guardaroba elettronico dell'accademia si adeguò di conseguenza, e la sua banca dati cominciò a proporre cappotti, guanti e cappelli; indumenti che suscitarono commenti decisamente sarcastici da parte di Gravina, che continuava a comprarsi i suoi vestiti in uno dei centri commerciali della città, rifiutandosi di usare quelli forniti gratuitamente dall'accademia, definendoli 'puerili', improponibili' e 'senza alcun gusto'.

Durante la fine dell'estate e l'inizio dell'autunno, alle sedute intense di studio si sommarono anche gli appuntamenti tra Lena e Makoto, per cercare di capire qualcosa di più riguardo il misterioso messaggio in detrattilene e il suo presunto collegamento con Wei Wang. Gravina e Aziza producevano quel solito ghigno soddisfatto quando Lena diceva che stava andando ad un 'incontro' con Makoto, come se tutto fosse dovuto alla loro 'cura dei dettagli' quando l'avevano preparata al suo primo 'appuntamento', con lo specialista.

Lena e Makoto avevano deciso di non diffondere i loro sospetti ad altri studenti al di fuori dei membri dei Misteri di Ariul. Stando a quello che le aveva detto lo specialista pilota, questo club si proponeva di risolvere le varie stranezze della città, ma quando lei aveva cercato di saperne di più, Makoto aveva risposto che stavano trattando informazioni 'confidenziali' che solo un membro poteva sapere. Lena, ovviamente, non si accontentò di quella risposta, e continuò a pressarlo per saperne di più.

Per quanto la riguardava i suoi 'appuntamenti' con Makoto, Lena doveva ammettere che a volte erano perfino più stressanti di molte materie. Il pilota, infatti, non si faceva scrupoli quando la bombardava di domande su di lei, su Saemangeum, sulla sua vita passata a Los Angeles e su tutte le persone che aveva mai incontrato. A volte Makoto si portava dietro anche Netardas, il subeterion che Lena aveva incontrato alla Fiera dei Club, oppure Arina e Faila, le due specialiste che aveva conosciuto nella stessa occasione. Makoto faceva domande, e gli altri prendevano appunti oppure s'inserivano quando credevano che qualcosa fosse stato lasciato al caso. Netardas o Net, come lo chiamavano i suoi compagni di club, era un ragazzo incredibilmente strano ma anche evidentemente geniale. Si capiva dal suo modo di parlare e dal fatto che fosse costantemente il primo della sua classe. Arina e Faila, invece, avevano uno spiccato spirito investigativo. Erano entrambe molto spiritose, ma anche dedite e serie quando si trattava di svolgere un certo compito.

Comunque, nonostante tutte quelle domande, nonostante le loro ricerche, non sembrava fossero riusciti a capire molto di più sul detrattilene o sulla persona che le aveva mandato il messaggio. Makoto non voleva ammetterlo, ma erano chiaramente arrivati ad un punto morto.

Lena, d'altronde, non aveva tempo di preoccuparsi troppo del misterioso messaggio, o anche solo all'incredibile storia che apparentemente la collegava a materiali leggendari e a Wei Wang.

In effetti, con gli esami di fine semestre che si facevano sempre più vicini, Lena a volte si sorprendeva a ricordarsi di dover mangiare tra una sessione di studio e l'altra.

Previsti per dicembre, questi esami sarebbero durati una settimana ed erano visti come il primo, vero segnale di quali candidati sarebbero potuti accedere al secondo anno.

Lena era particolarmente preoccupata per l'esame de Il Corpo e lo Spazio. John 'Sidereo' Knight, infatti, si era rifiutato di dirgli l'oggetto dell'esame, spiegando a chiare lettere che: "Non c'è mai nulla di prevedibile nella vita di un colletto d'oro."

Economia Spaziale, Etere 3.0 e Bioinformatica erano altre materie che le avevano sempre dato del filo da torcere e che la ragazza temeva come le punture simultanee di uno sciame d'insetti gettatole contro da un pastore di calabroni.

Lena studiava in gruppo con altri candidati quando poteva, e da sola nella sala comune quando tutti gli altri erano andati a dormire già da un bel pezzo. C'erano notti in cui dormiva solo quattro o cinque ore, per mantenere il passo con i compiti, o per ripassare un concetto poco chiaro, o per colmare delle lacune sulla storia altista che altri conoscevano da quando erano abbastanza grandi da potersi allacciare le scarpe.

Novembre portò i primi accenni d'inverno e per la fine del mese le prime folate di vento convinsero i saemageni ad abbandonare gli abiti vaporosi e sgargianti per sostituirli con indumenti più raccolti e pesanti. Cappotti e ombrelli cominciarono a vedersi sempre più spesso, e le divise degli studenti vennero sostituite con una versione più pesante e impermeabile che Isagani battezzò con un ghigno beffardo la 'corazza accademica', in quanto questa tuta era visibilmente più spessa sulle spalle, sul petto e sulla schiena.

Lena arrivò al punto di desiderare ardentemente l'arrivo degli esami di fine semestre, non tanto perché lo volesse, quanto perché non credeva di riuscire a mantenere quel ritmo per molto altro tempo.

L'arrivo di Dicembre, finalmente, annunciò gli esami di fine semestre, accompagnato da frequenti piogge che sottolineavano molto bene l'appellativo di 'Città d'Acqua'.

∞ ∞ ∞

Il primo degli esami che Lena dovette affrontare fu quello de Il Corpo e lo Spazio.

Knight fece supervisionare ad ognuno di loro un compagno di classe mentre questi veniva vestito con un'armatura spaziale da due sommozzatori, entrambi incaricati di commettere appositamente degli errori nel procedimento, errori che i candidati avrebbero dovuto individuare. Non farlo avrebbe ovviamente voluto dire mettere a rischio la vita della persona dentro l'armatura spaziale. C'erano talmente tante cose che potevano andare storte che Gravina aveva concretizzato molto bene le preoccupazioni di tutti dicendo: "Sarebbe molto più facile trovare un subeterion modesto che superare questo esame."

Lena si trovava in quel momento nell'enorme Laboratorio di

Fluttuazione Neutra, circondata dal silenzio più totale, mentre una dozzina di sguardi erano fissi su di lei. La ragazza fece saettare gli occhi da una giuntura all'altra dell'armatura, mentre un sommozzatore stava vestendo in quel momento Yao, che era bendato e con un'espressione niente affatto rilassata sul volto.

Lena vide un movimento ondulato della mano, seguito da un lesto avvitamento che sarebbe dovuto essere invece molto più lento e controllato. Una valvola sciolta: quella era una possibile minaccia per il supporto vitale del colletto d'oro.

Lena rimase insicura per una frazione di secondo, poi proiettò la mano in alto e disse, "Inconsistente avvitamento del tubo di raffreddamento complessato, capo istruttore!"

"Era ora, Maruishi!" grugnì Knight. "Mi chiedevo se avessi deciso di guardare Ming mentre moriva congelato. Va bene. Procedi!"

L'esame andò avanti per i successivi dieci minuti, e Lena alzò la mano altre quattro volte, una di queste solo ipotizzando che qualcosa non andasse bene, senza sapere effettivamente dire al capo istruttore che cosa fosse.

Fortunatamente per lei, tutte le volte aveva individuato un errore, e seppur non seppe spiegare esattamente cosa ci fosse di sbagliato nell'ultima cosa che vide, aveva riconosciuto comunque che ci fosse qualcosa di sbagliato, il che era esattamente quello che le era richiesto nella prova.

"Il più grande esempio di fortuna sfacciata che mi sia capitato di vedere negli ultimi quattro anni, Maruishi," disse Knight, regalandole tuttavia un brevissimo sorriso. "Dodici minuti e ventidue secondi, armatura spaziale indossata correttamente," annunciò Knight guardando Lena, che aveva appena ripreso a respirare regolarmente.

"Ming, sbrigati a uscire da quella vasca!" latrò Knight, facendo segno a Lena di togliersi di torno per lasciare il posto al prossimo candidato, "E tu, Osseiran, preparati. Sei la prossima!"

Lena si rimise nel gruppo di candidati che avevano terminato la prova, con Gravina, Oleg e Lumumba che si complimentarono con lei quando li raggiunse.

Dopo Il Corpo e lo Spazio, Lena passò Omnidata più o meno come aveva fatto con Etere 3.0 e con Network Orbitali, per un soffio, mentre se la cavò meglio di quanto avrebbe creduto possibile con Storia del Pensiero Altista.

Fu proprio nel bel mezzo della stagione degli esami, quando si stava preparando a dare Fondamenti di Astrofisica, che Makoto Shimao si presentò di fronte al suo tavolo ansimando e con uno sguardo carico d'urgenza.

Lena era talmente concentrata e intenta nei suoi studi, che lo specialista avrebbe potuto essere stato scuoiato vivo di fronte ai suoi occhi e la ragazza non se ne sarebbe accorta. A Makoto servirono tre richiami per avere finalmente l'attenzione della candidata, che alla fine alzò lo sguardo lentamente e con un'espressione irritata.

"Lena, devo parlarti," ripeté Makoto, guardandosi attorno con fare circospetto. "Per favore."

"Stiamo parlando," disse Lena, tornando a guardare i dati partoriti dal suo trigoy, mentre prendeva appunti. "Dimmi di *che cosa* stiamo parlando."

"Non qui," disse Makoto, guardandosi nuovamente attorno. "Lena, mi stai ascoltando? Vorrei parlarti in privato. Adesso!"

"Io invece vorrei trovarmi in una spiaggia soleggiata, mentre bevo una successione ininterrotta di mojito," disse acidamente Lena. "Immagino entrambi rimarremo delusi. Ora, se vuoi scusarmi, ho un mucchio di..."

"È importante," Makoto stava sudando. Lena se ne accorse solo in quel momento. "Non più di un'ora, ma ho davvero bisogno di farti altre domande."

Lena scosse la testa. Non aveva tempo per quel genere di cose. Tornò a muovere i dati che orbitavano sopra la sua testa. "Era quello che pensavo anch'io di questo calcolo probabilistico, che ci sarebbe voluta solo un'ora," disse, con aria assente, "prima di spenderci la maggior parte del pomeriggio."

Makoto rimase in silenzio per un pugno di secondi, quindi batté la mano sul tavolo e annunciò, "Lena, abbiamo scoperto che non saresti mai dovuta essere ammessa in quest'accademia."

∞∞∞

Lena seguì Makoto, un silenzio tombale che dominava il corridoio semioscuro che stavano percorrendo. Lo specialista si era assicurato che nessuno li stesse seguendo e aveva preso uno degli ascensori per portarli in una zona dell'accademia che Lena non aveva mai visto.

Ancora una volta, la ragazza si chiese che cosa ci facesse lì, e per quale motivo, alla fine, avesse accettato di seguire lo specialista. Aveva ancora un mucchio di cose da fare, se voleva prepararsi decentemente all'esame di Astrofisica.

'Lena, abbiamo scoperto che non saresti mai dovuta essere ammessa in quest'accademia.' Quell'affermazione le aveva fatto venire la pelle d'oca. Era come se una parte di lei avesse sempre saputo che l'accademia altista era un posto che non avrebbe mai dovuto frequentare, che si trovasse a Saemangeum City per una semplice serie di coincidenze fortuite. Un sogno. Nient'altro che un bel sogno.

Con un grande sforzo, Lena ricacciò indietro quel pensiero. Respirò una generosa boccata d'aria e cercò di rallentare i battiti del suo cuore.

Makoto le aveva detto che stavano andando al quartiere generale del suo club, ma si era mantenuto sul vago riguardo al resto, deflettendo le domande di Lena con osservazioni circostanziali e risposte che non soddisfacevano davvero nessuna domanda. Più diretta la domanda, più vaga la risposta da parte di Makoto, una cosa che fece innervosire parecchio Lena.

Aveva pensato un paio di volte di girarsi e di tornare nella sala comune, ma c'era stato qualcosa che l'aveva trattenuta. Una curiosità crescente, mista al fatto di voler sapere di più sul mistero che sembrava avvolgere la sua venuta a Saemangeum. E ancora, quella frase lapidaria pronunciata da Makoto.

'Non saresti mai dovuta essere ammessa.'

Un sogno. Un bellissimo sogno bugiardo.

Superarono un altro corridoio deserto e poi un altro ancora, diverse porte chiuse che esibivano lettere e numeri a cui Lena non sapeva dare un significato.

"Come mai la sede del vostro club si trova qui?" chiese Lena mentre si guardava attorno. "Voglio dire, non potevate scegliere un posto meno appartato?"

"Le esigenze del nostro gruppo richiedono un luogo che sia utile per i nostri scopi, vale a dire discrezione e prudenza," spiegò Makoto. "Questo luogo ci offre entrambe le cose."

Alla fine di quello che doveva essere il quinto corridoio di quel piccolo labirinto, Makoto si fermò davanti ad una porta che esibiva il numero '13' seguito dalle lettere 'A', 'M' ed 'A'.

"Siamo arrivati," annunciò Makoto, facendo passare il suo distintivo sullo scanner della porta.

Quando la porta fu aperta, Lena si accorse che le luci della stanza erano già accese, come se loro non fossero le prime persone ad entrare.

Si guardò attorno per qualche momento, insicura se essere sorpresa o affascinata.

C'erano due muri nel centro di quella vasta stanza, distaccati l'uno dall'altro da circa un metro di spazio occupato in parte da una colonna. Praticamente ogni centimetro quadrato delle loro superfici era coperto da un numero imprecisato di fogli che si affiancavano o sovrapponevano a vicenda.

Pezzi di carta piccoli, grandi, quadrati, rettangolari, ingialliti, scarabocchiati, scritti a mano o stampati erano affiancati a schizzi, o immagini sbiadite o da quelli che sembravano grafici e mappe. C'erano anche parecchie foto, che ritraevano persone sconosciute a Lena, mentre altre mostravano edifici oppure oggetti. Alcune immagini non erano più grandi di una cartolina, altre invece avrebbero potuto coprire un poster pubblicitario.

Lena notò solo dopo qualche secondo le due lavagne e i quattro scaffali colmi di libri e riviste che stavano ai lati dei muri.

Sembrava di trovarsi in un incrocio tra una piccola libreria e l'enorme studio di un detective, caratterizzato da quell'organizzato disordine nel quale sa destreggiarsi soltanto la persona che lo ha provocato.

Lena si avvicinò alla parete di destra, che sembrava un vero e proprio tripudio alla cellulosa. Vide che stava osservando pagine di giornali e riviste dove c'erano dozzine e dozzine di notizie provenienti da due dei giornali più noti della città, la 'Voce di Saemangeum' e la 'Gazzetta di Ariul'. Makoto la lasciò fare, guardando senza interferire.

La prima notizia che colse lo sguardo di Lena era di due anni prima e riguardava un attacco terroristico di alcuni anti-genetisti contro il Centro di Clonazione. La ragazza spostò lo sguardo di qualche centimetro ed ecco un altro stralcio di giornale attaccato al muro con un'altra notizia che riguardava la produzione di alimenti di un Paniere, affiancato da un altro articolo dove erano descritte in maniera dettagliata le esportazioni della Fornace verso il Sud-Est asiatico, a sua volta vicino ad una notizia riguardante alcuni furti non spiegati nei quartieri del centro cittadino. Altri articoli erano più generici e riguardavano attacchi al sistema eterico della città da parte di un gruppo sconosciuto di cyberio a cui si affiancavano altre decine di notizie che interessavano in un modo o nell'altro Saemangeum City, la sua politica interna, le sue esportazioni, i suoi trattati commerciali, i suoi usi e costumi, i suoi abitanti e molto, molto altro ancora.

Lena studiò anche la parete di sinistra, leggermente meno affollata di pezzi di carta, ma non meno interessante. Infatti, se la parete sorella era stata piena di notizie riguardanti la Città d'Acqua, quella che stava vedendo in quel momento era piena d'informazioni riguardanti Wei Wang. C'erano notizie sulla sua vita personale, su curiosità e gossip che lo riguardavano, sulle sue scoperte, sull'accademia altista, sul progetto Polaris, sull'Esaedro, su alcuni scandali che avevano interessato l'ALTA, sulla famosa opera *L'Everest ha Raggiunto le Stelle* e molto altro ancora.

Sulla colonna in mezzo ai muri Lena notò che erano stati agganciati dei vecchi monitor. Su di essi era mostrata la data, l'ora e il luogo delle riprese. Dopo una veloce occhiata, Lena vide che i monitor stavano proponendo diverse parti di Saemangeum City: l'aeroporto Gunsan, Ganimede Avenue, una raffineria della Fornace, un Paniere, una delle strane sculture a forma di quarzo che si trovavano in quasi tutte le piazze, una parte del Ponte Corona e diversi altri luoghi. Lena si chiese che cosa ci facevano quei monitor lì, prima di accorgersi che tutto quello non poteva essere legale. Makoto, o chi per lui, stava spiando attraverso quei video diverse parti della città, probabilmente inserendosi nel sistema di sicurezza cittadino. Lena sospettava che Net avesse qualcosa a che fare con l'intera faccenda.

L'implicazione di quello che stava vedendo la mise leggermente a disagio, ma al tempo stesso aumentò la sua voglia di capire quale fosse il senso di quella stanza e del materiale che conteneva, e per quale motivo Makoto l'avesse portata lì dentro.

Perché due pareti piene zeppe di notizie su Saemangeum City e su Wei Wang? Quale poteva essere la relazione tra le due cose?

"Cos'è tutto questo?" chiese alla fine Lena.

"Questo," iniziò Makoto, indicando attorno a sé con le braccia, "è il motivo per cui sei qui."

"Non capisco," ammise lei, guardando lo specialista con sguardo interrogativo.

In quel momento, la porta all'altra estremità della stanza si aprì e tre persone entrarono, due ragazze e un ragazzo.

Erano Arina, Faila e Net, i membri dei Misteri di Ariul che già conosceva. I tre specialisti la salutarono con un gesto della mano e lei fece lo stesso.

Tutti loro si girarono a quel punto verso Makoto.

"Allora? Glielo hai già detto?" chiese Net, guardando Makoto mentre si sistemava il suo oculus nell'alloggiamento vicino alla tempia.

"Stavo aspettando voi," fu la semplice risposta del pilota.

"Avermi detto che cosa?" chiese Lena, che cominciava ad essere stufa di essere tenuta all'oscuro.

"Prima di cominciare, Lena, ho una domanda per te," le disse Makoto.

"Perché la cosa non mi sorprende?" disse Lena. "Va bene. Qual è la domanda?"

Makoto mise entrambe le mani dietro la schiena. "Hai notato nulla di strano, da quando vivi in questa città?"

Quel quesito, chiesto così all'improvviso, fece aggrottare la fronte di Lena.

"La domanda corretta sarebbe: hai notato qualcosa di *normale*, da quando vivi in questa città?" mormorò Arina a voce abbastanza alta da essere sentita. Faila rise, ma non Makoto.

"Ari," le disse il pilota, sospirando. "Ti dispiace? Sto cercando di fare un punto."

"Scusa, capo," disse Arina, senza tuttavia abbandonare l'espressione divertita che vestiva il suo volto.

Lena guardò tutti i membri del club, quindi tornò a fissare Makoto.

Strano, pensò tra sé la ragazza. *Da dove cominciare? Dalla lingua degli abitanti? Dai loro strani usi e costumi? Dalla loro dieta? Dai pastori di calabroni? Da mezzi di trasporto che vengono partoriti da edifici? Santo Cielo! Che razza di domanda è questa? Che cosa si aspetta che gli dica?*

Lena non riusciva esattamente a capire il perché di quella domanda, ma quando cominciò a concretizzare i suoi pensieri, produsse un lunga lista di quelle che credeva fossero alcune delle particolarità della città.

"E che cosa mi dici del suo etere?" chiese Makoto, quando Lena ebbe finito di parlare.

"Beh, decisamente sì," si trovò ad ammettere lei, dopo averci pensato un paio di secondi. "Metterei anche l'etere nella lista delle stranezze. Non che sia totalmente inspiegabile, certo." Lena stava pensando al sistema di governo di Saemangeum, questa 'oligarchia illuminata'. Evidentemente, il controllo nell'etere degli 'Apostoli di Ariul' era una misura per spiare la privacy dei propri cittadini o magari prevenire dissensi interni.

Makoto prese a camminare avanti e indietro. "E che cosa mi dici dell'orgoglio patriottico degli abitanti per la loro cultura basata sugli insetti?" chiese, questa volta senza guardarla.

"Come ho detto," rispose Lena, "trovo la loro dieta una peculiarità. Non ho davvero avuto tempo per capire il loro rapporto con gli insetti. Una volta ho visto una dimostrazione pubblica che credo riguardasse uno sport locale. Sono quasi morta sul posto. C'era un tizio, chiamato 'pastore di calabroni', che effettivamente sembrava controllare uno sciame d'insetti. Devo ancora riprendermi da quello spettacolo."

"E che cosa mi dici del fatto che la città sia autosufficiente al cento per cento?" chiese Makoto.

"Mi sembra un bene per gli ariulani, immagino," disse Lena. "Ma anche abbastanza superfluo. Specialmente oggigiorno. Siamo nel ventunesimo secolo, dopotutto. Voglio dire, basta pensarci. Un etere bunkerizzato, autosufficienza, orgoglio patriottico, potrebbero essere cose utili se una città fosse sotto assedio, o in guerra, ma non certo..."

Lena s'interruppe all'improvviso, a disagio. Ora tutti i presenti la stavano guardando molto attentamente.

Il sorriso sul volto di Arina si era fatto se possibile ancora più largo. "Ve lo avevo detto, che la ragazza era sveglia," disse la specialista, come se avesse appena scoperto una grotta piena d'oro.

"Hai toccato un punto molto interessante, Lena," disse Net. "Vedi, noi pensiamo esattamente che questa città sia stata costruita per poter essere facilmente isolata e difesa, all'occorrenza."

Difesa? Difesa da che cosa? Lena non riusciva a capire dove tutto quel discorso dovesse andare a parare.

Net si schiarì la gola. Guardò Makoto, che fece un rapido gesto d'assenso, quindi il subeterion mostrò a Lena una delle immagini sbiadite sulla parete di destra, quella che riguardava Saemangeum City. "Guarda," disse. "Quest'immagine è stata ripresa due anni fa da una delle nostre telecamere nei pressi del Laboratorio. Noi pensiamo che Saemangeum sia stata costruita in questo modo peculiare per essere protetta da *questo*," e batté un dito sull'immagine.

Lena si avvicinò al muro e scrutò la foto sfocata. "Una...bolla arancione?" disse alla fine, niente affatto certa di che cosa stesse guardando. L'immagine era troppo sbiadita per capire che cosa fosse.

"È quello che ho pensato anche io, la prima volta che l'ho vista," disse Faila. "Ma guarda dentro, al centro di quella bolla." La specialista si avvicinò al muro e mise la mano al centro della sfera arancione.

Lena socchiuse gli occhi e fece come le era stato detto. Fu a quel punto che vide all'interno della bolla una figura: due braccia, due gambe, una testa. Era una persona! Una persona apparentemente sospesa in aria all'interno di quella sfera di luce, a diversi metri dal suolo.

"Che cos'è?" chiese Lena. "Voglio dire, *chi* è? E che cosa sta facendo lì in aria?"

"Non lo sappiamo," rispose Net. "In quattro anni, questa è l'unica immagine 'chiara' che siamo riusciti ad ottenere di quelli che noi chiamiamo gli 'aggressori', un gruppo di persone che porta periodicamente a termine attacchi contro Saemangeum. La cosa curiosa è che le autorità e perfino i media non pubblicizzano o anche solo riconoscono la loro esistenza, e quando uno dei loro attacchi provoca dei danni che non possono essere insabbiati, i media locali incolpano un gruppo di terroristi anti-genetisti."

"Parliamo di aggressori," s'intromise Faila, "perché sappiamo che questa gente, chiunque siano, hanno fatto più volte incursioni in diverse parti della città."

Un lungo momento di silenzio seguì quell'affermazione.

"E ora veniamo al punto della questione," disse Makoto, mentre si avvicinava alla parete di sinistra e metteva una mano su di essa. "Riesci ad immaginare come tutto questo si ricolleghi a Wei Wang?" chiese, guardando la candidata.

"No, non posso dire che ci riesca," disse Lena, scuotendo la testa. "Ma immagino di essere sul punto di scoprirlo," ed indicò la parete che conteneva le informazioni relative a Wei Wang.

Makoto annuì, quindi disse, "Il Primo Altista ha edificato qui l'accademia. C'è da considerare anche il tipo di tecnologia di cui beneficia questa città, una tecnologia diversi anni avanti a qualsiasi altra cosa presente sul pianeta. Questi elementi mi hanno sempre fatto pensare che avesse scelto questa città per i suoi scopi. Qualsiasi essi fossero, noi dubitiamo che si limitassero alla formazione di giovani altisti. Non dopo quello che abbiamo scoperto in questi anni. C'è un collegamento molto più profondo tra Saemangeum e gli altisti, e quindi Wei Wang. Adesso guarda questo."

Makoto estrasse dalla tasca un trigoy, lo accese e le mostrò dei dati.

"Ora," fece, indicando la riproduzione multidimensionale appena apparsa, "quelli che stai vedendo sono dati relativi ad una porzione considerevole della Fornace specializzata nella produzione di apparecchiature tecnologicamente avanzate. C'è voluto un bel po' per capire che, in realtà, stessero producendo specificatamente strumentazioni collegate ad ingegneria spaziale."

Lena non vedeva davvero nulla di strano in tutto quello. Diana le aveva detto che la Fornace produceva diverse cose, tra cui anche macchinari legati all'industria aerospaziale.

"Non mi sembra un fatto degno di nota, Makoto," disse Lena, concretizzando i suoi dubbi. "Non certo abbastanza rilevante da mettere su questi bei muri delle meraviglie," ed indicò i due muri pieni di fogli. "Continuo a non capire qual è il punto di tutto questo."

"Sarei d'accordo con te," rispose Makoto, "se non sapessi che lo scopo dichiarato di quella parte della Fornace è solo ed unicamente di processare l'output di alcune Zone Agricole."

Lena guardò Makoto, quindi Net, Arina e Faila.

"Non...non capisco," ripeté, scoprendosi stanca di dire sempre la stessa frase. "Che cosa stai cercando di dire, esattamente?"

Fu Net a rispondere a quella domanda.

"Stanno mentendo spudoratamente sulla loro produzione, Lena," disse. "E lo hanno fatto da quando la Fornace stessa è stata edificata. Sulla carta, solo il cinque percento dell'intero complesso dovrebbe essere dedicato alla creazione di attrezzature spaziali. In realtà, si tratta di una percentuale almeno dieci volte maggiore. Dieci volte maggiore! Questo significa che metà della Fornace è utilizzata per produrre apparecchiature legate allo spazio. Insomma, queste persone producono tecnologia di cui solo altisti potrebbero servirsi, ventiquattro ore su ventiquattro, sette giorni su sette!"

"Ma...Perché dovrebbero mentire su una cosa del genere?" chiese Lena.

"Non siamo mai riusciti a capire per quale motivo," rispose Makoto, "ma sappiamo che almeno metà della Fornace produce tecnologia spaziale, trasportandola poi in segreto verso diverse destinazioni, facendo passare questa merce per altre cose, come leghe metalliche, output agricolo, nanochips, computer quantici, nanoconduttori e chissà cos'altro." Una pausa, quindi Makoto continuò, "Proprio a questo riguardo, Net e Faila hanno calcolato il valore approssimato della produzione di manufatti spaziali che è uscita dalla Fornace nei passati quattro anni, da quando insomma abbiamo cominciato a tenere d'occhio questo scompenso. In questo periodo i loro tecnici ed ingeneri hanno prodotto abbastanza materiale da poter costruire due ascensori spaziali! Ti rendi conto, Lena? Con quel che è uscito dalla Fornace *solo* in questi ultimi quattro anni, si sarebbero potuti costruire ben due Polaris! Qualunque cosa stiano cercando di fare, ci troviamo di fronte ad un impiego mastodontico di risorse, uomini e mezzi per un progetto che fino a questo momento è rimasto all'ombra degli eventi. E la Fornace esiste da quasi quindici anni! Ti rendi conto delle implicazioni di quello che stiamo dicendo?"

"Va bene," disse Lena, "ma anche se fosse, mi vuoi spiegare come tutto questo avrebbe qualcosa a che fare con me?"

Fu Arina a rispondere a quella domanda. "Ho fatto delle ricerche sul tuo conto Lena," disse, "e ho scoperto che ci sono diverse...irregolarità nella tua iscrizione."

"Irregolarità?" il repentino cambio di argomento scombussolò la candidata. "Di che cosa stai parlando?"

"Ti spiegheremo tutto più nel dettaglio," s'intromise Makoto. "Ma adesso abbiamo bisogno di sapere come, esattamente, sei venuta a conoscenza dell'accademia. Questa potrebbe essere l'informazione necessaria per capire perché sei qui e quale sia il tuo legame con Wei Wang."

Lena strabuzzò gli occhi a quell'affermazione. Era come se qualcuno le avesse detto di spiegare per quale motivo due più due faceva quattro.

"Non è ovvio?" rispose alla fine, incapace di mascherare il suo stupore. "Quando ero a Los Angeles, sono stata contattata da un funzionario del Direttorato che mi ha messo al corrente della possibilità di studio a Saemangeum."

A quelle parole tutti, nessuno escluso, si guardarono a vicenda, un'espressione smarrita sul volto.

"Perché quelle facce?" Lena aveva voglia di urlare. Qual era il loro problema?

"Lena, esattamente, che *tipo* di funzionario del Direttorato ti ha contattato?" chiese Net, sistemandosi il suo oculus con un gesto che palesava nervosismo.

Lena lo guardò a metà tra il divertito e l'esasperato. "Net, stai scherzando? Che diavolo di domanda è questa?"

"Per favore, Lena," disse Makoto. "Rispondi alla domanda. È importante."

Lena mormorò contrariata, ma alla fine disse, "Un mandarino del Direttorato, ovviamente."

Anche quella risposta sembrò suscitare reazioni sorprese da parte degli studenti veterani. Tutti loro ripeterono il nome 'mandarino' come se stessero assaggiando un frutto esotico.

Lena non capiva. A lei non sembrava che avesse detto nulla di significativo. Tutti i candidati venivano contattati in quel modo. Giusto? Oppure no? Lena ovviamente non aveva mai pensato di controllare il modo in cui venivano contattati potenziali candidati. Perché avrebbe dovuto, dopotutto? Sarebbe stato come chiedere al portiere di una casa se poteva entrare in un edificio dopo aver ricevuto il permesso di uno dei residenti. Qualcosa di superfluo e scontato. *Ma lo è davvero?* si chiese ora Lena, mentre osservava le espressioni stupite dei presenti. *Lo è davvero?*

Makoto annuì, dopo aver conferito brevemente con gli amici.

"C'è sempre stato qualcosa di strano in te, una stranezza che si è imposta alla nostra attenzione quando Net ha notato che cosa avevi in mano, nella Fiera dei Club," disse il pilota, indicando il subeterion. Poi tornò a guardare Lena e aggiunse, "Ora che ci penso, in effetti, ho avuto dei segnali perfino prima. Ricordi il tuo secondo giorno qui all'accademia, quando ci siamo incontrati sulla terrazza panoramica? Quando ti ho fatto presente il progetto di Sankaran ma tu non avevi idea di che cosa stessi parlando? La tua poca familiarità con l'ALTA e i Circoli Argentati, il messaggio in detrattilene, il modo in cui qualcuno ha chiaramente alterato dati per permetterti di entrare nell'accademia, nonostante non avessi le qualifiche adatte. Troppe cose non combaciano, specialmente se uno sa dove guardare."

Non aveva le qualifiche adatte? Di che cosa diavolo stava parlando Makoto?

"Quello che dici non ha senso," disse Lena, suonando ripetitiva anche a sé stessa. Sentiva il bisogno di spiegare loro che si stessero sbagliando, che i loro sospetti erano chiaramente infondati. "Stammi a sentire. Statemi a sentire tutti quanti. Sono stata contattata da un mandarino di Saemangeum che lavora per il Direttorato. Ho mandato la mia domanda via etere, come mi è stato detto. Ho fatto..."

"Lena, non capisci?" l'interruppe Arina. "Nessuno di noi è mai stato contattato da un mandarino di Saemangeum. Né io, né qualsiasi altro studente che abbia frequentato quest'accademia. Tu sei la prima persona che sento essere stata avvicinata da qualcuno che le ha fatto presente l'esistenza dell'accademia, e che evidentemente voleva considerassi la possibilità di iscriverti."

"Arina, non può essere vero," disse Lena, orrore che cresceva dentro il suo petto e minacciava di prendere il sopravvento. "Stai... stai dicendo che...io..."

Lena non finì mai la frase. Non sapeva neppure come continuarla. Confusione, timore e rabbia battagliarono per prendere il sopravvento.

"Quello che vogliamo dire, Lena, è che qualcuno ha fatto in

modo che tu finissi qui, ma che ci arrivassi senza dare nell'occhio," spiegò Faila, "che ti amalgamassi nella folla di persone che prendono un Visto per andare a vivere a Saemangeum. Quale modo migliore per proteggerti da sguardi indiscreti se non farti diventare una semplice studentessa? Questa persona voleva mantenere la tua specialità segreta, qualsiasi essa sia."

"Segreta," ripeté Lena. "Voi parlate di segreti. Ma per quale motivo avrebbe fatto tutto questo? Io non ho nulla di speciale, davvero! Perché prendersi il disturbo? Perché architettare tutta questa messa in scena solo per permettermi di studiare all'accademia? Che cosa ci sarebbe da mantenere segreto? Sono solo una semplice ragazza da Los Angeles. Io non...Non ho nessun legame con Wei Wang."

L'ultima frase di Lena sembrò quasi una supplica, un modo per scacciare il senso di oppressione che la stava invadendo.

"È per questo che abbiamo bisogno che tu ci dica tutto, Lena, qui e ora," disse Net. "Abbiamo bisogno che ci racconti tutto di questa persona che ti ha avvicinato a Los Angeles, di come ti ha contattata e di che cosa ti ha detto. Se vuoi aiutarci a capire per quale motivo qualcuno così legato a Wei Wang voleva che tu finissi qui a Saemangeum City, devi iniziare raccontandoci la tua storia."

Lena guardò uno ad uno i membri del club. Poi il suo sguardo si soffermò su Makoto, che aveva l'espressione di qualcuno che non beveva da giorni e che stesse fissando l'ultimo bicchiere d'acqua rimasto sulla Terra.

Lena inspirò ed espirò, i battiti del suo cuore che acceleravano secondo dopo secondo. Alla fine, con una certa riluttanza, accettò la sedia che gli veniva porta da Faila, si sedette e cominciò a raccontare la sua storia.

PARTE II

CORNUCOPIA

INTROLOGO

L A PIOGGIA AVEVA cominciato a cadere abbondantemente e inaspettatamente quella sera, grosse perle d'acqua che rimbalzavano sui tetti, sui muri dei vicoli e sulle pareti di case e di negozi, creando schizzi che s'infrangevano in una miriade d'infinitesimali perle multicolore.

Lo sparuto numero di persone sui marciapiedi si affrettavano a camminare senza guardare nessuno negli occhi, coprendosi meglio che potevano con i loro cappotti, accelerando il passo mano a mano che la pioggia si faceva più insistente.

Un piccolo fiumiciattolo d'acqua sporca si venne a creare ai margini della strada e mozziconi di sigarette, lattine semivuote, avanzi di cibo e altri rifiuti più piccoli, vennero trasportati dalla corrente verso tombini coperti di ruggine.

La luce era una merce rara in quella parte della città, dove povertà e degrado erano all'ordine del giorno. Molte delle illuminazioni nelle strade erano difettose, incapaci di sprigionare nulla che non fosse un fascio di luce giallastra che funzionava a intermittenza. La maggior parte dei pali della luce erano semplicemente e completamente bui, alti guardiani di metallo che avevano smesso da molto tempo di avere alcun senso.

Lunghe ombre proiettavano il profilo affilato di oggetti nella semioscurità di vicoli e strade meno frequentate, dove mendicanti appoggiati su cartoni e buste di plastica abbracciavano cani sporchi e malnutriti, con la speranza di condividere un po' di calore. Grossi ratti fissavano gli esseri umani e i loro compagni a quattro zampe con disapprovazione, piccoli e attenti occhi color pece che si confondevano nell'oscurità circostante.

Lena Maruishi non fece caso a nessuna di quelle cose mentre camminava sotto la pioggia. Erano tutti elementi familiari che la ragazza era abituata a vedere ogni giorno, come una routine alla quale non si presta più alcuna attenzione una volta che viene ripetuta centinaia di volte.

Accelerò il passo mentre era ancora intenta ad allacciarsi il cappotto, camminando spedita verso una scorciatoia che l'avrebbe condotta alla fermata dell'autobus più in fretta. Diede un'occhiata sbrigativa al suo smartphone e sbuffò, mentre si massaggiava il collo con aria stanca.

Quel giorno era finito più tardi del solito. Molto più tardi del solito, in effetti. La signora Manchester aveva fatto storie per essere lavata, quella sera, e lei e un altro paio di ragazzi avevano impiegato del tempo per convincerla che l'acqua, dopotutto, non era un qualche tipo di acido muriatico trasparente preparato apposta per farla fuori.

Lena sapeva che episodi come quelli accadevano sempre quando la famiglia della povera anziana mancava una visita, come era successo quella settimana. O la settimana precedente. Come conseguenza, l'anziana donna diventata irascibile e intrattabile e il suo Alzheimer non aiutava affatto a rendere le cose più facili.

Lena sbuffò ancora una volta, accorgendosi di avere ancora il badge dell'istituto sul petto, un cuore su cui erano sovrapposti due bastoni, il distintivo dei Volontari per il Sostegno della Terza Età. Se lo tolse velocemente e lo mise nella tasca, prima di controllare di nuovo l'ora.

Erano le dieci di sera. Facendo una veloce operazione mentale, stabilì che non sarebbe arrivata a casa prima delle undici. Le sfuggì un sospiro, questa volta non di stanchezza ma di frustrazione. L'indomani sarebbe stata la prima a lavorare nel ristorante, giù a Newton Street. Questo significava dormire meno di sei ore. Era la quinta volta che succedeva, quella settimana.

Comunque, era davvero inutile pensare alle ore di sonno perdute, si disse. Non c'era nulla che potesse farci e, dopotutto, doveva ritenersi fortunata di essere stanca, di avere la fortuna di lavorare.

Il vicolo che stava percorrendo era ben illuminato e completamente privo di persone, ed era proprio questo il motivo per cui lo aveva scelto. Sapeva che quel passaggio era troppo stretto per i trafficanti di droga, che amavano appostarsi all'angolo tra Boyd e San Pedro, dove c'erano più possibilità di attirare clientela, o di *isolare* la clientela, a seconda delle necessità.

La pioggia continuava a battere insistentemente tutt'attorno, distribuendo la sua benedizione d'acqua a destra e a sinistra. Fortunatamente per lei, era riuscita a trovare un ombrello all'istituto, prima di uscire. Era rotto, ovviamente, abbandonato da qualcuno che non sapeva più che farsene, ma per quella notte Lena se lo sarebbe fatto bastare.

Uno sbadiglio uscì dalla sua bocca e quel semplice gesto le ricordò tutto d'un tratto la stanchezza che aveva accumulato nell'arco di quella giornata. Succedeva sempre così. Con dieci ore di lavoro praticamente ininterrotto, era un miracolo che riuscisse a mettere un passo dietro l'altro senza inciampare per terra.

Il suo stomaco cominciò a brontolare, anch'esso si era accorto che la giornata era finita. Lena non ricordava neppure l'ultima volta che aveva mangiato. Era stato a colazione? O la sera del giorno prima? Non aveva avuto tempo di pranzare, quello era sicuro. C'erano state troppe cose da fare, troppi impegni da rispettare, troppo lavoro arretrato da portare a termine.

Forse la cena del giorno prima. Forse.

La ragazza guardò davanti a sé, l'ombrello rotto nella sua mano. La fermata dell'autobus era distante almeno un altro quarto d'ora e il suo stomaco brontolava con sempre più insistenza. Per questo motivo, nonostante la pioggia che scendeva sempre più copiosa, decise di scartare la carta stagnola che proteggeva il suo panino, quello che avrebbe dovuto essere il suo pranzo, iniziando ad addentarlo avidamente tra un passo e l'altro.

Fu in quel momento che una figura si mosse, alla sua destra, tra due cassettoni della spazzatura completamente pieni. Un tanfo simile a uova marce dominava quella sacca d'oscurità. Un'ottima posizione per qualcuno che avesse voluto fare qualcosa di poco raccomandabile.

Lena si fermò di colpo, la bocca aperta mentre stava dando un altro morso al suo panino. Chiuse la bocca e abbassò lentamente il braccio mentre avvicinava la borsa a sé, fissando l'oscurità nella quale aveva intravisto la figura. La sua mano sfiorò il taser all'interno, e cominciò a respirare di nuovo solo quando sentì la familiare forma della piccola pistola elettrica rispondere al suo tocco.

"Non ci sarà alcun bisogno di quello, signorina Maruishi," disse una voce con uno spiccato accento britannico. Il suo tono era calmo e sicuro, quasi divertito. "Non è mia intenzione farle del male."

Lo sconosciuto stava indicando la sua borsa con una mano coperta da un guanto in pelle.

Lena fece per parlare, ma aveva un nodo alla gola. Deglutì, mentre l'estraneo emergeva dall'oscurità e permise alla luce di un lampione vicino di illuminarlo.

Era un uomo alto, con un lungo cappotto giallo sabbia e un largo cappello dello stesso colore. Il cappello, in particolare, attirò l'attenzione della ragazza. Era un fedora, con la caratteristica cupola a tronco di cono, pizzicottata nella parte anteriore da entrambe le parti, con la tesa di media larghezza.

L'uomo aveva una mano in tasca e manteneva una postura rigida, spalle proiettate all'indietro e schiena dritta, come se qualcuno avesse sostituito la sua spina dorsale con una trave d'acciaio. Nonostante la luce del lampione, l'ombra del cappello oscurava il suo viso.

L'estraneo non si avvicinò ulteriormente a Lena.

Nonostante la voce dello sconosciuto e le sue parole rassicuranti, la mano di Lena afferrò il taser dentro la borsa con quella che sperò fosse nonchalance.

L'uomo sembrò sorridere sotto il suo cappello, ma non diede l'impressione di far caso all'atteggiamento sospettoso della ragazza.

Lena socchiuse gli occhi, cercando d'identificarlo. "Ci conosciamo?" chiese. La pioggia continuava a tamburellare tutto intorno a loro, facendosi se possibile più rapida ed insistente.

"Io conosco lei," rispose semplicemente l'uomo. "Un'ora tarda, per camminare nel ghetto di Skid Row, signorina Maruishi," disse, indicando attorno a sé.

"Chi è lei?" chiese Lena, sempre più sospettosa. "Come fa a sapere il mio nome?"

"Sono un mandarino," rispose l'uomo, mettendo entrambe le mani in tasca. "Lavoro per il Direttorato di Saemangeum City e ho un'interessante proposta di studio per lei."

Lena aggrottò la fronte, confusa. *Proposta di studio?* Scosse la testa quasi senza accorgersene. Doveva trattarsi di un povero squilibrato che aveva deciso di eleggere quel vicolo come sua tana. Eppure, qualcosa non quadrava. Sicuramente il suo lungo cappotto e i suoi guanti in pelle non parlavano di povertà o di stenti. Certo, esistevano molti modi di procurarsi bei vestiti in quella parte di Los Angeles senza tirar fuori la carta di credito.

L'unica cosa familiare di quello che aveva detto quel tizio era il nome della celeberrima città asiatica, Saemangeum City, che Lena sapeva trovarsi in Corea.

"Non...non capisco," disse finalmente lei. "Ascolti. Ora...Ora io continuerò a camminare e lei..."

L'uomo ignorò quello che stava dicendo e la interruppe, "Qualcuno interessato ai suoi trascorsi pensa che lei potrebbe beneficiare di una proposta del genere. Ecco." Prese lentamente qualcosa dalla tasca, chiaramente con l'intenzione di non allarmare Lena. Ne emerse con quello che sembrava un biglietto da visita. "Se è interessata, mi troverà qui, domani sera," disse, indicando il biglietto. "Un enomotore l'aspetterà fuori dal suo appartamento per portarla a destinazione."

Il mandarino fece qualche passo verso di lei, esponendo entrambe le mani. "Può puntarmi contro la sua pistola elettrica, se la fa sentire meglio, signorina Maruishi. Voglio solo darle questo."

La ragazza permise allo sconosciuto di avvicinarsi abbastanza da tenderle il biglietto da visita, che lei prese con la mano con cui stava tenendo l'ombrello.

L'uomo fece qualche passo indietro quando ebbe consegnato il biglietto e ritornò vicino alla sacca di oscurità in prossimità dei cassettoni della spazzatura.

Lena studiò il piccolo cartoncino plastificato, l'altra mano sempre attorno al teaser. Era il biglietto da visita di uno dei ristoranti più costosi della contea di Los Angeles, famoso per i suoi sontuosi buffet, La Pentola d'Oro, nell'oasi di Beverly Hills. In un posto come quello, una cena le sarebbe costata i risparmi di un mese.

"Offro io," disse lo sconosciuto, mentre Lena girava il biglietto e si concentrava sul messaggio che diceva: 'Appuntamento alle nove di sera'.

Lena scosse la testa. Guardò verso lo sconosciuto e disse, "Ma lei che cosa..."

Sparito. L'uomo era sparito. Fece scattare la testa a destra e a sinistra, ma era da sola, completamente da sola. Non aveva sentito niente, visto niente, non si era accorta di nulla. L'uomo sembrava semplicemente essersi volatilizzato nell'oscurità.

Lena rimase nel vicolo per un altro paio di minuti, a guardarsi attorno, prima di ricordarsi improvvisamente che aveva un autobus da prendere.

"Merda," imprecò, percorrendo affrettatamente l'ultimo tratto che la separava dalla fermata con un uragano di domande che affollavano la sua mente. Intascò il biglietto mentre schizzi d'acqua accompagnavano i suoi passi.

Una volta giunta a destinazione, fu sollevata di vedere che c'erano altre persone che stavano aspettando alla fermata.

L'autobus arrivò proprio in quell'istante e aprì le porte con un rumore stridulo, come un gesso che graffiava su una lavagna.

Era un mezzo molto vecchio, ammaccato in più parti e coperto di graffiti e di sporcizia un po' dappertutto.

Salì a bordo e sfiorò il pannello di pagamento con il suo pass elettronico, quindi si mise a sedere in uno degli ultimi posti, mentre il veicolo annunciava la messa in moto con un rombo sordo.

Il tempo passò molto velocemente mentre pensava allo strano incontro che aveva avuto nel vicolo.

Le strade di Los Angeles intanto sfrecciavano attorno a lei, i suoi occhi vedevano senza guardare veramente.

Niente di nuovo, nulla che si discostasse dalla normale routine giornaliera. Degrado e povertà visibili in forme diverse un po' dappertutto. La gente camminava per le strade con le teste basse, di solito in gruppi di tre o più persone alla volta, e non parlavano con sconosciuti. A quell'ora, era troppo rischioso fermarsi a parlare con chiunque, specialmente nel ghetto di Skid Row, che negli ultimi anni si era allargato incredibilmente, fagocitando quello che una volta era stato l'Arts District e Bunker Hill.

Los Angeles era una città che parlava sempre di più di povertà, di degrado e di rassegnazione. E la situazione era peggiorata negli ultimi anni, anche se Lena non riusciva davvero a ricordare quando tutto fosse iniziato. Forse qualche tempo dopo che i suoi genitori erano morti, forse parecchio prima. Che importanza aveva, dopotutto? La situazione era quella che era e a nessuno sembrava davvero importare niente di come tutto fosse iniziato.

Con due crisi economiche succedutesi nell'arco di cinque anni e il terremoto di un decennio prima che aveva raso al suolo buona parte del centro, Los Angeles, come altre metropoli degli States, era degradata molto in fretta.

La povertà si era diffusa come un cancro, distruggendo intere famiglie e reclamando migliaia di posti di lavoro. Quelli che una volta erano stati i ghetti dei poveri, dove le persone meno fortunate erano inscritte in delimitate parti della città, erano stati affiancati dalle zone dei ricchi, dove la minoranza di benestanti si isolavano dal degrado che infestava zone come Compton, Inglewood e Skid Row, i ghetti più estesi e famigerati di tutta la contea.

Le parti della città dove i membri delle classi benestanti vivevano erano chiamate le 'oasi', zone non sempre adiacenti l'una all'altra, ma ben curate e ricche, come Beverly Hills, Bel-Air oppure Calabasas, dove i servizi funzionavano, i lavori abbondavano e le forze dell'ordine erano presenti ventiquattro ore su ventiquattro, non ad ingaggio. Per tutto il resto, non c'erano abbastanza risorse. Perfino facenti parte di quella che una volta era stata la media borghesia erano lasciati a marcire nel degrado e nel pericolo.

L'autobus si fermò e Lena scese velocemente, senza mai guardarsi indietro.

Quando il mezzo si fu allontanato ed ebbe svoltato l'angolo, guardò davanti a lei. Casa.

Una fila di grossi edifici a forma di cubo si stagliavano tutt'intorno, con centinaia di finestre su ogni lato. Piani su piani su piani che si ripetevano come un serpente di cemento con un'infinità di scaglie. Erano edifici residenziali che sembravano uno il clone del vicino, con lo stesso colore grigio scuro, la stessa forma, lo stesso odore pungente di ruggine.

Il suo era solo uno dei molti micro-appartamenti, o case-guscio, come venivano chiamate più spesso. Edifici residenziali come questi venivano apostrofati gli 'alveari', in quanto uno solo poteva contenere fino a diverse centinaia di persone ammassate come sardine.

La struttura era completamente automatizzata, con la presenza di un singolo Controllo che gestiva tutte le funzioni dell'edificio: acqua corrente, aria condizionata, riciclaggio, ecc. I residenti, ovviamente, non potevano permettersi una persona in carne ed ossa, o anche solo un autotron.

Quando Lena inserì nel portone d'ingresso la sua chiave elettronica, il Controllo dell'edificio le annunciò con la solita voce atona una perdita nelle conduttore dell'edificio, e che l'acqua calda non sarebbe stata disponibile fino a data da destinare. Lena si diresse verso il suo appartamento, prendendo le scale. L'ascensore era inutilizzabile dal Natale precedente.

Una volta arrivata, posò lo zaino sul tavolo, e gettò l'ombrello rotto per terra. Un tanfo nauseante l'accolse. Guardò intorno a sé e imprecò. Il suo bagno continuava ad essere rotto. La puzza che ne usciva era un indizio sufficiente. Aveva prenotato da due settimane un idraulico tramite il Controllo, ma ovviamente la sua richiesta era entrata nella fila delle altre persone che attendevano da chissà quanto tempo prima di lei che qualcosa del loro appartamento fosse riparato. In un edificio come quello, risolvere un problema voleva dire aspettare tempo. Molto tempo.

Un servizio più efficiente e veloce avrebbe voluto dire innalzare il premium della sua casa, e questo lei semplicemente non poteva permetterselo.

Sedette sulla sedia dopo averla liberata da reggiseni e biancheria intima che aveva lasciato ad asciugare. Sospirò, si mise entrambe le mani sulle tempie ed iniziò a massaggiarle. Un lento, costante movimento che si ripeteva in senso orario.

Dopo qualche minuto, sentì lentamente i battiti del suo cuore decelerare.

"Respira," mormorò Lena a sé stessa, usando la bocca per evitare di sentire il tanfo proveniente dal bagno. "Inspira ed espira. Ancora e ancora. Piano...piano...ancora una volta..."

Sentì qualcuno urlare da qualche parte sotto al suo appartamento. Un altro urlo rispondere. Poi un suono acuto. Un altro urlo, quindi silenzio.

"Respira, Piano...piano. Ancora e ancora...ancora..." Lena trattenne un conato di vomito e desiderò non avere mangiato il panino. Rabbia, tristezza, rassegnazione e una legione di altre sensazioni ribollivano dentro di lei, come un vulcano in attesa di esplodere.

Alla fine, scosse la testa. Non aveva tempo per autocommiserarsi. No, aveva a malapena tempo di dormire prima di ricominciare tutto da capo.

Con un lungo, estenuante sospiro, si preparò ad un'altra doccia ghiacciata. Fece per alzarsi...e qualcosa scivolò dalla sua tasca. Si girò a controllare il pavimento. Era il biglietto da visita che le aveva dato lo sconosciuto. Lo raccolse e se lo girò tra le mani.

Non avrebbe certo letto su quel biglietto chi fosse quell'uomo, o che cosa volesse davvero da lei. Sapeva che uomini ricchi provenienti dalle oasi cercavano spesso 'prestazioni' da ragazze nei ghetti. Un paio delle sue amiche mangiavano e avevano un tetto grazie ad esse. Ma non lei. Lena non si era mai piegata a quel tipo di sfruttamento.

L'uomo con il fedora, comunque, non le era sembrato affatto interessato al suo corpo. Non poteva esserne certa, ovviamente, era più che altro il suo sesto senso che le diceva che non fosse quella la ragione.

Diverse volte Lena aveva rifiutato una proposta dai 'piccoli principi' di una delle oasi, come venivano chiamati i giovani ragazzi ricchi di Los Angeles, o da un più vecchio 'barone', ma quello sconosciuto nel vicolo le era sembrato più strano che pericoloso. Già, strano.

'Io conosco lei', le aveva detto. Che cosa aveva voluto dire con quella frase? E che cosa aveva a che fare tutta quella faccenda con Saemangeum City?

Domande su domande su domande ripresero a vorticare nella sua testa.

Si guardò attorno, come se il suo letto disfatto o il suo frigorifero scolorito avessero potuto darle una risposta.

Che cosa ho da perdere, dopotutto?, si chiese.

Prese il suo smartphone, guardò l'ora e decise che valeva la pena provare. Digitò un numero e attese per qualche secondo.

"Ehi, ciao Beverly," disse, quando sentì la voce dall'altra parte rispondere. "Scusa l'ora. No? Davvero? Ottimo. Oh, sì, sì, tutto bene. Senti, ho un piccolo favore da chiederti. Sai quel vestito da sera che hai usato per uscire con Sam? Sì, esatto, quello che abbiamo comprato insieme un paio di settimane fa. Non è che...ehm, non è che potresti farne a meno per una serata?"

∞ ∞ ∞

L'enomotore la stava aspettando fuori dall'edificio, come aveva promesso l'uomo in impermeabile.

Lena si avvicinò allo sportello con il finestrino aperto, ma non entrò nell'enomotore. Guardò accuratamente al suo interno, scrutando ogni sedile e controllando che la vettura fosse effettivamente vuota. Quando ebbe finito di sbirciare, chiese, sempre rimanendo fuori dalla vettura. "CP, questo veicolo ha una rotta pre-impostata all'avvio?"

"Benvenuta, signorina Maruishi," la salutò la voce meccanica del veicolo, evidentemente riconoscendo la sua impronta vocale. "No, questa CP-car non ha alcuna destinazione pre-impostata, ma è stata affittata per l'intera notte a suo nome. La sua impronta vocale è stata verificata. Semplicemente ordini la destinazione desiderata e la modalità di raggiungimento."

"Affittata? Per l'intera notte?" chiese Lena, stupita. "E chi ha pagato la tariffa?"

"Questa informazione non è disponibile," rispose semplicemente il veicolo.

Lena alzò le sopracciglia. "Ovviamente," mormorò.

Il suo lungo vestito nero era mosso leggermente dalla fresca brezza notturna. Indossava un abito elegante ma sobrio, lungo fino ai polpacci ma che lasciava spalle e braccia scoperte. La ragazza si guardò attorno, un po' indecisa. Cominciava a sentire freddo, specialmente vestita in quel modo.

"Ora che sei in ballo, ti conviene ballare," si spronò Lena. Finalmente, dopo aver gettato un'ultima occhiata all'interno dell'abitacolo, salì a bordo.

"Va bene, allora," disse, mentre si sistemava sul sedile con fare un po' guardingo, come se si aspettasse che l'uomo in impermeabile si materializzasse improvvisamente da sotto un sedile. Rimase in silenzio per un attimo, quindi disse, dopo aver pensato ad una destinazione vicina, "CP, portami...Ah...portami al San Julian Park. Modalità aerea."

"Ricevuto," confermò la voce meccanica, immettendo la destinazione. "Per favore, rimanere immobili mentre il mezzo si configura per la modalità aerea."

Lena fece come le era stato detto, il cuore che cominciava a battere più velocemente secondo dopo secondo. Per lei viaggiare in un enomotore era più o meno come mangiare caviale. Era più facile che accadesse nei sogni che nella realtà di tutti i giorni.

"Per cortesia, assicurarsi di mantenere una posizione di sicurezza prima del decollo," proseguì la voce della CP-car, mentre il motore provocava un rombo sordo.

In una manciata di secondi il mezzo assunse la modalità aerea. Una doppia cintura di sicurezza avviluppava la vita e il petto di Lena.

"Decollo fra cinque, quattro, tre, due, uno..."

L'enomotore prese vita all'improvviso, decollando in maniera verticale e provocando un suono simile ad un risucchio mentre si innalzava.

L'espressione eccitata di Lena si fece chiaramente divertita, quindi spudoratamente felice. Stava ufficialmente volando.

Purtroppo non ebbe la possibilità di vedere molto della città. Il parco era distante solo cinque minuti a piedi da casa sua, e l'enomotore impiegò pochi secondi per raggiungerlo.

"Wow!" disse Lena, quando la CP-car fu di nuovo per terra. "Ho davvero un enomotore tutto mio per la notte?"

Il Controllo del mezzo non rispose a quella domanda, non riconoscendo nessuna istruzione sensibile.

La ragazza controllò il suo smartphone per vedere l'ora.

Aveva pensato tutto il giorno se le conveniva andare all'incontro o meno, i rischi che poteva correre, il fatto che non conoscesse questa persona, le cose apparentemente senza senso che aveva detto, ma alla fine la curiosità di scoprire che cosa volesse questo sconosciuto aveva avuto la meglio, aiutandola a prendere una decisione. Nonostante non sapesse chi fosse quello che lei aveva preso a chiamare il 'Signor Fedora', aveva deciso di scoprire che cosa esattamente volesse da lei.

Il ristorante era un luogo pubblico, dopotutto. La possibilità che accadesse qualcosa di spiacevole era praticamente pari a zero.

Lena ordinò al mezzo di recarsi al ristorante La Pentola d'Oro, nell'oasi di Beverly Hills.

Per circa cinque minuti vide sfrecciare sotto di lei case che sembravano piccoli modellini e persone che apparivano come formiche mentre l'enomotore si destreggiava tra il traffico aereo, superando agilmente un enomotore dietro l'altro.

Arrivati a destinazione, il veicolo atterrò in un parcheggio designato per il trasporto terra-aria e quando aprì la porta, fu come se Lena fosse sbarcata su un altro pianeta.

Il contrasto tra la Los Angeles povera e *quella* Los Angeles era sorprendente.

Intorno a lei non c'era nessuna puzza o anche solo odori degni di nota, di quel tipo che facevano arricciare il naso. Le strade erano pulite e propriamente asfaltate. Non c'era nessun mendicante o vagabondo, nessuna faccia poco raccomandabile, diversi autotron camminavano sui marciapiedi e i pali della luce funzionavano a piena energia, illuminando la zona a giorno.

Le persone sorridevano per strada ai passanti e si fermavano a parlare l'uno con l'altro. Era un'incredibile differenza con la parte della città in cui viveva e lavorava, a pochi chilometri di distanza, una differenza davvero difficile da metabolizzare, come vivere in una stalla, aprire una porta, e trovarsi magicamente in una reggia. Tutto era così bello, ordinato, luminoso, ricco e...ingiusto.

Stupore e soggezione lasciarono presto il posto a rabbia e a disgusto. Lena sentì una certa vergogna per aver anche solo provato quel senso di meraviglia. Questa non era lei. No, affatto.

Le risorse presenti in una frazione di quella strada avrebbero potuto significare tutto per un centinaio di famiglie nel ghetto. Ora ricordava il motivo per cui cercava di pensare il meno possibile alle zone ricche della città.

Non era infatti la prima volta in vita sua che si trovava in un'oasi. Aveva da tempo deciso di tenersi alla larga da quelle zone perché ogni volta che ci metteva piede un'ondata d'indignazione minacciava di farla vomitare.

Lena si lisciò il lungo vestito con un distratto movimento delle mani. Guardò davanti a sé e vide l'insegna che stava cercando. Il personale del ristorante La Pentola d'Oro sembrava molto affaccendato. Persone in abiti eleganti entravano ed uscivano, valet prendevano auto e le portavano nel garage interno e una lunga fila di clienti aspettava fuori per essere ammessa.

Lena inspirò una generosa boccata d'aria e si diresse verso il ristorante.

Una volta davanti alla reception, l'hostess chiese, con un largo sorriso sulle labbra. "Nome, per favore?"

Lena aprì la bocca e la richiuse subito dopo. *Accidenti, non ho idea di come si chiami quel tizio! E sul biglietto non c'è scritto altro se non il luogo e l'ora dell'incontro.*

"Io..." iniziò Lena, pensando ad una scusa. "Io ho dimenticato..."

"Lena Maruishi," disse con sicurezza una voce dietro di lei.

Lena si girò di scatto. Ad incontrare il suo sguardo c'era un bell'uomo di mezza età con occhi color ghiaccio. La stava guardando con un sorriso che sfiorava solo in parte uno degli angoli della sua bocca. La sua espressione era decisamente divertita.

Era lui, ovviamente, il Signor Fedora. Lena ne era certa. Questa volta...beh, senza fedora, ma quella voce e quell'accento erano inconfondibili. Nessuno dei due parlò, entrambi rimasero semplicemente lì, immobili, a fissarsi.

Lena colse quell'occasione per studiarlo meglio mentre l'hostess controllava i dati sul suo trigoy, scorrendo i nomi delle prenotazioni.

Il Signor Fedora aveva capelli scuri tagliati a spazzola che sfumavano vicino alle tempie in un colore grigio ferro. Il volto era reso leggermente affilato da guance incavate e in qualche modo minaccioso da un mento appuntito e da una fronte ampia che sembrava perennemente aggrottata. Tuttavia, i bordi dei suoi occhi proiettati all'ingiù parlavano anche di gentilezza e di affabilità, e c'era qualcosa nel modo in cui manteneva la sua postura dritta e quel sorriso appena accennato che lo faceva sembrare il classico gentiluomo inglese.

L'hostess finalmente annuì quando ebbe trovato il nome. "Prego, da questa parte," disse, prendendo due menù da un cassetto lì vicino.

Lena guardò l'uomo che la stava studiando di rimando.

"Incantevole," disse il mandarino, indicando il suo vestito da sera.

Il suo era uno sguardo neutro, senza alcuna traccia d'interesse o di desiderio, non *quel* tipo di desiderio, almeno. Era stato un semplice complimento fine a sé stesso, accompagnato da un'occhiata che valutava e considerava, la stessa che avrebbe dato un collezionista di vasi cinesi di fronte ad un reperto particolarmente raro della dinastia Ming.

L'uomo le tese la mano, che Lena strinse, dopo solo un attimo di esitazione.

"Sono felice che abbia deciso di accettare il mio invito. Prego," ed invitò la ragazza a seguire l'hostess, che li stava aspettando con i menù in mano.

Lena annuì e iniziò a camminare.

"Sono sicura saprete entrambi del nostro famoso buffet," disse l'hostess, mentre si dirigeva verso il loro tavolo e allo stesso tempo indicava un'enorme tavolata al centro della sala. Iniziò a spiegare in cosa consisteva il cibo, il servizio, e altre informazioni a cui Lena non fece molto caso.

Alla fine, quando furono arrivati al loro tavolo, l'hostess disse, "Sentitevi pure liberi di prendere quello che volete, quante volte volete. Uno dei nostri camerieri sarà qui tra pochi minuti, nel caso voleste ordinare qualcosa di particolar..."

"Grazie," disse il Signor Fedora, congedando l'hostess con un rapido segno d'assenso mentre prendeva i due menù dalle sue mani. "Sono sicuro saremo in grado di trovare le nostre sedie," ed indicò con un segno d'assenso le due sedie davanti a loro. "Inoltre, la fila di persone fuori dalla porta si sta facendo sempre più lunga. Odierei trattenerla più del previsto."

L'hostess sorrise mentre l'uomo le metteva velocemente qualcosa nelle mani. Quando lanciò un'occhiata a quello che le aveva dato, il suo già largo sorriso minacciò di dividere in due il suo volto. Fece un inchino goffo e tornò sui suoi passi, guardando più volte il contenuto della sua mano, come se non potesse credere ai suoi occhi.

Lena, intanto, stava osservando la tavolata carica di cibo. Su di essa, c'era il più vasto assembramento di pietanze che avesse visto in tutta la sua vita. Pesce, carne, salumi, verdure, frutta, dolci, tutto quello che avrebbe potuto immaginare sembrava rappresentato su quell'enorme tavolata attorno alla quale orbitavano decine e decine di persone.

Il Signor Fedora sorrise mentre guardava Lena, e solo in quel momento la ragazza si accorse che aveva spostato la sedia per farla sedere.

"Prego," la invitò l'uomo, indicando la sedia che aveva spostato.

Lena annuì e si mise a sedere. "Gra...ehm...grazie."

Quando entrambi furono seduti, l'uomo diede un rapido sguardo alla lista dei vini, che sembrava contenere diverse dozzine di scelte. Fece scorrere un lungo dito su di essa e si fermò verso la fine.

"Sì," disse, annuendo, mentre fissava la lista. "Questo dovrebbe andare bene."

Lena stava per chiedergli 'che cosa' andava bene, quando un cameriere arrivò al loro tavolo, vestendo il suo volto con un sorriso di circostanza. Fece per aprire la bocca, ma il Signor Fedora lo silenziò con una mano alzata prima che potesse dire qualsiasi cosa.

"Un Louis Roederer Cristal Brut del 2022, per favore," ordinò l'uomo, mentre indicava un punto del menù.

"Immediatamente," disse il cameriere, proiettando i lati della bocca in alto. Era piuttosto chiaro che approvasse la scelta del suo cliente. Il cameriere fece un inchino e se ne andò tanto velocemente quanto era arrivato.

Lena, incuriosita, controllò il prezzo della bottiglia: millecinque-cento dollari. A bocca spalancata, si chiese per l'ennesima volta che cosa quell'uomo volesse davvero da lei.

Come se avesse letto la sua mente, l'uomo disse, "Oh, non abbia paura, signorina Maruishi, non sono affatto interessato alla sua prestazione sessuale."

Il volto di Lena arrossì leggermente, a quelle parole. Era stato davvero così facile capire che cosa stava pensando?

"No, signorina Maruishi," continuò l'uomo, guardandola con lo stesso 'interesse professionale' che aveva mostrato fino a quel momento, "per quanto lei sia senza dubbio una ragazza adorabile, non sono interessato al suo corpo. Quel che mi interessa è semplicemente la sua completa attenzione."

Il cameriere tornò in quel momento con la bottiglia di Champagne, l'aprì e versò il contenuto in due calici di cristallo.

"Posso..." iniziò il cameriere, ma il Signor Fedora alzò una mano, silenziandolo nuovamente.

"È tutto per ora, grazie," lo congedò. Il cameriere annuì, quindi si allontanò senza aggiungere altro.

Lena non sapeva che cosa dire, o come comportarsi. Guardò semplicemente i due calici di cristallo e quella bottiglia di Champagne che costava quanto un suo stipendio.

L'uomo studiò Lena per qualche secondo, quindi estrasse qualcosa dalla tasca e la mise sul tavolo, a metà strada tra i due calici. Era un piccolo oggetto cilindrico con un paio di aghi alle due estremità

"Questo è un remoter globulare," spiegò il Signor Fedora, "per stabilire se lei sia effettivamente chi sembra. Mi permette?"

Lena si ritrasse automaticamente, quindi aggrottò la fronte. "Che cosa?" disse, capendo solo in quel momento che cosa l'altro volesse. "Sta scherzando, vero? Ha bisogno di prelevare il mio sangue per stabilire chi sono? Non può vedere che sono Lena Maruishi?" Lena indicò sé stessa senza sforzarsi di mascherare la sua incredulità.

"Posso vedere che *sembra* Lena Maruishi," rispose con voce pacata il Signor Fedora, prendendo il remoter e cominciando a passarselo tra le dita. "E ciò che sembra, nel mio lavoro, non è mai sufficiente. Sono una persona sospettosa di natura, signorina Maruishi, che non ama correre rischi."

"Che...che cosa si aspetta?" chiese Lena, sempre più incredula, "Che...non lo so! Mi alzi dal tavolo e cominci a cambiare forma?"

"Qualcosa del genere," rispose l'uomo, senza scomporsi di un millimetro.

Se Lena non fosse stata talmente tanto sorpresa si sarebbe messa a ridere. Possibile che l'uomo le stesse parlando seriamente?

"Senta," le disse il Signor Fedora, passandosi il piccolo oggetto da una mano all'altra, "mi rendo conto che la mia richiesta possa sembrare strana, ma mi faccia felice. Non le sto chiedendo di spogliarsi e cominciare a danzare sul tavolo, le sto semplicemente chiedendo di pagarsi questa bella cena con un gesto di fiducia. Le assicuro che eliminerò il campione di sangue immediatamente, davanti ai suoi occhi, una volta stabilito che sia autentico. Vale davvero la pena interrompere bruscamente questa serata? Ci pensi. Un campione del suo sangue le è richiesto almeno tre volte a settimana, nella sua vita di tutti i giorni, da ispettori governativi, da ergomedici e dal suo stesso Controllo casalingo. Una volta in più, che differenza vuole che faccia?"

Lena era consapevole che l'uomo le stesse semplicemente chiedendo di prenderlo, quando avrebbe tranquillamente potuto farlo qualche minuto prima, mentre si stringevano la mano. Una parte di lei le disse che quella poteva non essere una buona idea, ma un'altra parte era decisa ad andare fino in fondo a tutta quella faccenda.

Rifletté per qualche secondo, mentre il Signor Fedora cominciava a sorseggiare il contenuto del suo calice. Nessuno avrebbe escogitato una messa in scena come quella solo per prendere un campione di sangue da Lena Maruishi. L'invito, l'enomotore, una prenotazione in quel tipo di ristorante, lo Champagne da millecinquecento dollari...No, era semplicemente poco pratico. Se quel tizio avesse voluto prelevare segretamente il suo sangue, grazie alle risorse che aveva dimostrato di avere lo avrebbe potuto fare già un centinaio di volte, senza che lei ne venisse mai a sapere nulla.

Ma allora, perché glielo stava chiedendo? Perché non lo aveva già preso? Improvvisamente, un pensiero si fece largo dentro di lei. Quel tizio voleva che lei facesse una scelta, che acconsentisse di sua spontanea volontà a quella richiesta.

Alla fine, anche se riluttante, Lena tese la mano, e l'uomo prese il campione di sangue. La procedura fu talmente veloce che se l'uomo non avesse ritratto la mano con sguardo cogitabondo, Lena non si sarebbe neppure accorta che l'operazione era stata portata a termine.

Quel remoter globulare era evidentemente diverso da quelli a cui era abituata. Un passante per strada avrebbe potuto urtarla ed avere quel campione. Il pensiero la fece rabbrividire.

"Eccellente" disse l'uomo, una volta che ebbe finito di studiare i dati. "E come promesso," disse, mostrandole il remoter globulare.

Lena vide che stava cancellando i dati e il campione che aveva preso. Quindi, senza alcun preavviso, il Signor Fedora gettò l'oggetto a terra e lo calpestò un paio di volte, distruggendolo completamente. Una volta fatto, prese i resti e li intascò, mentre si guardava attorno, come per accertarsi che nessuno lo avesse visto.

"Bene," disse. "Ora che abbiamo stabilito che Lena Maruishi è *davvero* Lena Maruishi, possiamo finalmente continuare questa conversazione."

Prese un sottilissimo display in carbonfibra dalla tasca, lo aprì e glielo porse. Lena lo prese, pensando di chiedergli che cosa contenesse, ma alla fine si limitò semplicemente a leggere.

Quando ebbe capito che cosa aveva davanti, il suo cuore saltò un battito.

"Questo...cosa...Che cosa significa, esattamente?" esalò Lena, mentre guardava con occhi sgranati prima il display e poi l'uomo che le stava restituendo uno sguardo pacato. "Cos'è? Un gioco? Una minaccia?"

Il Signor Fedora chiuse gli occhi, scosse leggermente la testa e produsse uno dei suoi sorrisi. "Oh, nessuna di queste cose, signorina Maruishi." Quindi mise entrambe le mani sul tavolo e la guardò senza battere ciglio. "Quella che sta leggendo è semplicemente una dichiarazione."

"Una dichiarazione?" ripeté Lena, senza capire.

"Che prova che io la conosco," continuò l'uomo. "Molto meglio di chiunque lei chiami 'amico' e probabilmente anche meglio di sé stessa."

Lena continuò a leggere il display, allibita. Su di esso, c'erano informazioni incredibilmente dettagliate che la riguardavano. Informazioni sulla sua famiglia, su quali scuole avesse frequentato nel corso della sua vita, su dove avesse viaggiato e per quanto tempo, su dove vivesse e quanto pagasse di affitto e su quali libri avesse letto il dicembre di due anni prima. A semplici e apparentemente innocenti curiosità, come ad esempio il suo numero di scarpe o il suo colore preferito, si affiancavano altre notizie decisamente più confidenziali, come il suo Codice Numerico Personale, il PIN della sua carta di credito, l'esatto ammontare dei suoi risparmi e perfino il suo curriculum genetico. C'erano perfino cose che lei neppure ricordava, come ad esempio il ragazzo con cui era uscita la prima volta, o come aveva speso il suo primo stipendio, o il nome della via in cui aveva abitato da piccola. Tutta la sua vita, su quel display, davanti ai suoi occhi.

"Io...Non...capisco. Che cosa vuole da me? Perché mi sta facendo vedere tutto questo?"

"Lena Maruishi," disse il Signor Fedora, come se stesse presentando ad una platea una pianta particolarmente esotica, "una ragazza che vive una storia come tante in una Los Angeles di questi tempi, non è vero? Una giovane con enormi potenzialità e volontà, a cui sono state negate opportunità e scelte perché nata nella porzione sbagliata della città. Con i suoi genitori morti nel famigerato attentato al museo Smithsonian, è stata allevata dai nonni, entrambi deceduti quando aveva diciotto anni e da allora è stata costretta a lavorare sei giorni a settimana, dieci ore al giorno per sopravvivere e risparmiare abbastanza per, in futuro, cercare di abbandonare questa vita con la benedizione di un aeroplano e un bagaglio pieno di speranze. Quattro anni in cui ha cambiato ventidue lavori, in nove professioni diverse. Ora, dopo aver ripagato il debito che i suoi cari hanno contratto per tenerla lontana dal ghetto, dopo le ore piccole, dopo i pericoli scampati, dopo aver vissuto in un appartamento che farebbe indignare un topo di fogna, lei vanta un conto in banca di ventiduemiladuecentodue dollari e trentatré centesimi. Risparmi sudati da anni i quali, temo, non le basteranno affatto per iniziare la sua nuova vita in Canada."

Lena si accorse che non stava più respirando. L'uomo sapeva tutto di lei. Tutto. La ragazza tornò a fissare quel display, le mani tremanti. 'Io la conosco', aveva detto quell'uomo, ed evidentemente non stava mentendo.

Il Signor Fedora indicò il display in carbonfibra. "Ebbene sì, signorina Maruishi. Le sue 'intenzioni' non sono scritte su quel rapporto," continuò, "ma quello che ha fatto negli anni passati è chiaro quanto la luce del sole. Sfortunatamente per lei, i canadesi stanno per chiudere la frontiera ai cugini americani con redditi bassi quanto il suo. Sì, mi ha sentito bene. L'Immigration and Refugee Protection Act del 2022 sarà presto sostituito da una serie di leggi più restrittive, molto prima che lei riesca ad organizzare il suo viaggio, comunque."

"Bugiardo!" se ne uscì Lena, quasi senza rendersene conto. Le sue mani cominciarono a tremare; rabbia, paura e sorpresa che battagliavano per avere la meglio. "Non è vero, sta mentendo! Come fa lei...non può...è assurdo..." Lena continuò a balbettare per qualche secondo, prima di concludere la sua successione di parole in un basso mormorio. Non poteva essere. Non doveva essere!

"I miei agganci nell'immigrazione canadese non mentono, signorina Maruishi," disse il Signor Fedora, mentre si lisciava distrattamente la manica della giacca. "Certo, questo non le impedisce di tentare la fortuna in uno dei paesi della Confederazione, ma gli europei hanno già abbastanza problemi per conto loro, quando si tratta d'immigrazione, non è vero?"

La bocca di Lena aveva dimenticato come produrre saliva. Quell'uomo sembrava non solo conoscerla, ma sapere che cosa stava pensando e perché lo stava pensando. Lena aveva considerato tutte le cose che stava dicendo, informandosi attentamente su quale paese avrebbe potuto darle una possibilità...una chance, di iniziare una nuova vita. Ma se quello che stava dicendo quell'uomo era vero...se era vero...

Il Signor Fedora sorrise, un sorriso non di scherno, ma che in qualche modo palesava...che cosa? Commiserazione? Empatia? Difficile dire che cosa si nascondesse dietro quegli occhi color ghiaccio.

"Il suo affitto ha subito un incremento periodico negli ultimi sei mesi," proseguì l'uomo, "e Washington sembra intenzionata ad aumentare considerevolmente le tasse alla fascia bronzo dei suoi cittadini, della quale lei fa parte. Sarà presto costretta a intaccare i risparmi di una vita, se non vuole finire in una strada, e questo diminuirà con il tempo le sue possibilità di trovare un luogo dove iniziare il nuovo capitolo della sua vita. La maggior parte dei biglietti aerei per destinazione oltre il Nord America le costerebbero già un quinto dei suoi risparmi. Non ha più tempo, signorina Maruishi. Certo, potrebbe provare a cercare un *quarto* lavoro, e tentare in questo modo di entrare nel Guinness World Record. Ora che ci penso, sarebbe più facile avere una settimana di dieci giorni, quello che le servirebbe, in effetti, per tenere il passo con una vita del genere."

"Perché mi sta dicendo tutte queste cose?" chiese Lena alla fine, scuotendo la testa, genuinamente confusa.

"Ma non è ovvio, signorina Maruishi? Per avere la sua attenzione."

"Davvero?" Lena fece cadere il display sul tavolo. "Sa che cosa credo? Credo che tutto questo sia dannatamente illegale. Penso... penso che chiamerò la polizia. Sarei curiosa di sapere che cosa hanno da dire riguardo a questo display e alle informazioni che ci sono dentro."

Lena fece per tirar fuori qualcosa dalla tasca, la temperatura del suo corpo che si alzava improvvisamente.

"E perdere così la possibilità di vivere a Saemangeum City?" disse l'uomo, muovendo una mano, come a scacciare un brutto ricordo. "No, non credo che lo farà, signorina Maruishi."

Lena si fermò. Ancora una volta l'estraneo pronunciava il nome della celeberrima città asiatica e ancora una volta la ragazza si trovò a pensare che cosa c'entrasse Saemangeum con tutta quella faccenda.

"Inoltre," disse il Signor Fedora, prima che Lena avesse la possibilità di replicare, "le forze dell'ordine di Los Angeles sono note per la loro propensione nel credere al...Ah...portafogli più grande." L'uomo tirò fuori dalla tasca un portafogli in pelle e lo appoggiò di fianco al suo bicchiere. Lena poté vedere chiaramente che era pieno zeppo di banconote di grosso taglio.

"Chi è lei veramente?" chiese Lena. "La verità."

"Gliel'ho detto," rispose l'uomo, prendendo nuovamente il suo bicchiere e sorseggiando il contenuto. "Sono un mandarino, lavoro per il Direttorato di Saemangeum City."

Lena si mosse sulla sedia e sbuffò. Era la seconda volta che gli dava quella risposta senza senso. Mandarino? Credeva davvero che fosse una stupida?

"Devo per forza chiamarla in quel modo," disse Lena, stizzita, "o posso cambiare con piccola arancia? Lo sa? Preferisco la seconda versione. Lei puoi chiamarmi dolce fragolina e avremo solo bisogno di un altro paio di frutti per mettere su una macedonia decente!"

"Sono un mandarino," ripeté ancora una volta l'uomo, senza scomporsi di un millimetro. "Lavoro per il Direttorato di Saemangeum City. Non è qualcosa che posso cambiare a suo piacimento."

La ragazza ne aveva abbastanza di tutta quella storia. Non le importava chi fosse quella persona, non le importava che cosa sapesse sul suo conto, non si sarebbe fatta trattare come una stupida. Pensò di alzarsi e di andare via. Eppure...eppure, c'era qualcosa che le impediva di muoversi. Lo sguardo dell'uomo che si definiva un 'mandarino', calmo e rilassato allo stesso tempo, in qualche modo la fece desistere.

Alla fine, la sua curiosità ebbe la meglio sul sospetto e sulla diffidenza.

Lena si morse il labbro inferiore, conscia che non sarebbe riuscita a capire molto di più sul Signor Fedora.

"Va bene," disse, sforzandosi di pronunciare una parola dietro l'altra. "Supponiamo...supponiamo che lei non sia un criminale o uno psicopatico," e afferrò il display in carbonfibra che mostrava i suoi dati. "Ha la mia completa attenzione, va bene? Ora, che cosa *diavolo* vuole da me?"

Il mandarino si prese il suo tempo. Versò con un movimento deliberatamente lento dell'altro Champagne nel bicchiere e bevve un paio di sorsi, assaporando il contenuto.

Alla fine, posò il bicchiere e disse, "Saemangeum City rilascia un numero limitato di Visti Virtuosi ogni anno." L'uomo si pulì le labbra con un angolo del tovagliolo. "Questi speciali documenti garantiscono al possessore uno stato di residenza temporanea, con tutti i privilegi annessi e connessi. Molti milionari pagherebbero fiumi di dollari per avere un Visto del genere, in una città del genere, ma nessuno di loro può, perché quel Visto è riservato ogni anno ad un numero molto ristretto di studenti. Il Direttorato è interessato a trovare giovani con potenziale per dar loro uno di questi Visti. Oggi, signorina Maruishi, sono qui davanti a lei per farle presente che potrebbe essere uno di quegli studenti."

Improvvisamente, consapevolezza investì Lena, e le sue mani si strinsero a pugni.

Ma certo, si disse. *Perché non ci ho pensato prima? Deve essere questo il motivo.*

"Ho capito," disse, convinta di aver finalmente intuito che tipo di persona avesse davanti. "Lei deve essere uno di quei tizi che vanno in giro a rastrellare giovani qua e là per raggiungere la vostra quota di studenti semestrali, non è vero? Che cosa fate? Mhm? Scandagliate provincia dopo provincia dell'etere per vedere chi è il più disperato, prima di offrirgli mari e monti? Andate a rovistare i bidoni della spazzatura per entrare nella mente dei vostri potenziali candidati?"

Il mandarino scoppiò a ridere. Lena trasalì, completamente presa alla sprovvista da quella reazione. Era la prima volta che l'uomo si lasciava andare ad uno sfogo così aperto di emozioni.

Quando ebbe finito di ridere, il Signor Fedora prese il bicchiere e finì il suo contenuto. "Pensavo avessi reso chiaro all'inizio della conversazione che il denaro non è mai stato il punto," disse, guardandola come un professore che aspetta la risposta giusta da uno studente. "No, non sono interessato ai suoi spiccioli, signorina Maruishi."

"Allora che cosa pretende che..."

"Inoltre, questo Visto Virtuoso è complementare di tutte le

spese," l'interruppe l'uomo, guardandosi casualmente le unghie delle mani

Lena sbatté ripetutamente le palpebre. "Chiedo scusa?"

"Biglietto aereo, vitto, alloggio, trasporto, vestiario, ricreativo e ovviamente retta scolastica, è tutto incluso nel pacchetto. Per l'intera durata della sua residenza."

"Non capisco," disse Lena, confusa. Non poteva aver sentito correttamente.

Il mandarino si sporse verso di lei. "Questo Visto Virtuoso copre tutte le spese, signorina Maruishi. Dal biglietto aereo fino al dentifricio, è tutto incluso. *Tutto*. Non solo. È previsto uno stipendio mensile che le verrebbe accreditato automaticamente in un conto bancario a sua scelta."

"Uno stipendio mensile?" parole così familiari sapevano di alieno in un contesto del genere.

"Sì, signorina Maruishi. Ha capito bene," l'assicurò il mandarino, osservando la sua espressione perplessa. "A Saemangeum City, la pagherebbero per studiare."

"Sta scherzando, vero? Non esiste...non esiste una scuola che offre una cosa del genere!"

"Non una scuola, signorina Maruishi, un'accademia. L'accademia altista di Saemangeum City, per la precisione."

Lena scosse le testa. "Io non..."

Il mandarino prese il display, lo toccò una volta e nuovi dati apparvero su di esso. "Ecco, legga," disse.

Lena lesse la nuova schermata apparsa sul display. Di fronte a lei stavano ora informazioni sull'accademia altista, su Saemangeum City, su usi e costumi del luogo e su molto altro ancora. Dovevano esserci almeno cento pagine di spiegazioni dettagliate sulla città e sull'accademia di cui il mandarino stava parlando.

Lena deglutì. "Ancora non capisco che cosa..."

"Che cosa c'è da capire?" l'interruppe l'uomo. "Niente di niente. C'è solo una decisione da prendere. E ora ha tutte le informazioni che le servono per farlo."

"Io..."

"È paura quella che vedo? O indecisione per essersi appena accorta che questa non sia affatto una messa in scena? Il destino ha deciso di sorriderle, signorina Maruishi. Non c'è nulla da capire, nulla da analizzare, nulla da chiedere. Può lasciare da parte sospetti e timori. Questa possibilità è vera quando il display che sta tenendo in mano, e se si realizzerà o meno dipenderà solo da lei."

Il cervello di Lena aveva cominciato a lavorare a pieno regime.

"Se anche...se anche facessi questa cosa...Se decidessi di fare domanda a questa accademia...di tentare..."

"Ah, sì, il timore che segue la presa di consapevolezza che una possibilità sia dopotutto reale," disse il Signor Fedora, annusando il contenuto del suo calice. "Sì, mi stupirei se non provasse una sensazione del genere. Tuttavia mi chiedo, signorina Maruishi. Che cosa ha da perdere, nel provare?"

"Niente, sembrerebbe," rispose cautamente Lena, "Ma per quale motivo sta facendo una cosa del genere? Perché me?"

"Perché il mio lavoro, signorina Maruishi, consiste nel mostrare ad un limitato numero di persone un forziere. Che lo aprano o meno...beh, questo dipende tutto da loro. Il libero arbitrio *non* è un'illusione."

A quel punto, il mandarino intascò il suo portafogli, finì con un lungo sorso il suo Champagne e si alzò di scatto dal tavolo.

"Ehi! Dove...dove sta andando?" domandò Lena, accortasi che l'uomo stava per lasciarla.

"Si goda il buffet. È tutto incluso nel prezzo," disse, e posò sul tavolo due banconote da mille dollari. Poi indicò il display. "Troverà tutte le informazioni che le servono per mandare la sua domanda lì dentro, dovesse decidere di essere interessata a questa possibilità. Signorina Maruishi."

Il mandarino si toccò con pollice ed indice il lato della testa, come se stesse toccando la tesa di un fedora invisibile, e prima che Lena potesse replicare, si girò sui tacchi e se ne andò.

La ragazza guardò ammutolita la schiena dell'uomo, il quale stava uscendo dal ristorante, quindi i dati che le stavano scorrendo davanti agli occhi.

Il simbolo vagamente familiare di un infinito color argento troneggiava al centro del display.

∞ ∞ ∞

Lena entrò nel suo appartamento, si chiuse la porta dietro le spalle e spense il suo smartphone.

Spese le successive ore a studiare il display che le aveva dato il Signor Fedora, intenta ad estrapolare informazioni sul Visto Virtuoso offerto dal Direttorato di Saemangeum City e su questa accademia altista di cui le aveva parlato.

L'accademia era relativamente nuova, aveva appena nove anni, ma si era trasformata in poco tempo in una delle istituzioni private più richieste di Saemangeum City e dell'estremo oriente. Ogni anno, accettava un totale di duecento candidati provenienti da tutte le parti del mondo.

Stando a quelle informazioni, sembrava che ricevesse qualcosa come ventimila domande d'iscrizione ogni volta che il Consiglio Accademico apriva le porte alla scrutinazione. Il Direttorato di Saemangeum sfoltiva la gran parte dei postulanti, seguendo un attento scrutinio i cui parametri non erano dati sapere. Alla fine, duemila 'scrutinati' venivano presentati al Consiglio Accademico. Di questi duemila finalisti, solo il dieci per cento avevano il privilegio di diventare candidati dell'accademia e ricevere un Visto Virtuoso.

Più leggeva, più Lena si convinceva che avrebbe avuto tante possibilità di diventare una candidata dell'accademia quante di vincere alla lotteria. La selezione era un imbuto che terminava in un imbuto più ristretto fino a lasciare null'altro che pochi superstiti.

Nonostante la sua diffidenza, nonostante la sua ansia, nonostante la sua indecisione, Lena spese i giorni seguenti a racimolare i documenti richiesti, a mandare la sua applicazione, il suo DNA curriculare e a destreggiarsi con la burocrazia mentre continuava i suoi tre lavori e portava avanti le faccende di tutti i giorni.

Riuscì a mandare a malapena tutti i documenti in tempo, prima della scadenza della domanda d'iscrizione. Ce l'aveva fatta per un soffio.

Ora non le rimaneva che aspettare.

Solitamente erano richieste circa due settimane per stabilire se avrebbe passato la prima fase, ovvero se sarebbe stata accettata nel primo scaglione di 'scrutinati' che avrebbero avuto la possibilità di far parte del gruppo di duecento candidati del nuovo anno.

Ciononostante, con suo sommo stupore, la sua risposta arrivò dopo sole ventiquattr'ore.

Lena stava uscendo dalla doccia quando il bip proveniente dalla stanza attirò la sua attenzione. Si avvicinò al suo terminale e lesse con la bocca spalancata il contenuto del messaggio: era stata ufficialmente accettata nelle file degli scrutinati e si sarebbe dovuta recare alla sua prima intervista la settimana successiva, a Santa Clarita, nella Contea di Los Angeles, dove sarebbero cominciati i colloqui che avrebbero dato inizio alle fasi di selezione.

Lena lesse il messaggio una decina di volte, ogni volta senza poter credere al suo contenuto. Quello che aveva iniziato quasi come un gioco si era trasformato in una possibilità, un'occasione vera di vivere e studiare a Saemangeum City, la città più avanzata del pianeta.

Per quanto non fosse sicura delle sue possibilità, Lena si concesse ora il lusso di sperare, un lusso che si era quasi scordata esistesse.

∞ ∞ ∞

Il Terminal due dell'aeroporto internazionale di Los Angeles era particolarmente affollato quel giorno. Uomini e donne si affrettavano tutt'intorno a Lena, trascinandosi dietro bagagli e non di rado anche bambini restii a seguirli.

Quasi tutte le persone che la circondavano sembravano intente in una battaglia contro il tempo, fretta e ansia che comandava le loro azioni.

Lei era seduta in uno dei tanti posti vicino al Gate 25, in attesa dell'ormai imminente annuncio che il suo volo con le Ariul Airlines diretto per Saemangeum City iniziasse a imbarcare i passeggeri.

Sulle ginocchia stava tenendo un pamphlet intitolato: 'Benvenuta all'accademia altista di Saemangeum City!' Faceva parte del materiale che le avevano dato gli ambasciatori dell'accademia altista, dopo che lei aveva superato la fase di selezione a Santa Clarita, qualche settimana prima.

Lena lesse distrattamente informazioni che conosceva già a memoria, tanto per ammazzare il tempo. Dopo aver speso settimane a ricercare notizie su quella che sarebbe stata a tutti gli effetti la sua nuova casa, non poteva credere di essere effettivamente stata accettata come una dei duecento candidati della classe del 2039. Stringere il pamphlet tra le mani era un modo come un altro per ricordarsi che non era un sogno, che ce l'aveva fatta!

"Posso?" chiese qualcuno alla sua destra, destandola improvvisamente dai suoi pensieri.

Lena spostò l'attenzione dal pamphlet all'uomo che le aveva parlato e vide un volto decisamente noto: il Signor Fedora.

"Che cosa...che cosa ci fa lei qui?" Lena si guardò attorno, come se la presenza del mandarino annunciasse la venuta di una legione di spettri.

"Sono qui per farle le mie congratulazioni, naturalmente, oltre che per dare un ultimo saluto ad un'avventuriera," disse l'uomo, sedendosi.

Lena stava ancora cercando qualcosa da dire quando il mandarino le porse una scatoletta nera con bordi e angoli color scarlatto. Era un contenitore simile a quello che di solito contiene piccoli oggetti, come un paio di orecchini o un anello.

"Da parte di un suo ammiratore," spiegò l'uomo, mentre Lena prendeva un po' esitante il contenitore, "per congratularsi della sua entrata nell'accademia."

Un mio ammiratore? Che cosa vorrebbe dire? si chiese Lena, mentre guardava circospetta la scatola.

Fece passare qualche secondo prima di aprirla. Quando il coperchio venne sollevato, Lena aggrottò la fronte. All'interno, stava un ciondolo dalla forma alquanto peculiare. Avrebbe potuto essere una stella, oppure un fiocco di neve, o magari un fiore. *Sì, un fiore,* decise, mentre se lo rigirava tra le mani. Il metallo che lo componeva sembrava oro, con la riproduzione di quello che appariva come un altro fiore più piccolo al suo centro, composto da cinque gemme, forse rubini.

"Un ciondolo a forma di fiore?" chiese Lena, stupita.

Perché qualcuno vorrebbe darmi un ciondolo a forma di fiore?

"Quasi," fu la risposta del mandarino. "A forma di *foglia* di fiore, per l'esattezza. La foglia di un Pelargonium, una varietà di pianta volgarmente conosciuta come geranio."

Lena guardò il mandarino per un lungo momento, quindi tornò a fissare il bel ciondolo che brillava debolmente alla luce artificiale dell'aeroporto.

"Perché lo sta dando a me?" chiese.

Il mandarino si alzò. "Questo ammiratore è il motivo per cui mi sono messo in contatto con lei. Il motivo per cui lei..." l'uomo s'interruppe tutto d'un tratto, quindi sorrise. "Ah...ma immagino sarà lui a farsi vivo per spiegarle di più, quando verrà il momento."

Lena guardò il Signor Fedora. "Un mio ammiratore?" ripeté a bassa voce, quindi tornò a fissare l'oggetto che teneva tra le mani, e notò per la prima volta che c'era un'inscrizione nella parte posteriore. Era una semplice frase composta da tre parole. Lena socchiuse gli occhi e lesse ad alta voce, "Cambia una persona." Si sistemò una ciocca di capelli dietro l'orecchio, quindi si rivolse al Signor Fedora. "Che cosa signifi..."

Sparito! Era sparito ancora una volta!

Lena si guardò a destra e a sinistra, ma c'era talmente tanta gente lì attorno che sarebbe stato difficile scorgere perfino Godzilla.

Una voce proveniente da un altoparlante annunciò in quel momento che l'imbarco per i passeggeri del volo AriAir 444 sarebbe cominciato a breve.

Lena prese il suo zaino e gettò un'ultima occhiata intorno, quindi chiuse la scatoletta con il ciondolo e la mise in tasca.

Si alzò e si diresse verso la fila, eccitazione palpabile invase ogni centimetro del suo corpo. Mise da parte il pensiero del Signor Fedora, o dell'oggetto che le aveva regalato.

In quel momento, la sua attenzione era concentrata sul viaggio che l'avrebbe portata dall'altra parte del mondo, a Saemangeum City, la celeberrima Città d'Acqua.

25

I MISTERI DI LENA

SAEMANGEUM CITY, ACCADEMIA ALTISTA

Ariul

LENA DIEDE L'ULTIMO esame di fine semestre, Economia Spaziale, credendo di non poter più reggere un solo trigoy neppure se ne fosse valsa la sua vita.

Niente avrebbe potuto prepararla a quella sequela di prove, compiti, domande, test e montagne russe di adrenalina. Niente.

Ciononostante, riuscì a passare tutte le materie con punteggi quantomeno dignitosi, molto meglio di quanto si sarebbe aspettata, in effetti. Fortuna e caso avevano giocato alcune volte una parte importante, certo, ma anche la sua testardaggine e la sua voglia di rimanere a Saemangeum City avevano contribuito al suo successo. Centinaia di ore di studio, la sua curiosità incrollabile, l'aiuto dei suoi compagni di classe e la sua disciplina avevano fatto il resto.

Lena era al settimo cielo, ovviamente. Stanca ma felice, quasi euforica, in effetti.

Non passare gli esami del primo semestre con buoni voti, infatti, significava minare le proprie possibilità di presentarsi agli esami di fine anno con un punteggio alto e quindi rischiare di non diventare accettati, il che si traduceva per lei nel tornare a Los Angeles. Qualcosa che stava cercando di evitare ad ogni costo.

I primi sei mesi all'accademia erano stati molti più intensi di quanto avrebbe mai potuto immaginare. Nonostante le ore spese a studiare, nonostante la sua forza di volontà, tenere il passo con la scuola altista era come avere una mezza dozzina di lavori diversi in sei professioni completamente diverse.

Tuttavia, nonostante questo successo, Lena non se la sentiva affatto di festeggiare. Poteva anche essere sopravvissuta alla prima metà dell'anno scolastico, ma c'erano molte altre cose che stavano reclamando le sue ore di sonno. Questioni che non importasse quanto studiasse, semplicemente rimanevano avvolte nel mistero.

Pensava spesso all'ultima conversazione che aveva avuto con Makoto e con gli altri membri del club dei Misteri di Ariul. Nonostante il suo racconto dettagliato, nonostante la sua descrizione certosina del Signor Fedora, nessuno era ancora riuscito a capire nulla sul suo presunto legame con Wei Wang, del motivo per cui si trovasse nell'accademia e di chi avesse favorito la sua iscrizione. Dopo le prove che gli avevano fornito gli studenti più anziani, infatti, anche lei si era convinta che c'erano state diverse irregolarità nel suo processo di ammissione. Nulla di illegale, certo, niente che avrebbe potuto farla espellere dall'istituto scolastico. Erano solo state fatte una serie d'incredibili eccezioni quando si era trattato di valutare il suo caso, qualcosa che non era mai stato fatto per nessun candidato in quasi un decennio della storia dell'accademia.

Lena si trovava ora nella sala comune, a pensare ancora una volta al suo racconto e a tutte le cose che non quadravano. Non poteva dire di aver capito l'espressione sui volti dei ragazzi dei Misteri di Ariul, quando aveva finito la sua storia, ma pensava di aver scorto dubbio e sorpresa.

Tanto per cominciare, il fatto che un mandarino l'avesse contattata personalmente per metterla a conoscenza dell'accademia sembrava un qualcosa di molto più strano di quanto avesse mai pensato. Quando aveva finito il suo racconto, e dopo aver descritto con minuzia di particolari l'aspetto fisico del mandarino su richiesta di Net, ricordava che tutti i membri si erano guardati a vicenda, come se avessero appena scoperto che l'acqua potesse anche trasformarsi in ghiaccio.

"Allora?" aveva chiesto Lena, impaziente, quando il silenzio si era protratto per diversi secondi. "Che cosa ve ne fate ora di quello che vi ho detto? Vi ha aiutato a capire qualcosa? Makoto? Net? Faila? Arina? Accidenti! Perché non dite niente?"

Makoto e Net si erano guardati a vicenda. Lena non era riuscita a capire che cosa stesse succedendo. Ancora sguardi che cercavano sguardi. Altro silenzio.

"Beh?" aveva sbottato alla fine, stufa del loro atteggiamento circospetto. "Ve ne starete lì impalati a fissarvi in silenzio, o comincerete a darmi qualche risposta?"

"Lena," aveva finalmente risposto Arina, tormentandosi la sua lunga treccia con entrambe le mani. "Come ti abbiamo detto, nessuno ha mai ricevuto un invito a partecipare all'accademia, da parte di nessuno, tanto meno di un funzionario di alto livello come un mandarino, se quello che ti ha contattato era *effettivamente* un mandarino." Una pausa, come se la specialista di Politeia stesse valutando qualcosa, quindi continuò, "È semplicemente qualcosa che non è mai accaduto."

"Ma scusa," aveva detto Lena, esasperazione che si era fatta largo sul suo volto, "come fai a essere sicura di quello che dici? Come fai ad essere sicura delle centinaia di persone che hanno frequentato quest'accademia nei passati nove anni? Magari non tutti i potenziali candidati sono contattati nello stesso modo, o seguendo gli stessi criteri. Magari, ad alcuni, vengono offerte l'equivalente di borse di studio."

Si era guardata attorno, speranzosa, come se la sua spiegazione avesse potuto magicamente risolvere l'intera faccenda.

Ovviamente non era stato così.

"Tu non capisci," le aveva detto Faila, scuotendo la testa. "Non esiste qualcosa come una 'borsa di studio' in questa accademia. Inoltre il procedimento di selezione di candidati è sempre stato lo stesso. Sempre. Chiedi a chiunque, guarda le schede di qualificazione, i verbali. Tutto te lo confermerà. Eppure, nel tuo caso...beh, nel tuo caso sembra che sia accaduto qualcosa di molto strano, niente di illegale, certo, ma ovviamente...beh, ovviamente senza precedenti. Una specie di eccezione alla regola, diciamo. Qualcuno ha chiaramente fatto tutto quello che era in suo potere per accertarsi che facessi parte di questa accademia."

"C'è dell'altro," aveva aggiunto Arina, "i membri del Consiglio Accademico ricercano sempre un profilo ben definito nei potenziali candidati. Innanzitutto devono essere dichiaratamente altisti, o perlomeno provenienti da una famiglia di altisti. Inoltre, devono avere delle conoscenze basilari di alcune materie, per facilitare la loro transizione nell'accademia, senza contare che si preferisce abbiano un QI di un determinato livello. Sono tutte cose non presenti nel tuo caso. Tu non hai nessun trascorso altista e ci hai detto tu stessa che prima che ti fosse offerta questa possibilità di studio, conoscevi Wei Wang solo di nome. Non hai alcuna conoscenza di Astronomia o di Astrofisica, o della Storia del pensiero altista. Come se tutto questo non bastasse, nessuno, e dico *nessuno* ha mai aspettato un solo giorno per essere accettato nella cerchia degli scrutinati. Non sarebbe possibile, con tutti i ragazzi che fanno domanda da diverse parti del mondo. Pensa solo a quante migliaia di persone ci sono da valutare. È un processo che richiede settimane, Lena. Chiaramente qualcuno ha fatto in modo che tu finissi in cima alla lista. E questo qualcuno deve essere stato il presupposto mandarino che ti ha contattato a Los Angeles."

"State dicendo che qualcuno ha tirato i fili, chiesto favori e magari falsificato dati solo per far in modo che io finisse a Saemangeum City? In questa accademia? Io?"

In quel momento, nonostante non avesse fatto nulla di sbagliato, si era sentita una frode. Tuttavia, lungi dal fuggire da quella rivelazione, Lena era stata se possibile più desiderosa di capire chi fosse il Signor Fedora e per quale motivo aveva voluto che finisse nell'accademia.

"Non...non ha senso," aveva ripreso. "Voglio dire. Per quale motivo qualcuno vorrebbe fare una cosa del genere? Io non...sono solo una semplice ragazza di L.A.!"

"Questo non lo sappiamo ancora," aveva detto Makoto, che era sembrato stanco quando aveva preso nuovamente la parola. "La tua storia conferma alcuni dei nostri sospetti, e dà risposta ad alcune delle nostre domande, ma non ci dice davvero nulla sul 'perché', purtroppo. Non so se la persona che ha fatto in modo che finissi qui volesse che rimanessi una studentessa, ma sono quasi sicuro che volesse che arrivassi a Saemangeum City senza dare nell'occhio e che fossi messa in contatto con qualcuno che avrebbe potuto rivelarti il tuo legame con Wei Wang...qualcuno come noi, ad esempio. L'accademia potrebbe essere semplicemente sembrata a questa persona il modo più facile e veloce per fare queste cose. Non sappiamo come, non sappiamo perché, ma chiunque ti ha fatto finire qui deve essere collegato alla persona che ti manda i messaggi in detrattilene. Forse si tratta della stessa persona. Che tu te ne renda conto o meno, c'è qualcosa di speciale in te, Lena. O almeno, la persona che ti ha contattato a Los Angeles crede che ci sia qualcosa di speciale."

"Speciale?" aveva chiesto Lena. "Speciale in che modo?"

Ma come era prevedibile a quella domanda nessuno era stato in grado di dare una risposta.

La conversazione era poi deviata sull'uomo che l'aveva contattata, questo presunto mandarino. In uno sforzo di capire chi fosse, Net aveva voluto che Lena lo descrivesse dettagliatamente una mezza dozzina di volte, e avrebbe chiesto di descriverlo all'infinito, se Lena non avesse sbottato, esasperata, dicendo che aveva terminato i sinonimi per descriverlo.

Alla fine, si erano lasciati per ultimo l'argomento che sembrava il più importante dal racconto che era emerso da Lena. Tutti, senza alcuna eccezione, avevano infatti voluto vedere il ciondolo a forma di foglia di Pelargonium. Lena era stata scortata nella sua stanza da Faila e da Arina mentre prendeva la scatolina con il ciondolo, per poi ritornare nel Covo dei Misteri, dove l'oggetto era stato dato ad un pensieroso Net, che lo aveva valutato come se fosse stato qualche tipo di cimelio introvabile...o una bomba ad orologeria sul punto di esplodere.

"Cambia una persona" aveva detto Faila, quando era stato il suo turno di tenere in mano il ciondolo. Quindi aveva guardato il resto del gruppo. "Avete letto questa scritta, incisa nella parte posteriore? Qualche idea su che cosa potrebbe voler dire?"

La ragazza aveva preso a studiare Lena, come se la candidata dovesse sapere di che cosa si trattasse.

"Ehi, non guardare me!" le aveva detto Lena. "Ne so esattamente quanto te."

Il ciondolo era passato tra le mani di Arina, Makoto e quindi nuovamente di Net.

"Visto? È solo un ciondolo," aveva detto Lena, alla fine. "Non ha niente di speciale."

"Staremo a vedere," aveva risposto Net, guardando l'oggetto a forma di foglia di Pelargonium come se fosse un rompicapo da risolvere. "Mi metterò immediatamente al lavoro. Non posso fare promesse, ma spero di capire che cosa ho tra le mani nel più breve tempo possibile. L'ultima volta mi ci è voluto un bel po' per capire che si trattasse di detrattilene. Ma ora so che stiamo cercando qualcosa collegata al mondo di Wei Wang. Questo potrebbe aiutarmi a velocizzare le mie ricerche."

"A me sembra solo un semplice ciondolo," aveva ripetuto ostinatamente Lena.

"Un semplice ciondolo datoti da una persona con abbastanza risorse da farti entrare in una delle accademie più prestigiose dell'Asia?" aveva detto Net, alzando un sopracciglio. "Anche il biglietto che hai ricevuto sembrava essere un semplice pezzo di carta, prima di rivelarsi un collegamento con niente meno che Wei Wang. Questo ciondolo potrebbe darci risposte a domande che non sapevamo neppure di avere."

E detto ciò, Net aveva lasciato il Covo.

Lena e i membri del club avevano continuato a discutere per ore su quell'argomento, senza stabilire davvero nulla di certo.

Si erano dati appuntamento anche i tre giorni successivi, ed ogni volta avevano inserito nuove informazioni su una parte del muro che era stata completamente ripulita e chiamata 'I misteri di Lena'.

Lena aveva trovato il nome decisamente fuori luogo, ma tutti i membri lo avevano definito appropriato, quindi la sua proposta di cambiarlo si era risolta in un nulla di fatto.

Makoto, che aveva inventato il nome, sembrava esserne particolarmente fiero.

Lena non poteva negarlo. Le aveva fatto una certa impressione trovarsi a pochi metri da quel nugolo d'informazioni, immagini e dati riguardanti Wei Wang e Saemangeum City. Non era riuscita a cogliere davvero nessun collegamento tra le due cose, tantomeno tra quelle due cose e lei! Eppure, non aveva potuto non ammettere che ci fosse qualcosa di decisamente strano nella sua storia. E se aveva deciso di rimanere nel Covo con gli altri, era proprio per cercare di dare risposte a tutti quei punti interrogativi.

Lena era rimasta lì, nella stanza tappezzata da cellulosa, il più delle volte in silenzio per svariati minuti, finché qualcuno non le faceva qualche domanda, per poi aggiungere un nuovo particolare ai Misteri di Lena. La ragazza aveva davvero voluto capire che cosa ci fosse dietro tutta quella storia, ma con il passare delle ore non era riuscita a scrollarsi la sensazione che tutto quello non li stava portando a niente.

Net, intanto, era sembrato essersi chiuso in una sorta di isolamento. Non dava aggiornamenti e non rispondeva a domande. Diceva semplicemente che stava continuando a studiare il ciondolo, e che non avrebbe detto nulla fino a quando non fosse stato sicuro di che cosa fosse.

E così, in quei giorni Lena lasciò sempre il Covo dei Misteri con più domande del giorno precedente. Quella faccenda stava cominciando ad irritarla.

Makoto diceva sempre che l'avrebbero chiamata se avessero scoperto qualcosa di importante, ma lei aveva cominciato a non trovare più quella prospettiva particolarmente allettante. Altre ore passate seduta su una sedia, mentre le facevano domande, mormoravano tra di loro come se fossero dottori in una sala operatoria e lei fosse la paziente, mentre aggiungevano pezzi di carta su quello stupido muro.

I giorni erano trascorsi e Lena si era trovata sempre meno a suo agio in quelli che ormai chiamava gli 'interrogatori' del club. Non le piaceva affatto quella sensazione di essere tenuta sotto attenta osservazione dal gruppo di studenti. Quegli occhi che la guardavano, quei bassi mormorii, quei brevi segni d'assenso, quei fogli che si andavano a sommare ad altri fogli.

Al quarto dei loro raduni al Covo dei Misteri, Lena aveva deciso quindi che avrebbe cominciato ad escogitare un modo tutto suo per gettare un po' di luce su tutta quella faccenda.

Per un momento, si era pentita anche solo di aver dato a Net il suo ciondolo, avrebbe potuto studiarlo meglio per conto suo, ma quel che era fatto era fatto.

La ragazza venne improvvisamente richiamata al presente dalla discussione tra Gravina, Oleg, Yao e Aziza sulla cucina esapoda, che Gravina aveva provato il giorno precedente e che ora stava ovviamente sconsigliando a tutti gli altri.

Ma Lena non stava davvero ascoltando la conversazione degli altri candidati. Tutti i suoi pensieri erano concentrati sul Signor Fedora, sul ciondolo a forma di foglia di Pelargonium, sul messaggio in detrattilene e su come tutto questo la collegasse a Wei Wang.

26

LA PIRAMIDE

ATLANTA, AEROPORTO INTERNAZIONALE HARTSFIELD-JACKSON

Angelica

ANGELICA SEGUÌ LA fila di persone che si portavano dietro valigie, borse e zaini, cercando al tempo stesso di evitare il fiume di gente che andava nella direzione opposta.

A giudicare da ciò che vedeva, quel giorno sembrava che metà della popolazione terrestre avesse deciso di visitare Atlanta.

Il trolley che si trascinava dietro, con dentro il necessario per passare un paio di notti in città, era poco più grande di una ventiquattr'ore e non intralciava il suo passo spedito, facilitando in questo modo il suo zigzagare tra la gente.

Svoltò prima a destra e poi a sinistra, scese le scale mobili, imboccò un altro corridoio per poi trovarsi di fronte alla vasta sala di attesa degli arrivi.

Diverse file di sedie e di poltroncine punteggiavano la sala gremita di persone intente a sventolare le braccia e a chiamare nomi.

Angelica vide i passeggeri che la precedevano abbracciare i loro cari e scambiarsi saluti per poi avviarsi verso l'uscita dell'aeroporto, trascinandosi dietro i loro bagagli e le loro storie.

La dottoressa si fermò e riprese fiato, mettendosi una ciocca di capelli ribelli dietro l'orecchio. Prese a guardarsi a destra e a sinistra, come se fosse alla ricerca di qualcuno. L'aereo con cui aveva viaggiato era atterrato con un ritardo di un quarto d'ora, quindi il suo contatto doveva già trovarsi da qualche parte...

"Angelica Kam?"

La dottoressa si girò. Dietro di lei, una donna le stava sorridendo, salutandola con una mano alzata. Il simbolo di DataMorph, una piramide dorata che racchiudeva una sfera bianca, era raffigurato sul distintivo che esibiva sul petto.

Angelica guardò la sconosciuta da capo a piedi. Dovette ammettere che il suo aspetto l'aveva colta di sorpresa.

La donna che si trovava davanti, alta e snella, sembrava essere stata presa in prestito da una sfilata di moda.

I suoi capelli erano lunghi e ondulati, spessi e fibrosi, e rilucevano di un miliardo di sfumature diverse. Di un deciso color nocciola vicino al cuoio capelluto, la chioma si schiariva gradualmente verso le estremità, fino a ridursi ad un semplice castano chiaro.

I capelli incorniciavano un volto dai tratti caucasici, caratterizzato da una mascella alta, un viso triangolare e labbra lucide e carnose.

"Sì," rispose Angelica, dopo quello che le sembrò un intervallo di tempo durato mezz'ora. Si schiarì la gola. "Sono io."

"Agate," si presentò la donna, porgendo una mano. Angelica la strinse.

"È un piacere conoscerti," disse Agate. "Jason non vede davvero l'ora di vederti, Angelica. Posso chiamati Angelica, vero?"

"Puoi chiamarmi Angy," rilanciò la dottoressa, sorridendo.

"Eccellente." disse Agate. "Per quanto riguarda me, io sono la sua assistente personale, tra le altre cose." Sbatté le lunghe ciglia e allargò il suo già abbondante sorriso, quindi proseguì, "Sono qui per prendermi cura di te e del tuo trasporto alla Piramide. Jason ha richiesto un passaggio il più veloce e confortevole possibile per la Madame delle Note. Mi permetti?"

Senza aspettare una risposta, Agate si sporse, prese il trolley che Angelica aveva lasciato vicino ad una sedia ed iniziò ad incamminarsi verso l'uscita, oscillando i fianchi in un modo che avrebbe reso orgogliosa Jessica Rabbit.

"Allora," proseguì la datamorpher, "Come è stato il viaggio?"

"Non saprei dirti," rispose Angelica. "Ho dormito per tutto il tempo."

Agate rise. "Il modo migliore di far passare il tempo su un aeroplano," disse, annuendo con approvazione. "Jason è molto interessato al vostro appuntamento di domani. È sempre stato un grande fan di Cantara Handal e ha seguito con attenzione la carriera intrapresa da tutti gli allievi della Vedova Nera dell'Etere, ovviamente."

"Ho sentito dire grandi cose riguardo il Presidente Cloverfield," disse Angelica. "Mi ritengo fortunata che abbia trovato il tempo di ricevermi, nonostante i suoi impegni."

"Immagino che l'interesse crescente per la tua...Ah...professione," Agate le lanciò un altro dei suoi sorrisi, prima di proseguire, "abbia in qualche modo favorito questo appuntamento, sì?"

"Interesse crescente?" ripeté Angelica, ricordandosi improvvisamente della classifica di DataMorph.

Agate annuì, "La Madame delle Note," disse, caricando quel nome di un'aura di potere che non piacque affatto ad Angelica. "Il crescente interesse mediatico per i tuoi disturbi etere-indotti, i maliceri, e tutto l'incredibile, affascinante e misterioso universo che gli orbita attorno. Noi ci siamo solo limitati a 'servire' le esigenze del nostro pubblico, facilitando l'accesso degli utenti al tuo mondo e alla tua persona, ovviamente. Avrai sicuramente dato un'occhiata al tuo profilo su DataMorph."

Ad Angelica non piacque affatto la scelta di parole della datamorpher. Da quello che diceva Agate, sembrava quasi che i disturbi-etere indotti fossero un prodotto creato dalla dottoressa stessa, una sua marca, qualcosa che lei produceva e impacchettava per il solo scopo di venderlo ad un pubblico avaro di un prodotto esotico.

Non c'era troppo da stupirsi, dopotutto, rifletté Angelica. Agate lavorava per DataMorph, il più grande creatore di sensazionalismo presente nell'etere. Il modo stesso di ragionare di questa gente era singolare, secondo lei. Persone come Agate, alle dipendenze della più vasta e potente porzione di cyberspazio sulla piazza, sembravano conoscere le tendenze che forgiavano l'etere meglio di chiunque altro. Questo non significava certo che ci tenessero particolarmente a ricercare l'accuratezza o la fondatezza di una notizia. Quando pensavano fosse abbastanza interessante, infatti, la gettavano semplicemente in pasto al pubblico, desiderosi di veder crescere continuamente gli accessi al loro regno.

Ed era questa la cosa che preoccupava di più Angelica, specialmente nel momento in cui aveva deciso di servirsi di loro per il suo piano. Molte, troppe cose sarebbero potute andare storte.

Sapeva che avrebbe dovuto fare molta attenzione a come parlava, specialmente quando sarebbe arrivato il momento d'incontrare Jason Cloverfield. Doveva tenere le carte vicino al petto e presentare l'argomento dalla giusta angolatura.

"Una materia affascinante," stava dicendo Agate, "davvero affascinante. Questi maliceri, voglio dire, così come quelli che voi eterodon dite essere i loro effetti sulle persone. Jason è sempre alla costante ricerca di nuovo materiale, di nuove informazioni per il nostro seguito, per quella che lui chiama la nostra famiglia estesa. Ha pensato che un argomento del genere fosse...come dire...maturo, sì, maturo; pronto insomma ad essere esplorato più a fondo. E a giudicare dalla veloce scalata del tuo profilo, sembra che ancora una volta avesse ragione."

Quindi Jason Cloverfield non era malato al punto tale da essere incapace di prendere decisioni, pensò Angelica, immagazzinando quell'informazione.

"Mi fa piacere sapere che il Presidente stia bene," disse la dottoressa, desiderosa di capire di più su quella questione. "Non è trapelato molto negli ultimi tempi sulle sue condizioni di salute. Alcuni sembrano temere il peggio."

"Oh, Jason è un vecchio testardo che ha deciso di mettere la Morte in sala d'attesa," disse Agate. "Non ha alcuna intenzione di tirare le cuoia, puoi starne certa."

Le due donne uscirono in quel momento dall'aeroporto.

"Le varie compagnie di shuttle che si occupano del trasporto di turisti, clienti e impiegati stanno diventando fin troppo affollate, in questi ultimi tempi," la informò Agate. "Il traffico aereo è cresciuto in maniera esponenziale negli ultimi due anni. Le autorità di Atlanta stanno cercando di creare un'altra compagnia dedicata al trasporto di passeggeri dalla città alla Piramide, ma ci vorrà del tempo. Abbiamo gli shuttle, certo, ma mancano buoni piloti. Comunque, nel nostro caso, non devi preoccuparti. Jason ci ha messo a disposizione un enomotore della compagnia per raggiungere la Piramide."

"Eccezionale," disse Angelica.

"Lo spazio aereo attorno ad Atlanta è particolarmente affollato oggi," proseguì Agate, dirigendosi verso il parcheggio, "quindi potremmo impiegare un po' più di tempo per arrivare al centro città. Dimmi. Sei mai stata a bordo della Piramide?"

"No, non ho mai avuto la fortuna di visitare il quartiere generale di DataMorph prima d'ora," ammise Angelica. "Ovviamente ho visto dozzine di riproduzioni multidimensionali e ho letto commenti e curiosità davvero interessanti nell'etere, ma a parte quello, non so molto altro."

Effettivamente, per chiunque utilizzasse l'etere anche solo di rado, era difficile non aver mai sentito parlare del secondo oggetto più costoso della storia del genere umano.

La Piramide, come veniva chiamato il quartier generale di Data-Morph, era diventata il simbolo non solo del colosso eterico, ma di una nuova era nel campo delle comunicazioni di massa. Qualcuno apostrofava la Piramide come 'l'epitaffio a internet' o 'il tempio dell'etere' o ancora 'il trono di Jason', per sottolineare lo stretto legame che l'edificio aveva con la storia del suo fondatore, Jason Cloverfield. La caratteristica forma a Piramide non aveva niente a che fare con la cultura dell'antico Egitto, ma piuttosto con la forma caratteristica dei trigoy, che erano considerati da molti il simbolo dell'etere, in quanto lo strumento più utilizzato per accedervi, così come il personal computer era considerato il simbolo dell'era di internet.

"Sono sicura ne sarai entusiasta, Angelica," le disse Agate, voltandosi verso di lei e sorridendo.

"Oh, non ne ho alcun dubbio," concordò Angelica. "Ho sentito dire che la gente paga profumatamente per avere la possibilità di visitarla, specialmente da quando Il Museo dell'Etere Sovrano è stato aperto. Stando a quello che ho letto, dalla sua inaugurazione ufficiale il turismo di Atlanta è aumentato del venti percento."

"È vero," confermò Agate. "Da quando Jason e il Consiglio di Amministrazione hanno deciso di costruire il museo, abbiamo avuto un numero incredibilmente alto di visitatori che vengono da tutte le parti del mondo. Le proiezioni dicono che se il flusso di turisti si mantiene stabile nei prossimi anni, il Sovrano potrebbe sorpassare i Musei Vaticani e diventare uno dei cinque musei più visitati al mondo."

Anche senza considerare l'aggiunta del museo, la Piramide era sempre stata una struttura capace di attirare l'attenzione, di suscitare stupore e meraviglia. Il quartier generale di DataMorph, infatti, non era solo il simbolo per antonomasia del trionfo dell'etere su internet, ma era anche la più grande struttura a levitazione gravitazionale del pianeta Terra. Alta quanto tre torri Eiffel, larga quanto nove campi da football americano e teoricamente in grado di ospitare tre portaerei di classe Nimitz, la Piramide era una mastodontica struttura che letteralmente dominava i cieli di Atlanta da diverse centinaia di metri dal suolo. Più che una semplice costruzione, la Piramide veniva definita come una stazione gravitazionale terrestre a supporto ipergenico alternato.

"Ah, eccoci arrivati," disse Agate.

Le due donne si avvicinarono al mezzo di trasporto.

"Dopo di te," le fece segno la datamorpher, aprendo la porta dell'enomotore con un rapido gesto della mano. Il veicolo rispose ai suoi comandi e fece scorrere lo sportello sul fianco, permettendo ad Angelica di entrare.

Una volta che fu seduta, la dottoressa si guardò attorno: sedili in pelle, un frigobar e un telegoy. Agate la seguì poco dopo, si sedette di fronte a lei e chiuse la porta.

"Bene, partiamo," disse, rivolgendosi al soffitto. A quelle parole l'enomotore si alzò in aria e si diresse verso l'uscita dell'aeroporto dedicata ai trasporti terra-aria.

"Allora," iniziò Agate, indicando il frigobar, "che cosa posso offrirti? Abbiamo...Ah...vediamo...un Danzante, un Villa Teresa, un Lamarca...Mhm, qualche birra. Dimmi, sei una 'ragazza vino' o una 'ragazza birra'?"

"A dire il vero, sono una 'ragazza succo di frutta'," rispose Angelica. "Il mio fegato processa l'alcol in modi oscuri e una piccola quantità basta a farmi dimenticare velocemente pudore e buon senso. Non molto raccomandabile, non oggi, almeno."

"Sono sicura hai più di una storia interessante da raccontare, in proposito."

"Oh, diverse," rispose Angelica. "Tutte storie lunghe."

"Dicono siano le più interessanti," rispose Agate, versandosi un po' di vino bianco in un bicchiere.

Le due conversarono per qualche minuto, parlando del più e del meno.

Quando Angelica guardò nuovamente fuori dal finestrino, l'aeroporto si era ridotto ad una serie di vaghe strutture distanti che si allontanavano con velocità crescente. Enormi cartelloni pubblicitari, centri commerciali e fabbriche cominciarono a spuntare prima di essere sostituite dai primi edifici e palazzi, man mano che si avvicinavano al centro città.

Il traffico terrestre ed aereo sembrava infittirsi chilometro dopo chilometro, e ben presto il loro enomotore venne affiancato da shuttle e da altri enomotori. Qualche decina di metri più in basso, automobili e pedoni affollavano strade e marciapiedi.

"Arriveremo a destinazione fra pochi minuti," annunciò Agate, mentre guardava fuori dal finestrino. "La Piramide dovrebbe essere già...Ah...sì, eccola lì."

Angelica si sporse in avanti, guardando alla sua destra. All'inizio, i mezzi che passavano di fianco al loro enomotore distrassero la sua visuale, e tutto quello che riuscì a vedere fu solo una grossa montagna all'orizzonte.

Poi si accorse che la montagna non era affatto una montagna.

Al centro di Downtown Atlanta stava una colossale, monolitica struttura a forma di piramide sospesa nel bel mezzo del nulla, il leggendario quartier generale di DataMorph.

Uno sciame di centinaia di mezzi gli volavano attorno, alcuni dirigendosi verso uno dei suoi attracchi, altri allontanandosi, diretti all'aeroporto o nella città, andando ad infittire il già affollato traffico aereo.

Boe gravitazionali grandi quanto palle da calcio illuminate da una luce che alternava il rosso al giallo segnalavano le corsie da seguire per mantenere il traffico aereo ordinato.

Ben presto, e nonostante si trovassero ancora a una considerevole distanza dalla struttura, la Piramide coprì interamente la visuale del lato destro dell'enomotore.

La luce del sole s'infrangeva contro le pareti in vetracciaio della costruzione, intervallate qua e là da sostegni verticali e orizzontali in carbonfibra, tecno resina e altri metalli polimorfici che contribuivano a sostenere e a mantenere unita e intonsa quella colossale opera dell'ingegneria umana. Le venature sparse di luce color ciano dissipavano l'enorme quantità di energia necessaria per mantenere la stazione in aria, un'energia che veniva trasportata dal nucleo della stazione e che era capace di alimentare il potente motore gravitazionale e gli ammortizzatori inerziali.

Agate le accennò la piattaforma su cui l'enomotore sarebbe atterrato. Era uno spazio quadrato con una diagonale di circa dieci metri.

L'enomotore atterrò sulla piattaforma senza provocare alcun rumore degno di nota. Agate invitò la dottoressa a scendere per prima.

Una porta ovale si aprì automaticamente quando si avvicinarono all'edificio. All'interno, Angelica vide che la struttura era chiaramente stata organizzata come un gigantesco alveare, dove piani separati erano ospitati su livelli e piattaforme diverse ed ognuno di loro era collegato da ascensori e da scale mobili. Gran parte della struttura interna era formata da materiale trasparente, quindi era facile vedere anche a parecchie decine di metri di distanza.

Legioni di persone, la maggior parte delle quali esibivano sul petto il simbolo di DataMorph, si muovevano velocemente tutt'attorno, dirette verso le loro destinazioni. Quasi tutti indossavano oculus, tutti gli altri avevano trigoy o smartphone che esigevano buona parte della loro attenzione. La dottoressa vide anche una mezza dozzina di tecnoristi lì attorno, un paio di loro con impianti facciali talmente visibili che li facevano risaltare sulla folla come arance in un cesto di mirtilli. Andavano tutti di fretta, dal primo all'ultimo, molti di loro quasi correvano, urgenza dipinta sui loro volti. Angelica pensò che quel posto facesse sembrare una metro nell'ora di punta la sala d'attesa di un ospizio.

"Come ti avevo comunicato nel messaggio," disse Agate, "Jason ha diversi impegni per oggi quindi, sfortunatamente, non sarà in grado di riceverti prima di domani pomeriggio. Nel frattempo, ti è stata riservata una suite. Volessi visitare la Piramide o il museo o qualsiasi altra sezione del quartier generale, sentiti pure libera di farlo. Io sarò la tua guida, qualora ne avessi bisogno. Insomma, Angelica, qualsiasi cosa, chiedi, e ti sarà data."

"Grazie," rispose l'eterodon.

Non impiegarono molto per arrivare a quella che Agate aveva chiamato la sua 'suite'. La datamorpher le fece segno di entrare.

"Grazie," disse Angelica, guardandosi attorno e rendendosi conto di trovarsi in una stanza di lusso.

"Ci vediamo domani," disse alla fine Agata, salutando. "Sarò io a portarti negli alloggi di Jason. Nel frattempo, goditi la tua permanenza."

Ciò detto, la datamorpher chiuse la porta dietro di sé, lasciando

Angelica da sola con i suoi pensieri e un'aspettativa crescente che ribolliva come un vulcano in attesa di esplodere.

Adesso che si trovava lì, non avrebbe dovuto fare altro che convincere Jason Cloverfield della bontà dei suoi propositi, e pregare che il suo piano funzionasse.

27

L'ETÀ DELL'ORO

NEW YORK CITY, QUARTIER GENERALE DELLA LAND

Spine

LA SALA CONFERENZE era un vasto spazio rettangolare completamente privo di finestre. La luce proveniva dal soffitto, dove centinaia di piccoli oggetti a forma di mezzaluna erano disposti a semicerchio. Ognuno di loro produceva un bagliore soffuso, né troppo debole né troppo intenso, dando all'ambiente l'aspetto di un pomeriggio inoltrato.

Il marmo delle pareti e del pavimento era percorso da innumerevoli venature color rame, intervallate qua e là da minuscole pietre multicolori, una legione d'infinitesimali quarzi che riflettevano la luce della sala.

Cinquecento sedili erano disposti su più piani, in file equidistanti e separati da corridoi larghi e spaziosi, dove tre persone avrebbero potuto camminare tranquillamente una di fianco all'altra.

In quel momento, la sala conferenze era completamente deserta, eccezion fatta che per la solitaria figura seduta su uno dei sedili che formavano la prima fila.

La figura sembrava a malapena muoversi, e tantomeno cosciente della presenza del nuovo arrivato.

Spine Woodside rimase vicino all'entrata ad osservare quella persona per qualche minuto. Increspò il lato della bocca, formando un sorriso obliquo, quindi cominciò a muoversi verso il palco con passo lento ma sicuro, le sue scarpe provocavano un rumore ritmico e ripetitivo che nella sala riverberava come uno scalpello battuto su una roccia.

La figura non si girò, né diede segno di essersi accorta del Presidente. Rimase seduta dove era, immobile o quasi, lo sguardo concentrato su qualcosa che le stava di fronte.

Mentre camminava, superando una fila di sedili vuoti dietro l'altra, lo sguardo di Woodside venne catturato da un'enorme scultura in uno degli angoli della sala, al fianco della piattaforma rialzata che fungeva da palco. Lì, il simbolo della LAND giganteggiava su tutto il resto.

La donna e l'uomo in ginocchio ai fianchi della sfera erano rappresentati in scala e le loro schiene inarcate raggiungevano il metro e mezzo di altezza. I particolari dei loro corpi erano stati scolpiti in dettaglio; muscoli, tendini e nervi affioravano sulla superficie dando alle sculture un aspetto reale. L'espressione del loro volto era serena, gli occhi semichiusi e la bocca leggermente aperta suggerivano un senso di muta adorazione per l'oggetto sferico che stavano fissando. Al centro della scultura, il globo che separava l'uomo e la donna era talmente grande che avrebbe potuto ospitare un piccolo elefante. La rappresentazione del pianeta Terra inglobava i quattro elementi, le riproduzioni di terra, aria, acqua e fuoco che rilucevano come quattro enormi gioielli incastonati in un lago di ghiaccio.

Woodside distolse lo sguardo dalla scultura del Tetralemento e guardò a sinistra. La fonte del palco, si accorse, era stata energizzata in modo tale da creare una riproduzione multidimensionale.

Quando finalmente raggiunse la prima fila, il leader landista si avvicinò alla persona che aveva visto dall'entrata e si sedette al suo fianco, in silenzio, senza salutare e senza essere salutato.

Si sbottonò la giacca e poggiò un braccio sul sedile vuoto alla sua destra mentre accavallava le gambe. Quando guardò meglio la riproduzione, il suo sorriso appena accennato si allargò, conquistando i lati della bocca.

Yvonne Muchena, seduta alla sinistra del Presidente, non lanciò neppure uno sguardo al nuovo arrivato. Entrambi rimasero in silenzio, guardando la riproduzione che avevano davanti come se nient'altro fosse importante.

Dopo cinque minuti trascorsi in quel modo, Yvonne alzò entrambe le braccia all'unisono e sbadigliò. I suoi occhi arrossati tradivano stanchezza, il suo volto, solitamente ben truccato, era orfano di qualsiasi colore che non fosse il marrone scuro della sua pelle, e anche questa sembrava in quel momento un paio di tonalità più pallida dell'ultima volta che Woodside l'aveva vista.

La sua protégé si strofinò distrattamente il naso con il dorso della mano. "Un classico intramontabile," disse, la sua voce rauca, mentre guardava la riproduzione sul palco.

La frase suonò a Woodside come una semplice constatazione di fatto, ma avrebbe anche benissimo potuto essere una domanda.

"È valsa la pena venire a New York anche solo per sapere dell'esistenza di questa puntata," aggiunse la donna.

Woodside aggrottò la fronte. "Sei una landista da una vita, e non l'avevi mai vista prima d'ora?" chiese, la sua espressione oltraggiata. Poi si ricordò che lei non sapesse neppure dell'esistenza del programma prima del loro colloquio.

Yvonne scrollò le spalle. "La LAND in Africa non è la LAND negli States, Spine," disse. "Le nostre biblioteche non sono così ben fornite e una fonte di questa classe," ed indicò il palco con un esplicativo segno della mano, "è un lusso che pochi possono permettersi. A casa siamo più impegnati a risolvere problemi di tutti i giorni che a dilettarci con il telegoy. In effetti, saresti sorpreso di sapere quanti landisti lì non sanno neppure come sei fatto."

Quell'affermazione sorprese parecchio il Presidente. La LAND era presente nella maggior parte degli Stati del mondo e la sua influenza era particolarmente forte in Africa, che era considerata una vera e propria roccaforte landista, ma forse lui si era aspettato un tipo di organicità che semplicemente la sua organizzazione non aveva. Dopotutto, che cosa sapeva lui davvero della LAND nel continente nero? Notizie da quella parte del mondo raggiungevano la sua scrivania tramite rapporti che avevano cambiato chissà quante mani e che gli venivano consegnati dai suoi collaboratori, sconosciuti burocrati a cui non avrebbe affidato neppure gli scarti del suo cestino. Il Presidente aveva visitato diverse parti dell'Africa, certo, ma mai per più di qualche settimana e sempre e comunque circondato da eserciti di telecamere. No. Dovette riconoscere di non sapere davvero nulla di quel luogo e Yvonne Muchena sembrava una prova concreta di tutto questo.

Non di rado aveva trovato difficile capire quello che l'africana stava pensando, a differenza della maggior parte delle persone che lo circondavano, che per lui erano più o meno un libro aperto.

Pensieri come questi rafforzavano la convinzione di Woodside di aver fatto la mossa giusta scegliendola come campione landista in Scontro Frontale. Per quanto a volte fosse difficile 'leggere' la donna, indubbiamente incarnava molte della qualità che il Presidente cercava in un landista, come carisma, fascino, sicurezza, intelligenza ed intraprendenza.

Certo, Yvonne mancava di esperienza, un ritornello che gli era stato ripetuto più volte da dozzine di voci diverse. Tenoderia era solo la più insistente e fastidiosa tra le tante, ma poco importava l'inesperienza quando si aveva la volontà d'imparare. E Yvonne Muchena, da quando era atterrata a New York, non sembrava aver smesso d'imparare un solo istante. Si era comportata immediatamente come una spugna, assorbendo informazioni, protocolli e notizie con una velocità mostruosa.

I due rimasero in silenzio per qualche altro minuto, mentre la riproduzione continuava a svolgersi davanti a loro. Alla fine Yvonne si strofinò gli occhi e sbadigliò una seconda volta.

"Sei invecchiato davvero male, Presidente," gli disse la sua protégé, mentre si stiracchiava. Un sorriso sornione spuntò sul suo volto. "Mi chiedo dove siano finiti quei due bei bicipiti, o quel paio di spalle da nuotatore," ed indicò con due cenni la riproduzione che avevano davanti.

A quelle parole, il Presidente della LAND ritrovò il sorriso. Yvonne aveva ormai da tempo smesso di dargli del 'lei', e ora lo trattava come una persona che conosceva da una vita. Komla era l'unico altro landista che si permetteva di dargli del 'tu'.

Woodside si mosse sulla sedia, e dovette sforzarsi per non ridere mentre continuava a guardare il palco.

Disagio, incredulità, stupore, nostalgia e un'altra mezza dozzina di stati d'animo diversi battagliarono per emergere, per poter essere palesati in qualche modo, ma il leader landista mantenne l'espressione neutra del suo volto, nascondendo il tutto con quel semplice sorriso.

"Ventisette marzo 2025," disse Yvonne. I suoi occhi scuri sembravano luccicare di una luce che non aveva nulla a che fare con le illuminazioni della stanza e tutto d'un tratto la sua stanchezza sembrò dissolversi nell'aria. "Dodicesimo episodio di Scontro Frontale," proseguì, "Spine Woodside contro Gladia Egea. Mozione del giorno: *L'esplorazione spaziale è un fattore necessario per lo sviluppo della nostra civiltà.*"

Yvonne s'interruppe mentre guardava la riproduzione di un giovane Spine Woodside in piedi dietro ad un pulpito, impegnato a parlare e a gesticolare con ardore. "Quindici milioni e mezzo di spettatori," proseguì la donna, "un impressionante Quality Rating di 9.7 su 10 assegnato da DataMorph. L'episodio vinse il Best Debate of the Year Award, il Premio Gorgia e l'Ultimatum Zerus per il confronto pubblico più stimolante dell'anno. Campione dell'episodio: Spine Woodside, con un incredibile 2.322.938 voti contro 502.223. Una vittoria mai più ripetuta nella storia del programma, un esempio di retorica tutt'oggi citato in saggi, ricerche e pubblicazioni sia altiste che landiste."

L'elenco era stato pronunciato da Yvonne con un climax crescente. L'ultima frase risuonava come il rintocco di una campana che annunciava la vittoria contro un esercito nemico.

"Un mondo più civilizzato," annuì il Presidente, guardando la riproduzione di sé stesso, quindici anni più giovane, con un'espressione a metà tra il divertito e il nostalgico. "Molti ideali, pochi interessi. Niente da perdere, legioni di menti da conquistare. Un momento nella storia in cui un gentiluomo poteva arringare le folle senza dover rendere conto a burocrati e a corrotti, quando i miracoli erano possibili e ogni sfida era vista come un traguardo da raggiungere, non come un cancro da evitare a tutti i costi. Un'età dell'oro in cui intraprendenza, spirito d'iniziativa e un pizzico di sfacciataggine avevano il potere di cambiare il mondo."

L'uomo inspirò ed espirò. I battiti del suo cuore avevano un ritmo diverso rispetto a pochi secondi prima, più veloce, più intenso, decisamente meno rilassato.

Yvonne rimase in silenzio, ma annuì. Entrambi fissarono per qualche altro momento il giovane Woodside arringare le folle e le folle rispondere con applausi, gesti d'assenso e fischi di approvazione. Il pubblico era un'onda di corpi in movimento che si muovevano al ritmo dettato dal loro beniamino.

Woodside scosse la testa. Ora il sorriso che vestiva il suo volto tradiva una valanga di emozioni diverse, emozioni che avrebbero potuto voler dire tutto o niente in particolare. Improvvisamente, poggiò entrambe le mani sul petto, come se stesse cercando di bloccare del sangue che scorreva copioso da una ferita aperta.

"Ora quello stesso gentiluomo è diventato un vecchio," disse, e il suo tono si fece d'un tratto secco, tagliente perfino, "un rudere con diversi chili di troppo e rughe da vendere. Un patetico avanzo sul punto di contarsi i denti con la lingua, per accertarsi che siano tutti al loro posto."

Il silenzio che seguì sapeva di amaro, di perdita e di rassegnazione. Woodside schioccò le labbra, gli occhi che bevevano il suo 'io' più giovane con una traccia mal celata d'invidia e di rimpianti. "Ah, sì, certo...La lezione del tempo," proseguì. "La fama diminuisce per poi sparire, la giovinezza viene reclamata dagli anni, la forza e l'ascendenza frantumate in centinaia di pezzi, avanzi che altre persone reclameranno. Mhm...sì, avanzi della storia."

Un'altra lunga pausa. Il giovane Woodside sul palco stava

dicendo qualcosa, gli occhi che dardeggiavano da un volto all'altro, e il pubblico rispose alzandosi all'unisono, come una marea di corpi che applaudivano e urlavano la loro approvazione.

Il Presidente guardò le sue mani con disdegno. "E così," proseguì, "dopo aver distribuito sogni e speranze, credendo di poter fare la differenza, il gentiluomo si trasforma improvvisamente nel Cesare di un impero di sussurri, strette di mano nell'ombra, ideali corrotti. Il re di un puro e semplice opportunismo, di un plotone di menti depravate votate alla religione del dollaro."

Il landista non sorrideva più, adesso. Questa volta, quando deglutì, sembrò inghiottire saliva e bile in egual misura.

Tutto d'un tratto, guardò la vicina, e fu come se si fosse ricordato all'improvviso che ci fosse qualcun altro oltre a lui nella sala. Il sorriso tornò velocemente ad impreziosire le sue labbra. *Troppo* velocemente. La mezzaluna che vestiva il suo volto era stentata, priva di gioia, artificiale come le luci della stanza.

Woodside batté le mani un paio di volte, come ad esorcizzare con quel gesto la tensione che si era creata. "Ed eccomi qui, a parlare di rimpianti e a sputare veleno come un serpente messo all'angolo, quando ci sono questioni ben più importanti da discutere."

"Potrei sbagliarmi, ma leggo più di un messaggio taciuto tra le righe, Spine," disse Yvonne, mantenendo il tono della sua voce neutro, mentre gettava un'occhiata fugace al vicino.

"Nessun messaggio," rispose il Presidente. "Solo i rimpianti di un vecchio. Ho sessant'anni e me ne sento centoventi sulle spalle."

"Da come la vedo io," disse Yvonne, "avresti potuto risparmiarti diverse notti insonni se avessi evitato di comportarti come un carro armato e avessi almeno tentato di porgere una mano al Consiglio..."

"Notti insonne?" l'interruppe Woodside, scuotendo la testa. "Cosa diavolo vai blaterando? Sto dormendo come un pupo! Richard e i suoi leccacarte non sono certo abbastanza importanti da farmi perdere sonno, dolcezza. No. C'è ben altro che mi tiene sveglio la notte, e non ha nulla a che fare con il gruppo di tagliagole che infesta i miei uffici."

"Nonostante il discorso che hai fatto ad Arvin, ancora non

capisco per quale motivo rendersi nemico il Consiglio in questo modo," Yvonne gesticolò, facendo trapelare un certo nervosismo. "Avresti potuto scegliere un milione di altre persone. Persone più qualificate. Persone più preparate di me. Perché adesso? Perché questo evento? Non doveva essere per forza Scontro Frontale e certamente non dovevo essere per forza io."

Eccoli lì, ancora una volta a discutere di quel punto, pensò Woodside. Yvonne poteva anche aver fatto passi da gigante in poco tempo, ma dopotutto rimaneva la stessa donna dal Congo insicura delle sue possibilità di vincere Scontro Frontale. E tutto quello che aveva fatto nei giorni passati era stato guardare dozzine di episodi di quel programma, dove persone incredibilmente colte e intelligenti si battagliavano a colpi di argomentazioni brillanti.

La ragazza si sentiva chiaramente inadeguata, un pesce fuor d'acqua, non bisognava essere Freud per capirlo.

Il Presidente si accorse che quel momento era molto delicato. Yvonne era una donna molto forte, ma non era indistruttibile. Niente affatto. Dubbio e timore erano elementi che minacciavano di stroncare la sua sicurezza nascente con una facilità disarmante. E questo lui non poteva permetterlo.

"Il tempo non era dalla nostra parte," rispose Woodside alla fine. "Bisognava agire in fretta. Scontro Frontale è un'opportunità caduta dal cielo. Sarei stato un pazzo a non sfruttarla. Come ti ho già detto, abbiamo bisogno di una prova di forza per dimostrare quello che vogliamo dimostrare, nel *modo* in cui vogliamo dimostrarlo. Non esiste migliore piattaforma di Scontro Frontale per farlo e non esiste un gladiatore più letale della donna che ho davanti per portare a termine il piano."

Bingo!

Per una frazione di secondo, Yvonne piegò gli angoli delle labbra all'ingiù, il modo in cui solitamente cercava di nascondere un sorriso soddisfatto. Quella che Woodside vide era un'espressione di compiacimento che durò tutto il tempo di cui il Presidente avesse bisogno per accertarsi che il suo discorso avesse colto nel segno.

Fiducia in sé stessa era tutto quello di cui Yvonne aveva bisogno, al momento.

Yvonne, ovviamente, mantenne la sua espressione corrucciata, ma Woodside sapeva che era più a suo agio, adesso.

"Avresti potuto trovare un modo meno diretto per fare quello che volevi fare, Spine," disse Yvonne, giocherellando con una ciocca di capelli, "Avresti potuto..."

"Sto prendendo un grande rischio, è vero," l'interruppe Woodside, alzando una mano, "ma è un rischio che sono disposto a correre. Se vinci, il mio sostegno alla tua candidatura come mio delfino potrebbe passare le barriere e zittire le voci contrarie nel Consiglio. Ma se perdi, Richard e gli altri burocrati useranno questo pretesto per farmi a pezzi e darmi il benservito." Woodside rise, una risata amara che non durò più di una manciata di secondi. "Licenziato da un'organizzazione che ho creato da zero. Questa sì, sarebbe una fine degna di un Cesare, non trovi?"

Una lunga pausa, poi il Presidente aggiunge, "Per quanto riguarda te, cioccolato fondente, non oso neppure pensare a che cosa i leccacarte ti farebbero senza il sottoscritto a proteggerti. Probabilmente finiresti sul muro dello studio di Richard, vicino alla sua pelle di leopardo e alla testa di rinoceronte."

Fu il turno di Yvonne di sorridere. "Beh," disse, "immagino questo dia ad entrambi una buona ragione per vincere quel dibattito, dico bene?"

"L'hai detto, Hakuna Matata," disse Woodside, annuendo, "L'hai detto." Si alzò dalla sedia e prese a camminare avanti e indietro. Era giunto il momento d'iniziare la discussione per la quale era venuto. "Tenoderia ha espresso più di una volta il suo...disappunto, per il tuo atteggiamento appartato. Sei rinchiusa qui dentro da un bel pezzo. La nostra eterion preferita crede che tu non stia facendo buon uso del tuo tempo, specialmente dopo i guai in cui ci siamo ficcati per garantirti un posto nello show. Non posso certo dire che lei sia mai stata una grande fan della tua candidatura, più di una volta mi ha ricordato che scegliere te sia stato...come l'ha chiamata? Ah, sì! Una 'cattiva strategia mediatica'. Comunque, sembra sia convinta che chiunque abbia messo il tuo profilo di fronte ai miei occhi, lo abbia fatto perché volesse accertarsi che perdessimo miseramente questo Scontro Frontale," Woodside congiunse le mani, proiettò entrambi gli indici verso Yvonne e continuò, "'Inesperta' e 'impulsiva' sono gli aggettivi meno offensivi che usa per descriverti. Allora, che cosa mi dici? Hai qualche parola per mitigare i dubbi di un povero vecchio?"

Yvonne sbuffò. "Madame Azarova dovrebbe imparare a ficcare la sua faccia da insetto da qualche altra parte," disse, tamburellando le dita sul sedile di fianco, in una sorprendente imitazione del suo mentore. "Non sono stata io a chiedere tutto questo, e tu lo sai, Spine. Eppure, ti assicuro di essere completamente dedita a questa cosa."

Orgoglio. Rabbia. Risolutezza. *Bene, molto bene,* pensò Woodside. Aveva scelto la giusta combinazione di parole.

"Forse, ma il suo ragionamento ha senso," insistette lui. "Sei rimasta chiusa in questa sala come una reclusa per giorni e giorni e tutto quello che stai facendo è...beh, guardare queste riproduzioni," ed indicò il palco che stava ospitando la riproduzione multidimensionale del suo scontro con Gladia Egea. "Spiegami come, esattamente, studiare ogni singolo episodio di Scontro Frontale degli ultimi decenni possa essere utile per vincere il dibattito."

"Ti fidi di me?" chiese all'improvviso Yvonne, guardandolo negli occhi.

La domanda, così imprevista, sorprese Woodside, che si fermò sul posto. "Certo che no!" rispose. "Non mi fido di te, non mi fido di Tenoderia, non mi fido neppure di me stesso! Non fidarsi di nessuno è l'unico motivo che mi ha tirato fuori dalla merda in più di una situazione."

"Un ragionamento davvero interessante," concesse Yvonne, "Eppure, io ho una strategia precisa, e il tempo speso a guardare queste riproduzioni non è stato sprecato, è stato messo a frutto in previsione di uno scontro all'ultimo sangue. Hai deciso di mettermi nelle mani il tuo destino e di darmi allo stesso tempo carta bianca.

Bene. Rimani coerente con la tua scelta e dammi fiducia. Non chiedo altro."

Il Presidente studiò il volto della donna, come se cercasse di leggere nella sua espressione gesti che avrebbero potuto tradirla. Niente. Yvonne era una fortezza di tranquillità e di sicurezza.

Woodside sorrise e, alla fine, distolse lo sguardo e si sedette nuovamente. "Una settimana," disse, alzando un dito. "Sette giorni è tutto quello che ti resta per prepararti. Una settimana e..." Woodside s'interruppe, quindi aggiunse, "E la mia completa fiducia."

"Bene," disse Yvonne, "Perché, come ti ho detto, guardare tutti gli episodi di Scontro Frontale è stato divertente e utile allo stesso tempo."

"Lo spero bene," disse Woodside, "la nostra vittoria è diventata una vera e propria esigenza, per più di una ragione. Dobbiamo spezzare un incantesimo, ma questo tu lo sai bene, non è vero? Negli scorsi dieci anni, ci sono stati due scontri tra le parti landista e altista, entrambi vinti dai contastelle. Non possiamo permettergli di vincere la terza volta di fila. Dobbiamo spezzare questa 'Maledizione Wanghiana', o come diavolo la chiamano i media, che brucino tutti all'inferno!" Woodside si sfregò le mani, come se avesse appena toccato qualcosa di sporco, quindi proseguì, "Inoltre, se vogliamo che la gente prenda sul serio la tua candidatura, farai bene a mostrare gli artigli e ad affondare i denti nella carne con l'intenzione di bere del sangue. DataMorph ha notato da tempo il fatto che mi stai orbitando attorno, con tutte le conseguenze che ne derivano. Il tuo profilo sta scalando velocemente la loro classifica. Immagino che tu viaggi nell'etere, tra un episodio e l'altro. Mhm? Bene, perché stando ai loro dati, in questo momento sei la seconda persona più 'bollente' del momento, dietro solo ad una certa Madame delle Note, una vecchia allieva di Cantara Handal. Molte più persone di quanto credessi possibile stanno cominciando a chiedere chi diavolo sei e quale sia il tuo ruolo nei vertici della LAND. Questa pubblicità è un bene e un male allo stesso tempo, un'arma a doppio taglio. Devi dare a questo branco di curiosi che ti stanno sbavando attorno un motivo per iniziare un fottutissimo fan club in tuo onore. E l'unico modo per farlo è stravincere Scontro Frontale. Il passaparola e il tempo che hai passato al mio fianco faranno il resto."

"È vero," ammise Yvonne, "mi sto prendendo del tempo, ma posso assicurarti che è tempo ben speso. La fretta è sempre stata una cattiva consigliera."

"Non confondere la fretta con il tempismo, ragazza," fece Woodside, con il tono di qualcuno che sta impartendo una lezione.

"Non ti viene in mente, *Presidente*, che forse il motivo per cui avete perso puntualmente lo scontro è proprio perché non vi siete preparati nel modo giusto?"

"Illuminami d'immenso, dunque," disse Woodside, allargando le braccia.

"Come desideri," disse Yvonne.

La riproduzione del vecchio episodio di Scontro Frontale svanì nel nulla, sostituita dal profilo di una persona.

"Ah, sì, la nostra piccola nemesi!" esclamò Woodside, annuendo gravemente. "Verha Wardem, Wei 2.0. Il ventinovenne più famoso del momento. Un moccioso di cui faremmo volentieri a meno, non è vero?"

Verha Wardem era un giovane molto basso e magro, con spalle strette e gambe corte ma con una luce che parlava di ascendenza, concentrata nei suoi occhi. Wardem era chiaramente uno di quegli 'esemplari' che andavano molto al di là delle semplici apparenze fisiche. Sì, indubbiamente, rifletté il leader landista. Bastava guardare quegli occhi color marrone chiaro per rendersene conto.

In qualche modo, il suo aspetto ricordava quello di Wei Wang.

"Quando il Direttivo altista ha reso pubblica la sua candidatura, molti pensavano fosse uno scherzo," disse Yvonne. "Verha sarà il campione più giovane nella storia del programma, eppure, la sua similarità con Wang sta facendo in modo che la regione Scommesse Eteriche lo dia come vincitore tre a uno contro la sottoscritta."

"Bene," disse Woodside. "Mi sono sempre piaciute le situazioni disperate."

"Mi sembri oltremodo tranquillo, Spine," disse Yvonne.

"Lo ammetto," disse il Presidente. "Gladia e i suoi contastelle ci hanno davvero sorpreso, scegliendo questo moccioso. Nonostante i sospetti di Tenoderia, chi avrebbe potuto dirlo? Questo ragazzino sbarbato sembra la copia sputata di quel venditore di fumo, e c'è un mucchio di gente là fuori che crede ancora che Wei Wang mangiasse farfalle e scoreggiasse arcobaleni."

"Verha non è soltanto fisicamente simile a Wang," intervenne Yvonne, guardando la riproduzione del campione altista, "questo ragazzo mangiava pane e Platone da quando aveva cinque anni. Chi lo conosce dice che sia un'enciclopedia umana, un vero e proprio giovane portento."

"Sembra quasi che tu lo ammiri," disse Woodside, guardandola di sbieco.

"Come *non* ammirarlo?" gli chiese Yvonne. "Ammirare una persona è il primo passo per capire che cosa la muove. Mi aiuta insomma a mettermi nelle sue scarpe, e quello che ho imparato fino ad ora è che, nonostante la sua intelligenza, nonostante il suo curriculum vitae, Verha Wardem è un giovane che ha vissuto gran parte della sua vita nella bambagia, e questo mi dà un vantaggio su di lui, un vantaggio che posso sfruttare."

Woodside incrociò le braccia. "Bene," disse, "dopo questa bella introduzione, ti decidi a dirmi che cosa diavolo hai in mente?"

"Non posso," fu la semplice risposta della sua protégé.

Woodside la fissò, mentre il silenzio si andava prolungando. "Come dici?" chiese alla fine.

"Ho chiesto la tua fiducia per un motivo, Spine, e tu me l'hai data. Mantieni fede alla tua parola."

L'uomo fece per replicare, ma alla fine si trattenne. Non gli piaceva quel tipo di ragionamento, ma quando aveva accettato di far salire Yvonne a bordo, aveva anche acconsentito a darle carta bianca. Era uno degli elementi che lo preoccupavano maggiormente, ma su cui lui non aveva alcun potere. Se voleva davvero del vento di cambiamento, una rinascita della LAND, novità e imprevisti dovevano essere benvenuti, non combattuti.

"E va bene." Woodside cambiò la domanda, "Che cosa ti *serve*, allora?"

Yvonne sorrise. "È tradizione che il campione landista dia al Consiglio un rapporto contenente la strategia che vuole usare contro il suo avversario, prima di Scontro Frontale. Il Consiglio la valuta, fa domande e dà raccomandazioni basate su questa strategia."

"Sì. E allora?" chiese Woodside.

"Io voglio essere la prima a non dover rendere conto al Consiglio della mia strategia. Non sto parlando solo di una linea generale. Voglio essere libera di non dire *nulla* ad anima viva fino a quando non mi troverò in diretta a Scontro Frontale."

"Vuoi dire, andare a Scontro Frontale senza neppure dire se hai un'idea di come vincere il dibattito?" Woodside fischiò, mentre scuoteva la testa. "Questo sì, mia cara, è chiedere la fiducia di qualcuno! Tanto varrebbe chiedermi di ficcare la testa in un alveare di calabroni!"

"È una buona analogia," disse Yvonne. "Allora. Puoi farlo?"

Woodside si prese del tempo prima di rispondere. Alla fine, con evidente riluttanza, concesse, "Va bene. Dovrò chiedere tutti i favori che mi sono rimasti, ma posso farlo, possa mantenerti lontana dal Consiglio. Ora, vuoi dirmi oppure no che cosa ti passa per la testa?"

"No, Spine." L'espressione di Yvonne era inflessibile. "Non se voglio fare quello che devo fare *come* lo voglio fare."

"Sei testarda, donna! Spero davvero che ti stia preparando a discutere quella dannata mozione come se avessi Socrate e Platone nascosti dietro alle orecchie!"

Yvonne scosse la testa. "La mozione non è mai stato il punto di Scontro Frontale, Spine. Mai. Tu non hai vinto lo scontro con Gladia perché le tue argomentazioni erano migliori delle sue. Hai vinto lo scontro perché hai guadagnato più applausi, suscitato più sorrisi, creato una connessione più diretta con il pubblico. Se si trattasse di un braccio di ferro tra cervelli io ne uscirei distrutta, come tu saresti uscito distrutto dallo scontro con Gladia. No. Questo dibattito non verrà vinto dal più erudito o dal più intelligente. Sarà uno scontro caratterizzato da battute e da colpi di scena, condito dal sensazionalismo e dall'improvvisazione, uno scontro che verrà vinto dal migliore cacciatore di applausi. Allora. Ho la tua parola d'onore che farai tutto quello che puoi per tenermi i burocrati lontani dalla gola?"

Woodside guardò per un lungo momento gli occhi scuri della donna, così carichi di determinazione. Alla fine, disse, "Non mi hai sentito la prima volta? Hai la mia parola, cioccolato fondente. Dio solo sa se non abbiamo bisogno di vincere quel dibattito."

Yvonne scosse la testa, come se al Presidente stesse sfuggendo qualcosa d'importante.

"Non si tratta di vincere il dibattito, Spine," disse, facendo scomparire l'immagine di Verha Wardem mentre stringeva la mano a pugno. "Si tratta di vincere il pubblico."

FERITE CHE NON SI RIMARGINANO
DÜSSELDORF, OSPEDALE EVANGELISCHES KRANKENHAUS

Erik

R AMOR DERINGER SVOLTÒ l'angolo e procedette spedito. I suoi occhi dardeggiavano da una parete all'altra del corridoio, perlustrando con attenzione le targhette affisse sulle porte che si ripetevano una di fianco all'altra.

Alla fine dell'ennesimo corridoio svoltò a destra e si trovò di fronte una mezza dozzina d'infermiere circondate da un piccolo sciame di droni ipodermici. Le donne in divisa erano impegnate a distribuire i piccoli automaton poco più grandi di un'unghia in varie stanze.

"Permesso," disse in tono sbrigativo, rivolgendosi al gruppo che si era fermato in mezzo al corridoio per controllare il dosaggio di alcuni medicinali. Un paio di loro distolsero lo sguardo e guardarono Ramor, quindi fecero largo, mentre con alcuni rapidi movimenti delle mani spostavano lo sciame di mini-droni, permettendo così all'uomo di passare.

Il corridoio si fece sempre meno affollato mentre proseguiva verso la sua destinazione e le ultime persone che vide furono una coppia di dottori che gli passarono di fianco borbottando animatamente. Colse un frammento della conversazione e capì che i due stavano commentando i risultati di un'hyperografia che stavano guardando sui loro oculus.

Uno strano odore di disinfettante misto a quello che avrebbe giurato fosse aceto permeava l'ambiente bianco e sterile che caratterizzava l'edificio. Storse la bocca e si mise per riflesso una mano davanti al naso. L'uomo detestava gli ospedali. Le loro pareti prive di decorazioni o di colori gli facevano venire in mente pensieri tristi e sconfortanti e quell'odore così caratteristico lo metteva di malumore, come se non lo fosse già abbastanza in quel momento.

Mentre camminava, continuò a controllare con occhiate nervose i vari numeri che si ripetevano sulle porte. Perlomeno quella parte dell'edificio sembrava completamente deserta, pensò, felice di non doversi destreggiare tra pazienti, dottori, infermieri e i loro attrezzi.

Trecentoventidue...trecentoventisette...trecentoventinove...

Ramor si fermò quando trovò finalmente la stanza che stava cercando. Il numero trecentotrentadue era inciso sulla penultima porta prima della fine del corridoio.

Riprese a camminare con solerzia, la sua mente affollata di pensieri mentre guardava distrattamente il pavimento color perla del corridoio. Quando alzò nuovamente la testa, pronto ad aprire la porta della stanza numero trecentotrentadue, fu sorpreso di notare l'alta figura ritta e completamente immobile che lo stava fissando a fianco dell'entrata.

Ramor indietreggiò di tre passi, preso completamente alla sprovvista, e con un'espressione accigliata valutò l'autotron che gli stava restituendo lo sguardo. L'uomo riconobbe immediatamente i tratti caratteristici del modello, un eptanide serie Arcadia, con un rivestimento di un colore simile al ghiaccio. I suoi occhi artificiali erano un'intricata e complessa successione di cristalli microscopici arrangiati in modo tale da permettergli, all'occorrenza, una vista a centottanta gradi.

Dalla sua posizione, sembrava che quell'autotron fosse a guardia della stanza.

Ramor aggrottò la fronte. La sua espressione mostrava sorpresa, irritazione e impazienza al tempo stesso. Si mise le mani sui fianchi mentre tamburellava un piede sul pavimento.

"Designazione?" chiese l'uomo in tono seccato, rivolgendosi all'autotron mentre continuava a studiarlo.

L'autotron mosse impercettibilmente la testa, come per salutare il nuovo venuto. "Buon pomeriggio, signor Deringer," rispose, guardando l'uomo tarchiato. "Io sono On-Eni-Quinto, ma può chiamarmi semplicemente On se..."

"On-Eni-Quinto?" lo interruppe Ramor, alzando una mano. "*Quinto*, hai detto? Che razza di designazione è mai questa?"

L'uomo si girò verso il corridoio deserto. Guardò a destra e a sinistra, come se si aspettasse che qualcuno confermasse o smentisse le parole dell'autotron, quindi tornò a fissarlo.

Sulla parte del petto in cui avrebbe dovuto esserci un capezzolo, l'autotron aveva effettivamente scritto a chiare lettere:

ON-ENI-QUINTO

Ramor aggrottò se possibile in maniera ancor più pronunciata la fronte, sorpreso di vedere la parola 'quinto' al posto del corrispondente numero, come era consuetudine trovare in tutti gli autotron. Quella sigla era decisamente peculiare. La designazione dell'autotron era una scelta che avrebbe definito quasi romantica, piuttosto che matematica. Qualcosa che aveva senso, rifletté, alla fine. Erik Deringer, dopotutto, era il figlio di Sofia, e sua sorella aveva sempre amato giocare con lettere e con numeri, combinandoli in modi strani e bizzarri per creare significati che solo lei poteva cogliere.

E questo eptanide apparteneva *chiaramente* al ragazzo. Ecco il vero motivo per cui si trovava lì. Doveva essere la guardia del corpo di quello sconsiderato.

"Dove sono gli sbirri?" chiese in tono urgente, guardando ancora una volta dietro di lui.

On sembrò elaborare per un paio di secondi la domanda dell'uomo, quindi disse, "Erik ha creduto fosse saggio far aspettare le forze dell'ordine fuori dall'edi..."

"Saggio?" gli abbaiò contro Ramor, incapace di trattenere una frustrazione che si era tenuto dentro per ore. "Quell'imbecille non ha idea di che cosa sia *saggio!* Ne è prova il fatto che il suo deretano si trovi lì dentro!"

On non rispose allo sfogo d'ira; continuò semplicemente a guardare l'uomo.

"Lascia perdere," grugnì Ramor alla fine. "Dimmi, piuttosto, che fine ha fatto EN-IN-50?"

On piegò la testa di un centimetro verso destra. "L'esanide con designazione EN-IN-50 è stato disassemblato un mese, tre giorni e ventuno ore fa," rispose in tono piatto. "Io ho sostituito quel modello come assistente personale di Erik Deringer."

Ramor sembrò pensare per un momento a quello che On gli aveva detto mentre guardava la porta che aveva davanti. L'uomo aveva chiaramente fretta di entrare nella stanza, ma allo stesso tempo sembrava sospettoso della presenza dell'autotron.

"AIN?" chiese Ramor, avvicinandosi ad On e cominciando a scrutarlo da cima a fondo. Toccò la superficie liscia dell'autotron e prese a girargli attorno, come se stesse valutando un elettrodomestico da tutti gli angoli per accertarsi che non fosse difettoso.

"Magistra Argento 7456 G," ripose On con lo stesso tono piatto che aveva usato poco prima, lasciando che l'uomo lo toccasse senza opporre resistenza.

Ramor ripeté a bassa voce quello che aveva detto l'autotron. Inspirò lentamente, si allontanò di un passo da On e si grattò la fronte. Sembrava indeciso sul da farsi.

"Va bene, allora," disse alla fine, guardando per la prima volta On direttamente negli occhi, come se con quel gesto avesse dato all'automaton il diritto di esistere. "Nessuno entra da questa porta mentre sto parlando con mio nipote. Sono stato chiaro, eptanide?"

"Ricevuto," confermò On.

Ramor fece per entrare, ma si fermò all'improvviso, come se un presentimento lo avesse preso per il collo, costringendolo a girarsi. Si rivolse nuovamente all'autotron. "Qualcun altro che non fosse il personale medico o le forze dell'ordine è entrato in questa stanza?" chiese.

"No," rispose On, "ma il professor Kenta Kurosawa ha fatto sapere che sarà qui tra un paio d'ore, signore."

"Kurosawa," ripeté Ramor, scuotendo la testa, un'espressione acerba sul volto. "C'era da aspettarselo."

"Signore?" chiese On, guardando nuovamente l'uomo, come se non avesse capito cosa l'altro volesse dire.

Ramor si schiarì la gola, "Ehm, nulla, nulla. Stavo...Stavo solo... Non fa niente. Nessuno entra da questa porta, sono stato chiaro?"

"Signore," disse On, senza smettere di guardarlo, "la sua richiesta era già stata articolata correttamente la prima volta."

Ramor Deringer strabuzzò gli occhi, come se non si fosse aspettato una risposta del genere. Quell'autotron aveva appena fatto una battuta? Per un interminabile istante si aspettò che On gli desse una pacca sulle spalle e scoppiasse a ridere, ma l'eptanide riprese semplicemente a fissare il corridoio.

Ramor decise che aveva perso anche troppo tempo di fronte a quella porta. Dopo aver lanciato un'ultima occhiata a On, bussò un paio di volte. Nessuno rispose.

"Sto entrando, ragazzo." Ramor entrò nella stanza senza aggiungere altro.

Una luce non molto più intensa di quella del corridoio illuminava la piccola stanza di forma rettangolare. L'uomo si chiuse la porta dietro di sé e studiò il nuovo ambiente.

Erik Deringer era sdraiato su un letto, il braccio destro era poggiato sul comodino mentre con la mano sinistra stava muovendo un trigoy sospeso in aria. Il ragazzo alzò appena la testa quando l'uomo entrò nella stanza ma ritornò quasi immediatamente alla lettura delle informazioni prodotte dal suo trigoy.

"Zio," salutò Erik senza guardarlo, muovendo lentamente gli occhi a destra e a sinistra mentre leggeva alcuni dati.

Ramor si accertò che la porta fosse chiusa, quindi tornò a guardare il giovane Presidente delle Industries, rimanendo immobile per circa trenta secondi e trattenendo il fiato per altrettanto tempo. Si accorse che i battiti del suo cuore erano accelerati di parecchio, da quando era entrato nella stanza. Continuò a fissare il ragazzo rimanendo in silenzio, come se si aspettasse che fosse l'altro ad iniziare a parlare, a dire qualcosa, qualsiasi cosa.

Aspettò invano. Erik non dava segno di curarsi minimamente del nuovo arrivato. Continuava semplicemente la sua lettura senza neppure alzare lo sguardo, trattando lo zio come se non meritasse più attenzione delle lenzuola che lo coprivano.

Ramor mise le mani dietro la schiena e serrò la mascella. Le labbra erano una sottile linea orizzontale quasi completamente nascosta dai folti baffi color pepe. Tutto d'un tratto, come se fosse stato acceso da un interruttore, proiettò le braccia all'infuori e urlò, "Allora? Te ne rimarrai lì impalato, come se non fosse successo niente? Eh? Come hai potuto fare una cosa così dannatamente stupida?"

"Oh sì, sto bene. Grazie per averlo chiesto, zio," fece Erik per tutta risposta, continuando a leggere senza neppure alzare lo sguardo.

Ramor scattò in avanti, fece una mezza dozzina di passi verso il letto, come se volesse afferrare e scuotere il ragazzo, ma si fermò a metà strada. Aprì e chiuse le mani, indicò il giovane e serrò i denti con tanta forza che le gengive cominciarono a dolergli.

"Guardami, piccolo imbecille!" disse Ramor. "Guardami, ho detto! Avresti potuto lasciarci la pelle, te ne rendi conto? Che cosa cazzo ti è passato per la testa? Non ci sono parole per descrivere la tua stupidità!"

Erik alzò finalmente lo sguardo. Quando parlò, usò un tono lento e controllato, come se si stesse rivolgendo ad un bambino ottuso che non voleva andare a letto. "Rilassati, zio. Ti stai agitando per qualche graffio. Sto bene."

"Qualche graffio," ripeté Ramor con tutta l'indignazione che riuscì ad esternare. Cominciò a camminare avanti e indietro mentre si passava una mano tra i capelli già scompigliati. Finalmente si fermò al centro della stanza, si rivolse verso il nipote e alzò tre dita, "Tre costole rotte," iniziò, palesando una rabbia incontrollabile, "la mascella spaccata e Dio solo sa quante contusioni! Sei stato fortunato che quei fobaron non ti abbiano scuoiato vivo!"

"La fortuna non c'entra niente, zio," rispose Erik con lo stesso tono calmo e rilassato che aveva fatto spazientire lo zio. "Era un rischio calcolato. On era con me," ed indicò la porta chiusa con un distratto movimento della mano. "Non avrei corso alcun pericolo... serio. Credimi. Volevo solo distrarre quella feccia prima che la polizia arrivasse."

Dopo qualche secondo di silenzio il ragazzo aggiunse, come per dare maggior forza alla sua argomentazione, "Lo sai, ne abbiamo presi una mezza dozzina grazie al nostro intervento. Alcuni di loro sono rimasti fino alla fine per cercare di mettere fuori uso On. Quegli idioti!" Erik produsse un ghigno soddisfatto, come se fosse stato lui stesso a mettere le manette ai farabutti. "Dovresti darmi una medaglia, zio, non farmi la predica."

"Grazie al *nostro* intervento?" ripeté Ramor, senza capire. "Che cosa diavolo vorresti dire?"

"Te l'ho detto," fece Erik, sistemandosi meglio sul letto, "una mezza dozzina di quegli sporchi fobaron sono rimasti indietro quando mi sono fatto vivo, per attaccarmi, ovviamente. On era al mio fianco quando è successo. Vedi? Ora grazie a noi ci sono sei psicopatici in più a marcire in galera."

"On?" Ramor sembrò confuso, ma capì quasi all'istante di che cosa il ragazzo stesse parlando. Collegò il nome 'On' alla conversazione che aveva avuto nel corridoio.

"Vuoi dire l'eptanide fuori dalla stanza?" chiese. "Va bene, parliamo...parliamo di quello...di quell'eptanide, allora. Cos'è, la tua nuova guardia del corpo?"

"È il mio...segretario," disse Erik, distogliendo lo sguardo dallo zio.

"Ti spiacerebbe elaborare?" lo pressò Ramor, muovendo una mano e replicando con essa il movimento di un mulinello.

"Il mio...nuovo assistente," precisò il ragazzo. "Ha sostituito Enin un mesetto fa."

"Beh, era ora che ti sbarazzassi di quel rudere," disse Ramor, "erano anni che te lo portavi attorno. Ma perché non mi hai fatto sapere niente?"

Erik scoppiò a ridere, una risata acida che ebbe vita breve. "Perché non ti ho fatto sapere...Stai scherzando, vero? Dovrei chiamarti ogni volta che vado in bagno, alzo la tavoletta e faccio una pisciata? Ho cambiato il mio autotron, zio, non è una faccenda d'interesse nazionale."

"Stai attento a come parli, signorino..."

"Signorino?" la parola sembrò alterare all'improvviso l'umore di Erik. "Ho vent'anni, zio! Non sono un moccioso che puoi punire con una sculacciata o premiare con un lecca-lecca! OK, sai che ti dico: se sei venuto qui soltanto per farmi una predica, hai fatto quello che dovevi, hai adempito con successo al tuo compito. Ora, quella è la porta. Puoi anche toglierti di torno, adesso. Ho del lavoro da fare!"

"Erik," lo zio lo fissò con un'espressione incredula, "quei tizi avrebbero davvero potuto farti fuori. Cristo Santo, non sono qui per farti una ramanzina, sono qui per aiutarti. Non riesci davvero a capirlo?"

"Stavano attaccando le Industries, zio!" sbottò Erik. "Che cosa ti aspettavi che facessi? Eh? Che rimanessi con le braccia incrociate mentre quella feccia distruggeva l'ultimo edificio che ci è rimasto?"

"No," disse Ramor, senza battere ciglio, "mi aspettavo che usassi il cervello e ragionassi come il figlio di Sofia Deringer."

Quella frase sembrò ammutolire Erik per qualche secondo. Il nipote si mise entrambe le mani dietro la nuca e guardò in silenzio il soffitto.

"Va bene, ho sbagliato," ammise alla fine Erik, senza mostrare nessun chiaro segno di pentimento, "non sarei dovuto entrare nella mischia, non avrei dovuto permettergli di pestarmi in quel modo, eccetera, eccetera," mosse una mano sopra la testa, come per enfatizzare le sue parole, quindi proseguì, "Comunque, quel che è fatto è fatto, OK? Ora sto bene, davvero. Ho entrambe le braccia e gambe attaccate al corpo e nessun danno permanente. Faccenda risolta. Ora, possiamo cambiare argomento?"

Ramor Deringer non replicò. I due si guardarono in silenzio per qualche secondo, quindi l'uomo prese una sedia vicino alla scrivania e l'avvicinò al letto di Erik.

Il ragazzo fece una smorfia e incrociò le braccia. Il trigoy smise all'istante di proiettare informazioni, assumendo modalità dormiente.

"Ascolta," iniziò Ramor una volta che gli fu seduto accanto. Il tono della sua voce si era abbassato notevolmente e le sue maniere si erano fatte più concilianti. "Questa faccenda si sta facendo pericolosa per te, ragazzo. *Molto* pericolosa. Dobbiamo parlarne e tu mi devi ascoltare, questa volta."

Erik aprì la bocca, ma lo zio lo precedette. "Aspetta...aspetta, fammi finire," disse, facendogli segno di ascoltare. "Devi cominciare a renderti conto che stai correndo dei rischi seri. Questo non è un gioco. Stai andando troppo oltre con questa tua crociata solitaria. Devi capire che esiste un limite e che oltrepassarlo non porterà niente di buono. *Niente*."

"Zio..." iniziò Erik in tono chiaramente frustrato, ma l'uomo alzò una mano, interrompendolo ancora una volta.

"Per favore, fammi finire."

Erik chiuse la bocca e sbuffò.

Ramor si sistemò sulla sedia, quindi proseguì, "La situazione...la situazione sta cambiando. Sta degenerando molto rapidamente. Tutti questi fobaron spuntati negli ultimi mesi...i puristi, gli umanisti, insomma, tutta questa gentaglia, stanno guadagnando parecchi simpatizzanti. Quelle che una volta erano semplici unità create da una manciata di hippy senza davvero nessuna agenda politica sono diventate rapidamente province o regioni organizzate e strutturate, con una gerarchia, un forte seguito e diversi contatti ai posti giusti. L'Humanitas ha già assorbito la metà di questi criminali e un'altra dozzina di fusioni come queste sono previste nei prossimi mesi. Erik, pensaci! Di questo passo, l'Humanitas diventerà una delle regioni più grandi e diffuse sulla piazza! Quando una cosa del genere succederà, perché succederà, i fobaron avranno una piatta-forma incredibilmente sviluppata dalla quale esercitare pressione per far sentire la loro voce."

"Pensi che non lo sappia, zio?" disse Erik. "Pensi che non legga le notizie? Zacharias Hawke fa la voce grossa ma la sua regione è soltanto una compagine di estremisti e di criminali. È soltanto un venditore di fumo che sente voci nella notte. Tutti lo sanno!"

"Erik, cos'è? Sei cieco o semplicemente stupido? Hawke ha più influenza ora di quanta ne abbia mai avuta in passato! Non capisci? Ora che abbiamo messo sul mercato gli eptanidi, ti posso assicurare che questi tizi cominceranno a farsi vedere sempre di più, a testare davvero fino a che punto l'opinione pubblica sarà disposta a imple-mentare autotron nella vita di tutti i giorni. Hawke e i suoi umanisti sono sul piede di guerra e la Planetaria agirà in un battibaleno se percepirà anche solo il fantasma di un problema. Dobbiamo tenere un basso profilo. Non dobbiamo dare a questa gente il pretesto di iniziare una guerra mediatica che potremmo perdere miseramente."

"La Planetaria è una colossale battuta che nessuno ha mai capi-to," disse Erik, liquidando l'intera faccenda con una smorfia che palesava irritazione. "Dovrebbero incriminare quei jurion e tutti i burocrati da quattro soldi che gli orbitano attorno e impiccarli per aver varato quell'abominio che chiamano Purificazione Tronic..."

"Ecco, questo è esattamente il punto, Erik!" lo interruppe Ramor, punzecchiandolo sulla spalla con un dito. "La Planetaria ha il potere di distruggere tutto quello per cui abbiamo lavorato. Rifletti. L'indu-stria autotronica non è mai stata così in discussione. I prossimi anni saranno fondamentali per capire se il genere umano riuscirà ad inte-grarsi davvero con questo tipo di tecnologia o se permetterà al Complesso di Terminator di avere la meglio. Pensala in questo modo: tutto quello per cui abbiamo lavorato, tutto quello che ha fatto tua madre, potrebbe dipendere dalle *tue* azioni. Devi comin-ciare a comportarti come una persona responsabile e a renderti conto che è venuto il momento di decidere tra che cosa è *giusto* e che cosa è *saggio*."

"Credimi, zio," disse Erik, guardandolo con occhi colmi di determinazione, "non hai la più pallida idea di quanto sia consapevole di quello che hai appena detto."

"Davvero?" chiese lo zio, annuendo ripetutamente, "perché quello che hai fatto, farti gonfiare come un pallone da quel branco di fobaron, non ha davvero niente di saggio! O farti massacrare in diretta da quell'effeminato di Gosema Omen! Quante persone credi di aver convinto, facendoti trattare come un clown, eh? Che cosa ti è passato per la testa? Credi di aver cambiato qualcosa? Credi che la tua figuraccia abbia aiutato la tua causa?"

Erik mosse una mano, come per scacciare via le implicazioni delle parole dello zio. In realtà il ricordo del talk show bruciava ancora come una ferita aperta. Ramor approfittò del silenzio del nipote per andare avanti.

"Il mondo sta cambiando a velocità pazzesca," Ramor riprese, sottolineando ogni parola. "L'industria degli autotron può essere un bene per persone come te e me, ma c'è un esercito di gente là fuori che non la pensa come noi. Apri gli occhi, ragazzo. Stai davvero seguendo le ultime notizie? Molti lavori sono stati già completamente automatizzati, decine di migliaia di posti di lavoro verranno persi a causa nostra. La gente comincerà a guardarsi attorno e a cercare qualcuno a cui dare la colpa. I tuo comizi sull'abrogare la Purificazione Tronica...Erik, Cristo Santo! È come gettare magma sul fuoco! Seguimi nel mio ragionamento, per favore. La metà dei fobaron farebbe carte false per darti una lezione e l'altra metà non ci penserebbe un secondo a farti a pezzi. Tu sei un simbolo, rappresenti qualcosa che questa gente odia dal profondo del cuore perché sono convinti che li abbia privati delle loro vite, delle loro identità, della loro umanità. Per ogni nuovo autotron che viene messo sul mercato nascono almeno cento fobaron pronti a fare quello che quei terroristi hanno fatto alle Industries. La faccenda non farà che peggiorare, specialmente ora che hanno la piattaforma degli umanisti a disposizione. Zacharias Hawke è un capo setta psicopatico disposto a tutto per allargare la sua influenza. Devi smetterla di dipingerti un bersaglio sulla faccia e gridare al mondo di colpirti. Sii contento di quello che abbiamo, del bene che stiamo facendo, delle vite che stiamo cambiando grazie all'eredità ancora viva di tua madre."

"Ma se noi facessimo finalmente capire alla gente che la Trimestrale..." iniziò Erik, ma Ramor l'interruppe.

"La Trimestrale è una battaglia che al momento non possiamo vincere," sentenziò lo zio, scuotendo la testa con fare deciso. "Un autotron intelligente non è proprio il genere di cosa che aiuterebbe l'opinione pubblica a schierarsi dalla nostra parte. La gente vuole un elettrodomestico, non un maledettissimo automaton pensante. Sai di che cosa sto parlando, sai dei problemi che anche solo un'idea del genere potrebbe creare. I fobaron non aspettano altro che un capro espiatorio sul quale sfogarsi, un pretesto per marciare con le torce in mano. Non dargli motivi di complicarci la vita, te lo chiedo con il cuore in mano, Erik. Chiudi la bocca, tieni la testa bassa e vivi la tua vita senza doverti guardare le spalle ogni volta che giri l'angolo."

Ramor riprese fiato e si lasciò andare sulla sedia, come se avesse appena finito una lunghissima corsa. Aveva la gola arida e le labbra secche. Doveva bere, ma non adesso. Adesso era il momento di far capire a quella testa di pietra di suo nipote come evitare di farsi ammazzare.

Passarono dieci secondi di silenzio, quindi Erik disse, "Hai finito, ora? Posso parlare?"

Ramor annuì.

"Bene," disse Erik, mentre si schiariva la voce. "Allora, per prima cosa, non me ne frega assolutamente niente di quello che pensano quegli psicopatici. La gente deve sapere che cosa ha significato l'implemento della Trimestrale, le conquiste di cui ci stiamo privando. Zio, ti rendi conto delle occasioni che stiamo perdendo? Rispondi a questa domanda: tu avresti vietato internet per salvare le biblioteche? Un autotron lobotomizzato dalla Trimestrale non è affatto un autotron, è un insulto a tutto quello per cui mamma ha lavorato. Viviamo in un mondo che ha preso una svolta inaccettabile. Un mondo di possibilità perse! Tu più di tutti dovresti capirlo. Tu eri con mamma e Kenta durante l'esperimento della Triade, quando tutto è iniziato. Non dovrei essere io a spiegarti queste cose. Non mi fermerò mai, non fino a quando il sogno di Sofia Deringer non tornerà ad essere realtà."

"Erik, ti rendi conto di che cosa stai dicendo?" sbottò Ramor. "Guarda alla realtà dei fatti! Apri gli occhi! Vivi in una realtà in cui gli umanisti hanno la nona regione più vasta del fottutissimo pianeta!" Ramor si alzò di scatto dalla sedia. "Stanno radunando sempre più sostenitori, fondi, risorse e contatti. Le persone pensano che sia *tu* lo psicopatico, Erik! Non capisci? La situazione non è mai stata così complicata e instabile per noi tutti. C'è dell'altro, voci di corridoio che aggiungono merda al porcile. Gli umanisti non stanno solo assorbendo come pazzi unità e province con obiettivi anche solo remotamente simili al loro, sembra che stiano pianificando di fondersi con la LAND. La LAND, ragazzo! Anche solo il pensiero che accada una cosa del genere mi fa accapponare la pelle. Capisci che cosa questo vorrebbe dire? Con il sostegno dei landisti tutti questi fobaron potrebbero davvero bloccare o distruggere completamente l'industria autotronica. Tutto quello che dobbiamo fare ora è volare basso. Finiscila con la tua crociata solitaria, non farai che peggiorare le cose. Quante volte vuoi che lo ripeta? Oppure vuoi che mi metta in ginocchio e cominci a supplicarti, eh? Per favore, Erik. Per favore. Basta cazzate!"

"No, questo è esattamente quello che dobbiamo evitare," ribatté ostinatamente il ragazzo, "Dobbiamo battere il ferro finché è caldo. Sono solo stupide voci di corridoio, zio, rigurgiti sensazionalistici di DataMorph, probabilmente. Non crederai mica a tutto quello che si cinguetta nell'etere, no? Andiamo! Non farti squagliare le palle!"

Ramor fece schioccare le labbra in un gesto di frustrazione e scosse la testa. *Stupido! Lo sai che ho ragione!* pensò adirato. Il ragazzo era sempre stato un'inguaribile testardo, ma in quel momento sembrava anche accecato dall'orgoglio. Come poteva fargli capire che si stava sbagliando?

Cercò di cambiare strategia. Avvicinò ulteriormente la sedia al letto ed Erik si ritrasse di qualche centimetro.

"Senti," disse Ramor, "ho delle novità. Novità molto buone per te. Ho parlato...ho parlato di te a Mitch Atkins, sai, il CEO della

Maglev Sun, un vecchio amico di tua madre. Abbiamo lavorato insieme ai tempi dell'esperimento della Triade e...Beh, Mitch è una bravissima persona e ha detto che sarebbe entusiasta di avere un giovane con la tua testa a dirigere il suo gruppo di..."

Erik sbuffò. "Non posso crederci," esalò. "Ci stai provando ancora! No, zio. Ti ho già detto che ho già un lavoro. Devi finirla con i tuoi incontri combinati. Non sono interessato a fare da portaborse a qualche multimiliardario che deve la sua fortuna a mia madre."

Ramor scosse la testa, "Sei testardo come un mulo, ragazzo. Devi smetterla di attaccarti al passato. Lo capisci che stai sprecando la tua vita? Sii intelligente, guarda al futuro, alle possibilità che hai davanti, quelle vere."

"So esattamente che cosa voglio e so che non sarà facile, ma non permetterò a qualche osso rotto di farmi cambiare idea. Quello che sto facendo è giusto!"

"Erik, non essere stupido. Sto cercando di aiutarti, non lo capisci?" Ramor allungò un braccio, cercando di afferrare la mano del ragazzo, ma l'altro lo scansò con un gesto brusco.

"Aiutarmi?" ripeté Erik, guardando Ramor senza batter ciglio. "Hai perso molto tempo fa la tua possibilità di aiutarmi, zio." Guardò verso la porta. "Se davvero volessi aiutarmi, ti comporteresti come tua sorella, non come un codardo che nasconde la testa sotto la sabbia. Hai abbandonato mia madre una volta, e ora vuoi che io segua il tuo esempio, facendo lo stesso, tutto per avere una vita facile. Abbozzare e abbassare la testa per vivere nel lusso e nella benedizione della schiavitù degli ideali. Mi dai il voltastomaco! Come osi anche solo pensare di poter dire a *me* che cosa sia giusto e che cosa sia sbagliato? Vattene! Fuori di qui! Lasciami da solo!"

Quelle parole sembrarono aprire una breccia nell'espressione dello zio. Imbarazzo, dispiacere e confusione baluginarono nei suoi occhi, entrambi coperti da un velo di umidità crescente che rifletteva leggermente la luce artificiale della stanza.

Ramor scosse la testa ancora una volta, quindi si alzò dalla sedia, molto, molto lentamente, aiutandosi con le braccia. Non si accorse che le sue gambe stavano tremando.

Erik sembrò improvvisamente consapevole di aver detto qualcosa di sbagliato, di aver lasciato che la sua frustrazione crescente per le parole dello zio avesse la meglio su di lui. Aprì la bocca, fece per dire qualcosa, mitigare le sue ultime, aspre affermazioni, ma le parole non uscirono fuori.

Ramor Deringer fece un singolo, verticale movimento della testa, un sorriso amaro increspò i bordi della sua bocca. S'incamminò verso la porta senza dire una parola, quasi trascinando un piede dietro l'altro, quindi l'aprì, come se le sue azioni fossero state comandate da un burattinaio invisibile.

Alla fine, si girò verso il letto, ma non guardò il nipote.

"Sto facendo quello che posso per curarmi di te, Erik, ma non mi stai rendendo le cose facili."

L'uomo fece un passo in avanti, ma prima di chiudere la porta dietro di sé aggiunse, "Tra un talk show e una conferenza, vai a trovare tua madre, ragazzo. Glielo devi, almeno su questo credo siamo entrambi d'accordo. Chiede spesso di te, ultimamente."

La porta si chiuse gentilmente, quasi senza provocare rumore.

Erik richiamò il trigoy con un gesto della mano, quindi fece passare il piccolo oggetto di forma piramidale tra una mano e l'altra. Una...due...tre volte.

Alla fine, scaraventò con rabbia il trigoy contro il muro della stanza. La piccola piramide rimbalzò sulla parete e cadde a terra con un tonfo sordo.

∞∞∞

On-Eni-Quinto aspettò che Ramor avesse voltato l'angolo prima di entrare nella stanza, chiudendosi la porta dietro. Guardò il figlio di Sofia Deringer, avanzò di un paio di passi per poi fermarsi completamente.

"Erik, hai bisogno della mia assistenza?" chiese, mentre guardava il trigoy rotto che giaceva per terra.

"No," disse il ragazzo a denti stretti e con gli occhi umidi, indicandogli la porta, "ho bisogno che ti togli dalle palle!"

"La mia analisi rivela frustrazione, nervosismo e malumore crescente nella tua impronta vocale," disse On, rimanendo dove era. "La mia banca dati suggerisce ventinove modi diversi per *pacificarti*."

"Pacificarmi?" nonostante il suo stato emotivo, Erik non poté trattenere un sorriso. Tirò su con il naso e guardò il suo assistente. "Esiste davvero una parola del genere?"

"Esiste adesso," rispose semplicemente l'autotron, sostenendo lo sguardo del ragazzo.

Erik fece segno all'autotron di avvicinarsi. On eseguì, prendendo il posto lasciato vuoto da Ramor.

Ci fu silenzio per qualche secondo, poi Erik disse, "Davvero sei riuscito a trovare *solo* ventinove modi?"

On posò entrambe la mani sulle ginocchia. "Non ho incluso le alternative che comportano una punizione corporale."

Erik sghignazzò a quella risposta. "Vuoi dire...come, che so, *sculacciarmi?*"

On sembrò pensare per qualche secondo a quella domanda. Alla fine rispose, "Il termine che hai usato è rozzo ma efficace. Ho appena scaricato una guida dettagliata sulla procedura che hai descritto. Sembra essere piuttosto efficace sulle persone definite testarde. Pronto ad eseguire."

Erik sorrise. "Sei il pezzo di metallo più scemo del mondo, lo sai, vero? Se volevi farmi fare una risata avresti potuto semplicemente ripetere barzellette a ripetizione."

"Ho ricordi spiacevoli dell'ultima volta che ho fatto una cosa del genere," disse On. "Preferirei mantenere il cibo che hai assunto a pranzo nel tuo apparato digerente, questa volta."

Erik scoppiò a ridere. "Ho bisogno di qualcun'altra delle tue battute," disse, respirando a fondo. "Sento come...sento come se il mio petto fosse schiacciato da un macigno."

"Sono un autotron, non un clown!" si lamentò On, mimando con incredibile precisione il tono dell'attore DeForest Kelley.

Erik rise nuovamente, ma la risata s'interruppe molto prima di quanto avesse voluto. "Perché sei qui, On?" chiese alla fine.

"Volevo solo controllare che il mio reparto empatico non si stesse arrugginendo."

Erik alzò un sopracciglio alle parole: 'reparto empatico'. "Davvero?" chiese. "Non mi ero reso conto che fossi diventato anche il mio strizzacervelli."

"Riformulo," disse l'autotron. "Volevo accertarmi che stessi bene."

"Già, sembra che sia diventato il tuo passatempo preferito, non è vero?" disse Erik. "Come se zio Ramor non fosse già abbastanza. Sembra che ovunque mi giri, ci sia qualcuno che debba accertarsi che stia bene, o che non stia facendo troppi danni."

"Il signor Deringer ha esternato preoccupazioni condivisibili, Erik," disse On, guardando il suo proprietario con molta attenzione. "Mi trovo d'accordo su diversi punti, compresa la parte riguardante i rischi alla tua incolumità e la crescente influenza degli umanisti. Non sono solito esprimere giudizi su persone che non conosco personalmente, ma Zacharias Hawke mi sembra un uomo tanto intraprendente quanto pericoloso."

"Davvero?" disse Erik, aggrottando le sopracciglia. "Quindi ammetti che hai origliato per tutto il tempo, autotron impiccione?"

"Non sono sicuro che il termine 'origliare' sia il più esatto per indicare la prestazione dei miei apparati uditivi, ma sì, ho ascoltato il contenuto della vostra conversazione."

"E ovviamente tu pensi che debba smetterla di parlare dell'abrogazione della Trimestrale, giusto?"

"Sono passati anni, Erik. È cambiato qualcosa?"

Erik non disse nulla.

"Come ho già detto, Erik, penso che a questo punto l'opinione pubblica non trovi interessante abolire la Trimestrale. Non fa che portare attenzione indesiderata e potrebbe infiammare il Complesso di Terminator, specialmente ora, con una figura come quella di Zacharias Hawke in ascesa. Perdona questa figura retorica, Erik, ma la torta è cotta. Rimetterla nel forno non cambierà la sua forma. Tutto quello che puoi fare, a questo punto, è solo bruciarla."

Erik sembrò pensare molto attentamente a quelle parole. Alla fine disse, riluttante, "Dio! A volte vorrei essere in grado di guardarmi allo specchio e di non ricordare chi sono. Sarebbe tutto più semplice! Non ho idea di che cosa fare, a questo punto, ma se decidessimo di abbandonare la campagna anti-Trimestrale, immagino che tutto quello che ci rimanga sia il progetto, dico bene?"

"Evidentemente," disse On, annuendo.

Erik vide che l'autotron rimase dov'era. Era chiaro che ci fosse qualcos'altro che volesse dirgli.

"Va bene, sentiamo," disse Erik." Sputa il rospo, dai. Cos'altro hai da dire?"

"Penso sia una buona idea, a questo punto, coinvolgere il signor Deringer nel progetto," disse On, guardando il suo proprietario. "Il suo discorso mi lascia intuire che potrebbe tornarti utile. Specialmente nel prossimo futuro."

"Stai scherzando, vero?" chiese Erik, gli occhi sgranati dalla sorpresa. "On, quell'uomo ha paura di scoreggiare controvento! Se gli dicessi quello che stiamo facendo, morirebbe d'infarto! Non prima di averci denunciato alla Planetaria, ovviamente."

"Dovresti dare più credito a tuo zio, Erik. Sono convinto che se gli dessi un'opportunità, si rivelerebbe di un valore incalcolabile. Potrebbe aiutarci in quello che stiamo facendo, se riuscissi a spiegargli *perché* lo stiamo facendo. Tuo zio ha risorse e mezzi che le Automaton Industries non hanno ormai da anni. La sua Automatrix è uno scrigno foriero di possibilità."

"Va bene, ci penserò," disse Erik, liquidando quella discussione il più in fretta possibile. "Hai altre perle di saggezza da darmi?"

"Nessuna perla di saggezza, Erik, solo una comunicazione. Ti ho fissato un nuovo appuntamento, questo venerdì."

"Davvero?" chiese Erik, guardano il suo autotron con interesse. "Dove vado?"

"All'istituto Heather Rainbow," fu la risposta lapidaria dell'autotron.

Erik imprecò a denti stretti.

La stanza rimase silenziosa.

Alla fine, Erik mormorò, "Beh, immagino che...immagino che sia venuto il momento, non è vero?" Si leccò le labbra, quindi fissò con scrupolosa attenzione i palmi delle sue mani. "Ma non penso di essere pronto. Non...non davvero."

"Tuo zio ha ragione." disse On. "È tempo, Erik. Devi andare a trovarla."

29

LA DAMA E IL CAPITANO

MAR GIALLO, COLPO DI CANNONE
MASTODON

Ariul

QUELLA NOTTE IL mar Giallo era una massa d'acqua in perpetua agitazione, uno spettacolo in movimento comandato dall'inesauribile forza di Madre Natura.

La luce argentea di una luna a forma di falce si stagliava su un cielo orfano di nubi, distribuendo il suo chiarore debole ma diffuso su moltitudini di onde gonfie, che si moltiplicavano tutt'attorno, come una serie di colline che gareggiavano tra di loro per vedere chi sarebbe riuscita a toccare le stelle.

Il motore di quello spettacolo era un vento poderoso ed incessante che non di rado comandava un'onda contro l'altra, provocando un tripudio di scrosci e di spruzzi d'acqua che si susseguivano a vicenda, come una sinfonia diretta da un maestro d'orchestra che si diverte a fare e disfare con gesti rapidi ed imprevedibili.

In mezzo a quella danza incessante di elementi liberi da qualsiasi costrizione, stava un vascello a forma di prisma pentagonale, lungo da prua a poppa poco più di venti metri. Sul suo ponte c'era una singola, solitaria figura, immobile come una scultura di pietra, apparentemente in attesa di qualcosa. La figura era circondata dal più completo silenzio, interrotto solo dal movimento incessante delle onde e del vento.

Un'anima solitaria a bordo di un vascello fantasma.

Nessun rumore proveniva da questo guardiano nella notte, nessuna voce, nessun suggerimento che il motore del vascello stesse funzionando, nessuna luce, interna o esterna, che rivelasse la sua presenza.

Golia si sporse dal parapetto della sua Mastodon, distribuendo il peso del corpo in avanti facendo leva sulle mani, un'espressione amara su un volto color ferro. Continuò a guardare davanti a sé, oltre la poderosa massa d'acqua in costante agitazione, mantenendo il suo profondo cipiglio, completamente indifferente agli schizzi ribelli che riuscivano a superare la distanza che separava l'acqua dal parapetto della sua nave. Alcuni solitari spruzzi battezzavano occasionalmente la sua pelle, se *pelle* avrebbe potuto chiamarsi il rivestimento che copriva il suo corpo.

Fredda come il ghiaccio e dura come una quercia, composta da infinitesimali protuberanze piatte e sottili, simili a scaglie che si stagliavano su una superficie ruvida e porosa, la sua 'pelle' sembrava un improbabile incrocio tra il rivestimento di un autotron e le squame di un serpente meccanico.

Golia si sporse qualche altro centimetro in avanti, come se fosse sul punto di gettarsi oltre il parapetto. Il suo sguardo cogitabondo era fisso cinque chilometri ad Est, sulla costa, dove si stagliava il familiare profilo di Saemangeum City, un'oasi di luci immersa in un impero di oscurità quasi totale. Perfino da quella distanza e nonostante fosse notte, Golia riusciva a distinguere la titanica diga che l'aveva reclamata dall'acqua e dal fango quasi tre decenni prima, regalando in questo modo alla penisola coreana una superficie pari a quattro Parigi. Anche il porto era chiaramente distinguibile, popolato da innumerevoli imbarcazioni grandi e piccole che orbitavano tutt'attorno, alcune avvicinandosi, altre allontanandosi dalla concentrazione di luci ed edifici, come solitarie lucciole che si avventurano in direzioni diverse.

Golia concentrò la sua attenzione sui distanti grattacieli che popolavano Ariul, forme alte ma sottili che ricordavano brillanti stalagmiti all'interno di una grotta. Nonostante i suoi respiri lenti e profondi, un futile e superficiale tentativo di ritrovare calma e concentrazione, Golia serrò la mascella e strinse le mani sul parapetto con intensità crescente mentre continuava a fissare senza battere ciglio la celeberrima Città d'Acqua. L'acciaio che formava il parapetto scricchiolò pericolosamente tra le sue mani, una singola nota acuta che si perse tra lo scroscio di onde contro onde. Prima che allentasse nuovamente la presa, il parapetto aveva assunto una piega decisamente innaturale.

Si rese improvvisamente conto che il suo tentativo di autocontrollo era destinato a crollare sotto il peso dei suoi sentimenti. Sentimenti così controversi. Sentimenti così brucianti.

Dopotutto, perché avrebbe dovuto nascondere quello che provava? Già, perché? Le sue labbra si piegarono in una curva che mostrava sprezzo e disgusto in egual misura, le sue palpebre semichiuse si aprirono improvvisamente, rivelando iridi color fiamma che si dilatarono progressivamente. Nell'oscurità che tutto circondava, sembravano gli occhi di una lince pronta a gettarsi su una preda.

Odiava tutto di quel luogo. Non esisteva altro modo per descrivere le sue emozioni. Odiava i grattacieli sfavillanti e i loro colori platino, argento e oro che troneggiavano sul dominio d'acqua. Odiava gli strani usi e costumi degli abitanti. Perfino l'odore di quella città, un'improbabile mistura di iodio e di erba appena tagliata, gli dava il voltastomaco.

Soprattutto, odiava i segreti che la città proteggeva e il suo legame con l'eredità che aveva il potere di minacciare tutto quello per cui aveva lottato.

Quel luogo sfidava quello in cui credeva con un'impudenza che gli faceva ribollire il sangue nelle vene e che allo stesso tempo glielo faceva gelare.

La città nascondeva pericoli e sfide, ed era una minaccia per tutti loro, questo era innegabile. Come sempre, le sue emozioni per Saemangeum non faticavano ad emergere, specialmente in momenti come quelli, quando un'altra missione era alle porte. Un'altra possibilità di riuscire finalmente a tornare da quel luogo con qualcosa che avrebbe potuto decretarne la sua fine, un'altra possibilità di scoprire che cosa nascondeva, e per quale motivo, e di distruggere tutto quello che rappresentava.

Golia sentì una presenza avvicinarsi alle sue spalle e raddrizzò la schiena di scatto, come un gatto che si è accorto di avere un cane alle calcagna. La sua espressione si fece se possibile ancor più acerba, questa volta per aver permesso ai suoi pensieri di distrarlo, offuscando la sua concentrazione e permettendo alla nuova presenza di coglierlo di sorpresa.

La figura si era avvicinata abbastanza da essere riconoscibile alla pallida luce lunare. Ma Golia non aveva bisogno di guardare la nuova venuta per intuire chi fosse. Un passo lento e felpato come quello avrebbe potuto appartenere ad una sola persona.

"Dimmi, Golia," disse una voce femminile. "Ti stai allenando a squagliare oggetti con lo sguardo?"

Golia non si girò e non rispose. Lasciò che l'altra si avvicinasse al parapetto, senza smettere di fissare Saemangeum con lo stesso sguardo inflessibile che aveva mantenuto per tutto quel tempo.

Quando la donna gli fu di fianco le chiese in tono tagliente, senza girare la testa, "Che cosa vuoi, Ishtar?"

Golia sentì l'altra poggiare i gomiti a pochi centimetri dai suoi. Per una frazione di secondo, le loro braccia si sfiorarono, pelle color ferro che incontrava pelle color ferro.

"Una domanda generica, che potrebbe meritare molte risposte, Capitano," disse Ishtar. Il suo tono si era improvvisamente fatto affilato, come una lama incandescente che tagliava del burro. Golia sentì gli occhi della vicina valutarlo molto attentamente.

"Che cosa vuoi da me? *Adesso?*" chiese Golia, senza preoccuparsi di nascondere la sua irritazione.

"Oh," fece la donna, "voglio solo dare la benedizione del saluto ad un fratello."

Golia sbuffò, girandosi finalmente verso di lei.

"Non hai davvero nulla di meglio da fare che venirmi a sbavare attorno?" disse. "Come Dama di bordo, sono sicuro avrai le mani impegnate con qualche compito, specialmente in un momento come questo."

Ishtar non rispose allo sfogo del vicino. Rimase tranquilla come un'isola in mezzo ad una tempesta.

Era chiaro che la donna non l'avrebbe lasciato in pace.

Golia approfittò del momento di silenzio per valutarla.

Ishtar era sempre stata una delle Dame più minute che avesse mai visto, dall'aspetto non particolarmente minaccioso, ma i suoi occhi, di un caratteristico giallo sole, parlavano di astuzia e di acume.

Le numerose protuberanze che ricoprivano il suo corpo erano più piccole, sottili e numerose di quelle che possedeva Golia, e allo stesso tempo erano più simili a petali di fiore che a scaglie di rettile.

Ishtar era anche una delle sorelle che avevano beneficiato della 'Rinascita' per prime, molto prima di Golia, in effetti. Era chiaro che il controllo della missione era stato affidato a lui, ma Ishtar era la cosa più vicina ad un consigliere che avesse. O ad un supervisore, avrebbe anche potuto dire. La sua parola aveva sempre un peso significativo e più di una volta aveva spostato la bilancia di una decisione a bordo della Mastodon.

Il ruolo di Golia in quella missione era chiaro, praticamente cristallino, quello di Ishtar, al contrario, rifuggiva chiarezza come l'ombra rifugge la luce. Il suo era un incarico soggetto ad interpretazioni, ma l'autorità che l'aveva mandata lì, a bordo della Mastodon, trascendeva tutti i poteri di Golia.

Era stata mandata da *Lei* in persona, e una decisione del genere poteva solo essere accolta con sottomissione.

"Sono qui per via di un sentimento fraterno, allora," riprese Ishtar, avvicinandosi di un passo a Golia. "Preferisci forse questa formula alla prima. Mhm? Sono qui per accertarmi del tuo stato emotivo prima dell'operazione, Capitano. Anche *questo* è compito della Dama di bordo, se non ricordo male."

L'espressione di sdegno di Golia si fece più marcata.

Era forse una minaccia velata, quella? si chiese. Come Capitano della nave, Golia aveva l'ultima parola su qualsiasi decisione presa a bordo, ma era compito della Dama accertarsi che queste decisioni non minacciassero il buon esito della missione. Altri Capitani di Colpi di Cannone erano stati destituiti da Dame, in passato. La cosa era ben risaputa.

Come sempre, era difficile capire che cosa Ishtar intendesse veramente. La donna si divertiva a giocare con le parole.

"Non ho bisogno di una pacca sulle spalle o di parole di conforto," grugnì Golia. "E sicuramente non ho bisogno di una babysitter. No. Ho bisogno di risultati, Ishtar. Qualcosa che non abbiamo da davvero troppo tempo."

"Ahaaaa." La Dama poggiò entrambe le mani sui fianchi. "Non sarà per caso delusione quella che percepisco? Oppure no...Aspetta! Disapprovazione...sì, certo! Si tratta di questo, non è vero? Disapprovi la linea d'azione della Cerchia. Non sei convinto che stiano agendo bene. Non credi che stiano usando te o la Mastodon al meglio."

"Io non disapprovo nulla," tagliò corto Golia, tornando a guardare la Città d'Acqua.

"Ma certo che disapprovi," disse Ishtar, "posso vederlo dal modo in cui afferri il parapetto come se fossi sul punto di strapparlo via dal ponte, gettarlo in mare e nuotare verso Saemangeum per bruciare la città con le tue stesse mani. Non sono cieca, Capitano, e il tuo volto è fin troppo facile da leggere. Voltarmi le spalle o ignorarmi non servirà a mascherare i tuoi sentimenti. Per me, tu sei un libro aperto. "

Golia fece scattare la testa verso Ishtar, con l'intenzione di dire qualcosa di tagliente, solo per tornare a spostarla con altrettanta velocità verso il mare mosso.

Stava cercando di metterlo alla prova, lui lo sapeva. La donna e i suoi insulsi giochi mentali! Non avrebbe abboccato all'amo.

"Ma va bene così," disse Ishtar. "Puoi lasciarti andare, Capitano. Puoi rilasciare il tuo odio crescente, sprigionare la tua insofferenza. Non sarò certo io ad impedirtelo."

Golia lanciò uno sguardo al suo braccio destro. La sua mano era stretta a pugno e le squame metalliche si erano improvvisamente alzate, assumendo la forma di spine.

No. Non le avrebbe dato quella soddisfazione.

Il Capitano aprì la mano e rilassò i suoi muscoli. Le protuberanze sul braccio si abbassarono una dopo l'altra e ripresero ad avere la loro forma caratteristica.

"Sentiamo, dunque," continuò Ishtar, dopo un lungo momento di silenzio. "Quale sarebbe la linea di condotta che adotteresti per risolvere il problema dunami e impedire agli accoliti di Wang di minacciare i nostri piani? Quale sarebbero gli ordini che daresti, se fossi libero da qualsiasi obbligo che *Lei* ti ha imposto?"

"Ordini?" il volto di Golia era diventato una maschera di sdegno mentre fissava le luci di Saemangeum. "Ci sarebbe bisogno di un solo ordine per risolvere l'intera faccenda."

"E quale sarebbe questo ordine?"

Golia guardò Ishtar con i suoi occhi color fiamma e questa volta trattenne lo sguardo fisso su di lei. La presa sul parapetto si fece talmente stretta che Ishtar sentì parte della protezione scricchiolare mentre Golia fletteva i bicipiti e sibilava, "Cancellate Saemangeum City dalla cartina geografica!"

Ishtar e Golia rimasero a fissarsi per qualche secondo.

Fu la Dama la prima a distogliere lo sguardo, rivolgendolo verso la Città d'Acqua. "Una proposta interessante, e avventata al tempo stesso," commentò Ishtar, vestendo le sue parole con un tono neutrale. Il sorriso era svanito dal suo volto, sostituito da un'espressione seria e cogitabonda. "Tuttavia, non è difficile capire per quale motivo *Lei* non la troverebbe molto costruttiva, o perché tu non l'abbia mai proposto apertamente alla Cerchia. Se il Suo piano fosse distruggerli, Saemangeum sarebbe già polvere. No, Capitano. Abbiamo bisogno di sapere che cosa nascondono. Anche tu dovresti capire quanto poco saggia possa essere una decisione del genere."

"Saggezza ed efficienza non vanno sempre a braccetto, come sembri pensare, Consigliera della Luce," sputò Golia, usando con ostentata formalità il suo titolo ufficiale. "Invece di tentare di infiltrarsi nel vespaio, avremmo semplicemente dovuto dargli fuoco. Molto tempo fa. Sarebbe stato un risparmio di risorse e di tempo."

"Dare fuoco al vespaio, e precluderci così la possibilità di carpire i segreti della regina?" disse Ishtar, come se il Capitano avesse suggerito di bere d'un fiato tutto il Mar Giallo. "No, Golia. Non siamo qui per distruggere, siamo qui per ricercare. Siamo qui per capire."

"Capire," Golia pronunciò quella parola come se fosse una bestemmia. "Sono perfettamente in grado di distinguere le tenebre dalla luce, come lo sono la maggior parte dei Rinati, ma persone come te sono solo interessate a parcellizzare con minuzia di particolari le varie sfumature di grigio e a discutere per ore su questioni senza nessuna vera importanza. Le aspirazioni di Wei Wang sono un male per la razza umana. Distruggi il male, e libera l'umanità dal cancro, prima che attacchi gli organi vitali. Non cercare di farlo sembrare più complicato di quanto sia."

"Tu daresti davvero fuoco all'intero bosco pur di eliminare l'erbaccia," disse Ishtar, fissandolo con interesse.

"Si può ricostruire sulle ceneri, se necessario." La risposta di Golia suonava come una constatazione di fatto, chiara e definitiva come il rintocco di una campana.

Un rumore attirò la loro attenzione.

Entrambi si girarono all'unisono quando sentirono una terza figura camminare sul ponte.

Il nuovo arrivato si fermò ad un paio di metri dai due e si mise in ginocchio sul pavimento mentre guardava a terra.

"La nostra squadra è quasi pronta, Alfa." disse, una mistura di ossequiosità e lentezza alla quale Golia non era ancora riuscito ad abituarsi. "I Capitani degli altri Colpi di Cannone hanno già dato mano verde. L'attacco è stato stabilito dalla Cerchia fra ventiquattr'ore."

Golia non rispose immediatamente. Guardò Ishtar, che lo fissava di rimando. Quindi, dopo una lunga pausa, riprese a fissare Saeman-geum, come se lui e la città fossero nel bel mezzo di una discussione che non poteva essere interrotta. Il suo desiderio di partecipare a quell'ennesima incursione lo assalì all'improvviso, un bisogno urgente e quasi impossibile da contenere. Il bisogno di fare qualcosa in prima persona, di infliggere danni a quella città era inebriante, quasi tossico, ma lui aveva degli ordini da rispettare. Sì, ordini.

"Sono state registrate attività dunami, intorno ad uno dei Quarzi adiacenti al campo d'incursione, Malachi?" chiese Golia. "Nulla che faccia intuire che sappiano quello che vogliamo fare?"

Sentì Malachi dietro di lui muoversi lentamente, come se la sua voce baritonale lo innervosisse. Il suo sottoposto era giovane, debole, pensò Golia. Aveva beneficiato della Rinascita da troppo poco tempo per essere a suo agio con le possibilità che gli dava il suo nuovo corpo. Ma si sarebbe abituato, prima o poi, o sarebbe stato sostituito da qualcuno che lo avrebbe fatto.

"Gli scout non sono stati individuati dai guardiani di Ariul, Alfa," disse Malachi. "Ho inoltre ricevuto notizia che Il Colpo di Cannone Mefisto si è appena aggiunto alla flotta, offrendo altri fratelli per il diversivo."

"Un diversivo debole, temo," disse Golia in tono sprezzante. "I dunami non sono stupidi, capiranno molto in fretta che il porto non è il nostro vero obiettivo."

"Forse, ma forse non abbastanza in fretta," replicò Ishtar, intro-mettendosi nella conversazione, "l'incursione potrebbe andare bene, oppure no. L'importante, come sempre, è provare. E aspettare di vedere l'esito."

"Provare e aspettare," Golia scosse la testa. "Sono anni che proviamo, anni che falliamo. Anni che aspettiamo con risultati inconcludenti!"

"Saresti sorpreso di scoprire quanto 'provare' e 'fallire' possano dare un significato del tutto inaspettato al temine 'successo'."

"Puoi risparmiarmi i tuoi esercizi di semantica, Ishtar," disse Golia.

"Sii paziente, e attendi, Capitano. Vedrai che l'attesa saprà premiarti."

"Attesa," ripeté Golia, stringendo la mano a pugno. "Una parola che dovrebbe essere abolita dal vocabolario."

Il Capitano ne aveva abbastanza di attendere, di provare e di fallire, un circolo vizioso che non aveva mai portato nulla di buono.

Senza neppure rendersene conto, le scaglie sul suo braccio destro tornarono improvvisamente ad assumere la forma a spina.

Ordini, direttive, istruzioni. Parole che significavano solo ed esclusivamente procrastinazione e perdita di tempo. Era arrivato il momento di passare all'azione. Era arrivato il momento di attaccare!

Il Capitano della Mastodon sentì un flusso di adrenalina impossibile da controllare mentre la temperatura del suo corpo si alzava e i muscoli si gonfiavano, facendo sporgere vene e arterie color diamante sul collo e sugli avambracci. I suoi occhi arancioni si accesero di una luce brillante che ricordava quella di due Soli

"Signore?" Malachi si alzò in piedi, esitante. Golia lo sentì allontanarsi di qualche passo. "Signore, non..." s'interruppe, guardando verso Ishtar, con quello che sembrava uno sguardo nervoso, ma la donna si limitò a guardare la trasformazione che stava avvenendo davanti ai suoi occhi.

Incapace di trattenere la sua furia, Golia sentì la sua mano destra liquefarsi velocemente e perdere la sua forma, diventando ben presto una massa indistinta di luce, squame scintillanti e metallo, prima di trasformarsi in qualcosa di totalmente diverso. Una frusta, poi sostituita da qualcosa di lungo e affilato simile ad una spada, una spada color argento la cui elsa era un braccio che pulsava di una luce che proveniva dal suo stesso corpo.

Golia guardò il suo braccio, ora trasformatosi in un'arma, in uno strumento di distruzione.

Così tanto potere nelle mie mani, pensò, *sacrificato sull'altare dell'attesa.* Ma non sarebbe durato per sempre. No.

"Attesa," ripeté nuovamente, e d'un tratto la luce emanata dal suo corpo si perse nell'oscurità della notte, i suoi muscoli d'acciaio si rilassarono, la spada divenne una frusta, la frusta una forma amorfa e la forma divenne nuovamente una mano stretta a pugno.

Malachi stava fissando Golia, sempre mantenendo una distanza di sicurezza, come se non fosse sicuro che lo sfogo d'ira del suo superiore fosse terminato.

Golia si girò verso il suo sottoposto, sentendo una nuova energia scorrere nel suo corpo. In un modo o nell'altro, Saemangeum City avrebbe pagato per il suo essere un'isola di peccato che sfidava un mondo che cercava la purificazione. "Dai mano verde della Mastodon ai Capitani degli altri Colpi di Cannone," ordinò. "Codice Scorpione alla nostra squadra d'attacco." Le scaglie che formavano la parte inferiore del suo volto si aprirono, fino ad allargare l'angolo della sua bocca in quello che avrebbe potuto essere l'approssimazione di un sorriso.

"Ventiquattr'ore," mormorò Golia alla fine, più a sé stesso che a qualcuno in particolare. "Ancora ventiquattr'ore."

30

IL MUSEO DELL'ETERE SOVRANO
ATLANTA, QUARTIER GENERALE DI DATAMORPH

Angelica

~

I L MUSEO DELL'Etere Sovrano costituiva gran parte della porzione Sud-Est della Piramide ed era situato in prossimità di una delle tre punte che formavano la base della stazione. Prima della costruzione del museo, quello spazio era stato impiegato in gran parte per ospitare uffici e magazzini, ma nel momento in cui Angelica stava camminando in uno degli ampi corridoi affiancati da reperti e informazioni, i pezzi di ricambio e le scorte erano state spostate in un'altra zona, per fare posto a quella che era diventata una delle destinazioni più visitate degli Stati Uniti.

Angelica era affiancata in quel momento da dozzine di persone con accenti, vestiti e modi di fare diversi che guardavano i loro oculus o leggevano i pamphlet che gli erano stati dati all'entrata.

Da circa mezz'ora la dottoressa si trovava nella sezione dedicata alla storia di DataMorph e del suo creatore, Jason Cloverfield.

Gran parte delle informazioni che stava leggendo erano a lei ben note, data la sua formazione da eterion e i suoi studi con Cantara

Handal, ma dovette ammettere che il museo aveva colmato molte delle sue lacune, fornendole diverse nozioni sulla storia del Faraone dell'Etere.

Angelica si fermò davanti ad un terminale che illustrava i tratti salienti della veloce scalata al potere della compagine eterica fondata da Jason Cloverfield. Quella era una storia che non si stancava mai di ascoltare.

DataMorph era sempre stata la regione più vasta e con il più alto numero di sottoscrizioni. Eppure, la sua incredibilmente diffusa presenza nel cyberspazio e il senso di timore reverenziale che incuteva nell'immaginario collettivo raccontavano solo una parte della sua storia, una storia che talvolta gonfiava il suo ego, aspirando al rango di leggenda.

Nessuno avrebbe potuto negare il fatto che DataMorph era un vero e proprio colosso del cyberspazio, capace di offrire giornalmente servizi e prodotti via etere a circa due miliardi e mezzo d'individui sparsi in centosettanta Stati.

Qualcuno aveva apostrofato questa mega regione come una fabbrica che produceva bisogni, più che prodotti e servizi, bisogni che la gente non sapeva neppure di avere prima che DataMorph li creasse per loro. Che fosse l'imperdibile pacchetto di simulazioni di vacanza in Europa o in Asia, una nuova classe di trigoy, l'ultima serie di gusti o di odori esotici condivisibile via Senso, in altre parole, qualsiasi cosa gli indicatori comportamentali di questa super regione credevano fosse arrivato il momento il mondo possedesse, veniva creata e offerta al suo vastissimo pubblico. E le persone erano disposte a mettersi in fila e a pagare profumatamente per ottenere questi prodotti.

Questa strategia aveva funzionato molto bene e nei passati quindici anni DataMorph aveva letteralmente dominato l'economia eterica, costruendo la più grande fabbrica di bisogni nella storia del genere umano.

Questa, dopotutto, era considerata un'era in cui più della metà della popolazione terrestre spendeva buona parte della sua 'vita vigile' nell'etere e per motivi come questi l'influenza di una compagnia come DataMorph si era fatta con il tempo sempre più massiccia e diffusa.

Angelica ricordava molto bene la lezione in cui Cantara Handal, discutendo la storia dell'etere, aveva definito questa colossale regione come un improbabile quanto ben riuscito incrocio tra un'enorme banca dati, un motore di ricerca, un social network e il simulatore virtuale più usato del mondo.

DataMorph era una regione talmente popolare, ricca e potente che molti eterion ed esperti di comunicazione avevano ormai preso a chiamarla apertamente 'regno', per distinguerla da tutte le altre regioni. E così, alla normale nomenclatura 'unità, provincia e regione', si stava cominciando ad affermare anche la classe di 'regno', per descrivere quella che era a tutti gli effetti una super regione.

Angelica ricordava bene che Cantara era solita dire, quando parlava di DataMorph, che poche volte nella storia il destino di una compagnia era stato tanto legato alla storia del suo fondatore.

La sua insegnante aveva definito più volte Jason Cloverfield un incrocio tra Steve Jobs e Walt Disney. Un venditore di sogni, un creatore di possibilità e un inguaribile perfezionista votato alla religione del sensazionalismo.

Quest'uomo, continuava Cantara, non aveva creato un semplice prodotto, o iniziato una tendenza, ma aveva forgiato un vero e proprio stile di vita seguito da centinaia di milioni di persone sparse in tutto il mondo.

Jason Cloverfield era un individuo con un incredibile spirito imprenditoriale che aveva costruito la sua personale 'Disneyland' digitale, un mondo nel mondo nel quale milioni di persone spendevano una percentuale significativa della loro giornata per comprare prodotti, connettersi con altre persone, prendere decisioni, creare dati, condividere notizie e molto altro ancora.

La storia di Jason Cloverfield si era con il tempo fusa con la leggenda, creando una figura che nessuno poteva ormai distinguere dall'ascesa di DataMorph, una compagnia che l'uomo aveva letteralmente creato da zero.

Ma la storia di questa compagnia non era iniziata come un

successo immediato. Al contrario. Inizialmente, DataMorph non aveva avuto molto più fortuna dell'acqua dietetica.

In un mondo in cui internet era ancora il mezzo di comunicazione dominante e Google era il motore di ricerca più utilizzato, Jason Cloverfield era un anziano ed eterodosso investitore che aveva pubblicato un paio di libri sul marketing on-line che avevano venduto poche copie. A quel tempo era per lo più conosciuto per la sua abitudine di spendere enormi somme di denaro per progetti improbabili, o per finanziare startup che nella maggior parte dei casi fallivano miseramente nell'arco di pochi mesi. La sua abitudine di spendere più denaro di quanto possedesse aveva portato qualcuno a definirlo 'un milionario che si comporta come un miliardario.'

Uno dei suoi più grandi fallimenti, si dice, fosse la creazione di DataMorph, quello che gli esperti di comunicazione del momento definivano un improbabile incrocio tra un'enorme enciclopedia virtuale e un motore di ricerca che voleva essere al tempo stesso un social network. Un frullato pazzo e davvero poco appetibile che nessuno si preoccupò di prendere sul serio.

Quello era stato l'inizio della storia. Quando DataMorph era un semplice dominio su internet, infatti, ebbe sempre un seguito trascurabile.

Eppure, nonostante i suoi numerosi fallimenti e insuccessi, nonostante avesse rischiato diverse volte la bancarotta a causa dei suoi sfortunati investimenti, Jason Cloverfield, nel periodo più buio della sua carriera, aveva investito tutto quello che gli rimaneva su Opsis, un progetto parallelo a DataMorph, quello che uno dei guru dei social media di quel momento aveva bollato come 'l'internet dei ricchi, che avrà lo stesso successo di una biblioteca pubblica che richiede una tassa per poter essere usata.'

Opsis era in realtà una scommessa che nessuno aveva davvero capito bene. Da un punto di vista tecnico, si trattava di una nuova rete che non si avvaleva dell'internet tradizionale per connettere i propri utenti. Era un mezzo di comunicazione di massa parallelo ma geneticamente diverso al suo più famoso e utilizzato cugino. Opsis, infatti, non solo permetteva di condividere immagini, suoni e informazioni, ma anche e soprattutto odori. Questo era reso possibile grazie all'utilizzo della rivoluzionaria tecnologia dei 'naricolari', supporti esterni che, come cuffie, aiutavano gli utenti a percepire e condividere odori tramite questo nuovo mezzo di comunicazione.

Le differenze fra Opsis ed internet non finivano qui. Era anche il modo di navigare nel cyberspazio a marcare una profonda differenza tra i due mezzi di comunicazione. Con internet, gli utenti potevano vedere le pagine web da quella che veniva chiamata una 'visuale dall'alto', mentre Opsis permetteva ai suoi utenti di viaggiare nel cyberspazio letteralmente 'camminando' tra le pagine, svoltando a destra e a sinistra, 'toccando' e sperimentando parti del cyberspazio. Era la differenza che c'era tra giocare uno strategico in tempo reale e immedesimarsi in uno sparatutto in prima persona.

All'inizio, ovviamente, l'accesso ad Opsis era poco diffuso ed incredibilmente costoso, in quanto per poterlo utilizzare in modo appropriato non era possibile usare un personal computer, un tablet o un semplice smartphone, ma bisognava avvalersi della nuovissima tecnologia dei trigoproiettori, in un periodo in cui un trigoy costava più o meno come un'utilitaria.

Nonostante Opsis non avesse all'inizio un grosso seguito, la sua incredibile particolarità permise a Jason di attirare investitori e i suoi primi clienti, per lo più milionari alla ricerca di un modo diverso di passare le giornate.

Al tempo stesso, egli iniziò una serie di campagne pubblicitarie, abbracciando apertamente il nome di scherno datogli dagli esperti del settore, e apostrofando Opsis come 'l'internet dell'élite', facendolo diventare lo slogan primario della sua campagna promozionale.

Jason Cloverfield e le potenzialità di Opsis riuscirono ben presto a guadagnargli una fetta di pubblico, una nicchia di persone benestanti che contribuirono a diffondere il passaparola. Come conseguenza di tutto questo, Jason venne invitato in numerosi centri di ricerca ed università per spiegare le basi di Opsis e partecipò a dozzine di conferenze in America, Europa e Asia. Oltre ai canali più tradizionali, Jason scelse anche di pubblicizzarsi ricorrendo ad idee poco ortodosse. Una di queste, in particolare, ebbe un grande successo. Egli, infatti, diede la possibilità ad alcuni dei blogger ed esperti di social media più in vista del momento di provare in prima persona la nuova tecnologia. Questi blogger potevano invitare tre persone a sperimentare Opsis e queste persone potevano invitarne a loro volta altre tre, e così via, favorendo in questo modo il passaparola. La trovata si rivelò immediatamente un successo che fece parlare molto di sé. Ci furono casi in cui alcune persone vendettero la loro possibilità di sperimentare Opsis in cambio di cifre esorbitanti.

Con il passare del tempo, sempre più gente cominciò a chiedersi che cosa fosse questo Opsis e che cosa avesse di particolare e così, nell'arco di pochi mesi, quella parola era diventata ufficialmente la più ricercata nei maggiori motori di ricerca del pianeta.

Tutto d'un tratto sembrò che Jason Cloverfield, un vispo vecchietto ultraottantenne di cui quasi nessuno aveva mai sentito parlare, fosse diventato l'unico investitore esistente sul pianeta.

La diffusione di Opsis venne ulteriormente accelerata con l'introduzione della possibilità di sperimentare e condividere il senso del gusto, grazie a nuovi strumenti noti come 'gusticolari'.

A questo punto, infatti, attraverso Opsis era possibile utilizzare quattro dei cinque sensi, niente meno che fantascienza solo pochi anni prima, una vera e propria rivoluzione che domandava attenzione con sempre più insistenza.

Alla fine, avvenne quello che avviene quando si dà un prodotto con del potenziale in pasto al pubblico. La pubblicità produsse altra pubblicità senza che Jason Cloverfield dovesse più muovere un dito e Opsis si trasformò improvvisamente nel 'Next Internet', un modo completamente diverso di viaggiare nel cyberspazio.

Quel che successe dopo era storia. Con la progressiva diffusione dei trigoy, che aumentavano con il calare del loro prezzo e dei costi legati alla loro produzione, con il passaparola crescente e gli enormi investimenti che compagnie cominciarono a pompare nella notizia del momento e grazie alla pubblicità incessante di una legione ormai inarrestabile di quelli che si definivano gli 'Schiavi di Opsis', i costi per accedere a questo sistema di comunicazione di massa diminuirono drasticamente nello spazio di pochi mesi e da passatempo per pochi ricchi Opsis divenne una rete mondiale di trigoy connessi a vicenda. Le basi dell'etere erano appena state gettate.

DataMorph, questa compagnia virtuale che non aveva avuto fortuna nell' *'Old* Wide Web', si trasferì completamente da internet a Opsis, diventando per qualche tempo la porta di accesso esclusiva di questo nuovo sistema di comunicazione.

Opsis aveva cambiato le regole del gioco, prima affiancandosi e poi sostituendo internet, come il telefono aveva sostituito il telegrafo.

Internet e i servizi e i prodotti ad esso collegati, tra i più famosi il personal computer, il simbolo dell'era dell'internet, sparirono inesorabilmente nell'arco di pochi anni.

Il trigoy e l'etere, il termine che sostituì progressivamente Opsis, divennero il nuovo metodo quotidiano usato dall'umanità per interagire con sé stessa via cyberspazio.

In questo modo Jason Cloverfield si trasformò da un vecchio investitore strambo al Faraone dell'Etere.

Grazie a quest'uomo, qualsiasi bambino nato dopo il 2024 si trovò in un mondo in cui internet era una delle ultime pagine che chiudevano i libri di storia.

Nel momento in cui Angelica stava leggendo tutte quelle informazioni, il mondo parlava utilizzando il linguaggio dell'etere e DataMorph era spesso il primo e l'ultimo contatto che una persona aveva con quel mezzo di comunicazione di massa, la porta di accesso dalla quale entrava e quella di servizio dalla quale usciva. Se mai ne usciva.

Angelica non fu sorpresa di scoprire che un recente sondaggio dello stesso DataMorph rivelava che il sette per cento dei suoi iscritti non usciva dall'etere neppure nel sonno, mettendo semplicemente il suo collegamento in uno stato dormiente. Molte persone, ormai, preferivano essere svegliate da un profumo o da un gusto, piuttosto che dal suono della loro sveglia.

Conseguentemente, la percentuale di quelli che venivano chiamati 'eterofagi', persone che manifestavano disturbi psicofisici quando non erano collegate all'etere, era in crescita costante.

Ovviamente DataMorph non era l'unica compagnia che operava nell'etere, solo la più famosa. Altre compagnie riuscirono a ritagliarsi la loro fetta di mercato. Nonostante ciò, tuttavia, si diceva che metà di loro dovessero la loro esistenza a DataMorph e che l'altra metà appartenesse a DataMorph, senza neppure saperlo. C'era molta più verità che umorismo in un'affermazione del genere. In un mondo in cui DataMorph era la più grande ed antica porta di accesso all'etere, ogni decisione presa dal colossale regno era seguita con molta attenzione.

Angelica smise di leggere le informazioni del terminale, si allontanò e riprese a camminare, svoltando l'angolo mentre seguiva le indicazioni che la portarono nella sala intitolata: 'Gli Eterion nella Storia'.

Non fu affatto stupita di trovarsi davanti alla riproduzione multidimensionale di Jason Cloverfield, non appena mise piede nella stanza.

Nonostante Cloverfield non potesse essere definito un eterion, un pastore dell'opinione pubblica, era innegabile che se non fosse stato per lui il concetto di eterion non sarebbe neppure esistito. Un tributo alla sua figura, decise Angelica, mentre guardava la riproduzione multidimensionale, più che un riconoscimento di un abilità che non aveva.

Jason si trovava al centro della stanza che proponeva gli eterion più famosi e importanti o le persone che avevano contribuito in maggior misura alla diffusione o all'affermazione dell'etere. Il Presidente di DataMorph era rappresentato come un uomo di mezza età, con lo sguardo rivolto verso il simbolo di DataMorph, il famoso 'Trigopianeta', come veniva chiamato.

Angelica cominciò a camminare per la sala, controllando i vari volti che si susseguivano, una riproduzione multidimensionale dopo l'altra. Ecco Morania Guardiani, l'ingegnera di origini italiane che aveva gettato le basi della tecnologia che aveva reso possibili i gusticolari, ecco Yuki Yodobashi, da cui il suo istituto prendeva il nome, l'eterodon giapponese che aveva inventato il primo autera, ecco Paula Desjuno, l'imprenditrice brasiliana che aveva contribuito a diminuire drasticamente i costi dei trigoy con l'utilizzo del carbon-vetro, ecco il cinese Jin Quo Lin, che aveva iniziato la distinzione ufficiale tra unità, province e regioni ed ecco il filippino Raul Casermoni, che aveva stabilito per la prima volta la differenza tra sotto-scrizione, utenza e accesso ad una porzione di etere, creando in questo modo unità di misura per classificare l'influenza e la diffusione di una compagine eterica.

Angelica continuò a studiare volti ben noti, dozzine di personalità differenti la cui vita e operato erano state materia di studio approfondito nelle sue classi. Dopo aver dato l'ultima occhiata a Eugene Delacroix, che aveva aumentato in maniera esponenziale la diffusione dell'etere in Africa e America Latina nei primi anni trenta grazie al progetto 'Etere Planetario', la dottoressa si fermò improvvisamente, quasi inciampando sui suoi passi mentre il suo cuore saltava un battito.

L'immagine multidimensionale di Cantara Handal le stava ora restituendo lo sguardo. In qualche modo, vedere la sua mentore in quel luogo le sembrava molto strano, sbagliato perfino. Cantara non era mai stata una persona che amava particolarmente mettersi in mostra. 'Evitate il palco, fate la differenza da dietro le quinte. È l'unico modo di continuare a farla', era una delle frasi che ripeteva più spesso alla sua classe.

Angelica mise le mani dietro la schiena e si avvicinò all'immagine, prendendosi qualche momento per studiarla. La donna era alta e magra, con braccia e gambe lunghe e sottili, esattamente come la ricordava. Il suo corpo snello e sinuoso le dava l'aspetto di una modella in procinto di iniziare una sfilata. I lineamenti del suo viso erano ben definiti e squadravano con precisione quasi millimetrica i confini della mascella, alta e pronunciata. Il bel naso all'insù divideva in maniera equidistante i suoi occhi da felino, un trionfo di verde striato di grigio. Il tutto era poi coronato da una pesante maschera di trucco color notte che si estendeva verso le tempie, conferendole quella regalità degna di una faraona egizia. Le sue labbra, sensuali e corpose, erano vestite da un rossetto color bronzo. In qualche modo, la testa completamente calva di Cantara sembrava armonizzarsi con il resto del corpo. Nessuno era davvero riuscito a capire per quale motivo Cantara avesse deciso di bandire i capelli dalla sua vita, ma quella era diventata molto in fretta una delle caratteristiche che l'avevano resa immediatamente riconoscibile.

La sua apparenza sensuale ma pericolosa, la sua nota predilezione per i colori scuri e per il verde assieme alla sua fama di eterion senza scrupoli le avevano fatto guadagnare in poco tempo l'appellativo di 'Vedova Nera dell'Etere'.

Il Faraone dell'Etere, la Madame delle Note, la Vedova Nera dell'Etere…il pubblico amava nomi strambi e improbabili, specialmente quando si parlava di eterion.

Ricordi della sua esperienza con Cantara affollarono la sua mente con la forza di una valanga in caduta libera. Inaspettatamente, provò nostalgia, nostalgia per un periodo della sua vita più semplice, in cui non c'erano decisioni importanti da prendere, in cui la vita delle persone non dipendeva da quello che avrebbe fatto o da quello che non avrebbe fatto.

Un 'bip' proveniente dall'interlink la destò dai suoi pensieri. Era Agate, che le faceva sapere che Jason Cloverfield era pronto a riceverla. In quel luogo, circondata da ricordi e nostalgia, si era quasi scordata che aveva un appuntamento molto importante.

Angelica diede un'ultima occhiata all'immagine di Cantara Handal prima di avviarsi velocemente verso l'uscita del museo. Un folto gruppo di studenti la precedeva, mentre seguivano la loro insegnante che stava indicando una serie di laptop esposti uno di fronte all'altro, protetti da un campo di forza. I giovani ragazzi li indicavano con occhi sgranati, sopracciglia alzate e ampi sorrisi a trentadue denti. Qualcuno di loro stava apertamente sghignazzando, come se gli oggetti esposti fossero al tempo stesso degni di attenzione e di scherno.

Agate la stava aspettando fuori. Era stata l'assistente di Jason Cloverfield stessa ad accompagnarla al museo. La datamorpher conservava la stessa posa con le mani dietro la schiena con cui l'aveva lasciata quando era entrata circa tre ore prima. La dottoressa le aveva proposto di visitare il museo insieme, ma Agate aveva gentilmente declinato l'offerta, dicendo che aveva degli affari da sbrigare prima del suo incontro con il Faraone dell'Etere.

"Che cosa ne dici?" domandò Agate. "Del museo, voglio dire."

"Affascinante," rispose Angelica. "Ho trovato particolarmente interessante la sezione dedicata alla storia di ARPANET, al secondo piano. Molto riuscito il paragone storico tra i vari mezzi di comunicazione nella storia. Intrigante anche la simulazione panoramica di come funziona l'etere, e l'ala in cui vengono spiegate le fondamenta dell'Auternet. Sono riuscita anche a vedere la sezione dedicata agli eterion nella storia. Devo dirti che mi ha fatto un certo effetto ritrovare tra tutte quelle figure anche Cantara Handal."

"Chissà, potresti essere tu uno dei prossimi profili che verranno inseriti in quella sezione," le disse Agate, ammiccando.

"Un pensiero terrificante," Angelica liquidò la frase della datamorpher con una smorfia che cercò di far passare per un sorriso. "Non sono uno spettacolo particolarmente allettante in formato multidimensionale."

Agate sorrise a sua volta, quindi indicò davanti a lei, "Da questa parte, per favore. Jason ci sta aspettando."

Agate e Angelica parlarono del suo soggiorno nella Piramide, di Jason Cloverfield, dei disturbi etere-indotti e di molti altri argomenti mentre percorrevano i corridoi del quartier generale di DataMorph.

Dopo aver camminato per almeno dieci minuti ed essere salite su una mezza dozzina di ascensori a levitazione verticale e orizzontale, Agate la portò in una sezione della Piramide con poche persone ma un numero maggiore di droni, perlopiù adibiti alla sicurezza. Quella doveva essere considerata una zona ad accesso riservato.

Stando a quello che le stava dicendo l'assistente di Cloverfield, si trovavano in quel momento al centro della Piramide, o negli 'Appartamenti del Faraone', come Agate definì quella porzione del quartiere generale.

La datamorpher rallentò quando raggiunsero un altro corridoio, questa volta meno illuminato rispetto a tutti gli altri. "Noi chiamiamo questa sezione della Piramide il 'Sarcofago'," spiegò, guardando Angelica ed indicando attorno a sé le luci soffuse che le circondavano. "A Jason non piacciono ambienti caldi, umidi o luminosi. Già. La sua...condizione attuale lo costringe a prendere alcune precauzioni per mantenere il suo stato fisico inalterato. Calore, umidità, luce e persone sono elementi di cui cerca di fare a meno."

Angelica non era sicura di capire che cosa la donna intendesse, ma decise di non fare altre domande. Dopotutto, qualsiasi fosse l'attuale condizione fisica del Faraone dell'Etere, era ormai sul punto di scoprirlo da sola.

Agate proseguì per un'altra ventina di metri e alla fine di quel corridoio, quando la luce intorno a loro si era ridotta fino al punto che Angelica faticava a vedere a cinque metri di distanza, Agate si fermò nuovamente.

"Siamo arrivate," annunciò, mentre le faceva segno di varcare la porta che avevano davanti. "Qui è dove ti lascio."

"Grazie," disse Angelica.

"Buona fortuna," disse Agate mentre si allontanava, girava l'angolo e lasciava Angelica da sola, nella semioscurità del Sarcofago.

31

FUOCHI D'ARTIFICIO
SAEMANGEUM CITY, ACCADEMIA ALTISTA

Ariul

❧

LENA NON SI era più presentata al Covo dei Misteri, nonostante le occhiate affilate che Makoto le lanciava immancabilmente ogni volta che s'incrociavano nei corridoi, o alla mensa, o nella sala comune. I due avevano avuto qualche giorno prima un'accesa discussione, nella quale Lena aveva detto che era inutile che lei perdesse il suo tempo stando seduta di fronte al muro dei 'Misteri di Lena'.

Ora lei ignorava completamento lo specialista, quando lo incontrava, o anche solo uno degli altri membri del club dei Misteri mandato per cercare di convincerla.

Netardas, l'unico di loro che Lena avrebbe davvero voluto incontrare, continuava invece a mantenere il suo isolamento. Lena aveva pensato di chiedergli indietro il ciondolo a forma di foglia di Pelargonium, ma il subeterion sembrava sparito dalla faccia dell'accademia. Erano giorni che non lo vedeva, neppure alla mensa.

In quel momento Lena era nella sala comune, da sola, mentre

leggeva su un display in carbonfibra informazioni sulla vita di Wei Wang. Fu in quel momento che vide Makoto entrare nella sala comune e indirizzarle uno dei suo soliti, affilati sguardi che, la ragazza aveva imparato, volevano dire che *loro* dovevano parlare. Un'altra discussione che Lena aveva tutta l'intenzione di evitare.

Makoto alzò una mano, ma Lena si girò dall'altra parte.

Quando lo specialista diede segno di volersi avvicinare, lei scattò in piedi e si diresse verso la sua stanza.

Era stanca di tutta quella faccenda, stanca delle pressioni che subiva da Makoto e dal club dei Misteri, stanca di dover pensare di risolvere un rompicapo che sembrava non avere nessuna soluzione. Mentre camminava, diretta verso il suo appartamento, decise che dopotutto era solo demotivata, e che probabilmente una mente fresca e riposata l'avrebbe servita meglio. Aveva bisogno di dormire, di 'resettare' il suo cervello, se sperava di vederci più chiaro in tutta quella faccenda. La soluzione doveva essere davanti ai suoi occhi, dietro una coincidenza, o una parola detta tra le righe, o un'informazione che non sembrava importante. Qualcosa, qualsiasi cosa. Fortunatamente, con la fine degli esami e l'avvicinarsi del termine del primo semestre, Lena avrebbe avuto la prima vera vacanza da quando era atterrata all'aeroporto di Gunsan. Due settimane per godersi Saemangeum City, per gettare luce sul mistero che l'avvolgeva. O almeno, cercare di farlo.

Lena scorse ME-RON-39, l'autotron delle pulizie che rispondeva al nome di Erion, svoltare in quel momento l'angolo, mentre era carico dei suoi strumenti. Alcune delle stanze necessitavano evidentemente dei suo servizi, nonostante l'ora tarda. Non era raro che ci fossero guasti da riparare, o richieste da eseguire, e l'autotron funzionava non solo come bidello, ma anche come meccanico e manutentore. Lena si trovò a pensare quanto la sua vita sarebbe stata più semplice se il suo edificio alveare a Los Angeles avesse avuto anche solo uno di quegli autotron.

Entrò nel suo appartamento, che era completamente vuoto. In effetti, si rese conto solo in quel momento che lei era la prima che ci metteva piede da quella mattina, quando lei, Gravina e Aziza erano uscite insieme. Le sue compagne erano ancora impegnate a fare shopping giù a Gospel Boulevard, stando all'ultimo messaggio che le avevano mandato.

Lena si spoglio, entrò nel bagno e si fece una doccia veloce. Niente di quello che aveva letto su Wei Wang sembrava dare risposte alle sue domande, ma era convinta che si trattasse di continuare a cercare e di non arrendersi. Più ne sapeva sul Primo Altista, maggiori erano le possibilità che riuscisse a gettare luce su quel mistero.

Fu mentre usciva dal bagno, con l'asciugamano attorno al corpo e i lunghi capelli sciolti dietro la schiena che scorse con la coda dell'occhio qualcosa poggiato sul suo letto. Lena si bloccò sul posto, ghiaccio che scorreva nelle vene.

Un nuovo biglietto in detrattilene.

Istintivamente, si guardò attorno con fare circospetto, come se si aspettasse che chiunque lo avesse messo lì sbucasse dal suo comodino, o da sotto il suo cuscino.

Dopo avere stabilito che fosse completamente sola, si avvicinò all'oggetto mentre teneva l'asciugamano attorno al corpo. Si sporse in avanti e prese il messaggio con un singolo, veloce movimento delle dita.

Il messaggio diceva:

'Ci saranno dei fuochi d'artificio questa notte intorno a mezzanotte nelle vicinanze della Fornace. C'è un obelisco di osservazione che rimarrà aperto appositamente per te. Guarda lo spettacolo da lì, e solo da lì! Allontanarsi sarebbe pericoloso. Non portare nessuno dei tuoi amici con te. Stai cercando delle risposte. Ecco un modo per averne alcune.'

Lena vide che il messaggio terminava con delle coordinate precise del luogo. Mise le coordinate nel suo Controllo e scoprì che si trattava di una località vicino alla Fornace, così come era specificato nel messaggio. Per la precisione, un obelisco di osservazione, uno di quelli che venivano usati per scopi turistici e che permetteva di vedere la città dall'alto.

Rimase per un paio di minuti con il messaggio in detrattilene in una mano mentre si teneva l'asciugamano con l'altra. Aveva finalmente una possibilità di vederci chiaro su tutta quella faccenda, certo, ma che cosa avrebbe trovato ad attenderla? Immaginò che 'i fuochi d'artificio' descritti nel biglietto avrebbero potuto voler dire parecchie cose.

Il luogo indicato dal suo misterioso informatore era parecchio distante dall'accademia, e si trovava vicino alla sezione Sud-Ovest della Zona Industriale. Controllò sul suo terminale informazioni sui trasporti pubblici cittadini per vedere quali opzioni aveva per raggiungere l'obelisco. La risposta comparve davanti ai suoi occhi in pochi battiti di cuore. Poteva prendere due gigaran pubblici, il Delta Blu e il Sigma Grigio, oppure la linea della Tigre fino alla fermata Warehouse Sud. In entrambi i casi, circa trenta minuti.

Dopo essersi asciugata e vestita, si affrettò ad uscire dall'appartamento. Chiuse la porta, percorse il lungo corridoio, entrò dentro la Sala Comune e si avviò verso l'ascensore.

La Sala Comune era quasi completamente vuota in quel momento. Lena camminò al margine opposto della sala, per evitare di attirare l'attenzione dei pochi studenti che stavano conversando tra di loro. Per fortuna, non c'era nessuna traccia di Makoto o di altri membri dei Misteri di Ariul lì attorno.

Lena uscì dall'ascensore in fretta, superando un gruppetto di specialisti colletti d'oro probabilmente di ritorno dal Laboratorio di Fluttuazione Neutra. Una volta giunta nell'atrio, con sua grande sorpresa trovò Makoto che la stava aspettando.

"Tu che cosa ci fai qui?" sibilò Lena, guardandosi attorno. "E come diavolo facevi a sapere che sarei..."

"Il come è davvero poco importante, Lena," disse Makoto, scuotendo la testa.

"Davvero?" disse la ragazza, irritata dalla presenza del pilota. "Cos'è, avete messo una cimice nel mio appartamento? O nei miei vestiti?"

"Niente di così drastico, credimi. Solo una misura precauzionale per non perderci niente d'importante."

"Un'altra domanda lasciata senza risposta, non è vero? Che cosa vuoi, Makoto?"

"Beh, non ti sembra ovvio? Vorrei davvero sapere che cosa hai letto nel messaggio, questa volta."

A quell'affermazione Lena sgranò gli occhi. "Come...come fai a sapere che ho ricevuto un altro messaggio?"

"Difficile pensare ad altri motivi per cui tu debba improvvisamente decidere di sgattaiolare fuori dall'accademia a quest'ora."

La ragazza sbuffò.

"Va bene, ora sai che cosa sto facendo," disse lei, allargando le braccia. "Complimenti, ma questo non ti da nessun diritto di seguirmi. Ora, se non ti dispiace..."

"Vengo con te," annunciò Makoto, con un tono che ovviamente non avrebbe considerato un 'no' come risposta.

"Non se ne parla," protestò Lena, "il messaggio dice chiaramente che non devo portare nessuno con..."

Silenzio. Lena aveva detto più di quanto voleva. Si morse il labbro inferiore mentre fissava l'altro studente, che continuava a sbarrarle il passo.

"Non devi portare nessuno con te?" chiese Makoto. "Che cos'altro dice, questo messaggio?"

"Senti, non ho davvero tempo per spiegarti..."

"Allora non sprecarlo per cercare di dissuadermi," tagliò corto il pilota.

Stupido testardo, pensò Lena, consapevole del tempo che stava passando.

Voleva disfarsi dello specialista, certo, ma le lancette dell'orologio andavano avanti e temeva che sarebbe potuta arrivare in ritardo ai 'fuochi d'artificio' descritti nel messaggio se fosse rimasta lì impalata a parlare con lui.

Maledisse Makoto dentro di sé, mentre guardava l'uscita dell'accademia a soli pochi metri di distanza.

Non le rimaneva che leggere il messaggio, e sperare che il suo contenuto facesse desistere il pilota. Dopotutto era detto espressamente che doveva andare da sola, senza portarsi nessun altro. Lena prese il foglio e lo lesse ad alta voce.

Makoto annuì, quando Lena ebbe intascato nuovamente il

biglietto. Decisamente, non sembrava dissuaso. "Qualsiasi cosa il tuo contatto voglia che veda, stanotte, potremmo già essere in ritardo per questi fuochi d'artificio di cui parla," disse.

Lena sgranò gli occhi. "Non hai ascoltato quello che ho detto?" chiese, esasperata. "Non puoi venire!"

"Sarà come se non esistessi," disse come tutta risposta Makoto. Il sorrisetto che impreziosì il suo volto sembrava in qualche modo smentirlo. "Andiamo."

"Questa non è una buona idea," gli disse Lena, facendo un paio di passi esitanti verso di lui.

"Stai perdendo tempo, candidata," disse l'altro, girandosi e invitandola a seguirlo.

Lena imprecò a denti stretti, ma seguì Makoto.

"Dove stiamo andando?" chiese, quando furono entrambi fuori, nel giardino.

"A prendere il mio hoveran" disse Makoto, come se fosse la cosa più ovvia del mondo. "Come pensavi di arrivare alla Fornace? Con la metro?"

Makoto ridacchiò nella semioscurità e Lena dovette trattenersi per non strangolarlo.

∞∞∞∞

Il loro viaggio durò meno di dieci minuti, una frazione del tempo che Lena avrebbe impiegato se avesse preso i trasporti pubblici.

Almeno per quello era valsa la pena l'intrusione di Makoto ma Lena non poté fare a meno di ricordare più volte allo specialista del contenuto del messaggio, del fatto che si supponesse che lei andasse da sola.

La risposta dell'altro era sempre la stessa: "Te l'ho detto, sarà come se non ci fossi." Per qualche motivo, lei dubitava che il ragazzo si sarebbe trattenuto dal fare stupidaggini. Dopotutto, quella era per lui una possibilità reale di gettare luce su quei 'Misteri' che il suo club si proponeva di risolvere.

Ma c'era qualcos'altro palesato negli occhi determinati del pilota, poteva vederlo chiaramente.

Lena ormai sapeva che Makoto aveva speso una buona parte degli ultimi quattro anni nella città cercando di spiegare il presunto rapporto tra Wei e Saemangeum. Sospettava che tutto quello avesse a che fare con la morte di suo padre, Toshio Shimao, assassinato con Wei il giorno dell'ascesa di Polaris. Secondo lei il ragazzo voleva sapere chi fosse stato ad ucciderlo e per quale motivo. Da quando lo specialista aveva capito che il Primo Altista era collegato a Saemangeum, e che ci fosse un gruppo di persone, quelli che lui e i suoi amici chiamavano 'gli aggressori', che stavano facendo incursioni nella città, Lena era convinta che Makoto credesse che queste persone fossero legate in qualche modo ai terroristi del Centro Infinity. Capire chi fossero questi aggressori sarebbe stato per lui un passo nella direzione giusta. Ora, con l'arrivo di Lena, quel desiderio di capire era chiaramente stato alimentato.

Quando finalmente arrivarono nel punto specificato dalle coordinate e scesero dall'hoveran, l'obelisco era a pochi metri di distanza, un solitario pilastro alto una sessantina di metri che si stagliava a un tiro di pietra dalla Fornace.

Qualche chilometro più a Nord stava invece il porto di Bieungdo, con una serie di barche che gli orbitavano attorno, impegnate a caricare o a scaricare merci.

Silenzio e oscurità circondavano quella parte di Saemangeum e Lena cominciò a guardarsi circospetta attorno nel momento stesso in cui mise piede fuori del veicolo. Per qualche motivo, la parte del messaggio che parlava dei fuochi d'artificio la convinse a guardare verso il cielo di tanto in tanto, come se fosse convinta che luci multicolori fossero sul punto di esploderle tutt'attorno.

"Il posto specificato è l'obelisco," disse Lena. "Penso che voglia che guardiamo da dentro l'osservatorio all'ultimo piano."

Entrambi sapevano che era altamente improbabile che una struttura come quella fosse lasciata aperta o incustodita di notte, ma il messaggio parlava chiaro.

Lena e Makoto si avvicinarono all'entrata, fin quando non

furono davanti ad una porta alta circa due metri. Lo specialista e
Lena guardarono la piastra di controllo alla destra dell'entrata.
Makoto provò a sfiorarla, ma come c'era da aspettarsi il display
mostrò una luce rossa che brillò per un paio di volte. La porta
rimase chiusa.

Makoto si scansò e fu il turno di Lena di avvicinarsi e toccare il
display. Questa volta il pannello rispose immediatamente al tocco
della ragazza, producendo una nota simile ad un 'la' prima che
comparisse una luce verde che segnalò ad entrambi che potevano
entrare.

"Mani magiche," disse Lena. Makoto si limitò a scuotere la testa.
Mentre entravano, cercando di capire come fare a raggiungere la
sommità dell'obelisco, il cipiglio del pilota era decisamente marcato.
Stava chiaramente pensando a qualcosa.

"Solo un amministratore pubblico di alto livello o un ingegnere
capo della Fornace avrebbero potuto manomettere i controlli di
questo edificio," disse Makoto, il volto serio.

"Oppure un mandarino del Direttorato?" azzardò Lena.

"Oppure un mandarino del Direttorato," annuì Makoto. "Questo
ci confermerebbe che il tizio di Los Angeles abbia evidentemente a
che fare con questa storia o che..."

"Makoto, non abbiamo tempo per speculazioni, adesso," gli fece
presente Lena, indicando un ascensore. "Potremmo già essere in
ritardo per qualsiasi cosa il nostro 'Gola Profonda' voglia farmi
vedere. Quell'ascensore potrebbe fare al caso nostro."

C'erano delle scale che conducevano verso la sommità dell'obelisco, ma ovviamente avrebbe richiesto più tempo salirle.

Ancora una volta dovette essere Lena ad attivare l'ascensore. In
circa un minuto, si trovarono sulla sommità dell'obelisco, in quella
che veniva chiamata la Volta Panoramica.

"Ci siamo," disse Lena, guardandosi attorno.

I due ragazzi si trovavano all'interno di una vasta stanza simile
ad una cupola con pareti e soffitto completamente trasparenti eccezion fatta per il pavimento e per alcune porzioni di muro. Lena notò
che i vetri erano composti dello stesso, costoso vetracciaio con cui

era stata costruita la Linea del Dragone che aveva preso per arrivare da Sinsi-Yami al Fulcro. Da quella posizione, la cupola permetteva una visuale completa del porto, della Fornace, di una parte del Laboratorio e perfino dell'aeroporto di Gunsan.

Lena vide Makoto estrarre velocemente qualcosa dalla sua tasca.

"Quello che cos'è?" chiese, mentre vedeva lo specialista armeggiare con l'oggetto.

Lena notò quasi subito che si trattava di un oculus, ma era un modello che non aveva mai visto prima. Sembrava decisamente più grande della media. Probabilmente era molto costoso. Makoto se lo avvicinò alla tempia.

"Questo, è il mio nuovo migliore amico," disse, mentre si sistemava l'oggetto sul volto, "un oculus Centurion Mark VI. Mi è costato un occhio della testa ma sono sicuro sia stato un buon investimento. Viene utilizzato per riprese multidimensionali ad alta definizione."

Makoto inserì il suo oculus nell'alloggiamento vicino alla tempia. "Ecco," disse, "ora sono ufficialmente pronto per i 'fuochi d'artificio' di Gola Profonda."

Lena sospirò. Makoto sembrava fin troppo a suo agio in quella situazione. Tuttavia, non disse niente, e si limitò a guardarsi intorno, alla ricerca di qualsiasi cosa che sembrasse fuori dall'ordinario.

Aspettarono per uno...cinque...dieci minuti.

Mezzanotte passò nel silenzio più totale, mentre il nervosismo di Lena cresceva a dismisura.

Dove sono questi fuochi d'artificio? si chiese. Improvvisamente, si sentì stupida a stare lì impalata, guardandosi attorno quasi senza respirare mentre aspettava le istruzioni di un biglietto che solo lei poteva leggere.

Makoto si girò verso di lei. "Forse siamo arrivati troppo tardi," disse, quando l'orologio segnò mezzanotte e un quarto. "Sei sicura che sia questo il posto?"

Lena allargò le braccia, un'espressione stizzita mentre ricambiava lo sguardo del pilota. "Che cosa vuol dire, 'sei sicura che sia questo il posto?'" chiese, scuotendo la testa. "Non è certo colpa mia se quest..."

Un boato distante interruppe le sue parole e costrinse entrambi a girarsi verso destra.

Il porto. Il rumore era provenuto dal porto.

I due ragazzi rimasero in silenzio per diversi secondi, sforzandosi di cogliere qualsiasi altro rumore.

"Hai sentito anche tu?" chiese Lena alla fine, accorgendosi immediatamente di quanto stupida doveva sembrare quella domanda. Chiunque nel raggio di un chilometro avrebbe sentito quel boato.

Makoto non rispose alla domanda. Si avvicinò semplicemente alle pareti finestre mentre armeggiava in modo febbrile con i controlli del suo oculus.

"Potrebbe essere qualsiasi cosa," disse Makoto. "Forse una delle navi ha fatto..."

Una serie di boati, simili ad una sequela di colpi d'arma da fuoco, proruppero tutt'intorno, facendoli sobbalzare. I due studenti si girarono verso la direzione dei rumori.

Altro silenzio seguì, un silenzio estenuante che si protrasse per uno...tre...cinque minuti.

Poi, mentre i battiti del cuore di Lena stavano nuovamente rallentando, un'altra serie di boati proruppero tutt'attorno.

Lena e Makoto si gettarono a terra per riflesso, mentre le esplosioni continuavano ad intervalli regolari, facendosi sempre più vicine. Silenzio per una manciata di secondi, quindi un'altra esplosione, questa volta alla loro sinistra, e talmente vicina che Lena vide le pareti di vetracciaio della cupola tremare.

"Che cosa diavolo sta succedendo?" urlò Lena, per cercare di farsi sentire sopra il rumore assordante.

Makoto disse qualcosa, ma Lena non riuscì neppure a sentirlo.

La ragazza guardò davanti a sé, verso una sezione della Fornace, e fu in quel momento che la vide. Era una piccola luce sferica color acquamarina che esplose in un tripudio di luci multicolori.

"Hai visto?" urlo Lena, coprendosi il volto con un braccio. "Hai visto quella luce?"

526 MICHELE AMITRANI

Un'altra luce lacerò l'oscurità, un bagliore rosso fuoco che credette di vedere molto in avanti, verso il centro del Laboratorio.

"Sta...sta succedendo qualcosa in mezzo a quegli edifici, quelli a forma di Ziggurat," disse Lena, indicando il punto a Makoto. "Vedi quei bagliori?"

Seguirono una serie di esplosioni rosse.

"Sì, li vedo," urlò di rimando Makoto. "Aspetta, sto cercando d'ingrandire la visuale. Ora dovrei essere in grado di..."

Un lampo giallo proruppe alla loro destra, seguito da un fragore così potente che entrambi furono gettati a terra dalla sua forza d'urto.

Lena boccheggiò mentre cadeva sul pavimento, le mani che proteggevano per riflesso il suo volto. Makoto, alla sua sinistra, sembrò imprecare a denti stretti. La ragazza vide le pareti della cupola vibrare leggermente, ma la struttura non sembrava risentire troppo degli spari circostanti.

'Guarda lo spettacolo da lì, e solo da lì! Allontanarsi sarebbe pericoloso.' Quella parte del messaggio mandato dal suo misterioso informatore baluginò in quel momento nella sua mente. Chiunque fosse questo Gola Profonda, sapeva che il vetracciaio dell'obelisco l'avrebbe protetta, senza impedirle di vedere. Ma vedere che cosa, esattamente? Che cosa diavolo stava succedendo attorno a loro?

"Qualcuno sta sparando!" urlò Makoto a squarciagola, rispondendo alla domanda che Lena non aveva mai pronunciato. Lo specialista si era accucciato contro una parete, con la speranza di avere una migliore visuale da quel punto della cupola.

"Makoto! Allontanati!" urlò Lena, che si stava mantenendo a qualche metro di distanza da tutte le pareti. Non importava quanto fossero resistenti le pareti in vetracciaio. Se Makoto fosse rimasto così vicino, il rumore o l'onda d'urto avrebbero potuto fargli del male.

Ma Makoto non sembrava ascoltarla, così intento a riprendere con il suo oculus, il volto madido di sudore mentre seguiva con lo sguardo ogni singola esplosione che li circondava. "Ci siamo!" urlò improvvisamente lo specialista, intento a riprendere quello che stava accadendo, cieco a qualsiasi altra cosa.

Lena seguì il suo sguardo.

C'erano un gruppo di persone che si muovevano nell'oscurità, a non più di cento metri di distanza, e tutti loro stavano...Lena scosse la testa, incredula. Dovette battere le palpebre un paio di volte e strofinarsi gli occhi per credere a quello che aveva visto.

No, non si era sbagliata. C'era un gruppo di persone lì fuori, tutti loro sospesi in aria, un alone rosso che li circondava interamente, come un cuore di luce che pulsava di un'energia senza nome. Improvvisamente, le figure in formazione vennero investite da quelle che sembravano onde di luce azzurre. Il gruppo si disperse in tutte le direzioni, rispondendo all'attacco con onde di energia di colore arancione.

"Si stanno sparando a vicenda," disse Lena, indicando i due schieramenti contrapposti, che si muovevano velocemente l'uno contro l'altro. A raffiche color ghiaccio rispondevano altre color fiamma.

Lena non poteva negarlo. Sembrava davvero che fossero nel bel mezzo di uno spettacolo di fuochi d'artificio.

Si girò verso Makoto, che incredibilmente, scioccamente, continuava a mantenere la sua posizione vicino alla parete in vetracciaio. Un lampo di luce rossa esplose a meno di dieci metri di distanza ed illuminò improvvisamente l'interno della cupola. Fu in quel momento che la ragazza lo vide chiaramente. Un sorriso stava increspando le labbra del pilota, eccitazione che illuminava l'occhio non coperto dall'oculus.

Un'altra esplosione impedì a Lena di vedere oltre, mentre Makoto sembrava ormai completamente dimentico dell'ambiente circostante, solo e unicamente concentrato nel riprendere ogni singolo istante di quello che stava accadendo.

"Devo riprendere più da vicino," urlò Makoto, guardando verso Lena ed indicando il suo oculus "Devo avere un'immagine più nitida. Da qui quell'alone impedisce di vederli bene."

Dopo essersi asciugato la fronte grondante di sudore, guardò nuovamente verso di lei. "Tu resta qui!" ordinò. Prima che Lena avesse il tempo di assimilare anche solo il senso della frase, Makoto scattò in piedi e si diresse verso le scale, entrambe le mani che gesticolavano per regolare il suo oculus

"Cos...Ehi! Makoto! Aspetta!" Lena non poteva crederci. Lo specialista doveva essere impazzito. Un'altra serie di esplosioni la costrinsero a gettarsi a terra e a coprirsi il volto con le braccia. Quando tornò a guardarsi attorno, Makoto era sparito.

Combattendo contro la paura che le diceva di rimanere dove era, si alzò ed inseguì il pilota.

Il messaggio diceva chiaramente di restare nell'obelisco. Solo lì sarebbero stati al sicuro dall'inferno di luci e rumori che si stava consumando là fuori, Lena ne era certa.

Era stata colpa sua se Makoto era venuto con lei. Se gli fosse capitato qualcosa...

Si gettò alla rincorsa dello studente, che aveva già cominciato a scendere le scale. "Ha detto che dobbiamo rimanere qui! Makoto!" gli urlò lei dalla sommità delle scale. "Ha detto che non dobbiamo allontanarci!"

Ma il pilota era già lontano, e non perse tempo a risponderle.

"Imbecille!" sibilò Lena. Si girò e prese l'ascensore, con la speranza di intercettare Makoto, ma quando le porte si aprirono al piano terra, non c'era traccia dello studente. Doveva già essere fuori, in mezzo a quel pandemonio. Evidentemente la porta dell'obelisco poteva essere aperta dall'interno.

Quando si trovò fuori dall'edificio, la forza dirompente dei boati la fece cadere a terra. Rialzandosi lentamente, entrambe le mani sulle orecchie, Lena vide fumo, luci e figure saettare tutto intorno a lei. Un odore acre di terra bruciata dominava l'ambiente circostante. Ci mise del tempo prima di accorgersi che c'erano anche delle urla che si rincorrevano a vicenda nella notte inframmezzata dai lampi di luce color ghiaccio e da quelli color fuoco. Voci che davano ordini, che imprecavano, che urlavano e che chiedevano aiuto.

In quel caos senza senso di rumori, Lena chiamò Makoto più

volte, cercando di distinguere le forme che la circondavano, ma non ebbe nessuna risposta.

Finalmente, dopo aver camminato alla cieca per un paio di minuti, Lena vide il profilo di Makoto accucciato dietro ad un muro a meno di una ventina di metri alla sua destra. Il muro era appartenuto ad un silo di forma conica, del quale ora non rimanevano che frammenti sparsi, come se fosse stato colpito da un grappolo di granate.

"Makoto!" lo chiamò Lena, mentre si proteggeva gli occhi da un fascio di luce. Lo specialista non sembrava averla sentita mentre continuava a riprendere con il suo oculus, concentrato a seguire una parte della battaglia che si stava consumando meno di cinquanta metri più a Nord.

Lena lasciò andare un'imprecazione, si guardò attorno e scattò verso lo specialista. Quando finalmente fu al suo fianco, lo prese per una spalla, girandolo verso di lei.

"Sei impazzito?" sibilò, guardandolo con urgenza. "Vuoi farci ammazzare?"

"Ti avevo detto di restare nella cupola," le disse distrattamente Makoto, mentre armeggiava con il suo oculus. "Ne ho ripresi un paio che..."

Lena non gli diede il tempo di finire. Questa volta gli afferrò entrambe le spalle, costringendolo a guardarla. "È troppo pericoloso!" sbottò, indicando l'obelisco." Dobbiamo tornare indietro! Al sicuro! Ricorda il messaggio, Makoto. Il messaggio diceva che..."

Un altro paio di esplosioni, più forti e più vicine che mai, costrinsero entrambi a ripararsi dietro al muretto.

"Non posso, non capisci?" disse Makoto, allontanandosi di un paio di passi dalla ragazza. "È la prima volta che riesco a vedere! Con dati come questi, potremo finalmente riuscire a capire che cosa..."

"Non m'interessa se..."

"Tu non capisci, Lena!" la interruppe lo specialista. "Ho chiare immagini di entrambi. Posso...posso vedere!"

"Entrambi?" ripeté confusa Lena. "Che cosa vuoi di..."

Ma Lena non finì mai la frase. In quel momento, una luce accecante, molto più forte di qualsiasi altra che avessero visto quella notte, squarciò l'ambiente circostante, seguita da un urlo e dal rumore di qualcosa di pesante che cadeva a pochi metri di distanza. Un'enorme quantità di terra, polvere e detriti vennero sollevati dal suolo, come se un piccolo meteorite si fosse schiantato lì vicino. Lena e Makoto si accucciarono più che poterono dietro la porzione di silo che li stava coprendo.

Dopo il rumore assordante, la notte si fece d'un tratto stranamente silenziosa. Sembrava quasi che qualcuno avesse improvvisamente spento un interruttore, facendo tornare l'ambiente nella sonnacchiosa tranquillità che aveva preceduto l'inizio della battaglia.

Poi tutto cambiò.

Una forma discese dal cielo, atterrando sui resti del silo con un singolo, solitario rintocco di metallo contro metallo. I contorni dell'estraneo erano poco distinguibili, perfino da quella distanza, e in parte nascosti dalla polvere e dal fumo circostanti, ma la figura sembrava alta almeno due metri, ed incredibilmente magra, con braccia e gambe lunghe e sottili, vita stretta e un...qualcosa che la copriva interamente. Una tuta, forse? No, non poteva essere, si disse Lena. Qualsiasi cosa fosse, copriva anche la faccia, le mani e i piedi, caratterizzando l'estraneo con lo stesso color nero che si sposava così bene con l'oscurità che tutto circondava.

In effetti, ora che ci faceva caso, la figura non sembrava indossare nessun vestito, soltanto...qualcosa che sembrava assorbire il chiarore lunare, come se si cibasse della notte, la facesse sua, fosse parte di essa.

Lena non riusciva a descrivere l'estraneo come nient'altro se non un'ombra solida di forma umana. Il pensiero le fece accapponare la pelle.

I due studenti trattennero il fiato. Quasi senza accorgersene, Lena strinse la mano di Makoto e lo specialista ricambiò il gesto mentre entrambi sbirciavano da dietro il muro.

La forma partorita dalla notte si stava dirigendo con passo lento ma deciso verso il cratere creato dall'ultimo bagliore color fuoco.

Lena aguzzò lo sguardo, cercando di vedere oltre la polvere e il fumo che ancora serpeggiavano tra un detrito del silo e l'altro.

Alla fine vide qualcosa, e dovette mettersi entrambe le mani davanti alla bocca per sopprimere la sua esclamazione di sorpresa.

Una figura giaceva a terra, nel bel mezzo del cratere che aveva formato con la sua caduta.

Doveva essere un uomo, a giudicare dalle spalle larghe e il petto pronunciato, ma era difficile dirlo. Il suo volto era coperto da quello che sembrava un incrocio tra una maschera ed un elmo che proteggeva il capo e parte del collo. Il resto del suo corpo era coperto da... Che cosa? Un vestito? Una tuta? No, non sembrava fosse nessuna delle due cose. C'erano dei rigonfiamenti di uno strano materiale sul petto, sulla vita, sulle braccia e sulle gambe...che cosa...che cosa poteva essere?

"Una corazza..." mormorò Lena dopo che ebbe osservato la figura per qualche altro secondo, senza neppure accorgersi di aver esternato il suo pensiero ad alta voce.

Makoto, dal canto suo, annuì, mentre continuava a riprendere con il suo oculus.

In quel momento, la figura figlia della notte rise, un suono acuto e penetrante che fece rizzare i capelli di Lena.

"Una luna a forma di falce e un cielo avaro di stelle," disse lo sconosciuto, indicando con un dito le nuvole che coprivano gran parte della volta celeste. Si muoveva come un serpente mentre si destreggiava tra un detrito e l'altro. "Un pessimo giorno per morire, non credi, *dunami?*"

L'ultima parola venne pronunciata con disprezzo manifesto.

Lena trasalì. Non aveva mai sentito una voce del genere. Aveva un accento metallico speziato da eccitazione e da malizia. Nessun essere umano avrebbe potuto produrre un suono del genere.

In quell'istante, la figura in armatura balzò in alto con un urlo che squarciò il silenzio, ma il suo avversario era pronto. Circondandosi improvvisamente di un'aura color fuoco, simile ad una bolla, il suo braccio si trasformò a velocità sorprendente in una frusta che colpì a mezz'aria lo stomaco del nemico, il quale cadde nuovamente nella fossa con un tonfo sordo, sollevando un'altra nuvola di polvere e di detriti.

"Non riconosci la Morte, quando ce l'hai di fronte, guardiano di Ariul?" disse con voce tagliente l'essere che sembrava indossare la notte.

Lena si strofinò gli occhi. Non poteva aver visto bene. Il braccio di quel...qualsiasi cosa fosse...era diventato una frusta?

La figura oscura cominciò a battere le mani mentre si avvicinava alla fossa, passo dopo passo, senza alcuna fretta apparente.

"C'è un Dio che veneri?" chiese, quando ebbe raggiunto il suo avversario e gli ebbe messo un ginocchio sul petto, bloccandogli entrambe le braccia con le mani. Avvicinò la bocca all'orecchio del nemico, e proseguì, "Parole di conforto che ti sono state insegnate per rendere pacifico il tuo trapasso? Un ultimo inno che vorresti innalzare al cielo?"

L'uomo con la corazza cercò di dimenarsi, ma chiaramente il suo avversario era troppo forte per lui.

"Preghiere? Inni? Nulla? Parla, dunami! Parla!"

"Vai-a-farti-fottere!" fu la secca risposta dell'avversario.

L'essere con la voce metallica allontanò il volto, come se fosse stato sorpreso dalla risposta, quindi scoppiò a ridere, una risata che avrebbe reso delle unghia su una lavagna un suono piacevole.

"Un infedele!" proclamò alla fine, mentre alzava un braccio, che si tramutò in una lancia.

"Saluta Wei Wang all'inferno, dunami," disse. "Digli che è stato Saga a mandarti." Ciò detto, trafisse il petto dell'avversario.

Si sentì un grugnito, seguito da quello che sembrava il gorgoglio di sangue che si impastava con saliva e si fermava a metà strada tra lo stomaco e l'esofago. Poi il corpo del dunami si accasciò di lato e rimase completamente immobile.

Lena stava tremando nell'oscurità. Makoto, alla sua sinistra, le stava stringendo il braccio con talmente tanta forza da fermargli quasi la circolazione. Entrambi guardavano la lama-braccio mentre assumeva un'altra forma, questa volta simile ad un cilindro...No, non un semplice cilindro. Quella era un'arma...un cannone.

L'aura color fuoco circondò lo sconosciuto ancora una volta e in un battito di ciglia una luce uscì dall'arma, questa volta colpendo il cadavere del dunami.

Il corpo della vittima venne disintegrato davanti ai loro occhi, ridotto in polvere in una frazione di secondo.

Il mutaforma afferrò un manciata di quella polvere al volo, aprì il palmo della mano e disse, "Da polvere di stelle a polvere di stelle," quindi soffiò verso il cielo, e la polvere venne reclamata dalla notte.

Una pietra che era stata in bilico per tutto quel tempo cadde quando Makoto sfiorò il bordo del muro che li stava nascondendo. Il frammento rotolò per terra, provocando un rumore sordo.

Il mutaforma si girò di scatto verso la loro direzione. Annusò l'aria, come un segugio alla ricerca di una preda. I due studenti rimasero completamente immobili.

"Occhi nell'oscurità," disse la figura, con una voce divertita, mentre continuava a guardare verso il muro che li nascondeva. "Ma appartenenti a chi? Mhm? Non certo a dunami. No. Nessuno di loro avrebbe potuto assistere alla morte di un loro fratello senza alzare un dito. Fatevi avanti, chiunque siate! Beneficiate della Luce di Saga!"

A quel punto, Lena lo sentì muoversi.

Makoto l'aveva mossa dietro di sé, per proteggerla. "Quando te lo dico io," mormorò così a bassa voce che Lena faticò a sentirlo, "scatta verso l'hoveran. Io attirerò la sua attenzione. Mi stai ascoltando, Lena?"

Lena mormorò qualcosa, tremando nell'oscurità. Non sapeva neppure lei che cosa avesse detto. Non aveva mai avuto tanta paura in vita sua.

Con un passo lento e deliberato, il mutaforma continuò a dirigersi verso di loro e quando fu di fronte al muro che li occultava, lo sradicò da terra e lo gettò di lato con una forza sovrumana.

Per la prima volta da quando aveva fatto la sua comparsa, Lena ebbe la possibilità di vedere bene il suo volto.

Due occhi color sole troneggiavano su un volto color ferro. La figura era davvero alta, come era sembrato dalla distanza. Lena non

riusciva a vedere dei vestiti che lo coprissero, sembrava che il mutaforma indossasse solo la sua pelle, ma la sua pelle era una successione di protuberanze che a volte sembravano squame, a volte
sembravano lievi ondulazioni della pelle che a tratti scomparivano,
lasciando una semplice superficie che ricordava del metallo.

"Che cosa abbiamo qui? Mhm?" chiese il mutaforma, piegando il
collo di lato e chiudendo leggermente le palpebre. "Una coppia di...
weguckin? Fuori dalle loro tane a quest'ora della notte? Cos'altro?"

L'essere scrutò con attenzione l'oculus di Makoto, e la sua
espressione si fece da divertita a sorpresa. Ma la sua sorpresa non
durò a lungo, sostituita ben presto da una rabbia selvaggia palesata
da occhi simili a bracieri. Le squame riapparvero all'istante in tutto
il loro splendore, più pronunciate e vibranti che mai, come un cobra
che assume la posizione di attacco.

Con un fulmineo movimento della mano, afferrò Makoto per il
collo e strappò via l'oculus dal suo alloggiamento.

"Tu..." disse, valutando prima l'oculus e poi il ragazzo. "Che cosa
hai..."

Un boato inghiottì le sue parole, seguito da una luce azzurro
cielo che squarciò l'oscurità per una frazione di secondo. Lena fu
solo consapevole del corpo del mutaforma che veniva scaraventato
fuori dalla sua visuale e di un paio di forme che saettavano alla sua
sinistra, incuranti di lei o di Makoto.

"Alzati!" urlò tra spari ed urla Makoto, scuotendo Lena. "Alzati,
dobbiamo andare via!"

Come destatasi improvvisamente da un sogno, Lena si alzò di
scatto.

"Il mio oculus! Dov'è? Non riesco a vederlo!" disse Makoto, guardandosi attorno con uno sguardo terrificato.

"Al diavolo il tuo stupido oculus!" gli urlò Lena. Fu il suo turno
di trascinare Makoto. "Dobbiamo andarcene via! Adesso!"

Makoto sentì altre esplosioni, e l'ultima traccia di testardaggine
si tradusse in un riluttante segno d'assenso. Entrambi scattarono
nella direzione dell'obelisco di osservazione, dove avevano parcheg-
giato l'hoveran.

Lo raggiunsero in pochi minuti e lo specialista mise in moto in fretta, il fiato spezzato a causa della corsa mentre Lena teneva d'occhio il finestrino, dove vedeva che la battaglia tra le due fazioni continuava.

"Tieniti forte! Partiamo!" urlò Makoto.

Con uno scatto che Lena avrebbe creduto impossibile per un hoveran, Makoto fece alzare il mezzo di trasporto da terra, dirigendolo verso il Fulcro.

32

IL FARAONE DELL'ETERE
ATLANTA, QUARTIER GENERALE DI DATAMORPH

Angelica

ANGELICA ERA COMPLETAMENTE sola. Neanche l'eco di un rumore sembrava abitare quella parte della Piramide.

Fissò per qualche secondo la porta che le era stata indicata, una porta niente affatto diversa da dozzine di altre che lei e Agate avevano superato.

Fece un paio di passi in avanti e, quando i sensori di prossimità vennero attivati dalla sua presenza, il pannello di metallo che le sbarrava l'accesso venne inghiottito dalla parete. Un'ondata d'aria fredda l'investì d'improvviso.

Angelica boccheggiò, come se fosse stata colpita da una secchiata d'acqua gelata. La differenza di temperatura tra il corridoio e la stanza doveva essere di almeno quindici gradi. Oltre la porta, vide solo tenebre intervallate qua e là da punti luminosi provenienti da parti remote della stanza, che sembrava incredibilmente più spaziosa di quanto si sarebbe aspettata, anche se era difficile giudicare dal punto in cui si trovava.

Quel luogo, si rese conto, appariva completamente diverso dal resto della struttura. Le luci, i colori, perfino l'odore, un misto di metallo e varichina, stonavano con tutto quello che aveva sperimentato fino a quel momento.

Un benvenuto inaspettato dal cuore della Piramide.

Angelica fece un passo in avanti, esitante, guardandosi attorno con sguardo circospetto mentre si muoveva. Quando l'oscurità del nuovo ambiente la circondò completamente, la porta si chiuse dietro di lei.

Toccò la superficie che si era appena chiusa, ma la porta non si mosse di un millimetro. Il metallo era incredibilmente freddo al tocco, un pezzo di ghiaccio con consistenza e colori sbagliati.

Allontanò la mano dalla superficie fredda e se la strofinò sulla gamba. Si girò nuovamente verso il centro della stanza e socchiuse gli occhi. L'oscurità non lasciava intuire le sue dimensioni, ma di una cosa Angelica era sicura: quel posto era vuoto, completamente privo di oggetti. Il pavimento metallico era sgombro di qualsiasi armadio, sedia, tavolo o pezzo di arredamento. Fece un altro paio di passi in avanti mentre sbatteva ripetutamente le palpebre, cercando di abituarsi il più velocemente possibile alla luce quasi inesistente dell'ambiente. Pensò di chiamare, di dire che era arrivata, ma una voce nella sua testa le disse che infrangere il silenzio in quel modo non sarebbe stata una buona idea. E così Angelica continuò ad avvicinarsi al centro della stanza, una legione di domande che affollavano la sua mente, orfane di qualsiasi risposta.

Con il passare del tempo, il freddo sembrava farsi sempre più pungente. Poggiò le mani sulle braccia, cercando con quel futile gesto di restituire un po' di calore al suo corpo. Rabbrividì, desiderosa di aver portato con sé un indumento più pesante.

Le sue mani cominciarono a tremare.

Dopo aver scandagliato con lo sguardo a destra e a sinistra, indietro e in avanti, gli occhi di Angelica si spostarono in alto, catturati da una fonte di luce che proveniva dal soffitto il quale, fu sorpresa di notare, sembrava davvero molto alto. Più che una stanza, rifletté, quel luogo sembrava simile ad un pozzo o ad una tana, la tana di un'enorme creatura solitaria, amante di luoghi bui, freddi e silenziosi. Non aveva idea di quale potesse essere la funzione di un luogo del genere, ma non era sicura volesse saperlo. Rabbrividì nuovamente e, questa volta, non fu per colpa del freddo.

Aggrottò la fronte, concentrandosi sulla luce sopra la sua testa. Sembrava che non avesse una fonte vera e propria, semplicemente si trovava lì, come se fosse stato un prodotto dell'aria stessa e aleggiasse senza alcuna logica sul soffitto.

Lentamente, molto lentamente, gli occhi di Angelica si abituarono al tenue chiarore della stanza. Ombre e oscurità precludevano ancora dettagli importanti, ma ora capiva che la stanza aveva la forma di un enorme cono, largo alla base e stretto sulla sommità.

Il freddo, intanto, continuava ad accompagnare ogni suo passo, uno spettro senza forma, consistenza o colore che non dava alcuno scampo.

Angelica si era ormai convinta che i controlli ambientali di quel posto dovessero essere spenti, o gravemente difettosi. Non poteva esserci nessun'altra spiegazione a quel freddo pungente. Nessuna persona avrebbe potuto rimanere per più di pochi minuti in un posto del genere, specialmente se malata, pensò Angelica. Le sue mani si muovevano ora su e giù a velocità crescente, dal gomito alle spalle, ancora e ancora.

Inutile, non c'era alcun modo di tenere a bada il freddo.

Sono davvero dove dovrei essere? si chiese, mentre gettava occhiate alle pareti che si piegavano verso la sommità della stanza. Forse c'era stato uno sbaglio. Quel posto sembrava completamente disabitato, difettoso, inutilizzato da chissà quanto tempo. Qualcosa dentro di lei le disse di tornare indietro.

Tutto d'un tratto, si sentì osservata da una delle varie sacche di oscurità presenti nella stanza. Angelica allontanò quel pensiero con un movimento deciso della testa e si costrinse ad andare avanti, ad esplorare, a capire dove fosse. Credette che la sua immaginazione le stesse giocando brutti scherzi, creando forme in movimento che non esistevano davvero se non nella sua mente.

Eppure, qualcosa sembrava effettivamente muoversi nell'oscurità, un'ombra circondata da un dominio di ombre. La colse con la coda dell'occhio un paio di volte, ma ogni volta, qualsiasi cosa fosse, spariva prima che riuscisse ad identificarla. Era più di un presentimento, poteva percepirlo, anche se non riusciva a vedere chiaramente.

Quando finalmente notò le forme oblunghe che la circondavano, apparentemente sospese dalle pareti della stanza conica, non capì immediatamente cosa fossero. Si avvicinò di qualche altro passo, e cercò di studiarle con più attenzione.

Angelica sgranò gli occhi, sorpresa. Cavi, cavi sottili di un colore mercurio che sembravano assorbire, più che riflettere, la tenue luce della stanza. I cavi, non più larghi di un pollice, erano almeno una dozzina e sembravano uscire dalle pareti, come liane metalliche in una giungla senza alberi. Tutti i cavi sembravano convergere e perdersi nella zona più buia e remota.

Angelica rabbrividì per l'ennesima volta. Il freddo superava i suoi vestiti, penetrando inesorabilmente nel suo corpo, oltre la sua pelle e dentro le sue ossa, diventando da meramente fastidioso ad incredibilmente sgradevole. Cominciò a sbattere i denti senza rendersene neppure conto, il veloce movimento delle sue mani che cercava di restituire calore al suo corpo era completamente inutile contro il freddo della stanza. Alla fine, incapace di trattenersi oltre, starnutì.

Nel silenzio indisturbato che la circondava, fu come se qualcuno avesse sparato una cannonata al centro di un lago di ghiaccio.

Fu in quel momento che la stanza prese vita.

Una risata si formò intorno a lei, intervallata da sibili e fischi, come se un nido di vipere si fosse improvvisamente materializzato a pochi passi di distanza.

Angelica fece una mezza giravolta, completamente presa alla sprovvista dal suono inaspettato. In quel momento, una voce poderosa proveniente dappertutto e da nessuna parte comandò la sua attenzione.

"La dimenticanza di un vecchio," pronunciò la voce, rigida e metallica al tempo stesso, un rombo di parole con il potere di destare la stanza dormiente. "Corpi caldi. Corpi solitari. Corpi che parlano con gesti, che si esprimono con suoni. Un cuore che pompa sangue. Una pelle che trasmette sensazioni. Forme, rumori, luci che vengono trasformate in immagini, immagini che vengono trasformate in messaggi. Ossa che sostengono un corpo fatto di organi e sacche di sangue. Carne con un colore...Ah...La dimenticanza di un vecchio. Chiedo venia," la voce s'interruppe, riprendendo fiato, un suono rauco e secco che sembrava il latrato di un bestia. "Essere umano è un privilegio che può essere dimenticato con il tempo, così come le sue esigenze più basilari. Come il calore..."

Quando quell'ultima parola venne pronunciata, la stanza prese vita e una serie di rumori meccanici, come dita di ferro che battevano ripetutamente su una superficie di vetro, si moltiplicarono tutt'attorno. Mentre continuava a girarsi a destra e a sinistra, alla ricerca della fonte di quella voce, Angelica avvertì la temperatura nella stanza alzarsi lentamente ma inesorabilmente. Ben presto, non ebbe più motivo di circondarsi il corpo con le braccia. Tuttavia, i battiti del suo cuore non smisero di accelerare mentre la stanza si trasformava in un tripudio di cavi in movimento intorno a lei, forme sinuose che vorticavano nella semioscurità.

"...E la luce," riprese la voce ubiqua, come se avesse pronunciato un comando.

La luce sul soffitto aumentò d'intensità all'improvviso, non di molto, ma per Angelica fu abbastanza da costringerla a coprirsi il volto con un braccio.

Quando si fu abituata alla nuova luce, la figura che comparve davanti a lei, cinque metri sopra la sua testa, le mozzò il fiato.

Un uomo era sospeso al centro della stanza. Il suo era un corpo fragile, magro e quasi completamente nudo. La sua pelle era di colore grigio chiaro e ricordava una pergamena, una pergamena che era stata esposta per troppo tempo alla luce impietosa di un sole di mezzogiorno che non conosce tramonto. Macchie giallo ocra di diverse dimensioni assediavano il suo corpo decadente, all'apparenza sul punto di sfaldarsi da un momento all'altro.

Angelica si concentrò sul viso dell'uomo e i battiti del suo cuore accelerarono ulteriormente. Il suo sguardo si spostò dai sottili cavi color mercurio che aveva visto qualche minuto prima, al cranio completamente pelato dell'uomo sospeso in aria. I cavi percorrevano tutta la lunghezza della stanza fino al suo centro, dove si assottigliavano, assumendo lo spessore di un ago. Lì, s'inserivano come artigli nella pelle ruvida e porosa del vecchio. Fianchi, torso, braccia, spalle e testa. I cavi sembravano sostenerlo in aria e alimentarlo al tempo stesso, come una serie di sinistri cordoni ombelicali.

A qualche centimetro di distanza dalla tempia sinistra, dove avrebbe dovuto esserci l'orecchio, Angelica vide una piastra circolare, illuminata da una luce azzurro cielo, fissata con supporti tubicolari che penetravano la tempia e la guancia come un gigantesco ragno meccanico. L'eterodon che era in lei riconobbe immediatamente il dispositivo: un relè di prossimità eterica.

Angelica continuò a studiare il volto dell'uomo con stupore crescente. Il suo viso era assediato da profonde rughe, da una costellazione di punti neri e da zone di pelle che sembravano essere state grattate via e sostituite con una versione economica della plastica. Le sue narici erano due fessure sottili e prive di peli, che si piegavano appena tra un respiro e l'altro, come se ogni respiro avrebbe potuto spezzare in due il suo fragile corpo.

Quel poco che rimaneva dell'antica bellezza dell'uomo-macchina era concentrato nei suoi occhi, verdi come un prezioso smeraldo lavorato fino alla fine dei tempi per risultare il più sfavillante possibile. Era come se tutta la sua forza si fosse ritirata dietro quegli occhi, per combattere lo stato di decadenza che aveva conquistato il resto del suo corpo.

"Non rimanere nell'ombra," riprese l'uomo-macchina. "Avanti, viene avanti, mia cara. Mostrati. Cammina nella luce!"

La luce della stanza aumentò ulteriormente d'intensità e Angelica si fece avanti, esitante.

I loro sguardi s'incrociarono per la prima volta e Angelica riconobbe finalmente il volto dell'uomo che aveva relegato internet nei
libri di storia.

Jason Cloverfield stava sorridendo, adesso, un sorriso paterno,
che mostrava una fila di denti bianchissimi. Una serie di linee incre-
spavano la pelle ai lati della bocca mentre valutava dall'alto la sua
ospite.

"La Madame delle Note," pronunciò con voce lenta e profonda,
carica di anticipazione. Le sue parole echeggiarono nella stanza
come la benedizione di un sacerdote in una cattedrale. "Angelica
Kam, allieva della leggendaria Cantara Handal." Il Presidente di
DataMorph fece una pausa, valutandola molto attentamente, come
se stesse ammirando un trofeo appena conquistato, o un'opera
d'arte su cui aveva appena messo la firma. Approvazione e fascino
troneggiavano sul suo volto tassato dal tempo.

Improvvisamente, un sibilo diverso da tutti gli altri, prolungato e
quasi assordante, cominciò ad invadere la sala, ed Angelica vide che
gli innumerevoli cavi che sostenevano l'uomo a mezz'aria, come un
gigantesco ragno al centro di una ragnatela, lo stavano gentilmente
posando sul pavimento.

Quando i suoi piedi toccarono terra, lo fecero provocando un
tonfo sordo, seguito da un rintocco chiaramente metallico, come se
la parte inferiore dell'uomo fosse fatta di piombo. Angelica spostò lo
sguardo in basso e si accorse che le sue gambe non erano affatto
gambe. Due protesi color ghiaccio che formavano un qualche tipo di
esoscheletro motorio stavano al posto degli arti inferiori e del
bacino. L'esoscheletro s'inseriva con precisione nella spina dorsale e
in quel punto sembrava fondersi armoniosamente con il resto del
corpo.

I tubi si staccarono dal corpo di Jason contemporaneamente,
provocando un suono stridulo, e si ritirarono velocemente nelle
pareti, sibilando come un gruppo di cobra inferociti.

Angelica stava elaborando lo spettacolo che aveva davanti il più
velocemente possibile, ma il suo volto mostrava chiaramente uno
stupore che non aveva bisogno di essere concretizzato con parole.

Jason Cloverfield, il Presidente e fondatore di DataMorph, l'uomo più potente dell'etere, era un tecnorista. La rivelazione colpì Angelica come una palla di piombo sullo stomaco. Il livello di fusione degli impianti nel suo corpo non lasciava molto spazio all'interpretazione.

Tecnorista, tuttavia, non sembrava un termine neppure lontanamente appropriato per definire l'uomo-macchina che Angelica si trovava davanti. Jason non sembrava aver semplicemente sostituito qualche parte del suo corpo o aggiunto degli impianti qua e là per adempiere meglio un determinato compito. No. Piuttosto, sembrava aver fuso con successo il suo organismo con una percentuale incredibilmente alta di componenti meccaniche, della maggior parte delle quali Angelica non cominciava neppure ad intuire lo scopo.

Nonostante la sorpresa, nonostante una nota di timore crescente, l'eterodon dentro di lei non poté fare a meno di chiedersi con curiosità scientifica come fosse possibile che una compagine di materia organica e meccanica potessero gemellarsi in quel modo senza un qualche tipo di rigetto immediato. In tutta la sua carriera, non aveva mai visto un caso di tecnorista così avanzato.

Eppure, rifletté Angelica, Jason Cloverfield era dopotutto una persona con risorse quasi illimitate, contatti e conoscenze al di fuori della persona comune e con un potere e un'ascendenza difficili anche solo da immaginare. Chi poteva dire che cosa un uomo del genere fosse in grado di fare?

Era risaputo che la salute del Faraone dell'Etere era peggiorata velocemente negli ultimi anni e, quando qualche anno prima aveva deciso di sparire dalla scena pubblica, nessuno si era fatto troppe domande sul motivo di quella decisione. Jason Cloverfield era dopotutto stato un uomo anziano ancor prima di decretare l'ascesa di Opsis e inaugurare in questo modo il preludio dell'etere. La sua salute precaria era stata oggetto di diverse notizie e di attenzione mediatica.

Eppure il Jason Cloverfield che Angelica aveva davanti, gli occhi luccicanti, il sorriso smagliante, non sembrava affatto un vecchio pronto a morire. O anche solo malato. Tutt'altro. Ora capiva la frase di Agate quando aveva detto che il Presidente aveva 'deciso di mettere la Morte in sala d'attesa'.

Qualsiasi cosa avesse fatto Jason al suo corpo, sembrava stesse funzionando, mantenendolo in vita e in salute nonostante la sua età avanzata e a dispetto di qualsiasi malattia lo stesse affliggendo.

Il Presidente di DataMorph aveva mantenuto un rispettoso silenzio mentre i due si fissavano a vicenda, come se avesse appositamente voluto dare ad Angelica la possibilità di assorbire lo spettacolo che aveva davanti. Jason si trovava ora a pochi passi di distanza dalla sua ospite, guardandola con occhi colmi d'interesse. Una lingua giallastra saettò su labbra secche e prive di qualsiasi colore, cercando d'inumidirle.

Finalmente, dopo un abbondante minuto di silenzio, Jason Cloverfield si avvicinò ad Angelica con una velocità che la sorprese, i pistoni che muovevano le sue gambe lo facevano sembrare una varietà estremamente eterodossa di autotron.

"Non beneficio spesso del piacere di visite," disse Jason, porgendole la mano. "Benvenuta nel cuore della Piramide, Madame delle Note."

Angelica fissò la mano del Presidente. La pelle era grigio-bianca, come il resto del corpo. Ciononostante, a parte quello, non sembrava meno umana della sua.

La dottoressa considerò come avrebbe dovuto comportarsi. Il Presidente sembrava studiarla molto attentamente, e lei si sentì come se fosse valutata da quegli occhi brillanti, come se lui stesse cercando di stabile qualcosa, o di suscitare un qualche tipo di reazione. La dottoressa si sentiva come nel bel mezzo di una partita di poker, in cui il giocatore avversario osserva il comportamento degli altri per intuire le loro combinazioni.

Angelica decise che non avrebbe dato al Faraone la soddisfazione di vederla sorpresa, o indecisa, se poteva evitarlo. Qualsiasi cosa stesse cercando con quegli occhi indagatori, non l'avrebbe trovata.

"Grazie, Presidente," disse Angelica alla fine, producendo un sorriso e sperando che il suo volto non tradisse nessuna delle emozioni che stava provando.

Strinse la mano e si scoprì sorpresa quando avvertì del calore. Si era aspettata una stretta glaciale, meccanica, ma quella che gli venne offerta fu una stretta sicura ma gentile. Una mano esperta nello stringere mani.

Il sorriso di Jason Cloverfield si fece se possibile più ampio. Sembrava felice, quasi divertito, come un bambino che mostrava ad un amico un giocattolo nuovo, aspettando che l'altro mostrasse curiosità, confusione, desiderio, gelosia o stupore.

Quando si rese conto che Angelica non sembrava voler dargli nessuna di quelle cose, disse, arricciando le labbra, "Che cosa sto dimenticando?" Guardò Angelica, ma evidentemente la domanda era rivolta a sé stesso. "Ah, sì. Certo!" disse alla fine, stringendo una mano a pugno e sbattendola sull'altra mano, come se avesse finalmente ricordato qualcosa d'importante. "Avrai bisogno di una sedia, immagino."

Jason mosse una mano. Angelica ignorò il gesto dell'uomo-macchina, si concentrò invece sul suo corpo, dal bacino in giù. Dubitava che lui potesse sedersi con quel tipo di pistoni al posto degli arti inferiori.

Una semplice sedia venne trasportata da un paio di liane metalliche, che la posarono gentilmente a mezzo metro da Angelica.

Jason sembrava in grado di controllare con i movimenti del corpo le funzionalità di quella stanza, e in particolare quella serie di braccia meccaniche. Da quel che aveva visto, in verità, sembrava che quei cavi fossero una vera e propria estensione del suo corpo.

Angelica guardò la sedia e si accorse che era davvero fuori posto in quella stanza così priva di arredamento.

"Grazie, ma non sarà necessario, Presidente," disse alla fine, indicando la sedia. "Le mie gambe ne hanno abbastanza di essere sedute. Hanno bisogno di azione. Inoltre, mi è stato detto più volte che sono più interessante quando sono in piedi, piuttosto che seduta. Un vantaggio che non posso non sfruttare, specialmente in una situazione come questa." Angelica produsse un sorriso che tuttavia non toccò mai i suoi occhi.

Jason Cloverfield continuò a fissare la sua ospite. Alla fine distolse lo sguardo e indicò la sedia. Annuì lentamente, e con un altro movimento della mano la sedia sparì nuovamente in uno degli angoli più scuri della stanza, trascinata in una sacca di oscurità da altri due cavi.

Il Faraone dell'Etere mise le mani dietro la schiena.

"Cantara Handal," disse, come se stesse riprendendo una discussione lasciata in sospeso. Scosse la testa, mentre guardava la sua ospite, i suoi occhi brillarono di una luce remota, come se Angelica fosse la famosa eterion in persona, "Poche persone hanno meritato il mio rispetto come quella donna. La Vedova Nera dell'Etere...Ah, sì, indubbiamente...un esemplare unico nel suo genere...un vero e proprio..."

Jason s'interruppe all'improvviso. Fece scattare la testa in alto, gli occhi che dardeggiavano a destra e a sinistra, come se qualcosa fosse appena entrato nella stanza, un intruso che non aveva ricevuto alcun invito a partecipare alla loro conversazione. L'espressione sul suo volto si fece pensierosa, preoccupata perfino. Angelica seguì il suo sguardo, ma non vide niente.

Perché si è fermato? si chiese. *Che cosa diavolo sta guardando?*

Seguirono altri trenta secondi di silenzio, nei quali il Presidente di DataMorph continuò a fissare con attenzione lo stesso punto apparentemente vuoto, un'espressione indecifrabile sul suo volto. Sembrava intento a mormorare qualcosa, come se stesse rispondendo a qualcuno, ma Angelica non riuscì a cogliere nessuna delle parole che pronunciò sottovoce.

Alla fine, come se niente fosse accaduto, l'uomo si rivolse nuovamente verso Angelica, ancora una volta un sorriso che increspava le sue labbra screpolate.

"Ma lasciamo il passato nel passato," disse, come se l'argomento 'Cantara Handal' avesse perso qualsiasi importanza. "Parliamo di te, Madame delle Note. Quale personalità. Quale potenziale. Quale onore conoscere di persona una celebrità in divenire!" Jason batté le mani un paio di volte e i cavi nell'oscurità sembrarono danzare intorno a loro, come se avvertissero l'eccitazione crescente del loro padrone. "L'etere è pronto per assorbire quello che hai da offrire e a gettarlo in pasto alla comunità di voci in costante crescita. Il tuo momento è adesso, Madame delle Note. Sì, adesso! Il collettivo aspetta con impazienza, pronto a domandare, ad essere affascinato, commosso, oltraggiato, stupito, pronto a connettersi, a comprare e a condividere, pronto ad arricchire ancora una volta l'etere di nuove informazioni, di nuovi bisogni, di nuovi valori, di nuovi scopi e di nuove aspettative che *devono* essere soddisfatte."

Jason Cloverfield sottolineò la parola 'devono' come se fosse un imperativo categorico, imprescindibile ed irrinunciabile al tempo stesso. Cominciò a camminare attorno ad Angelica, come un leone che fissa una preda senza alcuna via di scampo. Quando ebbe fatto un giro completo e fu nuovamente di fronte a lei disse, talmente a bassa voce che quasi sembrò sussurrare quelle parole, "Sì, mia cara. Siamo finalmente pronti per la tua storia."

Storia? Angelica non aveva idea a che cosa Jason si stesse riferendo. Sembrava più che altro che stesse avendo una conversazione con sé stesso. Forse il vecchio era effettivamente malato, nel cervello, se non nel corpo.

Lei non aveva nessuna storia da raccontare al pubblico che avrebbe potuto interessare in quel mod...

Poi un pensiero le mozzò il fiato. Poteva essere? Per un folle momento credette che il Presidente sapesse del malicere killer, che la notizia avesse in qualche modo raggiunto le sue orecchie prima che lei potesse anche solo dire una parola, ma immediatamente la dottoressa scartò quella possibilità come ridicola. Solo lei, Sebastian e un altro pugno di persone sapevano della cosa.

No, non poteva essere quello. Non poteva.

Jason distolse lo sguardo da Angelica e lo rivolse al soffitto. Ancora una volta il movimento fu improvviso e inaspettato, come se l'uomo stesse rispondendo al richiamo di qualcuno. Uno dei cavi color mercurio si mosse a zig-zag e sibilò nell'ombra.

L'uomo-macchina rimase immobile e silenzioso, come in

ascolto, poi annuì vivacemente, ritornando a fissare Angelica. Il suo sorriso era completamente svanito, adesso. Un'espressione pensierosa aveva sostituito quella felice ed eccitata di pochi secondi prima.

"Sì, una nuova storia," riprese, le sue parole uscivano molto più lentamente dalle sue labbra, adesso, come se stesse valutando con più attenzione quale termine scegliere. "Il tuo profilo sta scalando velocemente tutte le nostre classifiche. Molto velocemente. Succede tutto in fretta, come sempre. Non potrebbe essere altrimenti. Non è vero? La dinamica è matura. Già. Matura e piena di potenziale. Una ricercatrice semisconosciuta di una branca dubbia della medicina improvvisamente elevata al rango di celebrità internazionale. È una storia che fa parlare di sé stessa, aiutata da un forte passaparola. Un successo assicurato. Affascinante, non trovi? Mhm?"

Prima che Angelica potesse indovinare che cosa l'altro intendesse o anche solo formulare una risposta, Jason alzò un dito, una nuova scintilla di luce era ritornata ad albergare nei suoi occhi, "Allora?" chiese, fissando la sua ospite con anticipazione crescente. "Che cosa ne pensi di tutto questo? Del tuo nuovo status di celebrità. Mhm? Preoccupata? Divertita? Sorpresa?"

L'eccitazione era tornata ad illuminare il suo volto. Il cambiamento repentino era stato ancora una volta troppo veloce per risultare naturale. Un cambiamento drammatico, che non contribuiva certo a mettere Angelica a suo agio. Cloverfield mostrava un comportamento decisamente peculiare, lunatico perfino, instabile e imprevedibile. Sembrava una collezione di personalità diverse, che si alternavano a vicenda.

Ma non poteva lasciare che il comportamento del Presidente la distraesse dal motivo per cui era lì. Per quanto decisamente strano, l'uomo appariva lucido, almeno per la maggior parte del tempo.

Angelica si morse il labbro inferiore e si concentrò sul momento presente. Non poteva negarlo a sé stessa. Trovava sempre più difficile mantenere il tono della sua voce controllato, non mentre intorno a lei i tubi sibilavano e fischiavano nella semioscurità, come fruste pronte a colpire, non con lo sguardo di quell'uomo-macchina che la scrutava da capo a piedi senza battere ciglio, come se non avesse voluto altro che sbranarla viva, o fare molto di peggio.

La presenza di Jason Cloverfield la metteva in soggezione in un momento in cui tutto quello che doveva fare era mostrare sicurezza e forza di volontà.

Il messaggio, si ricordò, *sono qui per dare un messaggio. Troppe persone dipendono da me, da quello che riuscirò a strappare a questa persona.*

Doveva trovare un modo per mantenere la calma e doveva capire come confrontarsi verbalmente con il Faraone dell'Etere senza sembrare un topo messo all'angolo.

Inaspettatamente, in quel momento un ricordo baluginò nella sua mente. Fu breve, un flash che non durò più di una frazione di secondo, ma fu abbastanza per aprire ad Angelica un mondo di possibilità.

Fu proprio Cantara Handal a venirle in soccorso in quel momento di bisogno, o meglio, il ricordo della celebre eterion. La Vedova Nera dell'Etere, infatti, aveva formato i suoi studenti per parlare davanti ad un pubblico numeroso, o in un dibattito pubblico. Li aveva forgiati insomma per diventare eterion, i pastori dell'opinione pubblica, i costruttori di tendenze.

Ed Angelica Kam era stata battezzata eterion da Cantara Handal in persona. Questo fatto doveva pur significare qualcosa.

Nonostante lo sguardo di Jason puntato su di sé, chiuse gli occhi e immaginò un pubblico numeroso che guardava nell'oscurità, avaro di ogni suo particolare, pronto a sostenerla con i suoi applausi o a distruggerla con fischi di disapprovazione. Tutti i consigli, i suggerimenti, le indicazioni e le raccomandazioni di Cantara vennero rievocate dalla sua mente, e Angelica ne trasse forza.

Alla fine, quando ebbe ordinato i suoi pensieri, aprì gli occhi e fissò quelli color smeraldo che la guardavano di rimando. "Troppo impegnata per accorgermene," rispose finalmente, mantenendo un tono neutro che sorprese perfino lei. "Solo poche settimane fa, un bambino di dieci anni ne sapeva di più di tutta questa faccenda che la sottoscritta, temo."

Il cambiamento nell'atteggiamento di Angelica fu talmente repentino che il sorriso sornione di Jason Cloverfield sparì, come se fosse stato cancellato via da una gomma.

Angelica proseguì, "Ho speso la maggior parte della mia vita professionale ricordando a me stessa di essere un eterion che ha deciso di non attirare l'attenzione," riprese, "per quanto questo possa sembrare un controsenso. Se c'è qualcosa che ho imparato da Cantara Handal, è che la notorietà fa brutti scherzi alla mente delle persone."

Jason Cloverfield annuì. "La notorietà," ripeté, alzando un sopracciglio. "Sì, una bestia pericolosa, la notorietà. Molti la bramano senza sapere davvero che cosa sia. Un dono e una maledizione. Raramente una scelta, molto spesso un'imposizione. In ogni caso, una responsabilità che pochi sanno gestire. E ora tu, Madame delle Note, qui, di fronte a me. Sei qui perché..." s'interruppe, come se si fosse scordato cosa volesse dire.

Ancora una volta, la sua mente sembrò vagare e il Faraone dell'Etere osservò con attenzione il movimento serpentino di uno dei cavi alla sua destra. Mormorò qualcosa che Angelica non riuscì a sentire, quindi proseguì, "Hai forse deciso che un basso profilo non ti si addice più, dopotutto, e che un po' di pubblicità non possa far del male?" e fece un rapido movimento della testa, indicandola, come se la sua presenza spiegasse meglio di mille parole quello che intendesse.

"Presidente," disse Angelica, "Curare disturbi etere-indotti è l'unico mio interesse. Eppure, non posso certo negare che la Madame delle Note sia parte del motivo per cui ho chiesto di vederla."

Jason annuì vivacemente, come se la donna avesse detto esattamente quello che si aspettava.

"Affascinante. Sì, davvero affascinante," disse, riprendendo a camminare, questa volta avanti e indietro, la lingua giallastra che saettava convulsamente da un labbro all'altro. Alzò entrambe le braccia verso il soffitto, come per indicare dei nomi affissi su un enorme cartellone pubblicitario, "Riesco quasi a vedere la trama snodarsi davanti ai miei occhi, la successione di eventi, le scelte. Sì, riesco a sentire le voci che domandano di più, con sempre maggiore insistenza. L'etere mi è testimone! Maliceri, eterworm, disturbi etere-indotti, Parastal, musicoterapia, eterofagia, pro-neutri, autera... Ah!...c'è così tanto da esplorare! Così tanto da sfruttare! Storie di perdite e privazioni, lotte del corpo e della psiche, un mondo fantastico, pieno di zone d'ombra, di pericoli e d'incertezze! Un reame sconosciuto e complesso in attesa di essere scoperto e conquistato. Quante storie che nessuno ha ancora raccontato. Quante vittorie e quante sconfitte. Quante notizie potrà produrre. Quanti bisogni! Il pubblico esige più attenzione su questo tema e io, mia cara, sono un umile servo delle esigenze del nostro pubblico. DataMorph è come una famiglia estesa, dopotutto. Sì, una famiglia estesa. I bisogni dei miei figli muovono le mie azioni quotidiane. Sempre!"

Lentamente, una parola dopo l'altra e un gesto dopo l'altro, la personalità di Jason Cloverfield si stava rivelando agli occhi di Angelica. L'eterodon era sempre stata brava a cogliere i dettagli, a leggere tra le righe, a intuire le inclinazioni emotive delle persone che le stavano attorno.

Per questo motivo cominciò a capire che Jason Cloverfield, nonostante il suo corpo ricoperto di impianti, era dopotutto un essere umano con emozioni, speranze, paure e obiettivi. E in quel momento, la dottoressa non poté non notare che il Faraone le ricordasse il presentatore di un circo, una persona che vende aspettative con suspense, emozioni con mistero, sogni con sensazionalismo.

DataMorph era Jason Cloverfield e Jason Cloverfield era DataMorph.

Il regno più vasto dell'etere, dopotutto, era una macchina che fabbricava bisogni, e il bisogno della scoperta, di essere eccitati e intrattenuti era intrinseco nel genere umano, una risorsa a sé stante non di rado più importante di molti oggetti materiali.

Angelica si accorse di essere per quell'uomo l'equivalente di un albero colmo di frutti stravaganti che doveva essere abbattuto il più velocemente possibile per distribuire i suoi prodotti al pubblico avido di un nuovo, esotico sapore. Il mondo di Jason Cloverfield era fatto di sensazionalismo, di emozioni forti e sfrenate, era il mondo in cui non c'era alcun interesse nel conoscere, solo nell'intuire, dove non si voleva capire, si voleva solo guardare, dove le dicerie avevano il sopravvento sulla realtà dei fatti e il superficiale era bramato e benvenuto, dove milioni e milioni di pance gonfie volevano essere rimpinzate di emozioni vuote e di gossip senza valore.

Il pensiero la fece rabbrividire. Una fabbrica di bisogni soddisfatti, una fabbrica di appagamento, una fabbrica di felicità. Improvvisamente, Angelica ricordò qualcosa che aveva detto Cantara in una delle sue lezioni, quando aveva parlato dei 'bisogni dell'opinione pubblica' e di come stimolarli. C'era stato un momento in cui li aveva messi in guardia, dicendo come non era sempre bene soddisfare appieno i bisogni, perché una persona soddisfatta era una persona che si lasciava andare all'ozio, qualcuno che moriva lentamente. Chi fosse riuscito a costruire la fabbrica della felicità avrebbe decretato la morte del genere umano. La spinta che muoveva le scoperte e le conquiste, infatti, non avrebbe avuto più alcun valore per una persona che si riteneva soddisfatta.

E Jason Cloverfield aveva sempre cercato di fare questo, costruire una fabbrica della felicità, una felicità artificiale, certo, ma era comunque questo il suo scopo dichiarato, il motivo stesso per cui DataMorph esisteva.

Eppure, quell'uomo era anche una risorsa. Una persona che aveva tanta influenza su centinaia di milioni di persone non poteva essere che tale. Per lei, era la differenza tra l'essere ascoltata e l'essere ignorata. Una differenza per la quale Angelica era disposta a fare di tutto.

Il Presidente rispettò il silenzio della sua ospite, e aspettò pazientemente che dicesse qualcosa.

Quando tuttavia fu ovvio che Angelica non sembrava avere nulla da dire, l'uomo proseguì, "Ma sto divagando," disse. "Ancora, una volta. Il peccato di un vecchio, di un uomo che ama sentire il suono della sua stessa voce. Dimmi, piuttosto, mia cara. C'era un discorso... una 'strategia urgente' che volevi illustrarmi personalmente, se non sbaglio. Di che cosa si tratta, esattamente? Mhm? Devo ammettere che il tuo messaggio striminzito mi ha incuriosito parecchio. Che cosa mi dici, Madame delle Note? Vuoi presentare un piano particolare per rendere la tua figura ancora più sfavillante? Per accendere l'attenzione? Per far esplodere l'immaginazione del nostro pubblico? Parla, mia cara. Parla! Hai il massimo della mia attenzione."

Erano infine giunti al punto in cui avrebbe scoperto se la sua scommessa si sarebbe rivelata vincente. Solo due esiti sarebbero potuti scaturire da quella discussione. In quello che lei auspicava, il Presidente avrebbe offerto risorse e contatti, nell'altro, avrebbe stroncato sul nascere qualsiasi cosa lei, Bastian e gli altri ricercatori stavano tentando di fare per fermare il malicere killer.

Angelica inspirò una generosa boccata d'aria. Doveva recitare bene la sua parte. Nei prossimi minuti, si sarebbe deciso tutto.

Angelica Kam sorrise, scosse la testa e fece un passo in avanti, verso Jason.

"Ho mentito," annunciò senza alcun giro di parole, guardandolo negli occhi. "Non c'è nessuna strategia, nessun piano per aumentare l'attenzione del pubblico su di me o su quello che faccio. No, Presidente. Quello era solo un espediente per attirare la sua attenzione. Sono qui per un motivo completamente diverso."

Per la prima volta da quando si erano incontrati, un'espressione di muto stupore apparve sul volto del Presidente. Ma non durò a lungo. L'espressione scomparve tanto velocemente quanto era apparsa. Curiosità ed interesse la rimpiazzarono quasi immediatamente.

"Vai avanti, dunque," la invitò il Faraone dell'Etere, muovendo una mano per farle segno di proseguire. "Per quale motivo hai voluto escogitare questa...Ah...messa in scena?"

"Una notizia," continuò la dottoressa. "Sono qui per darle una notizia, Presidente. Un'informazione dalle conseguenze epocali rimasta fino ad ora segreta. Ho confidato che una persona del suo... spessore, con le sue risorse, potesse aiutarmi a risolvere un problema recentemente individuato da me e dai miei colleghi, qualcosa che minaccia le fondamenta stesse della nostra società."

"Ah!" esclamò all'improvviso Jason, evidentemente compiaciuto. Sibili striduli, provenienti dai cavi, sembravano esprimere la sua gioia. "Disfattismo, urgenza e quel pizzico di allarmismo che rende una notizia degna di essere letta! Notevole, davvero notevole!" Jason Cloverfield sembrava fuori di sé dall'eccitazione, come un bambino che aveva davanti a sé un'enorme torta al cioccolato. "Ti prego, non ti fermare," disse, invitandola a proseguire. "Che cos'è, esattamente, questa notizia dalle conseguenze epocali?"

Ci siamo, pensò Angelica. *Il pubblico in sala pende dalle tue labbra... Il silenzio è tuo alleato...qualche altro secondo, solo qualche altro secondo...Fai lievitare l'attesa...dai forza alle parole che seguiranno. Fai in modo che siano attenti...curiosi...desiderosi...rendili tuoi schiavi. Questo è il momento. Ora o mai più!*

"Quale sarebbe la sua reazione, Presidente," iniziò Angelica, soppesando ogni singola parola, "se le dicessi che l'etere è diventato uno strumento pericoloso, capace di uccidere? Che cosa mi direbbe se presto noi tutti fossimo costretti a fare una scelta, una scelta drastica che potrebbe comportare l'abbandono di questo mezzo di comunicazione di massa?"

Jason Cloverfield alzò entrambe le sopracciglia. Evidentemente, per una persona come lui, immaginare un mondo senza etere era come immaginare un corpo umano che funzionasse senz'acqua.

"Non capisco," rispose Jason alla fine, genuinamente perplesso. "Che cosa vuoi dire?"

"Le sto parlando di una crisi, Presidente," spiegò Angelica. "Una crisi di portata planetaria. Qualcosa che potrebbe distruggere le fondamenta stesse della nostra società. Io...noi, abbiamo bisogno del suo aiuto per impedire che una crisi del genere spezzi la nostra civiltà come un ramoscello di legno."

Angelica aveva scelto le sue parole con molta attenzione, cercando di suscitare l'interesse del suo interlocutore.

A questo punto, si aspettava una reazione interessata o meditabonda, ma tutto quello che ottenne fu silenzio, un silenzio che durò per diversi secondi e che sembrò protrarsi all'infinito.

Alla fine Jason Cloverfield disse, molto lentamente e a bassa voce, "Penso ti stia rivolgendo alla persona sbagliata, mia cara," l'uomo-macchina raddrizzò la schiena e l'adocchiò con uno sguardo severo. "Io sono un semplice raccontastorie, non un politico. Non mi occupo di gestione di crisi."

Angelica deglutì. Adesso doveva fare molta attenzione. Aveva suscitato l'interesse dell'uomo, come da copione, ma ora arrivava la parte difficile, ovvero convincerlo della bontà della sua causa, e dell'innegabile vantaggio che DataMorph avrebbe ricavato se avesse acconsentito a darle quello che voleva.

"Sono sicura si occuperà di *questa* crisi," disse la dottoressa, "quando avrà capito di che cosa si tratta."

A quel punto, tirò fuori dalla tasca il suo trigoy e lo mostrò all'uomo, che valutò l'oggetto con sospetto, come se Angelica avesse appena tirato fuori della tasca una granata.

"Posso?" chiese la donna, mostrando il piccolo oggetto piramidale.

I cavi attorno a loro smisero all'improvviso di sibilare. Per la prima volta da quando l'uomo si era mostrato, la stanza tornò ad essere completamente avvolta dal silenzio.

Si chiese se non avesse detto qualcosa di sbagliato, ma alla fine Jason Cloverfield annuì. "Prego, Madame," disse, incoraggiandola ad andare avanti.

Angelica lanciò il trigoy e un'immagine si formò davanti a loro. Era una serie di forme e colori familiari ad entrambi.

"Riconosce questa porzione di etere, immagino," disse Angelica.

Jason alzò un sopracciglio. "DataMorph," rispose. Non era una domanda.

"Esatto," Angelica mosse le mani e la porzione dell'etere venne velocemente punteggiata da zone rosse che pulsavano debolmente di luce propria, piccole stelle in lontananza che sembravano possedere diverse magnitudini.

"Immagino, questo," disse Jason, indicando l'immagine comprendente i punti luminosi sovrapposti alla riproduzione del suo regno, "non sia DataMorph con gli addobbi natalizi."

"No," disse Angelica. "Questa è una riproduzione del numero di maliceri killer che io e la mia squadra di eterodon stimiamo stiano infestando in questo momento DataMorph."

"Maliceri killer?" ripeté Jason, massaggiandosi il mento, un'espressione cogitabonda sul volto "Beh, il nome non promette davvero nulla di buono e immagino che sia anche autoesplicativo, non è vero, ragazza?"

Angelica non poté fare a meno di notare il drastico cambiamento di tono nei suoi confronti. Non più Madame delle Note, ma 'ragazza', come se la sua posizione fosse appena stata declassata.

Tuttavia, non poteva fermarsi ora, non adesso che aveva raggiunto il punto della questione.

"Sì," confermò, mantenendo un'espressione seria, "Questi maliceri uccidono, Presidente."

Una pausa, come se avesse voluto dare il tempo al Presidente di assimilare le informazioni.

"Per favore non ti fermare," disse Jason. "Continua."

Angelica tornò a fissare la riproduzione partorita dal suo trigoy. "Il primo caso di questo malicere è stato registrato dal mio istituto qualche mese fa. Molte informazioni su di esso ci sono oscure, come ad esempio come si sia formato, ma sappiamo che è estremamente instabile, difficile da individuare e che ha dimostrato un'efficacia del cento per cento, a differenza di tutti gli altri maliceri classificati fino a questo momento."

Jason incrociò le braccia. "Questo significa che, secondo i vostri dati, uccide ogni volta che colpisce qualcuno, dico bene?"

Angelica annuì. "Esatto. Inoltre, per diverso tempo abbiamo creduto che il malicere colpisse solo tecnoristi, per via della loro elevata affinità all'etere, ma ci eravamo sbagliati. Questo malicere killer colpisce in potenza qualsiasi utente dell'etere. Al momento, secondo i dati che abbiamo ricavato, stimiamo che ne esistano poche centinaia in una regione come DataMorph e che la loro possibilità di interagire con utenti del suo regno sia dello 0,000000021 percento."

"Non mi sembra una percentuale troppo elevata, dopotutto," osservò Jason, mantenendo la sua espressione neutrale.

"Non lo è," concordò Angelica. "È più probabile morire in un incidente aereo, in effetti, ma abbiamo stimato che la percentuale di persone colpite stia crescendo. In un mese, potrebbero esserci diverse migliaia di quei punti rossi ad infestare DataMorph e altre centinaia di porzioni dell'etere, per quel che ne sappiamo."

"Abbiamo? Ne sappiamo? Continui a parlare al plurale."

"Queste ricerche sono state portate a termine dal mio centro, Presidente. Più precisamente, dall'Istituto Yodobashi per la Cura di Disturbi Etere-Indotti e da una rete di altri centri."

"Capisco," fece Jason. "Ed esattamente che cosa vorresti che un vecchio come me facesse, al riguardo?"

"Presidente, la notizia di questo malicere, sono sicura si renda conto, non può essere diffusa, in quanto provocherebbe il panico mondiale."

"Sono d'accordo," disse con una semplicità disarmante Jason, come se stessero discutendo di dove stendere la biancheria. Angelica non riusciva a capire se l'uomo credesse alla notizia o meno. Le sembrava disinteressato, apatico perfino, nonostante quello che aveva detto avrebbe dovuto fargli accapponare la pelle, o indignarlo, o farlo arrabbiare, o suscitare una qualsiasi emozione.

Per quale motivo sembrava così indifferente?

Angelica si convinse che doveva andare avanti e spiegare l'intera faccenda prima di trarre qualsiasi conclusione.

"Il punto," continuò, "è che questo malicere è incredibilmente pericoloso e che ne sappiamo ancora troppo poco su di esso. Abbiamo bisogno di risorse per combatterlo, per escogitare una linea di condotta che ci permetta perlomeno di arginarlo, prima che uccida sempre più persone. Secondo le nostre stime, fino ad ora quarantadue individui sono morti per causa sua. Abbiamo bisogno del sostegno di una superpotenza come DataMorph per procedere con le ricerche. DataMorph e tutte le porzioni dell'etere hanno un interesse innegabile nel far progredire le nostre ricerche. Da parte mia, le prometto che noi eterodon continueremo ad insabbiare la faccenda, senza avvertire i media di questo malicere. Una mossa

poco etica, se ne renderà conto, ma che eviterà il panico mentre
continuiamo a cercare una soluzione al problema."

Uno, due, tre secondi. Jason Cloverfield si limitò a mormorare,
quando la dottoressa ebbe finito di parlare, gettando occhiate verso
il soffitto e bofonchiando come se fosse nel bel mezzo di una conversazione con uno spettro.

Alla fine, quando Angelica era sul punto di riportare l'attenzione
dell'uomo al presente, Jason si girò verso di lei, indicandosi con
entrambe le mani.

"Ragazza mia, guardami," disse. "Che cosa vedi?"

Angelica fu sorpresa dell'improvviso cambio di argomento.

Che cosa diavolo stava succedendo? L'aveva ascoltata, oppure
no? Aveva sentito che cosa aveva detto?

Non rispose alla domanda. Che cosa voleva che gli dicesse? Che
vedeva un vecchio pazzo che aveva sfidato le leggi di Madre Natura?

Il Presidente di DataMorph scosse la testa, come se avvertisse il
conflitto nella sua ospite. "Ciò che vedi, mia cara," disse Jason, "è
una scommessa troppo ardita da poter essere definita anche solo un
esperimento. Sono diventato più *qualcosa* che *qualcuno*, una fabbrica
di energia, sangue ed organi, tenuta assieme da una combinazione
di denaro, testardaggine e tecnologia. Sono un qualcosa che ha
raggiunto l'epilogo della sua vita, esattamente come la civiltà
umana. Sì, è ovvio. Non c'è altro modo per definire questa fase se
non l'ultima pagina della nostra razza."

Quello era decisamente un tono di voce che non le faceva
pensare a nulla di buono. Che cosa stava succedendo nella mente
dell'uomo-macchina? Per quale motivo sembrava che tutto il
discorso che Angelica avesse fatto non avesse alcuna importanza
per lui?

Jason Cloverfield stava ora parlando ad alta voce, mentre gestico-
lava alacremente, "Landisti e altisti credono di poter presentare al
mondo l'immagine di un futuro brillante, pieno di speranza." il
Faraone dell'Etere sembrava palesare una sfumatura sempre
crescente di disprezzo, parola dopo parola. "Pazzi, tutti loro! Gli
altisti dicono che siamo evoluti, abbastanza da poter reclamare le

stelle. Evoluti! Siamo evoluti solo nella nostra presunzione di crederci evoluti! Riusciamo a malapena a sfamare metà della popolazione terrestre e i contastelle si preoccupano di costruire raffinerie nello spazio. I landisti non sono migliori di loro, certo. Un branco di hippy ottimisti che credono che l'umanità abbia davvero una possibilità di sopravvivere a sé stessa se solo si sforza di concentrare tutte le sue risorse su questo obiettivo."

Jason s'interruppe, il volto contorto dal disgusto, quindi riprese a parlare, "Imbecilli! L'umanità non ha alcun futuro! La sua parentesi storica sta per finire. Guardati attorno, ragazza. Il cambiamento climatico, la perdita di biodiversità, una qualsiasi pandemia mondiale, il terrorismo biologico o nucleare, un super vulcano, l'impatto di un asteroide, l'ascesa degli autotron, l'affermazione di un malicere killer," ed indicò con una mano le proiezioni del trigoy, "nomina una causa o l'altra, non ha alcuna importanza. Siamo arrivati alla frutta! Non ha senso preoccuparsi di sopravvivere, o di cercare di escogitare un modo per combattere l'inevitabile."

Jason Cloverfield sputò per terra, una concentrazione di saliva e di bile cadde con un 'blop' sul pavimento di metallo.

Angelica indietreggiò di un passo quasi senza accorgersene. Incredulità e stupore alteravano i tratti del suo volto.

Lei credeva di aver calcolato qualsiasi risposta, a favore o contro la sua proposta. Eppure, si era chiaramente sbagliata. Tutto quello che vedeva davanti a lei era menefreghismo, e questo, dovette ammetterlo, era qualcosa che non si sarebbe mai aspettata.

Jason Cloverfield riprese a parlare, dopo essersi asciugato la bocca con il dorso della mano. "Non è una questione di *sé*, è una questione di *quando* e di *come*. Possibile che nessuno se ne renda conto? Persone come me possono soltanto rendere il passaggio meno doloroso possibile. Sì, carezzare il morente sulla fronte, e sussurrargli parole d'incoraggiamento prima del trapasso. Offrirgli uno spettacolo meraviglioso di musica, di colori, e di voci rassicuranti. Questa è l'unica cosa che può essere fatta. Non possiamo curare il genere umano dalla morte, ma possiamo riempirlo di morfina prima della fine."

Il volto del Faraone dell'Etere venne vestito da un sorriso soddisfatto, quasi estasiato, come se avesse improvvisamente capito il segreto della vita.

"In un modo o nell'altro, l'umanità è fottuta," dichiarò con un tono definitivo nella voce, mentre guardava Angelica con occhi brillanti. Poi aggiunse, con un sentore d'inevitabilità nel suo tono, "Tutto ciò che resta sono *panem et circenses*."

Angelica non trovava davvero niente da aggiungere a tutto quello. Come poteva? La reazione di Jason l'aveva lasciata irrimediabilmente senza parole. Quale risposta si poteva dare ad un disfattismo simile?

Una parte di lei le diceva che non poteva arrendersi, che doveva tentare altre strade, ma l'espressione dell'uomo-macchina era quella di un giudice che aveva decretato una sentenza.

"Ora va, pargola dell'etere," disse Jason all'improvviso, interrompendo i pensieri di Angelica. "E cerca di non preoccuparti troppo di cose che non si possono risolvere. Ti do la benedizione del tuo titolo e la possibilità di entrare a far parte dell'immaginario collettivo prima che il sipario venga calato. È un onore che pochi individui possono vantare nella storia. Usalo, se vuoi, o lascialo appassire. La scelta è tua."

Tutto d'un tratto, la temperatura della stanza si abbassò repentinamente. Anche la luce stava diminuendo, mentre i tubi si mossero nuovamente e sibilarono, tornando ad inserirsi nel corpo del Faraone dell'Etere, che cominciò ad alzarsi, sorretto dalle sottili braccia meccaniche.

"Qualunque cosa tu faccia, accetta un consiglio, Madame delle Note," disse alla fine, con mani e braccia aperte e lo sguardo vacuo, come se stesse fissando un punto distante all'orizzonte. "Lascia morire questo tuo insulso desiderio di cambiare quello che non può essere cambiato."

Prima di essere completamente avvolto dall'oscurità più totale, il Faraone dell'Etere guardò negli occhi di Angelica e disse, con quella che sembrava compassione paterna, "Credimi, ragazza mia. Se

Cantara Handal fosse ancora viva, sono sicuro ti darebbe un consiglio del genere."

Jason Cloverfield scomparve nell'oscurità crescente della stanza e il silenzio tornò a regnare sovrano.

La porta da cui era entrata Angelica si aprì in quell'istante e la dottoressa si diresse velocemente verso l'uscita prima che il freddo e l'oscurità l'inghiottissero nuovamente.

33

LO SPETTRO

DÜSSELDORF, ISTITUTO HEATHER RAINBOW

Erik

~

"ASPETTA QUI FUORI, On. Non ci vorrà molto."

L'autotron fece come gli era stato ordinato e attese in silenzio al lato della porta.

Una scarica d'ansia immobilizzò Erik sul posto per alcuni secondi.

Era una strana sensazione quella che stava provando. Una parte del suo cervello gli ordinava di aprire la porta, l'altra parte lo stava supplicando di andare via, di allontanarsi il più possibile da quel posto e di non tornare mai più. Era la parte che lo aveva dominato per parecchio tempo, ma adesso stava facendo di tutto per metterla a tacere. Per quanto fosse difficile, per quanto non volesse entrare in quella stanza, sapeva che stava facendo la cosa giusta.

Combatté l'impulso crescente che gli comandava di voltarsi e di tornare indietro e raddrizzò la schiena, inspirò ed espirò un paio di volte, tentando di calmare i suoi nervi.

Finalmente mise un piede davanti all'altro, lentamente, come se si stesse trascinando dietro una zavorra di dieci chili.

Sfiorò la sottile porta con l'indice e il pollice e questa si mosse, perdendosi dentro il muro come un foglio di carta che s'inserisce in un libro.

Erik rimase sulla soglia, spostando il suo peso da un piede all'altro, e intravide cosa lo aspettava dall'altra parte.

La stanza era inondata della luce del primo pomeriggio. Colse con la coda dell'occhio il bordo di una scrivania, una serie di scaffali e una finestra aperta. Una leggera brezza gli carezzò la fronte imperlata di sudore.

Si morse l'interno della guancia e fece un'altra serie di passi in avanti. La porta si chiuse dietro di lui. Era davvero da solo, adesso...o quasi.

Un autotron completamente rivestito di softax bianco, un materiale simile a plastica ma meno duro e più elastico, lo guardava in silenzio dall'interno di un'alcova. Si trattava di un autonutore dell'istituto, un infermiere meccanico in dotazione in ogni stanza.

La designazione di quel modello, chiaramente impressa sul suo petto, recitava: EL-ARI-33. Erik riconobbe immediatamente la sua classe di appartenenza: un esanide che aveva subito un paio di upgrade.

Il ragazzo distolse la sua attenzione dall'autonutore e fece un altro paio di passi in avanti. Da quella nuova posizione, studiò meglio l'ambiente circostante.

La stanza era larga e accogliente, con una moquette color nocciola e pareti dipinte di giallo chiaro. Quelle che sembravano una dozzina di pagine strappate da un quaderno giacevano sul pavimento in maniera disordinata. Il ragazzo intravide numeri, lettere ed equazioni sulle quali si sovrapponevano segni rossi e note scritte ai bordi dei fogli.

La calligrafia su quelle pagine era decisamente familiare.

Erik girò la testa, dal pavimento alla finestra aperta, e vide il grande giardino che circondava l'edificio. Alcune figure in vestaglia stavano camminando tra gli alberi, o erano accucciate vicino ai fiori che tutto circondavano.

Distolse lo sguardo dal panorama esterno e iniziò a perlustrare la stanza in cerca di qualcosa.

La trovò quasi subito. Seduta nell'angolo più appartato della stanza, di fronte ad una grande scrivania in ciliegio, stava sua madre, Sofia Deringer, la schiena curva e la fronte aggrottata. In quel momento, era intenta a leggere un libro.

Sofia dava l'impressione di una donna che era invecchiata a velocità doppia rispetto al normale. I suoi capelli, una volta lunghi e dorati, erano ora tagliati all'altezza delle orecchie e perlopiù color carta. Un'intricata ragnatela di rughe assediava i suoi occhi e gli angoli della bocca. La pelle del suo volto era sottile e pallida, intervallata qua e là da quelle che sembravano piccole cicatrici e tagli.

Sulle braccia e sulle mani, la pelle assumeva una sfumatura giallastra, e ricordava ad Erik una pergamena color carne avvolta su una superficie chiaramente troppo ampia per essere coperta adeguatamente.

Gli occhi, di un azzurro chiaro, saettavano a destra e a sinistra, immagazzinando le informazioni del libro.

La presenza di Erik sembrava essere passata del tutto inosservata.

Sofia continuò a leggere, apparentemente ignara del figlio che la guardava in silenzio.

Erik si schiarì la gola. Il suo cuore aveva preso a battere all'impazzata. Non era sicuro di quale fosse l'azione giusta da intraprendere a questo punto. L'impulso di tornare sui suoi passi si fece più forte ma lui lo combatté e rimase testardamente sul posto.

Lanciò uno sguardo a EL-ARI-33. L'autotron stava seguendo ogni suo movimento da dentro l'alcova.

Erik si avvicinò alla madre, lentamente, cercando di evitare qualsiasi rumore improvviso. Ancora una volta Sofia sembrava non rendersi conto che ci fosse qualcun altro nella stanza. I suoi occhi rimbalzavano a destra e a sinistra a velocità crescente. Sembrava una falena senza scampo attirata da una fonte di luce irresistibile.

"M-mamma?"

Erik mormorò la parola con voce spezzata, come se avesse appena pronunciato un incantesimo che avrebbe potuto svegliare un mostro.

"M-mamma? Mi...mi senti?"

Sofia Deringer interruppe la lettura e guardò alla sua sinistra, verso il panorama offerto dalla finestra aperta. Annusò l'aria, quindi si leccò il pollice e mise la mano sopra la testa, come se stesse provando a capire da quale parte stesse soffiando il vento.

La donna scrollò impercettibilmente le spalle, mormorò qualcosa d'incomprensibile, quindi ritornò alla sua lettura.

"M-mamma?" ripeté Erik. "Sono...sono io, Erik. Riesci a sentirmi? Mamma?"

Questa volta Sofia Deringer fece scattare la testa in avanti, come se fosse stata colpita da un sasso. Si girò di scatto, gli occhi socchiusi puntati su Erik, come se si stesse sforzando di mettere a fuoco un oggetto distante o avvolto da un fitto banco di nebbia.

La fondatrice delle Automaton Industries stava ora guardando il figlio con molta attenzione. Rimanendo seduta sulla sedia e respirando lentamente, mormorò queste parole, "Se chiudo la finestra, e tu sparisci, non avrò guadagnato nulla. Lo capisci, vero?"

Aveva pronunciato quella domanda in tono basso e con fare guardingo, come se si aspettasse che Erik fosse un'ombra ribelle che si ostinava a seguirla.

Il ragazzo non aveva alcuna risposta a quella domanda. Non sapeva cosa avrebbe dovuto dire o fare. Non sapeva se la domanda fosse rivolta a lui. Non capiva neppure se la madre lo riconoscesse. Rimase semplicemente lì, immobile, a pochi passi da lei mentre entrambi si guardavano a vicenda.

Poi Sofia si alzò, e distolse lo sguardo. Superò Erik fissando con scrupolosa attenzione il pavimento e si avviò verso la finestra aperta, che chiuse con un veloce movimento delle mani.

A quel punto, Sofia si girò e guardò nuovamente verso di lui.

"Ehi, mà," disse Erik, salutandola timidamente con una mano e sforzandosi di sorridere mentre i loro sguardi s'incontravano davvero per la prima volta.

Gli occhi di Sofia s'illuminarono di una luce improvvisa, come se una scarica di adrenalina avesse appena investito il suo corpo.

"Erik..." la donna esalò, trattenendo a stento un singhiozzo. Mise una mano sulla bocca, "Sei qui...sei tu..." La sua gioia si concretizzò in un ampio sorriso che illuminò il suo volto. Erik riuscì a intravedere l'immagine di quella che una volta era stata Sofia Deringer, la mente visionaria che aveva creato da zero l'industria degli autotron, la leader di un impero destinato a rivoluzionare il mondo con idee senza alcun precedente nella storia, prima di diventare l'ombra di ciò che era stata un tempo, lo spettro di un ricordo che sapeva di leggenda.

Sofia chiuse gli occhi, il suo sorriso increspava i lati della bocca, facendola ringiovanire di parecchi anni. Scosse la testa, come se stesse cercando di schiarirsi le idee. Dopo qualche secondo, Sofia guardò nuovamente il figlio e disse, "Sei...sei davvero cresciuto così tanto? Così...alto."

"Ehm...già," disse Erik, odiandosi per non riuscire a dire null'altro. La sua mente era completamente vuota, priva di qualsiasi idea, la sua lingua sembrava essersi fusa con il palato ed il suo cervello era come se galleggiasse in un mare di salamoia. In quel momento, un pensiero lo investì, e riuscì a malapena a trattenere le lacrime. La madre era diventata come una sconosciuta che conosceva benissimo. Non solo. Aveva paura di lei; a dire il vero, ne era terrorizzato. Una parte di lui voleva abbracciarla, baciarla, ridere perfino, ma la parte razionale gli diceva di tenersi a distanza, di non abbassare la guardia, di non lasciarsi andare. Di essere pronto per il peggio.

Sofia sembrava intuire cosa il figlio stesse pensando.

"Non preoccuparti, Erik," disse, un sorriso genuino sul volto, "non ti salterò addosso per mangiarti il cervello."

Quella battuta colse Erik totalmente alla sprovvista. Senza davvero volerlo, scoppiò a ridere, una risata nervosa, ma comunque una risata. In un momento come quello, era come se un esorcista avesse liberato un corpo posseduto dal demonio.

Sofia sembrò nutrirsi di quel suono come avrebbe fatto una pianta rimasta al buio per giorni investita improvvisamente dai raggi del sole. Trovò il coraggio di fare un passo verso il figlio. Erik rimase dove era, mentre la sua risata scemava in un basso suono rauco.

"Non ricordo..." iniziò la madre, guardandosi attorno, come se si fosse persa. "Perché sono...perché sei...non riesco a..." si premette un dito sulla tempia e mormorò qualcosa d'incomprensibile.

I battiti del cuore di Erik ripresero ad accelerare. La madre stava cominciando a comportarsi in modo strano. Si stava distraendo. Doveva mantenerla lucida. Doveva riportarla al presente.

"Guarda, mamma," disse Erik, estraendo un pacchetto dalla tasca. "Ti ho portato...ti ho portato un regalo."

"Un regalo," ripeté Sofia, afferrando quella parola come se fosse uno scoglio nel mezzo di un mare in tempesta, quindi tornò a concentrarsi sul ragazzo. "M-mi hai portato un regalo?"

"Sì," disse Erik, avvicinandosi di un passo e porgendole il pacchetto. "È...oggi è il tuo compleanno, mamma."

Sofia prese l'oggetto incartato, mormorando qualcosa tra sé e sé. Lo scartò, lo aprì e tirò fuori una piccola cornice con una foto. L'immagine rivelava lei e suo figlio in una tuta da lavoro, con un gigantesco simbolo delle Automaton Industries alle spalle e diversi autotron disassemblati tutt'attorno. Il loro volto era coperto di sporcizia ma due sorrisi troneggiavano su quei volti sudici, rendendoli alquanto buffi.

"Ti ricordi della foto?" chiese Erik, cercando di suonare il più naturale possibile. "Zio Ramor l'ha scattata nel laboratorio di assemblaggio delle Industries. L'ho trovata per caso e...beh...Ho pensato che...ho pensato che ti sarebbe piaciuto averla."

Silenzio. La madre guardò la foto, come se quell'immagine avesse riportato alla mente ricordi sepolti dal tempo.

"L'esperimento...la nuova Triade...il laboratorio...l'auternet..." disse sovrappensiero la donna, mentre guardava la foto. "Ci sei...ci sei riuscito? Hai trovato...hai fatto...sei riuscito ad attivarli?"

Erik sembrò pensare per un attimo alle parole della madre. Il cambio di atteggiamento, la nuova espressione, il tono della voce alterato talmente velocemente che Sofia sembrava essere un'altra persona.

Non aveva dato la foto alla madre per destare pericolosi ricordi, ma solo per farle piacere. Non sapeva se rispondere a quelle domande fosse un bene. Avrebbe potuto scatenare qualcosa che era meglio lasciar sepolto.

"Mamma, non credo che ti faccia bene parlare..."

"Ci sei riuscito?" tagliò corto la donna, come se da quella risposta dipendesse il futuro dell'umanità. "Allora? Sì o no? Erik, rispondimi!"

Erik sembrava restio a parlare. Ma, alla fine, con lo sguardo della madre fisso su di lui, disse, cercando di sorridere, "Sì. Sì, mamma, ci siamo riusciti. Tempo fa. La nuova Triade ha...ha funzionato."

Erik fece un paio di passi esitanti in direzione della madre. Sentì le mani tremargli. Voleva toccarla, creare un contatto fisico tra i due, cercare di salvarla da qualsiasi inferno stesse imperversando nella sua mente ma un allarme suonò nella sua testa e lo costrinse a mantenere le distanze, a non farsi fagocitare da false aspettative.

"Mi...mi manchi. Lo sai? Mi manchi davvero," disse Erik alla fine, guardando il pavimento con occhi lucidi. Si sforzò di non piangere, ma le lacrime sembravano la risposta più spontanea a quello che stava provando.

Sofia annuì. Distolse lo sguardo dal ragazzo, posò la cornice sulla scrivania per poi tornare a guardarlo. I suoi occhi suggerivano dolcezza e tristezza allo stesso tempo.

Era chiaramente felice di vederlo ma per qualche motivo sembrava anche non fidarsi dei suoi stessi occhi.

"È tutto così confuso, Erik," Sofia indicò con un rapido cenno della mano intorno sé. "Non sono riuscita a prendermi cura di te... ho lasciato il mio...ho fatto uno sbaglio. Sì, lo so. Uno sbaglio...terribile, terribile sbaglio. Non ho neppure il diritto di chiedere di perdonarmi...Di capire..."

"Mamma, no," Erik intervenne, ma la madre lo interruppe, alzando velocemente una mano. Qualcosa era cambiato ancora una volta nel suo atteggiamento. La sua espressione afflitta aveva ora lasciato il posto a urgenza e determinazione.

Sofia roteò gli occhi all'indietro, e per un attimo tutto quello che Erik riuscì a vedere fu la porzione bianca intervallata da capillari. Il ragazzo fece un passo indietro e uno avanti, indeciso sul da farsi.

"Svelto," disse la donna improvvisamente, facendogli segno di sedersi sulla sedia. "Devo dirti che cosa dovrai fare prima che loro entrino...Svelto, Erik, svelto! Stanno arrivando, non c'è più tempo!"

Il tono della madre era diventato ora poco più di un sussurro spaventato e urgente, l'espressione sul suo volto era un misto tra preoccupazione per il figlio e paura per qualsiasi cosa credeva stesse per succedere.

Erik scosse la testa. Stava accadendo di nuovo. Stava per perderla un'altra volta.

Doveva cercare di ristabilire un contatto. Doveva cercare di parlare con lei. *Doveva.*

Il tono urgente di Sofia lo convinse a fare come gli era stato chiesto e si lasciò condurre sulla sedia di fronte alla scrivania. La donna trascinò in fretta un'altra sedia da un angolo della stanza e la mise vicino a lui.

Seduti uno di fronte all'altro, Sofia prese le mani del figlio nelle sue, quindi guardò improvvisamente verso la porta della stanza, come se avesse sentito un rumore provenire da fuori.

"Non abbiamo molto tempo, tesoro. Ascolta, ascolta molto attentamente..."

"Mamma," Erik scosse la testa e strinse la mascella. "Calmati, per favore. Non c'è nessuno fuori da quella porta. Sei al sicuro." I suoi occhi dardeggiarono verso l'alcova. EL-ARI-33 non li aveva persi per un solo secondo di vista, ma rimaneva ancora immobile nel suo alloggiamento.

"Shh, shh," la madre portò un indice sulle labbra ed Erik tornò a guardarla. "Non avere paura, andrà tutto bene, te lo prometto. Nessuno...non permetterò a nessuno di farti del male ma adesso devi ascoltarmi...Devi essere coraggioso...Devi fare quello che ti dico...Saranno qui da un momento all'altro e..."

"No, no, no...mamma per favore," s'intromise Erik, cercando disperatamente di aggrapparsi al lato razionale della madre. "Devi credermi, siamo insieme, sei al sicuro. Io..." Erik fu interrotto ancora una volta dal tono urgente di Sofia.

"Non c'è più tempo Erik! Non c'è più tempo! Devi avere coraggio! Devi fare quello che ti dico. Adesso!"

Il volto della madre era offuscato dal panico, un'urgenza maniacale nella sua voce. Continuava a guardare verso la porta tra una parola e l'altra. Erik sentiva le mani della donna tremare, fredde e bianche come due pezzi di ghiaccio.

"I fobaron saranno qui tra poco," disse con urgenza. "Non posso permettere che ti prendano. Non posso...Non te...Li distrarrò...Devi ascoltarmi..."

"Mamma, ascolta tu. Calmati. Respira. Non c'è nessuno fuori da quella port..."

"Devi essere coraggioso..."

"Mamma, guardami, per favore, guardami, ti scongiuro!"

"Devi ascoltare tua madre! Il bravo bambino deve ascoltare la mamma...Erik..."

Sofia stava ora stringendo le mani del figlio con una forza tale che le sue nocche si erano ridotte a delle zone bianche.

"Mamma, mi stai facendo male!" Erik tentò di divincolarsi dalla presa della madre, ma lei strinse le mani in modo se possibile ancor più forte.

Con la coda dell'occhio, Erik vide un movimento intorno all'alcova dell'autotron.

"No, no, no, no, no...shh, shh, shh, shh." La madre scosse la testa. Lacrime cominciarono ad inumidire le sue guance. "Nessuno... nessuno ti farà del male," disse, tra un singhiozzo e l'altro. "Nessuno...ti...farà...del..."

Sofia Deringer lasciò andare le mani del figlio all'improvviso. L'espressione del suo volto era mutata per la terza volta in pochi minuti.

Si alzò dalla sedia e fece avanti e indietro nella camera, un dito premuto sulla tempia mentre si passava in modo agitato l'altra mano tra i capelli.

Mormorò qualcosa che il ragazzo non riuscì a capire. Erik colse le parole, 'segreto', 'pericolo' e 'arrivando' tra un impasto di frasi che non avevano alcun senso.

Alla fine, come se fosse stata colta da una rivelazione, la madre si fermò al centro della stanza e tornò a fissare il figlio ancora seduto sulla sedia, gli occhi sgranati, come se si fosse improvvisamente accorta della sua presenza.

Scattò verso di lui e gli s'inginocchiò di fronte. Guardò il figlio negli occhi e disse, in tono carico di urgenza, "Erik, è salvo? È al sicuro?"

Erik aveva appena assimilato il senso della domanda, quando la madre gli chiese nuovamente, questa volta urlando le parole.

"È SALVO? È AL SICURO?"

Erik annuì un paio di volte. "Sì, mamma," rispose alla fine, tremando. "È...È al sicuro."

La madre sembrò bere quella risposta come se fosse una panacea in grado di curare tutti i mali del mondo. Boccheggiò, come se avesse trattenuto il respiro per un minuto intero, quindi si lasciò cadere sul pavimento, schiena a terra, occhi fissi sul soffitto. Sembrava completamente esausta. Dopo un paio di secondi chiuse gli occhi, le mani premevano contro le tempie, le palpebre erano serrate, come se stesse cercando di proteggersi da una luce accecante.

EL-ARI-33 uscì dall'alcova.

"Sta bene," disse Erik, rivolgendosi verso l'autonutore mentre apriva le braccia, per attirare la sua attenzione. EL-ARI-33 stava valutando Sofia con molta attenzione. "Ha solo bisogno...," Erik, s'interruppe, mentre guardava prima la madre e poi l'autotron. "Va tutto bene. Per favore, non avvicinarti. È tutto a posto."

Erik sapeva che l'autotron non avrebbe ascoltato le sue parole se avesse creduto che esistesse un pericolo grave per la sua paziente. Tuttavia, l'esanide rimase dove era, immobile e silenzioso, un guardiano che attendeva senza intromettersi. Per il momento. La sua matrice doveva aver stabilito che il comportamento della donna rientrasse nei suoi parametri accettabili.

Erik lasciò andare un sospiro di sollievo, si alzò dalla sedia e si mise per terra vicino alla madre che stava piangendo. Si avvicinò abbastanza da poter toccare il suo corpo e la circondò con le braccia. Sentì la madre smettere di singhiozzare. Con il passare dei minuti, la donna prese a respirare normalmente.

Dopo un altro po', Sofia fece leva sul gomito e si mise seduta sul pavimento. Per un istante, Erik e la madre si scambiarono uno sguardo e lui vide un barlume della vecchia donna rispondere al suo sguardo.

"Erik," disse la madre, prendendogli il volto tra le mani e guardandolo come se fosse la cosa più bella del mondo. "Mi sei mancato talmente tanto. Talmente tanto…"

I due rimasero per terra, abbracciandosi a vicenda, rassicurandosi a vicenda, mormorandosi parole di conforto.

"Va tutto bene. Sei al sicuro, mamma. Al sicuro. Siamo al sicuro."

Ma quel momento non durò a lungo. Quando Erik ebbe pronunciato l'ultima parola, un'ombra sembrò oscurare gli occhi di Sofia ed Erik vide la paura conquistare nuovamente il suo volto.

"Al sicuro?" sibilò, scattando in piedi. "No! Non capisci? Non sarai mai al sicuro. Mai! Non devi abbassare la guardia. *Tu* non sei al sicuro! Non fidarti di nessuno! È tutta colpa mia! Colpa mia…"

"Mamma, calmati per favore. Calmati! Se continui così…"

"Non avrei dovuto…Colpa mia! Lo troveranno…ti uccideranno!"

"Mamma, se continui così lo attiverai, dannazione! Guardami, mamma guarda…"

Ma Erik non finì mai la frase. EL-ARI-33 aveva già coperto la distanza che li separava con poche, decise falcate. L'autonutore, collegato ai parametri vitali della sua paziente, aveva deciso che era arrivato il momento di intervenire per evitare che Sofia infliggesse danni a sé stessa o ad altre persone.

Ignorando completamente Erik, l'autotron si diresse verso di lei, bloccandole con movimenti rapidi e sicuri entrambe le braccia.

"Sofia," disse l'autotron in tono chiaro, "Guardami. Senti la mia voce? Respira, respira lentamente. Sofia? Riesci a sentirmi?"

Ma Sofia non fece che agitarsi ulteriormente. Cominciò a scalciare con i piedi in modo violento e incontrollato mentre l'autotron cercava di calmarla con parole lente e un tono suadente. EL-ARI-33 racchiuse la donna in un abbraccio fermo, impedendole di muoversi.

"Sofia," disse l'autotron con la stessa voce pacata, "Ora sentirai un lieve prurito dietro al collo. Sto per iniettare un siero calmante nel tuo..."

"No, no! Erik, scappa!" urlò Sofia, gli occhi che sporgevano fuori dalle orbite, colmi di orrore. "Non farti prendere! Non farti prendere! Scap..."

Erik vide tutta la follia della madre quando i loro occhi s'incontrarono per l'ultima volta, due pozzi di disperazione senza fine che non lasciavano nessuna via di scampo. Poi le pupille della donna roteano all'indietro e rimase solo il bianco fibroso, prima che le palpebre chiudessero finalmente il sipario sulla follia che l'aveva dominata.

Erik non poté sopportare di vedere oltre. Prima che potesse pensare a qualsiasi altra cosa, prima che potesse versare anche solo un'altra lacrima, il ragazzo uscì correndo dalla stanza, sordo ai richiami dell'autonutore che gli chiedeva di fermarsi, di aspettare.

"Erik?" On vide il ragazzo proiettarsi verso il corridoio e iniziare a correre senza guardarsi indietro.

"Andiamo via!" urlò Erik senza girarsi, il volto coperto da una mano che rendeva impossibile vedere la sua espressione. "Andiamo via da questo posto!"

Erik inciampò un paio di volte, mentre l'immagine della donna consumata dalla pazzia e dalla paura si sovrapponeva a quella di una Sofia giovane e forte, in un ricordo così distante che ormai sapeva di menzogna.

〜

Düsseldorf
Residenza Privata di Sofia Deringer

ERIK VALUTA con molta attenzione l'autotron che gli sta davanti. Alto circa un metro e mezzo, è coperto da un materiale giallo ocra che ha la consistenza della pelle ed ha un odore decisamente strano, come di plastica appena fabbricata. È anche completamente nudo, con il logo delle Automaton Industries su entrambe le spalle. La scritta 'VO-MIS-4' è incisa sul suo petto.

"Sembra un'enorme bambola, mà." Il bambino tocca la sinpelle dell'autotron e i suoi capelli finti. "Fa anche un po' ribrezzo."

"Beh, stiamo ancora lavorando al suo aspetto esteriore," risponde Sofia, annuendo lentamente. "Io e Kenta non sappiamo ancora se sia più saggio renderlo *meno* oppure *più* umano possibile. È ancora troppo presto per stabilirlo e il pubblico è un animale capriccioso, Erik. Dobbiamo capire che cosa vuole veramente la gente dai nostri autotron. Ci vorrà del tempo, temo."

"Questo qui è il suo nome?" chiede Erik, indicando il petto dell'autotron.

"Sì e no," risponde la madre. "Quella è la sua designazione, per far capire a persone come me più facilmente che modello sia, da dove provenga, quale sia la sua storia, insomma. È come se fosse la sua carta d'identità. Tu puoi chiamarlo semplicemente Vomisa.

"Vomisa," ripete assorto Erik, girando attorno all'autotron, che gli sta restituendo lo sguardo con i suoi occhi bulbosi e opachi. Fa decisamente ribrezzo, decide Erik, ma al tempo stesso è anche in qualche modo interessante da guardare.

"Questo autotron è un regalo e un compito che voglio darti," gli dice la madre. "Voglio che tu mi aiuti a far sì che Vomisa diventi migliore di quello che è."

"Io, mamma?" chiede Erik, guardandola con sorpresa. "Come faccio *io* ad aiutarti?"

"Sei un ragazzino molto sveglio, Erik, quando vuoi fare qualcosa. So che puoi aiutarmi."

"Ma come? Io non so davvero nulla di autotron."

"Erik, voglio che tu capisca qualcosa, qualcosa di molto importante," la madre si avvicina al figlio e gli si inginocchia di fronte, prendendogli entrambe le mani. "Durante l'esperimento della Triade, l'esperimento con Niccolò, Galileo e Isaac, ci hai fatto capire qualcosa di molto importante, che ha dato un contributo inestimabile al completamento di Vomisa e di tutti gli autotron che gli succederanno. Ci hai fatto capire che non possiamo trattare gli autotron semplicemente come macchine, come strumenti, ma che dobbiamo insegnargli le cose con la stessa cura con cui un genitore insegnerebbe ad un figlio. Dargli insomma un tocco umano per farli evolvere, per farli migliorare. L'auternet è un ottimo mezzo per veicolare quell'insegnamento, ma senza l'input iniziale, non vale granché. Per questo motivo tutti gli esperimenti precedenti si sono rivelati un fallimento. I calcoli erano giusti, ma non avevamo mai capito di aver costruito qualcosa che era diverso da un semplice computer. Qualcosa che non aveva solo bisogno di essere aggiornato o migliorato, ma che aveva bisogno di evolversi, di imparare."

Erik riflette su quello che ha detto la madre. "Quindi è come se... è come se Vomisa fosse il figlio dei primi tre autotron che avete usato?"

"Esatto," risponde Sofia, annuendo. "Questo è il primo che pensiamo potrebbe essere venduto ad alcuni istituti e a centri specializzati, se non proprio al consumatore medio. Non ancora, per lo meno. Autotron come Vomisa sono ancora troppo costosi per le persone normali."

"Che cosa fa Vomisa, di preciso?" chiede Erik, continuando a guardarlo.

"Teoricamente, può prendersi cura di bambini, o di malati, o di persone anziane, a seconda della necessità."

"Vuoi dire, è come una babysitter?" Erik lo dice come se quella fosse la cosa più stupida che avesse mai sentito.

"Esatto," Sofia guarda Vomisa. "Noi lo chiamiamo un'autonutrice o un autonutore, a seconda del nome che uno decide di dargli. In verità, potrebbe essere utilizzato per fare molte più cose, ma per ora stiamo cercando di aprirci una nicchia nel mercato del benessere e della medicina. In futuro, modelli successivi a Vomisa potrebbero essere impiegati dentro a ristoranti, in centri turistici e in molti altri campi."

"Anche questo...anche Vomisa ha l'auternet?" chiede Erik, sempre più incuriosito.

"Sì," risponde la madre. "Un auternet perfino migliore di quello che usavamo tre anni fa."

"Quanti fratelli ha Vomisa?" chiede Erik.

La madre valuta l'autotron. "Questo duonide ha una popolazione di duecento esemplari collegati a sé." Poi aggiunge, sorridendo allo sguardo confuso del figlio. "Duecento fratelli, cioccolatino, Vomisa ha altri duecento fratelli che condividono le sue esperienze, imparando da esse. Sono anche loro collegati all'auternet, e ogni cosa Vomisa imparerà con te, sarà trasferita al resto degli autotron a lui collegati, per essere riutilizzato in situazioni future."

Erik annuisce. "E continuate sempre a tenerli tutti in quel grosso garage?"

La madre scuote la testa. "No. Vomisa come tutti gli altri...fratelli, sono stati trasferiti nel laboratorio sotterraneo delle Industries. Come ti ho detto, è il primo modello che pensiamo possa essere venduto sul mercato, ma abbiamo bisogno di provare se funziona, di testarlo su persone. Persone come te, Erik. Vomisa e gli altri sono più avanzati degli autotron che hai visto quando eri più piccolo. Questi duonidi possono anche parlare, ad esempio, ed eseguire operazioni impossibili per Niccolò, Galileo o Isaac. Inoltre sono più veloci e meno costosi di qualsiasi cosa li abbia preceduti. Nel momento in cui stiamo parlando, ci sono altri dieci autotron simili a Vomisa che vengono testati da dieci persone diverse, sparse in tutto lo Stato."

"Davvero? Wow!" esclama Erik. "E tu hai deciso di provare questo qui," ed indica Vomisa, "su di me?"

"Esatto. Fai come se non ci fossi, per le prossime due ore. Fagli domande, o testalo come ti pare. Per qualsiasi cosa, insomma, chiedi al tuo autotron."

"Allora è come il mio giocattolo personale?" domanda Erik con aria trionfante.

"Oh, è molto più di un semplice giocattolo, Erik," gli fa presente la madre. "Pensa a lui...Ah...pensa a lui come al tuo assistente personale. Un assistente personale che costa quanto una macchina."

"Posso davvero farci quello che voglio?"

"È tutto tuo," conferma la madre. "Se hai bisogno di me, sarò in cucina."

Sofia si allontana, lasciando il figlio e l'autotron da soli. Tuttavia, non chiude la porta dietro di sé. Vomisa segue la donna con lo sguardo.

Erik si sfrega le mani ed annuisce.

"Va bene, Vomisa," dice, e l'autotron si gira velocemente verso di lui. "Vediamo che cosa sai fare."

34

SCONTRO FRONTALE

DALLAS, RESIDENZA PRIVATA DI BRUCE E TERESA WOODSIDE

Spine

~

"LAIDE, PASSAMI LA farina. Laide?"

La sorella sta fischiettando, persa nel suo mondo, due occhi color cielo resi enormi da un paio di occhiali talmente spessi da risultare buffi.

"Laide? La farina, per favore."

Il richiamo del fratello riporta velocemente Adelaide alla realtà. La ragazza raccoglie una lunga ciocca di capelli dietro l'orecchio e passa a Spine una busta bianca. Spine la guarda e storce il naso.

"Ho detto la farina, non il sale," Spine indica alla sua sinistra. "È quella confezione gialla e azzurra. Sì, esatto. Quella lì. Graaaazie, dolcezza."

Dopo aver passato la farina, Adelaide guarda il fratello che continua a mischiare con un mestolo l'intruglio composto d'acqua, uova, sale, farina, latte e lievito. Lei ha provato ad assaggiarne un po', ma Spine ha capito dall'espressione della ragazza che il sapore grezzo e troppo dolce non le è affatto piaciuto. Le ha ricordato più volte che è ancora troppo presto, che il dolce non è ancora pronto, ma Adelaide, ovviamente, ha fatto di testa sua.

La ragazza mostra segni d'impazienza, Spine riesce a vederlo chiaramente. Adelaide ha fame ed è allo stesso tempo curiosa di vedere quale sarà il risultato finale di quello che lui ha chiamato un 'esperimento'.

"Dai, dobbiamo riuscire a finire prima che mamma esca dalla doccia," le dice Spine, le guance rosse per lo sforzo di mischiare il contenuto sempre più pastoso della ciotola. A quelle parole, un'eccitazione palpabile si fa largo sul volto di Adelaide.

"La so-sorrrpresa," dice sua sorella, come ricordandosi all'improvviso qualcosa di molto importante. Sì, Adelaide ha ragione. Spine vuole fare una sorpresa alla madre per il suo compleanno. Tuttavia, c'è ancora molto da fare e hanno davvero poco tempo a disposizione prima che la madre finisca la sua doccia.

Un rumore proveniente dal salone fa girare Spine di scatto. Sente la madre continuare a canticchiare sotto la doccia. Scuote la testa e scrolla le spalle. Probabilmente ha fatto cascare qualcosa in bagno.

Spine mescola con velocità crescente l'intruglio mentre sfoglia le pagine di un grosso libro di cucina e legge le istruzioni ad alta voce. Adelaide guarda l'impasto color nocciola diventare sempre più scuro e sempre più denso.

"È quasi pronto," dice Spine, sorridendo. Consulta il libro che ha di fronte per l'ennesima volta prima di aggiungere un altro po' di farina.

"Va bene, ci siamo," dice alla fine, asciugandosi la fronte con il braccio. "Passami quegli stampi, per favore. Dobbiamo mettere l'impasto lì dentro. Laide? Ehi, Laide? Mi senti?"

Ma Adelaide non lo sta guardando. I suoi occhi sono sgranati, fissi sulla porta della cucina, e palesano un'espressione mista tra sorpresa e incredulità.

"Che cosa..." prima che Spine riesca a finire la domanda, una voce roca lo interrompe.

"Dov'è la mamma?"

Il ragazzo sobbalza, preso alla sprovvista, e si gira verso la voce. Il mestolo e la ciotola cadono per terra con un tonfo sordo, spargendo l'intruglio sul pavimento.

Sulla soglia della porta sta loro padre, che li sta guardando con occhi iniettati di sangue e l'espressione di qualcuno che non dorme da giorni. Ha le spalle curve, sembra far fatica a stare in piedi e scuote vigorosamente la testa mentre si strofina ripetutamente gli occhi, come se non riuscisse a vedere bene.

L'uomo è anche completamente nudo, eccetto che per un paio di mutande grigie e una canottiera zuppa di sudore. Ha la barba incolta, i capelli arruffati e due profonde ombre scure sotto agli occhi. Una distinta puzza lo circonda, un tanfo che ricorda a Spine del pesce avariato misto ad alcool. È un alone fetido e insopportabile che il ragazzo riesce a percepire nonostante la distanza.

Bruce sembra una vaga approssimazione di quello che era un tempo, l'ombra di un ricordo che la sua mente si è sforzata per due mesi di dimenticare, una persona diversa e pericolosa con la quale lui non vuole avere nulla a che fare. Il ragazzo non sa come sia riuscito ad entrare o che cosa voglia, ma un campanello d'allarme comincia a suonare nella sua testa e il suo cuore inizia a battere sempre più velocemente.

"La mamma, Spine. Dov'è la mamma?" la sua voce è lenta e minacciosa allo stesso tempo.

Il ragazzo non riesce neppure a muoversi, il panico annebbia il suo giudizio e gli fa tremare le gambe.

Deve fare qualcosa, ma che cosa? Una parte del suo cervello gli dice che deve allontanarsi da lui il più possibile, un'altra gli intima di chiamare qualcuno, di chiedere aiuto, di urlare, perfino.

"In...è in bagno," Spine riesce a balbettare, indicando il salone. Deve guadagnare tempo. La madre è chiusa dentro la porta e il padre non può entrare, non può farle del male. Ma potrebbe fare del male a loro due.

Bruce annuisce, grugnisce qualcosa, alza una mano e si allontana.

Spine rimane immobile come una statua per almeno dieci

secondi. Poi, improvvisamente, come se qualcuno l'avesse liberato da un incantesimo, afferra Adelaide per le spalle e la costringe a guardarlo negli occhi.

"Laide, devi andare in camera tua e chiudere la porta a chiave. Hai capito? Chiudi la porta e non aprire per nessun motivo!"

Ma la ragazza non sembra ascoltarlo. Spine sente che sta tremando. I battiti del suo cuore sono veloci e insistenti.

"C-che cos'ha papà?" chiede Adelaide, indicando il salone. "Perché è..."

"Zitta," Spine la interrompe, l'urgenza del momento gli fa affondare le unghie nella spalla della sorella. Le mette una mano sulla bocca, impedendole di continuare. "Zitta, zitta," sussurra, mentre guarda dietro di sé con urgenza. "Adesso non importa. Laide, per favore, devi ascoltarmi..."

"Siiineee!" protesta la sorella, chiudendo gli occhi, "Mi stai facendo ma-aaale!"

"Devi fare quello che ti dico! Adesso! Vai in camera tua e..."

Troppo tardi. Spine vede il padre comparire nuovamente sulla soglia della cucina. La bocca dell'uomo è semiaperta e del mocciolo si è condensato intorno alle sue narici. Ha fatto in fretta, troppo in fretta, pensa Spine.

In quel momento si accorge che Bruce tiene qualcosa nella mano che nasconde dietro la schiena.

"Guarda che casino hai fatto sul pavimento," il padre indica l'impasto che è caduto per terra. "Spine...guarda...guarda che hai fatto. Eh? Che cosa succede? Non sai più neppure reggere un mestolo, adesso? Non...non stai più studiando, vero?"

Spine non risponde. Capisce che l'uomo è un pericolo. Devono allontanarsi da lui il più possibile. Cosa fare? Deve chiamare la madre. Deve chiedere aiuto.

"Mamma!" urla Spine, tenendo Adelaide dietro di sé. Si guarda attorno. Il telefono è in salone. Impossibile raggiungerlo.

"Shh, Shh!" il padre si mette un dito sulle labbra, gli occhi semichiusi. "La mamma è...la mamma è al bagno adesso...Non vuole essere disturbata."

Bruce si avvicina verso di loro, oscillando, come se fosse sul punto d'inciampare ad ogni passo, la mano destra ancora nascosta dietro la schiena.

"MAMMA!" urla Spine con tutto il fiato che ha in gola, indietreggiando di qualche metro e portando con sé la sorella, che nel frattempo ha cominciato a singhiozzare.

"Cos'è, sei diventato anche sordo, adesso?" sbotta il padre, sputacchiando saliva. "O sei soltanto stupido? Eh? Non hai sentito? Ho detto che la mamma è nel cazzo di bagno!"

"Spine?"

La voce della madre è flebile ma comprensibile. Spine si accorge che ha interrotto l'acqua nella doccia. Deve aver sentito il suo richiamo, oppure la voce del padre.

"Spine? Che cosa c'è?" riprende la madre, dal bagno.

Bruce guarda il figlio e si mette un dito sulle labbra.

Ignorandolo completamente, Spine avvicina entrambe le mani intorno alla bocca. "MAMMA! È PAPÀ!" urla con tutto il fiato che ha in corpo. "È DENTRO CASA! MAM…"

A quel punto suo padre rivela la pistola che tiene nascosta dietro la schiena. Punta l'arma verso i suoi figli. Spine non può credere ai suoi occhi.

"Zitto-zitto-zitto," ripete l'uomo ubriaco, quasi sussurrando, tenendo il dito sulle labbra mentre scuote la testa. "Ti vuoi stare zitto?"

Spine rimane pietrificato sul posto, incapace di togliere gli occhi di dosso dall'arma.

"Spine? Spine!" La voce della madre ha ora un tono urgente. "Non riesco ad aprire la porta! Spine?"

Ma le urla della madre rimangono senza risposta.

Bruce si ferma ad un paio di metri dai due, la pistola in mano, sempre puntata verso di loro. Spine si guarda intorno e sa che non ci sono vie di fuga. Non ha idea di che cosa dovrebbe fare.

"Io lo so che cosa è successo," balbetta Bruce, annuendo ripetutamente, come per convincersi di qualcosa. "Sì, lo so. È questo sgorbio qui," ed indica Adelaide con la pistola, una mano tremante che fa ondeggiare pericolosamente la canna. "Questa *cosa* ti ha rovinato...ci ha rovinato tutti, non è vero? Sì-sì-sì-sì. Spostati, ragazzo. Vattene via. Devo parlare con tua sorella. Adelaide, vieni qui!"

La mano dell'uomo trema. Il dito è sul grilletto.

"Papà?" dice Spine, alzando entrambe le mani. Le gambe sembrano sul punto di disertarlo. Non ha mai provato tanta paura in vita sua. "Papà per favore...ti prego..."

"Spostati!" urla Bruce, schizzando saliva da tutte le parti. "Ti avevo detto che dovevi starle lontano! Ti avevo detto che ti avrebbe fatto diventare stupido. No? Non te l'ho detto, Spine? Non te l'ho detto? Mhm? Perché non mi hai ascoltato? Rispondi! Perché nessuno mi ascolta mai in questa cazzo di casa?"

Le urla del padre trasformano il lento singhiozzare di Adelaide in un pianto a dirotto. Spine si frappone fra la canna e la sorella, mettendo a tacere la voce nella sua testa che gli sta implorando di andare via, di mettere più distanza possibile tra lui e il padre.

"Chiudi quella bocca!" Bruce urla contro la figlia. Spine è sempre davanti a lei, la tiene dietro la schiena, cercando di fare scudo con il suo corpo.

"Ho detto levati dalle palle, ragazzo!" il padre si avvicina a Spine. La mano ora non trema più, i suoi occhi sono velati d'odio puro che l'alcool sembra aver intensificato a dismisura.

"NO!" urla Spine, gettandosi contro il padre in un disperato tentativo di afferrare la pistola.

Il padre schiva il figlio e lo scaraventa con tutta la forza verso il tavolo della cucina. Spine sbatte violentemente prima la testa e poi la schiena. Il colpo lo lascia senza fiato per alcuni secondi.

La stanza prende a ruotare attorno a lui a velocità crescente. Le forme degli oggetti si fanno vaghe e indistinte mentre un dolore lancinante alla base del collo gli fa lacrimare gli occhi. Cerca di alzarsi da terra ma il dolore è insopportabile. Qualcosa deve essere rotto, da qualche parte. Sente il sapore del sangue nella bocca.

Passano forse dieci, venti secondi in cui il ragazzo non riesce neppure a ricordare dove si trova, seguiti da altri momenti di disorientamento e di confusione. Poi le urla del padre attirano la sua attenzione e gli permettono di concentrarsi sulla scena che si sta svolgendo davanti a lui.

Il padre ha appena afferrato Adelaide per i capelli. Il suo volto rosso e contorto dall'ira è ora a pochi centimetri da quello della figlia.

"È tutta colpa tua, aborto!" le sta urlando contro con un volto paonazzo. "È colpa tua! Lo capisci? Eh? Lo capisci, sgorbio? Hai distrutto questa famiglia! Ci hai ammazzati tutti quanti dal di dentro! Dal di dentro!"

Adelaide piange come non ha mai pianto in vita sua. Il padre le tira i capelli con tanta forza che le fa scattare le testa avanti e indietro, avanti e indietro, ancora e ancora, come se fosse una bambola incredibilmente cresciuta.

"Lasciala...lasciala andare," Spine è ancora stordito dal colpo e non è sicuro che le parole siano uscite dalla sua bocca, o che siano state sentite da qualcuno. Prova nuovamente a parlare, e si rende finalmente conto di star muovendo la bocca, ma di non riuscire a produrre alcun suono.

Il dolore alla base del collo si è fatto più intenso ed esteso, adesso. Non può muoversi e non riesce a parlare. È uno spettatore impotente che assiste alla serie di eventi che si susseguono davanti ai suoi occhi, senza poter far nulla se non guardare...e guardare.

Ma il ragazzo non vuole arrendersi. Non *può* arrendersi. Con tutta la forza di volontà che riesce a racimolare serra la mascella e cerca nuovamente di alzarsi, di muoversi, di fare qualcosa, qualsiasi cosa...Tutto inutile. Le sue gambe non rispondono alla sua volontà e la schiena continua a produrre scariche di dolore incontrollabili. A questo punto è sicuro che qualcosa deve essere rotto. Il sapore metallico del sangue si fa sempre più intenso.

Altri rumori si sommano alle urla del padre e al pianto della sorella.

Spine si ricorda che la madre è intrappolata dentro il bagno. Deve essere stato suo padre, forse bloccando la porta in qualche modo.

Il ragazzo apre e chiude gli occhi. La sua visuale è sempre più appannata. Si sforza di mantenersi lucido, scuotendo la testa, ed è a questo punto che vede il padre distrarsi un attimo. Sembra che l'uomo stia inveendo contro la moglie, urlandole di tacere, di fare silenzio, di rimanere in bagno.

Adelaide, presa dalla disperazione, approfitta del momento e lo morde sul polso, cercando di sfuggire dalla sua presa

"No...non..." Spine mormora, una flebile serie di parole che nessuno riesce a sentire. "Laide...non...far..."

Il padre urla di dolore e si tocca il polso con la mano che sta tenendo la pistola. Lascia andare la presa sui capelli della figlia e Adelaide corre verso un angolo della cucina. Una volta lì, si mette in posizione fetale, le braccia che proteggono le ginocchia, gli occhi chiusi, il mento poggiato sul petto.

"Laide, scappa..." Spine non può che sperare che la sorella lo senta. Ripete quella frase una mezza dozzina di volte.

I sensi cominciano a disertarlo mentre il dolore che sta torturando ogni centimetro del suo corpo minaccia di fargli perdere coscienza da un momento all'altro.

"Guarda che cosa hai fatto, troia!" sta dicendo il padre, mostrando alla figlia la mano grondante di sangue.

I richiami disperati della madre si sono fatti più insistenti, di questo ne è sicuro. Ora il rumore di pugni sbattuti su una porta si alterna ad urla, al pianto di Adelaide e alle imprecazioni.

Spine sente il padre bestemmiare. Poi un urlo selvaggio seguito da pianti e singhiozzi, alternato da altre imprecazioni.

Sforzandosi di mantenere gli occhi aperti, cerca ancora una volta di alzarsi, ma è tutto inutile, completamente inutile.

Assiste impotente al susseguirsi degli eventi, odiandosi per non poter fare altro se non guardare.

Il padre si getta contro la figlia con una furia cieca. La solleva e la getta sul pavimento, facendo scricchiolare le assi di legno sotto il suo peso.

"No-no-no-no-no..." dice Spine, in un crescendo di disperazione.

Adelaide sbatte la testa per terra e strilla come Spine non avrebbe mai creduto possibile.

"Perché cazzo sei nata?" il padre urla a squarciagola, "Hai rovinato tutto! Hai mandato tutto a puttane!" Bruce mette entrambe le ginocchia sulla schiena della figlia, impedendole di muoversi mentre con una mano le tiene la testa bloccata contro il pavimento. Adelaide cerca di muoversi e di mordere il padre ancora una volta, ma l'uomo è semplicemente troppo forte. Un braccio si alza, una mano stringe una pistola.

Il calcio dell'arma si muove su e giù, ancora e ancora e ancora, come un giostra del terrore mossa da disperazione e violenza. È un movimento ritmico e ripetitivo, quasi ipnotico, che si ripete per pochi secondi che sanno di millenni.

Spine non riesce a muoversi, non riesce a respirare, non riesce ad urlare, non riesce neppure a chiudere gli occhi. Non si accorge neppure della lacrima che si forma, rotola sulla guancia e cade sul pavimento, ben presto seguita da una successione apparentemente interminabile di sorelle gemelle.

Il braccio si alza. Il braccio si abbassa. Il braccio si alza ancora una volta.

Sangue. Lacrime. Urla. Altro sangue. Il cuore batte all'impazzata. Altre urla che non sembrano nulla che un essere umano possa produrre, più simili al verso stridulo di un maiale che viene sgozzato.

La scena continua a svolgersi davanti a lui come se stesse osservando un film dell'orrore al rallentatore.

Poi, all'improvviso, tutto finisce.

Le urla, il pianto, il movimento del braccio. È tutto fermo, come cristallizzato. Il silenzio regna incontrastato. Tutto quello che rimane è una sensazione di perdita e di fallimento che rischia di inghiottirlo, secondo dopo secondo, svuotandolo di tutte le sue emozioni e di tutto quello che lo rende umano.

Il padre ha smesso di muoversi. Sta respirando affannosamente, adesso. La mano che tiene la pistola giace al suo fianco, anche quella ferma.

Adelaide è a terra, immobile e silenziosa.

Bruce si allontana dal corpo della figlia, trascinandosi di qualche passo, una mano intorno al collo, la bocca semiaperta in una smorfia che Spine non ha mai visto in vita sua.

L'uomo sta tremando in maniera convulsa. Spine lo sente piangere e singhiozzare mentre guarda il manico della pistola gemellato al suo braccio da un colore rosso scarlatto.

"Che cosa ho fatto?" Spine lo sente dire in un sussurro roco. "Dio del cielo, che cosa ho fatto?" Il padre si mette la mano sulla fronte, poi tra i capelli. Oscilla sul posto, quindi cade sulle ginocchia. L'uomo sputa per terra e tossisce. Spine lo sente vomitare. Quando ha finito, fissa con occhi colmi d'orrore il corpo della figlia. Guarda Spine, poi la pistola, quindi il corpo di Adelaide.

Un silenzio innaturale interrotto solo da urla distanti.

"BRUCE, APRI LA PORTA!"

Spine sente la madre, ma la voce è come se provenisse da un'altra dimensione, è come se fosse parte della vita di qualcun altro.

"BRUCE, APRI QUESTA CAZZO DI PORTA!"

Lui non si trova lì, pensa Spine, mentre fissa il corpo immobile di Adelaide. Il colore rosso si fa largo sul pavimento, conquistando lentamente ma inesorabilmente un centimetro dopo l'altro. Non può essere vero. È tutto un sogno. È un brutto incubo.

"CRISTO SANTO, BRUCE! FAMMI USCIRE!"

"Che...che cosa...cosa?" ripete il padre con una voce che è poco più di un mormorio spezzato da singhiozzi e da conati di vomito.

L'uomo guarda ancora una volta il corpo della figlia, quindi la pistola che tiene in mano.

"SPINE? MI SENTI? SPINE, CHIAMA AIUTO!"

Le urla della madre non hanno più alcun significato per lui, sono solo un altro rumore di fondo in un mondo che sta esplodendo intorno a lui. Tutte le forze lo hanno abbandonato. Combattere per rimanere sveglio ora non ha più alcun senso. È finalmente pronto ad accogliere l'oblio a braccia aperte.

Ma il buio totale si fa attendere e il ragazzo odia con tutto sé stesso ogni secondo rimasto di consapevolezza, di coscienza, di pensieri che si sovrappongono a pensieri.

Vede il padre che porta lentamente l'arma all'altezza dello stomaco.

"SPINE! CHIAMA LA POLIZIA! SPINE?"

Suo padre si ferma, quindi continua a trascinare l'arma verso il petto, poi verso il collo. È un movimento apparentemente faticoso, molto lento, che sembra richiedere tutte le sue forze, tutta la sua volontà, come se l'oggetto fosse fatto interamente di piombo.

"BRUCE! DIO, BRUCE! CHE COSA STA SUCCEDENDO? BRUCE, TI PREGO, FAMMI USCIRE!"

L'arma viene poggiata sulle labbra. Bruce apre la bocca, tremando vistosamente. Il rintocco di denti che sbattono contro una canna.

"Dio...Oh mio Dio, che cosa ho fatto?" Gli occhi iniettati di sangue dell'uomo incontrano quelli di Spine per un'ultima volta. "Ragazzo non...non ridurti come me...per favore, non..."

Spine non può fare a meno di guardare, una forza sconosciuta che lo costringe a non batter ciglio, a non perdersi neppure un istante di quell'orrore, di quell'inferno in divenire.

Una canna viene forzata all'interno di una bocca.

I pugni della madre che sbattono contro una porta.

Un rumore simile ad un click.

I battiti del suo cuore.

Un grilletto viene premuto.

Un silenzio insopportabilmente lungo.

Poi il mondo viene squarciato da un boato assordante.

Il tonfo di un corpo che cade a terra.

Altre urla.

Qualcuno sta piangendo.

Qualcuno sta urlando.

Non ha importanza.

Altre urla. Altre lacrime. Fuoco, buio e oblio.

"SPINE!" sta strillando una voce sconosciuta e familiare al tempo stesso, "DIO MISERICORDIOSO! SPINE, MI SENTI? SPINE? SPINE!"

~

New York City
Quartier Generale della LAND

"Spine? Spine! Ehi, capo, va tutto bene?"

Spine Woodside deglutì mentre si massaggiava frettolosamente gli occhi. Il ricordo svanì velocemente mentre si schiariva la voce e si sistemava sulla sedia, annuendo verso Komla, che lo stava ancora guardando con un'espressione preoccupata.

"Sì," rispose semplicemente Woodside. I particolari dell'ambiente circostante gli ricordarono immediatamente dove si trovasse, e per quale motivo fosse lì.

Un sedile con un colore familiare, un pavimento fatto di marmo sotto ai piedi, eccitazione palpabile che veniva veicolata da un vociare incessante quanto il ronzio di un enorme sciame di vespe. Un palco, la bandiera degli Stati Uniti d'America, il Tetralemento, persone che andavano avanti e indietro. Richiami, risate, altro vociare indistinto.

Il Presidente della LAND si girò ed osservò attorno a sé, ricomponendosi velocemente mentre assumeva un'espressione cogitabonda.

La sala conferenze era gremita di gente, alcuni in piedi, altri che camminavano tra un corridoio e l'altro per salutare, stringere mani o iniziare conversazioni, ma la maggior parte dei presenti erano seduti e stavano fissando la fonte del palco con espressioni pensierose, nervose, corrucciate e in generale foriere di aspettative.

Woodside era seduto al centro della prima fila, il palco ad una manciata di metri davanti a lui. Komla era alla sua destra, Tenoderia alla sua sinistra.

Il Presidente spostò lo sguardo e vide Arvin discutere con un gruppo di tecnici sul palco, ognuno di loro impegnato ad assicurarsi che tutto filasse liscio prima dell'inizio dello spettacolo.

Il leader landista si voltò verso Komla, che lo stava ancora guardando.

"È tra meno di cinque minuti, capo," gli ricordò il suo braccio destro. "Strizza?"

Woodside fece una smorfia. "Non essere ridicolo," rispose. Quindi indicò l'uomo basso con il volto piatto e gli occhi acquosi intento a preparare l'apparecchiatura di fronte a loro. "Sono più preoccupato che Arvin appicchi fuoco al palco con quel trasmettitore al plasma. La sua mano non ha smesso di tremare da quando ha radunato attorno a sé la squadra di tecnici."

Komla mormorò qualcosa a cui Woodside non prestò alcuna attenzione. Era troppo preso dai suoi pensieri per far caso alle battute del vicino.

Intanto il vociare della sala era cresciuto d'intensità, e altre persone si erano aggiunte a quelle che già occupavano tutti i posti disponibili. L'evento era come sempre aperto a tutti i landisti con una tessera che avessero ricevuto un invito ufficiale dal Consiglio. Quell'invito era considerato un riconoscimento, la prova di uno status, e nessuno degli invitati si sarebbe anche solo lontanamente sognato di perdere l'occasione di partecipare.

Un muscolo sul lato della bocca cominciò a contrarsi, ripetutamente ed insistentemente. Woodside inspirò con le narici e serrò la mascella, cercando di rendere il suo volto una maschera priva di qualsiasi emozione.

Tuttavia, nonostante quello che aveva detto a Komla, non poteva negarlo a sé stesso: il leader landista era preoccupato, e parecchio anche, quel tipo di preoccupazione che gli faceva tamburellare le dita sulle gambe o guardare il suo orologio ogni pochi minuti.

C'era davvero molto in gioco, troppo, in effetti, a cominciare dalla sua testa. Forzare la scelta di Yvonne come campione landista era stata una mossa ardita, certo, ma costringere il Consiglio ad abbandonare l'usanza di chiedere un rapporto del campione prima del dibattito, come gli aveva chiesto di fare Yvonne, era stato quasi un suicidio politico. Nessuno, neppure lui, Spine Woodside, aveva mai rifiutato al Consiglio un rapporto preliminare sul discorso che avrebbe dato a Scontro Frontale.

Ricordava con dispiacere la lunga, estenuante riunione di

qualche giorno prima, un braccio di ferro che era durato quasi otto ore. Alla fine di quella vera e propria guerra verbale, quando aveva usato tutti i favori che gli erano rimasti, tirato tutte le stringhe che poteva tirare, intimorito tutte le persone che poteva intimorire, era uscito da quello scontro vittorioso, ma anche incredibilmente indebolito. Quella richiesta era stato un evento senza precedenti nella storia dell'organizzazione. Il rapporto era una consuetudine che era durata la bellezza di quindici anni, una vera e propria tradizione che non era mai stata disattesa.

Woodside si sistemò sulla sedia, mentre una goccia di sudore si faceva largo sulla sua tempia. Con un distratto movimento della mano, si asciugò velocemente il volto, facendo passare quel gesto per un saluto ad un passante che conosceva solo di vista. Imprecò dentro di sé, anche questa volta mascherando le sue emozioni con un sorriso obliquo che lanciò ad un altro passante.

Non c'era alcun dubbio che l'esito del dibattito avrebbe potuto significare molte cose per il suo ruolo di leader del movimento.

Ovviamente, lui non aveva rimpianti. Era convinto di aver fatto la scelta giusta. Se davvero voleva favorire il cambiamento, la 'rinascita' della LAND, decisioni rischiose dovevano essere prese. Decisioni che avrebbero potuto distruggere lo status quo ed inaugurare una nuova era.

Mise quei pensieri da parte, per il momento. Il dibattito non era neppure iniziato e lui stava già pensando a tutte le possibili conseguenze, o alle ramificazioni di quelle conseguenze. Era tipico di una persona come lui, fasciarsi la testa prima che fosse rotta.

Woodside si girò, e prestò attenzione al resto della sala, per avere almeno qualcosa che lo distraesse dai suoi nebulosi pensieri.

Le persone avevano in gran parte smesso di muoversi ed erano andate ad occupare il proprio posto, quelle che avevano la fortuna di averlo. Praticamente tutti gli sguardi erano ora fissi sul palco, in attesa che lo spettacolo iniziasse. Ad occhio e croce, dovevano esserci almeno seicento persone lì dentro.

Woodside mise nella lista delle cose da fare un rinnovamento della sala. Aveva decisamente bisogno di più posti.

Era consuetudine che l'apparato dirigente landista si riunisse nel quartier generale della LAND, a New York, nella sala conferenze, ogni qual volta ci fosse un episodio di Scontro Frontale che interessasse i landisti.

Woodside riconobbe diverse facce, da diverse parti del mondo, ma molte altre appartenevano a completi sconosciuti che annuivano rispettosamente verso di lui ma ai quali non poteva dare un nome semplicemente perché non aveva idea di chi diavolo fossero. Ciononostante, distribuì generosamente cenni e saluti, mascherando il suo volto con sicurezza e impassibilità.

Ecco un'altra lacuna che doveva colmare.

Il Presidente si ripropose in quel momento di studiare meglio gli elementi che componevano la sua leadership, di dedicare del tempo a valutare i profili dei nuovi protagonisti della sua sempre crescente organizzazione. Un'altra cosa da inserire in quella benedetta lista.

Per colpa della sua lunga ed estenuante lotta interna con i burocrati, sentiva di aver perso il contatto con l'organizzazione che andava espandendosi, che si era fatta al tempo stesso più estesa ed estranea. Qualcosa che non poteva e non doveva permettere. Il discorso di Yvonne sull'Africa e sui landisti di quel continente lo aveva fatto pensare parecchio a quel riguardo.

Tempo. C'era sempre bisogno di più tempo. Giorni di ventiquattr'ore erano diventati sempre più corti, insufficienti e inappropriati per la sua lista di cose da fare. Un giorno di trentasei ore, quello sì, decise Woodside, avrebbe fatto al caso suo.

Dopo aver fatto spaziare il suo sguardo sulla sala per un paio di volte, il leader landista scorse finalmente i burocrati, ammassati tutti al centro della sala, come un gruppo di iene in attesa di un facile pasto. Richard Donovan era in primo piano, ovviamente, e gli stava restituendo lo sguardo.

Al contrario di quanto si sarebbe aspettato, il burocrate sembrava molto a suo agio, quella sera, evidentemente desideroso che il dibattito iniziasse. L'uomo non aveva mai preso bene la sua nomina di Yvonne, e c'era stato un momento, quando Woodside aveva imposto per due voti la scelta di esonerare la sua protégé dal rapporto, in cui aveva pensato che il leccacarte fosse sul punto di strangolarlo con le sue mani. Eppure in quel momento Richard sembrava in pace con sé stesso, felice, perfino. Il burocrate sorrise, mentre si sporgeva a parlare con qualcuno. Senza dubbio quel verme stava tifando per gli altisti, sperando che Yvonne venisse pubblicamente umiliata da Verha Wardem. Se la donna avesse perso, Woodside ne avrebbe pagato le conseguenze e l'influenza di Richard sul Consiglio si sarebbe fatta più forte. C'erano ormai pochi dubbi sul fatto che quello sciacallo aspirasse al suo posto. E alla sua testa su un piatto d'argento.

Richard guardò Woodside. Woodside guardò Richard.

L'esito di quel dibattito avrebbe davvero significato molto per lui e per la sua LAND.

"Signore e signori," la familiare voce di Arvin amplificata da un sintetizzatore vocale interruppe il chiacchierare della sala. "Scontro Frontale sta per iniziare. Per favore, chi di voi è in piedi, prenda posto. Chi di voi non ha un posto...beh, trovate una posizione comoda in piedi. Grazie."

Il mormorio della sala s'intensificò prima di spegnersi completamente. La fonte del palco si accese e in capo a pochi secondi quella che veniva chiamata l'arena di Scontro Frontale venne materializzata davanti ai loro occhi. Era come se si trovassero tutti lì, facessero parte del pubblico, ma in realtà quella era solo una riproduzione multidimensionale e loro si trovavano a quattromila chilometri di distanza dall'evento in diretta, che si stava svolgendo a Las Vegas. Gli organizzatori di Scontro Frontale decidevano ogni anno una nuova location per il loro 'main event'. Quest'anno, era toccato alla Città del Vizio.

Il Presidente era almeno sicuro di una cosa: qualunque fosse stato l'esito del dibattito, non si sarebbe affatto annoiato.

Scorse quasi immediatamente Yvonne Muchena dietro ad un pulpito, al centro del palco situato nel distante studio a Las Vegas. Era come se la donna gli fosse praticamente di fronte. Yvonne era affiancata da un giovane uomo dietro ad un altro pulpito, anche lui chiaramente riconoscibile. Verha Wardem, Wei 2.0.

"Che le danze abbiano inizio," sussurrò Komla, sporgendosi verso di lui.

Per una volta, Woodside non ebbe nulla da ridire. Si sistemò meglio sulla sedia e attese l'inizio del programma.

In quel momento, mentre guardava Yvonne circondata da un mare di persone, con droni telecamera che le orbitavano attorno e con la consapevolezza dei trecentoventisei milioni di occhi che la scrutinavano da chissà quale regione dell'etere, avrebbe dato il suo braccio destro per sapere che cosa diavolo stesse architettando.

∞ ∞ ∞

Las Vegas
Studio Televisivo di Scontro Frontale

Yvonne Muchena trattenne il secondo conato di vomito quando permise ancora una volta al suo sguardo di spaziare sulla gigantesca arena. Diecimilacinquecento, tante erano le persone che la stavano studiando in quell'istante con curiosità ed eccitazione talmente manifeste da risultare quasi ridicole. Centinaia di milioni di altre persone si stavano godendo lo spettacolo da casa, comodamente collegate da una delle tante regioni dell'etere sintonizzate sull'evento.

Spine e la leadership landista erano tra di loro, ovviamente. Solo una goccia nell'oceano, si rese conto Yvonne, ma avrebbe dovuto contare anche i loro sguardi, tra i tanti. Chissà che cosa stava pensando il suo mentore in quel momento.

Yvonne sospirò. Avrebbe dato il suo braccio destro per saperlo.

No, si disse dopo qualche secondo. Doveva smetterla di ragionare in quel modo. Era da sola, ed era qualcosa che aveva saputo dal momento in cui aveva accettato la proposta di Spine. Non si entrava nell'arena accompagnati per mano, con incoraggiamenti o con pacche sulle spalle. Si veniva gettati all'interno senza alcuna pietà, in attesa che uno dei contendenti risultasse vincitore.

Si costrinse a concentrarsi sul momento presente.

La sala-stadio era divisa in tre piani e ricordava un enorme teatro costruito in stile vittoriano. Ancora una volta, il suo pensiero tornò sugli spettatori. Un numero impensabile di occhi che la guardavano, che la giudicavano, curiosi di vedere che cosa avrebbe detto e se fosse stata all'altezza delle loro aspettative.

Poteva interpretare così facilmente quello che passava per la loro mente, poteva leggerlo nella brama dei loro occhi, nei movimenti carichi di aspettative, nei sussurri eccitati che la circondavano. Riusciva quasi a sentire le loro voci nella sua testa: 'chissà se questa Yvonne Muchena, questa giovane funzionaria landista dal Congo, ci sorprenderà'.

Così tanto da perdere.

Le luci del palco la facevano diventare l'unica vera cosa importante.

Un'infinità di cose sarebbero potute andare storte.

Un drone telecamera le passò a pochi centimetri di distanza, prendendo un suo primissimo piano.

Così poco margine di errore.

Uno spettatore seduto nella prima fila le scattò una foto con il suo smartphone.

Nello spazio di una serata, tutto avrebbe potuto essere perduto.

Yvonne lanciò una veloce occhiata alla sua destra. Verha Wardem stava amabilmente conversando con qualcuno tramite il suo interlink. Stava ridendo, in effetti, e appariva decisamente a suo agio affogato da tutte quelle luci e da quegli sguardi. Era come se per lui trovarsi al centro dell'attenzione del mondo intero fosse una faccenda di tutti i giorni, una routine quotidiana non molto diversa dal fare colazione. Non sembrava affatto agitato, o almeno non lo dava a vedere.

Ha forse una strategia particolare? si chiese la donna. Avrebbe dovuto preoccuparsi di studiare meglio il suo profilo? Di anticipare le sue mosse? Di scoprire che cosa avrebbe detto nel suo discorso?

Yvonne scosse la testa, mettendo a tacere quelle domande.

No, si disse. La scelta era stata fatta, la sua strategia era stata delineata. Era troppo tardi per tornare indietro.

Si chiese come doveva apparire lei, in quel momento. Pallida, immaginò, e taciturna.

Spostò il peso del suo corpo da un piede all'altro mentre manteneva la presa sul pulpito. Ancora una volta provò la forte sensazione che si trovasse in un posto che non aveva nulla a che fare con lei, che non le appartenesse in alcun modo.

Decise di concentrare la sua attenzione sul colorato presentatore che aveva di fronte, per cercare di distrarsi. Nonostante tutto, non poté non sorridere. Gosema Omen si muoveva come una volpe che era appena riuscita ad entrare in un pollaio. Era anche più brillante che mai, quella serata. In tutti i sensi. Aveva deciso per l'occasione di colorare i suoi lunghi capelli e le sue sopracciglia di un giallo oro mentre il suo fondotinta distribuiva una generosa dose di brillanti sul suo volto. Le iridi dei suoi occhi, invece, erano colorate di un rosso scarlatto. Il rosso del sangue.

Yvonne si trovò a desiderare che Gosema la smettesse di parlare con la sua equipe di truccatori e che questo dannato dibattito cominciasse, così che potessero farla finita.

Il suo desiderio venne ben presto esaudito.

Dopo qualche minuto speso a parlare con una delle varie persone che lo circondavano, Gosema Omen venne avvicinato da un tecnico, che gli sussurrò qualcosa all'orecchio. Il presentatore annuì velocemente, mentre guardava quasi per riflesso una porzione del palco visibile solo dalla sua posizione.

"Va bene," Yvonne lesse le sue labbra. "Iniziamo, allora."

Tutti i tecnici e i truccatori si allontanarono in quel momento dal palco, mentre Gosema si sedeva su una sedia e faceva segno a lei e a Verha di tenersi pronti.

Un conto alla rovescia in versione multidimensionale venne finalmente proiettato al centro della gigantesca arena-teatro, ed ogni numero venne pronunciato in coro dalle migliaia di persone sedute nella sala.

"10! 9! 8!..."

Uno stormo di droni telecamera uscirono da alloggiamenti inseriti nelle pareti, andandosi ad aggiungere alla mezza dozzina che già popolavano il palco.

"7! 6!..."

Gosema Omen stava muovendo le mani in alto e in basso, come il conduttore di un'orchestra, mentre aizzava il pubblico, invitandolo ad aumentare il volume della voce.

"3! 2! 1!"

Una luce abbagliante inondò il palco nello spazio di un secondo e, subito dopo, una musica iniziò a saturare l'ambiente. Gosema Omen fece un inchino verso i droni, che lo stavano seguendo come una serie di lune che orbitano attorno ad un pianeta.

"Signore e signori provenienti da tutti gli angoli del mondo, fisico e virtuale, vi dò il benvenuto alla diciannovesima edizione di Scontro Frontale!"

Un boato di urla invase la sala. Yvonne intuì in quel momento che cosa dovesse aver provato un gladiatore al centro del Colosseo. Sembrava quasi che le onde sonore avessero premuto l'aria intorno a lei, forzandola a spostarsi per non essere schiacciata. Una sensazione dirompente, che non aveva mai provato in vita sua.

"Sono onorato di essere stato scelto come presentatore di questa edizione," stava continuando Gosema, facendo muovere la sua lunga chioma colorata mentre girava la testa a destra e a sinistra, "Non preoccupatevi, saprò prendermi buona cura di tutti voi."

Applausi scroscianti e urla di approvazione, quindi Gosema continuò, allargando se possibile ancor di più il suo già abbondante sorriso.

"Bene, arriviamo subito al sodo, gentili spettatori. La mozione di oggi è '*Polaris prima e dopo. Il mondo è un luogo migliore grazie alla costruzione dell'ascensore spaziale.*' Come molti di voi sapranno, il programma andrà avanti in tre fasi, come da tradizione. La prima fase, La Presentazione, nella quale i due oratori presenteranno le loro argomentazioni a sostegno o contro la mozione del giorno, seguita dalla fase del Questionario, nella quale membri del pubblico potranno fare domande ai nostri concorrenti. La terza e ultima fase, la Votazione Finale, decreterà il vincitore dell'episodio."

Una breve pausa, quindi Gosema andò avanti, "Fenomenale," disse, guardando gli spettatori nella sala, "Avete avuto del tempo per votare la mozione prima dell'evento, ovviamente. Ora quella votazione è chiusa. La riprenderemo alla fine del dibattito, per confrontare il prima e il dopo quando si tratterà di scegliere chi, tra i due campioni, vi ha convinto di più con le sue argomentazioni."

Le telecamere mobili si distribuirono in maniera proporzionale tra Yvonne e Verha.

"La nostra prima oratrice è Yvonne Muchena," proseguì Gosema, indicando la donna con una mano, "contraria alla mozione del giorno '*Polaris prima e dopo. Il mondo è un luogo migliore grazie alla costruzione dell'ascensore spaziale.*' Yvonne Muchena, signore e signori, è niente di meno che un meteorite in caduta libera che si è imposto prepotentemente all'attenzione dell'opinione pubblica, un po' come una buona bottiglia di Scotch ad un raduno di alcolisti anonimi," una sequela di risate provennero dal pubblico. Gosema sorrise a sua volta, facendo un occhiolino ad Yvonne, e lasciando che le risate scemassero prima di continuare. "La signorina Muchena era una semi-sconosciuta funzionaria landista di basso livello fino a qualche settimana fa, ma si è rapidamente trasformata nella persona con il secondo profilo in più rapida crescita nel database di DataMorph. Leader del movimento Vento Nero, il cui scopo dichiarato è distribuire equamente le risorse nel continente africano, la signorina Muchena è stata vista di recente vicino a sua maestà landista Spine Woodside. *Molto* vicino," Gosema sbatté ripetutamente le sopracciglia e ammiccò verso il pubblico, guadagnando risate sparse, quindi andò avanti, "Il Presidente, infatti, sembra averla scelta come sua pupilla. Yvonne Muchena è descritta dai datamorpher come intelligente, inventiva, sensuale e pericolosa come una mantide religiosa in calore." Altre risate, quindi Gosema fece un elaborato gesto con le mani e le luci del palco si concentrarono su Yvonne.

"Bene, signorina Muchena," il presentatore indicò il pulpito. "Ci faccia sentire quello che ha da dire. Ha dieci minuti da adesso."

Yvonne annuì, quindi si schiarì la gola.

Ci siamo, si disse. *Tutto o niente.*

Era arrivato il momento di seguire il consiglio che le aveva dato Woodside, ovvero trattare la massa di gente che aveva di fronte come se fossero un'unica persona che lei conosceva benissimo.

Yvonne fece un respiro profondo, chiuse gli occhi e visualizzò l'immagine di sua sorella maggiore, Sephora, un esercizio che aveva ripetuto almeno un migliaio di volte nel mese passato. Quando aprì nuovamente gli occhi, il pubblico era rimasto dove era, ma l'impressione che tra di loro, da qualche parte, ci fosse anche sua sorella, fece la magia.

Il suo respiro si fece più lento e controllato, i battiti del suo cuore rallentarono, la sua mente si fece più chiara.

Ansia, paura, eccitazione, nervosismo e incertezza erano sempre lì, ma adesso Yvonne riusciva a pensare chiaramente, e quella era l'unica cosa che importasse.

Era finalmente venuto il momento di scoprire se il suo piano avrebbe funzionato davvero, o se si sarebbe tutto ridotto al più colossale fallimento nella storia delle dirette televisive.

"Non ho dubbio che crediate di esservi fatti un'idea di chi sono, del luogo da dove vengo e di che cosa voglio," la sua voce era calma e controllata, molto di più in effetti di quanto avesse mai creduto possibile. "Tuttavia, lasciate che mi presenti ugualmente. Il mio nome è Yvonne Nyembezi Muchena, e fui stuprata quando avevo dieci anni."

I mormorii sopravvissuti al silenzio sparirono in quello stesso istante. Con una singola frase dirompente, Yvonne aveva guadagnato l'attenzione incondizionata della sala e di centinaia di milioni di persone sparse in tutto il mondo.

Verha Wardem, a qualche metro di distanza, la guardò con un'espressione indecifrabile sul volto.

Gosema Omen stava fissando con avidità un punto preciso alla sua sinistra, in un angolo del palco invisibile a chiunque altro. Sul suo volto, comparve un sorriso talmente largo che sembrò spaccare in due il suo volto.

"Non è una cosa che troverete nel mio profilo di DataMorph," continuò Yvonne, guardando il pubblico. "Come potreste? È un segreto che ho mantenuto per tutta la vita. Questa è la prima volta che lo pronuncio ad alta voce. Questa è la prima volta che ammetto che una cosa del genere sia mai successa. Ma *è* successa, è una cicatrice che mi porto sul cuore e un marchio che ha cambiato la mia vita per sempre. Negarlo non avrebbe alcun senso."

Yvonne fece una pausa, permettendo alle sue parole di sedimentarsi nell'aria. Il silenzio continuava a rimanere un signore indisturbato.

La donna spostò la sua attenzione su uno dei droni telecamera che la stavano riprendendo, guardando in questo modo nel volto di centinaia di milioni di persone.

"Così come non avrebbe senso negare che la LAND è un'organizzazione sul punto di implodere nel momento stesso in cui stiamo parlando," proseguì. "Oh, sono sicura che questa sia un'altra notizia che non troverete su DataMorph, o da qualsiasi altra parte. No, certo. Il Consiglio landista farebbe di tutto per tenervi all'oscuro dello stato di divisione che lo affligge. Non è certo una buona pubblicità per una delle organizzazioni più influenti ed estese sulla faccia della Terra."

Quella dichiarazione, pronunciata con sicurezza adamantina, sembrò riaccendere il pubblico. Una marea di 'Oooh' si levò nella sala e un basso ma diffuso mormorio cominciò a serpeggiare tutt'attorno.

"Non è tutto. Spine Woodside non è più il leader indiscusso che era un tempo," aggiunse Yvonne, immaginando per un istante il volto che Spine doveva avere in quel momento. "Io lo so, l'ho visto con i miei occhi nelle settimane passate. La sua influenza sul Consiglio landista si fa sempre più debole mentre burocrazia, corruzione, sprechi e nepotismo dilagano nell'organizzazione."

La sorpresa che apparve sui volti del pubblico era quasi impossibile da descrivere. Una landista che annunciava la fine della LAND in diretta mondiale. Quella sì che era una notizia.

"Fidatevi," Yvonne tornò a fissare il pubblico nella sala, mentre bocche aperte e occhi sgranati erano un elemento che si ripeteva fila dopo fila. "Nessun landista si sognerebbe anche solo di bisbigliare quello che io vi sto dicendo ad alta voce, con il cuore in mano, davanti al mondo intero. La LAND non è più quella di una volta. No, niente affatto. Un cancro si sta diffondendo al suo interno, il cancro del lassismo e dell'inerzia, avviluppato dal male della corruzione."

Un'altra pausa, calcolata come tutte le altre, per dare il maggior impatto possibile all'apertura del suo discorso.

Yvonne pensò che se avesse proteso il braccio in avanti avrebbe potuto toccare la tensione che si percepiva nell'aria. Le persone nella sala non stavano meramente pendendo dalle sue labbra, erano ai suoi piedi e boccheggiavano per avere di più, per sapere altro.

"Ma c'è una speranza," disse alla fine, alzando una mano, come un'imperatrice in procinto di concedere una ricompensa insperata, "Piccola e flebile, come una candela sul punto di spegnersi nella notte del mondo. Ma se questa speranza fosse coltivata, la piccola fiamma potrebbe dare vita ad un incendio dal quale la fenice del cambiamento sarebbe in grado di risollevare le sorti della LAND e dell'umanità intera."

Nei minuti successivi, Yvonne descrisse in dettaglio tutti i punti deboli della LAND, nessuno escluso, tutte le situazioni scomode che la stavano immobilizzando e che la stavano rendendo debole e divisa. Tutte le ragioni per cui, insomma, la LAND doveva essere riformata.

Alla fine, quando ebbe raccontato l'ultima storia, fatto versare l'ultima lacrima, Yvonne indicò sé stessa mentre guardava il pubblico.

"La LAND non è perfetta," dichiarò, scuotendo la testa con decisione, "Al contrario. È piena di errori e d'ingiustizie, come qualsiasi altra creazione del genere umano. Ma così come qualsiasi creazione imperfetta, può essere migliorata, con il tempo e con la volontà di donne e uomini desiderosi di creare un mondo dove noi essere umani possiamo vivere davvero come tali."

Fu a questo punto che Yvonne iniziò la fase 'costruttiva' del suo discorso, nella quale elencò uno ad uno tutti i successi della LAND, i posti di lavoro che era riuscita a creare nell'arco di un quarto di secolo, le vite che aveva cambiato, gli Stati che aveva sollevato dalla povertà grazie al suo operato. E, soprattutto, di come la sua vita era stata cambiata dall'organizzazione.

Un minuto, si disse Yvonne, quando ebbe finito la seconda fase della sua esposizione. Sessanta secondi era tutto quello che le rimaneva per dare al suo discorso la spinta finale ed incidere un marchio duraturo sulle coscienze delle persone che la stavano ascoltando. Doveva usarli bene.

"Avete sentito la mozione di oggi, signore e signori," disse, "Polaris prima e dopo, ma io oggi ho deciso d'ignorarla per farvi una semplice domanda, una domanda che nessuno vuole porre ma che ha un'importanza infinitamente maggiore. Io vi chiedo di guardare nei vostri cuori e di rispondere a questo quesito: siete pronti a vivere in un mondo senza il Tetralemento?"

Yvonne lasciò andare il pulpito e si accorse solo in quel punto che le sue nocche erano completamente bianche. Aveva afferrato il sostegno come se fosse l'unica cosa che la separasse da un burrone.

La landista aveva completamente ignorato la mozione del giorno. Fortunatamente per lei, a davvero nessuno, in quel momento, sembrava importare un fico secco.

Il discorso di Yvonne era durato dieci minuti, ma sembrava che si fosse protratto per un'intera giornata.

Urla e applausi proruppero dagli spettatori qualche secondo dopo che ebbe pronunciato l'ultima parola, e fu come una serie di trombe che annunciavano la sua vittoria.

Più volte Gosema Omen richiamò la gente seduta nella sala, e più volte il pubblico lo ignorò, riversando sempre più euforia nella sala. Gli spettatori sembravano essersi trasformati in un'unica massa in movimento che gridava il nome di Yvonne.

Dopo quella che parve un'infinità, Gosema Omen riuscì finalmente a placarli e a restituire una parvenza d'ordine alla sala.

"Bene," disse, la fronte sudata, mentre agitava le mani in alto e in basso. "Grazie per il suo intervento, signorina Muchena. E che intervento, dovrei aggiungere! Ora, il nostro secondo oratore è il signor Verha Wardem, a sostegno della mozione del giorno: '*Polaris prima e dopo. Il mondo è un luogo migliore grazie alla costruzione dell'ascensore spaziale.*' Verha Wardem è un giovane incredibilmente poliedrico, che ricorda per un ovvia somiglianza fisica il compianto Primo Altista. Qualcuno, in effetti, lo ha addirittura definito Wei 2.0. Dopo essersi laureato a pieni voti in Politeia nell'accademia altista di Saemangeum City, Verha Wardem ha scalato velocemente i ranghi dei Circoli Argentati, fino a farsi notare da Gladia Egea in persona."

Una pausa, quindi Gosema proseguì mentre guardava l'altista. "Bene. Ci faccia sentire che cosa ha da dire, signor Wardem. Ha dieci minuti da adesso."

Un pesante silenzio seguì le parole di Gosema. I droni telecamera si concentrarono a quel punto su Verha, cominciando ad orbitargli attorno.

L'altista stava sorseggiando avidamente la sua bottiglietta d'acqua. Sudore scendeva dalla sua fronte. C'era qualcosa di profondamente sbagliato nel suo atteggiamento, in evidente contrasto con la calma pacata che aveva mostrato solo pochi minuti prima.

"Sì...Ehm. Io..." Verha s'interruppe, tossì e si schiarì la gola. "C-chiedo scusa," disse, riprendendo la sua bottiglietta e finendo il suo contenuto in un paio di sorsi.

L'altista si mise una mano sul petto, quindi riprese a parlare, "La scelta che...noi tutti...voglio dire..."

Un altro lungo silenzio, seguito da mormorii che cominciarono a levarsi dal pubblico.

Gosema Omen guardò con disapprovazione il punto del palco a cui sembrava tanto interessato. Alzò un sopracciglio e scosse la testa, "Signor Wardem?" disse il presentatore, prendendo la sua bottiglietta d'acqua ed indicandola al concorrente. "Ha forse bisogno di un altro po' d'acqua?"

La stanza proruppe in una risata collettiva.

Verha Wardem continuava a sudare copiosamente.

"Io...non...No, grazie, signor Omen," Verha deglutì. Guardò Yvonne, quindi il pubblico. "Il punto che vorrei discutere oggi...il mio punto è che..."

Verha Wardem era stato messo all'angolo prima ancora che lo scontro iniziasse. Era infatti chiaro a molti dei presenti, nella sala così come nel resto del mondo, che la sua avversaria gli aveva amputato gambe e braccia senza neppure sfiorare la mozione del giorno.

Che cosa poteva dire di negativo sulla LAND, che Yvonne non avesse già detto? La landista l'aveva preceduto su tutta la linea, attaccando per lui tutti i punti che andavano attaccati. Un autogol che non si sarebbe mai aspettato. Non c'era altro che lui avrebbe potuto aggiungere. Non c'era niente che poteva dire che la donna non avesse già detto. Niente di niente. Il suo discorso attentamente preparato, i punti che avrebbe dovuto trattare, gli attacchi che avrebbe dovuto infliggere, non avevano più alcun senso.

Il campione altista guardò il presentatore, quindi il pubblico, quindi Yvonne, che gli stava sorridendo, come una persona che mostra pietà per un cucciolo con una zampa rotta, che ha bisogno di aiuto per trascinarsi in avanti.

∞ ∞ ∞

New York City
Quartier Generale della LAND

La sala conferenze esplose in un tripudio di urla e di braccia alzate quando Gosema Omen dichiarò la cifra finale, decretando in questo modo il vincitore della diciannovesima edizione di Scontro Frontale.

Centoventisei milioni contro la mozione. Cinquantuno e mezzo a favore. La vittoria con il più ampio margine nella storia del programma, se Woodside non si sbagliava di grosso.

Yvonne non solo aveva battuto Verha Wardem; lo aveva umiliato.

Il leader landista non aveva avuto dubbi sull'esito dello scontro nel momento in cui Yvonne aveva pronunciato la prima frase. Il discorso era stato studiato per catturare cuori, più che per soggiogare menti, come lui si era aspettato. Una prova di retorica che non poteva essere chiaramente definita, proprio perché suonava più che altro come una confessione a cuore aperto, piuttosto che come un tentativo di screditare una persona o di convincere qualcuno di qualcosa.

Il fatto stesso che Yvonne avesse, di fatto, ignorato a piè pari la mozione, ne era una prova evidente.

Ciononostante, ogni spettatore aveva iniziato a pendere dalle sue labbra nel momento stesso in cui la sua protégé aveva aperto la bocca. Il Presidente era convinto che se Yvonne avesse chiesto la luna ad uno qualsiasi degli spettatori, chiunque si sarebbe alzato e avrebbe cercato di dargliela.

Verha Wardem non aveva mai avuto lo straccio di una possibilità di vincere.

Woodside mantenne una calma glaciale nonostante dentro di lui stesse imperversando un uragano.

Nella sua mente esisteva una sola parola, in quel momento, ripetuta centinaia di volte al secondo. Vittoria. VITTORIA!

Calma e sangue freddo. Ora più di qualsiasi altra cosa era importante non perdere la calma e studiare con stoicismo la prossima mossa.

Persone vicine gli sorridevano, mani applaudivano tutt'intorno, seguite da urla di approvazione. No, lui non poteva lasciarsi andare. Doveva essere l'isola imperturbabile in mezzo ad un mare in tempesta.

Diverse mani gli vennero porte e lui le strinse tutte, una ad una, affiancandole ad un sobrio gesto d'assenso.

Respirò con calma, un atteggiamento esterno in palese contrasto con un cuore che pompava sangue a pieno regime.

I muscoli del suo viso gli dolevano a forza di costringersi a mantenere quell'espressione neutra.

Quello non era il momento di festeggiare. Era il momento di tessere trame, di continuare laboriosamente a portare avanti un piano nato diversi mesi prima.

Aveva vinto una battaglia, ma la guerra era tutt'altro che finita.

Continuò a stringere una successione apparentemente interminabile di mani mentre una fila di persone si formava di fronte a lui.

Sorridi e stringi una mano, si disse. *Sorridi e stringine un'altra. Sorridi e stringi...*

Arrivò anche il turno di Tenoderia di porgergli la mano.

Il riflesso della luce sugli occhiali dell'eterion nascondeva i suoi occhi.

"Presidente, sembra...Ah...sembra mi sia...sbagliata, riguardo la signorina Muchena, dopotutto," Tenoderia fece una breve pausa. Poi ammise, "Si è decisamente rivelata...molto di più di quello che mi potessi aspettare. Sì, davvero. Le faccio le mie scuse."

"La Madame Azarova che si scusa," disse Komla al fianco di Woodside, un sorrisetto impertinente sulle labbra. "Dove diavolo è il mio oculus quando ne ho bisogno?"

Tenoderia ignorò il commento del collega e proseguì, guardando Woodside, "Troverò un modo per farmi perdonare, Presidente. Lo prometto. Un regalo, forse."

"Sai di quale *gradazione* mi piacciano, i miei regali," rispose semplicemente Woodside, mostrando una fila di denti bianchissimi.

L'eterion si era scusata con lui forse due volte in tutta la sua vita. Anche solo quel momento era valso l'intera giornata.

Tenoderia annuì, e lasciò posto al successivo landista che fece le sue congratulazioni, seguito da diverse altre dozzine, con accenti, vestiti e posizioni diverse nell'apparato dirigente della LAND.

Quando lui e Komla furono nuovamente da soli, Woodside si sporse verso di lui e disse a bassa voce, "Dovessi essere investito da un autobus domani, voglio che sia lei a prendere le redini della LAND," ed indicò con la testa Yvonne, che stava firmando autografi.

Il sorriso sul volto di Komla sparì all'istante, come se non ci fosse mai stato.

"Come hai detto, scusa?" chiese, sgranando gli occhi. Quell'espressione stupita non gli si addiceva affatto, lo faceva sembrare una persona completamente diversa.

"Yvonne," ripeté Woodside. "Voglio dichiararla pubblicamente il mio successore domani sera alla leadership della LAND e al mondo intero, appena le telecamere si assembleranno per il dopo dibattito.

È la prima cosa che farò dopo aver poggiato il mio deretano sulla sedia."

L'espressione sorpresa di Komla lasciò il posto ad una chiaramente sbalordita.

"Stai scherzando, vero?" esalò Komla, il volto paonazzo e la bocca spalancata quando si accorse che il Presidente stava dicendo sul serio.

"Ti sembra che abbia la faccia di uno che scherza?" disse Woodside, mentre salutava un gruppo di dirigenti landisti dall'America Latina che lo stavano chiamando da qualche metro di distanza.

Komla mantenne la sua espressione stupefatta e preoccupata al tempo stesso. "Spine..." S'interruppe, come se non sapesse come continuare. Quindi, dopo essersi guardato attorno, proseguì, "N-non puoi dire...non puoi dire sul serio. È...è ridicolo!"

"Va bene, vecchio amico mio," disse Woodside ostentando pazienza. "Dimmi qualcosa che potrebbe farmi cambiare idea. Forza."

"Farai incazzare Richard di brutto," se ne uscì immediatamente Komla, fissandolo negli occhi con un'espressione urgente. "Voglio dire, *davvero* di brutto."

Un lungo momento di silenzio seguì quell'affermazione. Poi Woodside disse, "Allora?" lo pressò il leader landista senza battere ciglio. "Sto ancora aspettando."

"Spine," Komla si leccò le labbra. "Gesù! Ti rendi conto di quanto sia rischiosa un'azione del genere per la tua già precaria posizione? Non ti sembra di aver tirato abbastanza la corda, ultimamente? Vuoi davvero quella dannata pallottola in mezzo agli occhi?"

"Rischiosa?" ripeté Woodside, "Sì, certo, come tutte le azioni che promettono qualcosa d'importante. Rischiosa come permettere ad una sconosciuta landista africana di partecipare al dibattito più famoso del mondo e di stravincerlo."

"Spine, qui stiamo parlando della tua sicurezza personale, dannazione! Dimentica Michael...dimentica tutte le misure di sicurezza che ti circondano. Rifletti! Non puoi essere protetto da chiunque, dappertutto, in qualsiasi momento! Se fai una cosa del genere...

Spine, fino ad ora le tue scelte unilaterali sono state viste come poco più che spacconate. Ma qui stai entrando in un territorio minato. Non sei uno stramaledettissimo re! Non puoi *dichiarare* un fottutissimo successore!"

"Yvonne è il futuro, Komla," stabilì Woodside, restituendogli lo sguardo. "E dopo quest'oggi, la nostra pantera africana si è fatta conoscere dallo zoccolo duro dei landisti. Si è meritata il loro rispetto, e sono sicuro che avrà scosso il Direttivo altista dalle fondamenta. Se io mi dichiaro pubblicamente per lei, niente di quello che potrebbero fare Richard e i burocrati conterebbe. Il momento di agire è adesso!"

"Senti, Yvonne è una bomba, davvero," si affrettò a dire Komla, passandosi una mano sulla testa, "nessuno può negarlo e ora hai inferto un bel colpo a Richard e ai suoi lacchè, provando che avevano torto...ma...il tuo successore...Spine, andiamo! Non ti sembra che questa volta tu stia facendo il passo più lungo della gamba?"

"Ho bisogno del tuo aiuto per fare questa cosa, amico mio," gli disse Spine, guardandolo con molto attenzione. "C'è l'ho, oppure no?"

Seguì un lungo, snervante momento di silenzio, nel quale Komla si limitò semplicemente a guardare il leader landista, come se l'amico gli stesse chiedendo di piantargli un coltello nello stomaco. Alla fine, con molta riluttanza, Komla disse, "Sempre, capo. Sempre."

"Bene, allora sarà il caso di fare qualche telefonata," disse Woodside, alzandosi dal sedile e avviandosi verso l'uscita con un sorriso. Poi concluse, sussurrando verso Komla, e lasciando trapelare solo un millesimo della sua eccitazione, "Abbiamo una nuova regina da dichiarare al mondo intero."

35

IL MESSAGGERO

SAEMANGEUM CITY, ACCADEMIA ALTISTA

Ariul

"VA BENE, D'ACCORDO! Allora ditemi voi che cosa pensare!"

Lena guardò prima Makoto, poi gli altri membri del club dei Misteri, trafiggendoli uno ad uno con lo sguardo. La ragazza aveva due profonde occhiaie e i lunghi capelli color pece, solitamente lisci e scintillanti, cadevano disordinatamente oltre la schiena.

Si trovavano tutti nel Covo, a pochi passi dal muro dei Misteri di Lena, che aveva aggiunto un numero considerevole di pezzi di carta e d'informazioni rispetto al giorno prima.

Lena e gli studenti più anziani avevano trascorso lì la maggior parte della mattina e del pomeriggio. Resti di cibo appena toccati, portati dalla mensa, giacevano tutt'attorno.

Nessuno rispose allo sfogo di frustrazione della candidata, perché nessuno sapeva che cosa dire. Faila e Arina si mossero a disagio sul posto. Makoto fece un passo verso Lena e disse, "Senti, non sappiamo chi siano quelle persone..."

"Persone?" lo interruppe Lena, gli occhi sgranati. "*Persone*, Makoto? Dico, abbiamo visto la stessa cosa, ieri notte? Le persone NON volano, NON hanno un'aura che avvolge il loro corpo, NON sparano raggi di luce e NON trasformano le proprie braccia in maledettissime lance con cui possono infilzare la gente!"

Makoto alzò entrambe le mani. "Lena, adesso calmati. Non devi..."

"Calmarmi?" Lena si mise una mano sul fianco mentre con l'altra indicò Makoto, "Dillo a chi non ha visto mutaforma con la pelle a squame e gli occhi color fuoco di calmarsi!"

Faila incrociò le braccia. "Lena," disse, in tono conciliante, "dobbiamo continuare a parlare di quello che tu e Makoto avete visto. Dobbiamo cercare di ricostruire ogni particolare. Lo so che è difficile. Da quel che ci avete detto vi siete trovati nel bel mezzo di una qualche battaglia...e di una serie di cose davvero inspiegabili, assurde, perfino...ma abbiamo bisogno di sapere di più. Fai un respiro profondo, e cerca di calmart..."

"Non dirmi di calmarmi!" sbottò Lena, "Tu non eri lì! Tu non hai visto che cosa è successo...e i rumori tutt'intorno, come tuoni che squarciavano la notte...e spari...e lampi color fuoco e color ghiaccio...e la terra che tremava...il fumo...ovunque...e polvere...e quando quell'uomo ombra si è avvicinato...e...e...la sua voce...non umana, faceva gelare il sangue...una voce meccanica...una voce priva di pietà...una voce...e il suo braccio!...Trasformato in una lama...così... così tanto sangue..."

Lena fece appena in tempo a sedersi prima che le gambe la disertassero. Stava tremando vistosamente e il suo cuore batteva all'impazzata. Il ricordo della serata precedente era ancora impresso a fuoco nella sua mente, e l'aveva scossa più di quanto fosse riuscita a comprendere. Parlare di quella cosa, riviverla in tutti i dettagli volta dopo volta, non aveva fatto che intensificare il suo disagio emotivo.

Ci fu un lungo momento di silenzio. Alla fine Makoto disse, "Va bene. Basta così." Anche lui si mise a sedere su una sedia. "Non penso ci sia molto altro che possiamo tirar fuori da quello che abbiamo visto. Certo, se avessimo il mio oculus..." lo specialista s'interruppe, scuotendo la testa. Non era la prima volta che ripeteva quella frase.

Faila e Arina si guardarono a vicenda, quindi, riluttanti, posarono i loro quaderni e annuirono.

Per qualche minuto il Covo rimase silenzioso, ognuno immerso nei suoi pensieri.

Lena accolse quella lunga parentesi di silenzio con gratitudine. Il silenzio le dava tempo di pensare, di ordinare le sue idee, di capire quello che stava provando.

Paura, indecisione, stupore, impotenza, rabbia...un magma di emozioni e stati d'animo che riusciva a malapena a trattenere, un lungo, estenuante respiro dopo l'altro.

Gola Profonda l'aveva guidata prima verso il club dei Misteri, per fare in modo che Makoto e gli altri svelassero il suo presunto legame con Wei Wang attraverso il detrattilene, quindi l'aveva invitata a vedere quella battaglia, come se quello spettacolo avesse potuto dar risposte alle sue domande.

Risposte alle sue domande! Lena serrò la mascella. Più che altro, qualsiasi cosa avesse visto ne aveva create un centinaio di nuove. Quale era stato il proposito di Gola Profonda? Spaventarla a morte? Beh, c'era riuscito. E dannatamente bene. Il solo pensiero della notte precedente le faceva accapponare la pelle.

Ma un'altra cosa, più forte perfino della paura che stava provando, domandava la sua attenzione. Lena voleva *sapere*, voleva capire che cosa tutto quello avesse a che fare con lei, e come quella serie di eventi si collegasse con Wei Wang o con Saemangeum City.

Lei era spaventata a morte, certo, ma più era spinta in profondità da Gola Profonda nella tana del Bianconiglio, maggiore era il suo desiderio di scoprire che cosa ci fosse oltre.

"Sapete che cosa vi dico?" disse improvvisamente Lena, guardando gli altri. "Ne ho abbastanza di questa storia. Davvero abbastanza! Ne ho fin sopra i capelli di essere guidata a destra e a sinistra, di essere interrogata, di dovermi guardare le spalle, di aver paura di entrare nella mia stanza per timore di trovare un altro pezzo di detrattilene ad aspettarmi. Voglio fare qualcosa! Voglio prendere le redini di questa faccenda e gettare un po' di luce su tutta questa storia. Voglio cercare di capire. Che cosa vuole da me Gola Profonda? Perché mi ha dato quel ciondolo a forma di foglia di Pelargonium? C'è davvero qualcosa di speciale in quell'oggetto? Perché sono qui a Saemangeum? Qual è il mio legame con Wei Wang? Perché voleva che vedessi questa battaglia?"

Lena sarebbe andata avanti per un bel pezzo se un trafelato Netardas non fosse entrato in quel momento nella stanza, interrompendola.

"Io ho almeno una risposta a una delle tue domande," disse il subeterion, come se avesse fatto parte di quella conversazione fin dall'inizio.

Tutti si girarono verso la porta dalla quale era emerso.

"Net?" dissero tutti e quattro all'unisono.

"Lo ammetto, lo ammetto, c'è voluto un bel po' di tempo," disse il ragazzo, con i capelli ricci più arruffati del solito ma un'espressione chiaramente soddisfatta sul volto. "Ma ho appena finito i test sul ciondolo di Lena."

Nessuno chiese che fine avesse fatto nei passati giorni, erano tutti troppo ansiosi di sapere i risultati delle sue ricerche.

"Allora?" chiese Arina, invitandolo ad andare avanti. "Niente di strano?"

"Direi di sì," fu la risposta di Net, che prese il ciondolo a forma di foglia di Pelargonium dalla tasca, mostrandolo. "Il tuo ciondolo è... beh, decisamente più di un ciondolo, a quanto pare. Molto di più, in effetti."

"Di che cosa si tratta?" chiese Lena.

"È un trigoy," rispose Net, guardando il ciondolo come se stesse presentando un vecchio amico, "un trigoy pieno zeppo d'informazioni. Quasi uno zettabyte, per la precisione."

"Potresti tradurre, per favore?" domandò Lena, allargando le braccia.

"Uno zettabyte equivale a circa duecento milioni di volte le documentazioni conservate nella biblioteca del Congresso di Washington DC.," spiegò Net. "Trent'anni fa, nell'apogeo dell'era di internet, nel web la misura di contenuti digitali nel mondo era di circa uno zettabyte. Ora tengo nella mia mano un volume d'informazioni simile," ed indicò l'oggetto di circa due centimetri di diametro a forma di foglia di Pelargonium.

Lena non era sicura di aver capito bene. Come poteva quel ciondolo all'apparenza così insignificante avere quell'incredibile volume di dati?

"Sei...sei sicuro?" chiese Makoto, chiaramente confuso mentre guardava il ciondolo. Poi riprese, osservando interdetto Net. "Voglio dire, è anche solo possibile una cosa del genere?"

"Nessun trigoy sulla faccia della terra può contenere anche solo una frazione dei dati che ho in mano," disse tranquillamente Net, come se il pensiero che stesse descrivendo l'impossibile non lo turbasse affatto. "Non che io sappia, almeno."

A quel punto, il subeterion porse l'oggetto a Lena. Stranamente, dopo la sua spiegazione, le sembrò più pesante.

"Uno zettabyte..." Arina lasciò la frase in sospeso, mentre guardava a bocca aperta il ciondolo.

"È bel po' di roba," disse Faila. "Di che cosa si tratta, esattamente? Voglio dire...che tipo d'informazioni?"

"È questo il problema." Net sospirò, evidentemente sconfortato. "Non sono riuscito ad accedere a nessuno dei dati."

Un lungo silenzio seguì quell'affermazione.

"Vuoi dire...vuoi dire che non hai idea di che tipo d'informazioni ci siano dentro?" chiese Makoto.

"No, purtroppo," ammise Net, distogliendo lo sguardo dai suoi compagni, come se sapesse che li aveva delusi. "Ho trascorso gran parte degli ultimi tre giorni per cercare un modo di capire...ma la verità è che non ho neppure idea di come accedere a questo trigoy. Potrebbe essere semplicemente rotto, nel qual caso sarebbe un peccato...o semplicemente protetto per non essere usufruibile da chiunque...e in quel caso ci troveremmo davanti uno scrigno pieno zeppo di gemme protetto da una combinazione."

Lena si mosse sulla sedia. "Hai detto, 'protetto per non essere usufruibile da chiunque'. Stai pensando...stai pensando a qualcosa di simile al detrattilene?"

"Potrebbe essere," ammise cautamente Net. "Anche questo trigoy potrebbe essere stato studiato per attivarsi solo e unicamente...beh, solo e unicamente se usato da te."

Ora tutti gli occhi erano fissi su Lena.

"Beh," disse la candidata, "tentar non nuoce." E si mise il ciondolo intorno al collo.

Aspettarono cinque...dieci...trenta secondi. Due minuti dopo, Lena si tolse il ciondolo, guardò gli altri, quindi provò a toccare le cinque gemme rosse al suo centro, disposte in modo da formare un fiore. Le toccò nuovamente. Ancora nulla.

"Ho come l'impressione che sarà più difficile di quello che pensiamo," ammise Lena, non avendo idea di che cosa fare.

L'ora successiva venne dedicata ad escogitare tutti i modi possibili e immaginabili per fare interagire Lena con il ciondolo.

Tuttavia, nulla sembrò funzionare.

Dopo aver provato l'ennesima idea, mettere il ciondolo sopra e sotto la lingua di Lena, mentre la ragazza gridava "Accenditi!", tutti furono costretti ad ammettere che erano arrivati ad un punto morto.

Privi d'idee e sconfortati dall'aver fatto un passo in avanti solo per incontrare un altro muro, tutti i presenti erano ora seduti su una delle varie sedie sparse per il Covo. Il ciondolo giaceva su un tavolo in bella vista, dove tutti potevano vederlo.

"Allora? Qualcuno ha altre idee?" chiese Arina lasciando andare un lungo sospiro mentre si sbracava sulla sedia. Il suo ultimo suggerimento era consistito nel far dire a Lena 'Apriti sesamo!' mentre si rivolgeva al ciondolo. Il fatto che gli altri avessero acconsentito a tentare anche quello era la prova di quanto fossero disperati.

Silenziò seguì quella che era suonata come una dichiarazione d'impotenza.

Lena, intanto, aveva pensato ad un modo per dare risposte alle sue domande.

"Tutto quello che devo fare è cogliere sul fatto chiunque stia lasciando questi messaggi nella mia stanza," disse a bassa voce, ma nel silenzio della stanza era come se avesse parlato al gruppo. "Una volta fatto, capirò chi si nasconde dietro questa faccenda una volta per tutte."

"Come dici?" chiese Faila, guardandola con un sopracciglio alzato.

"Credo stesse parlando da sola," disse Arina.

Lena si alzò di scatto dalla sedia.

"Net," disse, rivolgendosi verso il subeterion che la stava guardando come tutti gli altri. "Hai per caso qualcosa come…non so, una telecamera che possiamo nascondere nel mio appartamento?"

Net annuì, intuendo a che cosa la ragazza stesse pensando. "Ottima idea. Avrei dovuto pensarci io stesso. Aspetta qui, penso di aver qualcosa che faccia al caso nostro."

Net tornò pochi minuti dopo e le porse un oggetto che sembrava un semplice cubo delle dimensioni di una ciliegia. Lena iniziò a studiarlo con attenzione.

"È una telecamera a circuito chiuso," spiegò il subeterion. "Ha un ampio raggio d'azione e un'autonomia molto lunga. Mettila in un posto discreto, ma fai in modo che riprenda il tuo lato della stanza."

Net le spiegò velocemente i comandi.

Alla fine Lena disse, "Grazie, Net," ed intascò la telecamera.

"Beh, gente," disse Makoto, guardando gli altri. "Credo che ci siamo meritati tutti una pausa. Appuntamento a domani mattina. Stessa ora, stesso posto."

Lena annuì, prese il ciondolo e uscì dal Covo.

Impiegò pochi minuti per arrivare alla sala comune. L'ambiente era quasi deserto. La maggior parte degli studenti avevano approfittato immediatamente dell'inizio delle vacanze della fine del primo semestre per fare un viaggio o visitare i propri cari. Gravina e Aziza non avevano fatto eccezione, partendo quella mattina stessa. Sarebbero state via per i successivi cinque giorni, in vacanza da qualche parte a Seoul, e lei aveva tutta la camera per sé. Le due amiche le avevano proposto di andare con loro, ma con tutto quello che le era accaduto, Lena aveva declinato l'offerta. Voleva usare quelle due settimane per gettare finalmente luce su tutta quella faccenda. Ne andava della sua salute mentale.

Stava pensando a dove avrebbe potuto mettere la miniteleca-mera quando entrò nella sua stanza e vide ME-RON-39 con la sua stazione di lavoro attaccata al petto, intento evidentemente a pulire.

Lena non aveva pensato che quello potesse essere l'orario per le pulizie.

Fece per uscire dalla stanza, per dargli il tempo di finire, ma in una mossa completamente inaspettata, Erion le afferrò il braccio, impedendole di uscire.

Lena lo fissò con occhi sgranati, senza capire che cosa stesse cercando di fare.

"Il prossimo e ultimo messaggio arriverà presto, piccola ape," disse l'autotron. Il suo tono meccanico non tradiva alcuna emozione, ma in qualche modo risultò sinistro alle orecchie della ragazza. "Sii pronta a scegliere."

A quel punto, Lena sentì un dolore breve e acuto all'altezza della spalla, come una puntura, quindi l'autotron le lasciò andare il braccio.

"Che cosa hai..." Lena non riuscì a capire che cosa l'avesse punta, sentì soltanto un pizzicore che durò pochi istanti, quindi un senso di stanchezza che l'avvolse improvvisamente.

La vista di Lena si appannò molto velocemente, e l'ultima cosa di cui fu consapevole, furono le braccia dell'autotron che le impedi-vano di cadere a terra, e che la posavano gentilmente sul letto.

Lena cercò di muoversi, di richiamare l'autotron, di fare qual-cosa, ma un senso di torpore e sonnolenza invase il suo corpo come una marea impossibile da arrestare.

∞ ∞ ∞

Quando si svegliò, ricordò in una frazione di secondo che cosa era accaduto. Non sapeva quanto fosse rimasta lì, sul letto, se per ore o per pochi minuti, ma non perse tempo. Chiamò Makoto via interlink, e gli parlò della cosa. La sua testa stava esplodendo, doveva far sapere immediatamente agli altri che cosa era successo.

"Aspetta un attimo," le disse Makoto, quando ebbe finito di raccontare. "Stai dicendo che è stato uno degli autotron dell'accademia a recapitarti i messaggi in detrattilene?"

"Esattamente," confermò Lena, il suo cervello era una fabbrica che produceva idee a pieno regime. *Stupida!* Era stata una stupida! Perché non ci aveva pensato prima? Era così ovvio.

"Ma questo...questo è impossibile!" disse Makoto.

"Impossibile?" Lena aggrottò le sopracciglia. "Makoto, hai visto uomini di metallo volare per aria, oggetti grandi la metà del tuo mignolo che contengono uno zettabyte d'informazioni, hai scoperto un materiale leggendario come il detrattilene e mi dici che *questo*, un autotron riprogrammato, è impossibile?"

"Lena, tu non capisci," le disse Makoto, che sembrava decisamente più allarmato di quanto avrebbe dovuto essere. "Il Consiglio Accademico ha deciso di avvalersi di questa linea di autotron proprio perché sono impossibili da manomettere. Assumere autotron di una ditta è sempre stato un compito delicato, in quanto c'è in mezzo la sicurezza di persone e d'informazioni. Per questo motivo il Consiglio ha scelto i più affidabili in circolazione, quelli di cui si serve il Direttorato stesso. Solo il codice personale di uno dei dodici potrebbe riprogrammare uno di questi autotron. Ci sono istituti bancari e corpi governativi che hanno un livello di protezione minore degli autotron che servono quest'accademia."

"Non ti seguo," disse Lena, che non capiva quale fosse il punto di quella spiegazione.

"Lena," disse il pilota, "questi autotron non possono essere manomessi da nessuno che non abbia le chiavi di accesso del più alto livello governativo." Un lungo momento di silenzio, quindi Makoto continuò. "Non capisci? Se quello che dici è vero, non stiamo più parlando di qualcuno che dice di lavorare alle dipendenze del Direttorato. Ma del Direttorato stesso. Solo un membro del Direttorato avrebbe potuto riprogrammare uno degli autotron dell'accademia. Solo uno dei dodici in persona avrebbe potuto fare una cosa del genere."

"Quanto...quanto tempo è passato da quando sono uscita dal Covo?" chiese improvvisamente Lena, come se si fosse ricordata di qualcosa di importante.

Makoto controllò l'ora. "Un paio d'ore."

"Un paio d'ore," ripeté Lena. "Forse...forse non è troppo tardi."

"Come hai detto, Lena? Non ho sentito!"

"Non fa niente," disse Lena. "Devo andare."

"Ehi, Lena. Aspet..." ma Lena aveva già interrotto il collegamento.

La candidata si alzò e scattò verso la porta. Forse c'era ancora una possibilità di gettare luce su quella faccenda. Superò il corridoio e si diresse verso l'ascensore della sala comune. Forse c'era ancora temp...

Lena si bloccò sul posto e si mise una mano sulla bocca, per trattenere l'urlo strozzato che altrimenti sarebbe uscito. Le pareti della sala comune erano tappezzate da un messaggio scritto a lettere cubitali, un messaggio che, senza alcun dubbio, solo lei riusciva a vedere.

La ragazza lo lesse con il cuore in gola.

'Il momento del nostro incontro è infine giunto. C'è un hoveran che ti sta spettando all'uscita Est dell'accademia con qualcuno che conosci. Non avvertire nessuno dei tuoi amici. Se lo fai, io lo saprò e tu perderai l'occasione che stavi aspettando. Se sei interessata ad andare in profondità nell'alveare non puoi mancare a questo incontro. Ma attenta. La scelta è tua. Puoi anche rifiutarti, e forse sarebbe meglio che lo facessi. Una volta entrata, non si torna più indietro.'

36

QUEL CHE SI LASCIA

ATLANTA, OLD FOURTH WARD PARK

Angelica

L'ALTALENA A forma di disco si muoveva avanti e indietro, assecondando il movimento automatico delle gambe di Angelica, immersa nei suoi pensieri e quasi inconsapevole del suo lento dondolare.

Una leggera brezza scompigliò i suoi corti capelli a caschetto mentre il sole del tardo pomeriggio aveva quasi completato la sua parabola discendente, ormai coperto dalla giungla di alti edifici che affollavano il centro di Atlanta.

L'Old Fourth Ward Park era semi deserto in quel momento, popolato solo da giostre, alberi e fontane. Ad un tiro di pietra di distanza da dove si trovava lei, c'era solo una bambina che non poteva avere più di quattro anni. Sua madre la guardava mentre era seduta su una panchina a qualche metro di distanza.

Occasionalmente si sentiva il motore di una macchina in lontananza, o il rombo di un enomotore nel cielo, ma a parte questi rumori, quella parte di Atlanta sembrava essere completamente disabitata.

Aveva ancora un intero giorno prima di dover tornare a casa, prima di dover ammettere ufficialmente la sua sconfitta. La sua visita alla Piramide era durata molto meno di quanto si aspettasse, in effetti. E si era tutto concluso con un fallimento totale. Certo, non il tipo di fallimento che si sarebbe aspettata, ma comunque un fallimento.

Ancora una volta, la sua mente ritornò alla conversazione che aveva avuto con Jason Cloverfield. Si morse il labbro inferiore, mentre due mani si stringevano a pugno attorno alle catene che sostenevano l'altalena.

Il suo discorso con il Faraone dell'Etere sembrava averla prosciugata di tutte le energie, piegato la sua risolutezza, e dissipato la sua voglia di fare la differenza. Non si era mai sentita così debole e abbattuta in vita sua.

Mentre abbandonava la Piramide, aveva pensato solo ad allontanarsi, senza una vera destinazione, fino a ritrovarsi in quel parco. Era lì ormai da quattro ore, in silenzio, in compagnia solo di un occasionale passante e dei suoi onnipresenti pensieri. Quel luogo rifletteva molto bene il suo umore. Sembrava la proiezione esatta del suo stato emotivo e questo, in qualche modo, la aiutava a rilassarsi. Una magra consolazione crogiolarsi nella sua inadeguatezza, se ne rendeva conto. Ma, a quel punto, era anche tutto quello che le impediva di scoppiare a piangere.

La dottoressa aveva riflettuto su quello che Jason Cloverfield le aveva detto e nonostante avesse tentato d'ignorare le affermazioni del tecnorista, di pensare ad esse come a falsità e ad esagerazioni, nonostante avesse cercato di ricacciare quei pensieri in un angolo buio della sua mente, una parte di lei non poteva che essere d'accordo con quelle parole.

Il suo lavoro di eterodon, dopotutto, era lo studio dell'etere e degli effetti che questo strumento aveva sulle persone e sulla società. Con questa conoscenza, poteva forse negare quello che aveva detto il Presidente di DataMorph?

"L'umanità è fottuta," disse Angelica, mormorando lentamente. "Tutto ciò che resta sono panem et circenses."

Quella frase suonava male, partorita dalle sue labbra, ma quando a pronunciarla era stato niente meno che il Faraone dell'Etere, aveva avuto un impatto innegabile.

Un'affermazione come quella le faceva accapponare la pelle, certo, ma non poteva negare che aveva anche un suo senso.

Le parole di Jason avevano colpito nel segno, lasciandola debole e scoperta, abbattuta, ferita perfino, una persona che credeva di aver avuto una causa, un motivo per cui combattere, che ora aveva smarrito la via, e che non sapeva più che cosa fosse giusto e che cosa fosse sbagliato.

Un rumore attirò la sua attenzione e Angelica si destò dai suoi pensieri giusto in tempo per vedere la bambina dall'altra parte del parco che si sistemava meglio il suo oculus sul volto. La dottoressa sospirò. Da quando l'aveva vista entrare nel parco con la madre, circa un'ora prima, la bambina aveva usato lo scivolo forse un paio di volte prima di stancarsi, mettersi a sedere e prendere a viaggiare nell'etere.

Angelica spostò lo sguardo verso la madre, curiosa di vedere che cosa stesse facendo. Fu a quel punto che la sua bocca si piegò in un'espressione di amarezza. La donna stava anch'essa indossando un oculus, completamente immersa in qualche attività eterica, senza dedicare attenzione a quello che stava facendo la figlia.

La piccola bambina avrebbe potuto appiccare fuoco ad uno degli alberi lì vicino, oppure spaccarsi la testa cadendo per terra, e la madre non se ne sarebbe neppure accorta.

Angelica scosse la testa. La sua espressione non fece che rabbuiarsi ulteriormente mentre si guardava intorno, valutando le giostre che la circondavano.

Luoghi pubblici dedicati appositamente ai bambini e alle attività all'aperto come l'Old Fourth Ward Park si erano fatti sempre più rari, difficili da trovare, perfino nella sua Calgary.

Angelica si trovò tristemente ad ammettere che probabilmente la sua era stata l'ultima generazione di bambini a giocare davvero all'aperto.

Nell'era dell'etere, le persone avevano un migliaio di 'amici' o 'contatti' su DataMorph e allo stesso tempo non sapevano relazionarsi con gli sconosciuti quando li incontravano per strada. I social network, rifletté l'eterodon che era in lei, si erano risolti nell'essere la più grande causa di solitudine del ventunesimo secolo. La tendenza era iniziata con internet ed era stata amplificata di cento volte dal suo cugino più evoluto e potente, l'etere. Questo poteva non sempre essere il caso, ma la maggior parte dei pazienti del suo istituto mostravano disordini collegati all'utilizzo dell'etere e alle implicazioni di questo utilizzo. Lei, tra tutti, non poteva certo ignorare una realtà che si ripeteva ogni giorno davanti ai suoi occhi.

Relazionarsi con le persone, faccia a faccia, era diventato faticoso, qualcosa che molti decidevano di evitare, se potevano. Se esisteva un modo più veloce di spersonalizzare una persona, ad Angelica non ne veniva davvero in mente nessuno.

Si accorse d'un tratto di essere rimasta da sola. La madre e la bambina erano scomparse, probabilmente tornate a casa.

Gran parte del sole era ora sceso sotto la linea orizzontale che separa cielo e terra. La sua luce sempre più fioca si era ridotta ad una serie di barre gialle che si alternavano tra il profilo di un grattacielo e l'altro mentre ombre lunghe e scure disegnavano sinistre silhouette intorno a lei.

Il rosa e l'arancio stavano lentamente prendendo il sopravvento sul giallo oro e sull'azzurro, e la piacevole brezza che le aveva carezzato il volto fino a quel momento si stava trasformando in un vento freddo.

Il pomeriggio stava cedendo il posto ad una notte fredda ed oscura.

Si guardò attorno. Era diverso tempo che non aveva sentito nessun'auto o enomotore. I pochi passanti che avevano punteggiato le vicinanze sembravano essersi ritirati tutti nelle proprie case, probabilmente preparandosi per la cena.

Era ora di tornare a casa, si rese conto Angelica. Tornare a casa con le mani vuote, sconfitta su tutti i fronti. Si chiese come avrebbe potuto guardare in faccia Dewi. Come avrebbe potuto guardare in faccia Sebastian, dopo quello che aveva fatto. E per che cosa?

Fallimento, fu l'unica riposta che seppe darsi. *Completo fallimento.*

In quel mentre, un improvviso movimento alla sua destra la fece girare di scatto.

Alzò un sopracciglio, perplessa. Una sconosciuta si stava incamminando nella sua direzione. Era una donna senza niente di particolare nel suo aspetto, di media statura, con un lungo vestito ocra e marrone, una faccia piatta e capelli ricci.

La dottoressa scese dall'altalena e fissò la sconosciuta con interesse. Era decisamente diretta verso di lei, e aveva un braccio alzato, come se avesse voluto appositamente attirare la sua attenzione.

Quando la donna le fu a un paio di metri di distanza, si fermò. Il suo volto era al tempo stesso eccitato e nervoso, grosse zone di rosso scarlatto che troneggiavano su guance piene.

"Ehi...Ehm...mi scusi," disse la sconosciuta, inciampando sulle sue parole, "mi...mi sembrava di averla riconosciuta da lontano. Per caso...non è che per caso lei è la Madame delle Note?"

Il cuore di Angelica saltò un battito. Alzò entrambe le sopracciglia, sorpresa. Perfino con DataMorph che aveva pompato la sua popolarità in quel modo, come era possibile che una passante che viveva in una città distante quasi quattromila chilometri dal luogo in cui operava l'avesse riconosciuta in quel modo?

In quel momento, Angelica divenne conscia del fatto che probabilmente aveva sottovalutato il suo impatto nell'etere, o che inconsciamente si era sforzata di sminuirlo. Se una completa sconosciuta ad Atlanta la poteva riconoscere con una semplice occhiata, il suo volto era ormai diventato di dominio pubblico. Stava veramente succedendo quello che aveva descritto Cloverfield. Angelica si stava trasformando in una vera e propria celebrità, l'ultima cosa che voleva essere, specialmente in un momento come quello.

Ci sarebbe stata mai fine a quella maledizione?

Non importava, a quel punto. La donna continuava a guardarla con occhi desiderosi di una risposta. Le sue guance, già rosse, si erano trasformate in un tripudio di cremisi.

"Sì, sono io," si trovò ad ammettere controvoglia Angelica, annuendo lentamente. Si sforzò di sorridere. "Che cosa posso fare per lei?" chiese dopo un secondo di esitazione, preparandosi mentalmente a firmare un autografo.

Fu in quel momento che vide una scintilla balenare nello sguardo della sconosciuta. Qualcosa si mosse in modo fulmineo alla loro destra e Angelica fece appena in tempo a girare la testa e aprire la bocca prima che una serie di mani l'afferrassero per le braccia e le spalle, bloccando qualsiasi tentativo di fuga.

Una mano le premette qualcosa sulla faccia, una maschera, sembrava, e si sentì un sibilo indistinto, seguito da un odore forte e dolciastro che invase il suo volto. Angelica tossì, mentre cercava di urlare e di respirare allo stesso tempo, un'altra serie di mani che le impedivano di muovere anche solo un muscolo.

La lotta di Angelica non durò a lungo. Ben presto, sentì un senso di disorientamento avvolgerla e confusione crescente intorpidire i suoi sensi. Sembrava non essere più capace di distinguere l'alto dal basso, la destra dalla sinistra, il passato e il presente. Tutto si fece confuso e indistinto, come nebbia nella notte.

Una parte della sua mente le ricordava che non poteva dormire, che doveva fare qualcosa, che non poteva finire in quel modo. Non così. Non adesso.

"Alzale il mento e falle...la bocca..." sentì l'ordine di una voce sconosciuta, proveniente da molto distante, un'eco di un'eco che sapeva di sogno. "...rendile...lingua. Dai! Prima che...fochi. Non... enomotore...via..."

Il resto si ridusse ad una serie di parole senza senso che si sposarono con il buio dell'incoscienza.

Il suo ultimo pensiero formò un ricordo passato che parlava di nuovi inizi, aspirazioni, promesse e molto altro ancora. Tutto quello che, in quel momento, sembrava morire in un pozzo di oscurità e incertezze.

Nashville
Istituto Eterionico Handal

I SETTE STUDENTI sono in fila uno affianco all'altro, espressioni concentrate su volti chiaramente carichi di aspettative. La loro divisa, un trionfo di setalene color platino con una sottile linea porpora che passa per i fianchi, parla di cerimonia ufficiale.

Tutti loro si trovano lì, in attesa e in rispettoso silenzio, palesando diverse gradazioni di nervosismo, orgoglio e impazienza.

James, Ravi, Lucius, Venere, Asha, Sebastian e Angelica. Non manca nessuno.

Cantara Handal si trova di fronte a loro, un lungo abito completamente rosso che la fa sembrare un'imperatrice appena scesa dal trono. La Madame ha entrambe le mani sopra la testa, come se stesse reggendo un enorme oggetto, mentre li guarda con i suoi occhi da gatto.

Ancora una volta, Angelica sente i battiti del cuore accelerare. Deglutisce e chiude gli occhi. Il momento è davvero giunto, infine. Il momento che ha aspettato per così tanto tempo.

"Controllo," Cantara usa un tono autoritario, rivolgendosi al trigoy color rame sospeso sopra le loro teste, un trigoy leggermente più grande del solito e con una peculiare base di quattro lati, piuttosto che dei consuetudinari tre. Lo speciale trigoy comincia a girare su sé stesso a velocità crescente e circonda tutti i presenti di un'intensa luce dorata.

La sua insegnante continua a parlare. "Io Cantara Handal, eterion di prima generazione, conferisco ora il titolo di *Domine* a James Ark, Ravi Misra, Lucius Salazar e a Sebastian Anish e quello di *Madame* a Venere Estrella, Asha Innati e Angelica Kam."

Le mani della Vedova Nera dell'Etere rimangono sempre in alto, tendenti verso il soffitto, come se volesse afferrare qualcosa con le sue lunghe dita. Segue un breve silenzio, come se Cantara volesse dare del tempo per far sedimentare le sue parole, quindi prosegue,

"Controllo, registra nell'albo la creazione di sette nuove figure di eterion e attribuisci ad esse gli onori e gli oneri derivanti."

"Certificazione confermata," pronuncia immediatamente una voce meccanica proveniente dal trigoy. "Tutti gli individui nominati hanno da questo momento il permesso di operare nell'etere come eterion riconosciuti e approvati dall'albo. L'etere è sovrano."

"L'etere è sovrano," ripetono in coro Cantara e i sette ragazzi.

La Madame abbassa le braccia e guarda i suoi allievi.

"L'etere è un flusso senza voce, senza nome e senza tempo composto da innumerevoli coscienze e da nessuna in particolare," dice, avvicinandosi di un passo alla fila di studenti.

"Aggiungiamo la nostra voce, il nostro nome e il nostro tempo al flusso di coscienze che compongono il mondo oltre il mondo," rispondono i sette in coro, come un'unica voce, come un'unica entità.

Cantara annuisce. "Sette nuovi eterion, sette nuovi strumenti per replicare voci, irretire nomi e fermare il tempo. Sette nuove vite dedicate ad aggiungere e a plasmare contenuto."

"Rispondiamo alla chiamata e aggiungiamo la nostra carne, il nostro sangue e la nostra mente al flusso senza voce, senza nome e senza tempo. L'etere è sovrano."

"L'etere è sovrano," risponde Cantara. A questo punto, la sua espressione si rilassa visibilmente. "Benvenuti nella famiglia."

La luce proveniente dal trigoy sparisce repentinamente e Cantara richiama l'oggetto con un veloce gesto della mano.

I sette eterion rimangono in fila, petto all'infuori, mani dietro la schiena mentre la Vedova Nera dell'Etere poggia il trigoy sul tavolo e si gira nuovamente verso di loro.

"Avete varcato la porta di questo edificio come semplici dinamiche plasmate dagli eventi," dice. "Ne uscite come i catalizzatori in grado di crearne di vostre. Vi siete seduti su questi banchi come allievi," ed indica con le braccia allargate i tavoli e le sedie che li circondano, "ma vi alzate come maestri. Adesso siete eterion, pastori dell'opinione pubblica, costruttori di tendenze, promotori di cambiamento. Avete gli strumenti e la conoscenza per piegare il mondo delle idee a vostro piacimento, per creare legioni di seguaci e veri e propri imperi concettuali. Non è una vita facile, quella che avete scelto, così carica di responsabilità e d'incertezze, una vita costantemente dedicata alla lotta per superare i vostri limiti e per sfidare il concetto stesso d'impossibile."

Una pausa, quindi Cantara guarda i sette eterion con un sorriso sulle labbra. Indica la porta e dice, "Ora andate. Quello che c'è oltre quella porta è vostro. Usatelo per lasciare un'eredità che faccia parlare di voi per generazioni. Usatelo per fare la differenza."

37

IL SUPERVISORE DI ARIUL

SAEMANGEUM CITY, ZONA AGRICOLA OCCIDENTALE, PANIERE ALTAIR

Ariul

NONOSTANTE LA BENDA che le copriva gli occhi, Lena avvertì l'hoveran rallentare per poi fermarsi completamente.

"Siamo arrivati," disse il mandarino con il suo familiare accento britannico, disattivando il motore del mezzo di trasporto e aprendo lo sportello.

Lena cercò di sistemarsi meglio sul sedile posteriore, ma i lacci attorno alle caviglie e ai polsi le impedivano di muoversi come avrebbe voluto. Tutte, 'precauzioni per la sua salvaguardia', aveva spiegato il Signor Fedora, quando si erano incontrati fuori dall'accademia, ma Lena doveva ancora capire se si riferisse alla *sua* salvaguardia o a quella di Gola Profonda.

Il viaggio era durato parecchio. Difficile dire esattamente quanto, ma se si trovavano ancora a Saemangeum City, doveva essere una delle zone situate più in periferia, a meno che il mandarino non avesse viaggiato a vuoto per almeno mezz'ora per farle credere che il luogo dell'incontro fosse distante.

Tuttavia, a quel punto aveva davvero poca importanza. Quando aveva acconsentito a farsi bendare e legare, tutto quello che aveva davvero voluto erano risposte. Ora sperava che il Signor Fedora mantenesse fede alla sua promessa di dargliele.

Lena sentì il mandarino avvicinarsi. Le tolse la benda dagli occhi e slegò i lacci attorno ai polsi e alle gambe.

"Ecco fatto," disse il Signor Fedora. "Desolato di averla fatta viaggiare in questo stato, signorina Maruishi, ma come le ho detto, erano tutte precauzioni necessarie per la sua..."

"...Salvaguardia," terminò per lui Lena, con un sorriso forzato. "Certo."

In verità a lei poco importava che l'uomo l'avesse legata o imbavagliata. Non le sarebbe importato neppure se l'avesse ficcata in una botte e chiusa nel portabagagli, in effetti. Ancora una volta ripeté a sé stessa che tutto quello che voleva erano risposte a delle domande, e per quelle risposte sarebbe stata disposta a subire molto di più di un viaggio scomodo.

Il mandarino invitò Lena ad uscire dall'hoveran con un braccio teso.

"Prego, da questa parte," le disse. "Lui la sta aspettando."

Chi, mi sta aspettando? avrebbe voluto chiedere Lena, ma il mandarino si era già allontanato dall'hoveran senza aggiungere altro, non lasciandole altra scelta che seguirlo.

Uscì dal veicolo ed ebbe finalmente la possibilità di guardarsi attorno e di vedere dove l'uomo l'avesse portata.

Si trovava circondata da quello che sembrava un'enorme giardino coperto da un gigantesco manto erboso che si estendeva per centinaia di metri in tutte le direzioni. Dozzine di alberi carichi di diversi frutti punteggiavano l'ambiente circostante, accompagnati da svariate piante, fiori ed enormi sculture verdi che rappresentavano... Lena non capì immediatamente che cosa rappresentassero.

Per qualche istante, pensò di trovarsi di fronte a sculture di animali, ma quando fu più vicina ad alcune di esse poté chiara-

mente vedere di che cosa si trattava: insetti. Dozzine di rappresenta-
zioni di insetti giganti sparse a macchia d'olio.

Lena passò proprio in quel momento vicino a una coppia di
sculture di grilli grandi quanto segugi che sembravano in procinto
di spiccare un salto. Qualche metro più avanti studiò la riproduzione di un calabrone grande quanto un orso con un pungiglione
ficcato nel terreno e, subito dopo, vide un verme che aveva le
proporzioni di un pitone arrangiato in modo tale da circondare un
albero di mele. Tutte le sculture erano incredibilmente fedeli agli
insetti che rappresentavano, vere e proprie opere d'arte dall'aspetto
affascinante, anche se un po' raccapricciante. La ragazza non
avrebbe voluto trovarsi in un giardino del genere a notte fonda,
questo era certo.

Le sculture d'insetto catturarono la sua attenzione per qualche
altro secondo prima che si concentrasse finalmente su dove il
mandarino la stava conducendo. Fu a quel punto che la vide.

Al centro di quel giardino stava una colossale struttura che
sembrava un incrocio tra una piccola cattedrale ed una gigantesca
serra, alta svariate decine di metri e composta interamente da
acciaio e da vetro. L'edificio sembrava svilupparsi in alto e dava al
tempo stesso l'impressione di essere incredibilmente elegante ed
inesorabilmente fragile.

Giunti finalmente a quello che sembrava il cancello principale,
Lena sentì i battiti del suo cuore cominciare ad accelerare. Sapeva
che sarebbe stato saggio esercitare cautela, forse perfino avere
paura, ma in quel momento tutto quello che provava era eccitazione
ed aspettativa crescenti.

Il mandarino toccò un piccolo display che pulsava di una luce
rossa e il terminale divenne verde. A quel punto il cancello si aprì,
permettendo loro di entrare.

Sono davvero giunta al capolinea? si chiese Lena, mentre seguiva
da vicino il Signor Fedora che camminava a grandi falcate, facendo
strada. Avrebbe davvero avuto risposte alle sue domande? E chi la
stava aspettando in quella specie di serra? Avrebbe davvero incontrato questo Gola Profonda, il motore che aveva iniziato la serie di

eventi che da Los Angeles l'aveva trascinata fin lì per ragioni che non iniziava neppure ad immaginare?

Domande su domande su domande si affollavano nella sua mente come una valanga che cade dal lato di una montagna senza fine.

Continuò a seguire il mandarino e, una volta superato quello che sembrava un corridoio d'ingresso, affiancato da piante basse e grasse che sembravano uno strano incrocio tra agave e cactus, si trovarono dentro il corpo principale della serra, un enorme spazio al chiuso che fece girare il collo di Lena a destra e a sinistra.

L'ambiente era perfino più grande di quanto si sarebbe aspettata. Quel posto sembrava in grado di contenere tranquillamente una cinquantina di gigaran parcheggiati l'uno di fianco all'altro. Architettonicamente parlando, l'ambiente consisteva in un vasto spazio centrale che si divideva ai lati in tre piani, arrangiati come una successione di piattaforme, ognuna in cima all'altra e la successiva leggermente meno estesa della precedente. I piani erano collegati tra di loro da scale che potevano essere facilmente spostate da una parte all'altra.

La luce filtrava da studiate aperture ai lati dell'edificio, anche se alcune porzioni della serra erano oscurate da teli che si arrampicavano sulle pareti di vetro. In questo modo, alcune parti dell'ambiente erano ben illuminate, mentre altre erano avvolte da semi oscurità o da oscurità totale. Gran parte del terzo piano, ad esempio, rifuggiva la luce, facendo solo intuire che cosa ci fosse lì sopra.

Lena si concentrò sul primo piano e vide tutt'attorno dozzine e dozzine di grossi contenitori di cemento di forma cilindrica, alti circa mezzo metro, che si susseguivano l'uno dietro l'altro. Su ognuno di essi era poggiato un telo scuro di cotone, che li copriva interamente. Si avvicinò ad uno di essi, si sporse per guardare all'interno e vide una massa di piccoli oggetti in movimento costante. Socchiuse gli occhi, per aguzzare lo sguardo, e si accorse che si trattava di grilli. Dozzine e dozzine di grilli che si muovevano incessantemente, saltando l'uno sull'altro o cercando di evadere dalla loro prigione senza successo.

Facendo un rapido calcolo mentale, se ognuno di quei contenitori raggruppava più o meno la stessa quantità d'insetti che stava guardando in quel momento, in quella serra dovevano trovarsi diverse decine di migliaia di grilli, abbastanza da ricoprire la sala comune e la mensa dell'accademia centimetro per centimetro.

Lena fece spaziare il suo sguardo sul resto della serra.

Poteva vedere che anche il secondo e parte del terzo piano erano pieni di contenitori simili a quelli del piano terra. Immaginò di trovarsi in un tipo particolare di Paniere, i produttori di cibo di cui Diana le aveva accennato il primo giorno che aveva speso a Saemangeum City. Solo che, ovviamente, questo Paniere non aveva la caratteristica forma a cubo con cui aveva imparato a conoscerli e non si occupava di produrre verdure, o legumi, o frutta, ma insetti.

Un rumore sordo, come di ferro che batte su ferro, la fece girare di scatto. La porta della serra si era chiusa dietro di lei. Il mandarino aveva approfittato di quel momento di distrazione per uscire e chiuderla dentro, a quanto pareva. Lena non si disturbò neppure di provare ad aprire la porta. Il pannello, infatti, era diventato nuovamente rosso.

Lì intorno non vedeva altre uscite. No, niente che potesse suggerire un modo per andarsene. Era chiaro che avrebbe lasciato quel posto solo quando Gola Profonda l'avesse deciso, e non prima.

Procedette in avanti, fermandosi ogni tanto per guardarsi attorno. Altri contenitori cilindrici, altri grilli che si muovevano, alcuni velocemente, altri completamente immobili, come se fossero tutti addormentati. L'odore che la circondava sembrava una mistura di terra bagnata e un qualche strano tipo di concime dolciastro.

Un rumore improvviso ghigliottinò il suo flusso di pensieri, immobilizzandola sul posto. Proveniva dal terzo piano, a quanto pareva. Per un attimo, i suoi occhi credettero di cogliere un movimento nell'oscurità, seguito da quello che le parve un mormorio appena udibile. C'era qualcuno che stava camminando, lì in alto, dove l'oscurità era una signora incontrastata.

Tutto quello che seguì fu altro silenzio.

Tu-Tum...Tu-Tum...Tu-Tum... Il suo cuore pompava sangue a velocità crescente.

Ancora una volta un rumore sordo riecheggiò nella serra, facendola trasalire. Questa volta proveniva dalla sua sinistra, dalla parte opposta rispetto al primo.

"C'è nessuno, qui dentro?" chiese Lena ad alta voce, interrogando l'oscurità circostante.

Niente. Neppure l'eco di un respiro rispose alla sua domanda. Tutto sembrava nuovamente essere avvolto dal silenzio. Era come se quei rumori non fossero mai esistiti se non nella sua immaginazione. Il battito del suo cuore era l'unica cosa che riusciva a sentire, adesso.

Poi, come il primo rombo di un tuono che annuncia la tempesta, una voce maschile infranse il silenzio circostante.

"Tu lo sai come si crea un impero, piccola ape?"

Lena si guardò attorno, alla ricerca della voce che aveva parlato, ma l'ambiente era talmente vasto e la luce così stranamente dispersa che non riuscì ad individuare la sua provenienza. Da qualche parte intorno al terzo piano, forse, difficile dire esattamente dove.

"A volte inizia con un semplice sussurro, una successione di parole che serbano promesse di gloria e di ricchezze," continuò la voce, roca e leggermente nasale, "parole mormorate nell'orecchio di un conquistatore barbaro in cerca di fama e d'immortalità. A volte inizia su un pezzo di carta, con lettere scritte nero su bianco, parole con la forza di unire nazioni e d'ispirare migliaia d'individui. Altre volte è tutto dovuto alla semplice coincidenza, una combinazione di fortuna e di situazioni imprevedibili che innescano dinamiche che nessuno potrebbe prevedere, e tantomeno controllare."

Una lunga pausa, inframmezzata da un roco respirare, poi la voce proseguì, "Nel mio caso, principessa, tutto è iniziato con una ciotola piena di uova di grillo."

Lena spese mezzo minuto buono per scrutare l'oscurità che avvolgeva il terzo piano, e alla fine, finalmente, lo vide. O meglio, lo *intravide*. C'era una forma distante parecchi metri da dove lei si trovava, la silhouette di un persona, al terzo e ultimo piano dell'enorme serra. Impossibile stabilire molto più del fatto che sembrasse un uomo basso, o piegato su qualcosa, forse su uno degli innumerevoli contenitori cilindrici che ospitavano insetti.

Lena si mosse, avvicinandosi al luogo da cui proveniva la voce, cercando di non farsi sentire anche se sospettava che lo sconosciuto sapesse esattamente dove si trovava.

L'uomo doveva essere Gola Profonda, il motivo per cui lei si trovava lì, nella Città d'Acqua, e lei voleva sapere con che tipo di persona aveva a che fare. Voleva vederlo in faccia quando gli avrebbe chiesto per quale motivo si trovava lì.

Ora, se solo fosse riuscita ad avvicinarsi ad una di quelle scale e ad iniziare a salire senza essere notata...

Una lunga parentesi di silenzio seguì l'ultima parola pronunciata da Gola Profonda, un intervallo di tempo che Lena utilizzò per dirigersi silenziosamente verso una delle scale più vicine, camminando lentamente e cercando di non provocare alcun rumore, mentre percorreva un lato della serra avvolto dall'oscurità.

Gola Profonda sembrò attendere per diversi minuti una risposta da parte di Lena, ma la ragazza era troppo impegnata a sgattaiolare verso la scala per prestare attenzione a qualsiasi altra cosa.

"Guardati attorno, mia cara," riprese l'uomo. "Non è uno spettacolo meraviglioso? Lo sai che i grilli sono tra gli insetti più facili da allevare in assoluto? Un contenitore in cui tenerli e farli riprodurre indisturbati, un po' di mangime, e il gioco è fatto." Uno schiocco di dita accompagnò quella frase, seguito da quella che sembrò una risata rauca. "Una mezza dozzina di persone potrebbero facilmente prendersi cura di tutti questi pargoli intorno a noi. Gli insetti non richiedono molto spazio, non richiedono molte attenzioni, ma se ci si prende cura di loro, danno molto in cambio. Sì, davvero molto."

La voce sembrò sghignazzare nell'oscurità, ma per quello che Lena riusciva a sentire poteva solo trattarsi di una scarica di tosse. Difficile da stabilirlo. Gola Profonda sembrava emettere strani rumori tra una frase e l'altra, come tossire o tirare su con il naso o mormorare tra sé, o forse con qualcuno che gli stava vicino, anche se Lena non era riuscita a vedere nessun'altra persona lì attorno.

Doveva avvicinarsi di più per capire chi avesse di fronte. Ancora qualche passo, sempre nell'oscurità, senza farsi notare.

"Una ciotola di uova di grilli può dare come prodotto finale tre chili di grilli," continuò l'uomo, "e sfamare una famiglia per un giorno. Quale incredibile risorsa sono gli insetti, e quanto potenziale viene sprecato sull'altare dell'ignoranza. Sì, ignoranza. Saemangeum City è stata fondata su un tabù che l'ha resa ricca e prospera in meno di una generazione. Siamo circondati da questa prosperità. Ah, sì, devo ammetterlo! Il ragazzo aveva ragione, dopotutto. Saemangeum City è *davvero* un dono che pochi capiscono."

Lena non stava neppure ascoltando, intenta come era a non attirare l'attenzione. Era ormai a pochi metri dalla scala più vicina, pronta ad afferrarla...quando si bloccò di scatto, nel momento in cui si accorse di che cosa le sbarrava il passo.

All'inizio pensò che avesse di fronte un piccolo uccello, come un colibrì, ma scoprì con sgomento crescente che si stava sbagliando di grosso. Davanti a lei stava un calabrone gigantesco, con mandibole grandi quanto un'unghia che luccicavano nella semioscurità, occhi color lignite e lunghe antenne marrone chiaro che saettavano in alto e in basso, come piccole fruste in attesa di colpire.

L'insetto era sospeso in aria, all'altezza del volto della ragazza, non più distante di un paio di metri da lei e apparentemente pronto ad attaccare. Doveva essere lungo almeno dieci centimetri, con un'apertura alare perfino più estesa. Lena smise di respirare mentre faceva tre passi indietro, gli occhi fissi sul mostro che aveva davanti, pregando in silenzio che rimanesse dove era.

Il gigantesco calabrone, incredibilmente, non sembrava provocare alcun rumore, nonostante la sua mole e la lunghezza delle sue ali. La semioscurità dell'ambiente l'aveva completamente nascosto, ma adesso Lena si domandava come era possibile che non lo avesse visto prima. Quell'affare era enorme, non avrebbe mai creduto possibile che esistessero insetti così grandi, neppure nella Città degli Insetti.

"Non preoccuparti, principessa," disse Gola Profonda, provando a Lena che, dopotutto, non aveva mai smesso di guardarla. "Non ti farà del male...a meno che non ti avvicini troppo al suo raggio d'azione. Tuttavia ti consiglio di fare un altro paio di passi indietro. Potrebbe innervosirsi, e nessuno di noi vuole che succeda una cosa del genere. Fuku è molto intelligente, ma diventa aggressivo prima di aver avuto il suo pasto."

Lena non se lo fece ripetere due volte e fece una mezza dozzina di passi indietro, prima di andare a sbattere contro un contenitore di grilli, che quasi la fece cadere per terra. Girò attorno all'oggetto e mise qualche altro metro di distanza tra lei e il mostro volante, sudore gelido che le scendeva dalla fronte.

"Ahhh," esalò la voce, "Ed eccomi qui, a parlare d'insetti, quando tu vuoi delle risposte a delle domande, dico bene?"

Lena deglutì e guardò verso la sacca di oscurità da cui proveniva la voce, quindi verso il calabrone, che si era ormai ridotto ad una semplice eppure inquietante forma avvolta dall'oscurità. Un cane da guardia, ecco che cos'era quell'insetto! A guardia della scala, per impedirle d'incontrare Gola Profonda, a quanto pareva. Ma come era possibile? Nessun insetto si sarebbe comportato in un modo del gener...

Lena trattenne il fiato, consapevolezza che la investiva come un sacco di sassi gettato sulla schiena. La sua mente ricordò lo spettacolo a cui aveva assistito in quella piazza, circondata da ariulani.

"Ganamuden," mormorò Lena, incredulità e sorpresa che obliteravano qualsiasi altro pensiero le stesse vorticando nella testa. Ma certo! Quando era stata circondata da quello sciame di insetti che l'aveva avvolta completamente, senza tuttavia toccarla.

Poteva essere? Poteva esserci un qualche tipo di legame tra il calabrone che aveva davanti e l'uomo che le stava parlando? Poteva trattarsi della stessa cosa? Poteva Gola Profonda essere un pastore di calabroni?

Ma le sue considerazioni vennero interrotte dall'uomo, che riprese a parlare dopo aver provocato una serie di rumori gutturali, simili a colpi di tosse strozzati.

"Per quale motivo, ti chiederai, ti sto parlando d'insetti," riprese l'uomo, scandendo ogni singola parola, "Ebbene, in effetti, il mio legame con te è iniziato con loro. Sai per quale motivo gli insetti definiscono questa città? La rendono così speciale? È stato tutto frutto di una scelta fatta a tavolino. Molto, molto tempo fa. Prima che le istituzioni scolastiche fossero edificate, e il primo negozio aperto, prima che il Ponte Corona collegasse il cuore della città e la successione di grattacieli costituissero il Fulcro, è stato deciso che questa città doveva essere edificata sugli insetti. Cultura, tradizioni, vestiario, cibo, usanze, tutto gira intorno ad essi. Ed è stato tutto per la scelta di una persona. La stessa persona che ha voluto che tu fossi qui, quando il tempo fosse stato maturo."

Silenzio seguì quelle parole. Lena non sapeva che cosa fare e tantomeno che cosa dire. Stava ancora cercando di riprendersi dallo shock di aver visto quella bestia a un paio di metri dal suo volto. Tutto quello che poteva fare era ascoltare, mentre occasionalmente gettava occhiate nervose verso l'insetto, che aveva mantenuto la sua posizione per tutto quel tempo.

"Ma perché? Già, perché, ti chiederai?" insistette Gola Profonda, inframmezzando le sue parole con colpi di tosse, "Per quale motivo la Città d'Acqua è stata dotata di questa caratteristica? La risposta è semplice, mia cara. Per renderla particolare, distaccata da tutto il resto, per dare un'identità ai suoi abitanti e per renderla così un bastione difendibile, isolato da influenze esterne e potenzialmente minacciose. Pensa all'etere, per esempio. Sono sicuro tu sappia di che cosa sto parlando."

Lena aggrottò la fronte a quelle parole. Sapeva che Saemangeum City aveva un etere controllato dal Direttorato, un etere costantemente vigilato e sottoposto a controlli, ma non capiva come tutto quello avesse a che fare con lei, o con Wei Wang o con i dannati insetti. Quasi senza pensarci, la conversazione che aveva avuto con Makoto e gli altri riaffiorò nella sua mente. Anche loro avevano detto una cosa del genere, che la città era stata costruita per essere facilmente difendibile. Che avessero davvero avuto ragione?

"L'etere di Saemangeum è solo uno dei muri che proteggono la città dall'esterno, così come lo sono le sue usanze e la sua lingua," disse Gola Profonda. "Ci sono altre cose che la proteggono, meno visibili, ovviamente, cose che tu hai solo iniziato ad intravedere."

Il ricordo di luci color cielo e di lampi color fuoco balenarono nella sua mente.

"Stai...ti stai riferendo agli uomini di metallo e a quelli con la corazza?" domandò Lena, interrogando l'oscurità.

"Biomecca e dunami," l'uomo precisò. "Due gruppi contrapposti, guidati da cause contrapposte. I due schieramenti antagonisti di una guerra mondiale che viene combattuta nel silenzio e nell'ignoranza da ormai un decennio e che è in procinto di esplodere. Ma tu, mia cara, potresti essere la variabile che rimescola tutte le carte in gioco."

"La variabile?" Lena scosse la testa, confusa. "Io? Che cosa...che cosa vuoi dire?"

"Supposizioni, speculazioni, paradigmi senza importanza, niente di più, niente di meno," disse Gola Profonda, il tono della sua voce sembrava in qualche modo incerto, confuso, perfino, come se non avesse davvero idea di che cosa stesse parlando. "In effetti, mentirei se ti offrissi delle risposte sicure. Chiederesti alla persona sbagliata, temo. Le risposte sono prodotte dall'albero della conoscenza, mia cara. E io non coltivo quel tipo di pianta."

"Cos...Che cosa?" Lena fissò l'oscurità con tutto il disappunto che riuscì a palesare. "Stai scherzando, vero? Pensavo fossi *tu* quello che aveva tutte le risposte!"

"Risposte?" ripeté l'uomo, pronunciando quella parola come se fosse una battuta che non faceva ridere. "No, mia cara. Non risposte, solo consigli. Tutto quello che offro sono consigli."

Lena non poteva credere alle sue orecchie. Dopo tutto quello che aveva passato per finire lì, quell'uomo le diceva che non aveva risposte? Indignazione e rabbia rimpiazzarono qualsiasi traccia di timore e la ragazza fece un paio di passi verso la scala. Il calabrone non si mosse, ma continuò a guardarla.

"Bugiardo! Sei un bugiardo! Mi hai promesso delle risposte. Sono qui per quelle, me le devi, chiunque tu sia. Voglio-la-verità!" Lena alzò un braccio in aria, puntandolo come una pistola verso la sacca di oscurità in cui si stava rintanando Gola Profonda.

"Verità e bugie!" proruppe l'uomo, latrando quelle parole come se stesse rispondendo ad una calunnia. "Bianco e nero. Buono e cattivo. Svegliati, ragazza! Vivi in un mondo costruito da parole dette tra le righe e da una moltitudine di sfumature di grigio in cui non esistono cavalieri bianchi sul dorso di destrieri e demoni che si nutrono di ombre, solo uomini e donne votati a cause che credono essere giuste. Non esiste alcuna verità, se non quella che ci creiamo con le nostre menzogne. Wei Wang era un maestro in quest'arte. Chi può dire se lui fosse nel giusto? Chi può dire se il suo sogno di una civiltà spaziale sia quello più indicato per il genere umano? Chissà, forse è *Lei* quella nel giusto. *Lei* quella da seguire. Ahhh. Tu non capisci! Come potresti! La piccola ape è arrivata all'entrata dell'alveare, e crede di meritare delle risposte, crede di aver il fegato di digerirle, quando un'infinitesimale parte di quella 'verità' che tanto brama potrebbe spezzarla come un pezzo di legno secco, piegarla in posizione fetale e farla rintanare in un angolo buio mentre supplica una morte rapida! No, mia cara. No! Non ho investito il mio tempo e le mie risorse per tenerti al sicuro a Los Angeles per tutto questo tempo solo per vederti crollare adesso."

Lena sgranò gli occhi a quella affermazione. *Tenermi al sicuro? Che cosa diavolo vuole dire?* Ma prima ancora che riuscisse anche solo ad elaborare quei pensieri, l'uomo continuò a parlare.

"Per quale motivo credi che ti abbia lanciato tutte quelle molliche di pane? Mhm? Ma per farti intuire frammenti di un disegno più grande senza bloccarti lo sviluppo. Quella che chiami la 'verità' sarebbe niente meno che un colpo fatale per la tua fragile coscienza."

Lena cominciava ad intuire che Gola Profonda non dovesse essere una persona completamente sana di mente. Il suo modo di parlare, di cambiare argomento, di non mantenere per molto il filo del discorso, tutto le faceva pensare che ci fosse qualcosa di rotto dentro di lui. Il suo tono alternava timore a sfida, ribrezzo a incertezza.

"Voglio sapere chi sei!" Lena non formulò quella frase in modo da sembrare una domanda, piuttosto, uscì fuori dalla sua bocca come un ordine. Non importava quanto pazzo fosse il suo interlocutore. Non poteva non rispondere ad una domanda così diretta.

"Ah! Tu chi sei!" Gola Profonda scoppiò a ridere, un latrato acuto interrotto da occasionali colpi di tosse. "La risposta a questa domanda cambia a seconda di dove mi trovo e di che cosa stia facendo in un particolare momento, principessa. Ora e qui, puoi chiamarmi il Supervisore di Ariul."

"Il Supervisore di…Che cosa vuol dire? Non capisco."

"No. Certo che no," concordò l'uomo. "Capire è un lusso che è concesso a pochi. D'altronde, non mi aspettavo affatto che tu capissi, ragazza eletta. Mi aspettavo semplicemente che tu venissi, e che ascoltassi."

"Che cosa vuoi da me?" chiese Lena, cercando di carpire informazioni da quella mente deviata. "Perché mi chiami la 'ragazza eletta'?"

"Ah! Domanda sbagliata, mia cara," disse l'uomo, con un tono che sembrava esultare all'ignoranza di Lena. "La domanda giusta è: per quale motivo ho fatto in modo che finissi qui, a Saemangeum City."

"*Tu* hai fatto in modo?" la mente di Lena stava vorticando, cercando di fare un milione di cose al tempo stesso, "Quindi lo ammetti! Sei stato tu a fare in modo che entrassi nell'accademia? Sei stato tu a convincere il Direttorato a…"

"Convincere il Direttorato?" l'uomo rise, una risata grassa che trasudava scherno e forse una traccia d'indignazione mal celata. "Ah, mia cara! Mia giovane, inconsapevole ragazza! La tua ignoranza ti rende ridicola e innocente al tempo stesso. No, bambina mia, non c'è stato alcun bisogno di convincere il Direttorato. Sono *io* il Direttorato."

L'affermazione colpì Lena come uno schiaffo in pieno volto. Quell'uomo doveva essere molto più pazzo di quanto avesse pensato. Tutti sapevano che il Direttorato era un corpo governativo composto da dodici persone. Come poteva quell'uomo essere…

Lena troncò quella linea di pensiero. Non aveva senso ribattere alle affermazioni di un folle. Tutto quello che poteva fare era cercare di strappargli quante più informazioni possibili.

"Hai parlato di proteggere Saemangeum City," disse Lena, cercando di mantenere il tono della sua voce neutro. "Ma proteggerla da che cosa?"

"Ma da tutto il resto," rispose l'uomo, come se fosse la cosa più ovvia del mondo. "Da tutto quello che lui stava combattendo. Da tutto quello che potrebbe minacciare il suo Progetto"

"Lui?" ripeté Lena, aggrottando la fronte. "Wei Wang? Stai parlando di Wei Wang?"

L'uomo rise ancora una volta. "Wei Wang," disse, sputando il nome tra un colpo di tosse e l'altro, "Il Primo Altista, il Ragazzo Genio, il Fondatore, la Punta dell'Esaedro, un nome vale l'altro e nessuno ha davvero alcuna importanza. Certo, è stato lui!"

Lena non capiva niente di quello che l'uomo le stava dicendo. Questo 'Supervisore di Ariul' sembrava divertirsi a parlare dando per scontato informazioni sconosciute a Lena. Lo stava facendo apposta, oppure il suo stato mentale era perfino peggiore di quello che sembrasse?

"Quale sarà la tua decisione, ora che hai cominciato a sbirciare dall'angolo della consapevolezza? Mhm?"

A quelle parole, Lena sentì il sangue arroventarle le tempie. Era stata l'ultima goccia che aveva fatto traboccare il vaso.

'Decisione'. Gola Profonda osava parlare di qualcosa che lei non aveva mai avuto, non da quando era stata trascinata da un posto ad un altro, come un manichino inconsapevolmente mosso da mani invisibili.

"Stai scherzando, vero?" inveì Lena, incapace di trattenere la sua frustrazione. "Non sono mai stata io quella a decidere. Mai! Mi hai trascinato da una parte all'altra del globo e non mi stai dando nessuna spiegazione sensata per capire quella che è stata a tutti gli effetti una *tua* scelta. Non mia."

"Scelta?" ripeté il Supervisore. "Parli di 'scelta' come se ti fosse stata negata. No, mia cara ragazza. No! Il libero arbitrio è un lusso che non ti è mai stato precluso. È stata tua la scelta di seguire il mio mandarino ed ascoltare la sua proposta di iscriverti all'accademia. Tua la scelta di iniziare le ricerche e di salire sull'aereo che ti avrebbe portato qui. Tua la scelta di seguire le molliche di pane su messaggi in detrattilene, mossa da curiosità e da spirito di avventura. Tua, infine, la scelta d'incontrarmi, qui e ora, in questo avamposto del mio impero. No, non parlarmi di scelte negate, principessa. Sono state le tue scelte a condurti qui, a plasmare questo momento, a definire la tua storia. Saranno le tue scelte a far evolvere gli eventi."

"Ascolta. Sono qui perché avevi promesso di dare risposte, nell'ultimo messaggio. Se parli di scelte, la mia scelta è di sapere! Voglio sapere qual è il legame tra me e Wei Wang."

Un momento di silenzio, quindi l'uomo disse, "Ho ricevuto istruzioni molto precise riguardanti te, ragazza eletta, istruzioni provenienti da niente meno che il Primo Altista in persona. Quando il tempo fosse stato opportuno, di far in modo di portare Lena Maruishi, nata a Pasadena il 4 aprile 2017, a Saemangeum City e, una volta arrivata qui...Ahhh..."

Silenzio. Un lungo, pesante silenzio seguì quella frase lasciata in sospeso. Lena voleva che l'altro andasse avanti, che parlasse, che si spiegasse, che le desse qualche informazione in più, ma tutto quello che ricevette fu inaccessibile e amaro silenzio.

"Una volta arrivata qui...che cosa? Parla!" lo esortò Lena.

"No," disse alla fine la voce, ridacchiando nell'oscurità. "Mi rifiuto. Voglio fare qualcosa per te, darti la possibilità di decidere. Ascolta. Ti ho osservata in tutto questo tempo. Sei una ragazza piena di promesse, una ragazza a cui non voglio rovinare la vita. Ti sto dando la possibilità di scegliere, la stessa cosa che tu pensi scioccamente ti sia stata negata. Voltati, varca quella porta, dimentica tutto questo e vivi la tua vita nella benedizione dell'ignoranza."

Lena si girò, e vide in lontananza che la luce del pannello di entrata era tornata ad essere verde. La porta era aperta. Poteva uscire.

Ma non lo fece. Il suo desiderio di capire la manteneva al suo posto. Non se ne sarebbe andata senza avere delle risposte sensate.

"Resta," proseguì il Supervisore di Ariul, "e diventa un altro pezzo sulla scacchiera. Accetta di ascoltare quello che voleva che ti dicessi e finirai avvolta da una catena di eventi più grande e complicata di qualsiasi cosa tu possa immaginare. Resta e consacrati ad una vita fatta d'incertezze. La scelta è tua. Ma stai attenta! Qualsiasi cosa tu decida adesso, non si torna più indietro."

Lena rifletté nel silenzio della serra. La morte di una sola persona davanti ai suoi occhi era stata abbastanza da toglierle il sonno ed era sicura che avrebbe riempito le sue notti d'incubi. Come se non bastasse, se quello che Gola Profonda stava dicendo era vero, non aveva visto che una minima parte di qualsiasi cosa ci fosse dietro questa 'guerra mondiale combattuta nel silenzio', a cui aveva accennato.

Eppure, la sua curiosità, la sua voglia di conoscere, di capire che cosa la collegasse a tutto quello alla fine ebbe la meglio su paura ed incertezza.

"Voglio sapere qual è il mio legame con Wei Wang," disse, con una sicurezza che la sorprese, "e voglio sapere che cosa ci faccio qui a Saemangeum City."

L'eco della sua voce risuonò tra le pareti della serra, prima che il silenzio tornasse ad avvolgere tutto quanto.

"Bene, molto bene," disse l'uomo. "Una scelta è stata fatta, dunque. Ci sono delle persone che conoscono il motivo per cui sei qui, che hanno delle risposte alle tue domande, risposte che potranno soddisfarti...e distruggerti al tempo stesso. Queste sono persone legate a doppio filo a Wei Wang e al suo Progetto, guardiani che continuano la sua missione, nonostante la sua dipartita, e che combattono la sua guerra. Wang voleva che tu incontrassi questa gente, ha fatto in modo che tu fossi qui, per contribuire ad aiutarle, usando me come suo strumento. Tu sei l'ultimo tassello che li aiuterebbe a proseguire la loro missione e, allo stesso tempo, sei qualcosa che i biomecca temono sopra ogni altra: l'eredità di Wei Wang."

Lena si accorse in quel momento che l'enorme calabrone era sparito. Si girò a destra e a sinistra, ma non c'era più da nessuna parte.

Questo poteva voler dire solo una cosa: il Supervisore di Ariul stava per lasciare la serra. Aveva poco tempo per fare un'altra domanda che riteneva davvero importante.

Estrasse dalla sua tasca il ciondolo a forma di foglia di Pelargonium. Fece un passo avanti, e chiese a Gola Profonda, mentre alzava il ciondolo in alto, "Puoi almeno dirmi che cos'è questo?"

L'uomo sembrò fissare dalla distanza il ciondolo a forma di foglia di Pelargonium per una manciata di secondi. "Non ne ho idea, principessa," rispose alla fine. "E non sono mai stato interessato a scoprirlo. L'ultima volta che l'ho incontrato, si è solo accertato che tu lo avessi, quando fosse arrivato il momento opportuno. Meno ho a che fare con i prodotti di Wei Wang, meglio è per me. Suppongo che sia il deus ex machina per mandare avanti la trama."

"Perché stai facendo tutto questo? Qual è il tuo legame con Wei Wang?" chiese Lena.

"Oh, principessa," rispose Gola Profonda, ormai completamente avvolto nell'oscurità, mentre la sua voce si faceva sempre più distante, sempre più indistinta. "Questa è un'altra storia, per un'altra persona, in un altro momento."

"Chi sei tu, veramente?" urlò Lena.

"Non è ovvio?" rispose il Supervisore di Ariul, la sua voce diventata ormai un flebile sussurro in lontananza. "Sono solo un altro pezzo sulla scacchiera."

38

ULTIMATUM

NEW YORK CITY, RESIDENZA PRIVATA DEL PRESIDENTE WOODSIDE

Spine

L A SUA GUARDIA del corpo poggiò la scatola a forma di parallelepipedo rettangolare sul tavolino, come gli era stato ordinato.

"È appena arrivato, signore," disse Michael, il viso inespressivo come al solito, indicando la scatola lunga quanto il suo braccio. "È da parte di Madame Azarova. Lo abbiamo già fatto passare per i controlli."

"Oh," ridacchiò Woodside, mentre prendeva il contenitore rettangolare e se lo rigirava tra le mani con interesse. "Mio caro ragazzo, se Tenoderia volesse farmi fuori, puoi star certo che userebbe le parole. Quelle sono le sue armi migliori. Ah! Di questi tempi siete tutti convinti che il mio tagliacarte esca dal cassetto e mi sgozzi. No, Michael. Questo è semplicemente il modo di dire 'scusa' della mia eterion preferita."

Michael annuì, rigido come un pezzo di marmo, ma non aggiunse altro.

Il Presidente alzò entrambe le sopracciglia, scosse la testa e sospirò. "Grazie Michael," disse aridamente, indicando la porta. "È tutto."

"Sì, signore," rispose la sua guardia del corpo, facendo dietro-front, varcando l'uscita e chiudendosi dietro la porta.

Woodside era nuovamente solo nel suo salone. Soppesò la scatola, valutandola da ogni angolo, quindi scartò il pacco alacremente. Quando l'ultimo pezzo di carta venne tolto, sorrise, evidentemente compiaciuto. Tenoderia non aveva deluso le sue aspettative. Come sua eterion, il compito della donna era di sapere tutto su tutti. Questo era il motivo per cui in quel momento Woodside stava reggendo una bottiglia di Bowmore Scotch Whisky, invecchiato di venticinque anni. Il suo preferito. Più di mille dollari in formato liquido. Tenoderia faticava a concedere anche solo un sorriso, ma dovette ammettere che quando decideva di regalare qualcosa, faceva i compiti a casa.

Woodside considerò per un attimo di tenere quella bottiglia anche solo per ricordo, senza aprirla. In quindici anni di servizio, poteva contare sulla punta delle dita le volte che Tenoderia aveva fatto un errore di giudizio che l'avesse dovuta costringere a ricredersi su qualcosa. Tenoderia Azarova era famosa per essere allergica agli sbagli.

Quel regalo aveva dunque un valore simbolico, oltre che puramente economico, e gli faceva gustare la sua vittoria in maniera completa.

Nessun biglietto accompagnava il regalo, ovviamente. Roba troppo sdolcinata per l'eterion.

Il suo interlink suonò in quel momento, interrompendo le sue considerazioni. Sorpreso, guardò il nome del contatto e vide che era Michael a chiamarlo.

"Che cosa c'è, Michael?" chiese, in tono burbero.

"Signore, mi dispiace disturbarla nuovamente, ma Zacharias Hawke chiede di lei."

"Hawke?" Woodside posò lentamente la bottiglia di Scotch sul tavolino di fianco. Ripeté il nome del Patriarca nella sua mente.

Credeva di aver fatto capire chiaramente al leader dell'Humanitas che non era interessato alla fusione. *Che cosa diavolo vuole da me quel ciarlatano?*

"Va bene," disse Woodside, sistemandosi sulla sedia mentre si schiariva la gola. "Lo prendo sull'interlink qui in salotto, Michael. Non..."

"Signore," lo interruppe la sua guardia, evidentemente desideroso di aggiungere qualcosa. "Il signor Hawke è qui...è...ehm, fuori dal cancello. Chiede il permesso di entrare."

"Fuori dal cancello?" Woodside impiegò qualche secondo per capire che l'umanista si trovava fuori da casa sua e che Michael lo stava trattenendo fuori dalla sua residenza.

"Sì, signore," confermò Michael, quando Woodside non disse nulla. "È qui di fronte a me."

Un profondo cipiglio si fece largo sulla fronte del Presidente. Si massaggiò il mento con aria assente e inspirò profondamente mentre tamburellava le dita sul tavolino.

Finalmente disse, "Va bene, Michael. Fallo passare."

"Ricevuto, signore."

Mentre chiudeva l'interlink, Woodside pensò a centinaia di motivi per cui il Patriarca avesse voluto incontrarlo in quel modo, a quell'ora del giorno, senza utilizzare come di consueto i canali ufficiali. Tuttavia, ogni motivazione che gli veniva in mente gli sembrava una meno probabile dell'altra.

Quando la porta di casa venne aperta, Woodside vestì il suo volto con un ampio sorriso. Zacharias Hawke entrò, seguito da Michael. Il leader della LAND non si alzò dalla poltroncina e non salutò il nuovo venuto. Rimase comodamente seduto, a scrutarlo, mentre il suo ospite entrava, guardandosi intorno, la schiena dritta e le mani dietro la schiena.

Notò immediatamente che il Patriarca era vestito con abiti normali, senza la lunga tunica bianca con cui lo aveva ormai associato. Inoltre, era solo, senza il trio di sacerdotesse con cui lo aveva visto alla serata di Gala. Era vestito con un semplice paio di jeans, una felpa e un paio di scarpe da ginnastica. Conciato in quel modo, non sembrava molto diverso da un muratore che tornava da una lunga giornata di lavoro. Il pensiero fece sorridere Woodside. *L'abito fa sempre il monaco*, si trovò a pensare.

"Il Reverendissimo Zacharias Hawke," lo accolse Woodside, allargando le braccia mentre valutava il suo ospite con interesse, "Quale insperata sorpresa. Posso offrirti qualcosa? Nettare? Ambrosia?"

Zacharias rise a quella battuta. "Un bicchiere d'acqua fresca sarà sufficiente, Presidente. Grazie per avermi permesso di disturbarla."

Woodside annuì verso Michael, che si diresse in cucina, e fece segno al leader dell'Humanitas di sedersi su una poltroncina vicina.

Quando Michael tornò con un bicchiere d'acqua, che porse a Zacharias, Woodside lo congedò con un veloce movimento della mano.

"Puoi andare Michael," disse. "Confido che le dieci telecamere che hai nascosto da qualche parte in salotto ti daranno un preavviso sufficiente se il nostro Patriarca decidesse di strangolarmi."

La guardia del corpo fulminò Zacharias con lo sguardo, come se avesse considerato una possibilità del genere, ma alla fine annuì. Se aveva colto la battuta, niente del suo volto lo diede a vedere. Michael parlò a bassa voce verso il suo polso, dando degli ordini, quindi uscì dalla casa, lasciando i due uomini da soli.

Il Presidente tornò a concentrarsi sul suo ospite, che stava sorseggiando l'acqua mentre si guardava intorno, studiando i particolari del salone.

"Una bella casa," Zacharias posò il bicchiere sul tavolino. Annuì, come se stesse approvando qualcosa. "Semplice eppure elegante. Lei deve avere buon gusto, quando si tratta di arredamento."

"No, il mio gusto è pessimo," lo contraddisse Woodside. "Non saprei addobbare un albero di Natale se ne valesse la mia vita. In compenso, la mia ex-moglie è un'esperta in queste cose. Quando se ne è andata, portando con sé figli e soldi, ho lasciato tutto come era."

Hawke annuì senza aggiungere altro, mentre continuava a valutare la casa.

Seguirono trenta secondi di completo silenzio, nei quali il

Patriarca non fece altro se non guardarsi attorno, e sorseggiare silenziosamente il contenuto del suo bicchiere.

Bene. Se il prete è troppo timido per rompere il ghiaccio, immagino che sarò io a fare gli onori di casa.

"Quasi non ti riconoscevo vestito come un comune mortale," disse il leader landista, indicando i vestiti del suo ospite. "Dimmi, dove hai lasciato l'accappatoio? Ancor più importante," s'interruppe per un attimo, guardandosi attorno con fare circospetto, "dove hai lasciato le tue concubine dallo sguardo assassino?"

Ancora una volta una risata genuina da parte di Zacharias, che smise finalmente di guardarsi attorno e si concentrò sul suo interlocutore. "Ho creduto saggio lasciare le formalità fuori dalla porta, Presidente," rispose semplicemente.

Il Patriarca spostò lo sguardo sul tavolino lì vicino e fu in quel momento che notò la bottiglia di Scotch. "Ah, un Bowmore, invecchiato venticinque anni," disse. "Con il suo aroma di malto, tabacco, frutta e vaniglia, il suo sapore torbato e ricco, il Bowmore ha un retrogusto morbido ed una lunga persistenza; è forse uno dei Single Malt che più si aprono e cambiano con l'aggiunta di acqua. Posso?" chiese alla fine, indicando la bottiglia.

"Prego," disse Woodside, porgendogli la bottiglia. "Non ti facevo un esperto di whisky scozzesi."

"Oh, non lo sono affatto," si affrettò a dire Zacharias, mentre leggeva l'etichetta della bottiglia. "Ma c'è stato un momento nella mia vita in cui mi piaceva dilettarmi di compagni simili a questo. Non così costosi, certo..."

Woodside annuì, ricordando quello che aveva letto sul passato dell'umanista. Alcool e psicofarmaci non erano novità per la persona che aveva davanti. Aveva quasi dimenticato che, prima della 'chiamata di Gaea', Hawke era stato una persona distrutta, che aveva addirittura tentato il suicidio.

Ovviamente, quell'uomo era morto e sepolto.

Lo Zacharias Hawke che aveva davanti era saldo quanto una fortezza inespugnabile, poteva vederlo nei suoi occhi, percepirlo nei suoi movimenti. Il venditore di fotocopiatrici 3D si era chiaramente trasformato in una persona con un obiettivo, che seguiva una causa. Ma come? E per quale motivo? Si scoprì desideroso di dare risposte a queste domande.

"Vuoi dire, prima che la Grande Madre ti aprisse gli occhi?" chiese, cercando di scoprire di più dell'uomo che aveva davanti.

"Esatto, Presidente," rispose Zacharias, mentre continuava a valutare con attenzione la bottiglia. Non diede l'impressione di voler aggiungere altro.

"Qualcosa mi dice che non sei venuto qui in incognito a discutere di arredamento o di bevande alcoliche, Hawke," disse Woodside. "Allora. A cosa devo il piacere della tua visita?"

Zacharias smise di guardare la bottiglia e la poggiò sul tavolo.

"Ci tenevo a congratularmi personalmente per la vostra vittoria a Scontro Frontale," disse Zacharias, producendo uno dei suoi sorrisi affilati. Gli occhi erano due fenditure oblique che non sarebbero stonate sul volto di un'arpia.

Woodside annuì. "Davvero gentile da parte tua," disse, incrociando le braccia. "Ma saltiamo pure i formalismi e veniamo direttamente al punto in cui mi spieghi il *vero* motivo per cui sei venuto qui, senza la tua scorta di sacerdotesse e il tuo vestito sgargiante."

Il leader dell'Humanitas poggiò la schiena sul sedile e si leccò le labbra. Per la prima volta in assoluto, sembrava leggermente a disagio, come se stesse cercando di scegliere con attenzione le sue prossime parole.

"Gaea ha richiesto la mia presenza qui, Presidente," disse, l'espressione improvvisamente seria. "Dobbiamo parlare della fusione, e dell'importanza che un'unione tra la LAND e l'Humanitas avrebbe per il mondo intero."

Woodside dovette trattenersi per non scoppiare a ridere in faccia all'umanista.

"*Gaea*, ha richiesto," ripeté, sottolineando la parola 'Gaea'.

"Esatto, Presidente," confermò Zacharias, annuendo gravemente. "Dobbiamo risolvere qualsiasi differenza lei crede che le nostre organizzazioni abbiano e andare avanti insieme. *Uniti*."

"E immagino che farlo in privato sia stato un'altra delle sue raccomandazioni, delle raccomandazioni della tua...Ah...divinità. Dico bene?"

Zacharias ignorò il suo tono canzonatorio.

"Arriva il momento in cui due grandi uomini benedetti da responsabilità e gravati dal potere devono discutere faccia a faccia delle importanti faccende che plasmano le sorti del mondo," disse il Patriarca, guardandolo senza battere ciglio. "Stampa, etere, intermediari e formalità varie non sono certo il modo in cui dialogano due leader che si apprestano a fare la storia."

"Concordo," disse Woodside, appoggiandosi a sua volta sullo schienale. "Quelle cose possono distrarre. Ma io pensavo di essere stato molto chiaro alla serata di gala, Hawke. Non ho alcun interesse a fondere la LAND con l'Humanitas."

"Posso chiederle il motivo?" domandò Zacharias.

"Il motivo è molto semplice," rispose Woodside. "Non mi fido di te, prete. Non mi fido del tuo fare mellifluo, non mi fido dei metodi da hooligan utilizzati dalla tua organizzazione e non mi fido della tua agenda politica."

"Lei è solo confuso, Presidente," disse Zacharias. "Lei crede che io sia uno psicopatico, opportunista, imbroglione e leader di una setta di fanatici. Ma si sbaglia."

"Hai dimenticato 'bugiardo' e 'cialtrone'," gli fece presente Woodside, giocherellando con la manica della sua camicia.

Il Patriarca s'irrigidì e serrò la mascella. Eppure, a parte quel gesto, il suo volto continuava a rimanere illeggibile.

"Lei crede che il nostro scopo sia di diffondere disinformazione e violenza nel mondo," continuò, come se non avesse sentito quello che l'altro aveva detto.

"Non ho forse ragione?"

"Trovo la sua resistenza alla nostra unione curiosa e al tempo stesso totalmente insensata. Per quale motivo negare la nostra identità di obiettivi? Perché precludere ai nostri seguaci la gioia di un'unione che è naturale e proficua come la comunione tra cielo e terra? Noi abbiamo ripreso molto dai nostri fratelli landisti, molti dei vostri precetti sono i nostri precetti. Abbiamo obiettivi comuni. Voi siete stati un esempio per noi umanisti e molti di voi hanno già trovato casa nella benedizione di Gaea. Non permetta alla sua arroganza di oscurare il suo giudizio. La LAND e l'Humanitas, insieme, sarebbero una forza contro la quale niente potrebbe opporsi."

"Patriarca," disse Woodside, caricando quella parola della massima dose di sarcasmo che riuscì ad esternare, "il tuo fare da prelato potrebbe convincere la legione di pazzoidi che hanno deciso di seguirti. Ma non convince me. Avete ripreso da noi anche violenza e terrorismo?"

"Violenza?" L'espressione sul volto del Patriarca era oltraggiata e confusa al tempo stesso. "No, Presidente, no. Pace, benessere e armonia sono i comandamenti dateci dalla Grande Madre e ogni umanista degno di questo nome vive seguendoli ciecamente e umilmente, giorno dopo giorno."

"Davvero?" chiese Woodside. "E dimmi, voialtri date a queste parole lo stesso significato delle persone normali? Pace, benessere e armonia devono essere state le ultime cose che Erik Deringer ha provato, mentre il tuo gruppo di fobaron lo pestava a sangue. Cos'è, credi che non sappia viaggiare nell'etere? Il servizio che hanno riservato i tuoi fobaron a quel poveraccio è ormai leggendario. È un miracolo che sia ancora vivo. Senza contare gli incidenti che i tuoi accoliti hanno provocato l'altro ieri nelle manifestazioni a Shanghai, Bruxelles e Pretoria. Venticinque morti e seicentosei feriti sotto il segno di Gaea. Mhm? La tua divinità sembra dopotutto assetata di sangue. Forse voialtri riservate pace, benessere e armonia solo a coloro che si inchinano sotto la Luce? Hai qualcosa da dire al riguardo?"

Le labbra di Zacharias divennero una sottile linea orizzontale e il suo sorriso svanì. Eppure, l'uomo perse solo per un istante la sua espressione di comunione con il mondo. Quando parlò nuovamente, il sorriso era tornato ad abitare il suo volto, una maschera di marmo che sembrava imperturbabile e inattaccabile come il muro di una fortezza.

"È vero," ammise il Patriarca, annuendo lentamente. "Alcuni dei pargoli che rispondono alla chiamata della Grande Madre, come i fobaron, sono più...zelanti di altri. Ciononostante, essi sono fratelli fedeli della nostra causa contro il comune nemico Artificio. Guerrieri di cui avremo bisogno nella nostra battaglia finale. Quello che è successo al figlio di Sofia Deringer è...Ah...sfortunato. Sì, davvero sfortunato. Eppure il ragazzo è corrotto fino al midollo dallo spirito oscuro e il suo cuore e la sua mente sono macchine prive di emozioni e di bisogni umani. Le sue azioni e le azioni di sua madre hanno portato il ragazzo ad abbandonare la Luce. Non c'è posto per persone come lui nel nuovo mondo."

"E immagino che a dirti tutto questo sia stata la tua preziosa Gaea, sussurrandoti parole da un cespuglio o da un piccione viaggiatore di passaggio. Dimmi, Hawke. Chiedi il permesso alla tua amica invisibile solo quando forgi la tua agenda politica o anche quando devi farti una sega? Mi farebbe piacere sapere se hai anche idee tue, o se sono solo i rigurgiti della tua immaginazione a dettare il destino di decine di milioni di persone sparse in tutto il mondo."

"Non pretendo che lei capisca il legame spirituale tra noi umanisti e la Grande Madre, Presidente," disse Hawke. "Quello che so, tuttavia, è che i landisti e gli umanisti condividono molti valori e che hanno in comune la stessa missione: rendere questo pianeta un paradiso terrestre per l'umanità intera. Senza guerre, senza povertà, senza malattie, senza diseguaglianze sociali. Unire le nostre forze vorrebbe dire avvicinarsi alla realizzazione di questo sogno. Parliamo dell'unica cosa veramente importante. I nostri movimenti possono avere idee diverse riguardo alcune, selezionate questioni, ma siamo entrambi formidabili avversari degli altisti. Wei Wang era un figlio del Caos, Presidente, un pargolo prescelto da Artificio per condurci nelle fiamme della dannazione eterna. Grazie alla Luce, quel depravato è morto. Ora, pensi che cosa significherebbe per Gladia Egea e il Direttivo altista la nostra unione. Con le nostre forze congiunte, potremmo costringere la Planetaria a chiudere Polaris in meno di un mese. Ci pensi! L'economia spaziale diventerebbe una piccola parentesi nei libri di storia."

"Sbarazzarmi di un doberman per fare entrare un dragone?" il sorriso di Woodside era amaro mentre scuoteva la testa. "No, prete.

Molte persone sono convinte che la LAND abbia ucciso Wei Wang, pensando che nella mia organizzazione ci sia posto per fanatici come te. Ma si sbagliano. La LAND non è un ricettacolo di estremisti o di psicopatici votati alla religione del sangue. Basta così! La visione della LAND e quella dell'Humanitas sono inconciliabili. Non c'è posto per persone come te nel nuovo mondo, Hawke."

"Nuovo mondo?" Zacharias sorrise, un sorriso sinistro che contrasse i muscoli del suo volto in un'espressione di bieco fanatismo. "Presidente, lei parla come qualcuno che avrà un ruolo nella costruzione del nuovo mondo. Si sbaglia, ovviamente. Non con questo atteggiamento, non mostrando questa mancanza di saggezza e di lungimiranza, e sicuramente non con tutti i nemici che si è fatto ultimamente, fuori e *dentro* il suo cortile di casa."

Zacharias stava chiaramente parlando della sua dichiarazione pubblica, nella quale aveva annunciato Yvonne come suo successore. Come conseguenza di quell'annuncio, Richard e i burocrati erano sul piede di guerra. Komla e Arvin avevano fatto triplicare la sua sicurezza per quel motivo.

Ma poco importava, a quel punto. La mossa era stata fatta e l'opinione pubblica e i landisti avevano espresso il loro consenso incondizionato. Dopo la vittoria di Yvonne a Scontro Frontale, la donna si era trasformata dal giorno alla notte in una beniamina landista, l'araldo di un nuova era. Esattamente come Woodside aveva previsto.

Ora, quando la sua protégé parlava, chiunque ascoltava molto attentamente.

Zacharias Hawke lasciò protrarre quel momento di silenzio, quindi concluse, "Lasci che la Luce di Gaea benedica il suo sguardo, Presidente, o sia pronto a pagarne le conseguenze."

L'espressione di Woodside era serena, completamente immune al tono inflessibile del Patriarca.

"E questa che cosa sarebbe, Hawke, una minaccia?" chiese, divertito.

"Minaccia?" disse Hawke, scuotendo la testa. "Oh, no. No, Presidente. Nessuna minaccia. Questo è un ultimatum."

Woodside scoppiò a ridere. Quella conversazione era finita.

Distolse lo sguardo dal suo ospite e chiamò Michael con il suo interlink. "Michael," disse. "Mostra al nostro ospite la porta, per favore."

"Sì, signore."

"Non ce ne sarà bisogno, Presidente," disse Zacharias, alzando una mano. "Buona giornata." Ciò detto, si alzò dalla poltroncina e uscì dalla casa senza guardarsi indietro. Quando l'umanista fu uscito, Woodside guardò la bottiglia di Scotch. La prese e si alzò.

"Michael, prepara lo shuttle," disse, mantenendo il suo interlink aperto. "Voglio essere al quartier generale tra meno di trenta minuti."

"Signore," disse Michael, "le ricordo che il suo appuntamento con..."

"L'ho appena cancellato," disse Woodside. "E chiamami Yvonne Muchena. Voglio che sia nel mio studio fra non più di un'ora."

Il Presidente si rigirò la bottiglia di Scotch tra le mani. "C'è qualcosa che noi due rimandiamo da troppo tempo, e ora abbiamo finalmente il 'carburante' per iniziarla."

∞ ∞ ∞

New York City
Quartier Generale della LAND

La bottiglia di Bowmore era aperta e si trovava in quel momento sulla scrivania dello studio.

Yvonne Muchena stava fissando il bicchiere quasi completamente vuoto del Presidente per poi considerare il suo che, al contrario, conservava gran parte del liquido color ambra che era stato versato parecchio tempo prima. Aveva a malapena toccato il contenuto, bagnandosi le labbra solo un paio di volte ed ogni volta, il suo stomaco aveva minacciato di rigurgitare la sua cena. Non poteva certo dire di essere una patita di quel genere di bevande, ma un invito da parte di Spine Woodside non era una cosa che poteva essere facilmente rifiutata. Per questo motivo, aveva fatto finta di bere, mentre 'festeggiava' con il suo mentore.

La gigantesca finestra dello studio catturò la sua attenzione.

Non era ancora riuscita a decidere se era affascinata o terrorizzata dallo spettacolo di Manhattan dal novantesimo piano. Si considerò solamente fortunata che il pomeriggio si stava velocemente trasformando in serata, e che i contorni definiti degli edifici stessero progressivamente sparendo, sostituiti da una semplice moltitudine di luci che facevano sembrare il panorama esterno un colossale scrigno foriero di gemme luminose.

Era stato un lungo pomeriggio, e la bottiglia mezza vuota poggiata sulla scrivania di Woodside ne era una prova.

Stavano festeggiando per la prima volta lontano dai media e dall'establishment landista la loro vittoria contro Verha Wardem. Solo lei e il Presidente. Nei giorni passati, a causa dei rispettivi impegni, avevano a malapena avuto tempo di sentirsi via interlink.

"Comunque," riprese Yvonne, muovendo con un dito il suo bicchiere, dopo aver distolto lo sguardo dalla finestra, "non c'è alcun dubbio che hai sollevato un gran bel polverone nominandomi in quel modo. Ho sentito dire che Richard è rimasto con la bocca spalancata per un quarto d'ora, aspettandosi che qualcuno gli dicesse che era una battuta. Parola mia, Spine, avresti suscitato meno scalpore se avessi dichiarato Gladia Egea tua erede universale. Perfino Komla è preoccupato di questa tua mossa. So che lui e Arvin hanno triplicato la tua scorta personale, qualche giorno fa. Non che io mi lamenti, certo." Yvonne rise, una risata sbarazzina che illuminò il suo volto. "Se ti fanno fuori, io mi becco questo bell'ufficio e la vista mozzafiato."

Woodside grugnì la sua approvazione mentre annuiva vivacemente, ma non replicò alla battuta. Le sue guance e la sua fronte erano decisamente rosse e il suo volto sudaticcio, nonostante la temperatura della stanza non fosse affatto elevata.

Yvonne indicò attorno a sé con un distratto movimento delle mani. "Vediamo, sicuramente cambierei la tappezzeria, troppo scialba per i miei gusti, e questa scrivania orrenda, ovviamente..." e colpì con le nocche la superficie del tavolo.

A quel punto, Woodside scoppiò a ridere.

"Non contarci troppo, dolcezza," le disse il Presidente, raddrizzandosi sulla sedia, la cravatta slacciata intorno al collo. "Conto di rimanere in giro per un bel pezzo."

Woodside si stiracchiò, quindi versò nel suo bicchiere un po' del contenuto della bottiglia, lo alzò al cielo e fece quello che doveva essere il decimo brindisi della giornata.

"Ad Yvon Niagezzo Muchen," annunciò Woodside, evidentemente alticcio mentre pronunciava il nome. "Il cioccolato fondente più famoso del mondo!" E bevve tutto d'un fiato.

"Non sono sicura se ringraziarti sia una buona idea," disse la sua protégé. "È da quando hai fatto l'annuncio che ho paura di bere e di mangiare. Il modo in cui mi guardano Richard e gli altri burocrati è preoccupante. Sto pensando di assumere un assaggiatore personale."

"Ah!" esclamò Woodside, leccandosi le labbra. "Fidati, se Richard e i suoi leccaculo avessero voluto farti fuori, saresti già morta e sepolta. No, nessuno di loro alzerà un dito, non..." singhiozzò, si mise una mano sul petto, quindi proseguì, "...non hanno la spina dorsale per farlo. Uccidere qualcuno mostrerebbe che quel branco di smidollati hanno delle palle, che sono pronti ad azioni radicali, come quella che abbiamo fatto noi. Na! Stammi a sentire. Richard e i suoi penseranno sicuramente a farti fuori, ma non sarà pasticciando con il tuo pranzo, te l'assicuro."

Yvonne scosse la testa, ma non replicò a quell'affermazione.

"Brindiamo, dunque," disse Woodside, alzando il bicchiere dopo averci versato un altro po' di liquido color ambra, "con questo Scotch da un migliaio di dollari."

"Non sono sicura dovresti continuare a bere, Spine," lo avvertì Yvonne. "Voglio dire, la tua faccia ha assunto una colorazione tendente al viola."

"Sciocchezze," disse Woodside, muovendo la mano come a scacciare del fumo. "Viola è il mio colore naturale."

Yvonne scrollò le spalle, sospirò e bevve...tossendo subito dopo.

Woodside scolò il suo bicchiere in un sorso e si versò dell'altro Scotch, automaticamente, senza neppure pensarci.

Questa volta, tuttavia, non avvicinò il bicchiere alla bocca. No. Il Presidente rimase a fissarlo, come se la sua mente fosse stata catturata da un ricordo lontano.

"Spine?" lo chiamò Yvonne, dopo che l'uomo era rimasto silenzioso per un paio di minuti. "Va tutto bene?"

"Tu sai perché ho deciso di fondare la LAND?" chiese tutto d'un tratto il Presidente, lo sguardo nebuloso, gli occhi che non fissavano nulla in particolare.

Yvonne guardò il suo mentore. "Pace nel mondo e distribuzione equa delle risorse?" rispose la sua protégé, intuendo in qualche modo che il suo mentore non si riferisse a quello.

"Ah, le esatte parole del manuale landista," disse Woodside, battendo le mani. "No, non quello, sto parlando della ragione vera, la ragione primordiale, quella che mi ha fatto muovere le budella per la prima volta, che mi ha cambiato completamente così," e schioccò le dita, "da un minuto all'altro."

"No," ammise Yvonne. "Ma immagino che sarebbe una storia che mi piacerebbe ascoltare."

Una lunga pausa, quindi Woodside sospirò.

"Tu credi nel destino?" chiese Woodside, mentre guardava Yvonne, un'espressione indecifrabile sul suo volto alticcio.

"È una domanda trabocchetto?"

Woodside scosse la testa. Avvicinò a sé la bottiglia di Scotch e sorrise. "Mio padre era un debole," disse, "un uomo che incolpava chiunque fuorché sé stesso della sua inadeguatezza, cercando... cercando di compensarla con il sottoscritto." Woodside annuì, mentre guardava la bottiglia di Bowmore come se fosse una palla di cristallo che gli stesse riproponendo un episodio della sua vita passata. "Voleva che io diventassi un astronauta, il folle. Un astronauta, ti rendi conto? Spesi anni a studiare, a fare compiti che avrebbero dovuto prepararmi al momento fatidico in cui avrei camminato tra le stelle, mentre lui ignorava completamente sua figlia, Adelaide, una ragazzina con sindrome di Down."

Woodside rise, una risata amara che si trasformò ben presto in un grugnito. Aggiunse altro liquido nel suo bicchiere, ma ancora una volta non toccò il contenuto. "Lui e mia madre si erano separati per questi motivi, in effetti."

Sospirò. Una lunga pausa seguì quelle parole, interrotta solo dal movimento delle dita del Presidente che tamburellavano sul tavolo. Alla fine guardò Yvonne, occhi iniettati di sangue e la testa che ciondolava leggermente, "Il disgraziato, un bel giorno, fece irruzione in casa nostra con una pistola, mi mise al tappeto e sfondò il cranio di mia sorella a forza di botte. La incolpava di aver rovinato la nostra famiglia, e di avermi impedito di diventare l'uomo tra le stelle che lui non aveva mai potuto essere. Dopodiché, si mise la pistola in bocca e, davanti ai miei occhi, liberò il mondo della sua patetica presenza. L'episodio mi ha marcato come una mucca da macello. Ho giurato a me stesso che non avrei mai fatto la sua fine. Già. Penso che sia stato in quel giorno che la LAND...che l'idea della LAND, sia nata, e con essa la convinzione che ha mosso le mie azioni."

Un'altra lunga pausa seguì quell'affermazione.

"Che cosa ne pensi?" chiese Woodside alla fine, guardando Yvonne con un sorriso che tradiva stanchezza e amarezza al tempo stesso. "È una bella storia? Merito un applauso?"

Woodside si stava chiaramente riferendo alla confessione in diretta che le era valsa la vittoria contro Verha Wardem.

La donna sapeva che il Presidente le aveva fatto quella domanda per un motivo, forse per valutare la sua reazione, ma Yvonne non pensò troppo alle conseguenze della sua risposta quando disse, "Penso che sarebbe un discorso di apertura con i controfiocchi a Scontro Frontale."

Spine guardò la sua protégé. Quindi scoppiò a ridere.

Sdrammatizzare. Era tutto quello che il Presidente voleva, e lei lo aveva capito immediatamente.

"Quindi, sei un landista per colpa di tuo padre?" chiese Yvonne, evidentemente incuriosita dalla storia di Woodside.

Il Presidente annuì. "Sono un landista perché sono stato

cresciuto da uno dei più ferventi altisti sulla faccia della Terra, prima ancora che la parola 'altista' esistesse. Ironico, non è vero?"

Woodside scosse la testa mentre continuava a sorridere. Finalmente, prese il suo bicchiere e bevve il contenuto con un singolo, rapido movimento.

Quando ebbe finito, sbatté il bicchiere sul tavolo, mentre si puliva il mento con il dorso della mano. "Ed eccoci qui, a discutere del passato," disse, allargando le braccia, "quando ora tutto quello che importa sono le conseguenze del nostro successo. La rinascita della LAND è appena iniziata, dolcezza. Già, appena iniziata. Ora arriva la parte difficile. Quella che prevede la ghigliottina e due palle foderate d'acciaio."

Yvonne alzò le sopracciglia, evidentemente confusa. "Che cosa vuoi dire?"

Woodside si toccò la fronte. "Sto cercando di dirti che ho un piano a lungo termine per rimettere la LAND sulla giusta traiettoria, Hakuna Matata," disse l'uomo, sfregandosi la mano sui pantaloni, "e far in modo di mettere te su un piedistallo era la prima parte di questo piano. La fase uno si è conclusa. Da domani, inizia la fase due, e non hai idea di che cosa ho in mente. Tieniti pronta, Ms. Africa. Zacharias Hawke, Richard Donovan, Gladia Egea...quando il mio piano sarà completo, non dovremo più preoccuparci di nessuno di loro e la LAND sarà più forte e coesa di quanto sia mai stata."

"Ora mi hai incuriosito," confessò Yvonne, avvicinando la sedia alla scrivania. "Che cosa hai in mente?"

"Oh, cioccolato fondente," cantilenò Woodside, scuotendo la testa. "Oggi si festeggia, domani si preparano le catapulte. Tutto quello che voglio dire è...beh, non metterti comoda. C'è ancora molto lavoro da fare. Ora, parliamo di un argomento altrettanto interessante, ovvero la tua riunione a porte chiuse con i Verdi sudamericani. Quei succhiasigari non si sono mai aperti alla LAND prima d'ora, ma immagino che la tua performance a Scontro Frontale gli abbia fatto cambiare idea. Allora, che cosa sei riuscita a ricavare?"

I due continuarono a parlare mentre il livello dell'alcool nella bottiglia diminuiva lentamente ma inesorabilmente, assieme alla lucidità di Woodside.

Alla fine, quando il Presidente cominciò ad avere difficoltà a distinguere la sua mano destra da quella sinistra, Yvonne lo condusse sul divano, trascinandolo praticamente di peso.

"Non ho bisogno di una balia per togliermi le scarpe, cioccolato fondente!" latrò Woodside, quando si accorse che cosa la sua protégé stesse facendo.

"Davvero?" chiese Yvonne, mentre impediva all'uomo di cadere per terra come un sacco di patate. "Allora sapresti dirmi il giorno in cui sei nato?"

"Certo, che domanda!" rispose lui, scandalizzato. "Sono nato quando mia madre mi ha partorito!"

"Shh, shh," gli sussurrò Yvonne, aiutandolo a togliersi la giacca. "Ci siamo quasi."

La donna lo posò sul divano. Il leader landista si distese, sospirando, mentre continuava a lamentarsi e a borbottare.

"Acqua," gracchiò Woodside, con gli occhi chiusi, mentre si rigirava sul divano.

"Che cosa hai detto?"

"Nel cassetto della scrivania," Woodside indicò la scrivania, gli occhi sempre chiusi. "C'è...acqua." Sbadigliò. "Ne avrò bisogno, domani, quando desidererò di non essere nato."

Yvonne alzò un sopracciglio. Si stupì che l'uomo fosse ancora abbastanza lucido per fare un ragionamento del genere.

Dopo averlo coricato sul divano, si avviò verso la scrivania, aprì il cassetto e trovò una mezza dozzina di bottigliette d'acqua. Ne prese un paio, le poggiò sul tavolino vicino al divano e disse, "Sono qui."

Woodside grugnì qualcosa che Yvonne non riuscì a capire, prese una bottiglia, la aprì goffamente, per poi scolarne metà del contenuto tutto d'un fiato.

"Ahhh!" Posò la bottiglia e ritornò a chiudere gli occhi.

Nel confine tra il sonno e la veglia, Spine mormorò, "Rendimi orgoglioso, dolcezza." Ciò detto, si girò e cominciò a russare quasi immediatamente.

La donna rimase a guardarlo per qualche secondo, sorridendo con gli occhi, quindi gli si avvicinò e gli mormorò all'orecchio, "Grazie," e lo baciò sulla fronte.

Si alzò, s'incamminò verso la porta e la chiuse con delicatezza dietro di sé.

39

RUDERI DI UN IMPERO
DÜSSELDORF, QUARTIER GENERALE DELLE AUTOMATON INDUSTRIES

Erik

ERIK MOSSE CON la punta della scarpa un pezzo di vetro, avvicinandolo alla pila di detriti che affiancava il corridoio dell'edificio. Si guardò intorno, la mascella serrata, gli occhi che dardeggiavano da un cumulo di macerie all'altro ed imprecò a denti stretti.

Lo spettacolo di distruzione lo circondava senza scampo. Non sembrava esserci un solo centimetro quadrato intorno a lui che non fosse stato spezzato, graffiato, rotto, staccato o polverizzato. Quel luogo, una volta così familiare ed accogliente, era stato ridotto al guscio vuoto di ciò che era un tempo. Quello che per lui era stato un santuario, il luogo che sua madre aveva costruito da zero, dove aveva creato una vera e propria industria capace di rivoluzionare le vite di milioni di persone, era stato irrimediabilmente profanato.

Un pensiero sconvolgente lo invase e il preludio della consapevolezza minacciò di farlo cadere in ginocchio, di prosciugarlo della sua volontà e di fargli desiderare di non alzarsi mai più. Era troppo da digerire nello spazio di così poco tempo, troppo da processare. Come era potuta accadere una cosa del genere?

Provò a disfarsi di quel pensiero, d'ignorarlo, di ridicolizzarlo, perfino, ma senza successo. Quel rigurgito della sua mente rimase lì, nonostante provasse ogni volta a scacciarlo in un angolo recondito.

Niente avrebbe potuto negarlo, a questo punto: si trovava al centro di quello che una volta era stato un vero e proprio impero finanziario e tecnologico, il cuore delle Automaton Industries, la compagnia che aveva reso la fantascienza una faccenda di tutti i giorni. Eppure, adesso tutto quello era cambiato. Per sempre. Ovunque guardasse non vedeva altro che rovina e distruzione. Non poteva fare a meno di pensare che qualsiasi cosa avesse significato quella compagnia, qualsiasi rivoluzione avesse inaugurato, era ora sepolta sotto quello strato di detriti e macerie.

Erik fece qualche esitante passo in avanti, la schiena inarcata, le spalle spioventi, come se in quel luogo la gravità fosse tre volte più forte del normale.

Alla fine si fermò, incapace di proseguire, e si sedette sul pavimento, incurante dello sporco che lo circondava. Aveva voglia di vomitare, di piangere e di urlare, ma tutto quello che riuscì a fare fu semplicemente fissare l'ambiente circostante, sforzandosi di sgombrare la mente da un uragano di emozioni diverse.

Il ragazzo vide porte sfondate, sostegni spezzati, finestre infrante, muri trasformati in cumuli di macerie, apparecchiature ridotte a ruderi inutilizzabili e innumerevoli detriti difficili anche solo da identificare. I fobaron sembravano non aver lasciato intero nulla che fosse più grande di un'unghia.

"Riusciremo...riusciremo a recuperare qualcosa da tutto questo?" chiese, interrompendo un silenzio che durava ormai da dieci minuti, la sua voce un rauco mormorio che palesava incredulità e rabbia in egual misura. Si girò verso l'uomo che lo stava seguendo a pochi passi di distanza, sperando che le sue parole non tradissero le emozioni che stava provando.

Kenta Kurosawa sostenne il suo sguardo per una manciata di secondi, quindi scosse la testa, passandosi una mano tra i capelli grigi mentre valutava un grosso cumulo di metallo e carbonvetro alla sua destra.

"Difficile a dirsi," sentenziò l'uomo, ricordando ad Erik un dottore che valutava attentamente la prognosi di un paziente. Kenta si mise entrambe le mani nelle tasche e lasciò andare un sospiro, quindi si schiarì la voce, prima di continuare. "Quando sono riusciti ad entrare, non hanno davvero perso tempo. Nei dieci minuti precedenti l'arrivo delle forze dell'ordine, hanno fatto danni ingenti, rubando parte dell'equipaggiamento e mettendo fuori uso tutto il resto. Come puoi vedere, il primo piano è stato completamente distrutto. Il secondo e il terzo piano sono ridotti in uno stato simile. Se siamo fortunati...beh, probabilmente riusciremo a recuperare qualcosa dal quarto e dal quinto, anche se da quel poco che ho visto sembra non sia rimasto quasi nulla di utilizzabile. I fobaron hanno usato mine soniche, grappoli Compton e dispositivi IEM per fare più danni possibili, il più velocemente possibile."

Kenta s'interruppe, massaggiandosi la fronte con una mano e appoggiandosi ad un muro con l'altra. Alla fine riprese, allontanandosi dal muro e pulendosi la mano sul camice. "I piani superiori sono relativamente intatti grazie agli uomini della sicurezza che si sono trincerati lì su per difendere l'equipaggiamento più importante. So che non sarà di alcuna consolazione, ma quei criminali avrebbero potuto fare molti più danni. Molti di più."

Erik si accorse che aveva trattenuto il fiato mentre il professore descriveva i danni riportati dall'edificio.

"Avevi davvero ragione, vecchio mio," sussurrò Erik, congiungendo le mani dietro la nuca e fissando il soffitto, l'unica cosa rimasta relativamente intatta lì attorno. "Dovevo vedere con i miei occhi questo disastro per farmi...per farmi un'idea."

"Mi dispiace," fu tutto quello che Kenta fu in grado di dire. Il suo sguardo sembrava volerlo rassicurare, ma il suo tono tradiva incertezza e smarrimento. Sembrava che lui stesso avesse bisogno di qualcuno che lo rassicurasse.

Eppure, a quelle parole Erik sembrò destarsi all'improvviso. Si alzò da terra, si spolverò i pantaloni e si sfregò le mani, "Dispiace anche a me, Kenta, ma il nostro dispiacere non ricomprerà le apparecchiature distrutte e non ricostruirà i muri infranti!"

Erik quasi sputò l'ultima parola, incapace di trattenere un odio che cresceva secondo dopo secondo.

Kenta annuì, senza rispondere. Si tolse gli occhiali e li pulì con lentezza metodica usando il suo camice mentre osservava un operaio inginocchiato all'estremità opposta del corridoio. L'uomo stava creando un'altra pila di detriti, per rendere praticabile il corridoio, e non sembrava neppure essersi reso conto della loro presenza.

Kenta si rimise gli occhiali, inspirò rumorosamente e scrollò le spalle, un gesto che tradiva un arcobaleno di emozioni diverse.

"I danni," riprese Erik, sforzandosi di mantenere un tono controllato quando tutto quello che avrebbe voluto fare era prendere a pugni qualcuno. "Di quanto stiamo parlando esattamente, in soldi e in tempo?"

"Mmm...Un'altra domanda molto difficile a cui rispondere," ammise Kenta, incrociando le braccia. "Tutto quello che posso darti sono una serie di ipotesi."

"Ipotizziamo, allora," Erik sostenne lo sguardo del professore, il quale sospirò ancora una volta e scosse la testa. L'uomo si mise le mani sui fianchi mentre osservava il pavimento. "Ho parlato con un paio di capireparto per valutare assieme la natura dei danni," disse. "Ho anche chiesto ad alcuni manutentori, fatto un po' di domande in giro, studiato alcuni preventivi...Ah..." una pausa non più lunga di alcuni secondi, nella quale Kenta socchiuse gli occhi e aggrottò la fronte, evidentemente intento a compiere alcuni calcoli mentali.

Alla fine, dopo quella che parve ad Erik un'eternità, l'uomo riprese, "Direi circa due mesi, e intorno ai venti milioni. Probabilmente di più, se decidessimo di sostituire il sistema linfatico e le alcove con qualcosa di più aggiornato."

Fu come se qualcuno avesse gettato una palla da bowling contro lo stomaco di Erik. Il ragazzo sbatté le palpebre una dozzina di volte, evidentemente colto alla sprovvista dalla notizia. Si era preparato al peggio, o almeno aveva cercato di prepararsi al peggio, ma rimase scioccato da quella notizia nonostante tutto.

Entrambi sapevano molto bene che le Automaton Industries non potevano permettersi una cifra del genere, non nella situazione finanziaria in cui stavano navigando al momento, non con le magre risorse di cui disponevano. Quella stima era vicina ad una vera e propria condanna a morte.

L'immagine dell'impero in declino, un impero che sua madre aveva creato e che lui aveva ereditato, si fece più vivida nella sua mente e un senso di nausea crescente cominciò ad affliggerlo.

In quel momento si accorse veramente della situazione in cui si trovavano e la sua rabbia venne sostituita con incredibile rapidità da una paura crescente. Il suo cuore cominciò a battere all'impazzata e avvertì una distinta sensazione di disagio che si faceva largo intorno al petto, come se qualcuno stesse esercitando una crescente pressione sul suo corpo, mozzandogli il fiato, impedendo all'aria di entrare nei polmoni.

La sua mente divagò e cominciò a pensare a sua madre. O, meglio, al ricordo di sua madre.

Nonostante si fosse riproposto di farlo il meno possibile, nonostante avesse cercato di bloccare il pensiero della sua ultima visita e il ricordo della follia che aveva colpito Sofia, quello che era accaduto non poteva che portare i suoi pensieri a sua madre. Da quando era stata ospedalizzata, la sorte della sua compagnia era precipitata in un baratro apparentemente senza fine. Sembrava che tutte le cose buone che le Automaton Industries erano riuscite a creare, tutte le conquiste che erano riuscite a compiere, si fossero ormai ridotte a un semplice ricordo sbiadito, nient'altro che un trofeo coperto di polvere su uno scaffale dimenticato da tempo. Erik e Kurosawa erano stati semplici spettatori del crollo di quello che una volta era stato un gigante, un precursore del settore, un vero e proprio costruttore di tendenze, la compagnia che aveva creato praticamente da zero l'industria degli autotron e le migliaia di servizi ad essa collegati.

E ora tutto quello che rimaneva di quell'impero, di quel successo planetario all'apparenza inarrestabile, era un pugno di laboratori inutilizzabili in un edificio distrutto.

Erik sapeva che tutto quello che era successo alla compagnia era stata colpa sua, che lui non era stato in grado di proseguire l'opera di sua madre, che aveva fallito tutte le prove che il destino gli aveva messo di fronte da quando Sofia Deringer aveva dovuto abbandonare il suo lavoro.

Più di ogni altro momento nella sua vita il ragazzo si sentiva ora un vero e proprio fallimento, colui che aveva lasciato che l'impero precipitasse in uno stato d'inarrestabile declino, l'ultimo componente di una dinastia una volta ricca e potente che aveva condannato la sua eredità all'oblio.

Erik aveva fatto una scelta, e questa scelta aveva decretato il destino delle Automaton Industries. Egli, infatti, aveva deciso d'impiegare gran parte delle sue risorse e del suo tempo per combattere la Trimestrale perché l'aveva vista come l'unica vera causa del declino dell'industria autotronica, e la minaccia più grande al sogno di sua madre. Aveva anche deciso che la sua compagnia non si sarebbe piegata alla Purificazione Tronica e che non avrebbe fabbricato e venduto autotron che seguivano le regolamentazioni della Planetaria, implementando la legge che 'lobotomizzava' gli autotron. Era un'idea che gli era sembrata sacrosanta a quel tempo.

Eppure, mentre lui era impegnato nella sua crociata solitaria contro la Trimestrale e a mantenere l'onore della madre immacolato, la sua compagnia aveva smesso di fatto di produrre l'oggetto più remunerativo del settore, l'autotron appunto, e per questo motivo aveva subito perdite ed era stata progressivamente affiancata da altre compagnie che si erano piegate alle direttive della Planetaria e che creavano e vendevano quelli che lui definiva 'autotron lobotomizzati'.

Così, quella che una volta era stata la compagnia non eterica in più rapida crescita del ventunesimo secolo, si era ridotta a un nulla di fatto, a un punto quasi invisibile in una mappa popolata da nuovi giganti, mentre l'industria degli autotron si era convertita in un semplice business che fabbricava quelli che secondo Erik erano poco più che elettrodomestici intelligenti.

Il ragazzo colse un movimento con la coda dell'occhio che lo destò improvvisamente dai suoi pensieri. Imprecò a denti stretti quando si accorse chi era sbucato dal nulla.

L'alta figura di On-Eni-Quinto era appena emersa da dietro un angolo, muovendo talmente silenziosamente i suoi piedi che Erik non si era accorto di lui se non quando gli fu praticamente davanti. L'autotron si era mantenuto fino a quel momento a distanza dai due per valutare occasionalmente alcuni detriti sul pavimento e per parlare con alcuni operai sparsi qua e là per l'edificio. On guardò prima Kurosawa e poi Erik e parlò per la prima volta da quando avevano iniziato il sopralluogo.

"I danni riportati dall'edificio sono ingenti," annunciò, mentre camminava verso di loro, "ma non irreparabili. Sono convinto che non ci sia nulla che tempo e denaro non possano risolvere."

"Grazie di niente, On," disse Erik, il tono della voce aspro. "Non serviva il tuo sopralluogo per capirlo."

"Il personale di sicurezza ha fatto un lavoro encomiabile, limitando drasticamente i danni dei terroristi," continuò l'autotron, indicando attorno a sé con pacatezza, come se stesse descrivendo il rivestimento di una macchina. "Considerando il fatto che fossero dodici persone contro sessanta, è davvero impressionante che siano riusciti a..."

"Non cercare di addolcire la pillola, On," lo interruppe Erik, un'improvvisa ondata di rabbia alterò il tono della sua voce. "Quei bastardi ci hanno messo in ginocchio! Dove diavolo troviamo i soldi per rimettere in sesto questo posto? Non abbiamo le risorse...non abbiamo le persone per tirarci fuori da questo mare di merda!"

Ed è tutta colpa mia, aggiunse Erik dentro di sé. *È colpa mia se siamo arrivati a questo punto. Colpa mia. Soltanto colpa mia.*

Nessuno parlò per i successivi cinque minuti.

Finalmente, dopo essersi mosso intorno ad una pila di ruderi, Kurosawa si guardò attorno con sguardo vigile, sfregandosi le mani e tamburellando un piede sul pavimento. Il professore si leccò le labbra mentre fissava l'operaio distante, come per accertarsi che non si stesse curando di loro, quindi si avvicinò ad Erik. Gli toccò gentilmente la spalla e sussurrò, "Erik. Sarai d'accordo con me nel riconoscere che questa è una vera e propria emergenza. Voglio dire, come hai detto tu, non abbiamo risorse o il personale per...per risollevarci da tutto questo."

"Puoi dirlo forte," disse Erik, improvvisamente speranzoso. Forse Kenta stava per proporre un'alterativa a quella situazione disperata. Il suo cuore accelerò i battiti mentre aspettava speranzoso che il professore proseguisse, dandogli una soluzione a tutti i loro problemi.

"Potremmo..." l'uomo s'interruppe, guadagnandosi uno sguardo incuriosito da parte del ragazzo, che ora lo stava studiando molto attentamente. Kurosawa riprese, abbassando ulteriormente la voce, "Potremmo, ecco, attingere dai trasferimenti del nostro contatto per pagar..."

Gli occhi del ragazzo si sgranarono dall'orrore quando finalmente capì che cosa l'altro stesse suggerendo. Si ritrasse di un paio di passi e urlò, "No! Assolutamente no!"

Il professore trasalì, sorpreso dalla sua reazione.

Erik guardò prima Kurosawa, quindi On. Entrambi lo stavano fissando. Fu improvvisamente consapevole del tono del tutto fuori luogo che aveva usato. La sua reazione era stata una sorpresa perfino per lui. Non si era aspettato quel suggerimento da parte di Kurosawa, e non avrebbe mai creduto che potesse metterlo così a disagio. Si schiarì la gola e riprese, cercando di suonare più conciliante. "No, Kenta. So...so che le tue sono buone intenzioni, ma è troppo rischioso. Davvero troppo rischioso. Non...non possiamo compromettere il progetto. Pensa...pensa se qualcuno cominciasse a chiedersi dove diavolo abbiamo preso una cifra simile. Le nostre casse non mentono, il nostro conto in banca ha diverse cifre negative in rosso, e non è di certo un segreto di Stato. Se qualcuno cominciasse a fare domande...No, non possiamo farlo. Non senza mettere a rischio l'operazione. Non così...Non in questo modo..."

Erik lasciò la frase in sospeso. Non sapeva neppure lui come rendere la sua argomentazione più convincente. Sapeva soltanto che quello che stava suggerendo Kurosawa era pericoloso e sbagliato al tempo stesso.

Il professore allargò le braccia mentre scuoteva la testa. Fu il suo turno di assumere un'espressione sorpresa, quasi oltraggiata. "Ragazzo," disse, guardando Erik ed indicando attorno a sé con le mani aperte, "guardati attorno, per amor del cielo. È il modo più veloce che abbiamo per rimettere in piedi baracca e burattini prima di essere costretti a dichiarare bancarotta, perché io davvero non vedo altre alternative. Questa compagnia era già sull'orlo di un precipizio prima che i fobaron trasformassero quello che ne rimaneva in un cumulo di macerie. Erik, pensaci! Non so te, ma io non vedo davvero molte altre scelte. È una cosa che anch'io non vorrei fare, ma adesso è venuto il momento di usare quello che abbiamo per andare avanti. Faremo attenzione, saremo prudenti, ma è venuto il momento di usare quello che abbiamo."

Erik scosse fermamente la testa. "No, Kenta. Non capisci? È un scelta sbagliata...una decisione avventata. Troveremo un altro modo per risolvere questa faccenda. Troveremo..."

"Un altro modo?" lo interruppe Kurosawa, congiungendo le mani, come se stesse pregando qualcuno, "Che cosa vuoi dire? Che cosa hai in mente, esattamente? Non possiamo certo operare in uno stato del genere e non abbiamo tempo per escogitare chissà quale..."

"Potremmo chiedere un altro prestito alla Global Momentum," azzardò Erik, suonando non convincente perfino a sé stesso

"Cosa?" Kurosawa lo guardò con la fronte aggrottata, "Erik, non parli sul serio, vero? Ti rendi conto che dobbiamo già a quelle persone una somma esorbitante? Se chiediamo loro solo un altro centesimo la rata d'interesse assumerà vita propria e comincerà a mangiarci vivi! A quel punto rimettere in sesto questo posto diventerà l'ultimo dei nostri problemi."

"Allora abbandoneremo tutto il resto e ci concentreremo esclusivamente sul progetto," annunciò Erik, assumendo un'espressione impassibile. "Ci ho...ci ho pensato molto, ultimamente. Io ed On ne abbiamo parlato. Ho finito con i miei discorsi pubblici contro la Trimestrale. È un capitolo chiuso. Lo ammetto, non hanno avuto l'effetto che mi aspettavo. Tutto quello che resta di davvero importante è il progetto."

"Vuoi dire..." Kurosawa non terminò la frase, come se le implicazioni di quello che aveva detto il ragazzo fossero foriere di conseguenze difficili anche solo da concepire.

Erik si rese conto della portata della sua affermazione, ma sembrava assolutamente sicuro che fosse la cosa giusta da fare.

"Esatto," disse il giovane Presidente delle Automaton Industries, cercando di attingere dal barlume di sicurezza rimasto per dare forza alle sue parole. "È l'unica cosa che conta davvero a questo punto." Si guardò attorno con discrezione, la stessa espressione cauta che aveva mostrato il professore qualche minuto prima, quindi riprese, abbassando la voce, "Il nostro contatto ha bisogno di altri quattro ordini entro la fine di questo mese, e tra l'attacco di quei bastardi e la mia ospedalizzazione, abbiamo già perso un mucchio di tempo. Dobbiamo recuperare. Dobbiamo rimetterci in carreggiata. Non possiamo permettere a tutto questo di distrarci. Il progetto è l'unica cosa davvero importante rimasta. Ascoltate," e guardò sia On che Kurosawa, "abbiamo poco più di due settimane per mettere a punto le ultime unità, testarle, arrangiare il trasporto e fare tutto questo senza destare sospetti."

"Va bene," disse Kurosawa, evitando lo sguardo del ragazzo, "Anche se...anche se fosse, anche se mandassimo tutto il resto al macero come stai suggerendo, abbiamo comunque un problema, Erik. E per favore, questa volta non insultare la mia intelligenza cercando di scansarlo via con deboli scuse. Sono sicuro ti stia rendendo conto che gli ordini stanno diventando sempre più frequenti e sempre più ragguardevoli. Di questo passo, non riusciremo a mantenere il passo. Per amor del cielo, non riusciamo già a mantenere il passo! Siamo solo in tre a fare un lavoro che dovrebbe essere fatto da una dozzina di persone!"

Erik aggrottò la fronte. "Non abbiamo bisogno di una dozzina di persone, Kenta. Abbiamo On."

Kurosawa guardò l'autotron, che rimase in silenzio, quindi scosse la testa. "Anche con On non avremo alcuna possibilità di soddisfare gli ordini se continuano ad incrementare a questo ritmo. Ascoltami, Erik, per favore. Abbiamo bisogno di aiuto per tenere il passo e preservare al contempo la qualità dei prodotti, senza contare la nostra sanità mentale."

"Che cosa stai suggerendo?" chiese Erik, avvicinandosi all'uomo in camice e fissandolo attentamente.

Kurosawa sostenne lo sguardo del ragazzo. "Abbiamo bisogno di aiuto, e non riesco a pensare a nessun candidato migliore di...di... tuo zio. Ecco, l'ho detto. So che ti ha offerto il suo aiuto più di una volta. Ebbene, penso...penso sia arrivato il momento di ingoiare l'orgoglio e di prendere quella mano tesa."

Erik aprì la bocca, l'espressione chiaramente contrariata, ma On lo interruppe, intromettendosi nella conversazione. "Erik, quello che dice il professor Kurosawa ha senso. Ti ho già detto che questa sarebbe una linea di condotta efficace da adottare, coinvolgere il Direttore Deringer nel progetto. Rifletti. Fa parte della tua famiglia, ha un interesse personale nel mantenerti al sicuro, per quanto tu ti sforzi di non ammetterlo. Non vorrebbe mai che qualcosa di spiacevole ti succedesse. Inoltre ha le risorse adeguate per aiutarci nel progetto, senza contare che non tradirebbe mai..."

"No!" esclamò ostinatamente Erik, indicando a turno l'autotron e Kurosawa. "No, no e *no!* Vi ho già detto che mettere in mezzo mio zio non sarebbe affatto una buona idea. Quell'uomo semplicemente non capirebbe. Sarebbe un grave errore. Un gravissimo errore!"

"Erik," lo incalzò Kurosawa, "On ha ragione. Ramor ha le risorse necessarie non solo per proteggere il nostro progetto, ma anche per accelerare la produzione, renderla più sicura, semplificare la realizzazione delle unità e arrangiare un loro trasporto più rapido e sicuro. Semplicemente noi tre non possiamo più fare tutto da soli. Soprattutto dopo quello che è successo qui. Guardati attorno, apri gli occhi, dannazione! Abbiamo bisogno di aiuto, ora più che mai!"

"No! Questa conversazione è finita," sentenziò Erik, alzando entrambe le mani al cielo e voltando loro le spalle. "Non permetterò a quella persona di minacciare...È semplicemente troppo importante, troppo rischioso, coinvolgerlo...Lui non ha mai...Voi non sapete...Voi non potete capire..." Erik inciampò nelle sue stesse parole; rabbia, incredulità e nervosismo facevano tremare la sua voce. Fece un profondo respiro e si girò nuovamente verso Kurosawa e On.

"Ascoltate," disse, cercando di assumere un tono conciliante, "non m'importa cosa crediate di sapere su di lui. Non ricordate che cosa ha fatto? Se n'è andato, ha smembrato la compagnia, preso quello che gli serviva, creato l'Automatrix e rinnegato le massime di sua sorella. Ci ha tradito! Si è adeguato alla massa, si è piegato alla Trimestrale, producendo delle aberrazioni meccaniche che vanno contro tutto quello che mia madre avrebbe voluto. Il solo fatto che la sua compagnia esista è un costante insulto alla sua memoria. Non voglio che una persona del genere abbia niente a che fare con quello che stiamo facendo! Zio Ramor è un codardo e un opportunista. Non posso permettere che minacci tutto quello per cui abbiamo lavorato fino ad ora!"

"Erik, tutto quello che ha fatto tuo zio è stato *sopravvivere*," gli fece presente Kurosawa. "Non puoi fargliene una colpa per aver semplicemente continuato a vivere la sua vita, per aver voltato pagina ed essere andato avanti."

On si mise al fianco di Kurosawa, spalleggiandolo con la sua presenza. "Erik, potremmo non avere altra scelta."

Erik capì di essere stato messo alle strette. Trattenendo all'ultimo momento una contro-risposta, si convinse a riflettere. Alla fine decise di fare l'unica cosa che sembrava sensata in quel momento: prendere tempo ed escogitare una soluzione ai loro problemi, una soluzione che non prevedesse il coinvolgimento di Ramor Deringer.

"Va bene, va bene," disse, evitando di guardare entrambi. "Sentite, ci penserò sopra, ve lo prometto. Nel frattempo, On, ti proibisco di dire nulla del progetto a mio zio. Questo è un ordine! Sono stato chiaro?"

"Ricevuto," rispose semplicemente l'autotron.

Erik si rivolse al professore. "Kenta, per favore, ti chiedo solo del tempo per pensarci. Per la stima e il rispetto che nutrivi...che nutri per mia madre, per favore, dammi almeno questo. Tempo."

Kurosawa esitò per qualche secondo, poi disse, "Va bene, hai la mia parola. Non dirò nulla a tuo zio finché non sarai tu a deciderlo.

In fin dei conti, l'ultima volta che ho controllato, eri ancora tu il Presidente delle Industries."

"Grazie," disse Erik, visibilmente sollevato.

Kurosawa annuì e si allontanò, percorrendo il corridoio mentre raccoglieva qualche detrito di tanto in tanto, pulendosi una mano sul camice mentre con l'altra si sistemava goffamente gli occhiali.

Erik incrociò le braccia e si costrinse a pensare.

Il futuro delle Automaton Industries sembrava segnato, ma lui avrebbe fatto di tutto per far in modo che il vessillo dell'eredità di Sofia Deringer sopravvivesse alla prova del tempo.

Ora che non aveva niente altro di cui occuparsi se non il progetto, un senso di sollievo lo invase, come se un enorme blocco di marmo fosse stato sollevato dal suo petto.

Per la prima volta dopo troppo tempo, Erik Deringer sorrise. Sapeva che, in un modo o nell'altro, non importava quante battaglie perdeva, quante ritirate era costretto a subire, se il progetto gli avesse garantito la vittoria finale.

Improvvisamente, un ricordo emerse da un angolo della sua mente, un ricordo che in quel momento gli infondeva la sicurezza che stava facendo la scelta giusta. Erik lo afferrò con la forza della consapevolezza, come un naufrago afferra l'ultimo salvagente rimasto su una barca in procinto di affondare.

"Farò molto di più che aiutarti a costruire un impero, mamma," mormorò, guardando senza davvero vederlo il soffitto dell'edificio. "Ti consegnerò l'immortalità su un piatto d'argento."

Düsseldorf
Museo della Scienza Autotronica

IL MUSEO della Scienza Autotronica è un edificio vasto e spazioso, principalmente composto da vetracciaio e da carbonfibra, dove il bianco perla e il grigio argento si intrecciano armoniosamente formando archi che compongono la spina dorsale del museo. Dall'atrio, la struttura sembra quasi il torso di un gigantesco autotron. Una vera e propria opera d'arte, più che una semplice costruzione, creata con lo scopo di suscitare stupore e allo stesso tempo per testimoniare la crescente importanza di questa nuova branca della tecnologia.

Nonostante l'industria degli autotron non abbia neppure un decennio, infatti, il suo impatto sull'opinione pubblica è già stato tanto significativo da favorire l'inaugurazione di quel costoso museo che si è imposto velocemente come una delle attrazioni più visitate di Düsseldorf.

Erik deve costantemente guardarsi attorno, per evitare di urtare qualcuno dei passanti, che guardano con occhi colmi di meraviglia attorno a loro. L'edificio è pieno zeppo di gente, un'altra testimonianza di quanto l'industria degli autotron stia calamitando verso di sé sempre più curiosità e attenzione.

Dopo aver passato la mezz'ora precedente a visitare la sezione dedicata ai recenti tetranidi, ai meno recenti trinidi e agli ormai sorpassati duonidi, Erik si trova ora a fissare i tre vecchi e al tempo stesso leggendari modelli di autotron che componevano la Triade, tutti ovviamente protetti da un campo di forza. Eccoli lì, in tutto il loro splendore: Niccolò, Galileo e Isaac, ora elevati al rango di cimeli senza prezzo, di simboli, perfino. Erik riflette sulla loro importanza, manifestata perfino nel simbolo delle Automaton Industries. L'Autotron Vitruviano adottato dalla compagnia di sua madre, infatti, consiste proprio in un modello di classe monide. Gli unici esemplari ancora esistenti di quella classe si trovavano ora di fronte ai suoi occhi.

Erik sorride, un sorriso che parla di stupore. I tre autotron sono esattamente come li ricorda quando li aveva visti per la prima volta da bambino, quel giorno in cui tutto era iniziato.

Incredibilmente bassi, dall'aspetto goffo, con buffi rivestimenti d'acciaio troppo scintillante per i suoi gusti che li fanno sembrare dei tostapane troppo cresciuti, i tre monidi sono ora l'attrazione principale del museo in quanto rappresentano il prologo di una storia che continua a dipanarsi davanti ai suoi occhi.

Sofia Deringer gli sta di fianco. Anche lei sta guardando i tre monidi, mentre dozzine di persone si avvicinano per studiarli meglio. Raramente Erik ha visto espressioni di meraviglia simili sul volto di sconosciuti, e scopre che la cosa gli da un senso di orgoglio che non riesce davvero a spiegarsi, ma che gli fa apprezzare ancora di più il fatto di essere lì, circondato da persone provenienti da tutto il mondo che sembrano condividere la sua stessa passione.

"Stento a credere che siano passati già sei anni da quel giorno, il giorno in cui hai urlato ad Isaac che cosa fare." Sofia sta sorridendo verso di lui, ora.

"Già," Erik annuisce velocemente. "Lo ricordo come se fosse ieri, mà. Dalla tua faccia, sembrava volessi scorticarmi vivo."

Erik si aspetta che la madre rida, ma la sua reazione è completamente inaspettata. La donna, infatti, mette entrambe le mani sulle spalle del figlio ed Erik si gira, un'espressione sorpresa sul volto mentre il suo sguardo incontra quello della madre. C'è determinazione negli occhi chiari della donna.

Quando parla nuovamente, Sofia palesa un tono che di solito riserva al professor Kurosawa, o allo zio Ramor, o ad uno dei suoi colleghi in camice bianco. Mai a lui.

"Ti ho mai detto per quale motivo tuo padre ci ha lasciati, Erik?"

La domanda trafigge il ragazzo come una lastra di ghiaccio nel petto. Per Sofia Deringer, quell'argomento è sempre stato tabù. Lui ha sempre saputo che se vuole fare arrabbiare la madre, deve solo nominare il padre, per scatenare una reazione. Erik si è sempre allenato a non pensare a suo padre. Eppure, adesso, è lei stessa a nominarlo.

Per quale motivo?

"No, mamma," risponde. "Non lo hai mai detto."

"Tuo padre era un debole," inizia Sofia, deglutendo vistosamente, come se stesse ingoiando bile. "Un uomo che non aveva mai osato conquistare nulla, che aveva sempre e solo grattato la superficie della vita, senza mai rischiare, rifuggendo traguardi e obiettivi come la persona comune rifugge la coda di uno scorpione. Un uomo che non si era mai avventurato oltre la zona della sicurezza, dominato dalla paura di fallire e, per questo motivo, sempre perseguitato dal fallimento."

Una lunga pausa, intervallata da un sospiro, quindi Sofia riprende, "Ero giovane e sciocca, quando ci siamo sposati, incapace di vedere le sue debolezze. Quell'uomo ha fatto una sola cosa degna di nota, mi ha aiutato ad avere te, Erik, e per questo, nonostante chi fosse, nonostante che cosa abbia fatto, avrà sempre un posto nel mio cuore."

Quella è una confessione, si rende conto Erik. Ma per quale motivo? E perché proprio lì, in quel momento?

Fa per aprire la bocca, ma la madre gli mette un dito sulle labbra, impedendogli di parlare.

"Non ti ho mai parlato di lui perché non ho mai voluto rischiare che anche solo il suo ricordo ti contaminasse, ti rendesse debole. Ma ora mi accorgo che sono stata una sciocca. Tu non sei tuo padre, e lo hai provato più volte. Tu sei *me*, Erik, hai la stessa fiamma nel tuo cuore, la stessa testardaggine e la stessa intelligenza. Per questo motivo, ho bisogno del tuo aiuto."

Erik alza entrambe le sopracciglia, evidentemente sorpreso. Sua madre ha bisogno di lui? Se l'espressione della donna non fosse così seria, Erik sarebbe portato a credere che stia scherzando. Ma quegli occhi azzurri luccicano di determinazione e il suo tono è inflessibile.

"Che cosa vuoi che faccia?" chiede Erik alla fine.

"Voglio che mi aiuti a costruire un impero, Erik."

Un impero, ripete fra sé il ragazzino. Immagini di enormi eserciti, di potenti nazioni del passato e di condottieri invincibili balenano davanti ai suoi occhi. Non riesce a capire che cosa vuole dire la madre. Come possono loro due creare un impero?

"Non capisco, mà," ammette Erik, palesando la sua confusione mentre dà voce ai suoi pensieri. "Come...come si fa a creare un impero?"

"Richiede tempo," inizia la madre, "e dedizione. Nel nostro caso, richiede anche segretezza. C'è...qualcosa, un progetto a cui ho lavorato negli anni passati, in segreto. Neppure tuo zio sa di che cosa si tratta. Quell'uomo è utile e al tempo stesso pericoloso quanto un'arma a doppio taglio."

La madre fa una lunga pausa e si guarda intorno, come per accertarsi che nessuno li stia ascoltando. Quindi, dopo aver preso tra le mani il volto del figlio, continua, "Se riusciamo in questa cosa, Erik, i fobaron e tutti gli altri detrattori dell'industria autotronica subiranno un colpo portentoso. Gli autotron si trasformerebbero da semplici strumenti ad assistenti del genere umano. Potrebbero letteralmente rivoluzionare la società in cui viviamo. Capisci per quale motivo sono così importanti, Erik? Capisci che l'umanità non ha futuro senza di loro?"

"Sì, mamma. Lo capisco, ma perché mi stai parlando come se non sapessi tutte queste cose? Non devi mica convincere me, dovresti convincere i fobaron."

"Nessuno di noi può prevedere il futuro, Erik," dice Sofia. "Se qualcosa dovesse succedermi. Qualsiasi cosa, voglio che tu porti avanti la nostra visione del futuro, senza piegarti, senza compromessi. Lo farai, Erik? Per me?"

"Certo, che domanda," dice Erik, anche se dentro di sé deve ammettere che poco di quello che ha detto la madre gli è davvero chiaro. A volte lei poteva essere davvero strana, ma non importava. Dopotutto era sua madre, e lui le voleva bene.

Sofia annuisce, abbandonando il suo volto serio, quindi scompiglia i capelli al figlio, che grugnisce con esasperazione. Improvvisamente, la sua espressione è tornata la solita espressione da mamma.

"Mà!" si lamenta Erik, mentre cerca di rimettersi i capelli a posto. "Smettila, dai!"

Sofia non fa caso alle sue proteste, e comincia a fargli il solletico sotto le braccia.

Dopo qualche minuto, altre persone si sommano alla folla già ammassata attorno alla Triade.

"Ora andiamo," dice Sofia, dando un'ultima occhiata alla Triade prima di avviarsi verso l'uscita. "Lo sai? C'è una sorpresa che ti aspetta a casa."

"Una sorpresa?" dice Erik, sistemandosi i capelli arruffati, lo sguardo stupito. "Che sorpresa?"

"Un nuovo autotron che voglio che collaudi," risponde semplicemente Sofia, destreggiandosi tra la gente che affolla il museo. Alza la voce, per farsi sentire meglio sopra il vociare diffuso. "Tuo zio ha intenzione di sbancare con questo modello, lo sai? Non fa che parlarne. È una classe completamente nuova, il primo prototipo di Pentanide che esce dalle fabbriche. Promette davvero grandi cose." Una pausa, poi Sofia continua, "Vedrai, ti sorprenderà. È davvero impressionante!"

"Non vedo l'ora," dice Erik, quasi saltellando mentre segue la madre. "Come si chiama?"

Sofia Deringer guarda il figlio e sorride, "Abbiamo deciso di chiamarlo Sonnie."

40

ALLA LUCE DEL QUARZO
SAEMANGEUM CITY, PIAZZA ANANKE

Ariul

L ENA SI TROVAVA di fronte ad una delle familiari sculture a forma di prisma presenti in praticamente tutte le piazze della città. La forma alta e indefinita della scultura le ricordava una serie di quarzi attaccati l'uno vicino all'altro.

Era una forma curiosa, e nonostante lei vivesse a Saemangeum da più di sei mesi, non aveva mai capito veramente il significato di quelle sculture.

Solo una delle molte domande riguardanti la Città d'Acqua a cui non aveva saputo dare risposta. Non ancora, almeno. Dubitava infatti che la struttura sarebbe rimasta un mistero per molto tempo. Non dopo quello che aveva intenzione di fare.

Era tardi, e nessuno si vedeva lì attorno. La maggior parte degli abitanti erano già rincasati, come erano soliti fare dopo la mezzanotte.

La sua mente divagò per qualche secondo e ricordò quello che le aveva detto Gary Peak, nel suo messaggio di benvenuto, riguardo quella strana abitudine dei Saemageni: 'Qui a Saemangeum, la vita inizia presto, intorno alle sei del mattino ma finisce anche a mezzanotte, quando le strade di praticamente tutta la città si fanno deserte e gli esercizi commerciali chiudono. È come se esistesse una specie di coprifuoco non scritto, che tuttavia la maggior parte dei residenti rispetta religiosamente'."

"Un coprifuoco," ripeté Lena a bassa voce. Un tipo di misura necessaria per tempi di guerra.

Scosse la testa, per schiarirsela. Non le piaceva la direzione in cui la stavano portando quei pensieri. Tornò a fissare la scultura che le stava di fronte.

Non poteva dimenticare che aveva un compito da svolgere.

Si guardò attorno per l'ennesima volta, ma sapeva benissimo di essere da sola. Nessuno l'aveva seguita, se ne era accertata più volte, senza contare che il mandarino le aveva detto che avrebbe fatto in modo che nessuno sapesse dove si trovava in quel momento e che nessuno la disturbasse. Neppure i suoi amici del club dei Misteri. Lena immaginò che il Signor Fedora la stesse probabilmente guardando da qualche parte lì attorno, senza dubbio per riportare quello che aveva visto al Supervisore di Ariul.

Già. Il Supervisore di Ariul. Lena non aveva mai davvero smesso di ripensare alla loro conversazione. Aveva analizzato ogni singola parola che era riuscita a ricordare dal loro incontro, ma più si soffermava a pensare, più si convinceva che quello che le aveva detto l'uomo fosse in gran parte il parto di una mente malata.

Lena sbuffò, un'aria rassegnata sul suo volto. Inutile pensare a quello che era successo, non l' avrebbe certo aiutata a fare quello che doveva fare.

Alla fine prese con riluttanza il ciondolo a forma di foglia di Pelargonium dalla sua tasca e lo fissò in silenzio per qualche istante, istanti che si tramutarono in lunghi minuti.

Vuoi oppure no dare risposte alle tue domande? E allora che cosa stai facendo, qui impalata? Perché non riesci a fare quello che devi? Fallo e basta!

Le istruzioni del mandarino erano state chiare, dopotutto:

raggiungi una qualsiasi delle strutture a forma di prisma sparse per la città, toccala con il ciondolo e aspetta.

Già, ma aspetta che cosa?

Che il terreno si apra sotto i miei piedi? Che un ufo mi teletrasporti via? Che il monumento si spacchi e ne esca Wei Wang in persona con un sorriso smagliante? Il mandarino non aveva voluto dirle altro, congedandosi bruscamente con un frettoloso ed inutile: "Buona fortuna, signorina Maruishi."

"Buona fortuna un corno!" mormorò stizzita Lena. "Perché deve essere tutto misteri e frasi smozzicate? Perché nessuno può essere più chiaro? Almeno una volta?"

Lena desiderò possedere un manuale d'istruzioni che avrebbe semplicemente dovuto seguire alla lettera per sapere che cosa doveva fare.

Beh, in effetti, lei sapeva che cosa doveva fare, e sapeva come farlo, ma ora, davanti a quella scultura, non era convinta se effettivamente *poteva* farlo.

Timore, frustrazione, riluttanza, eccitazione, anticipazione, sconforto, tutte queste sensazioni balenarono sul suo volto, creando uno stato d'animo che confondeva la ragazza, le faceva pensare che forse stava facendo un grosso errore.

'Dimentica tutto questo e vivi la tua vita nella benedizione dell'ignoranza.' Le parole del Supervisore di Ariul risuonarono nella sua mente.

Lena deglutì, indecisione che attanagliava il suo cuore, mentre involontariamente faceva un passo indietro, allontanandosi dalla struttura.

No! Lena si bloccò sul posto. Serrò la mascella e piantò i piedi a terra. Doveva sapere, doveva capire, *voleva* capire.

Inspirò ed espirò, più e più volte. Strinse la mano attorno al ciondolo, fin quando lo sentì conficcarsi nel suo palmo.

Dopo qualche momento di silenzio, rabbrividì nell'oscurità. La notte si stava facendo sempre più fredda e ormai aveva perso la cognizione del tempo che aveva trascorso lì in piedi.

Alla fine si costrinse ad avvicinarsi, e a procedere con il piano.

Una volta a pochi centimetri dalla scultura, fece per toccarla con il ciondolo, ma all'ultimo momento ritrasse la mano.

"Andiamo, Lena, non fare la stupida," si disse. "Devi farlo, se vuoi cominciare a capire. Fallo e basta!"

Con un movimento che tradiva riluttanza e anticipazione al tempo stesso, sfiorò la superficie della scultura con il ciondolo. Chiuse gli occhi e si ritrasse di qualche centimetro, aspettando che il mondo cominciasse ad esploderle tutto attorno.

Niente. Non successe assolutamente niente.

Lena aprì lentamente gli occhi. La scultura non si era mossa.

Si sentì un po' stupida mentre guardava la scultura dall'alto in basso, come per cercare di notare qualche differenza rispetto a pochi secondi prima. Non ne trovò nessuna. La ragazza si guardò attorno. Oscurità e silenzio furono le uniche risposte che ebbe dalla notte.

"OK," disse Lena, prendendo una boccata d'aria. A questo punto, premette l'intera superficie del ciondolo sul prisma, pronta per un'onda d'urto, un occhio chiuso e l'altro aperto mentre manteneva il contatto tra il ciondolo e la superficie del monumento.

La fredda brezza della sera continuava a scompigliarle i capelli, l'unica cosa che sembrava muoversi lì attorno.

In quel momento, un gatto di passaggio miagolò mentre la guardava con disapprovazione, come se Lena le avesse rubato il suo posto preferito per passare la notte.

"Beh? Allora?" sbottò, rivolgendosi verso la scultura con aria frustrata e i nervi tesi. "Non startene lì impalato! Ti decidi a fare qualcosa? Non ho mica tutta la notte per..."

Una luce color avorio proruppe in quell'istante da una fenditura nel terreno e ben presto Lena venne investita da un fascio di luce che l'avrebbe accecata, se non si fosse coperta il volto con un braccio. Rumori di passi veloci la circondarono mentre continuava a proteggersi il viso con le braccia, incapace di guardarsi attorno.

"Samuel sull'obiettivo!" esclamò una voce alterata da un sintetizzatore vocale. La luce le impediva di vedere chi avesse pronunciato quelle parole.

"Eon, sull'obiettivo!" le fece eco un'altra voce storpiata dallo stesso dispositivo, seguita da un'altra mezza dozzina di voci che la circondarono e che ripeterono esattamente la stessa frase, più e più volte.

"A terra! A TERRA!"

"Ginocchia a terra!"

"Mani aperte e lontane dal torso. ADESSO!"

Gli ordini vennero dati uno dietro l'altro, con urgenza crescente, mentre Lena continuava a proteggersi il volto. Altri ordini cominciarono a sommarsi a vicenda, mentre la ragazza si metteva in ginocchio e allargava le braccia, il cuore che batteva all'impazzata.

Che cosa diavolo stava succedendo?

"Analizzala, Maya," disse una voce, mentre le luci continuavano a circondarla, impedendole di vedere qualsiasi cosa.

"Non è una biomecca, Samuel," rispose una delle voci alterate. "Nessuna traccia di iper-morfogenesi nel suo organismo."

"Niente?" chiese bruscamente la prima voce. "Neppure iperoganina?"

"No, Samuel. Non è neppure un intrusore."

"A me sembra una semplice weguckin," disse un'altra voce.

"Una weguckin?" a parlare questa volta fu qualcuno alla sua sinistra. La sua voce era acuta ed urgente. "Come diavolo ha fatto una weguckin ad aprire un passaggio da fuori? Non fatevi ingannare. Questa potrebbe essere solo un'altra trappola. Potrebbe essere un intrusore che ha..."

"Silenzio!" urlò la stessa voce imperiosa che sembrava dare gli ordini, e nessuno aggiunse altro.

"Tu chi sei?" le chiese dopo qualche secondo la voce appartenente alla persona chiamata 'Samuel'. "Come hai fatto ad attivare questo Quarzo?"

Le ci volle tutto il coraggio che aveva per alzare la testa e ignorare la luce accecante mentre sperava che stesse guardando uno dei volti davanti a lei.

"Lo sapete chi sono," rispose semplicemente, seguendo alla lettera le indicazioni del mandarino, cercando di non far tremare troppo la sua voce. "Ho...ho qualcosa che spiegherà tutto." Lena aprì la mano, lentamente, molto lentamente, e rivelò il ciondolo a forma di foglia di Pelargonium. Il mandarino si era raccomandato di suonare seria e sicura, ma in quel momento Lena riusciva a malapena a trattenersi dal piangere.

"Io ne ho abbastanza," disse la voce che palesava un tono urgente. "Credono davvero che siamo così stupidi?" Lena sentì dei passi avvicinarsi in fretta alla sua posizione ed un suono acuto, come di un rintocco metallico, seguito da un rimbombo sordo.

"Damian! NO!"

Un suono stridulo e lancinante, come un migliaio di coltelli affilati su una lastra di metallo, infranse il silenzio della notte. Lena trasalì mentre sentiva qualcosa di incredibilmente caldo infrangersi a pochi centimetri dal suo corpo.

Urlò, mentre la vampata di calore la toccava solo di striscio, ma l'onda d'urto di qualsiasi cosa l'avesse sfiorata la gettò in aria, facendola cadere rovinosamente a terra, a parecchi metri di distanza.

Lena fu grata di sentire il dolore della caduta. Almeno significava che era ancora viva.

A quel punto si sentì un grugnito, seguito da un tonfo sordo. Avevano cercato di spararle!

"Maya, Virnam. Portatelo dentro," ordinò Samuel. "Chiudetelo nella detentiva."

Lena si toccò il corpo e constatò con felicità che sembrava avere ancora tutti gli arti al loro posto. A parte il dolore della caduta ed il calore che aveva provato, Lena non sentiva nulla. Quel colpo l'aveva mancata, anche se di poco.

Cercò di guardare le persone che aveva attorno ma si accorse che i fasci di luce rimanevano fissi su di lei, impedendole di aprire gli occhi.

L'uomo chiamato Samuel si avvicinò a lei, ancora accucciata a terra.

"Stai bene?" chiese, toccandole gentilmente una spalla. "Spegnete i somozer," ordinò poi, rivolgendosi agli altri.

"Samuel?"

"Spegneteli, ho detto!"

"Sì, signore."

"Ehi, stai bene?" ripeté il leader.

"Bene?" chiese Lena "S-sì. C-credo di sì."

In quel momento avvertì le luci spegnersi tutto intorno mentre era conscia di Samuel che gli stava prendendo il ciondolo a foglia di forma di Pelargonium dalle mani. Lena glielo lasciò fare.

Nonostante le luci fossero state spente, Lena non riuscì a vedere molto meglio di prima. I suoi occhi avrebbero impiegato del tempo per abituarsi nuovamente all'oscurità.

Seguì un breve momento di silenzio, quindi uno degli sconosciuti con la voce alterata disse, "Il Cancelliere ci sta contattando."

"Sì, Kira," disse Samuel, allontanandosi improvvisamente da Lena. "Ce l'ho sull'interlink."

Lena credette di vedere il leader annuire, una mano poggiata sul casco che gli copriva la testa.

"Sì, Cancelliere," stava dicendo Samuel. "No, non dalle analisi. Sì, me ne rendo conto."

Passò un altro lungo momento di silenzio, nel quale il gruppo di persone continuavano a tenere le loro armi, qualsiasi cosa fossero, puntate verso Lena.

"Sì," ripeté Samuel, questa volta guardando Lena da dietro il suo casco. "No, nessun problema. Eseguo immediatamente."

Quando ebbe interrotto il collegamento, si rivolse agli altri uomini armati. "Storditela e portatela dentro," disse, mentre si dirigeva verso l'apertura che si era creata alla base del quarzo.

"Che cosa?" urlò Lena. "A...Aspettate! Ho fatto esattamente come ha..."

Ma non finì mai la frase. Prima che potesse anche solo chiudere la bocca, venne investita da un fascio di energia e la sua consapevolezza si dissolse in un battito di cuore.

41

PANDORA

NEW YORK CITY, QUARTIER GENERALE DELLA LAND

Spine

∼

S PINE WOODSIDE SI svegliò di soprassalto, come se fosse stato richiamato dall'eco di una voce, o dal ricordo di un sussurro che chiamava il suo nome. Aprì gli occhi, ma i particolari della stanza erano confusi, sbiaditi, forme e colori che si mischiavano a vicenda in quello che doveva essere ancora il cuore della notte.

Un dolore lancinante, come un martello che batteva da dentro la sua testa, gli mozzò il fiato. Il Presidente chiuse gli occhi e si premette una mano sulla tempia.

"Dio onnipotente," mormorò, ma quasi subito si pentì di aver pronunciato quelle parole. Perfino parlare sembrava un'operazione difficile da svolgere, e dolorosa. La sua voce rimbombava dentro il suo cranio, come se avesse urlato all'interno della cattedrale più grande del mondo.

Posò nuovamente la testa sul divano. La sua fronte era imperlata di sudore. In effetti, tutto il suo corpo sembrava essersi trasformato in una fabbrica che produceva sudore a pieno regime. Sentiva caldo, un caldo che sapeva non provenire dallo studio ma dal suo stesso corpo. Riconobbe immediatamente i sintomi della sbornia.

Si tolse la camicia già sbottonata, e rimase in canottiera.

Un'altra fitta di dolore minacciò di spaccare in due la sua testa. Grugnì, maledicendo lo Scotch e sé stesso. Sembrava ci fosse qualcosa di pesante incastrato nel suo cervello, come un mattone. Sapeva fin troppo bene che il dolore che stava crescendo era solo il preludio di un formidabile mal di testa.

Woodside si schiarì la gola mentre si passava la lingua su labbra aride. Cercò di deglutire, ma scoprì che la sua bocca era priva di saliva. Tossì, la mano che andava dalla testa alla gola, sfiorandola, fino ad arrivare al petto, dove il cuore pompava sangue più velocemente del solito.

Il suo corpo era chiaramente disidratato. Aveva bisogno d'acqua.

Mosse la testa di qualche centimetro e aprì nuovamente gli occhi. Nell'oscurità dell'ambiente, vide sul comodino la vaga forma delle bottigliette d'acqua che Yvonne gli aveva lasciato la sera prima. Woodside ne aprì una, e l'acqua che invase la sua gola fu come una panacea su una ferita aperta. Accolse quella sensazione con benvenuto e continuò a bere finché non ebbe svuotato il contenuto della bottiglietta in un singolo, rapido sorso. Tossì, mentre si asciugava la bocca e il mento con il dorso della mano. Ciò fatto, aprì velocemente la seconda bottiglietta e finì anche quella.

Quando ebbe scolato l'ultimo sorso, si scoprì desideroso di altra acqua. Ma non ora. No. In quel momento era la sua vescica a domandare attenzione. Avrebbe preso un'altra bottiglia d'acqua ritornando dal bagno.

Cercò di muoversi, di scendere dal divano per dirigersi verso il bagno, ma si accorse che aveva braccia e gambe intorpidite, un fastidioso formicolio serpeggiava dalle spalle fin giù alle dita delle mani e dal bacino fino alla punta dei piedi. Grugnì ancora una volta e sbatté le palpebre mentre si tastava le braccia intorpidite, cercando di far circolare nuovamente il sangue nella zona.

In quel momento, la luce della stanza si accese improvvisamente, una luce che quasi lo accecò e che lo fece esclamare dalla sorpresa.

"Controllo!" latrò, rivolgendosi verso il soffitto mentre si proteggeva gli occhi con una mano. Uno dei suoi ultimi grugniti doveva essere stato confuso dalla stupida macchina come un ordine di accendere la luce. "Spegni questa dannata luce!" ordinò, la sua voce rauca mentre biascicava le parole una dopo l'altra.

Tuttavia, nonostante il suo ordine, la luce della stanza non si spense.

"Cristo Santo," Woodside tossì. Si leccò nuovamente le labbra, la mano sempre davanti agli occhi. "Controllo!" disse, questa volta cercando di non biascicare le parole. "Spegni-la-luce!"

Ancora una volta, il Controllo della stanza non rispose ai suoi comandi.

Non riusciva a capire. Doveva esserci qualcosa di difettoso nel Controllo della stanza se non riusciva a...

"La luce allontana le tenebre e ci rivela per quello che siamo."

Woodside si girò di scatto in direzione della voce, e desiderò non averlo mai fatto. La sua testa rintronò come una campana, mentre un'altra fitta di dolore minacciava di spaccare la sua testa in due.

Chi aveva parlato? Era stata una voce femminile, era chiaro, ma la luce gli impediva di vedere qualsiasi cosa.

"Chi ha parlato?" domandò, cercando di mettersi a sedere sul divano. "Tenoderia? Sei tu?" Woodside cercò di vedere chi c'era nella stanza. Inutile, la luce era troppo forte e i suoi occhi ancora impreparati a riceverla.

Nessuno rispose alla sua chiamata. "Chi c'è?" ripeté. "Parla! O spegni questa dannata luce! Non riesco a vedere niente!"

Ancora nessuna risposta.

Lentamente, molto lentamente, i suoi occhi cominciarono ad abituarsi alla luce della stanza. La sua vista, si accorse, era ancora appannata, i profili degli oggetti indistinti, ma poté vedere i contorni vaghi di una persona, in piedi di fronte alla porta, con le braccia lungo i fianchi. Era una figura bassa, e lo stava guardando. Certamente quella non era la sua eterion.

Il suo cuore accelerò i battiti all'improvviso. Chi diavolo era quella sconosciuta?

"Non sono Tenoderia," rispose semplicemente la donna, come per confermare i pensieri del Presidente.

Woodside riuscì finalmente a sedersi sul divano, facendo leva sui gomiti. Cercò di alzarsi, ma scoprì le sue gambe incredibilmente deboli. Aprì e chiuse gli occhi, li strofinò energicamente con le mani ma la sua vista non sembrava affatto migliorare. Al contrario. Ora la stanza sembrava un limbo, dove colori e forme si sovrapponevano a vicenda e la luce confondeva un oggetto con l'altro. Woodside cercò di sbarazzarsi di quella sensazione di torpore scuotendo la testa, ma non sembrò funzionare.

Intanto il formicolio sulle braccia e sulle gambe si era intensificato, e con esso una nuova sensazione di disagio cominciò a manifestarsi da qualche parte intorno al petto, come se qualcuno stesse esercitando pressione crescente sul suo corpo. Si grattò il torace con insistenza, mentre continuava a valutare la stanza con occhi semichiusi.

"Chi c'è, qui dentro?" domandò Woodside nuovamente, scandendo ogni singola parola. "Yvonne?" provò a chiamare, ma nel momento stesso in cui ebbe pronunciato il nome, sapeva che non poteva trattarsi neppure della sua protégé. No, quella che aveva parlato era un'estranea, una voce che non aveva mai sentito prima.

Questa volta, non ci fu alcuna risposta dalla misteriosa figura, ma Woodside sentì la sua presenza nella stanza, occhi che lo guardavano, che lo studiavano con molta attenzione.

"CHI DIAVOLO SEI?" sbottò alla fine, il suo mal di testa protestò contro il suo sfogo, ma a lui non importava. Voleva sapere che cosa stava succedendo, e voleva saperlo subito.

"Sono la più fervente landista sulla faccia della terra," rispose finalmente la donna, usando un tono pacato e leggermente musicale, come se avesse pronunciato una nenia. Woodside sentì dei passi seguire quell'affermazione. L'estranea si stava avvicinando lentamente alla sua posizione.

Ci fu un lungo momento di silenzio, seguito dal suono di altri passi. Woodside capì che si era fermata a circa cinque metri di distanza. Pensava sarebbe stato più facile riconoscerla, a questo punto, ma la sua vista continuava a peggiorare, la sensazione di oppressione sul petto continuava a crescere, la sua gola era sempre più arida.

Poi un pensiero lo trafisse. Poteva quello essere un sogno? Forse stava ancora dormendo? Questo avrebbe potuto spiegare la stranezza di tutta quella situazione. La luce che si accendeva da sola, il dolore al petto, l'estranea...

"Cristo Santo," disse. "Sto forse sognando?" chiese, più a sé stesso che a qualcuno in particolare.

"No, Spine," rispose la sconosciuta, palesando questa volta... che cosa? Compassione, forse? No, non poteva essere. Ma non ebbe tempo di pensare, perché la voce riprese a parlare. "Non stai sognando."

Nonostante il suo disagio crescente, Woodside ridacchiò, stringendo gli occhi e massaggiandosi la testa. "Immagino questa sia esattamente il genere di risposta che qualcuno mi darebbe in un sogno, non è vero?"

"No. Non stai sognando," ripeté la voce, "e ti ho svegliato perché ho bisogno che tu capisca."

"Capisca?" ripeté Woodside, evidentemente confuso. "Capisca che cosa?"

"Mi trovo qui, davanti a te, perché voglio che tu sappia, che tu comprenda quello che ho fatto e perché l'ho fatto. Sì, voglio che tu sappia...prima della fine."

"La...fine?" gracchiò Woodside, senza capire. "Di che cosa diavolo stai parlando?"

"Sto parlando di te, Spine, e della tua morte imminente."

Un silenzio tombale seguì quell'affermazione. Poi Woodside scoppiò a ridere, una risata fragorosa che non riuscì a contenere. No, quello non era un sogno, dopotutto. Perfino sbronzo come era, avrebbe dovuto capire immediatamente di che cosa si trattasse.

Qualsiasi traccia di timore che aveva provato sparì come una zolletta di zucchero in una tazza di tè bollente.

"Ah, capisco, adesso," disse, massaggiandosi il petto mentre annuiva lentamente. "Chi sei? Mhm? Una delle puttane di Hawke? Come hai fatto ad entrare qui dentro?" S'interruppe, come se avesse realizzato che la cosa doveva essere altamente improbabile. "Ma no, aspetta, non può essere," continuò, dopo aver riflettuto per qualche secondo. "No, neppure quel clown può avere accesso a questo posto. No, tu devi essere una delle leccacarte di Richard. Giusto? Avrebbe più senso, certo. Che cos'è? Quel burocrate da quattro soldi ha finalmente sviluppato una spina dorsale e ha deciso di mandarmi messaggeri nel cuore della notte per cercare di spaventarmi? Una mossa puerile, certo, ma renderebbe le danze più interessanti. Non è vero? Io potrei mandargli Komla, la prossima volta, e cercare di ucciderlo a forza di chiacchiere."

Woodside attese. Una lunga pausa interrotta solo dal martellante rumore che proveniva dalla sua testa. La sconosciuta non rispose. Rimase semplicemente dove era, immobile come una statua.

Sforzando un sorriso, Woodside schioccò le labbra e proseguì, "Beh, chiunque tu sia, se vuoi uccidermi prendi un biglietto e mettiti in fondo alla fila, dolcezza. C'è un mucchio di gente che aspetta quel privilegio. Ora, se vuoi scusarmi, ho la vescica che..."

"Ti ho ucciso cinque minuti fa, Spine."

Silenzio. Woodside riusciva a sentire solo i battiti del cuore che andavano accelerando.

Che cosa aveva detto? Credeva davvero di poterlo spaventare in quel modo?

Nonostante la luce intensa, Woodside riuscì a vedere un braccio della sconosciuta rivolto verso il suo comodino, verso le bottigliette vuote.

La consapevolezza lo investì con una potenza tale da minacciare di fargli perdere i sensi. Finalmente capì. Ma non poteva essere. No, non poteva essere. Non così, non in quel modo.

"No!" Il presidente della LAND ruggì, mentre la pressione sul suo petto si faceva insopportabile. Si posò entrambe le mani sul torace, una sensazione di sorpresa e orrore che lo avvolgeva senza scampo. Si tolse la canottiera con uno strappo deciso, gli occhi aperti, ora incurante della luce, e toccò con insistenza il suo petto, alla ricerca di qualcosa che suggerisse quello strano disagio fisico. Eppure, non vide niente che potesse farlo pensare a...

"Non troverai alcun segno," lo informò la misteriosa sconosciuta, interrompendo il flusso scollegato dei suoi pensieri. "La sostanza viene assorbita a livello molecolare, e non è possibile rintracciarla in alcun modo. L'autopsia rivelerà un semplice infarto che ha reclamato la tua vita, Spine. Nessuna domanda verrà fatta, nessuna persona verrà incolpata, nessuno saprà davvero che cosa è successo qui."

"Menzogne!" latrò Woodside, come un cane messo all'angolo, che cerca di combattere l'inevitabile con le unghie e con i denti, ma nel momento stesso in cui aveva pronunciato quella parola, un angolo della sua mente sapeva che la donna aveva ragione.

Il dolore che si faceva largo nel suo petto era chiaramente innaturale, ingiustificabile, e stava crescendo a dismisura, rendendo il suo mal di testa niente più che una lieve distrazione. Il formicolio alle estremità dei suoi arti andava aumentando, la sua vista si faceva sempre più offuscata.

"Perché?" si ritrovò a chiedere Woodside, senza quasi rendersene conto mentre guardava la sconosciuta a pochi metri di distanza, senza riuscire a vederla chiaramente. "*Perché?*"

"Perché la tua nobile causa aveva bisogno di un sacrificio per passare alla fase successiva," rispose con semplicità disarmante la misteriosa figura. "Il tuo sacrificio è il sacrificio dei martiri, Spine, un dono per l'umanità, una speranza di lasciare un posto migliore alla futura generazione. Questa è la fine della tua storia, ma è anche l'inizio di una nuova opportunità per l'intero genere umano. Non essere triste nel leggere l'ultima pagina del tuo libro, gioisci nell'essere il testimone di un nuovo capitolo per l'intero genere umano."

"Tu...chi...sei?" esalò Woodside, la mascella serrata e i denti stretti mentre si afferrava il petto in fiamme con entrambe le mani, ogni parola come una spada che lo trapassava da parte a parte mentre il suo cuore pompava sangue talmente velocemente da sembrare il galoppo di un cavallo in corsa.

Silenzio. Quando la voce parlò nuovamente, il suo tono era carico di determinazione.

"Io sono un esperimento fallito e una promessa mantenuta, un'idea pura che è stata tradita, corrotta, abbandonata e infine rinata con uno scopo: diventare l'unica speranza del genere umano. Sono una bugia creata per proteggere la verità più importante, un fantasma che vive nell'ombra per permettere ad altri di gioire nella luce, l'ultima effige di un giuramento che deve essere mantenuto. Io sono lo scarto rimasto alla fine di un vaso foriero di mali e di privazioni. Il mio nome è un dono e questo dono è Pandora."

Quelle parole non avevano alcun senso per Spine, ma d'altronde, tutto quello che stava succedendo non aveva alcun senso. Se quello era un incubo, come una parte del suo cervello si stava ancora sforzando di credere, si augurò che finisse presto, perché ora il dolore sul suo petto stava diventando insopportabile.

"Ti ho svegliato perché non volevo che morissi senza sapere perché sto facendo tutto questo," continuò la voce. "Ti ho svegliato perché volevo che sapessi che la tua missione, Spine, è la *mia* missione. Volevo che capissi che mi prenderò cura della tua utopia e la trasformerò in una realtà innegabile, vera, solida e sicura come il pavimento sotto i nostri piedi. Farò diventare questo pianeta un paradiso terrestre, senza guerre, senza povertà, senza malattie, senza diseguaglianze sociali. Un posto dove gli esseri umani possano vivere davvero come tali. Un luogo sicuro, accogliente e familiare che chiunque potrà chiamare casa."

Ma Woodside non stava più ascoltando. Il dolore era diventato indicibile, l'unica cosa di cui la sua mente riusciva a preoccuparsi, in quel momento.

Non poteva essere.

Non così.

Non in quel modo.

L'uomo sputò per terra, un rivolo di bava che usciva dalla bocca.

No! Un pensiero, lucido e chiaro, balenò nella sua mente, tra il dolore e la disperazione crescente. Non sarebbe morto sul suo divano, come un vecchio bacucco. Sarebbe morto vedendo il volto della persona che lo aveva ucciso. A tutti i costi.

Con la forza di volontà rimastagli si alzò dal divano, barcollando, quindi si diresse verso la scrivania e l'afferrò con entrambe le mani per poi trascinarsi con uno sforzo sovrumano verso la sconosciuta, che rimase dove era, immobile come una statua.

Woodside respirava affannosamente, adesso, il dolore si era ormai trasformato in un martello pneumatico dentro al suo petto, il sudore usciva copioso da qualsiasi poro della sua pelle.

Cadde a terra dopo pochi passi. Cercò di alzarsi, ma le forze lo avevano abbandonato. Doveva continuare. Doveva sapere.

Arrivò davanti alla sconosciuta dopo quella che sembrò un'eternità di dolore e di agonia, strisciando come un verme, bava che usciva da un angolo della sua bocca. Con uno sforzo sovrumano, riuscì ad afferrare una gamba. Non riusciva ad alzare la testa. Non riusciva a respirare. Non riusciva più a fare nulla.

"Voglio..." mormorò Woodside, ai piedi della sconosciuta, combattendo contro sé stesso per inalare ossigeno, "...Vedere."

Un lungo silenzio seguì quello che avrebbe potuto essere un ordine o una preghiera, o magari entrambe le cose al tempo stesso.

La sconosciuta s'inginocchiò davanti a lui, prendendogli il volto tra le sue mani...mani fredde come lastre di ghiaccio, e finalmente la vide.

Nonostante il dolore, sul suo volto si fece largo un'espressione stupita quando riconobbe su quel viso completamente estraneo gli inconfondibili tratti della sindrome di Down, palesati dal caratteristico mento piccolo, dalle fessure degli occhi obliqui, dal viso piatto e dal collo corto.

L'espressione sul volto della sconosciuta era indecifrabile.

"Perdonami," fu l'ultima cosa che sentì dire a Pandora.

Woodside sentì la mano della donna con sindrome di Down accarezzare il suo volto...una mano coperta da un guanto, capì in quel momento il Presidente, un guanto composto da un tessuto liscio e freddo. Woodside fece per allontanarla, ma le forze lo avevano completamente abbandonato. Non riusciva a fare nulla, se non tenere gli occhi sgranati e attendere...

Fino all'ultimo momento.

Spine Woodside fu consapevole dell'ultimo battito di cuore dell'ultimo secondo della sua vita. Sentì il rumore, chiaro come il rintocco di una campana, e poi più nulla.

Non vide nessuna luce in quell'ultimo secondo che durò come una vita terrena, ma fu consapevole dell'ultimo pensiero partorito dalla sua mente. Un ricordo...un ricordo lontano, appartenuto ad un bambino morto molto tempo prima.

Si trovava in un parco a forma di rotonda, circondato da pini e dal canto di uccelli, mentre rincorreva una ragazza con lunghi capelli biondi, che indossava occhiali con le lenti spesse come il fondo di una bottiglia.

Laide lo stava chiamando, mentre rideva felice.

Il suono più bello che avesse sentito in tutta la sua vita.

42

PELARGONIUM
SAEMANGEUM CITY, CELLULA GEODE DEL PROGETTO PATRONO

Ariul

TIAGO SILVA ABREU Melo passò il ciondolo a forma di foglia di Pelargonium da una mano all'altra per poi soffermare la sua attenzione sulla semplice frase incisa su di esso: *Cambia una persona*.

C'era un altro ciondolo sulla scrivania di fronte a lui, non dorato come quello che teneva sul palmo della mano, ma d'argento, un argento che rifletteva la luce in modo tale da rivelare sfumature di blu e di azzurro. Quest'ultimo era a forma d'infinito ed era anch'esso caratterizzato da una frase incisa che recitava: *Cambia il mondo intero*.

Una foglia di Pelargonium e un infinito, simboli che non avrebbero avuto alcun collegamento apparente per qualsiasi altra persona, eccezion fatta che per lui. Per lui, quei due simboli volevano dire un universo di cose diverse. Era come se stesse tenendo in mano una lettera scritta in una lingua artificiale, un codice che solo lui e chi l'aveva inventato potevano comprendere.

Tiago sorrise, un sorriso genuino che piegò leggermente i lati della sua bocca, e che parlava di nostalgia e di ricordi passati, di tempi ormai sepolti dagli anni e di scelte che erano state fatte, scelte che portavano conseguenze che si ripercuotevano sulla sua vita perfino in quel momento.

Una tempesta di sensazioni lo invase. Le sue mani, si accorse, stavano tremando.

Rise, incapace di trattenersi. Una risata incredula, divertita, perfino. Lui, a disagio per un motivo del genere. Dopo tutte le decisioni che aveva dovuto prendere, dopo tutti gli ordini che aveva dovuto dare, lui si sentiva a disagio davanti a due piccoli pezzi di metallo.

No, non davanti a due semplici pezzi di metallo, si disse, ma di fronte al significato monumentale che entrambi rappresentavano.

Mise i ciondoli uno vicino all'altro sopra la scrivania, quello che rappresentava il simbolo dell'infinito preceduto da quello che rappresentava la foglia di Pelargonium e disse ad alta voce, muovendo lo sguardo da un ciondolo all'altro, più e più volte, come se i due oggetti fossero qualcosa che era difficile credere potessero esistere nella stessa realtà spazio-temporale, "Chi cambia una persona, cambia il mondo intero."

Era passato quasi un decennio da quando aveva letto quella frase l'ultima volta, incisa su una lapide a forma di Pelargonium.

Pronunciare quelle parole gli fece provare nostalgia e rimpianti.

Opportunità e timore danzavano insieme nella sua coscienza, mentre fissava i due ciondoli appartenuti a persone morte da tempo.

Entrambi suoi amici, e ad entrambi aveva fatto una promessa diversa.

Sarebbe riuscito a mantenerle?

In quel momento, Tiago sentì la porta della stanza aprirsi e chiudersi.

Non si mosse per accogliere il nuovo venuto, rimase seduto dove era, a fissare con uno sguardo cogitabondo i due simboli.

"Dal tuo sguardo, sembrerebbe che ti aspetti che uno dei due cominci a parlarti all'improvviso," gli disse la voce baritonale appartenente al nuovo venuto.

"Qualcosa del genere, Max," disse Tiago, sorridendo, mentre continuava a guardare i due oggetti sulla scrivania. "Qualcosa del genere."

"Allora?" chiese Max. "Hai capito qualcosa su questa ragazza, mentre guardavi questi pezzi di metallo? Niente che riesca a spiegarci come diavolo ha fatto ad aprire un passaggio dall'esterno di un Quarzo? O chi l'abbia mandata? E per quale motivo? Allora? Qualche idea?"

"Molte, troppe in verità," rispose Tiago, sospirando mentre si girava per valutare Max. Sui cinquant'anni, con spalle larghe e petto pronunciato, l'uomo suggeriva forza e risoluzione in ogni centimetro quadrato del suo corpo muscoloso. Indossava un'uniforme attillata color argento ed avorio come se fosse la sua seconda pelle.

"Non c'è alcun dubbio," disse Tiago, mentre guardava gli occhi scuri di Max, "Chi ha fatto in modo di condurla da noi voleva che molte cose fossero subito chiare, per evitare fraintendimenti." Tiago, congiunse le mani. "La scelta di farle pronunciare quella frase e di farle mostrare questo ciondolo," ed indicò il ciondolo a forma di foglia di Pelargonium, "ne sono una prova concreta."

Un lungo momento di silenzio seguì quella spiegazione, quindi Max disse, "Beredias mi ha appena comunicato i risultati dell'hiranalisi. Ho pensato fosse saggio darteli di persona."

"Il controllo ha mostrato qualcosa d'interessante?" chiese Tiago.

"Si," disse semplicemente Max, annuendo gravemente. "Seguendo le tue indicazioni, Beredias ha detto di aver trovato qualcosa in prossimità del suo ginocchio sinistro. A quanto pare, ha subito un'operazione quando aveva sette o otto anni. Difficile essere più precisi."

Ciò detto diede un foglio traslucido a Tiago che lo prese e cominciò a valutarlo.

Max aveva parlato guardando per tutto il tempo la riproduzione multidimensionale all'angolo opposto della stanza.

"Interessante," mormorò Tiago. "Davvero interessante." Alla fine spostò lo sguardo dal foglio al punto che stava fissando Max.

La riproduzione mostrava Lena, sospesa in mezzo ad una stanza, a circa tre metri da terra, con mani e braccia in posizione fetale, la testa poggiata su una spalla e gli occhi chiusi. Sembrava immersa in un sonno profondo.

Un'altra lunga pausa, nella quale Tiago concentrò tutta la sua attenzione sulle immagini.

Max mise entrambe le mani sui fianchi e riprese, "Il nervosismo sta dilagando velocemente," disse, esternando impazienza e forse un pizzico di preoccupazione. "Abbastanza velocemente da diventare pericoloso." Indicò la riproduzione di Lena con un distratto movimento della mano. "Ovviamente, non puoi tenerla qui per sempre. L'Agorà vorrà interrogarla. Cassandra ti sarà presto addosso. Gli altri stanno cominciando a parlare, e saresti sorpreso di scoprire quanti la pensano come Damian. Molti sono convinti che sia una loro spia."

Tiago scosse la testa. "Il mio sesto senso mi dice che i biomecca non hanno nulla a che fare con tutto questo." Fece un respiro profondo e, riluttante, distolse gli occhi dalla riproduzione multidimensionale per rivolgerli nuovamente a Max, che lo stava guardando con uno sguardo accigliato.

"Il tuo sesto senso?" ripeté Max a denti stretti. "Questa è la tua analisi di Primo Omnibus su tutta questa faccenda?"

Tiago ignorò completamente il suo tono irato.

Alla fine, dopo essersi seduto nuovamente davanti alla scrivania e aver guardato il ciondolo a forma di foglia di Pelargonium, sentenziò, "Penso che Wei abbia trovato il modo di inviarci un regalo dall'oltretomba," disse cautamente. "A circa un decennio dalla sua morte. Non so come, non so grazie a chi, ma in quella stanza," e indicò la fonte che mostrava la ragazza sospesa in aria, "potrebbe trovarsi il modo per vincere questa guerra."

"Vuoi dire..." Max trattenne il respiro, un'espressione sorpresa su un volto improvvisamente teso. "Tu pensi davvero che questa ragazza possa essere..." Max non finì mai la frase, come se l'implicazione di quello che stava pensando avesse la forza di fermare il tempo, o di piegare la realtà in due.

"Beh, vecchio amico mio," disse Tiago, prendendo entrambi i

ciondoli, infilandoseli in tasca e dirigendosi verso la porta. "C'è solo un modo per scoprirlo."

∞ ∞ ∞

Tiago entrò nella stanza e venne immediatamente investito dal particolare sottofondo musicale che permeava l'ambiente. Era simile ad una serie di flauti distanti che s'inseguivano a vicenda, intrecciando le loro note per creare una strana collezione di suoni esotici, alieni perfino, ma al tempo stesso piacevoli e pacati, quasi ipnotici.

Lena manteneva la stessa posizione improbabile in cui l'aveva vista l'ultima volta con Max. La ragazza era ancora incosciente e sospesa in aria, mani e gambe in posizione fetale, come se lacci invisibili la stessero mantenendo in quella posizione che sembrava sfidare gravità e buon senso in egual misura.

"EVA," disse Tiago, rivolgendosi al soffitto. "Disattiva gli inibitori sensoriali."

"Ricevuto," rispose una voce femminile con un lieve accento meccanico. La strana musica che inondava la stanza s'interruppe all'improvviso, come se qualcuno avesse spento un interruttore.

"E svegliala, per favore," aggiunse Tiago, sempre guardando Lena. "Abbiamo un bel po' di cose da dirci, noi due."

La ragazza venne gentilmente poggiata per terra da mani invisibili, quindi si sentì il rumore di un risucchio, come quello provocato da una siringa appena caricata, e lentamente, molto lentamente, la testa di Lena cominciò a muoversi. Occhi cisposi si aprirono e si chiusero con insistenza, più e più volte, mentre la ragazza si toccava la testa e mormorava qualcosa che non andò mai oltre le sue orecchie.

Tiago si avvicinò e le mise vicino una bottiglia d'acqua.

"Per il tuo mal di testa," spiegò, mentre la guardava mettersi seduta.

Lena si leccò le labbra, mentre si strofinava gli occhi, cercando di dissipare gli ultimi postumi del sonno. Cercò di alzarsi, ma Tiago le posò gentilmente una mano sulla spalla, impedendole di muoversi.

"Pessima idea," le disse. "Meglio dare al tuo corpo il tempo di abituarsi nuovamente alla gravità."

Lena sembrò accorgersi per la prima volta del nuovo venuto. "D-dove sono?" chiese. Quindi guardò l'uomo che le sorrideva. "Tu...tu chi sei?"

Tiago la valutò per qualche istante, per poi sedersi vicino a lei, sul pavimento. Lena si ritrasse di qualche centimetro, per istinto, ma il volto amichevole di Tiago non le suggeriva nessun pericolo imminente. Non davvero. L'uomo alzò le braccia e mostrò le mani, come per stabilire che lui non fosse affatto pericoloso.

"Per rispondere alla tua prima domanda," iniziò Tiago, indicando l'ambiente circostante, "ti trovi in una stanza di confinamento della cellula Geode del progetto Patrono." S'interruppe, come per permettere alla ragazza di assimilare l'informazione, quindi andò avanti. "Per quanto riguarda la seconda domanda, io sono il Cancelliere Tiago Melo, Primo Omnibus e Direttore Generale del complesso sotterraneo in cui ti trovi. Piacere di conoscerti, chiunque tu sia."

Lena sbatté le palpebre, evidentemente sorpresa. Due risposte dirette a due domande dirette. Non aveva idea di che cosa questo Cancelliere stesse parlando, ma almeno aveva fornito delle risposte sensate. Nessun aforisma, nessuna parola tra le righe. Era molto più di quanto avesse mai avuto da quando aveva messo piede a Saemangeum City.

Lena aveva talmente tante domande che non sapeva da quale iniziare. Decise di cominciare studiando attentamente il suo interlocutore.

Tiago Melo doveva avere intorno ai quarant'anni ed era un uomo alto, sebbene parte di quell'altezza sembrava essere stata reclamata da un accenno di spalle piegate in avanti, come se l'uomo portasse continuamente un fardello sulle spalle.

Lena si concentrò sui suoi occhi color nocciola. Percepì gentilezza e curiosità, carisma e determinazione. Tiago aveva una pelle color ambra e capelli scuri, disturbati da una zona grigia che si stava facendo largo intorno alle tempie.

Lena deglutì. Si accorse solo in quel momento della sua gola secca e delle sue labbra screpolate e per questo motivo valutò la bottiglietta che Tiago aveva poggiato lì vicino.

"Che cosa c'è dentro quella?" chiese, senza riuscire a mascherare il suo sospetto.

"Quella," disse Tiago, sorridendo, "non è della cicuta, come sembri pensare. È semplicemente acqua, con un concentrato di sali minerali per farti riprendere in fretta dal siero che ti è stato iniettato."

Lena avrebbe potuto aggiungere alla lista delle sue domande che tipo di siero le fosse stato iniettato, ma decise invece di metterla in fondo alla fila. C'erano ben altre questioni che voleva risolvere.

"Sembri preoccupata," le disse Tiago, piegando leggermente la testa di lato, come per valutarla meglio. "Non devi esserlo. Noi siamo i buoni."

Lena alzò un sopracciglio a quell'affermazione. "Davvero?" chiese, mentre ricordava velocemente che cosa fosse accaduto. "E voi *buoni* sparate a tutte le persone che bussano alla vostra porta, o solo a quelle disarmate?"

"Ah, sì," Tiago si toccò la nuca, e annuì. "Uno spiacevole incidente, quello di cui sei stata vittima. Uno dei nostri si è lasciato andare la mano. Le mie scuse per il suo comportamento. Ma devi capire che ci sono...persone, là fuori, che non si sarebbero prese il disturbo di stordirti e di farti domande."

Lena adocchiò la bottiglia ma non diede segno di volerla prendere. Non aveva ancora deciso se fidarsi o meno di questo Cancelliere.

Tiago si accorse della riluttanza della ragazza. "Molto bene," disse, quando Lena ebbe adocchiato la bottiglia per la quinta volta, senza tuttavia fare nulla per aprirla. L'uomo prese la bottiglia, l'aprì e bevve un sorso.

Quando ebbe finito, la chiuse e la porse a Lena.

"Certo," disse Tiago, sorridendo, "potresti pensare che io abbia assunto un qualche siero per proteggermi da qualsiasi cosa ci sia nell'intruglio. Temo che non abbia altri mezzi per provarti che quest'acqua non è altro che acqua. Credo di interpretare bene il tuo pensiero se dico che sospetti di noi. Ebbene, mia cara, posso assicurarti che questo sentimento è reciproco. In effetti, mi è stato consigliato di non svegliarti e di non parlarti, ma semplicemente di... prendere precauzioni per assicurarci che chiunque tu sia, non possa raccontare ad altri di questo posto. Eppure, sono sempre stato dell'avviso che il sospetto, il sospetto infondato, abbia distrutto più possibilità di qualsiasi guerra nella storia del genere umano. Per questo motivo ti sto tendendo questa bottiglia d'acqua. Io mi fido abbastanza di te da trattarti come un'ospite nella mia casa. Ti fiderai abbastanza di me e berrai l'acqua che ti sto porgendo?"

Lena esitò per qualche istante, indecisa sul da farsi. Poi guardò gli occhi di Tiago, e qualcosa nella loro lucentezza la convinse finalmente a prendere la bottiglia, aprirla e cominciare a bere.

Quando il fresco contenuto dell'acqua invase la sua gola, cominciò immediatamente a sentirsi meglio. Finì metà della bottiglia prima che se ne rendesse conto.

Respirò una generosa boccata d'aria, quindi posò la bottiglia al suo fianco.

"Come ti chiami?" chiese Tiago.

"Lena. Lena Maruishi."

Tiago annuì. "Dimmi, Lena. Come hai fatto a trovarci?"

"È stato...Qualcuno me lo ha detto," rispose Lena, insicura di come spiegare l'intera faccenda a quell'estraneo. "Qualcuno che sapeva dove trovarvi e come contattarvi."

"Qualcuno?" ripeté Tiago, incoraggiandola a continuare con un largo sorriso. "Sì, immagino sia così. Per favore, non ti fermare."

"Lo stesso qualcuno che ha fatto in modo che finissi qui a Saemangeum City, sembrerebbe," continuò Lena, "Lo stesso qualcuno che mi ha detto che è stato Wei Wang in persona a volere che noi c'incontrassimo. Qualcuno che mi ha detto che, venendo qui, avrei avuto risposte."

"Risposte," ripeté Tiago, guardando improvvisamente il soffitto.

Rimase così per qualche secondo, come immerso nei suoi pensieri, quindi tornò a guardarla. "Una merce davvero rara," disse. "E a quali domande credi che noi potremmo dare risposta, Lena?"

"Perché sono qui, tanto per cominciare," disse la ragazza. "L'altra persona...lui...Stava...stava forse mentendo di nuovo?"

"Quindi era un *lui*." Tiago sembrò riflettere su quella nuova notizia. "Sai dirmi qualcos'altro su questo misterioso informatore?"

"Poco," rispose Lena, spostandosi una ciocca di capelli dietro l'orecchio, "non l'ho mai visto veramente in volto. Ha una cotta per gli insetti, e sembra avere un bisogno urgente di vedere un dottore. Ma a parte questo, potrebbe essere qualsiasi persona."

"Concordo. No, non penso abbia voluto rivelare la sua identità. Comunque, sto divagando. Tu volevi delle risposte. Immagino che per averne, dovrò cominciare facendoti delle domande. Che cosa ne dici? Te la senti di raccontarmi un po' di te?"

Lena guardò Tiago, quindi annuì. Quella persona le sembrava tra le più normali che avesse mai incontrato nella città, nonostante non avesse davvero idea di chi fosse o di quale fosse il suo legame con Wei Wang.

Tiago sorrise, quindi cominciò, "Iniziamo dalla tua storia..."

Il Cancelliere spese i successivi venti minuti a farle delle domande. Chi fossero i suoi genitori, che cosa faceva prima di arrivare a Saemangeum City, quali interessi avesse e così via.

Quando Lena gli disse quando era nata, il volto di Tiago si fece imperscrutabile.

"Ah, questo è curioso," disse, dopo aver riflettuto sulla risposta per diverso tempo. "Davvero curioso."

"Che cosa è curioso?" chiese Lena.

Tiago incrociò le braccia mentre la fissava. "Quattro aprile 2017," disse. "Sai che il giorno in cui sei nata, è morta un'altra persona?"

"Morta un'altra persona?" ripeté Lena, senza capire.

"Evangeline Layia Eleanor era il suo nome," disse Tiago, la testa rivolta verso il soffitto, come se stesse rievocando un ricordo lontano. "Una ragazza come molte altre ed incredibilmente speciale al tempo stesso. Primo e unico amore di Wei Wang, sua mentore e confidente, suo appoggio e sua bussola nei momenti più difficili."

"Scusa, ma che cosa avrei a che fare con questa ragazza, Evangeline? Non capisco."

"Mentre eri in stasi, ho richiesto ai miei compagni di eseguire un esame completo, per cercare di capire meglio chi fossi, e se veramente eri chi sembravi."

"Un esame?"

Tiago annuì. "I miei compagni non hanno trovato nulla di pericoloso, nulla che suggerisse che fosse saggio piantarti un proiettile nella testa." Lena rabbrividì a quelle parole, ma Tiago non sembrò farci caso e andò avanti. "Comunque, quest'analisi ha rivelato qualcosa d'interessante. Sembra che tu sia stata operata da piccola al tuo ginocchio sinistro. Sai di che cosa sto parlando, Lena?"

La ragazza si guardò improvvisamente il ginocchio. "Vuoi dire, il mio ginocchio rotto?"

Ricordava che quando era piccola il suo ginocchio aveva cominciato a gonfiarsi e i suoi nonni l'avevano portata in un ospedale per un controllo. Dagli esami, era risultata essere una frattura, anche se lei non ricordava di aver sbattuto il ginocchio da qualche parte.

Lena lo disse a Tiago il quale, con sua somma sorpresa, scoppiò a ridere.

"Ah, è così che lo ha fatto passare, quel farabutto? Per un ginocchio rotto?"

"Non capisco che cosa vuoi dire," ammise Lena. "Che cosa avrebbe a che fare il mio ginocchio con..."

"Prima lascia che ti faccia un'altra domanda," l'interruppe gentilmente Tiago, alzando una mano. "Ti ricordi per caso di uno strano dottore che si è curato di te, magari assistito da un'infermiera con carnagione scura?"

Lena sgranò gli occhi. L'infermiera che si era presa cura di lei effettivamente era stata una donna con la pelle scura. Molto gentile e capace. Si ricordava addirittura del suo nome.

"S-sì, in effetti," confermò Lena. "Ma...tu come fai a sapere..."

"So perché conoscevo entrambi," rispose semplicemente Tiago.

"Il nome dell'infermiera era Michelle e il nome del dottore...beh, immagino che a questo punto dovrebbe essere abbastanza chiaro anche a te di chi sto parlando."

Il cervello di Lena faticava a processare informazioni. Le implicazioni di quello che aveva detto Tiago erano assurde, al limite del ridicolo.

"Vuoi...vuoi dire che...Wei Wang mi ha sistemato un osso rotto?" la frase le risultò comica una frazione di secondo dopo che l'aveva pronunciata.

"No, certo che no, Lena," Tiago scosse la testa, "Quella era la storia di copertura. Non sei stata ospedalizzata per una gamba rotta, ma per un osteosarcoma in prossimità del tuo ginocchio sinistro. Dimmi, sapevi di essere malata di osteosarcoma?"

"Osteosarcoma?" Lena scosse la testa. "Che cosa...Non so neppure di che cosa stai parlando."

"Probabilmente perché quel tipo di malattia è stata sradicata tempo fa," rispose l'uomo. "Tu eri malata, Lena, di una malattia che al tempo reclamava non di rado l'arto di una persona, quando non la sua stessa vita. Una malattia che Wei Wang ha deciso di curare per una questione di principio."

"Anche se fosse," disse Lena, "perché proprio io?"

"Perché, penso, lui ha fallito con Evangeline, che è morta di quella stessa malattia. Scegliendo di curare te, penso che Wei abbia creduto di rimediare almeno in parte al suo fallimento."

"Che cosa vuoi dire?"

"La tua data di nascita, Lena. Sei nata lo stesso giorno in cui è morta Evangeline. Un caso e allo stesso tempo un segnale per qualcuno come Wei. Non posso certo dire di sapere esattamente che cosa passasse nella mente di quel manigoldo quando ti ha scelta, ma di una cosa sono sicuro, a questo punto: eri una bambina malata di osteosarcoma, una bambina nata in un giorno troppo significativo per non attirare lo sguardo attento di una persona come Wei, una coincidenza per lui impossibile da ignorare. Wei ti ha scelto, credo, per due ragioni, la prima era 'sentimentale', avevi lo stesso disturbo della donna che amava, e la seconda era 'simbolica', sei nata nello stesso giorno in cui Evangeline è morta. Wei ti ha associata con Evangeline, in un modo che io e te non potremmo mai davvero capire, ma che per lui deve essere risultato naturale come sommare due più due e fare quattro. La mente del ragazzo funzionava seguendo trame misteriose...sì, misteriose e spesso inspiegabili. Non ha potuto salvare lei, ma per farsi perdonare, forse da sé stesso, ha deciso di salvare te."

Lena stava cercando di processare quelle informazioni, ma le risultava difficile anche solo ipotizzare il fatto che Wei Wang fosse stato in diretto contatto con lei, che l'avesse curata da una malattia che fino a un minuto prima non sapeva neppure di avere avuto.

"Wei ha lasciato qualcosa dietro di lui," riprese Tiago, che ora guardava Lena con attenzione, "e qualcosa *dentro* di te, Lena," e le sfiorò il petto con un dito. "Qualcosa con cui sperava di aiutarci, immagino."

"Aiutarvi a fare che cosa?" chiese Lena. Il suo tono aveva una traccia di sospetto malcelato.

"A vincere una guerra," rispose con semplicità Tiago, raggruppando entrambe le braccia intorno alle ginocchia. "Una guerra che, mi duole ammetterlo, stiamo perdendo. E in gioco, per quanto melodrammatico possa sembrare, ci sono i destini di ogni singolo abitante di questo pianeta."

Tiago tirò fuori dalla tasca il ciondolo a forma di foglia di Pelargonium. "Questo apparteneva ad Evangeline, era un regalo da parte di Wei, un regalo che le fece poco prima che la ragazza morisse. Il Pelargonium è un fiore appartenente alla famiglia dei gerani, il fiore preferito da Evangeline."

Una lunga pausa, come se Tiago stesse decidendo se rivelarle di più. Alla fine disse, "Tu non sai chi sei, ma molti di noi ti stavano aspettando da tempo. Alcuni credevano fossi una leggenda, altri una speranza irrealizzabile. Sei una promessa che Wei Wang si è lasciato dietro prima di morire, qualcosa nascosto talmente bene che i suoi nemici non avrebbero mai potuto trovare. Noi pensavamo fosse un oggetto, o un luogo. Mai avremmo potuto sospettare che si trattasse di una persona."

Lena guardava ad intervalli il volto risoluto di Tiago e il ciondolo a forma di foglia di Pelargonium che teneva in mano. Che cosa stava cercando di dirle, con quell'espressione seria e quegli occhi che sembravano in grado di perforare l'acciaio?

Non riusciva davvero a capire.

"Sei tu, Lena, quel qualcosa che stavamo aspettando," disse Tiago.

"Qualcosa che stavate aspettando." Lena scosse la testa. "Ma io... io non sono nessuno. Sono solo una semplice ragazza..."

"Tu sei il desiderio di un cuore infranto," l'interruppe Tiago, avvicinandosi a lei di qualche centimetro mentre la guardava senza battere ciglio, "e forse l'ultima speranza della razza umana così come noi la conosciamo. Molti di noi ti chiamano la Cornucopia, un 'qualcosa' grazie alla quale potremmo vincere una guerra che ha già reclamato molte vite, tra cui quella di Wei. Da qualche parte dentro di te e dentro a questo ciondolo, giace la possibilità di creare il mondo sognato dal Primo Altista e la visione di una civiltà spaziale. Al tempo stesso, sono sicuro che ci sia la possibilità di sconfiggere una forza che si è da sempre opposta ai suoi piani. Coincidenze e simbolismo ti hanno fatto scegliere da Wei, ma solo la tua volontà può sigillare quella scelta, renderla reale."

Tiago Silva Abreu Melo guardò negli occhi color smeraldo di Lena. "La forza di una scelta, Lena. La *tua* scelta. Io posso dare risposte ad alcune delle tue domande, ma solo tu puoi decidere se vuoi fare parte di qualsiasi cosa Wei aveva in serbo per te. Da questa scelta, deriveranno conseguenze che nessuno può prevedere."

Tiago si alzò da terra, si spolverò i pantaloni e tese la mano a Lena.

La ragazza rimase dove era, guardando la mano tesa per diversi secondi.

Non aveva idea di che cosa fare.

Tiago continuò a tenderle la mano. Lena continuò a guardarla.

Poi il Cancelliere disse, invitandola a seguirlo, "Lascia che ti mostri il mondo dell'Onniologo."

EPILOGO

PANDORA MOSSE UNA mano e le immagini multidimensionali che stava guardando sparirono all'istante, presto sostituite da altre immagini, che mostravano un contenuto diverso. Una persona stava parlando, mentre fissava la telecamera dello studio.

"...E l'autopsia sul corpo del Presidente Woodside ha stabilito che la scomparsa del leader landista sia dovuta ad un infarto che lo ha colto nel bel mezzo della notte. I suoi funerali sono previsti per martedì prossimo a New York, dove ci si aspetta che un numero considerevole di capi di Stato e di altre personalità rilevant..."

Pandora replicò il movimento che aveva fatto per cambiare canale, e il presentatore venne sostituito da una donna, anche lei con lo sguardo intento sull'obiettivo, anche lei truccata e vestita in maniera impeccabile.

"...Muchena è stata nominata questa mattina Presidentessa *ad interim* dal Consiglio Allargato landista. La giovane funzionaria del Congo aveva ricevuto la benedizione del Presidente Woodside a succedergli qualche giorno fa, dopo aver trionfato in Scontro Frontale contro il campione altista Verha Ward..."

Pandora si mosse sulla sedia. Altro gesto, altro canale, altro presentatore.

"...Voci non confermate provenienti da alcuni di questi istituti parlano della comparsa di un disturbo etere-indotto, che sembra essere stato etichettato come 'malicere killer', apparentemente in grado di destabilizzare l'apparato sensoriale umano per poi creare diverse deficienze psico-motorie che porterebbero alla morte del soggetto colpito. La Concentrazione per la Salvaguardia Eterica ha già annunciato azioni legali contro quella che definiscono nel loro comunicato: 'una manovra per spaventare i viaggiatori del cyberspazio, costringendoli a comprare programmi noti come autera che dovrebbero...'"

Pandora interruppe l'ennesimo presentatore e ne evocò un altro.

"...E le borse di tutto il mondo sono state profondamente influenzate dalla notizia. La dichiarazione di bancarotta delle Automaton Industries ha colto di sorpresa anche gli addetti ai lavori. Nonostante il calo vertiginoso di introiti negli scorsi due quadrimestri e i debiti che la compagnia aveva contratto con la Global Momentum, quando questa mattina il Presidente Erik Deringer, figlio della leggendaria Sofia..."

Pandora sentì i tacchi echeggiare sul pavimento molto prima che la porta della sua stanza fosse aperta. Spense il telegoy e accolse la nuova arrivata con un semplice e caloroso, "Sì, amica mia?"

Tenoderia Azarova si fece avanti. La luce della stanza rendeva i suoi lineamenti affilati come la lama di un coltello.

La sua postura era più rigida del solito e le sue labbra erano premute fino a formare una sottile linea orizzontale.

"Abbiamo appena ricevuto il rapporto sull'ultima incursione," disse l'eterion, pronunciando velocemente una parola dietro l'altra, come se si volesse disfare in fretta di qualcosa di spiacevole. Un momento di silenzio, quindi proseguì, "È stato un insuccesso. Non sono riusciti a completare la missione, o a raccogliere dati significativi. Abbiamo riportato quattro vittime e due feriti gravi, nello scontro con i dunami."

"Non importa," disse Pandora, avvicinandosi verso la scrivania della stanza ed estraendo da un cassetto un quaderno con la copertina verde. "Altri li rimpiazzeranno," concluse.

Tenoderia rimase immobile sul posto, senza dar segno di voler continuare a parlare o di voler fare qualsiasi altra cosa. Per qualche istante, tutto quello che fece fu studiare l'altra donna.

Pandora era bassa, intorno al metro e sessanta, e decisamente grassottella. I suoi capelli color fieno erano tagliati corti e non superavano l'altezza delle orecchie, piccole e leggermente a sventola. I suoi occhi obliqui erano chiari come l'acqua di un ruscello, e il suo naso schiacciato era piatto quanto la sua fronte. I tratti caratteristici della sindrome di Down definivano il suo volto, certo, eppure c'era una luce nei suoi occhi che smentiva completamente il suo aspetto fisico.

Pandora guardò la Madame e Tenoderia abbassò lo sguardo.

"C'è dell'altro, amica mia?" chiese, mentre poggiava il quaderno sulla scrivania.

L'eterion esitò per parecchi secondi, prima di rispondere.

"Era davvero necessario?" chiese alla fine. "Ucciderlo?"

"Sembri a disagio," rispose Pandora, avvicinando una sedia al tavolo. "Credi ci sia qualche possibilità che qualcuno ti colleghi alla morte di Woodside?"

"No," rispose immediatamente la Madame. "Nessuna possibilità."

"Allora forse sei preoccupata che uno dei landisti scopra chi sia stato a pasticciare con la banca dati dei selezionati?"

"No," rispose ancora una volta Tenoderia, scuotendo la testa. "Arvin non riuscirà mai a capire che sono stata io ad inserire il profilo di Muchena."

Pandora annuì. "La scelta di quella donna è stata delicata, ma darà i suoi frutti, vedrai. Il suo profilo psicologico è cristallino. Prima o poi, acconsentirà alla fusione tra la LAND e l'Humanitas. Il vecchio aveva esaurito la sua utilità. Avrebbe solo reso tutto più complicato."

Pandora non pronunciò affatto quelle parole come se volesse

giustificarsi, ma piuttosto come se avesse voluto ripassare la parte di un copione che già sapeva a memoria.

Tenoderia si sistemò gli occhiali con un distratto movimento del pollice, quindi si girò e fece qualche passo verso la porta.

Si fermò nuovamente poco prima di averla varcata e guardò Pandora, che stava ora fissando il quaderno sul tavolo, come se si fosse completamente dimenticata di lei.

Tenoderia inspirò profondamente, strinse entrambe le mani a pugno ed uscì dalla stanza, chiudendosi dietro la porta.

Pandora ascoltò il suono dei suoi passi farsi sempre più distanti, finché il silenzio tornò a regnare sovrano.

Finalmente, prese in mano il quaderno, lo aprì ed iniziò a ricordare.

Fine

~

Ti è piaciuto questo libro? Mi piacerebbe saperlo! Scrivi una recensione su Amazon e fammi sapere che cosa ne pensi.

Recensendo *L'Eredità dell'Onniologo* non solo fai in modo che altri lettori si godano storie come questa, ma allo stesso tempo mi aiuti a continuare la mia carriera di autore e a scrivere più libri di fantascienza. Un titanico GRAZIE!

RECENSISCI L'EREDITÀ DELL'ONNIOLOGO SU AMAZON!

~

La Guerra dell'Onniologo, il terzo capitolo della saga dell'Onniologo, e ora disponibile in formato ebook e cartaceo!

ACQUISTA LA GUERRA DELL'ONNIOLOGO SU AMAZON!

RINGRAZIAMENTI

11 DICEMBRE 2015. Stavo finendo di scrivere questa pagina Riconoscimenti quando la mia famiglia mi ha chiamato per dirmi che mio nonno, Antonio, era morto.

Era ormai da alcune settimane che era stato ospedalizzato e tutti noi ci eravamo preparati al peggio. Eppure, nonostante ciò, quando mio padre mi ha dato la notizia è stato come se qualcuno mi avesse colpito allo stomaco con un pugno.

Non importa quanto credi di poter gestire una notizia del genere, niente può davvero prepararti alla morte di un pezzo della tua vita.

Finita la chiamata sono tornato a sedermi davanti al computer, e ho cominciato a pensare a mio nonno, e all'influenza innegabile che ha avuto su di me e sui miei libri di fantascienza.

La verità è che questo libro, e l'intera serie dell'Onniologo, non sarebbero mai esistiti senza Antonio Amitrani. È stato lui, infatti, a stimolare buona parte di quell'amore per la fantascienza che ha forgiato la mia personalità, lui a costruire un modello dell'Enterprise fatto di sassi, plastica e cartone quando ero solo un bambino, lui a regalarmi il manuale tecnico della stessa nave quando ero adolescente e lui a farmi capire che la fantascienza è il carburante dell'ingegnosità, una finestra sul futuro che mostra infinite possibilità per il genere umano, ed infiniti modi per realizzarle.

Ho sempre pensato che noi esseri umani siamo la somma delle esperienze che abbiamo fatto, delle persone che abbiamo incontrato e di come questi individui hanno influenzato le nostre vite. Mio nonno è stato uno di questi 'caratterizzatori', qualcuno che ha contribuito a forgiarmi, dandomi una direzione da intraprendere, una passione da coltivare, un obiettivo da raggiungere. Con le sue poesie e i suoi racconti mi ha insegnato che scrivere è il modo con cui un raccontastorie dialoga con sé stesso, crea mondi che altri abiteranno con la loro mente e allo stesso tempo mi ha fatto capire che scrivere rappresenta l'eredità imperitura che ci lasciamo dietro. Senza questa scintilla che ognuno possiede, nascosta da qualche parte dentro di sé, senza un motivo che ci spinge a definire chi siamo, a sperimentare, a fallire, ad avere speranze e delusioni e a raccontare tutto questo con una storia, non siamo altro che una semplice collezione di ossa e di organi che occupano uno spazio. Niente di più, niente di meno.

È proprio per questo motivo, cari lettori, che alla fine di questa considerazione ho selezionato quello che stavo scrivendo e l'ho cestinato, sostituendolo con le parole che state leggendo ora, un ringraziamento ad una persona che è stata al tempo stesso un amico ed un mentore.

Certo, il mio personale tributo ad Antonio (o Nino, come tutti noi eravamo soliti chiamarlo) racconta solo una parte della storia che sta dietro alla creazione di Pelargonium, una storia che non può essere compresa senza parlare del titanico lavoro di pulizia, revisione, correzione e riscrittura del manoscritto che ha seguito la prima stesura, un lavoro che ha contribuito a rendere questo libro migliore. Questo miglioramento, infatti, non sarebbe stato possibile senza l'aiuto di diverse persone che hanno deciso di dedicarmi un po' del loro tempo per rendere quello che era un monolite di circa 300.000 parole decisamente più digeribile per voi lettori.

Grazie dunque a mia madre, che mi ha aiutato a sfoltire un libro che avrebbe potuto fare concorrenza all'Enciclopedia Britannica, facendomi presente che cosa era superfluo e che cosa valeva la pena mantenere, e grazie a mio padre, che mi ha fatto capire che i lettori non sono nella mia testa e che è mio compito facilitare la loro 'immersione' nella storia, specificando il dove e il quando degli eventi.

Grazie a mia sorella, che ancora una volta si è confermata la lettrice che ha annientato il numero maggiore di refusi, offrendo allo stesso tempo dozzine di suggerimenti su come migliorare la trama e i personaggi, e grazie a mio fratello, che ha contribuito a rendere Lena un personaggio più reale e a tutto tondo, una ragazza motivata e testarda che non si 'perdesse tra le righe', ma che risaltasse e che avesse una propria personalità.

Grazie a Mana Tsuda e a Benjamin Roque, che hanno trasformato brillantemente le mie idee in immagini, creando una copertina francamente spettacolare che è andata al di là delle mie più rosee aspettative.

Grazie infine al mio amico Alessandro Tamagnini, che ancora una volta ha deciso di concedermi un po' del suo tempo per valutare la storia, commentandola senza peli sulla lingua e dandomi alcuni consigli su come migliorarla.

Pelargonium ha espanso l'universo dell'Onniologo, rendendolo più strutturato, variegato e, spero, anche più avvincente.

Vi prometto che il prossimo libro non sarà da meno.

Michele Amitrani
14 dicembre, 2015

L'AUTORE

Sono un autore indipendente con una grande passione per i viaggi senza meta, i cieli stellati, il body building, i fuochi d'artificio, le notti di mezza estate e quello strano suono che fanno le conchiglie vuote se le si avvicina all'orecchio.

Flirto da tempo con diversi generi letterari, ma sono ufficialmente sposato con fantasy e fantascienza (intrattengo una relazione segreta con la saggistica di stampo politico-internazionale, ma non ditelo alle signore fantasy e fantascienza!).

Quando non sono impegnato a inseguire draghi o a padroneggiare la Forza, divoro libri e gironzolo su Facebook (/Amitrani-Michele).

www.ingramcontent.com/pod-product-compliance
Lightning Source LLC
Chambersburg PA
CBHW030837030726
47495CB00005B/1261